KB045916

글 : 츠키카게

Chyko
일러스트 : 치코

3

비탄의 망령은

Nageki no bourei ha intai shitai

은퇴하고 싶다

~최약 헌터에 의한 최강 파티 육성술~

티노 셰이드

크라이 안드리히

티노 셰이드

"아, 아이스크림 주문할까……
티노도 먹을래?"

"마스터어………………
먹을게요."

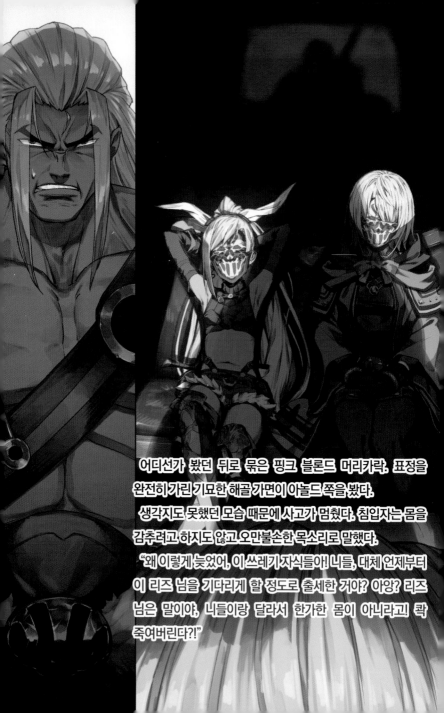

어디선가 봤던 뒤로 묶은 핑크 블론드 머리카락. 표정을 완전히 가린 기묘한 해골 가면이 아놀드 쪽을 봤다.

생각지도 못했던 모습 때문에 사고가 멈췄다. 침입자는 몸을 감추려고 하지도 않고 오만불손한 목소리로 말했다.

"왜 이렇게 늦었어, 이 쓰레기 자식들아! 니들, 대체 언제부터 이 리즈 님을 기다리게 할 정도로 출세한 거야? 아앙? 리즈 님은 말이야, 니들이랑 달라서 한가한 몸이 아니라고! 콱 죽여버린다?!"

3

비탄의 망령은

Nageki no bourei ha intai shitai

은퇴하고 싶다

~최약 헌터에 의한 최강 파티 육성술~

CONTENTS

제**3**부

드래곤 슬레이어

Chapter III "DRAGON SLAYER"

Prologue   수완가

긴박한 분위기 속에서, 나는 혼자서 멍하니 하품을 참고 있다.

탐색자 협회 제도 제블디아 지부. 그 안에 있는 어떤 방에서 기탄없는 논쟁이 벌어지고 있다.

의제는 얼마 전에 발생했던 노토 커클레어의 위법 실험에 대한 보수와 그 뒤처리에 대한 것. 큰 테이블을 둘러싸고 앉아 있는 사람은 탐색자 협회 제도 지부장 거크 씨와 그 오른팔인 카이나 씨, 그리고 제도 지부 직원이 몇 명. 국영 조직이자 보물전과 관련된 연구와 사건을 취급하는 유물 조사원 멤버. 제도의── 치안 유지를 담당하는 제3 기사단 멤버, 그리고 이번 사건 해결의 주력한 헌터들.

수십 명이 들어갈 수 있는 회의실이지만 이렇게 많은 사람이 들어와 있으면 답답해 보인다. 특히 이번 사건 해결에 힘을 쓴 헌터들은 파티 숫자만 해도 스무 개 가까이 되다 보니, 리더들만 모인 이 회의 자리에서도 크나큰 존재감을 보여주고 있다.

사건은 이미 해결됐다. 그런데도 이렇게 관계자 일동들이 모여 있는 것은, 사건의 규모가 의뢰했던 당시에 예상했던 것을 크게 뛰어넘었기 때문이다.

탐색자 협회──탐협에서 받는 의뢰는 특별한 사정이 없는 이상, 탐협 쪽의 심사를 통해서 적절한 보수를 주도록 해주고 있다.

하지만 어떤 일이건 예외는 있다. 예를 들자면 토벌 의뢰 대상이 탐협이 상정했던 규모를 크게 뛰어넘은 경우나, 예상치 못한 『보물』을 발견한 경우. 또는 이번처럼 제도를 뒤흔들 수도 있는 대규모 음모가 밝혀지는 등, 의뢰 내용이 예상에서 크게 벗어난 경우에는 관계자 일동이 회합을 가진 뒤에 보수를 재검토하게 된다.

의뢰주가 개인일 때는 교섭 중에 귀찮은 일이 발생할 가능성도 있지만, 이번처럼 나라에서 의뢰한 경우는 의뢰주 나름의 위신을 보여주어야 해서 충분한 금액을 지급하는 경우가 많다. 나는 이번 의뢰에는 그다지 깊이 관여하지 않아서 자세한 내용은 모르지만, 아무래도 이번 사건은 상당한 금액이었던 보수로도 모자랄 만큼 엄청난 사건이었던 것 같다.

하지만 사실 포상금에 대해서는 이미 며칠 전에 합의를 봤고, 멤버들에게는 전부 지급됐다. 이번에 모인 것은 정말로 마지막의 마지막, 뒤처리 같은 것 때문이다. 아무것도 모르는 날 이렇게 억지로 출석시킨 것도 《시작의 발자국(퍼스트 스텝)》의 클랜 마스터라는 입장에 기대했기 때문이겠지. 완전히 장식품이다.

"압수한 자료에 관해서는 내용의 진위를 확인한 결과, 제국 측에서 엄중하게 봉인하게 되었다. 사전에 계약한 대로──."

정말 따분한 이야기다. 거크 씨는 가끔씩 끼어들었고, 여기 모여 있는 헌터들 중에서도 의식이 있는 사람들은 자기 의견을 말하고 있기도 하지만, 나는 관심 없는 이야기다 보니 졸음이나 참는 게 고작이었다.

옆에서는 시트리가 호수처럼 고요한 눈동자로 회의 결과를 지켜보고 있다. 참고로 언니 리즈는 회의 참가를 거절하고 수행하러 가버렸다. 나도 회의에 출석하느니 리즈의 수행을 견학하고 싶었지만, 입장상 용납되지 않았다. 아무것도 안 해서 보수도 거절했는데, 어째서 책임만은 져야 하는 건지 너무나 이상할 따름이다.

"마지막으로—— 처분을 미뤄뒀던 자료 이외의 압수물에 대한 건이다. 기본적으로는 제국법에 따라서 마땅한 심사를 거치고 처분한 뒤에, 각자에게 금전을 분배한다. 압수한 물품의 목록은 기존에 나눠준 것에 적혀 있는 대로다."

나눠준 목록을 확인해봤다. 작은 글자로 적혀 있는 아이템은 대부분 들어본 적은 있어도 직접 본 적은 없는 것들이라서, 나는 이게 대체 얼마나 하는 건지 하나도 모른다. 무엇보다 돈 따위는 어떻게 되든 알 바 아니고.

나는 아무것도 안 했으니까 당사자들끼리 나눠 가지면 되잖아.

빨리 끝났으면 좋겠다…… 그런 생각을 하고 있는데, 갑자기 시트리가 내 다리를 쿡쿡 찔렀다.

"크라이 씨…… 저기…… 이거랑 이거, 갖고 싶어요. 가능하다면, 말이지만……."

입술을 내 귓가에 대고 작은 소리로 말한 뒤, 목록 일부를 손가락으로 가리켰다.

노토 커클레어의 연구 분야는 연금술사(알케미스트)의 범위였나 보다. 같은 연금술사로서 뭔가 마음에 걸리는 게 있었던 걸까. 직접 말하면 되지 않을까 싶었는데, 생각해보니 시트리보다는 내 입장이 좀 더 높으니까.

나는 크게 생각하지 않고, 하품을 참으면서 손을 들었다.

순간, 회의실 안에 긴장감이 감돌았다. 진행을 맡고 있던 유물 조사원이 이상한 것을 보는 것 같은 눈으로 쳐다봤다.

"저기, 이 압수품 리스트에 있는……『맬리스이터』? 라는 거랑, 『아카샤 골렘』이라는 것, 사고 싶은데."

"……무슨 속셈이냐?"

지금까지 몇 번인가 귀찮은 일에 엮였던 탓인지, 유물 조사원이 의심하는 눈으로 쳐다봤다. 무슨 속셈이냐고 물어봐도 말이야, 나도 잘 모르겠지만, 그렇게 위법적인 물건은 아닐 테니까.

"골렘이라면 어느 정도 이해가 된다. 움직이는 방법은 불명이지만 그 정도의 힘을 자랑했던 것이니 흥미가 생길 만도 하지. 그런데, 어째서 맬리스이터까지 원하는 거지?"

그냥 순수한 의문 때문에 하는 말인 것 같다. 아쉽게도 나는 맬리스이터가 뭔지도 모른다. 시트리 쪽을 봤지만, 어째선지 미소만 짓고 아무 말도 해주지 않았다.

눈살을 찌푸리고, 고개를 갸웃거렸다. 뭐, 실물을 본 적은 없지만 이름이란 그 정체를 보여주는 법. 예상 정도는 할 수 있다.

『맬리스(악의(惡意))』의『이터(포식자)』. 압수한 상대는 연금술사에 버금가는 연구를 했던 마도사(마기)다. 연금술사 하면 포션. 결론은 하나. 나는 점잖게 고개를 끄덕였다.

아마도 특별한 정신 안정제 같은 것이겠지. 살벌한 이름이지만 마법약들은 원래 그렇게 거창한 이름인 경우가 많고, 시트리가

원하는 것도 이해할 수 있다. 어쩌면, 지금 나한테도 필요한 것일
수도 있다.

"그야 당연히, 먹으려고……."

"……뭐? 먹는……다고?! 그, 그게…… 비유 같은 게 아니라,
정말로?"

"뭐? 아니, 비유 같은 건 아닌데……."

"……."

진행자가, 그리고 헌터들이, 이상한 사람이라도 보는 것 같은
눈으로 쳐다본다.

아무래도 내 예상이 잘못된 모양이다. 아무래도 너무 대충 대
답했나.

나름 괜찮은 대답이라고 생각했었는데 말이야…….

내 엉뚱한 대답에 동요하는 사회자에게, 거크 씨가 추가 설명
을 해줬다.

"발견된 게 어린놈이기는 해도 위험한 동물이니까. 크라이가
데리고 가는 편이 좋을지도 몰라."

"……그렇군. 솔직히, 우리도 감당하기 힘든 상황이다. 그렇다
고 해서 아카샤의 연구 성과를 그냥 살처분하는 것도 아깝고. 호
사가한테 넘어가서 귀찮은 일이 일어날 바에에— 레벨 8 헌터라
면 어떻게든 할 수 있겠지."

……동물? 지금, 위험한 동물이라고 했어?

주위를 둘러봤지만 놀라는 사람은 아무도 없다. 나도 모르는
사이에 설명을 해줬던 건지도 모른다.

완전히 예상을 벗어났다. 그렇구나…… 맬리스이터는 동물이었구나. 그럼 먹는다고 한 건…….

내 엉뚱한 발언에 대해서는 딱히 언급하지 않고, 진행자가 거만하게 고개를 끄덕였다. 내 적당한 발언에 매우 익숙해졌다는 태도가 가끔씩 보인다.

"좋다, 《천변만화(千變萬化)》. 몇 가지 조건이 있기는 하지만, 데려가는 것을 허락하겠다. 골렘 쪽은── 아쉽게도 다른 기관에서도 양도 요청이 들어와 있다. 나 혼자서 결정할 수는 없다만──."

뭐라고 해야 좋을까…… 동물인 줄은 몰랐다고 해야 할까.

하지만 원하는 건 내가 아니라 시트리다. 나는 끄덕끄덕, 맞는 말이라는 마음을 담아서 고개를 끄덕였다.

"자랑은 아니지만, 내가 예전에, 고양이를 기른 적이 있었거든…… 교육도 아주 잘 시켰었어."

"그, 그런가…… 고양이를── 그렇다면 안심이군!!"

진행자는 마치 자기 자신을 납득시키려는 것처럼 강하게 말했다. 거크 씨 쪽의 사람들 표정이 일그러졌다.

괜찮아, 나는 좀 대충대충 사는 인간이지만, 그걸 원한 건 시트리고, 돌보는 사람도 시트리니까. 교육은…… 동생 루시아가 어떻게든 하겠지. 고향에서 길렀던 고양이가 동네에 똑똑하다고 소문이 났던 것도, 다 루시아가 노력한 덕분이다. 그 우수한 동생이라면 어떻게든 해주겠지.

내가 끼어든 탓에 이상한 분위기가 된 회합은, 결국 그 분위기인 채로 끝이 났다.

트레저 헌터들이 두려움이나 질렸다는 듯의 다양한 감정(아마 90퍼센트가 질렸다는 생각)을 담은 눈으로 날 보면서 회의실에서 나갔다. 맬리스이터는 바로 넘겨준다는 것 같아서, 시트리가 작은 목소리로 나한테 고맙다는 말을 하고 유물 조사원과 기사단 사람들을 따라갔다.

그 뒤를 이어서, 나도 하품을 참으면서 나가려고 했는데, 저음의 목소리가 날 불러 세웠다.

거크 씨다. 수도 없이 야단을 맞은 탓인지 목소리만 들어도 몸이 알아서 큰절을 해버렸지만, 간신히 참았다. 오늘의 나는, 아직, 나쁜 짓, 안 했어.

살짝 한숨을 쉬면서 고개를 돌렸더니, 눈꼬리를 세우며 귀신처럼 사나운 표정을 지은 거크 씨가 있었다.

우락부락한 거한이 그런 표정을 지으면 정말 귀찮은데, 이 사람은 이게 평소 표정이다.

"야, 크라이. 아까는 타당하다고 생각해서 나도 그냥 찬성했지만—— 너, 노토 커클레어의 유산을 대체 어떻게 할 셈이야?"

"그러니까………… 딱히, 아무것도?"

나는 아무것도 할 생각이 없다. 뭔가를 한다면 그건 시트리가 할 테니까.

시트리의 호기심은 《비탄의 망령(스트레인지 그리프)》에서도 최고 수준이다. 탐욕스러운 수준의 지식욕은 위기 상황에서도 유감없이 발휘되고, 그것 때문에 파티가 위험에 처한 적도 있었다. 아카샤가 기르던 동물에 관심을 보이는 것도 이상한 일이 아니고, 소꿈친구를 위해서 파티 리더인 내가 움직이는 것도 당연한 일이다.

"괜찮아요, 그렇게 무서운 얼굴 할 필요 없다고요…… 잘 길들일 테니까."

"……지부장님. 크라이 군을 믿도록 하죠. 괜찮습니다, 지부장님께서도 알고 계시다시피, 크라이 군은…… 최소한, 나쁜 짓을 할 사람은 아닙니다."

"……쳇. 그래, 좋다."

카이나 씨가 질렸다는 것처럼 웃으면서 한마디 거들어주자, 거크 씨도 그제야 혀를 차고, 약간이나마 인상을 풀었다.

그러니까 트레저 헌터에서 은퇴한 지 한참이 지났는데도 여전히 《전귀(戰鬼)》라고 불리는 거라고요.

카이나 씨도 거크 씨 한쪽 팔 같은 건 그만두고 우리 클랜 운영이나 도와주면 좋을 텐데…… 안 되겠다, 카이나 씨가 없으면 거크 씨를 말려줄 사람이 완전히 사라지니까.

그리고 거기서, 거크 씨의 목소리 톤이 달라졌다.

"그러고 보니까, 크라이. 너, 《호뢰파섬(豪雷壞閃)》이라고 아냐?"

"아뇨, 모르는데요…… 그게 뭐죠?"

《호뢰파섬》…… 느낌을 보면, 어떤 헌터 별명이려나? 아쉽게도 들어본 적이 없다.

눈이 휘둥그레진 나한테, 거크 씨가 얼굴을 찌푸리고서 말했다.

"《호뢰파섬》 아놀드 헤일. 다른 나라 헌터다. 『드래곤 슬레이어』 달성자이고── 안개 나라의 보물전을 거의 공략해서, 최근에 제도로 왔다는 것 같다."

그 말을 들으니 무슨 말인지 이해할 수 있었다. 높은 레벨의 헌터들은 기본적으로 자존심이 강하고, 특히 다른 나라에서 거점을 옮겨온 헌터들은, 번번이 원래 그 지역을 홈으로 삼고 있던 헌터들과 문제를 일으킨다.

외부에서 높은 레벨의 헌터가 들어온다는 건 나라 입장에서는 고마운 일이지만, 탐색자 협회 제도 지부를 맡고 있는 거크 씨한테는 골칫거리겠지. 뭐, 그것도 외부에서 온 헌터가 이 지역에 익숙해지면 해결될 일이지만…… 어쨌거나, 나한테는 아무 상관 없는 얘기다.

"흐응~ 솔직히, 별로 관심이 없는데요."

귀찮은 건 양쪽 다 폭력적인 헌터라서 일어나게 될 경우다. 은둔계 헌터인 나랑은 전혀 상관없는 일이다.

"호오…… 아주 여유롭군.『드래곤 슬레이어』인데 말이야?"

"……그렇게 따지자면, 저도『드래곤 슬레이어』거든요."

『드래곤 슬레이어』는 헌터의 별명과 또 다른 형태로 주어지는 칭호 같은 것이다. 말 그대로 최강으로 유명한 환수── 용을 토벌한 자에게 주어지는 것이고, 뭐, 갖고 있으면 일단 자랑거리는 되는데, 용이라고 해도 능력이 천지차이다 보니 가지고 있는 사람이 그렇게 적은 것도 아니고, 애당초 명확하게 인정 기준이 있는 것도 아니다.

《시작의 발자국》의 상위 파티는 대부분이『드래곤 슬레이어』를 달성했고, 따지고 보면 나도 오래전에《비탄의 망령》멤버들이랑 같이 행동하던 시절에 (동료들이) 몇 번인가 용을 쓰러트린 적이 있어서 『드래곤 슬레이어』라고 할 수 있다. 기준이 아주 엉터리라니까.

거크 씨는 내 말을 듣고 잠깐 눈을 껌벅거렸지만, 바로 기분 좋게 내 등을 두드렸다.

그 힘이 너무 세서, 세이프 링(결계지)이 착각하고 결계를 쳤다.

"크하하, 그랬었지. 《천변만화》한테는 필요 없는 충고였어. 뭐, 귀찮은 일을 벌일 수도 있으니까, 그때는 선배로서 잘 좀 돌봐달라고."

어…… 싫은데.

기분 좋게 떠나는 거크 씨와 미안해하는 카이나 씨를 배웅하고, 나는 살짝 한숨을 내쉬었다.

탐색자 협회 로비에는 사람이 거의 없었다.

시트리가 맬리스이터를 받아서 돌아올 예정이라서 어슬렁어슬렁, 의뢰표가 붙어 있는 게시판을 구경하기도 하면서 시간을 보냈다.

클랜 마스터가 된 뒤로는 탐색자 협회에 올 기회도 거의 없어졌다. 가끔씩 오는 것도 거크 씨한테 사죄하러 왔을 뿐이어서, 이렇게 천천히 협회 안을 둘러보는 건 오랜만이다.

어딘가 고양된 것 같은 뜨거운 공기와 찌릿찌릿한 긴장감. 건물 내부의 인상은 내가 처음 여기에 와서 트레저 헌터로 등록했던 시절부터 하나도 달라지지 않았다.

못된 헌터들이 시비 걸지 않게, 여유 있는 분위기를 풍기면서 게시판을 구경하다가 문득, 제도에서 열리는 이벤트에 대해 적혀 있는 게시판에서 눈을 끄는 단어를 발견했다.

『제블디아 옥션, 곧 개최.』

"아…… 벌써 그런 시기구나."

매년 기대하는 행사였는데, 올해는 쓸데없이 바빴던 탓인지 완전히 잊고 있었다.

제블디아 옥션. 그것은 일 년에 한 번, 이 나라에서 열리는 대규모 경매의 이름이다.

일주일 동안 개최되는 국가 주도의 대형 이벤트. 이 시기에 제블디아에는 국내외에 많은 상인과 헌터, 관광객들이 찾아오고, 매일 밤낮으로 축제처럼 떠들썩해진다.

그리고 제블디아 옥션에는 다른 경매와 다른 점이 한 가지 있다.

출품되는 물건의 대부분이——『보구』라는 점이다.

원래 트레저 헌터의 성지라고 불리는 제블디아에는 많은 보구들이 들어오는데, 이 시기에 들어오는 보구는 양에서나 질에서나 평소와는 비교도 할 수 없는 수준이다. 제도의 헌터들은 이날을 위해서 돈을 모으고, 또는 출품할 보구를 모으기 위해서 보물전에 들어간다고 해도 과언이 아니다.

그리고 당연히, 보구 수집가인 나한테도 그냥 넘어갈 수 없는 이벤트였다.

돈이, 있었나…….

경매는 보기만 해도 재미있지만, 원하는 보구를 손에 넣으면 더 재미있다.

이제 와서 지난번 사건의 보수를 사양한 게 조금 후회됐지만, 이미 끝난 일이니 어쩔 도리가 없다.

진지하게 예산을 계산하고 있는데, 갑자기 등을 간질이는 것 같은 감촉이 느껴졌다.

"크라이 씨, 크라이 씨."

뒤를 돌아봤다. 생각도 못 한 사람의 얼굴이 시야에 들어와서, 눈이 휘둥그레졌다.

집게손가락으로 내 등을 콕콕 찌르고 있던 사람은, 항상 탑협 카운터에 앉아 있던 접수 아가씨였다. 탐색자 협회 제도 지부의 접수 아가씨 중에서 제일 인기가 좋은 사람이다. 성격은 밝고 쾌활. 누구에게나 붙임성이 좋고, 매끄러운 검고 긴 머리카락을 뒤쪽에서 하나로 묶었고, 한눈에 봐도 나보다 연하지만 탐협 제복을 위에서부터 아래까지 잘 소화하고 있다.

이 사람이 접수 카운터에 배속됐을 때, 난 이미 《시작의 발자국》을 만든 뒤라서 탐색자 협회에 올 일이 거의 없어졌지만, 그래도 일부러 라일이랑 다른 사람들을 데리고 유명한 접수 아가씨의 모습을 보러 탑협까지 왔던 일이 어제 일처럼 생각이 난다. 몸매도 좋고 얼굴도 귀엽다. 지저분한 꼴을 한 헌터들과 사죄하러 온 나같이 한심한 놈도 싫은 기색 하나 없이 잘 대해주는 아가씨다. 당연히 제도의 헌터들에게 남녀를 불문하고 절대적인 인기를 자랑하는데, 난 최근에 카이나 씨를 통해서 그 접수 아가씨의 유일한 결점을 듣고 말았다.

이 사람은── 그렇다, 거크 씨의 유전자가 농땡이를 피운 조

카다.

그 접수 아가씨의 이름이………… 거크 씨는 분명히 조카라고 했었다. 거크 씨가 이름을 말했던 것 같기는 한데, 거크 씨의 조카라는 정보가 너무 충격적이다 보니 전혀 기억이 나질 않는다.

대체 무슨 일일까. 지금까지 내가 접수 아가씨와 했던 얘기는 하나같이 사무적인 것들이었다. 나는 반쯤 은둔하면서 사는 인간이라서 애당초 만나는 횟수 자체가 적었고, 카운터 밖에 있는 모습을 보는 것도 이번이 처음이다. 거크 씨를 어려워하는 나한테, 그녀는 그다지 엮이고 싶지 않은 상대다.

혹시 거크 씨랑 관련된 일로 뭔가 할 얘기가 있는 걸까. 나는 바로 부정적으로 생각한 바람에 기분이 완전히 가라앉아서, 너무 동요한 탓에 내가 무슨 소리를 하는 건지도 모를 소리를 했다.

"호오. 카운터에서 나올 수도 있는 건가."

"……? 그보다 크라이 씨, 삼촌── 지부장님이 아주 기뻐하시던 것 같은데, 무슨 일이 있었나요?"

순간적으로 눈이 휘둥그레졌지만 바로 마음을 다잡은 조카분. 역시나 매일같이 산전수전 다 겪은 트레저 헌터들을 상대해 온 사람답다. 어쩌면 나보다 강한지도 모른다.

아주 조금 미안한 기분을 느끼면서 확인했다.

"미안, 이름이 뭐였더라……."

"예?! …………클로에. 클로에 벨터예요…… 여기, 여기에도 적혀 있잖아요!"

아~ 그러고 보니 그랬었지. 그런 이름이었지. 클로에 아가씨가 열심히, 손가락으로 자기 가슴에 있는 이름표를 가리켰다. 분명히 이름이 적혀 있다. 내 눈은 썩은 동태 눈알인 모양이네.

"그, 그래서, 무슨 일이 있었던 거죠? 지부장님이 그렇게까지 기분이 좋다니—— 그 사건의 뒤처리 때문이라고 듣기는 했는데 말이죠."

"뭐…… 그런 시시한 일 때문에 카운터 밖으로 나온 거야?"

"시시한 일——?!"

클로에 아가씨의 눈이 휘둥그레졌고, 충격받은 표정을 지었다.

딱히 나오지 말라는 얘기는 아니지만, 의외성이 아주 강했고, 거크 씨의 조카라는 입장도 있어서 나도 모르게 너무 경계하며 말했다. 이제 와서 하드보일드한 척하면서, 얼굴을 찌푸렸다.

"무슨 일인지 모르겠는데. 회의 내용도 딱히 새로운 건 없었고…… 아, 그렇지. 내가 먹거리를 거둔다는 얘기는 했는데——."

"먹……거리……?"

하드보일드하지?

"그리고, 그렇군. 외부에서 드래곤 슬레이어가 왔다는 얘기를 들었지…… 이름이—— 그러니까…… 응? 바로 조금 전에 들었는데, 너무 관심이 없어서 말이지."

큰일 났다. 평소에는 어떻게든 기억이라도 했는데, 경매 정보가 기억을 덮어씌워서 진짜로 잊어버렸네.

"《호뢰파섬》이요! 《호뢰파섬》 아놀드! 안개 나라에서 온 드래곤 슬레이어!"

"아~ 맞아 그거, 그거였다. 《호뢰파섬》이었어, 《호뢰파섬》. 좋아, 기억했다……!"

출신지는 처음 듣는 것 같기도 하지만, 그렇구나, 안개 나라에서 왔구나…… 꽤 멀리서 왔네, 고생이 많았겠어.

클로에 아가씨는 내 하드보일드한 표정을 슬쩍슬쩍 보면서, 납득했다는 것처럼 고개를 끄덕였다.

"그렇군요, 그래서 지부장님이 그렇게나——납득했어요. 지부장님은, 크라이 씨를 아주 좋아하니까요!"

"뭐라고요?! 그랬습니까!"

"?!"

신이 나서 말하는 나를 보고, 클로에의 눈이 휘둥그레졌다. 좀 더 화끈하게 반응해줬으면 싶었지만, 뭐 이 정도로 만족하자.

아무튼, 내가 마음에 들었다는 건 아마도 클로에 아가씨의 착각이다. 거크 지부장은 헌터다운 헌터를 좋아하니까. 아마도 마음에 든 건 내가 아니라 내 소꿉친구인 루크나 리즈 쪽이겠지.

그리고 슬슬 시선이 신경 쓰이기 시작했다. 사람이 별로 없기는 하지만, 그렇다고 아예 없는 건 아니니까.

예쁜 간판 아가씨와 이야기하고 있는 탓일까, 적잖은 숫자의 헌터들이 날 노려보고 있다.

"크라이 씨, 오래 기다리셨죠!"

다행히도, 때마침 시트리가 돌아왔다.

두 손으로 든 케이지 안에 있는 게, 내가 먹을 건가.

"미안하지만 동료가 왔으니까 그만 가볼게. 지금은 할 일이 좀 있어서 바쁘거든……."

"아, 예. 갑자기 말을 걸어서 죄송했어요."

빨리 클랜 하우스에 가서 낮잠을 자야 하거든.

내가 건성으로 대했더니, 클로에 아가씨의 어깨가 살짝 처졌다.

큰일 났다. 거크 씨네 조카님 심기를 불편하게 했다가는 무슨 일이 일어날지 모른다.

"그래도, 이것저것 가르쳐줘서 고마웠어. 다음에 또 기회가 있으면 얘기 좀 하자고."

그리고 거크 삼촌의 약점 같은 게 있으면 좀 가르쳐주세요.

"!! 예, 저야말로! 항상 바쁘신 것 같아서…… 한 번쯤 천천히 얘기해보고 싶었거든요! 삼촌이 말씀하신, 당대 최고의 수완가, 《천변만화》하고 말이죠!"

내가 예의상 한 말에, 클로에 아가씨가 예상보다 훨씬 크게 반응했다. 투명한 까만색 눈동자를 반짝반짝 빛내며, 마치 동경하는 헌터를 보는 것 같은 눈으로 날 보고 있다. 나는 헌터들이 왜 그녀를 좋아하는지 알 것 같은 기분이 들었다. 내가 무능하다는 걸 자각하지 않았다면 홀랑 넘어가 버렸을지도 몰라.

그리고 말이야, 거크 씨는 대체 조카한테 무슨 소리를 하고 있는 걸까. 내가 수완가면 최강인 아크나 리즈네는 대체 뭐라고 해야 하는 건데. 내가 당대 헌터들 중에서 제일 잘하는 건 엎드려 빌기 스킬 정도라고.

"왜 그러세요. 아, 저 사람은——."

"아니, 아무것도 아니야."

시트리가 클로에의 뒷모습을 보면서 눈을 깜박거렸다.

들뜬 걸음걸이로 카운터를 향해 걸어가는 클로에 양을 보면서, 나는 또 한 번 크게 하품을 했다.

클로에 벨터는 오랜만에 기분 좋게 업무를 보고 있었다.

수많은 헌터를 전반적으로 지원하는 탐색자 협회 직원들은 할 일이 많다.

보물전 정보 수집부터 의뢰 중개에다 문제가 발생했을 때는 중재도 하고, 헌터들이 가지고 온『보물』들을 사고팔기도 한다. 그중에서도, 클로에를 비롯한 접수 담당들은 엘리트로 알려져 있다.

탐색자 협회의 카운터에 앉아 있으려면 어느 정도의 실력이 필요하다. 상대는 역전의 헌터들이고, 거친 일에 익숙한 그들을 상대로 원활하게 업무를 처리하려면 담력과 실력, 그리고 애교가 필요불가결이다.

제블디아의 탐색자 협회의 접수 담당 직원들은 하나같이 트레저 헌터들한테도 뒤지지 않는 역전의 맹자들이었다.

클로에가 젊은 나이에 그 자리에 앉을 수 있었던 건, 결코 아버지의 동생인 거크 때문만은 아니다.

클로에는 원래 헌터를 지망했었다. 트레저 헌터 황금시대, 예전에는 별명까지 있었던 헌터를 삼촌으로 둔 클로에는 당연히 그런 삼촌을 동경했었고, 그 길을 목표로 삼기 위해서 열심히 훈련했다.

헌터 중에는 아무런 준비도 없이 헌터가 되는 목숨 아까운 줄 모르는 사람이 있는가 하면, 지식과 전투 기술을 열심히 익힌 뒤에 헌터로 등록하는 사람도 있다. 가족 중에 헌터가 있는 클로에는 후자였다.

클로에는 복 받은 환경이었다. 집안은 유복했고, 친척 중에 별명을 가진 헌터도 있었다. 재능도 있었다고 생각한다. 공부도 잘했고, 전투 기술도── 특히 검 실력은 스승으로부터 타고난 재능이 있다고 인정받을 정도였다. 마나 머티리얼 흡수 능력도 평균 이상으로 지녔다.

아마도, 트레저 헌터가 됐어도 보통 이상은 됐을 것이다.

하지만 클로에는 트레저 헌터를 포기했다. 되기 전에, 포기했다.

성인이 된 것과 동시에 탐색자 협회 직원이 됐고, 내부 시험에 통과해서 접수 일을 맡았다. 어쩌면 그것은 등록만 하면 될 수 있는 트레저 헌터보다 어려운 일일 것이다.

아버지도, 삼촌도, 정말 그걸로 괜찮겠냐고 물어봤다. 아주 조금 후회하기도 했었다.

하지만, 이렇게 헌터들의 활약을 가까이에서 도울 수 있는, 아주 보람 있는 일이다. 가끔씩 귀찮게 꼬드기는 사람 때문에 질려 버릴 때도 있지만, 즐거운 일이 더 많다. 어쩌면 천직인지도 모른다.

그런 클로에가 유일하게 아쉬웠던 일은 《천변만화》였다.

《비탄의 망령》은 현재 제도에서 활약하는 젊은 헌터들 중에서도 톱클래스의 존재다. 특히 헌터 등록을 맡았던 사람이 거크 지부장이었던 인연도 있고 해서, 클로에는 지금까지 쭉, 몇 살밖에 차이가 안 나는 그 헌터들의 활약에 대해 들어왔다. 한때였지만, 아직 헌터를 지망하던 시절에는 라이벌이라고 생각했던 적도 있었다.

접수를 맡게 됐을 때도 그 파티를 도울 수 있을 거라고 기대했었다. 그랬는데, 리더인 《천변만화》는 클로에가 접수 일을 시작하는 걸 기다렸다는 것처럼 전선에서 물러나고 말았다.

레벨 8 헌터는 정말 바쁘다. 게다가 거대 클랜으로 성장한 《시작의 발자국》의 클랜 마스터라면, 클로에가 상상도 못 할 만큼 바쁠 것이다. 그 증거로 《천변만화》는 최근 계속 클랜 하우스에만 틀어박혀 같은 클랜 멤버들도 쉽게 만날 수 없다고 들었고, 가끔씩 탐색자 협회에 왔을 때도 지부장의 호출을 받아서 왔기 때문에 이야기를 나눌 시간이 거의 없었다. 딱 하나, 계속 물어보고 싶었던 것이 있었는데, 그럴 시간조차 없었다.

하지만 이번에 조금이나마, 겨우 제대로 이야기를 했다.

그 《전귀》라고 불리며 두려움을 사고, 그 활약으로 사방 천리에 이름을 떨친 거크 벨터가 『괴물』이라고 부르는 젊은 헌터. 꼭, 좀 더 느긋하게 이야기를 듣고 싶었다.

지금까지 몇 번인가 크라이와 이야기를 해본 경험으로는 뭔가 대단한 게 느껴지지 않았지만, 이번에, 별명까지 있는 레벨 7 헌터가 온다는 이야기를 듣고도 전혀 관심을 가지지 않은 모습에 엄청난 자부심이 느껴졌다.

거크 삼촌은 강한 전사를 좋아한다. 그 성장을 등록한 순간부

터 지켜봤고, 그동안에 실적과 실력을 얻은 젊은 헌터가 일종의
천적인 다른 나라의 높은 레벨 헌터가 온다는 이야기를 듣고서
이렇게까지 대담한 태도를 보였으니, 그렇게 기분이 좋아 보일
만도 했다. 콧노래까지 흥얼거리는 거크 삼촌을, 클로에는 처음
봤다.

아마도, 충돌이 벌어지겠지. 높은 레벨 헌터라는 자들은 강하
고 똑똑한 짐승 같은 존재다.

강자 두 명이 모이면 우열을 가린다. 서로에게 긍지가 있는 이
상, 싸움은 피할 수 없다. 탐색자 협회 입장에서는 골치 아픈 문
제인데, 클로에는 자신이 어울리지 않게 조금 기대하고 있다는
걸 자각했다.

어쩌면 거크 지부장도 같은 생각일까. 아니, 그 삼촌은 틀림없
이, 클로에보다 훨씬 고양돼 있겠지. 《천변만화》는 한마디로, 거
크 벨터의 『긍지』니까.

갑자기 입구 쪽에서 술렁거리는 소리가 들려왔다. 모여 있던
사람들이 양쪽으로 갈라지고, 헌터 몇 명이 들어왔다.

선두에 서 있는 유난히 커다란 남자를 보고, 클로에는 그때가
왔다는 사실을 깨달았다.

어두운 금색 머리카락과 강한 의지가 담긴 눈동자. 얼룩지고
색이 바랜 진갈색 외투에서 역전의 풍격이 느껴졌다. 무엇보다
등에 멘 금색 칼날의 대검은 한 번 보면 잊을 수 없는, 강한 빛을
지니고 있었다.

강력한 헌터의 정보는 탐색자 협회 각 지부에서 공유한다.

일 년 내내 비 오는 계절이 계속되고, 흐릿한 안개가 고여 있다고 전해지는 먼 나라. 안개의 나라── 네블라누베스.

그 나라에서 헌터들을 이끌고 천적인 뇌룡을 죽인, 영웅이라 불렸던 사내.

레벨 7 헌터.《호뢰파섬》아놀드 헤일과 그 파티,《안개의 뇌룡 (폴링 미스트)》

아놀드는 클로에를 보고도 눈썹 하나 까딱하지 않고, 잘 갈아 놓은 칼날처럼 날카로운 눈으로 쳐다봤다.

강하다. 클로에는 눈을 크게 떴고, 깜짝 놀랐다. 그야말로 영웅의 풍격이다. 감도는 분위기만 따지면《천변만화》와는 차원이 다르다. 이끄는 파티 멤버들까지 포함해서, 그야말로 드래곤 슬레이어 집단이 틀림없다.

《호뢰파섬》은 천천히 입을 열었다. 클로에는 평소와 마찬가지로, 웃는 얼굴로 응대했다.

트레저 헌터가 된 지도 벌써 5년이 넘었는데, 그사이에 알게 된 것이 있다.

하나, 이 세상에는 상상을 뛰어넘는 문제들이 넘쳐나고, 조심해서 돌아다니지 않으면 간단히 그런 문제들과 부딪치게 된다는 점. 둘, 책임이나 지위의 크기와 문제의 숫자는 정비례하며, 하나의 문제는 연쇄처럼 새로운 문제로 이어진다는 점이다.

특히 나한테는 뒤쪽이 문제인데, 레벨 8이라는 숫자와 클랜 마스터라는 지위가 번번이 나를 지옥 같은 문제에 말려들게 했다. 【흰 늑대 둥지】에서의 『유골 회수』 의뢰를 떠맡은 것도 클랜 마스터로서의 책임감 때문이었고, 그 추가 조사까지 하게 된 것도 레벨이 높은 헌터의 의무 같은 것이었다.

물론 난 혼자서는 아무것도 못 하는 인간이다 보니, 뭔가를 맡기면 그대로 다른 사람한테 떠넘길 뿐이지만, 이번에는 그런 일들이 짧은 기간에 두 번이나, 게다가 파티 멤버들이 없는 동안에 연속으로 일어났다. 꼭 조심해야 한다.

회합을 마치고, 클랜 마스터 방에서 게으름을 피우면서 회의 때문에 쌓인 피로를 풀고 있는데, 부 클랜 마스터 에바 렌피드가 들어왔다.

나와 다르게 《시작의 발자국》 제복을 입었고, 허리를 곧게 펴고 걸어오는 그 모습에서는 전혀 빈틈을 찾아볼 수 없었다.

"수고하셨습니다. 이야기는 잘하셨나요?"

"응, 고마워. 별문제 없이 끝났어. 난 그냥 장식품처럼 가만히 있었을 뿐이었지만……."

팔을 크게 돌려서 근육을 풀어주는 나를 보며, 에바가 안심했다는 것처럼 한숨을 쉬었다.

보통 사건의 사후 처리에는 같이 가줬지만, 이번에는 정말로 뒤처리 중에서도 뒤처리뿐이었고, 다른 클랜 멤버들도 있었기 때문에, 나보다 훨씬 바쁜 에바한테는 굳이 같이 갈 필요 없다고 말해뒀다.

하지만, 어쩌면 그 배려가 되레 에바한테 마음고생을 하게 만들었는지도 모른다.

어쨌거나 오늘 회합으로 최근에 일어났던 사건은 완전히 수습됐다고 봐도 무방하겠지.

오랜만에 무거운 짐을 내려놓은 기분이었다. 딱히 내가 뭔가 노력을 한 건 아니지만, 내가 골라서 보낸 파티 멤버가 크게 다칠 가능성이 있었으니까.

"장식품이라뇨…… 무슨 말씀을…… 크라이 씨가 없었으면 어떻게 됐을지……."

그때, 혼자서 엄청나게 활약했던 시트리가 커다란 금속제 케이스를 들고서 들어왔다.

눈을 살짝 가리는 핑크 블론드 머리카락과 그 틈새로 보이는 눈동자의 색은 언니 리즈와 똑같다. 하지만 눈매가 부드럽고 항상 생글생글 웃고 있다 보니 인상은 크게 달라 보인다.

가련하고 단아하면서, 사려 깊고 학문에 매진하며, 폭력보다 교섭을 중시한다. 연금술사(알케미스트)인 그녀의 우수함은, 도적(시프)인 언니와는 방향성이 다르다. 온갖 상황에서 요령 있게 대응할 수 있는 시트리는《비탄의 망령》중에서도 만능 멤버라고 해야겠지. 가끔씩 묘한 걸 만들어내는 버릇이 있고, 가끔씩 언니를 방불케 하는 격한 모습을 보여주는 것 같은 기분도 들지만, 그것도 굳이 단점이라고 할 수는 없다.

실제로 날 짓누르고 있던 여러 문제도 시트리가 눈 깜박할 사이에 해결해줬다. 혹시나, 만에 하나 또 무슨 일이 일어난다고 해도, 시트리만 있으면 정말 마음이 든든할 것이다.

케이스가 덜컹덜컹 움직인다. 에바가 의아하다는 것처럼 눈살을 찌푸렸다.

"······뭐죠? 그건."

"크라이 씨가 드실 거예요."

"이제 그만해, 그 얘기는."

재미있다는 것처럼 바로 대답하는 시트리. 분명히 내가 착각하기는 했지만, 솔직히 맬리스이터라고 이름만 적혀 있고 아무 설명도 없어서 뭔지 몰랐단 말이야······.

케이스는 옆으로 열리는 방식이고, 커다란 자물쇠가 달려 있다. 시트리가 케이스를 바닥에 내려놓자, 케이스 안쪽에서 이리저리 부딪치는 소리가 울렸다. 사실은 나도 아직 안에 뭐가 들어 있는지 전혀 모르는 상황이다.

시트리는 기분 좋아 보이는 얼굴로 케이스 위를 쓰다듬고, 이렇게 말했다.

"맬리스이터······ 노토 커클레어의 유산 중 하나예요. 성체는 전부 헌터들이 제거해버렸지만, 기지에서 사육하던 유체가 남아 있었던 것 같았고······ 크라이 씨가 손에 넣어주셨어요."

"골렘 쪽은 무리였지만 말이야."

"······그건 한눈에 봐도 가치가 있으니까요. 상당히 아쉽지만······ 어쩔 수 없죠."

어쩌면, 골렘 쪽이 더 가치가 있었던 걸까······ 시트리의 표정이 잠시 어두워졌지만, 이젠 내 힘으로 어떻게 할 수 없는 상황이 돼버렸다. 하다못해 회의 때 말해줬으면 좋았을 텐데 말이야.

에바가 케이스에서 멀어지더니, 쭈뼛쭈뼛거리며 물었다.

"그거, 위험하지 않은가요?"

시트리는 타고난 연금술사다. 시트리의 감성은 시트리 슬라임에 관한 것만 봐도 알 수 있는 것처럼, 아주 조금 보통 사람들과 동떨어졌다.

하지만 저걸 원한 건 시트리였으니까, 전부 시트리가 알아서 하겠지.

"그렇겠죠. 위험의 기준은―― 사람마다 다른 법이니까. 하지만, 여기에는 위험을 무릅쓸 가치가 있다고 생각해요. 틀림없이, 크라이 씨라면 잘 다룰 거예요."

뭐……? 나라면……?

시트리가 쿵쿵 소리가 울리는 케이스의 자물쇠를 열었다.

문이 엄청난 기세로 열림과 동시에 안에서 회색 덩어리가 뛰쳐나왔다.

깜짝 놀랐다. 회색 덩어리는 빠르게 빙글빙글 돌더니, 에바를 노려보면서 살짝 으르렁거렸다.

그 안에서 나온 것은 중형견 정도 크기의 생물이었다. 온몸이 짙은 회색이고, 등에는 커다란 날개가 달린 데다, 칼처럼 뾰족하고 짧은 꼬리가 세 개 달려 있다. 머리에는 둥근 귀가 달려 있는데, 으르렁거리는 소리에 리듬을 맞추는 것처럼 좌우로 흔들리고 있었다. 머리는―― 아직 갈기는 안 자랐지만, 사자려나?

키메라(합성수)를 보는 건 처음이 아니다. 파티를 따라다니던 시절에는 싸워본 적도 있지만, 내가 상상했던 것과 이미지가 다르다. 몸이 작아서 그런 것도 있겠지만, 아주 조금 귀엽다.

그런 키메라가 노려보고 있는 에바는 어떻게 해야 좋을지 몰라서 그런지, 곤란하다는 표정을 짓고 있다.

"기본적으로는 제가 돌볼게요. 하지만, 제가 탐색하러 나가서 없을 때는 크라이 씨가 도와주셔야 해요."

"음…… 뭐, 난 괜찮아."

뭐가 나오려나 싶었는데, 이 정도라면 나도 돌볼 수 있겠지.

시트리가 두 손을 맞잡고 기뻐하며 말했다.

"아, 크라이 씨랑 저한테는 해를 끼치지 못하게 입력해뒀으니까 안심하세요."

어느새 입력해둔 걸까. 그리고 나와 시트리 말고 다른 사람들한테는 해를 끼친다는 얘긴가.

당혹스러워하는 내 앞에서, 맬리스이터인가 하는 것이 그 작은 발로 바닥을 긁었다. 나는 순식간에 진지한 얼굴이 됐다.

단단한 석재로 만든 바닥에 커다란 흠집이 나 있었다. 아니, 정확히 말하자면, 맬리스이터가 어딘가 귀여워 보이는 동작으로 바닥을 긁을 때마다 현재 진행형으로 흠집이 늘어나고 있다.

그 발에 나 있는 발톱은 작았지만, 아무래도 엄청나게 예리한 것 같다.

돌바닥에 소리도 없이 흠집을 낸 걸 보면, 내 뼈나 살 정도는 아주 간단히 찢어버리겠지.

아직 어리지만, 완전히 맹수다. 바닥의 상태를 알아차렸는지,

에바의 얼굴도 일그러졌다.

너무 쉽게 받아들였다. 시트리나 다른 헌터들이라면 또 모를까, 이런 괴수, 내 능력으로는 감당할 수 없다.

나는 팔짱을 끼고 진지한 표정을 지은 채로 점잖게 고개를 끄덕인 뒤에, 전부 떠넘겨버리기로 결심했다.

"꽤 쓸 만해 보이는 녀석인데…… 이 아이는 클랜 전체에서 키우자."

속이 깊은 아크라면 이런 개구쟁이 키메라도 나 대신 잘 돌봐둘 게 틀림없다.

목에서 골골골 소리를 내고, 맬리스이터가 놀자는 것처럼 나한테 뛰어들었다.

재빨리 그 녀석을 안은 순간―― 세이프 링이 발동했다.

"…………."

몸이 받는 충격과 발톱의 일격을 세이프 링이 막아줬다. 맬리스이터 쪽은 악의는 없었을 거다. 에바를 보던 때보다 훨씬 부드러운 눈으로 날 보고 있었으니깐.

아마도, 시트리의 말은 사실이겠지. 단지 내가 너무 약할 뿐이다.

날카로운 꼬리가 허벅지에 닿았고, 새로운 세이프 링이 발동했다. 완전히, 내가 싫어하는 연속 공격이다.

"이놈, 크라이 씨는 바쁘니까 그렇게 장난치면 안 돼!"

시트리의 한마디에, 맬리스이터는 아쉽다는 것처럼 한 번 소리내며 울고는 가벼운 동작으로 바닥으로 뛰어내렸다. 고양이 같은 가벼운 움직임이었지만, 겨우 그것뿐인데도, 바닥에 새로운 흠집이 생겼다. 생긴 건 애완동물 같으면서, 정말 무서운 생물이다.

"죄송해요. 아직 충분히 길들이지 못해서……."

"히히히…… 괜찮아, 괜찮아…… 이제 막 데리고 왔으니까……."

시트리가 하는 말을 들은 걸 보면 머리는 상당히 좋다고 봐야 겠지. 원래 랭크가 높은 마수는 힘과 지성을 겸비하는 법이다. 하지만, 제대로 길들일 때까지 내 목숨이 버틸 수 있을지──.

내 목숨을 지켜줄 『세이프 링』도 이제 아홉 개밖에 안 남았다. 할 수 있다면 사용한 세이프 링들을 다시 충전해두고 싶다. 가능하다면 마력(마나)이 떨어진 다른 보구들도 충전하고 싶고.

"그러고 보니까, 루시아랑 다른 사람들은 언제 돌아온다고 했지?"

"언니가 돌아간 다음에── 보스 방에 강한 검사(소드맨)의 팬텀 (환영)이 있었어요……."

"아, 그래서……."

그 한마디로 귀환이 늦어진 이유를 이해했다.

내 소꿉친구 중에 한 사람. 《비탄의 망령》의 검사, 《천검(千劍)》 루크 사이콜은 검의 길을 궁구하는 데 망집이라고 부를 정도로 정열을 품고 있는 사내다. 지금 단계에서도 충분히 강하지만, 루크는 뛰어난 검사만 보면 사람이고 마물이고 가리지 않고 칼싸움을 벌여야만 직성이 풀리는 귀찮은 성질을 가지고 있다.

이번 상대는 레벨 8 보물전의 보스 방에 나오는 팬텀이니까, 루크의 피가 상당히 끓어올랐겠지.

그리고 일단 의욕이 난 루크를 말릴 수 있는 사람은 없다. 아니, 아무도 말리지 않는다.

"루크 씨의 나쁜 병이 도졌고…… 루시아랑 다른 사람들은 좀 더 같이 있다 오겠다고, 했어요."

"……이겼어?"

"참패했어요. 일대일로 싸워서 이길 때까지 하겠다고. 더 이상 새로운 보스가 나오지 않게 되면 돌아올 것 같지만…… 마나 머티리얼 농도가 상당히 짙은 보물전이니까, 조금, 시간이 걸릴지도?"

시트리가 뭔가를 생각하는 표정을 지으며 말했다.

제도에서는 거의 적수가 없는 루크가 참패하다니, 대체 어떤 상대일까.

"아, 그렇지……."

그리고 거기서, 시트리가 생각이 났다는 것처럼 주머니에서 작은 반지를 꺼냈다.

"……보구를 챙겨온 건가……."

시트리가 책상 위에 내려놓은 반지를 신중하게 집어서 관찰했다.

투명한 수정이 달린 탁한 은색의 반지다. 치밀하게 커팅된 수정에는 보구 특유의 분위기가 감돌았다.

내 취미는 보구 수집이다. 헌팅에서 얻은 보구는 최소한 한 번은 내 앞을 지나가고, 보구점에도 자주 드나들고 있다. 나한테 유일하게 동료들을 이길 수 있는 게 있다면, 그것은 바로 보구에 대한 조예다.

이번에 시트리가 손에 넣은 보구도 한눈에 그 정체를 알았다.

"……『리얼라이즈 아우터(타향에 대한 동경)』의 반지 타입이네. 어디서 주웠어?"

마법을 딱 하나 담아둘 수 있는 보구인『리얼라이즈 아우터』.

나도 펜던트 타입을 가지고 다니는데, 이건 그것의 반지 타입이다.

『리얼라이즈 아우터』는 그다지 신기한 보구는 아니다. 독특한 투명도를 자랑하는 수정이 그 기술의 근간이고, 다양한 타입이 존재한다. 반지 타입. 팔찌 타입. 펜던트 타입. 서클릿 타입. 지팡이에 달린 패턴도 있다. 그리고 수정의 크기에 따라서 담아둘 수 있는 마술의 상한이 결정된다.

마법을 담아둘 때, 원래 그 술법에서 소비하는 마력의 대략 100배가 필요하다는 특성 때문에 큰 인기는 없는 보구지만, 루시아라는 우수한 마도사를 동료로 둔 내 입장에서는, 있으면 있을수록 좋은 물건이다.

"크라이 씨한테는, 노토 커클레어 일로 폐를 끼쳤으니까…… 선물이에요."

"폐……?"

"가능하다면…… 여기에 끼워주실래요?"

시트리가 가리킨 곳은 내 왼손 약손가락이었다. 에바도 질렸다는 얼굴이다.

재미있는 농담이지만, 아쉽게도 내 양손 손가락에는 전부 보구 반지가 끼워져 있다.

하지만, 이런 일이 처음은 아니다. 나는 시트리의 호의를 고맙게 받아들였다.

"딱히 폐라고 생각하는 건 아니지만, 선물이라고 하니까 받아둘게. 고마워."

"아뇨, 뭘요. 우리 사이잖아요."

온화한 미소를 짓는 시트리에게, 나는 더 이상 아무 말도 할 수가 없었다.

……사실 내가, 시트리한테 엄청난 금액의 빚을 지고 있거든.

제1장   강자와 강자

　제도 한쪽. 헌터들이 주로 이용하는 여관의 한 방에서, 아놀드 헤일은 동료들과 이야기를 나누고 있었다.

　일반적인 파티는 다섯 명에서 여섯 명이 적정하다고 하지만, 《안개의 뇌룡(폴링 미스트)》은 남자 여덟 명으로 구성된 파티다. 전위 5명에 후위 3명. 대부분이 아놀드의 용맹한 이름에 이끌려서 모인 멤버들이다.

　고향—— 안개의 나라인 네블라누베스의 환경은 제블디아보다 훨씬 험하다. 일 년의 대부분이 우기라서, 쾌청한 날은 일 년 내내 손에 꼽을 정도밖에 안 된다. 항상 낀 짙은 안개 속에는 마성(魔性)이 날뛰고, 안개 속에 숨어 있는 마물들 때문에 시내에서도 안심하고 지낼 수가 없다.

　고향과 비교하면 이 제도 제블디아는 천국이나 마찬가지다.

　"빌어먹을…… 그 여자, 아놀드 씨를 촌놈처럼 취급했어. 별명까지 가진, 드래곤 슬레이어가 왔는데, 경의라고는 찾아볼 수가 없었다고."

　동료 한 명이 짜증을 내며 탁자를 두드렸다.

　머릿속에 떠오른 것은 탐색자 협회 접수 카운터에 앉아 있던 여자의 모습이었다. 유명한 제도답게, 얼굴이 꽤 괜찮고 밝은 성격의 여자였다는 점만 따져 봐도, 안개의 나라와는 비교도 할 수가 없다.

하지만, 그 여자가 붙임성 있는 표정을 짓기는 했지만, 그 말에는 높은 레벨의 헌터들에게 보여야 마땅한 경의나 두려움이 하나도 담겨 있지 않았다. 아놀드의 공적을 모른다면 그나마 이해할 수 있지만, 사실 상대는 이쪽이 말하기 전부터 아놀드의 이름을 알고 있었다. 우습게 여긴 게 분명했다.

"어쩔 수 없잖아. 우리는 외부인이야. 뭐, 바로 실력으로 찍소리 못 하게 만들면 그만 아니겠어. 그 얼굴이 경악 때문에 일그러지는 꼴을 보면 속이 뻥 뚫릴 거야."

아놀드의 한쪽 팔. 《안개의 뇌룡》의 서브 리더인 에이 라리어가 달래듯이 말했다.

이 트레저 헌터들의 전성기라고 할 수 있는 시대, 높은 레벨 헌터의 정보는 금세 퍼져나간다. 높은 레벨 헌터가 온다는 건 도시에서는 전력을 획득할 기회가 되지만, 기존에 있던 헌터에게는 자기 영역을 어지럽히는 짓이 된다. 지금쯤 눈치 빠른 헌터들은 아놀드가 왔다는 것을 알고서 경계하고 있겠지.

아놀드와 동료들이 취할 수 있는 선택지는 두 가지다.

즉, 신참으로서 분수를 파악하고 자신보다 실력이 낮은 자들에게 공손하게 굴거나, 실력으로 입을 다물게 만들거나. 선택지 따위는 있으나 마나 한 것이다. 분수를 파악하고 공손하게 구는 건 약자가 하는 행위다. 용을 죽인 영웅인 아놀드가 해야 할 행위가 아니다.

그렇다면 취해야 할 선택지는 하나—— 힘으로 입 다물게 만드는 것이다. 그 무력으로 얼마나 용맹한지를 알게 해주는 것이다. 혈기 왕성한 자들이 많고 실력주의가 통하는 헌터들에게 있어 가장 심플하고, 가장 선호하는 선택지다.

사실 그것이 아놀드가 이 제도까지 찾아온 목적이기도 했다.

보다 강한 힘을. 보다 드높은 명성을. 아놀드는 레벨 7이다. 별명도 지녔다. 그것만으로도 아놀드와 대치할 기개를 잃어버리는, 그런 헌터도 있을 것이다. 하지만, 그걸로 좋다. 약자에게는 관심 없다. 아놀드가 잡아먹을 대상은 이 제도의 강자들이다. 네블라 누베스의 영웅은 제블디아에서도 영웅이 될 수 있다는 것을, 단순한 촌놈이 아니라는 것을, 한시라도 빨리 이 제도의 헌터들에게 알려줘야만 한다.

"그나저나 아놀드 씨. 역시나 트레저 헌터의 성지라 유명한 도시답습니다. 여기는 보물전 숫자도 별명을 가진 자도 많네요. 안개 나라와는 많이 다르군요."

에이가 어딘가 교활해 보이는 미소를 지으면서 탐색자 협회에서 받아 온 보물전 리스트와 이 도시에 사는 높은 레벨에 별명을 지닌 헌터들의 리스트를 테이블 위에 던져 놨다.

안개 나라는 환경 자체는 가혹하고, 나타나는 마물들도 상당히 귀찮았지만, 주위에 존재하는 보물전의 숫자는 적었다. 그리고 그 지역에 있는 헌터들의 질은 보물전 숫자에 비례한다.

"《심연화멸(深淵火滅)》에《은성만뢰(銀星萬雷)》, 유명한 별명 소유자들이 잔뜩 있네. 처음 보는 이름도 있고. 생각보다 많은 숫자야."

아놀드는 그 말을 듣고 짙은 미소를 지었다.

개중에는 안개 나라에서 무쌍을 자랑했던 아놀드에 필적할 수 있는 전사도 존재할 것이다.

피가 끓고 살이 약동하는 강자와의 목숨을 건 싸움이, 아놀드의 혼을 뒤흔들었다.

"재미있을 것 같군."

"지금 당장 가실 겁니까. 하지만, 이 제도에 대한 정보 수집도 필요할 것 같습니다만——."

믿음직한 한쪽 팔이 씩, 하고. 야수처럼 미소를 지었다.

"우리는 신참이야. 성대하게 한판 벌여보자고. 그것이 헌터의 방식이니까. 이름을 떨치기 위해서는 무용을 보여주는 것이 제일 이라고. 이 땅에 있는 헌터들에게 한번 보여주자고. 다음에 그 카운터에 있는 여자를 만났을 때, 어떤 표정을 보여줄지 기대되네."

요즘 들어 운이 안 좋다. 사람의 운은 파도처럼 오르내리는 것이다. 올라갈 때는 뭘 해도 잘되고, 내려갈 때는 별생각 없는 행동이 나쁜 결과로 이어진다.

지금 시급하게 생각해야 하는 것은 보구의 충전이다.

원래는 여러 개의 보구를 충전해줄 루시아가 귀환하기를 기다릴 생각이었지만, 루크가 보물전 가장 깊은 곳에서 수행을 시작했다면 당분간은 돌아오지 못한다.

대부분의 보구가 마력(마나)이 떨어졌고, 몸을 지키기 위한 『세이프 링(결계지)』도 절반밖에 안 남았다. 간신히 루시아가 마법을 넣어준 비장의 카드는 남아 있지만, 그건 세이프 링과 달라서 몸을 지키는 데는 쓸 수 없다.

이대로 가만히, 맬리스이터랑 놀아주다가 죽는 걸 기다리기만 할 수는 없다. 그건 너무 한심하니까.

문제는 어떻게 내가 가지고 있는 오백 개가 넘는 보구의 마력을 충전할 것인가다.

사실 보구의 마력 충전은 헌터에게 크나큰 부담이 되는 일이다.

보구는 그 절대적인 힘에 비례하는 것처럼 막대한 마력을 요구한다. 보통 헌터라면 한두 개, 최대 마력량이 뛰어난 마도사(마기)도 대여섯 개를 충전하는 게 한계인 경우가 많다.

마력이 고갈되면 엄청난 허탈감에 사로잡히고, 제대로 일어나지도 못하게 된다. 익숙하지 않으면 의식을 잃기도 한다. 보물전 안에서 마력이 고갈되는 것은 헌터가 가장 조심해야 할 일 중에 하나다.

그래서 헌터는 보구를 많이 가지고 다니지 않는다. 동료 마도사에게 충전해달라고 하는 데도 한도가 있고, 무엇보다 마도사는 마법을 쓰는 데도 마력을 소비하기 때문에 여유가 있을 리가 없다.

마력은 영양을 섭취하고 푹 자면 저절로 회복된다. 그래서 자주 착각하게 되는데, 마력이라는 것은── 헌터에게 아주 귀중한 자원이다.

그래도 우리 클랜의 멤버들은 하나같이 좋은 사람들이니까, 내가 부탁하면 도와주겠지.

문제는 숫자였다. 한두 개라면 또 모를까, 오백 개가 넘는 보구는 클랜의 마도사들을 거의 다 불러 모은다고 해도 감당할 수 있을지 모를 정도로 많은 숫자다. 그런 의미에서 보면 내 여동생──항상 내 보구 충전을 담당하고 있는 루시아는『특별』한 마도사였다.

특히 대량의 마력을 요구하는 보구가──『세이프 링』이다. 딱 한 번 공격을 막아준다. 그 능력은 단순한 대신 강력하고, 모든 사람이 만약에 대비해서 몸에 지니고 싶어 하는 보구인데, 세이프 링은 어지간한 보구의 다섯 배에서 열 배나 되는 막대한 마력을 요구한다. 어지간한 헌터는 한 번 충전하기도 힘든 양이다.

하지만 충전하지 않을 수도 없다. 오히려 우선순위는 제일 높다.

세이프 링은 내 생명줄이다. 만약 이게 없었다면 나는 최근 몇 주 사이에 몇 번이나 죽었다.

어깨에 느껴지는 기분 좋은 압력에 나도 모르게 살짝 호흡을 흐트리면서, 뒤쪽에 있는 사람에게 물었다.

"으…… 아아…… 저기, 시트리. 어떻게 해야 좋을까……."

"응…… 무슨, 이야기, 인가요?!"

돌아온 것은, 어딘가 애달프고 열기를 띤 목소리였다.

나는 아직 여행의 피로가 남아 있을 시트리의 부탁을 받아서, 어째선지 내 어깨를 마사지 받고 있다.

에바는 일하는 중. 클랜 마스터 방에 있는 사람은 기본 위치인 업무용 책상 앞 의자에 몸을 깊게 묻고 있는 나와, 평소보다 아주 조금 편한 사복으로 갈아입은 시트리뿐이다.

시트리는 취미가 많다. 그리고 마사지도 그 취미 중에 하나다.

받는 게 아니라 하는 쪽. 시트리는 매우 바빠서 쉽사리 시간이 나질 않았지만, 이렇게 여행에서 돌아온 뒤에는 수다를 떨면서 나한테 마사지를 해주는 게 항상 하는 패턴이다.

하지만 문제를 해결해준 시트리가 내 어깨까지 주물러주다니, 이래도 되는 걸까.

빚까지 있는데 말이야…… 누가 보면 완전히 글러 먹은 인간으로 보이겠다.

"음…… 어떠, 신가요? 기분, 좋은가요?"

왠지 달콤한 시트리의 목소리. 그 가느다란 손가락이 내 목에서 어깨까지 마치 쓰다듬는 것처럼 기어 다니면서, 그다지 많이 뭉치지 않은 어깨를 열심히 주물러댔다. 혈맥을 알고 있는 건지, 힘이 들어갈 때마다 찌릿찌릿한 쾌감이 목을 타고 올라왔고, 숨이 막힐 정도로 기분이 좋았다.

그러고 보니 시트리는 인체에 대해 조예가 깊었다. 연금술사는 뛰어난 과학자이자 마술사이고, 의사이기도 하다. 어쩌면 이 마사지도 시트리에게는 연구 대상인 건지도 모른다.

《비탄의 망령(스트레인지 그리프)》 멤버들은 모두 사이가 좋은데, 특히 시트리는 나와 사이가 좋다.그건 아직 헌터가 되기 전의 수업 시절, 시트리가 다른 멤버들보다 성장이 늦었던 것 때문이다.

결국 그 이유는 연금술사라는 직업이 숙달에 방대한 지식과 설비가 필요한 『대기만성형』이라는 이유 때문이었지만, 당시에 열등감에 시달리던 시트리를 재능이라고는 하나도 없어서 한가했던 내가 위로해줬던 일을, 의리 깊은 시트리는 아직도 기억하고 있는 것 같다.

그 뒤로, 시트리는 자주 날 신경 써줬다.

그 정도 빚은 이미 오래전에 이자까지 붙여서 갚아줬고, 솔직히 이걸 빚이라고 해야 의구심이 들지만, 슬픈 목소리로 "싫다면 그만할게요……"라고 말하면 거절할 수도 없다.

그래, 좋아. 그렇게 하고 싶다면 얼마든지 실험 대상이 돼줄게.

꾹꾹, 등뼈를 따라서 천천히 손가락으로 누르면서 근육을 풀어준다. 시트리는 날씬해 보이지만 힘이 세다.

몸이 달아오르는 것처럼 뜨거워진다. 머리 뒤쪽, 귓가에 시트리의 숨결이 닿아서, 오싹한 기분이 든다.

흥분이 섞인 뜨끈한 목소리가 내 귀에 울린다.

"응…… 이렇게, 딱딱…… 크라이 씨, 정말, 훌륭해요—— 응! 아아……!"

마음대로 해도 되지만, 이상한 기분이 드니까 그런 소리는 안 냈으면 좋겠다.

나는 엄청난 쾌감 때문에 나도 모르게 이상한 소리가 튀어나오려는 걸 참고, 열심히 태연한 척했다. 심호흡해서 심장 고동을 진정시키고, 어째선지 잔뜩 달아오른 우리 파티의 브레인에게 말을 걸었다.

"…………아~ 보구 충전 얘기야. 슬슬…… 위험할 것 같거든."

"응……!"

시트리가 애절한 목소리로 대답했다. 대체 어디서 그런 소리가 나오는 건가요…….

아쉽게도 시트리한테는 부탁할 수 없다. 연금술사가 마도사의 일종이기는 하지만, 마력은 어지간한 헌터와 비슷한 수준밖에 안 된다. 세상의 일반적인 사람들이 재능이 없는 마도사가 연금술사가 된다고 생각할 정도다.

시트리의 마력량이 보통 연금술사보다는 많지만 보통 사람의 영역을 벗어나지 못했고, 게다가 시트리의 마력에는 천금과도 같은 가치가 있다.

"제, 가……! 제대로! 노토 커클레어를, 개조했다면——! 아앙!"

숨을 헐떡이면서, 요염한 목소리로 뭔가 살벌한 이야기를 하는 것 같아서 대충 흘려들었다.

이런 일에 일일이 반응해서는 시트리를 상대할 수 없다.

손가락이 내 어깨에서 떨어지더니 스르르, 머리 좌우에서 팔이 앞쪽으로 뻗어왔다. 언니 리즈보다 훨씬 커다란 가슴이 뒤통수에 딱 닿았고, 심장 고동이 느껴졌다.

아무리 아는 사이라고는 해도 너무 무방비한 것 같다. 평소에는 전혀 그런 기색을 안 보이지만, 시트리도 언니 리즈만큼 스킨십을 좋아하는 구석이 있다.

시트리 본인의 말에 의하면, 밀착하면서 에너지를 충전한다는 것 같다.

이제는 마사지라는 형태에서도 완전히 벗어나 버렸다. 앞으로 뻗어온 팔이 움직여서, 마치 내 열기를 빼앗으려는 것처럼 몸을 꼭 끌어안았다. 가느다란 손가락이 뭔가를 견디려는 것처럼 떨리고 있다.

무슨 냄새인지는 모르겠지만 살짝 달콤한, 아주 좋은 냄새가 난다.

시트리의 장난은 자기 언니처럼 아주 짓궂은 경향이 있다. 나는 솔직히 가슴이 두근거렸지만, 강철의 의지로 견뎌냈다.

"최악의 경우에는 《별의 성뢰(스타 라이트)》한테 부탁해야 할지도 모르겠네."

《별의 성뢰(星雷)》는 《시작의 발자국(퍼스트 스텝)》 최대의 마도사 파티다.

여섯 명의 파티 멤버 한 명 한 명이 제도에서 손꼽히는 마도사이고—— 순수한 『인간』이 아니다.

순수한 인간보다 훨씬 높은 마도 적성을 보이는 것으로 유명한 『정령인(노블)』인 그녀들은 독특한 감성을 지녔는데, 뭐 단적으로 말하자면 아주 당연하다는 것처럼 인간을 얕보고 있다.

당연히 나도 얕보이고 있어서, 내가 사적인 정을 베풀어달라고 부탁했을 때 들어줄지 말지, 상당히 의문이다.

그나저나, 제도에 있기는 하던가?

시트리가 살며시 비명을 내고, 빨갛게 달아오른 얼굴을 가까이 가져왔다.

"……뭐예요! 크라이 씨…… 저랑, 하고 있을 때, 다른 여자 얘기는…… 하지 마……세요!!"

즐거워 보이는 건 좋은데, 오해를 받는 건 항상 나란 말이지.

시트리의 속삭이는 것 같은 목소리가 귀를 간질인다.

"언니가 없는…… 지금이 유일한 기회거든요? 좀 더, 저를 느끼세요──."

"……응, 그래, 그래야지."

리즈가 있으면 당장 날아오겠지. 다른 사람도 오해할 테고. 소리만 들으면 정말 위험하다니까.

그리고 그때, 타이밍도 안 좋게, 클랜 마스터 방의 문이 벌컥 열렸다.

에바가 이마에 손가락을 대고 눈살을 찌푸리고 있었다. 볼은 살짝 달아올랐다. 어떤 일이 있어도 동요하지 않는 에바한테 이런 표정을 짓게 만드는 사람은 거의 없다. ……항상 폐를 끼쳐서 죄송합니다.

"……일단, 여쭤보겠습니다만…… 뭘, 하고 계셨습니까?"

"보다시피, 어깨 마사지를 받고 있었어."

"이, 이 층은…… 헌터분들은 출입 금지인데……."

옷도 제대로 입었고, 나와 시트리 사이에 이상한 일은 하나도 없었다.

에바가 떨리는 목소리로, 이제 와서 규칙을 지적했다. 아직 큰 소리를 지르지 않는 건, 이번이 처음이 아니기 때문이다. ……항상 폐를 끼쳐서 죄송합니다.

"아, 아무것도 모르는 주제에! 저랑, 크라이 씨 사이에, 참견하지 마세요!"

"자, 자. 불난 집에 기름 퍼붓지 말고."

에바를 화나게 하면 혼나는 건 나라고. 즐거워 보이는 건 정말 다행이지만, 그건 잊지 말아줬으면 좋겠다.

날 안고 있는 팔을 살짝 두드리자, 시트리가 내 뜻을 눈치채고 아쉽다는 것처럼 팔을 풀었다.

자리에서 일어났더니 정말 믿을 수 없을 정도로 몸이 가벼웠다. 마치 몸에 남아 있는 피로를 전부 씻어내기라도 한 것처럼. 이래서 끝까지 거부할 수가 없다. 팔을 살짝 돌리면서 상태를 확인하는 나한테, 시트리가 조금 전까지 야한 소리를 내던 사람이라는 걸 믿을 수 없는 천진난만하게 웃는 얼굴로 말했다.

"다음에는, 어깨만 하는 게 아니라, 전신 마사지라든지…… 어떠세요?"

음…… 거절하기 힘든데.

"좋은 포션이 있어요. 틀림없이…… 지금까지 느껴본 적이 없을 만큼, 기분이 좋아요."

"왠지 이상해질 것 같으니까 그건 그만둘게."

연금술사의 습성인지, 번번이 약이나 바늘 같은 것들을 쓰려고 드는 게 시트리의 몇 안 되는 단점이다.

"좋았어, 내키지는 않지만 충전해달라고 해볼까. 준비는 중요하니까."

"저도 도와드릴게요. ……보구의 마력이 떨어진 데는, 저도 책임이 있으니까…… 저한테 좋은 생각이 있어요."

시트리가 있으면 큰 도움이 된다. 시트리는 나랑 다르게 실력이 있으니까. 나는 아직도 뺨이 발그레한 상태인 에바한테 미안

하다는 뜻을 담아서 웃어 보이고는, 시트리를 데리고 라운지에
가보기로 했다.

"그러고 보니까 시트리, 최근에 많이 바쁜 것 같더니 이제 괜
찮아?"

우수한 트레저 헌터는 다른 일도 하는 경우가 많다. 우리 멤버
들 중에서 보자면 마도사로서 탁월한 힘을 자랑하는 루시아, 회
복마법을 배워서 팔다리가 떨어져 나가도 고칠 수 있는 안셈, 그
리고 연금술사로서 온갖 지식을 알고 있는 시트리한테는 다양한
기관에서 도움을 요청하고, 그래서 특히 바쁘다.

억울한 누명을 쓴 뒤로도 여전히 바빠서, 라운지에도 어쩌다
한 번 간신히 얼굴을 비추는 정도다.

시트리의 연구실 중 하나가 클랜 하우스 3층에 있어서 나한테
는 가끔씩 찾아오지만, 최근에 들어온 클랜 멤버 중에는 시트리
얼굴을 모르는 사람도 있지 않을까.

"아뇨…… 사실은, 최근에, 푹 빠져 있던 연구실에서…… 잘렸
거든요…….."

"뭐?"

그 말을 듣고 눈이 휘둥그레졌다. 시트리는 정말 우수하다. 그
기술은 예전에 이 제도에서 『최우수』라고 불릴 정도였다. 억울한
누명에 의한 오명으로 문전박대를 당했다면 또 모를까 잘렸다니,
도저히 믿을 수가 없다.

친구로서 위로하는 말이라도 한마디 해줘야 하는 걸까.

"……뭐, 잘렸다기보다는…… 연구실이…… 없어졌다고 해야겠죠. 뭐랄까…… 아, 몰라! ……크라이 씨가 알고 계신 대로, 예요. 제힘이 부족했어요…… 정말 창피해요."

뭐라고 말해줘야 좋을지 고민하고 있는데, 시트리의 볼이 살짝 발그레해지며 창피하다는 듯이 고개를 숙였다.

그렇구나…… 소속돼 있던 연구실이 망한 건가. 나는 멋대로 납득했다.

시트리가 천재이기는 해도 신은 아니고, 연금술사이기는 해도 상인은 아니기에, 모든 것을 잘 돌아가게 할 수도 없으니까, 어떻게 된 사정인지는 모르겠지만 우수한 멤버가 한 사람 있는 정도로는 어떻게 할 수 없는 상태였겠지. 알고 계신 대로…… 라는 게 무슨 말인지는 잘 모르겠지만, 어쩌면 시트리가 소속돼 있던 곳이 내가 알고 있는 게 당연할 정도로 큰 연구실이었으려나.

"뭐, 그런 일도 있는 법이니까. 실패에서 배우면 되는 거야. 다음엔 더 잘할 수 있겠지."

"……그렇, 겠죠."

"연금술에 대해서도, 어느 연구실이 망했는지도 모르지만, 시트리에 대해서는 알고 있어."

머리가 좋고 재주가 좋고 호기심이 왕성한 데다 노력파이고, 그리고 조금 이상한 점도 있기는 하지만 재색을 겸비한 여자아이다. 매사에 너무 깊이 생각하는 버릇이 있는 것 같기도 하지만, 그건 내가 너무 생각이 없어서 그렇게 보이는 거겠지.

"……맞아요. 크라이 씨는 아무것도 몰라요, 였죠."

"괜찮다면 클랜 하우스에 있는 연구실에서 계속해도 되니까…….."

"예?!"

별생각 없이 나온 말에 시트리가 고개를 번쩍 들었고, 날 빤히 쳐다봤다.

내가 무슨 이상한 소리라도 했나? 분명히 나는 아무것도 모른다. 연구 내용도 모르고, 설명해준다고 해도 이해하지 못하겠지. 하지만, 클랜 하우스의 연구실은 시트리 본인이 최첨단의 물건들을 갖춰 놨다. 공간도 꽤 넓게 배정하였으니 부족하진 않을 테고. 뭐, 설비 말고 다른 문제가 있을 수도 있지만.

시트리는 잠시 고민하는 것 같았지만, 빙긋 웃으면서 이렇게 말했다.

"……고맙습니다. 하지만, 크라이 씨한테 폐를 끼칠 것 같으니까, 그만둘게요."

신경 쓸 필요 없는데…… 라고 말하려다가 아슬아슬하게 참았다.

나와 시트리는 서로 사양하고 그러는 사이가 아니다. 폐를 끼칠 것 같다고 한다면, 그건 정말로 폐를 끼칠 수도 있는 위험한 실험이라는 뜻이겠지. 알지도 못하면서 쓸데없는 소리를 해선 안 된다.

시트리가 자기 손을 맞잡으면서 밝은 목소리로 말했다.

"그리고, 괜찮아요. 금방 다음 연구실을 찾아낼 테니까요. 다음에는 더 잘할게요."

"응, 응, 그래. 뭐, 천천히 해. 이럴 때 쉬어두는 것도 중요하니까."

시트리라면 금세 다음에 일할 연구실도 찾아내겠지. 내가 할 수 있는 일은 없을 것 같다.

결국 내 입에서 나온 건 아주 흔하디흔한 위로의 말이었지만, 시트리는 기쁘다는 것처럼 고개를 끄덕였다.

대낮인데도 라운지에는 아는 얼굴들이 모여 있었다.

헌터라고 해도 매일같이 보물전에 가는 건 아니다. 보물전 탐색을 하려면 준비를 해야 하고, 컨디션도 조절해야 한다. 라운지는 그런 헌터들이 쉬는 곳이다. 클랜 동료들과 정보도 교환할 수 있고 외부인들도 없다. 식사나 마실 것까지 전부 무료라서 시간을 보내기에는 아주 좋은 곳이다.

시트리가 눈을 가늘게 뜨고, 마치 품평이라도 하는 것처럼 라운지를 빙 둘러봤다.

"왠지 여기 오는 것도, 오랜만이네요……."

《비탄의 망령》도 정기적으로 다 같이 모여서 밥을 먹으러 가지만, 기본적으로 라운지는 사용하지 않는다. 다른 파티한테 시비를 걸어대기 때문이다. 물론 말리기는 하지만, 같은 식구들 사이에서 험악한 분위기를 만드느니 차라리 밖으로 나가는 쪽이 낫다는 슬픈 판단을 내렸다. 특히 루크의 검이 너무 가벼워서 문제다.

드문드문, 몇 명이 내가 왔다는 걸 알아차리기 시작했다. 의아하다는 표정을 짓는 사람, 얼굴을 찌푸리는 사람, 눈이 휘둥그레지는 사람. 나한테 손을 흔드는 사람. 그중에서도, 여러 파티의 중심에 있던 장신의 남자가 날 보면서 큰 소리로 불렀다.

"오, 크라이랑 시트리. 라운지에 오다니, 별일도 다 있군. 어쩐 일이야?"

스벤 앵거. 《시작의 발자국》에서도 톱 파티인 《흑금 십자가》의 리더이자 【흰 늑대 둥지】의 이상을 조사했을 때는 다수의 파티를 이끌어줬던, 나 같은 것보다 훨씬 믿음직한 사나이다.

헌터치고는 다른 사람을 잘 챙기기도 해서, 외부 파티 중에서는 아크 다음 정도로 친해지기 쉽다.

"아, 그냥 좀………… 무슨 일이라도 있어? 분위기 좋은 것 같은데."

내가 온 탓에 찬물을 끼얹은 것 같지만, 테이블 여러 개를 붙이고는 파티라는 벽을 넘어서 떠들썩하게 이야기하고 있었던 것 같다. 라운지에서는 술도 제공하지 않는데, 이렇게까지 분위기가 달아오른 건 정말 보기 힘든 일이다.

내가 묻자, 스벤이 의외라는 표정으로 말했다.

"음…… 뭐, 크라이하고는 상관없는 일일 수도 있지만── 최근에 소문이 돌고 있거든. 우리가 그 사건을 해결하느라 정신없는 사이에, 높은 레벨의 헌터가 왔다는 것 같아."

"아, 그 얘기…… 다들, 신경 쓰는구나."

"알고 있었나…… 신경 쓰다니, 그야 당연히 신경 쓰지 않겠어? 특히 이번에 온 외지인은 인정 레벨을 생각해보면 나나 너한테 상당히 가까워. 소문을 들어보면 얌전히 있을 위인도 아닌 것 같고."

"……관심이 없는 건 아니지만, 솔직히 난 어떻게 되든 상관없거든."

"그건 관심이 없다는 소리잖아. 정말이지, 레벨 7 정도는 신경 쓸 필요도 없다는 건가? 마스터의 그 아무렇지도 않다는 얼굴을 보면, 여전히 배짱이 두둑한 것 같구먼. 뭐, 우리도 시비를 걸어 오면 가만히 있을 생각은 없지만──."

스벤이 감개무량하다는 얼굴로 엉뚱한 소리를 했다.

나는 어깨를 으쓱거리고, 애매한 미소를 지으면서 넘어갔다.

나는 배짱이 두둑한 게 아니다. 오히려 간이 콩알만 해서 문제다. 그래서 나는 어지간해서는 클랜 하우스 밖으로 나가지 않는다. 그리고 아무리 운이 없는 나라고 해도, 밖에 나가지만 않으면 시비를 걸어오는 사람은 없다.

솔직히 말해서, 나는 그 헌터보다 경매 쪽이 더 신경 쓰인다.

"걱정되는 일이라면, 리즈가 먼저 시비를 거는 게 아닐까, 하는 정도인데⋯⋯."

"큭큭큭⋯⋯ 그건 맞는 말이네."

누구보다 금세 발끈해서 싸워대니까 말이야⋯⋯ 한번 따끔하게 말해두는 게 좋을지도 모르겠다.

"그래서, 외지인한테 관심 없다는 마스터가 무슨 볼일이지?"

"아. 혹시 보구 충전을 부탁할 수 없을까 싶어서 말이야. 꽤 많거든."

"보구 충전⋯⋯?"

스벤이 눈이 휘둥그레져서 턱에 손을 댔다. 주위에 있는 다른 헌터들도 서로 얼굴을 마주 보고 있다.

"평소에는 루시아한테 부탁했는데, 아직 돌아오질 않아서——."

설명하면서도, 어려운 일이라고 생각했다. 헌터에게 마력이란 돈만큼이나 중요한 자원이다. 한두 개를 충전하는 정도라면 지금까지도 부탁한 적이 있지만, 이번에는 숫자가 다르다.

스벤이 옆에 있던 마리에타——《흑금 십자가》의 마도사 쪽을 보면서 말했다.

"그건 상관없는데—— 자기 패를 다 드러내는 일이 될 텐데 말이야?"

그거야말로 걱정할 필요 없는 일이다. 패를 드러내거나 말거나, 난 약하니까.

그때, 지금까지 조용히 있던 시트리가 짝, 하고 손뼉을 치더니 활짝 웃으면서 말했다.

"스벤 씨. 정확히 말하자면, 그건 조금 달라요. 크라이 씨는 자기 패를 드러내는 위험을 감수하면서까지 여러분들을 훈련시키고 싶다, 그렇게 말하고 있어요."

라운지 안에 있던 멤버들이 시트리 앞으로 모였다. 아마도 이 중에서 몇 명은 시트리가 누구인지도 모를 텐데, 아주 자연스러운 수법이다. 스벤이 이의를 제기하지 않았던 것도 큰 이유일지도 모른다.

조금 전까지와 전혀 다르게 술렁이는 분위기 속에서 시트리가 완전히 도취된 것 같은 표정으로 웃으면서, 아주 또렷하게 들리는 목소리로 말했다.

"오늘 라운지에 계신 여러분은── 정말 운이 좋아요. 크라이 씨가 여러분에게── 아주 좋은 훈련을 시켜주신다고 했으니까요."

다들 무슨 소린지 이해하지 못한 것 같은데, 사실 제일 이해하지 못한 건 나다.

그렇게 거창한 소리를 한 기억은 없고, 무엇보다 내가 부탁하는 입장인데 말이야.

하지만, 헌터들은 아무런 말도 없다. 스벤까지 뭔가 흥미롭다는 눈으로 시트리를 보고 있었다.

그 조용하게 반짝이는 눈동자에 매료되기라도 한 것처럼, 이야기를 듣고 있던 멤버 중에 한 사람이 마른침을 삼켰다. 시트리는 집게손가락을 세워 보이고는, 마치 비밀 이야기라도 하는 것처럼 몸을 앞으로 숙이고서 말했다.

"이 훈련의 정말 좋은 점은, 평소의 시련과 다르게── 죽을 위험이 없어요."

"뭐……라고?!"

그 한마디에, 지금까지 분위기가 가라앉아 있던 사람들이 술렁거렸다. 스벤까지 눈이 휘둥그레졌다.

상황을 이해하지 못한 건 나 하나뿐인 것 같다. ……다들, 잘도 이해하네.

"……그, 무슨 시련인가 하는 건 안 했으면 싶은데."

"휴가 중이라도 괜찮고, 준비도 필요 없어요. 시간도 오래 걸리지 않고, 게다가── 효과는 눈에 보일 정도로 확실해요! 이 시련을 받은 사람은 전부 루시아급의 마도사가 될 수 있어요! 사실은,

우리 파티에서만 하던 비전(秘傳) 훈련법── 크라이 씨가 생각해 낸 비밀 훈련법인데, 이번에 특별히 여러분께…… 공개할게요."

그 말을 듣고, 다들 반신반의하는 표정이 됐다.

루시아 로제는 모든 이가 인정하는 제도에서 손꼽히는 마도사다. 인간을 무조건 얕보는 『정령인』들로 구성된 파티──《별의 성뢰》가 《시작의 발자국》에 참가하게 된 것도 루시아가 있었기 때문이다. 누구나 루시아와 동등한 마도사가 될 수 있다는 얘기는, 말도 안 되는 소리처럼 들리겠지. 나한테도 그렇게 들릴 정도니까.

그나저나 그런 훈련법, 난 전혀 기억이 안 나거든. 엄청나게 획기적인 훈련이라는데 말이야.

"아쉽게도 마도사분들만을 위한 훈련이라서, 모두가 받을 수는 없지만── 이 훈련을 받은 뒤에, 마도사로서, 헌터로서의 힘은 극적으로 향상될 거예요. 물론 강요는 안 해요. 이 중에, 받고 싶지 않은 분은 계신가요?"

"?!"

그 단도직입적인 질문에, 모여 있던 파티 멤버들이 서로 얼굴을 마주 봤다.

받고 싶은 분이 아니라, 받고 싶지 않은 분이 있는지 물어봤네.

스벤 옆에서 이야기를 듣고 있던 마리에타가 살짝 손을 들었다. 휴가 중이라서 그런지 로브 같은 건 걸치지 않았지만, 허리에 작은 지팡이를 차고 있는 게 보인다.

"그거…… 정말로 생명의 위협은 없어? 지난번에 조사 임무도…… 위험하지 않다고 했었는데."

마리에타의 빤히 쳐다보는 시선이 너무나 따갑다.

"제가 보장할게요. 저는 크라이 씨만큼 잘 아는 건 아니지만."

"그렇게 좋은 훈련은 들어본 적도 없는데—— 대가는?"

역시나 헌터. 반쯤 억지로 모아놓은 상황인데도, 이런 이야기를 들으니 솔깃한 것 같다. 향상심이 참 강하다니까.

의아하다는 표정으로 한 말을 듣고, 시트리가 입술에 손가락을 얹고는 귀엽게 고개를 갸웃거렸다.

"그러니까…… 말이죠. 마력 고갈이 일어나니까, 익숙하지 않은 분은 힘들지도 몰라요. 발자국 멤버들은 다들 그럭저럭 경험이 있을 테니까, 괜찮을 것 같지만…… 만약 마나 고갈을 못 견디는 마도사 분이 계시다면, 안 받는 게 좋을지도 몰라요."

"여기 그런 마도사는 없어. 마법을 쓰는 자라면, 마력 고갈 정도는 누구나 경험하는 일이니까."

마리에타가 한심하다는 것처럼 말했다. 주위에서 몇 명인가가 동의했다.

"고갈된 마력은 금세 회복시켜드릴 테니까 안심하세요. 그걸 위한 마력 회복약은 제가 부담하고요. 참고로…… 그러니까…… 딱히, 무시하는 건 아니지만…… 마력 회복약이 써서 못 마시는 분은 계신가요?"

쭈뼛쭈뼛, 시트리가 조심스럽게 꺼낸 말을 들은 마도사들이 서로의 얼굴을 마주 봤다. 뭔가 떨떠름한 표정이다.

마력 회복약은 헌팅을 나갈 때 아주 유용한 약인데, 딱 한 가지, 널리 알려진 단점이 있다.

그건── 지독하게 맛이 없다는 점이다. 효과에 비례하는 것처럼 끔찍해지는 고약하고 쓴맛은 그야말로 이 세상의 맛이 아니라고 표현할 정도라서, 역전의 마도사들이 목숨이 달린 상황에서도 마시는 걸 주저할 정도로 맛이 없다.

옛날에 루시아가 마시는 약을 조금만 나눠달라고 해서 먹어본 적이 있는데, 혀에 닿은 순간에 정신을 잃었고 정신을 차렸을 때는 몇 시간이나 지나 있었다. 그 뒤로, 나는 마도사들을 엄청나게 존경하고 있다.

마력 회복약을 주저하지 않고 마실 수 있다는 것이, 일류 마도사라는 증거가 된다는 이야기를 들은 적이 있다.

서로 마주 보고 있던 마도사 한 사람이 내키지 않는다는 것처럼 말했다.

"너무 무시하지 말라고. 댁들 정도는 아니지만 우리도 현역 마도사야. 마력 회복약 정도는 마셔본 적이 있다고. 이제 와서, 주저하지도 않아."

"죄송해요. 그렇다면…… 딱히 문제는 없을, 것 같아요."

살짝 고개를 숙이며 사과하고, 시트리가 다시 한번 모여 있는 사람들의 표정을 확인했다. 그러고는 진지한 표정으로 입을 열었다.

"그럼, 최종 확인입니다. 이건…… 비밀리에 전해지는 훈련법입니다. 아마도, 지금 거절하면 두 번 다시 받을 수 없겠죠. 하지만, 큰일을 치른 뒤에 할 일이 아니라는 것도, 확실해요. 강요는 안 하겠지만, 일단 시작하면 끝까지 해주셔야 합니다. 이 훈련을 받고 싶지 않은 분, 계신가요?"

……이제 와서 하는 말이지만, 시트리는 의외로 수완이 대단하다. 생김새 때문에 착각하기 쉬운데, 완전히 무해하고 착하기만 한 사람이 아니다. 시트리는 항상 예방선을 쳐두고 행동한다. 거짓말은 안 하지만 빙 돌려서 표현하는 버릇이 있어서, 소꿉친구들 사이에서 시트리의 말은 가장 주의해야 할 것 중에 하나였다. 그다지 생각하고 싶지는 않지만, 그『의도적』인 인식 차이 때문에, 리즈와 시트리가 둘 중 하나는 죽어야 끝날 것 같은 자매 싸움을 벌인 적도 있었다.

예를 들자면, 시트리가 죽지는 않는다고 했지만 죽을 만큼 괴로운 건 아니라고 말하지도 않았다. 그리고 종종, 그 말하지 않은 부분에 중요한 정보가 존재하고는 한다.

긴장된 분위기가 감돈다. 아마도 내가 있기 때문이다. 지난번에 노토 커클레어의 일이 있었으니까 날 못 믿는 것도 어쩔 수 없는 일이기는 한데, 지금처럼 이렇게 인망이 없는 클랜 마스터가 존재하기는 했었을까.

마리에타가 입을 열려고 했다. 그때, 갑자기 너무나 맑고 씩씩한 목소리가 끼어들었다.

"재미있는 이야기를 하고 있군…… 시트리 스마트."

시트리의 눈이 찰나의 순간 동안 가늘어졌고, 바로 원래의 온화하게 웃는 눈으로 돌아왔다.

목소리가 들려온 방향을 보고, 환영하는 것처럼 말했다.

"이건, 정말이지…… 아주 잘됐네요."

들어온 자들은 이 세상의 아름다움을 그 한 몸으로 표현한다는 것 같은, 아름다운 외모를 가진 장신의 여성이었다.

오뚝한 콧날에 자수정을 연상케 하는 보석 같은 눈. 실오라기처럼 가늘고 매끈한 긴 금발이 햇살을 반사시키고 있는데, 너무 아름다워서 오히려 현실감이 없다.

게다가 그 옆에는 거기에 뒤지지 않는 은발 여자아이까지 데리고 있었다.

인간을 벗어난 것 같은 미모. 그리고, 실제로 두 사람은 인간이 아니다.

『정령인(노블)』. 고귀한 혈통을 의미하는 단어로 불리는 자.

인간보다 수명이 길고 인간보다 강하고 아름답고, 그렇기에 인간을 얕보는 자들이다. 아인종 중에서도 특히 숫자가 적고, 그 본성 때문에 어지간해서는 인간이 사는 곳에 내려오지 않기에, 제도에도 거의 존재하지 않는다.

그리고 그런 정령인 여성, 라피스 플루골이 이끄는 《별의 성뢰》는 이 세상 전체를 뒤져도 보기 힘든 『정령인』들만으로 구성된 파티였다.

동시에, 인간만 보이면 무의식적으로 얕보는 그녀들은 《비탄의 망령》 다음가는 문제아이기도 했다.

"라피스, 크류스. 라운지에 오다니…… 별일이네."

내 우호적인 말에 라피스 옆에 있던 은발 소녀, 크류스 알르겐이 눈을 부릅뜨고 노려봤다.

"약한 인간. 라피스에게 반말을 하지 말라고 몇 번이나 말해야 알겠냐입니까."

목소리는 아름답지만 말투는 좀 이상하다. 그런 크류스에게, 라피스가 나무라는 것처럼 말했다.

"크류스, 괜찮아. 우둔하기는 해도, 어쨌거나 클랜 마스터라는 점에는 변함이 없다. 이곳은 인간이 사는 곳, 인간의 섭리에 따라야 하겠지. ……그리고 경어가 이상하다."

"약한 인간. 라피스가 이렇게 말하니까 따라주고 있을 뿐이다입니다. 까불지 말라는 겁니다."

크류스가 눈살을 찌푸리고서 고개를 홱 돌렸다. 여전히 재미있는 애다. 하지만 이렇게 어린애여도 마도사로서는 초일류다. 종족적인 자질 때문에 정령인의 마도사 적성은 인간의 수백 배 또는 수천 배나 된다고 한다. 자존심이 너무 강해지는 것도 어쩔 수 없는 일인지도 모른다.

"이렇게 약해 보이는 인간이 그 루시아의 오라비라는 사실, 정말 믿을 수 없습니다."

기본적으로 인간을 얕보는 정령인이지만, 유일하게 인정하는 자도 존재한다.

그것이 마도사다. 종족 전체가 뛰어난 마도사인 그들에게 마도 실력이란 종족이라는 장벽을 뛰어넘는 판단 기준이라는 것 같다. 오히려 핸디캡을 지닌 열등 종족일수록 존경할 가치가 있다나 뭐라나.

두 사람을 포함한 《별의 성뢰》가 《시작의 발자국》에 참가하게 된 것도, 뛰어난 마도사이자 내 의붓 여동생인, 마도사 루시아 때문이기도 하다.

라피스도 크류스의 말에 동의하는 건지 씁쓸한 미소를 지었다.

"인간의 몸에 그만한 힘을 깃들이다니…… 정령인이었다면 마도의 극에 이르렀을 것을."

"아직 늦지 않았습니다. 당장 루시아 씨를 내놓으라는 겁니다! 마법의 마자도 모르는 약한 인간한테는 아깝다! 입니다!"

"몇 번이나 말했지만, 빼가는 건 마음대로 해도 돼. 난 말리지 않으니까. 그런 건 전부 루시아 본인의 뜻에 맡기고 있어. 난 말리지 않았고, 오빠로서 강요도 안 해."

클랜을 만들 때, 《별의 성뢰》에게 참가해달라고 설득한 사람은 시트리였다. 그리고 시트리는 교섭 재료로, 그 당시부터 뛰어난 마도사로 알려져 있던 루시아의 스카우트 권리를 제시했다.

솔직히 스카우트 권리고 자시고, 우리 파티에 들어오고 나가는 건 개인의 자유에 달려 있는데 말이야. 아무튼 그 뒤로 그녀들은 원래 정령인들에게 절대로 있을 수 없는, 인간이 만든 클랜의 산하에 들어온다는 결정을 했다. 그 뒤로 3년이 지난 지금까지 클랜에 소속돼 있는 걸 보면, 루시아에 대한 그녀들의 집념이 얼마나 대단한지 알 수 있다.

크류스가 발끈한 표정으로 입을 다물었다. 그 머리 위에 손을 얹고, 라피스가 시트리를 노려봤다.

"……그래서, 비전의 훈련? 누구나 루시아 수준의 마도사가 될 수 있다고? 말도 안 되는 소리를…… 그런 훈련, 정령인들 사이에도 존재하지 않습니다."

"그렇게 말을 해도 말이죠── 실제로, 루시아는 크라이 씨가 고안한 그 훈련 덕분에 별명까지 얻게 됐고—— 뭐, 정령인이라는 압도적으로 유리한 종족으로 태어났으면서도 루시아한테 패배한 분들이니까, 못 믿는 것도 어쩔 수 없는 일이겠죠."

"큭…… 한심한, 도발이다. 《최저 최악(딥 블랙)》."

얕보던 상대한테서 날아온 말 때문에 크류스의 얼굴이 새빨개졌다. 라피스도 불쾌해 보였다.

미인이 진심으로 화를 내면 정말 무섭다. 하지만 시트리는 낯빛 하나 바뀌지 않고 주위를 확인했다.

"그래서, 처음 훈련을 받아서 이 반신반의하는 라피스 씨와 크류스 씨한테 성과를 보여주고 싶은 분은 계신가요?"

그 훈련이라는 것에 정말 자신이 있는 걸까. ……솔직히, 이번에는 보구 충전만 부탁했는데, 어째서 일이 이렇게 된 걸까.

한참 동안 침묵이 흐른 뒤에, 제일 먼저 손을 든 사람은 《흑금 십자가》의 마리에타였다.

"…………하는 수 없지, 다들 무서워하는 것 같으니까, 내가 할게."

"괜찮겠어? 마리."

"지난번에 의뢰를 하면서 특훈이 필요할 것 같다고, 생각은 했으니까."

역시나 《흑금 십자가》네. 시트리에 대해서도 잘 알고 있을 텐데, 향상심이 다르다.

앞으로 나선 마리에타를 보고, 시트리가 만족스레 고개를 끄덕였다.

"그럼, 시작할까요. 뭐, 내용 자체는 그렇게 어려운 일이 아니에요."

반신반의하는 시선 속에서, 시트리는 품에서 은제 회중시계를 꺼내서 슬쩍 시간을 확인하고는, 집게손가락을 세워 보이는 포즈를 해보이면서 밝은 목소리로 말했다.

"먼저, 보구에 마력을 충전합니다. 마침 크라이 씨가 마나가 떨어진 보구를 잔뜩 가지고 계시거든요."

"……뭐?"

마리에타의 눈이 휘둥그레졌다. 나는 시트리가 시키는 대로 마력이 떨어진 『세이프 링』을 건넸다.

이상하다는 표정을 지으면서, 마리에타가 마력 충전을 시작했다.

침묵의 시간이 지나간다. 마리에타의 표정이 이상하다는 표정에서 굳은 표정으로 바뀌었다.

"………………잠깐만 기다려봐?! 이 보구, 뭐야? 아무리 해도 충전이 안 끝나는데!"

"그냥 그대로 계속하세요."

"……."

안 그래도 하얀 마리에타의 피부에서 핏기가 가셨다. 이마에는 비지땀이 맺혔다. 그녀는 《발자국》에 소속된 마도사 중에서도 레벨이 상당히 높은 편인데, 그래도 세이프 링 충전은 상당한 부담이 되는 것 같다.

그러고 보니 루시아가 말하길, 마력을 쥐어짰을 때의 기분은 술에 엄청나게 취해서 제대로 걷지도 못하게 됐을 때와 비슷하다는 것 같다. 그래도 마리에타는 테이블에 손을 짚어가면서 계속 충전했다.

몇 분을 기다렸다. 보구 충전이 무사히 끝났다. 그때 마리에타는 입술이 새파래졌고 손끝은 떨리고 있었다. 머리가 아픈 건지 이마에 손을 대고서 눈살을 찌푸렸다.

시트리는 탁자 위에 올려놓은 세이프 링을 집어 들고 만족스레 고개를 끄덕인 뒤에, 나한테 건네주면서 말했다.

"자, 첫 번째 충전이 끝났으면 계속해서—— 다음 보구를 충전할게요."

"?! 뭐?!"

"잠깐만. 마리는 이미 한계야!"

"괜찮아요. 한계가 오면 중지할 테니까요. 죽지는 않아요. 그건 이미 확인했어요."

스벤의 동료들이 항의했지만, 시트리는 전혀 신경도 쓰지 않고 마리에타에게 다음 보구를 건넸다. 마리에타는 떨리는 손으로 그것을 받았고, 다시 충전을 시작했다.

호흡이 거칠어져 있다. 한눈에 봐도 마력 결핍 증상이다. 이대로 계속 충전하면 얼마 지나지 않아서 완전히 고갈되겠지. 조마조마한 심정으로 지켜보는 사람들에게, 시트리가 설명하기 시작했다.

"여기서 간단히 설명할게요. 마도사의 실력은 그 마력 총량에 비례합니다. 일반적으로 마도사에는 여성이 적합하다고 하는데, 그건 여성 쪽이 마력 총량이 성장하기 쉽기 때문이에요. 그리고 그 마력의 상한은 보통 어린 시절부터 10대 중반까지 성장하고, 거기서 멈춥니다. 『정령인』이 마도사로서 우수한 것은, 당연히 마력에 대한 적성 때문이기도 하지만—— 그들의 노화 속도가 사람과 달라서—— 마력의 성장기가 상당히 길기 때문이라고 합니다."

· 결국 서 있지도 못하게 됐는지, 마리에타가 그 자리에서 무릎을 꿇었다. 탁자 위에 올려놨던 손이 힘없이 벌어져, 세이프 링이 손에서 떨어졌다. 아직 충전이 끝나지도 않았는데, 마리에타의 마력이 먼저 떨어진 것 같다.

시트리는 그 보구를 집어 들고, 계속 설명했다.

"그리고—— 마력 총량의 성장은 10대 중반에서 완전히 멈추는데, 성장이 끝난 뒤에도 예외적으로 특정한 타이밍에서 증가하는 경우가 알려져 있습니다. 그 양은—— 대략 5퍼센트에서 10퍼센트. 일반적으로 『초회복』이라고 부르기도 하는데, 어떤 타이밍에서 늘어나는지, 알고 계시나요?"

그 질문에, 그 자리에 있던 마도사 중에 한 사람이 쭈뼛쭈뼛 대답했다.

"마력…… 고갈……?"

"정답이에요! 마력이 고갈되고, 그리고 회복됐을 때—— 상한치가 크게 향상됩니다!"

그 순간, 분명히, 모든 이의 마음이 하나가 됐다. 조금 전까지 시트리의 달콤한 말을 흥미진진하게 듣고 있던 마도사들의 얼굴이 새파랗게 질려버렸다. 라피스의 표정도 굳어 있다. 무슨 말인지 이해했기 때문이겠지.

편한 방법? 효율적? 말도 안 된다.

분명히 마력의 초회복이 그럭저럭 유명한 방법이기는 하지만, 좋아서 시도하는 사람은 없다. 마도사의 부담이 너무 크기 때문이다. 마력의 상한 확장이 발생하는 것은 육체가 죽음을 각오하고 온 힘을 다해서 상황에 적응하려고 하기 때문이다.

"……하지만, 마력량은 회복할 때 올라간다고 들었다. 회복에는 우리에게도 상응하는 시간이——."

"그래서, 제가 만든 특제 마력 회복약이 등장합니다."

크류스의 의문에, 시트리가 자랑스레 주머니 안에 있던 포션을 꺼냈다.

마치 먹물처럼 새카만 색의 포션이다.

……마력 회복약이라는 게, 좀 더 예쁜 색이 아니었던가?

시트리가 스포이트를 꺼내고, 가슴을 활짝 펴고서 말했다.

"루시아를 위해서 조정한 특별한 약이에요. 마리에타 씨도—— 아마도, 몇 방울이면 회복되겠죠."

"자, 잠깐——."

스벤이 말리려고 했을 때는 이미 늦었다. 스포이트에 빨아들인 특제 마력 회복약이, 마력이 고갈돼서 앞뒤 분간도 못 하는 마리에타의 입 안으로 들어갔다. 그리고, 지금까지 뭍에 올라온 물고기처럼, 꼼짝도 못 하던 마리에타의 날씬한 몸이 펄쩍 하고 크게 뛰었다.

도저히 사람의 움직임이 아닌 것 같은 그 모습을 보고, 주위에서 구경하고 있던 클랜 멤버들이 비명을 지르면서 뒤로 멀찍이 물러났다.

그대로 바닥에 누워서 꼼짝도 못 하고 있는 불쌍한 마도사에게, 시트리가 얼굴을 가져다 댔다.

"역시 마리에타 씨…… 각오하고 있었는데, 구토는 안 하시는군요."

깜짝 놀란 사람들 앞에서 그런 말을 중얼거리고는, 눈꺼풀을 들어서 동공을 확인했다.

이어서 살짝 뺨을 때리고 고개를 잡고 돌리며, 회중시계를 확인한 뒤에 고개를 크게 끄덕이면서 말했다.

"겨우 3분 20초 만에 마력이 약 10퍼센트나 향상됐습니다. 바로 이것이 루시아를 키운, 크라이 씨가 고안하고 비밀리에 전해 내려온 마도사 육성술입니다. 계속 반복하면 힘을 극적으로 향상시킬 수 있죠. 파티의 기둥인 마도사의 성장은 파티 전체의 생존율을 크게 높여줍니다. 정말 효율적이고—— 훌륭한 방법이에요!"

피도 눈물도 없는 악마 같은 훈련 방법이었다. 당연히 나는 그런 걸 고안해낸 기억이 없다.

라피스가 눈살을 찌푸리고, 마리에타의 안색을 확인하고서 말했다.

"마리에타의 의식이 아직 돌아오지 않았는데——."

"괜찮아요. 익숙해질 테고, 보구와 포션 공급을 제가 할 테니까, 여러분은 보구에 마력을 충전하는 것만 생각하시면 됩니다. 손이 부족하면 골렘을 부르면 되고, 도망치려고 해도—— 도망칠 수 없어요. 이제는 그저 『적응』만 하면 돼요."

"말도 안 돼…… 이런 건, 훈련도 아니야."

클렌 멤버 중에 한 사람이 눈을 크게 뜨고, 악마라도 보는 것 같은 표정으로 시트리를 쳐다봤다.

지금까지 마력 초회복을 훈련으로 사용하지 않았던 데는 마력 회복약이 비싸다는 이유도 있지만, 아마도 마력 고갈이 엄청나게 『괴롭기』 때문이겠지. 게다가 시트리의 훈련에서는 마력 고갈에다가 먹기 괴로운 마력 회복약까지 반복해서 사용한다. 그 괴로움은 경험이 풍부한 마도사일수록 뼈저리게 이해하고 있을 것이다.

하지만 시트리의 표정은 변하지 않았다. 눈을 깜박이고, 아주 당연한 일이라는 양 말했다.

"그런데, 실제로 루시아는 이 방법으로 실력을 키워왔어요. 거듭해서 마력 고갈을 맛보고, 제가 만든 포션을 먹었습니다. 효율을 생각한다면, 다소의 고통 정도는 문제도 안 될 텐데요. ……설마, 아무것도 견디지 않고 정령인을 뛰어넘는 실력을 얻었다고 생각하는 건 아니시겠죠……."

말로 현혹하고, 정곡을 찔러 후려친다. 시트리의 이상하게 여기는 것 같은 표정에, 라피스를 포함한 모든 사람이 침묵했다.

성과를 얻으려면 그에 걸맞은 노력이 필요하다.

《비탄의 망령》를 봐온 나는 그것을 잘 알고 있다.

"마력이 늘어나면 늘어날수록 고갈시키기도 힘들어지죠. 마술 행사에는 정신집중이 필요불가결하고, 그만큼 마력을 다 쓰려면 아주 굳은 의지가 필요한데, 보구 충전이라면 그런 게 없이도 간단히 마력을 다 써버릴 수가 있어요. 게다가 충전할 보구도 계속 공급해드릴 수 있습니다. 그렇죠, 크라이 씨?"

"……아직 수백── 수, 수십 개 이상은 있어."

내 개인실에 진열해놓은 컬렉션 중의 대부분이, 지금은 쓸 수 없는 상태가 돼 있다.

스벤이 완전히 질렸다는 눈으로 날 응시했다.

"수십……?! 크라이 너, 그게 정말이냐……."

"크라이 씨가 배려해주신 덕분에 여기 있는 마도사 전원에게 훈련을 시켜드릴 수가 있는 거예요."

그렇구나…… 이게 시트리가 아까 말한 좋은 생각이라는, 건가. 비싼 마력 회복약도 시트리라면 직접 만들 수 있다. 분명히 양쪽 모두에게 메리트가 있는 거래이긴 하지만, 반 정도는 사기다.

시트리가 말하는 내용이 너무나도 가혹해서, 넘어오는 자가 없을 거 같다.

그 말을 들은 마도사분들이 입을 꾹 다물고 서로 얼굴을 마주 보고 있다. 마리에타는 아직 정신을 차리지 못했다.

라피스는 팔짱을 끼고, 입을 꾹 다물고서 복잡한 표정을 짓고 있었지만,

"《최저 최악》. 정말로 루시아는, 크라이의 여동생은, 그 훈련을 받은 건가?"

"물론이죠. 포션을 조합한 건 바로 저니까요. 게다가── 루시아는 이 마력 증강 훈련을 하면서도, 결코 힘들어하는 모습을 보이지 않았어요."

응, 맞아, 그랬었지. 전혀 그런 줄을 몰랐으니까. 분명히 충전할 보구가 늘어날 때마다 잔소리를 늘어놓기는 했지만, 그래도 그 훌륭한 여동생은 단 한 번도 내 보구 충전을 거절한 적이 없다.

시트리는 잠깐 쉬고는 주위를 한 번 빙글 돌아보고, 입가에다 집게손가락을 세워 보이면서 말했다.

"재능, 같은 게 아니에요. 루시아만 그런 게 아니랍니다. 오빠나, 크라이 씨의 레벨이, 여기 있는 여러분보다 아주 조금 높은 건—— 저희가 헤쳐 나온 시련이—— 흘린 땀, 피, 눈물의 양이, 여러분보다 아주 조금 많기, 때문이에요. 설마 자기보다 나이가 훨씬 적은 헌터도 헤쳐 나온 시련 때문에 우는 소리를 하실 생각인가요?"

……여전히 말재주는 대단하다니까. 뭐, 나는 피도 땀도 눈물도 흘린 적이 없지만…….

이야기를 들은 라피스는 잠시 입을 다물고 있었는데, 마침내 입을 열고는 감격했다는 것처럼 말했다.

"후우…… 인간의 몸으로 정령인을 쫓아온 것을 보고, 상당한 천운을 타고났을 거라고 생각했었는데—— 가혹한 단련의 결과였나. 훌륭하다—— 더더욱 루시아를 데리고 오고 싶어졌다, 크라이 안드리히."

그야 뭐…… 자랑스러운 여동생이니까. 그나저나, 보구 숫자를 좀 줄이는 게 좋으려나요…….

루시아는 처음부터 그런 마도에 대한 재능의 편린을 보여줬다. 아마도 루시아는, 우리 《비탄의 망령》 초기 멤버 여섯 명 중에서 가장 뛰어난 재능을 타고났을 것이다. 그래서 지금까지 전혀 의식하지 못했었는데, 이 참상을 보니까…… 어쩌면 루시아도 내 눈에 안 보이는 곳에서 상당히 고생했을지도 모른다.

제도에 처음 왔을 때, 내가 가지고 있던 보구는 달랑 하나——몸에 장착하기만 해도 체력이 아주 조금 좋아지는 효과가 있는 아주 시시한 보구였고, 필요로 하는 마력도 아주 소량이었다.

내 보구 충전은 처음부터 지금까지 계속 루시아가 담당했다. 콜렉션이 계속 늘어났지만, 루시아는 지금까지 짜증 나는 얼굴을 한 적이 없——는 건 아니다.

루시아의 쌀쌀맞은 목소리를 떠올렸더니, 이제 와서 식은땀이 흐른다.

요즘 왠지 나한테 쌀쌀맞단 말이야. 뒤늦게 반항기라도 왔나 싶었는데, 혹시 이것 때문인가?

……돌아오면 루시아 기분을 좀 풀어줘야겠다.

"하지만, 말이다——."

그런 생각을 하고 있는데, 갑자기 라피스가 목소리에 힘을 담아서 말했다.

"시트리 스마트. 조금 전에 네가 말했지? 정령인을 뛰어넘는 힘을 얻을 수 있다고, 말이다."

"? 예, 말했죠. 그게 어쨌는데요?"

시트리의 이상하다는 표정에, 라피스의 연보라색 눈동자가 갑자기 확, 하고 타올랐다.

"그것은! 잘못된 말, 이다! 결코, 인정할 수 없다! 그래, 분명히 루시아 로제는 뛰어난 마도사다, 그만큼 다양한 마법을 구사하는 마도사를, 나는 지금껏 본 적이 없다. 별명에 걸맞은 인물이다. 하지만—— 분명히 내가 루시아를 인정하기는 하지만, 루시아가 우리보다 뛰어나다고 생각한 적은—— 단 한 번도 없다!!"

불타는 것 같은 감정을 드러낸 그 목소리에는, 압도적인 자신감과 명확하게 인간을 얕보는 태도가 담겨 있었다.

시트리가 곤란하다는 것처럼 나를 한 번 보고, 살짝 한숨을 쉬었다.

"하아. 자신감은 좋은데 말이죠, 근거도 없는 자신감만큼 꼴사나운 건—— 아니죠.《별의 성뢰》를 얕보는 건 아니에요. 하지만 실제로, 그쪽 파티에 크류스 씨의 인정 레벨은 레벨 6인 루시아보다 낮고, 무엇보다…… 당신은 뛰어난 종족으로 태어났다는 사실에 안주하고 있어요. 팔이 안으로 굽어서 이런 생각을 하는지도 모르겠지만, 루시아가《별의 성뢰》의 스카우트 제의를 받아들이지 않는 것도 그것 때문이 아닐까요?"

"큭…………."

정중한 듯하지만 상당히 무례한 그 말에, 라피스가 매끈한 입술을 꽉 깨물었다.

평범한 정령인이라면 공격 마법을 날렸어도 이상하지 않을 모욕이다. 하지만, 라피스는 큰 소리로 외쳤다.

"크류스. 이렇게까지 모욕을 당한 채, 가만히 있을 우리가 아니다!"

"예, 입니다!"

크류스의 얼굴도 라피스한테 뒤지지 않을 정도로 치욕에 물들어 있었다. 눈빛으로 쏘아 죽이려는 것 같은 시선이 어째선지 시트리가 아니라 나한테 향하고 있다는 게 신경 쓰이지만, 시트리의 책임자 같은 입장이니까 어쩔 수 없는 일이겠지.

"시트리가 이상한 소리를 해서 미안해. 내가 사과할게. 필요하다면 엎드려 빌기라도 하고."

"큭…… 필요 없다, 입니다! 약한 인간은, 너무 빈번하게 엎드려서 빈다, 입니다! 반성해라, 입니다!"

내 유일한 특기인데── 그러고 보니까, 크류스한테는 예전에 울 때까지 엎드려 빈 적이 있었지…….

곤혹스러워하는 나를 내버려 두고, 라피스가 테이블을 세게 두드리면서 격앙된 목소리로 외쳤다.

"사죄 따위는 필요 없다, 《천변만화》! 그저, 증명하겠다. 너희── 인간 놈들이 바보 같은 얼굴로 경탄하는 것만이, 우리의 상처 입은 긍지를 치유해줄 수 있다. 안주하고, 있다고?! 애당초, 인간이 할 수 있는 일을, 우리 정령인이 못 할 이유가 없다!! 크류스!"

크류스가 정령인의 특징인 납작한 가슴을 활짝 펴고, 침까지 튀기면서 나한테 요구했다.

"자, 빨리 보구를 내놔라, 입니다! 얼마든지 가지고 와라, 입니다! 인간족의 수십 배나 되는 마력을 지닌 내가 아무리 상대가 루시아 씨라고 해도, 못 당해낼 리가 없다, 입니다!"

"……아, 물론, 그런 일이라면 상관없는데……."

시트리가 고개를 살짝 숙이고, 걱정하는 목소리로 말했다. 그나저나 말이야, 정령인들은 도발에 대한 내성이 전혀 없네.

"저…… 부디 무리는 하지 마세요. 루시아는 아무렇지도 않게 전부 충전했지만, 인간 중에는 일단 거기까지 할 수 있는 사람은 없겠죠. 정령인이라도 무리일 것 같다고 생각하지만요."

"시끄럽다! 할 수 있다고, 말하지 않았나, 입니다! 네 말을 듣고서 겁을 먹은 인간족 마도사와 내가 다르다는 걸 증명해주겠다, 입니다! 너희는 닥치고 보구나 가지고 와라, 입니다!"

이미 크류스의 귀에 시트리의 충고 따위는 들리지 않았다. 시트리는 머리가 좋으니까, 아마도 일부러 그렇게 말했겠지. 고개를 숙이고 있는 시트리의 입가가 살짝 웃고 있다.

"그렇게까지 말한다면…… 라피스 씨, 크류스 씨, 정령인의 힘, 부디 충분히 발휘해주세요."

시트리가 조종하는 스톤 골렘이, 보구를 차례로 가지고 와서 팔을 걷어붙이고 있는 크류스 앞에 내려놨다.

서서히 늘어나는 보구를 보고서 눈썹이 움찔하고 흔들린 정령인 소녀에게, 시트리가 작은 목소리로 말했다.

"이것이――『천 개의 시련』입니다."

해가 반쯤 저물고, 붉게 물든 라운지로 에바가 뛰어들어 왔다.

그리고 참상을 보고는 이마에 손을 짚더니, 아무것도 안 하고 그냥 테이블에 앉아만 있는 나를 보며 물었다.

"무슨 일이 있었던 거죠……?"

"헌터의 긍지와 긍지가 부딪쳐서 말이야……."

"그런 건 됐고요."

아, 예.

드넓은 라운지에는 도저히 눈 뜨고 봐줄 수 없는 광경이 펼쳐져 있었다.

테이블 위에 엎어져서 움찔움찔 경련하는 사람, 바닥에 엎드린 채로 꼼짝도 안 하는 사람, 아직 의식이 있는지 뭔가 알아듣지도 못할 혼잣말을 중얼거리고 있는 사람. 처음에는 토하는 사람도 있었지만, 토사물은 시트리의 골렘이 다 치워서 남아 있지 않았다. 위 속에 있는 것만 토할 수 있다는 게 그나마 다행이었다.

헌터들이 바닥에 쓰러져 있는 동료의 몸에 매달려서 어깨를 흔들고 있는 모습은, 마치 보물전 탐색 중에 죽은 동료의 죽음을 믿지 못하고 시체에 매달려 있는 모습처럼 보이기도 했다.

이렇게 보고 있자니, 왠지 엄청나게 마음이 아프다. 오히려 내가 토할 것 같다.

테이블 중 하나에서 아직 의식을 유지하고 있는 크류스가 고개를 들었다. 얼굴에 핏기가 가시고, 식은땀 때문에 앞머리가 얼굴에 붙어 있지만, 그 미모는 아직 남아 있다. 역시나 긍지 높은 정령인이라고 해야겠지.

"헉, 헉…… 앞으로, 몇 개, 남았냐, 입니다아."

"제일 큰 건 다 끝났어. 이제 겨우 152개!"

"백?! 약한 인간, 너, 처음에, 했던 말을, 생각해봐라, 입니다……."

뭐, 열심히 한 것 같기는 하거든. 몇 번인가 회복하기는 했지만, 세이프 링을 전부 충전한 것만 봐도 크류스의 마력량은 탁월하다고 할 수 있다. 참고로 다른 마도사들이 쓰러져 있는 건, 우는소리를 하면서도 죽어라 마력을 충전하는 크류스의 모습을 보고 자극을 받아서, 자기들도 질 수 없다고 충전 싸움에 참가했기 때문이다.

내가 했던 긍지와 긍지가 부딪쳤다는 말은 거짓말이 아니었다.

긴 다리를 꼬고 앉아서 그 모습을 관찰하고 있던 라피스가, 눈살을 찌푸리면서 말했다.

"그렇군, 분명히 가혹해. 하지만 크류스, 물러나는 것은 용서할 수 없다. 관심이 생겼다. 이것은 우리에게도 힘이 된다. 우는소리를 할 생각은 없겠지?"

"……예에, 물론, 입니다. 라피스! 으으…… 자, 거짓말쟁이 인간! 나머지 보구를, 가지고 와라, 입니다!"

대단한 근성이다. 이젠 물러날 수 없게 된 것 같은데 말이야.

나도 모르게 도와주려고 했다. 난 굳이 여자애를 울리면서까지 보구를 충전하고 싶은 건 아니니까.

"아니, 이제 필요한 최소의 보구는 충전했고, 나머지는 안 해도 되는 것들이야. 무리할 필요는 없어."

"?! 헛소리 마라, 입니다! 아, 아직, 할 수 있다, 입니다! 자, 빨리 가지고 와라, 입니다!"

상황을 깨달았는지, 에바가 완전히 질린 얼굴이다. 시트리도 눈이 휘둥그레져 있다.

뭐, 수행이 되는 건 사실이니까, 직성이 풀릴 때까지 시켜볼까.

"괜찮을까요?"

"응. 가지고 와."

골렘이 충전을 마친 보구를 치우고, 새로운 보구를 가지고 왔다. 마지막으로 남은 것은 제일 우선도가 낮은 무기계 보구들이다.

얼핏 보면 단순한 보석 장식처럼 보이는 액세서리 계열 보구와 달라서, 무기계는 보통 무기와 확실히 다르게 보이는 빛을 지니고 있다. 날이 투명한 검에 불꽃이 흔들리는 것 같은 무늬가 있는 도(刀). 모든 빛을 빨아들이는 칠흑의 큰 창에 보석처럼 빛나는 둥근 방패. 쓰러진 동료를 돌보고 있던 멤버들이 그 빛을 보고서 깜짝 놀랐다.

역전의 병사가 가지고 있으면 일기당천의 활약을 할 수도 있는 물건들이다. 무기계 보구는 다른 보구에 비해 가격이 비싸다. 이렇게 많은 콜렉션을 가지고 있는 건, 나나 보구점을 운영하는 마티스 씨 정도겠지.

온갖 무예 실력이 보통 사람들만도 못한 나한테는 아무 데도 쓸데가 없는, 말 그대로 수집품일 뿐이다.

"야, 약한 인간, 이게—— 진심입니까……."

크류스가 깜짝 놀란 표정으로 말했다. 진심이고 자시고—— 네가 한다고 했잖아.

무기계 보구는 보구 중에서도 마력을 유지하는 힘이 약한 경향이 있다. 그게 트레저 헌터가 보구를 가질 때 자기 힘으로 충전할 수 있는 수준 안에서 고르는 이유이기도 한데, 아마 크류스가 열심히 충전해봤자 며칠도 못 가겠지. 그래서 나도 마지막까지 남겨뒀던 거고——.

크류스가 신음 소리를 내면서 보석이 박힌 길이 20센티미터 정도의 단검(대거)을 집었다. 할 생각인가.

자존심 때문일까 고집 때문일까, 아니면 그렇게까지 해서라도 마력량을 늘리고 싶은 걸까.

거기서 좋은 생각이 났다. 내 취미는 보구 수집이지만, 그냥 소장만 하는 게 아니라 사용하는 것도 아주 좋아한다. 최근에는 루시아가 없어서 보구를 거의 사용하지 못했지만.

"그래…… 크류스가 보구를 충전하자마자, 내가 그걸 써버리면——."

"?!"

단검에 마력을 불어넣으려던 크류스의 얼굴이 얼어붙었다. 시트리의 눈이 번쩍거렸고.

"아, 루시아가 종종 투덜대던 그 내구 훈련이군요. 하긴, 루시아한테는 아무 문제가 없었으니까, 크류스 씨라면 가능할지도 모르겠네요."

……나 혹시, 루시아한테 사과해야 하나?

정신을 차린 크류스가 전율하는 목소리로 외쳤다.

"이, 이, 이, 약한 인가아아아아안!"

"자, 그만. 그 정도로 해두세요. 훈련도 좋지만 라운지를 청소하는 건 저희들이잖아요?! 크라이 씨, 알고 계신가요?"

거기서 에바가 분위기를 바꾸려는 것처럼 짝짝 하고 손뼉을 쳤다. 기절해 있던 마도사들이 동료의 부축을 받으면서 비틀비틀 일어났다. 아무래도 시트리가 말한 것처럼 생명에는 지장이 없는 것 같다.

"자. 뒷일은 제가 처리해둘 테니까, 크라이 씨는 보구 챙겨서 어디든 딴 데로 가세요. 자, 훈련은 끝입니다! 더 하고 싶으면 나중에 다른 장소에서 해주세요! 무엇보다 여기는 훈련장이 아니라 휴식하는 곳이잖아요? 머리를 식히세요! 라운지에는 얼마 안 되기는 해도 외부인도 있다고요! 이런 꼴을 보여줬다가 이상한 소문이라도 나면 어쩔 셈인가요!"

아주 지당하신 의견이다. 에바에게 등짝을 얻어맞고, 시트리와 함께 라운지에서 쫓겨났다.

밖으로 나오자마자 슬쩍 안쪽 상황을 봤는데, 문제는 없을 것 같다. 클랜 운영을 떠맡고 있는 에바한테는, 라피스와 크류스도 고개를 못 드는 것 같다. 물론 나도 그렇고.

"어떠세요, 크라이 씨. 보구 충전은 거의 다 된 것 같은데, 제가 도움이 됐나요?"

시트리 혼자만 전혀 반성하는 기색도 없이 생글생글 웃고 있다.

나는 생각하는 것도 귀찮아져서, 그저 나한테 몸을 기대를 시트리의 어깨를 톡톡 두드려줬다.

로단 가문은 헌터들의 성지라고 불리는 제블디아에서 오랫동안 이어져 온 트레저 헌터 명문 가문이다.

그 근원은 예전에 현재의 제도 부근에 존재했던 레벨 10 보물전【별 신전】이 나타나, 사방 천 리를 잿더미로 만들어버리고 돌아간 다른 별의 신에게 도전하여, 결국에는 쓰러트린 솔리스 로단까지 거슬러 올라간다.

당시의 황제는 제블디아의 국력 대부분을 소모해도 어찌할 도리가 없었던【별 신전】의 공략에 크게 기뻐하며 솔리스에게 작위를 수여하겠다고 했지만, 솔리스는 자신은 그저 평범한 헌터일 뿐이라고 말하며 그것을 사양했다.

황제는 그 겸손한 행동을 헌터의 귀감이라고 찬양하며, 로단에게 『용사』 칭호를 내렸다고 한다.

그 뒤로 제국에서 용사라는 이름을 사용하는 것이 허락되는 것은 로단 일족의 사람뿐이다.

아크 로단은 그런 일족의 후손이며, 어릴 적부터 일류 헌터가 되기 위해서 교육을 받아왔다.

솔리스 로단은 못하는 분야가 존재하지 않는 만능 영웅이었다. 그 피를 이어받은 로단 일족은 대대로 각 분야에서 높은 재능을 자랑했고, 그것은 아크도 마찬가지였다.

보통 헌터는 감히 들어가지도 못할 높은 레벨의 보물전을 쉽사리 답파하고, 별명까지 손에 넣었다. 지금은 아직 젊은데도 제국 최강의 헌터 후보로 이름이 거론될 정도가 됐다.

어느샌가, 아크는 예전에 자신의 조상에게 내려졌던 『용사』라는 별명으로 불리게 됐다.

이 제도에서 로단은 특별한 이름이다. 헌터로서 활동을 시작했을 때부터 그 이름은 주목의 대상이었다.

아크의 파티《성령의 자제(아크 브레이브)》는【백아의 화원(프리즘 가든)】공략의 공적을 인정받아, 제도에서 멀리 떨어진 산드라인 후작령에서 개최하는 파티에 참석하러 왔다. 많은 귀족이 출석했던 떠들썩한 연회는 끝났고, 부름을 받고 찾아온 집무실에는 아크와 어떤 남자 한 사람밖에 없었다.

"이것이 그 유명한『하늘 꽃』인가. 참으로 훌륭하군……."

차분한 진홍색 코트를 걸친 장년의 남자가 꽃병에 꽂아놓은, 투명한 꽃잎을 가진 기묘한 꽃다발을 보면서 감탄하는 한숨을 쉬었다. 오늘 아크 일행을 부른 파티의 개최자, 산드라인 가문의 당주인 네이햄 산드라인이다. 제블디아 제국 서쪽에 있는 광대한 영지를 하사받은 상급 귀족 중 한 사람이고, 후작이면서도 한 파벌의 수장으로서 알려질 만큼의 권위를 지닌 자다. 예전에 그 영지에 존재하는 보물전의 조사를 의뢰했던 인연 때문에, 아크에 대해 특히 좋은 감정을 지닌 가문이기도 했다.

꽃은 보물전에서 구해온 물건이었다. 마치 유리 세공품처럼 투명하지만 보통 꽃 같은 질감을 지녔고, 그 세세한 조형은 어떤 세공사도 만들어내지 못할 정도로 아름답다.

"마나 머티리얼로 구축된 꽃입니다. 보구도 아니죠. 바깥세상에서는 오래 버티지 못할 겁니다."

【백아의 화원】가장 깊은 곳에 넘쳐날 정도로 피어 있는 꽃이다. 생김새는 신비롭지만 뭔가 특별한 힘도 아니라서, 아크 같은 높은 레벨의 헌터에게는 굳이 신경 쓸 필요도 없는 물건이다. 이

번에 몇 송이를 따 온 것도, 고난이도 보물전 가장 깊은 곳까지 갔다 왔다는 기념품일 뿐이고, 특별한 이유가 있는 것은 아니다.

하지만 【백아의 화원】은 어지간한 헌터가 공략할 수 있는 보물전이 아니라는 건 틀림없다. 마나 머티리얼이 완전히 빠져서 공기 속으로 사라져버릴 때까지의 짧은 시간 동안만 그 모양을 유지할 수 있는 『하늘 꽃』은, 귀족들에게는 뛰어난 트레저 헌터와 아는 사이라는 증거이기도 했다.

한때, 《비탄의 망령》이 가지고 돌아와서 클랜 하우스 라운지에 넘쳐날 정도로 꽂아 놓았던 것을 생각하며, 아크는 얼굴에 드러내지 않고 웃음을 흘렸다. 아크의 말을 들은 남작은 그저 턱에 손을 얹고서 눈을 가늘게 뜰 뿐이었다.

"참으로 덧없군. 허나, 그렇기에, 아름다워. 아아, 이러한 꽃이 흐드러지게 핀 꽃밭이라니── 죽기 전에 한 번이라도 이 눈으로 보고 싶군."

어려운 일이겠지, 라고. 아크는 군이 입 밖에 내지는 않고 생각만 했다.

【백아의 화원】은 헌터가 아닌 사람이 대응할 수 있는 환경이 아니다. 짙은 안개처럼 고여 있는 꽃가루는 그곳에 들어가는 자의 몸을 갉아 먹고, 그 환경에 적응한 『팬텀(환영)』은 흐드러지게 피어 있는 수많은 꽃 사이에 숨어서 호시탐탐 침입자의 목숨을 노리고 있다. 설령 수백 명의 기사단을 호위로 데리고 들어간다 해도 답파는 불가능할 것이다. 분야가 다르기 때문이다.

"예를 들자면, 말일세, 아크 군. 제국 최강으로 알려진 자네가 호위를 맡고, 나는 자네만 따라간다면——."

"각하. 그 땅은 각하처럼 고귀한 입장의 사람이 들어갈 곳이 못
됩니다. 물론 팬텀은 쓰러트릴 수 있지만, 보통 사람의 몸이 적응
할 수 있는 환경이 아닙니다. 저희도 이번에는—— 아주 조금이
나마 고생했습니다."

바로 대답하는 아크를 보고 산드라인 후작이 아쉽다는 듯 신음
소리를 흘렸지만, 더 이상은 말하지 않았다.

제블디아에서는 가끔씩 생각 없는 귀족들이 사병(私兵)을 데리
고 보물전에 들어갔다가 조난하는 일이 발생하고 있다.

거치적거리는 인간을 데리고 보물전을 탐색하게 되면, 난이도
가 평소보다 훨씬 어려워지게 된다. 게다가 그것이 호위 대상이
라면 더더욱 어려워지고.

그래서 산드라인은 마치 다른 이야기를 꺼내려는 것처럼 고개
를 크게 저었다. 깊은, 어딘가 사람 좋은 인상을 받게 하는 미소
를 지으면서 말했다. 하지만 그 눈 속 깊은 곳에 있는 빛은 믿을
수 없을 정도로 날카롭다.

"헌데, 아크 군. 그 이야기는 생각해봤는가?"

"……."

아크는 여러 번, 산드라인 후작으로부터 전속 헌터가 될 생각
이 없느냐는 스카우트 제의를 받았다.

제블디아에서 헌터는 최강의 카드가 된다. 영지에 높은 레벨의
보물전이 제아무리 많다고 해도, 거기에서 보물을 가지고 올 만
큼의 실력을 지닌 헌터가 없으면 아무 의미도 없다.

그래서 귀족들은 우수한 헌터를 획득하기 위해 안달이 나 있다. 아크의 파티는 특히 주목의 대상이고.

전속이란 일정한 보수를 받는 대신, 그 귀족의 의뢰를 최우선적으로 처리하는 자들을 말한다.

자유도는 떨어지지만 헌터로서는 결코 나쁜 일이 아니다. 귀족의 전속이라는 것은 일종의 스테이터스다. 물질적인 우대를 받을 수도 있겠지. 연줄에 따라서는 뛰어난 멤버를 얻게 될지도 모른다. 출입이 제한된 보물전에 들어가게 될 가능성도 있고.

무엇보다, 귀족의 전속이라는 것은 탐색자 협회가 중시하는『신뢰』라는 관점에서 봤을 때 최상위에 가까운 위치다.

강국 제블디아의 지배자가 보장한다는 뜻이 되기에. 그저 전속이 되었다는 사실만으로 레벨이 올라갈 수도 있다. 하지만, 아크는 온화한 미소를 지으며 고개를 저었다.

"참으로 영광스러운 이야기입니다만."

"흐음…… 로단은 귀족을 섬기지 않는다는, 말인가. 초대 로단도 참 귀찮은 가훈을 남겼군."

"저희에게는 아직 해야만 할 일이 있습니다. 용서해주십시오."

솔리스는 영웅의 이름에 걸맞은 인물이었지만, 권력층과의 사이에서 귀찮은 다툼이 여러 번 발생했던 모양이다.

그 결과, 솔리스는 가훈을 남겼다. 그리고 그 가훈이 로단의 번영에 한몫했다는 것은 틀림없다.

하지만 아크가 귀족을 섬기지 않는 이유는 그것만이 아니다.

아크는 아직 헌터로서, 자신이 추구하는 곳에 도달하지 못했기 때문이다.

귀족 중에는 산드라인 후작처럼 아크가 제국 최강이라고 주장하는 자들이 많다. 편애하는 마음으로 하는 말일 수도 있겠지만, 그렇다고 틀린 말은 아니다. 헌터도 나이가 들면 힘을 잃는다. 최강의 헌터도 언젠가는 최강이 아니게 되지만, 아직 20대 중반인 아크는 장래성도 크다.

하지만, 헌터 중에서도, 차기 제국 최강으로 불리는 자에 대한 생각은—— 양분되고 있는 상황이다.

산드라인 경이 뚱한 표정으로 말했다. 최근 몇 년 사이에—— 순식간에 널리 퍼져나간 그 이름을.

"《천변만화》, 인가."

"……."

"이름은 자주 들었다. 좋은 이름도 나쁜 이름도, 말이지. 설마, 로단을 위협하는 헌터가 나타나는 날이 올 줄이야——."

청천벽력이었다. 라이벌은 없었다. 물론, 강함만을 따진다면 아크를 뛰어넘는 자도 몇 명인가 존재한다. 하지만 그것은 지금까지 걸어온 시간의 차이일 뿐이고, 가까운 시일 내에 따라잡을 수 있는 자들이었다.

예전에 아크는 위쪽만 바라보고 있었다. 그것으로 충분했다. 그 누가 상상이나 했을까. 최강의 핏줄을 지니고 최고의 환경에서 최대의 노력을 해온 아크 로단의 라이벌이 될 수 있는 자가 같은 또래에서 나타날 줄이야.

산드라인 경은 로단을 위협한다고 말했다. 하지만 그 말은 잘

못됐다.

로단의 사전에『위협』이라는 단어 따위는 존재하지 않는다. 필적할 수 있는 재능을 지닌 자가 나타난다면 정정당당하게, 정면에서 맞서 싸울 뿐이다. 오히려 혼자서 계속 달려가는 것보다 더 바람직하다.

거기서 아크는, 그 청년의 얼굴을 떠올리면서 벌레라도 씹은 것 같은 표정으로 말했다.

"허나 각하. 그는…… 《천변만화》는, 사실 근본적으로 의욕이 없습니다."

"뭐라……?!"

보기 드물게 힘이 빠진 아크의 목소리에, 산드라인 후작이 뭐라 말로 표현할 수 없는 표정을 지었다.

《천변만화》의 공적은 확실하다. 하지만, 동시에 그 남자는 아크의 눈으로도 이해할 수가 없었다.

크라이 안드리히는 신기한 사내다. 항상 자연스럽고 힘이 쪽 빠진 얼굴이면서도, 그가 사용하는 수법은 물론이고 평소에 어떻게 지내는지도 불명이다. 최근에는 파티와 따로 행동하는 데다 보물전에도 안 들어가고 있으니, 더 이상 경쟁할 수도 없다. 종잡을 수 없는 것도 정도가 있지.

정중하게 말하는 아크에게, 후작이 다른 이야기를 하자는 것처럼 말했다.

"……그래, 됐다. 헌데 아크 군. 이건 잊지 말아주게. 우리 제국 귀족은── 자네 편이다. 로단에게는 은혜를 입었으니까. 자네 가문이 어떻게 생각하건, 말이지."

"……영광입니다."

"아, 그렇지. 파티에도 출석했던 그라디스 경이 자네에게 볼일
이 있다고 했었네. 제도에 돌아가기 전에 한번 만나는 게 좋을 거
야. 검을 가르쳐줬다면서? 정말이지, 그 가문은 정말 용맹해서
부러울 따름이야."

어깨를 으쓱거리면서 농담처럼 말하는 산드라인 후작의 동작
을 보고, 아크는 미소를 지으면서 고개를 끄덕였다.

《시작의 발자국》 클랜 하우스 앞 큰길. 사람들과 마차가 끊임
없이 오가는 도로를 따라 걸어가기를 약 10분, 좁은 길로 들어가
면 나오는 빨간 지붕의 단독주택이 리즈의 제자인 티노 셰이드의
집이다.

손바닥만 한 마당이 딸린 귀여운 집이다. 마당에는 작은 꽃도
심어서, 얼핏 보면 헌터가 사는 집이 아닌 것 같다. 혼자 살기
에는 넓은 집인데, 장래에 연인이 생겼을 때를 생각한 것인지도
모른다.

오랜만에 후배가 사는 집에 온 것은, 리즈를 찾기 위해서였다.

정해진 집이 없는 리즈는 클랜의 훈련장이나 전대《절영(絕影)》
인 사부의 집, 그리고 제자인 티노의 집을 제집처럼 들어가서 눌
러앉는 경우가 많다. 완전히 제멋대로다.

문을 두드리자 잠시 아무 소리가 없다가, 작은 목소리가 대답했다.

평소에 나와 이야기할 때 사용하는 목소리가 아니라, 남을 대하는 목소리다.

"나야, 나. 리즈 찾으러 왔는데."

그리고 시트리도 있어.

"?! 마스터어?! 자, 잠깐만, 기다리세요!"

잠시 집 안에서 우당퉁탕하는 소리가 들려왔고, 갑자기 조용해지더니, 천천히 문이 열렸다. 그리고 살짝 열린 문 틈새로 내 얼굴을 확인하고는, 활짝 웃었다. 며칠 전에 라운지에서 있었던 일 때문에 힘들었던 마음이 치유된다.

"마스터어! 제집에 오시다니── 어서, 들어오세요. 죄송해요, 언니는 샤워하는 중이라서──!!"

거기까지 말한 티노가 갑자기 눈이 휘둥그레지면서 입을 다물더니, 내 얼굴을 보면서 얼굴이 발그레해졌다.

티노네 집에 온 건 처음은 아니지만, 올 때마다 크게 환영해준다. 정말 좋은 후배라니까.

"갑자기 와서 미안해…… 리즈만 데리고 바로 갈 테니까……."

"아뇨── 무슨! ……만약에, 그러니까, 마스터어만 괜찮으시다면, 볼일이 없어도 놀러 오셔도 괜찮……."

정말로 리즈의 제자라는 걸 믿을 수 없을 만큼 착한 아이라니까. 뭐, 나는 어지간해서는 클랜 하우스 밖으로 나오지 않으니까 정말로 놀러 오는 일은 없지만, 그 마음 씀씀이는 너무나 고맙다.

다음에 같이 케이크라도 먹으러 가야겠다.

"맞아! 사실은 언제 마스터어가 오셔도 괜찮게, 맛있는 홍차와 쿠키를 사뒀어요. 언니 샤워가 끝날 때까지 아직 좀 걸릴 테니까, 부디 안으로 들어와서 드셔주세요!"

왠지 이렇게까지 거창하게 좋아해주니까 되레 미안해지네. 활짝 핀 꽃처럼 웃는 얼굴의 티노를 따라서 안으로 들어가려고 한 순간, 지금까지 뒤에서 말 한마디 없이 서 있던 시트리가 조용한 목소리로 말했다.

"나도 있는데? 티노."

"어……?! 흐에……?! 시, 시트리…… 언니?!"

티노의 웃음이 순식간에 사라져버렸다. 티노는 리즈를 언니라고 부르는데, 그 동생인 시트리도 시트리 언니라고 부른다. 스승은 리즈 하나뿐이지만, 루시아도 루시아 언니라고 부르는 걸 보면, 외동인 티노한테 리즈와 시트리가 정말로 언니 같아서 그러는 거겠지.

시트리는 내 등을 살짝 떠밀더니, 같이 집 안에 들어온 뒤에 문을 닫았다.

"지난번엔 인사도 제대로 못 했으니까―― 오랜만이야, 티노."

"저, 저야말로 오랜만입니다, 시트리 언니. 인사도 제대로 못 해서 정말 죄송합니다."

티노가 당황하여 부산을 떨면서 고개를 꾸벅꾸벅 숙였다. 나한테 보여주는 반응과 너무 다르다. 티노는 훈련 때마다 리즈한테 엄청나게 시달리고 있는데, 굳이 따지자면 리즈의 동생인 시트리를 더 어려워하는 것 같다.

반대로 시트리 쪽은 티노가 마음에 든 것 같던데, 뭐 사람마다 사정이 있을 테니까.

"아냐, 괜찮아…… 신경 쓰지 않아도 되거든? 그때는 나도 크라이 씨도 바빴으니까. 요즘 바빠서 만나지도 못했었는데, 만나서 정말 반가워."

"힉?!"

투명한 느낌의 핑크색 눈동자가 똑바로 바라보자, 티노의 몸이 마치 뱀 앞에 있는 개구리처럼 굳어졌다.

티노가 과도한 반응을 보였지만 신경 쓰지 않고, 시트리는 유유히 집 안을 둘러봤다.

티노의 집은 잘 정돈돼 있었다. 최소한의 가구들 말고는 거의 아무것도 없어서, 그다지 생활감이 느껴지지 않는다. 취미로 모은 물건도 하나 없는데, 이런 데서 티노의 성격이 잘 드러났다고 할 수도 있다.

"티노, 크라이 씨가 와서 정말 기쁜 것 같은데―― 나한테는 그런 말 안 해? 언제든 와달라는 말이라든지."

"무, 물론입니다! 그저, 조금 놀라서…… 시트리 언니도, 언제든지, 들러주세요."

명확하게 초조해하는 티노에게, 시트리가 눈을 반짝거리면서 거리를 좁혔다. 키스라도 하려는 게 아닌가 싶을 정도로 가까이 다가가더니, 입술을 핥으면서 티노의 뺨에 손을 얹었다.

"티노, 잘 지냈어? 더 강해졌어? 언니 때문에 고생하지는 않았고?"

"아…… 예. 괜찮, 습니다."

"만약에 언니가 너무 심하게 대하면, 내가 한마디 해줄게?"

"괘, 괜찮습니다. 저, 정말로, 괜찮습니다."

시트리의 간드러진 목소리에, 티노가 몸을 부르르 떨었다. 그러고는 울음을 터트릴 것 같은 표정으로 날 쳐다봤다.

……응, 응…… 그렇구나.

시트리는 평소보다 흥분한 목소리였다. 검진이라도 하는 것처럼 티노의 까만 눈동자를 보면서 말했다.

"힘들면, 언제든지 나한테 말해야 해? 나한테 맡겨주면…… 언니한테 배우는 것보다 훨씬 간단하게, 훨씬 강하게 만들어줄 테니까."

"큭……."

"죽도록 고생하면서, 단련할 필요도 없어. 티 정도의 자질이면 틀림없이 그렇게 할 수 있어. 지금 당장이라도, 내 추천으로 《비탄의 망령》에 들어오게 해줄 수도 있는데?"

"시트리, 언니……! 너무, 가깝습니다!"

시트리의 손가락이 티노의 뺨에서 미끄러져 내려가, 목 안쪽을 쓰다듬고서 쇄골까지 건드렸다. 왼팔은 몸을 끌어안아서, 티노가 도망가지도 못하게 만들었다. 『연금술사』 시트리와 『도적』 티노는 신체 능력이 크게 차이가 날 텐데, 티노의 날씬한 몸은 그저 벌벌 떨기만 할 뿐, 뒤로 물러나려는 기미가 보이지 않았다.

코가 살짝, 냄새를 맡은 것처럼 움직이고 있다. 그 손끝이, 얼굴이 새빨갛게 달아오른 티노의 어깨에 닿아서 모양을 확인하려는 것처럼 쓰다듬더니 그대로 위팔로 옮겨갔고, 계속 아래로 내려갔다.

손끝이 살갗에 닿을 때마다 티노의 몸이 조금씩 떨렸다.

"실전으로 단련된 질 좋은 근육. 날씬한 골격에 잘 연마한 오감. 헌터로서, 도적으로서 특화된 건강한 육체. 피도 살도 뼈도, 재능이 넘치고, 잘 다듬어졌어. 아아, 크라이 씨. 어째서── 언니가 아니라, 저한테 줬으면 좋았을 텐데…… 완벽하게 만들어 보였을 텐데 말이죠."

"?! 마스터어, 도와주세요……."

"시트리는 제자를 받을 성격이 아닌 것 같아서."

왠지 사람을 보는 눈이 실험용 동물을 보는 눈 같아서 말이야.

그 손이 인정사정없는 움직임으로 티노의 몸을 주물러댄다. 가슴을 주무르고, 배를 쓰다듬고, 숏 팬츠 밑으로 훤히 드러난 허벅지를 만진다. 마치 뱀이 개구리를 삼키고 천천히 소화시키는 것처럼 보인다.

그때마다 티노가 부르르 떨고, 가녀린 목소리로 도와달라고 했다.

"빛나고 있어. 아아, 정말 귀여워. 티노가 남자였다면 교배도 간단했을 텐데, 여자애니까── 실패하지 않게 확실하게, 짝을 골라야……."

아아, 이거 더 이상 안 되겠다. 나는 거기서 둘 사이에 끼어들었다.

"거기까지만 해둬. 티노는 어디까지나 리즈 제자니까."

"…………하아…… 그랬, 었죠."

시트리가 몸을 뗐다. 그러자 한계에 달했던 건지, 티노가 비틀비틀 뒷걸음질을 쳐서 벽에 등을 기댔다.

그렇게 무서웠는지, 평소에 흉악한 팬텀들을 상대하면서도 전혀 뒤로 물러나지 않았던 티노가 울 것 같은 얼굴이었다.

"미안해. 그냥, 사소한── 농담이었어. 티가 너무 기뻐하는 것 같아서, 조금 놀리고 싶어졌거든."

시트리가 변명 같은 소리를 했지만, 조금 전까지 보여준 행동은 아무리 봐도 농담이 아닌 것 같았다.

티노도 같은 생각을 했는지, 얼굴이 창백해져서는 팔로 자기 가슴팍을 가리고 있다.

"솔직히, 그렇잖아? 티는 내가 아니라 크라이 씨를 정말 좋아하는 것 같고, 마치 연인이 갑자기 집에 놀러 온 것 같은 반응을 하니까── 나도 티를 정말 좋아하는데…… 조금 질투하는 것도 어쩔 수 없는 일이라고 생각하지 않아?"

생각 안 해. 티가 나를 잘 따르는 건 아마도, 리즈를 막을 수 있는 사람이 나밖에 없기 때문이다.

이어서 시트리는 삐진 듯이 내 등을 찌르면서 비난의 화살을 이쪽으로 돌렸다.

"그리고, 크라이 씨는 우리 집에도 전혀 놀러 오지 않는데…… 티네 집에 놀러 가기 전에, 저의 집에 놀러 와야 하는 게 아닌가요?"

"시트리네 집에 가면 시간이 너무 빨리 가니까. 그리고, 시트리는 많이 바쁘고."

"시간은 얼마든지 낼 수 있어요."

시트리는 집이 없는 리즈나 클랜 하우스가 자택 같은 나와는 다르게, 제도에 자기 집을 가지고 있다.

몇 번인가 놀러 가서 대접을 받은 적도 있다. 정말 좋은 집인데, 너무 편안하다는 단점이 있었다. 하나부터 열까지, 보이는 것 안 보이는 것 하나하나가 내 취향에 딱 맞는다. 처음 갔을 때는 정신을 차려 보니 2주나 지나 있었지…… 그때는 정말 깜짝 놀랐었다. 완전히 글러 먹은 인간이잖아.

아직도 겁먹은 상태인 티노를 따라서 방 안으로 들어갔다. 거실에도 아무것도 없었다. 탁자도 의자도 반짝반짝 깨끗한데, 리즈랑 둘이서 대체 뭘 하는 건지 도무지 상상도 못 하겠다.

"티…… 급하게 치운 거지? 크라이 씨가 왔다고. 너무 깔끔하네."

"예?! 아, 아뇨, 그그그, 그런 건, 아닙니다, 만?"

그렇구나…… 아까 우당퉁탕했던 건 치우느라 그랬던 건가.

나는 방이 지저분해도 아무 상관 없지만, 굳이 말할 필요는 없겠지.

티노는 살짝 부끄러워했지만, 내가 아무 말 하지 않고 자리에 앉자 급하게 홍차를 타다 줬다.

유명한 과자점의 쿠키도 같이 가져다줬다. 내가 예전에 선물로 사 왔던 가게의 물건이다.

"그래서…… 언니한테는 무슨 볼일이신가요?"

"그게, 딱히 중요한 볼일이 있는 건 아니지만── 왜, 리즈도 시트리도 무사히 보물전 탐색에서 돌아왔으니까, 다 같이 주점에라도 갈까 싶어서——."

목숨을 걸고 보물전을 탐색하는 헌터들은, 큰 모험을 마친 뒤에 다 같이 잔치를 벌이는 경우가 많다.

모두가 무사하다는 걸 축하하고, 서로의 활약을 칭찬하면서 유대를 다진다. 그리고 그것이 다음 모험의 활력소가 된다. 우리 파티의 경우에는 리더인 내가 모험에 따라가지 않기 때문에, 매번 파티가 돌아올 때마다 잔치를 열어 환대하고 모험담을 듣는 게 정례 행사다. 그리고 모험이 얼마나 가혹한지를 알게 될 때마다 클랜 마스터로서 안온하게 지내고 있다는 사실에 안도하기도 하면서 미안하다는 생각도 한다.

"그렇군요…… 그런 것, 좋네요. 정말 동경해요."

"나한테 맡겨주면 당장이라도 추천해줄 텐데."

"아, 아뇨. 저는, 언니의 제자니까, 언니와 마스터어가 좋다고 할 때까지는……."

티노가 쑥스러워하면서 웃었다. 그 눈동자에는 어렴풋한 동경이 깃들어 있다.

그래…… 셋이서만 가는 것도 좀 그러니까, 티노도 데리고 가줄까.

맛있는 쿠키를 먹으면서 환담했다. 라운지에서 있었던 일을 이야기했더니, 티노의 눈이 휘둥그레졌다.

"——충전, 인가요…… 전, 그 사람들, 좀 그래요. 종족 차이니까 어쩔 수 없는 일이기는 하지만, 아무리 그래도 자기가 소속된 클랜의 마스터한테 보일 눈빛은 아니라고요!"

"자, 자, 티. 세상에는 다양한 사람들이 있는 법이니까."

웬일로 울분을 토하는 티노에게 시트리가 온화한 목소리로 말했다.

"그리고, 정령인은 전혀 연구가 안 된 종족이니까, 가까이에 있는 상황만으로도 정말 운이 좋다고 할 수 있거든? 인간 사회에 내려올 정도니까, 기분만 상하게 하지 않으면 어지간해서는 큰일은 나지 않고, 게다가 그들의 그 마술 적성이 엄청나게 높은 육체는 생체 부품으로………… 아주 유용할 것 같아."

"?! 마, 마스터어……."

"그냥 시트리의 농담이야."

"마음대로 말하라고 해. 어차피 타고난 육체적 자질에만 의지하고 있는 정령인 따위는—— 크라이 씨 상대가 아니야. 오히려 무슨 생각인지 알기 쉬운 만큼, 천차만별의 주의와 주장을 가진 인간보다 알기 쉽기도 하고."

"……응, 응. 맞아."

그런 건 어떻게 되건 알 바 아니지만, 이야기할 때마다 자꾸 날 끌어들이지 말아줬으면 좋겠는데 말이야.

그때, 갑자기 방 안쪽에서 또렷하지 않게 들리는 목소리가 들려왔다. 들어본 적이 있는 목소리다.

"티~! 티?! 수건 없거든?"

"!! 예, 지금 가지고 갈게요."

"잘 준비해 놓으라고, 내가 전에도 말했었지? 정말이지——."

티노가 자리에서 일어났다. 하지만, 그 전에 찰칵, 하고 문 열

리는 소리가 났다.

욕실 쪽에서, 햇볕에 잘 탄 살갗이 나타났다. 마치 가릴 필요 따위는 없다는 것 같은 당당한 자세로 거실에 오더니, 나와 시트리를 보고서 눈이 휘둥그레졌다.

몸에 걸치고 있는 건 발목에 있는 백은색 고리——『하이스트 루트(하늘에 도달하는 기원)』뿐. 물에 젖은 긴 머리카락이 쇄골에 달라붙었고, 흠집 하나 없는 피부에 맺혀 있는 물방울이 반짝반짝 빛나고 있다. 흘러내린 물 때문에 발밑의 바닥에 물이 고였다.

티노가 날카로운 비명을 질렀다.

"?! 언니?! 지금, 마스터어가——."

"크라이잖아, 야호~! 웬일이야? 아, 혹시 나 찾으러 온 거야? 샤워하는데 오다니, 크라이 너무 엉큼해!"

"언니! 옷부터 똑바로 입어! 내가 항상 말했잖아!"

리즈가 아무렇지도 않게 웃으면서 나한테 달려들었다. 바로 내 뒤로 이동한 시트리가 눈을 가려줬다.

어둠 속에서, 뜨겁고 축축하고 부드러운 살갗이 내 손에 닿았다.

"시트?! 왜 가리는데?!"

"좀 조심하라고! 크라이 씨가 곤란해하잖아?!"

"뭐야~ 크라이한테 보여주면 안 되는 건 없으니까—— 곤란할 것도 없잖아?"

"곤란합니다."

제블디아에는 트레저 헌터를 대상으로 하는 가게들이 많다. 예를 들자면 훈련소. 무기 상점과 방어구 가게. 보구 전문점. 팬텀 이나 마물의 정보를 전문적으로 취급하는 정보상도 있고, 뛰어난 헌터를 임시 파티 멤버로 빌려주는 가게도 있다.

그중에서도 『주점』은 제블디아에 가장 많은 업종 중에 하나다.

트레저 헌터들은 하나같이 술을 정말 좋아한다. 대부분의 파티 는 목숨을 건 보물전 공략을 마친 뒤에 좋아하는 주점에 가서 잔 치를 벌이고, 거기서 서로의 공적을 칭찬하고 무사히 살아 돌아 왔다는 행운을 곱씹는다. 그리고 고양과 흥분, 공포를 씻어내려 는 것처럼 먹고 마신다.

먹고 마시는 양도 거기에 사용하는 금액도 보통 사람들과 비교 하면 차원이 다른 경우가 많고, 헌터들은 조잡한 사람들도 많다 보니, 제도에는 헌터 전용 주점이 잔뜩 존재한다. 질보다 양을 중 시한, 술을 쏟아붓는 것처럼 마실 수 있는 가게다. 부탁하면 아예 통으로 가져다주기도 하는데, 그 정도면 얼마나 많은 양인지 알 수 있으려나.

옷을 챙겨 입은 리즈와 시트리, 티노와 함께 간 곳은 단골 주 점, 『황금 닭 정(亭)』이었다. 약칭 『황금정』은 제도 여러 곳에 계 열 점포를 두고 있는 헌터들을 대상으로 하는 주점이다. 가게 이 름에 따라서 명물 요리가 다른데, 리즈는 맛보다 양을 중시하고 시트리는 내 취향대로 하라고 하니까, 항상 가게를 정하는 건 내 역할이다.

티노가 왠지 미안하다는 얼굴로 날 보면서 말했다.

"마스터어, 정말 저까지 가도 되는 건가요?"

"물론이지. 셋보다는 넷이서 가는 게 더 재미있으니까."

리즈가 "집 잘 보고 있어"라고 말했더니 노골적으로 충격을 받았던 티노의 얼굴이 내 마음을 자극했기 때문이기도 하지만.

덩치 큰 헌터들에게 맞춰서 양쪽으로 열리게 만들어놓은 커다란 문을 지나자, 술 냄새가 물씬 풍겨 와서 우리를 감쌌다.

가게 안에는 이른 시간부터 보물전 탐색 뒤풀이를 하고 있는 헌터들의 떠들썩한 목소리와 열기가 가득 차 있었다.

처음 헌터가 됐을 때는 쉽게 싸움이 벌어지는 주정뱅이들의 고함과 웃음소리가 무섭기도 했지만, 지금은 완전히 익숙해졌다. 술을 너무 많이 마셨는지 바닥에 쓰러져 있는 덩치 큰 남자를, 다부진 체격의 여자 헌터가 걷어차서 구석으로 날려버렸다. 벽까지 굴러간 덩치 큰 남자는 자기가 걷어차인 줄도 모르고, 산사태라도 일어난 것 같은 소리로 코를 골기 시작했다.

각자 탁자에 걸쳐 세워 둔 무기들이, 여기가 헌터들이 이용하는 주점이라는 걸 보여주고 있다.

영웅의 잔치. 예전에 헌터를 동경하던 시절에 상상했던 광경이 거기에 있었다. 약한 자는 도태되고 열심히 연마한 강자만이 칭송받는다. 리즈와 시트리가 없으면 절대로 들어올 수 없는 장소다.

"크라이 옆자리, 내 거! 시트, 넌 내 옆이다. 널 크라이 옆에다 놔두면 쓸데없는 짓을 하니까."

가게 사람이 안내해준 제일 안쪽에 있는 원형 테이블에 도착하자마자 리즈가 바로 내 오른쪽 옆── 통로 쪽 자리에 앉았고, 기분 좋게 큰 소리를 쳤다. 주점에 놓여 있는 테이블은 어지간한 파티들이 여유 있게 앉을 수 있을 정도로 큰데, 리즈는 여전히 거리가 좀 가깝다. 평소에는 안셈이나 루크가 있어서 그다지 신경 쓰이지 않았지만, (겉보기에는) 예쁜 여자애들을 셋이나 데리고 온 나한테 시선이 모여졌다.

"……………그건 별로, 상관없지만………… 티를 옆에 두는 게 좋지 않을까? 일단은 제자고, 나도 크라이 씨랑 할 얘기가 있으니까."

동생은 위압하는 리즈한테 위축되지도 않고 빙긋 웃더니, 티노의 팔을 붙잡았다.

티노가 깜짝 놀라서 몸을 움찔했다. 아까 자기 집 현관에서 있었던 일이 트라우마가 된 걸까.

스승은 한눈에 봐도 초조해하는 제자를 보고, 딱히 그건 신경 쓰는 것 같지도 않은 소리를 했다.

"음…… 아………… 괜찮아. 티는 가게 사람처럼 일할 테니까, 자리 같은 건 필요 없어. 내가 말한 음식이랑 술 가지고 와! 일단 황금 에일. 큰 조끼 잔으로 열 잔. 아주 서둘러서 부탁해."

너무 불쌍하다. 이렇게까지 하면 내가 참견할 수밖에 없잖아.

우리 마스코트를 너무 괴롭히지 말아줬으면 좋겠다. 그리고, 시트리 옆으로 보내면 많이 불편하겠지.

"티노, 내 왼쪽이 비었으니까 여기 앉아."

"예?! 괘…… 괜찮은, 가요?!"

티노가 잠깐 깜짝 놀란 뒤에, 꽃이 활짝 핀 것처럼 웃었다. 거기서, 나는 이제 와서 알아차렸다.

이건 혹시…… 양손에 꽃이라는, 그런 건가? 지금까지, 항상 예쁜 사람들을 데리고 다니는 하렘 상태였던 아크를 보고 부럽다고 생각했었는데, 이거 대단하다…… 놀라울 정도로 우월감이 없어. 다음에 사과하자.

리즈와 시트리가── 가시 달린 꽃과 독이 있는 꽃이 빤히, 티노── 불쌍한 꽃을 보고 있다.

"……쳇. ……크라이가 그렇게 말한다면 뭐. 티, 창피하게 만들면 죽여버린다."

"…………티. 크라이 씨는 가끔씩 손버릇이 안 좋아져서, 내가 했던 것처럼 하거든? 티도 그러면 거절할 수가 없잖아? 자리를 한두 칸 정도 떨어져서 앉는 게 어떨까?"

리즈가 협박하고, 시트리가 웃는 얼굴을 유지한 채로 엄청난 악평을 늘어놓았다. 시트리가 생각하는 나는 대체 어떤 인간인 걸까.

티노는 조심조심 내 왼쪽 옆자리에 와서 앉더니, 허리를 똑바로 세우고 바른 자세로 앉았다. 시트리가 해준 말 때문인지 목이 빨갛게 물들어 있다. 그런 모습이 꽤나 귀엽다. 우리 멤버들을 상대하다 보면(물론 시트리나 리즈한테도 좋은 점은 많지만), 쓸데없이 치유되는 기분이라니까.

마실 것이 나왔다. 리즈와 시트리, 티노한테는 특대형 조끼 잔에 들어 있는 이 가게의 명물 황금 에일. 나한테는 조끼 잔에 들어 있는 호박색 액체── 위스키 같은 색깔의 특제 차다.

헌터용 술은 도수가 높다. 리즈네랑 똑같은 걸 마시면, 간이 몇 개가 있어도 모자랄 지경이다.

잔을 들어 올렸다. 시트리와 리즈는 웃는 얼굴로 잔을 들었고, 티노도 쭈뼛쭈뼛 따라 했다.

"그럼, 좀 이르긴 하지만 리즈와 시트리가 무사히 【만마의 성(나이트 팰리스)】에서 귀환한 걸 축하하며——."

——건배.

잔이 서로 부딪치면서 예쁜 소리를 울린다. 잔치가 시작됐다.

"뭐라고? 루크보다 강한 검사가 나왔다는 얘기야? 뭐야 그게…… 치사하게!"

리즈가 빈 잔으로 테이블을 두들기고, 눈에 험악한 빛을 깃들인 채로 말했다.

그런 언니한테, 시트리가 조용히 웃으면서 자기 왼팔 중간 정도를 손가락으로 문질러 보였다.

"언니가 바로 돌아가 버렸으니까 그렇지…… 루크 씨, 엄청나게 기뻐했어…… 상대가 검을 들고 있는 걸 보자마자 혼자서 달려들었고, 여기쯤을 싹둑 잘려서—— 상대가 인간이 아니라는 걸 뻔히 알면서, 너무 경솔했다니까."

여전히 주위에 있는 사람들이 들으면 눈이 휘둥그레질 내용이다.

높은 레벨의 헌터가 괴물이기는 하지만, 그런 헌터들이 공략하는 보물전에 사는 『팬텀』은 보통 어지간한 헌터보다 강인하다. 아무리 루크가 검의 길에 자기 생활 전부를 쏟아붓는 남자에, 제도에서도 손꼽히는 검사라는 소리를 듣는다고 해도, 높은 레벨 보물전에 서식하는 상식을 벗어난 괴물들은 상대하기 힘들다.

특히 《비탄의 망령》은 항상 아슬아슬할 정도로 한계에 가까운 보물전에 도전하니까, 더더욱 그렇고.

이번 【만마의 성】은 레벨 8 보물전이다. 《비탄의 망령》 멤버들의 평균 레벨은 7 정도라서, 아직 적정 공략 레벨에 미치지 못했다. 그리고 이야기를 들어보면, 이번에도 항상 그랬던 것처럼 끔찍한 모험이었던 것 같다.

하지만 이렇게 웃는 얼굴로 돌아왔으니까, 내가 뭐라고 할 필요는 없겠지. 처음에는 친구의 폭주 때문에 전전긍긍했었지만, 지금은 그들을 믿고 있다. 내가 일단은 파티 리더다 보니, 루크랑 다른 사람들이 방약무인이긴 해도 내가 하는 말만은 들어준다. 그래서 내가 참견하는 건 최소한으로 해야만 한다.

테이블에는 티노가 주문한 큰 접시에 담긴 요리들이, 이 커다란 테이블이 좁아 보일 정도로 놓였다.

산더미처럼 쌓여 있는 커다란 닭튀김과 프라이드 포테이토. 바삭바삭하게 구운 뼈에 붙은 고기와 피시 앤드 칩스. 큰 접시에 잔뜩 쌓아 올려서 담은 미트 소스 파스타.

나 혼자서라면 일주일은 먹어야 할 정도의 양이다. 보기만 해도 배가 터질 것만 같다.

그리고…… 칩스와 프라이드 포테이토가 중복됐다. 샐러드가 없잖아. 채소가 부족하다고…….

시트리가 커다란 술잔을 단숨에 비우더니, 은근히 요염한 숨결을 살짝 흘렸다. 하지만 그 눈에는 취기가 전혀 보이지 않았다.

이 황금 에일이라는 술에 일단은 에일이라는 이름이 붙어 있기는 하지만, 알코올 도수는 30도가 넘는, 헌터도 취하게 만드는 술이다. 시트리의 몸속은 대체 어떻게 돼 있는 걸까.

얌전히 술잔을 입에 대고 있는 티노도, 어찌어찌해도 마시는 양은 똑같다.

리즈가 잘 구워진 정체불명의 뼈에 붙은 고기를 덥석 집어 들고는 호쾌하게 물어뜯었다.

시트리는 나이프와 포크를 사용하는 어딘가 우아하게 보이는 동작으로 스테이크를 잘랐다. 그 스테이크가 스테이크라는 이름보다는 고깃덩어리라고 불러야 할 크기가 아니었다면, 귀족 같은 식사 태도라고 했을지도 모른다.

세 사람 모두 대식가라는 레벨을 뛰어넘을 정도로 엄청나게 먹었다. 저 입으로 들어간 음식들이 대체 어디로 사라지는 걸까.

아무리 먹어도 부풀어 오를 기미가 없는 리즈의 햇볕에 잘 탄 배를 보고 있었더니, 그걸 알아차린 리즈가 내 팔을 슬쩍 붙잡으면서 몸을 기대왔다. 그러고는 커다란 꽃처럼 활짝 웃으면서 말했다.

"으응~? 왜 그래, 크라이? 밥 안 먹는 것 같은데?"

내가 안 먹었던 건 아니다. 리즈네가 너무 많이 먹는 것뿐이다. 항상 생각하지만, 사이즈가 너무 크다니까. 난 이 가게에서 나오는 닭튀김 한 조각만 먹어도 배가 터질 지경이다. 그래서 천천히 먹고 있는 거라고, 나는.

소식하는 날 보고, 시트리가 씁쓸하게 웃었다.

"많이 먹어야 힘이 나니까요. 저희 오빠 치유술도, 밥을 잘 챙겨 먹지 않으면 효과가 약해져요."

"아~ 그래서 팔이나 다리가 새로 나면 엄청나게 배가 고픈 거구나……. 크라이도 잘 먹어두지 않으면 나중에 위험할 수도 있거든? 내가 먹여줄게. 자, 아~ 해."

그 나중이라는 때는, 절대로 안 왔으면 싶은데 말이야…….

리즈가 입술을 날름 핥고, 프라이드 포테이토를 내 눈앞에 내밀었다. 사람들 앞에서 그런 짓을 하면 아무리 나라도 창피하지만, 강철의 심장을 가진 리즈한테 그런 말이 통할 리가 없다.

그리고 눈앞에 내민 음식이 나도 먹기 쉬운 프라이드 포테이토라는 게, 그나마 리즈한테 남아 있는 배려심에서 나온 행동이라고 해야 하려나.

"언니, 속도가 너무 빨라. 아무리 헌터라고 해도 한계는 있으니까── 그러다 취할걸? 또 지난번처럼 쓰러지면 어쩌려고 그래?"

"완전 괜찮거든. 이런 건 물이나 마찬가지야! 자, 크라이. 아~ 해볼래?"

시트리의 충고는 듣지도 않고, 리즈는 볼이 살짝 발그레해져서 응석 부리는 것 같은 소리를 냈다.

리즈의 가슴이 내 팔을 꾹꾹 눌러대고 있다. 이렇게까지 하면 먹어줄 수밖에 없지.

어쩔 수 없이 입을 벌리려다가 문득, 옆자리에 있는 티노의 눈이 휘둥그레져 있다는 걸 알았다.

하지만 그 눈은 날 보고 있지 않았다. 한 손에 프라이드 포테이토를 들고 나한테 매달려 있는 리즈를 보는 것도 아니고.

"자, 어서, 크라이. 아~!"

"으, 응."

리즈가 내민 프라이드 포테이토를 받아먹으면서, 그 시선을 따라가 봤다.

티노가 보고 있던 건 시트리였다. 생글생글 웃으면서 머들러로 황금 에일을 젓고 있다.

……어라? 이 황금 에일은…… 칵테일이 아닌데.

유난히 소금기가 강한 프라이드 포테이토를 입에 물고서 씹었더니, 리즈가 만족했다는 것처럼 내 팔을 놓아줬다.

그때, 머들러는 시트리의 손에서 떠나 있었다.

제자리로 돌아간 리즈에게 시트리가 나무라는 것처럼 말했다.

"정말이지! 언니는 또, 크라이 씨한테 폐를 끼치고……."

"폐 끼친 거 아니거든. 그치, 크라이?"

웃는 얼굴로 그렇게 물으면, 도저히 고개를 옆으로 저을 수가 없다.

"크라이 씨는 언니한테 너무 약하다니까요……. 그래도 취하면 말릴 거야?"

"안 취한다니까 그러네. 시트 너, 지금까지 내 뭘 봐온 거야? 알코올 따위는 이미 오래전에 초월——."

마치 보라는 것처럼, 리즈가 자기 앞에 있는 큰 잔에 든 술을 들이켰다. 티노가 작게 소리를 냈다.

찰랑찰랑하게 채워져 있던 황금색 술이 빠르게 사라졌다. 빈

잔으로 테이블을 때리고,

"그러고 보니까 시트 너, 아카샤――?!"

말하던 중에, 리즈의 눈 초점이 흔들리고, 자세가 무너졌다.

겹겹이 쌓여 있던 커다란 빈 접시들이 덜그럭거리는 소리를 냈다. 테이블을 꽉 움켜쥐고서 쓰러지려는 몸을 간신히 버티고 있지만, 호흡은 거칠고, 눈은 동요한 것처럼 이리저리 흔들리고 있다.

"봐, 언니. 그러게 내가 뭐랬어……."

시트리가 한심하다는 것처럼, 눈꼬리를 늘어트리고 조용히 웃었다. 리즈가 고개를 도리도리 젓고, 초점이 안 맞는 눈으로 시트리를 쳐다봤다. 마치 노려보는 것 같은 날카로운 시선이다.

"시트, 너………… 뭐 탔지?"

"무슨…… 내 탓이라고 하지 마! 솔직히 말이야, 언니는 약 같은 건 다 초월했잖아? 안 그래, 티?"

"저, 저는…… 아무것도 못 봤어요. 아무것도 못 봤습니다."

티노가 눈에 눈물을 머금고, 자신의 잔을 끌어안으면서 고개를 열심히 저어댔다.

이 짧은 시간 동안에 리즈가 비워버린 술잔은 일곱 개. 오랜만에 주점에 와서 그런 걸까, 상당히 빨리 마신다 싶기는 했다. 리즈도 사람이니까, 그만큼 마시면 조금 취하기는 하겠지.

확실히 시트리가 끔찍한 별명을 가지고 있기는 하지만, 언니한테 이상한 약을 먹일 정도로 나쁜 아이는 아니다. 동기가 없잖아.

나는 당장이라도 덤벼들려는 분위기의 리즈를 달랬다.

"자, 자, 리즈. 시트리는 아무것도 안 했어. 아마 술을 너무 마셔서 그런 거야."

"뭐어?! 크라이, 지금 제정신으로 하는 소리야? 내 편은 안 들어주는 거야아?"

리즈가 웬일로 충격을 받았다.

"제정신이야. 진심이라고. 편을 들고 자시고 문제가 아니야. 내가 입을 대기는 했는데, 차 마실래?"

"…………마실래."

힘이 쭉 빠져서, 리즈는 내가 내민 차가 들어 있는 커다란 조끼 잔을 두 손으로 잡고서 꿀꺽꿀꺽 마셨다.

술을 마시는 건 좋지만, 속도를 조절하면서 마셨으면 좋겠다. 레벨이 높은 리즈가 술에 취해서 날뛰기라도 하면 말릴 수 있는 사람도 거의 없으니까. 까딱하면 가게에 출입금지 당할 수도 있다. 전과도 있고 말이야. 그건 곤란하다.

그때, 겨우 진정한 리즈의 눈앞에 시트리가 황금 에일 조끼 잔을 두 개 내려놨다.

투명한 황금색 액체가 커다란 잔 안에서 빛나고 있다. 아무래도 추가로 주문한 술이 온 것 같다.

접시도 잔도, 비우자마자 바로 새것으로 가져다준다. 리즈가 일단 10인분이라고 태연하게 주문했기 때문이다. 자업자득이겠지.

"자, 언니. 아까 주문한 술 왔거든? 오랜만에 술 마시기 시합이라도 해볼까? 오늘 돈 누가 낼지 걸고서——."

"뭐어어어어? 뭐야 너, 또 뭐 타려고 그러지?! 까불지 말라고

오오?! 크라이는 용서했을지 몰라도, 난 용서한 적 없으니까 말이야?!"

마치 술에 취한 건달 같은 목소리로, 리즈가 말했다.

하지만 또 탔네 어쩌네 하는 리즈도 문제지만, 술에 취한 리즈와 술 마시기 내기를 하자는 시트리도 문제. 게다가 멋대로 술값 내기까지 하려고 들고. 술값 정도는 내가 낸다니까——.

나는 몰래 지갑 속을 확인하려고 품에 손을 넣었다가, 지갑을 방에 두고 나왔다는 걸 알았다.

"…………."

리즈가 시트리의 멱살을 잡고, 비틀거리면서도 시트리를 들어 올렸다. 눈이 완전히 풀렸다.

"솔직히 너 말이야, 그 골렘 만들 때 너도 도왔지?! 딱 봐도 우리를 대비한 기능들이 있었잖아!"

"크라이 씨, 도와주세요. 언니가 증거도 없이 생트집을 잡고 있어요……."

"분명히 말하는데, 단단하기만 했지 완전히 송사리만도 못했거든! 내구성만 좋았단 말이야아! 루크가 있었으면, 그런 고철 따위는 바로 두 쪽을 내버렸어어!"

"……아직 실전 훈련을 안 했기 때문에 그래! 나중에, 몇 번 정도 개선을 하면 언니 정도는——."

"들었지?! 크라이, 너도 들었지?! 전부 다 시트 때문이었어! 아카샤도 시트의 희생자가 틀림없다고!"

별일이네…… 겨우 일곱 잔 가지고 그렇게까지 취하다니. 리즈가 시트리를 밀쳐내고, 황당무계한 소리를 하면서 나한테 달려들었다. 나는 리즈를 안아주고, 머리를 쓰다듬으면서 달래줬다.

"추측일 뿐이잖아. 이번 사건이 해결된 건 시트리 덕분이야. 다들 알고 있어."

"크라이?! 너 하나도 모르는 거지?! 왜 시트 편만 드는 건드에?"

아니, 딱히 그런 건 아닌데. 시트리라서 편을 드는 게 아니라, 리즈가 하는 말이 너무 생트집 같아서 시트리 말이 맞는 것 같다고 생각할 뿐이야.

뭐, 리즈도 진심으로 시트리가 그랬다고 생각하는 건 아니겠지.

시트리는 왠지 황홀한 표정을 지으면서 날 보고 있다. 분명히 내가 리즈를 좋아하기는 하지만, 그렇다고 판단을 잘못할 생각은 없다. 평등은 내 몇 안 되는 미덕 중에 하나니까.

"……언니. 자, 시작해볼까. 괜찮아, 언니가 취해서 쓰러져도 내가 잘 눕히고 챙겨줄 테니까. 못 하겠으면 꽁지 빼고 도망쳐도 되지만…… 그렇게까지 상태가 안 좋으면 그냥 누워 있는 게 좋지 않겠어? 저기, 티. 우리 언니, 돌봐줄 거지?"

"저는 아무것도 못 봤습니다. 저는 아무것도 못 들었습니다……."

언니들의 싸움에, 티노는 고래 싸움에 등 터진 새우였다. 오늘은 티노한테 정말 안 좋은 날인 것 같다.

노골적인 도발에 리즈의 눈이 번쩍 빛났다. 비틀거리면서 일어나더니, 정신을 차리려고 그러는 걸까, 두 손으로 자기 볼을 세게 때렸다. 눈앞에 있는 술잔을 잡고, 리즈가 소리를 질렀다.

"뭐으어?! 조, 좋다, 시트! 동생 주제에, 그깟 독 좀 탔다고, 나한테 이길 거라고, 생각하는 거냐?!"

"…………역시 언니네. 독 같은 건 안 탔지만…… 당장이라도 쓰러질 것 같으면서, 정말 대단한 기백이야. 그럼, 살살 부탁해……."

시트리가 한 번 피식 웃고, 리즈처럼 눈앞에 있는 거대한 잔을 잡았다.

그냥 술 마시기 내기인데, 마치 결투라도 하는 것 같은 분위기가 감돌고 있다. 티노가 불안하다는 표정으로 리즈를 보고 있다.

그나저나 리즈, 또 시트리가 독을 탔다고 생각하는 건가…….

거기서 갑자기, 좋은 아이디어가 떠올랐다. 자랑은 아니지만, 내가 싸움 중재 하나는 조금 자신이 있다. 딱, 하고 손가락을 튕기고, 당장이라도 술 마시기 내기를 시작하려는 두 사람에게 말했다.

"술 마시기 시합을 하기 전에, 잔을 바꾸는 게 어때. 시트리도 이상한 의심을 받아서 기분이 나쁘겠지만, 그러면 리즈도 납득하겠지?"

"…………예?"

아무도 불행해지지 않는 방법이다. 시트리도 그 정도면 기분이 나빠지지는 않겠지.

자신 있게 내놓은 아이디어인데, 어째선지 시트리의 표정이 웃는 얼굴인 채로 얼어붙었다. 리즈가 굳어 있는 시트리의 손에서 잔을 빼앗고, 지금까지 자기가 잡고 있던 잔을 떠넘겼다.

빼앗은 잔을 단숨에 비우고서 입가를 닦더니, 리즈가 이겼다는 것처럼 큰 소리로 웃었다.

"풉. 꼴 조오오오오오타! 크라이가 네 편을 들어줄 거라고 생각했어? 그럴 리가 있겠냐! 아까 그만뒀으면 됐을 텐데, 쓸데없이 머리를 굴려대니까 그렇게 되는 거야! 내 내성도 뚫어버리는 새로운 약이라면, 시트 너도 무사하지 못하겠지! 자, 마셨다. 너도 마셔! 자, 어서, 빨리!!"

리즈가 재촉하자, 시트리의 눈이 이리저리 돌아갔다. 손이 슬며시 허리에 차고 있는 포션 백 쪽으로 가다가, 리즈가 노려봐서 딱 멈췄다.

싸울 정도로 사이가 좋다. 정말로…… 즐거워 보이네…….

새로 가져온 시원한 차를 입에 머금고 주점 안을 둘러봤다. 이 테이블이고 저 테이블이고 하나같이 신이 나 있다. 귀를 막고 싶을 정도로 시끄러운 게 또 재미있다. 가끔이라면 이런 것도 괜찮네.

센티멘털한 기분으로 리즈네 쪽을 봤더니, 리즈와 시트리는 아직도 말다툼하고 있었다.

눈매나 키, 가슴 크기 등등 다른 점도 많지만, 이렇게 둘이 같이 있으면 자매라는 게 한눈에 보인다. 나는 하품을 참으면서, 느긋한 기분으로 말했다.

"너희 둘은, 정말 사이가 좋네. 아, 아이스크림 주문할까……
티노도 먹을래?"

"마스터어……………… 먹을게요."

티노가 위축된 것처럼 몸을 움츠리고, 두 사람한테서 떨어지려는 것처럼 의자를 뒤로 밀었다.

근데 조금 전까지는 시트리 쪽이 여유가 있어 보였는데, 어째서 형세가 역전된 걸까.

마나 머티리얼은 헌터의 온갖 능력을 강화한다. 그중에는 순수한 신체능력 외에도 시각, 청각, 촉각 등의 오감, 독극물에 대한 내성 등도 포함된다. 헌터들을 대상으로 하는 주점에서 나오는 술의 알코올 도수가 엄청나게 높은 건, 헌터들이 보통 술 가지고는 취하지 않기 때문이다.

높은 레벨의 헌터는 몸 안쪽부터 완전히 다른 존재다. 《비탄의 망령》멤버들도 예외는 아니라서, 최근 몇 년 동안에는 리즈와 시트리가 술에 취하는 모습을 거의 본 적이 없다.

하지만 이게 어떻게 된 일일까. 리즈가 얼굴이 새빨갛게 물든 채로 새로 온 백은 에일(황금 에일의 두 배나 되는 도수를 자랑하는 에일. 불이 붙는 술로 유명하다)을 들이켰다. 시트리도 겉으로는 평소처럼 생글생글 웃고 있지만, 눈동자가 노골적으로 흔들리고 있다. 취하지 않은 건 알코올을 한 방울도 섭취하지 않은 나와, 언니 두 사람한테 거슬리지 않으려고 몸을 완전히 움츠리고서 조용히 잔을 비우고 있는 티노뿐이다.

시트리가 보기 드물게 길게 늘어지고 혀가 꼬인 목소리를 내면서 나한테 매달려 왔다. 완전히 취했다.

"크라이 쒸느은, 저르을, 돈이 어디서 샘솟는 지갑이라고 생각하는 건가여어?"

"응, 응, 그래……."

"훌쩍훌쩍…… 언니이, 들었어어? 크라이 씨가, 나르을, 쉬운 여자로 취급해에."

"적동 에일, 통으로. 그리고 메뉴판 여기서부터 여기까지 다 가 지고 와. 시트, 지갑."

"훌쩍훌쩍……."

우는 척하면서 나한테 달려들려는 시트리를 한 손으로 밀어내 면서, 리즈가 아주 대략적인 추가 주문을 했다.

우리 테이블은 혼돈의 도가니로 변했다. 옆에 있기만 해도 취 할 것 같은 강한 술 냄새와 계속 비워지는 접시. 조금 전까지 질 투하는 눈으로 날 보던 손님들도, 리즈와 시트리의 먹는 모습을 보고 눈이 휘둥그레졌다.

한 아름이나 되는, 수도꼭지까지 달린 술통을 카트에 실어서 가지고 왔다. 적동 에일은 백은 에일보다 더 센 술이다. 알코올에 색과 냄새만 입혔다고 하는 물건이다.

리즈가 고기에 붙은 뼈를 우둑우둑 씹으면서, 잔에 따른 적갈 색 액체를 단숨에 비워버렸다.

내용물이 뭔지 알아차린 다른 테이블 사람들이 술렁거린다. 이 건 주당이라고 부를 수준이 아니다.

리즈는 소매로 입가를 닦더니, 황홀하다는 것처럼 뺨에 손을 얹었다.

술기운이 올라와서 볼이 발그레하게 물든 옆얼굴이 평소보다 훨씬 요염하게 보인다.

"……아아…… 정말 좋은 기분이야…… 술 취하는 거 정말 오랜만이네…… 시트, 아주 잘했어. 한 잔 더."

"……언니는, 내성이 너무 빨리 붙어어…… 비장의 카드였는드에. 아무리 센 걸 만들어도, 바로 내성이 생기니까, 이젠 만들지 말까아……."

"뭐어? 그게 네가 할 일이잖아? 시트가 안 하면 누가 우리 멤버들 내성을 키워주는데?"

"홀쩍홀쩍…… 크라이 쒸이, 언니가 저를, 편한 여자 취급해요오……!"

"!! 야, 시트, 크라이 건드리지 말라고 했지?! 만지는 건 금지라고…… 금~지~! 티, 그쪽 잘 막고 있어!"

"…………예, 언니."

"열 자리나 빌려줬단 말이야아! 몸으로 갚게 할 거야아!"

옆으로 비켜서 달려들려는 시트리를, 리즈가 두 팔을 크게 벌려서 막았다. 아직 여유가 있는 것 같다.

진짜 자매 싸움이라면 말리겠지만, 꺅꺅 비명을 지르면서도, 시트리의 얼굴은 즐거워 보였다. 온후하다는 점은 시트리의 수많은 미덕 중에 하나다.

"즐거워 보여서 다행이네…… 그런데 시트리, 나…… 지갑 놓고 왔는데 말이야……."

"마스터어………… 사람도 아니에요……."

"홀쩍홀쩍……."

안셈이 있었다면 대신 내줬겠지만…… 나중에 꼭 갚을 테니까…….

《비탄의 망령》은 지금까지 서로 도우면서 지내왔다. 내가 도와준 일은 거의 없기도 하지만, 그중에서도 특히 시트리한테 제일 민폐를 끼쳤던 것 같다. 아무래도 자꾸만 의지하게 된다니까.

마음속으로 엎드려 빌고 있었을때, 가게 문이 큰 소리를 내면서 세차게 열렸다.

소란이 잠깐 가라앉았다. 문을 걷어차고 들어온 것은 껄렁해 보이는 일행이었다. 아마도 헌터다.

일개 파티치고는 약간 많은── 여덟 명이고, 전부 남자에다 완전무장. 여덟 명 전원이 체격이 좋고 무섭게 생긴 건 헌터로서 일반적인 일이지만, 거만하게 주점 안을 둘러보는 동작에서는 강한 위압감이 느껴졌다.

티노가 눈살을 찌푸리고 작은 소리로 말했다.

"신참이네요⋯⋯."

제도 제블디아에는 국내외를 불문하고 우수한 헌터들이 모여든다.

그리고 헌터에게 있어 얕보인다는 것은 중요한 문제이기 때문에, 새로 온 헌터들은 대부분 엄청나게 날이 서 있다. 제도를 거점으로 삼는 헌터들과 다툼을 벌이는 자들도 적지 않다.

일종의 통과 의례 같은 것인데, 개중에는 상하관계를 확실히 해두기 위해서 자기가 먼저 다른 헌터들에게 시비를 거는 말도 안 되는 녀석들도 있다. 지금 들어온 녀석들도 그런 냄새를 풀풀 풍기고 있었다.

나한테는 무엇보다 귀찮은 점이, 그런 놈들 대부분은《천변만화》라는 이름을 모른다.

《천변만화》라는 별명은 제도를 거점으로 삼고 있는 헌터라면 대부분이 알고 있을 정도로 유명하지만, 세상이 넓기도 하고, 혹시나 이름까지는 알고 있다고 해도 얼굴까지 알고 있다는 보장은 없으니까―― 그러니까 내가 하고 싶은 말은, 생긴 게 시시해 보이는 나한테 시비를 거는 경우가 많다는 뜻이다.

중심인물은 덩치 큰 남자다. 지저분한, 그러면서도 엄청나게 튼튼해 보이는 회색의 다리 갑옷. 최소한의 부위만 보호하는 야성적인 갑옷에 진한 갈색 외투. 자연스럽게 늘어트린 칙칙한 금발에, 심기가 불편해 보이는 눈빛.

길베르트 소년처럼 대검을 짊어지고 있는데, 소년과는 체격이 너무 차이가 나다 보니 위압감도 천지 차이다. 신장이 거의 2미터는 되고, 가로 폭도 그만큼 넓다. 거크 씨와 비교해도 손색이 없는 육체다.

내가 알고 있는 헌터 중에서 가장 체격이 좋은 건 누가 뭐래도 안셈인데, 이 남자도 열 손가락 안에 들어갈 정도다.

최소한, 신입은 아니다. 다른 나라에서 이름을 떨친 헌터라고 보는 게 타당하겠지.

귀찮은 일이 벌어지지 않게 조용히 몸을 움츠렸다.

한편, 시트리는 리더로 보이는 남자를 머리부터 발끝까지 확인하고는 뜨거운 한숨을 쉬었다.

"훌륭하게 단련한 육체네요. 서 있는 자세도 세련됐고. 마나 머티리얼도 아주 좋아요―― 높은 레벨의 헌터로군요…… 하

아…………… 좋다…… 멋져."

"뭐야? 시트 너, 저런 게 취향이냐? 취미 한번 참 구리네."

리즈가 다리를 크게 꼬고 코웃음을 쳤다. 티노도 의외라는 것처럼 시트리 쪽을 봤다.

시트리는 그런 시선을 신경도 쓰지 않고, 그저 뜨거운 열기가 담긴 눈으로 그 남자를 바라봤다.

"언니는, 몰라. 역시 남성형은 베이스의 육체 강도가 중요하고…… 마나 머티리얼 흡수 속도가 높은, 높은 레벨 헌터는, 딱 좋으니까. 저기, 크라이 씨. 어떻게 생각하세요?"

갑자기 나한테 말을 걸었다. 그런데…… 시트리는 마초를 좋아하는 걸까. 조용한 타입이라서 남성 취향도 자기랑 비슷한 쪽이라고 생각했었는데, 나도 모르는 일이 있는 것 같다.

아주 조금, 말로 표현할 수 없는 쓸쓸한 기분을 느끼면서도 대답했다.

"응, 그래, 그렇지. 역시 근육은 중요하지."

"그쵸…… 역시 크라이 씨는, 언니랑 달라서 말이 통하네요! 키르키르 군은 이리저리 기워서 만들어서인지, 강도가 조금…… 떨어졌거든요. 그리고 생긴 게 조금 무서워서, 데리고 다니면 시끄러운 일이 벌어질 때도 있고── 호위가 하나 더 필요하다, 싶었거든요. 좋다, 레벨은 얼마나 되려나…… 키르키르 군, 데리고 올걸 그랬네. 비교하고 싶어요……."

왠지 얘기가 안 통한 것 같은 기분이 든다.

사랑에 빠진 소녀 같은 눈으로 헌터를 보는 시트리. 시트리는 우리 파티에 꼭 필요한 존재지만, 만약에 시트리가 파티에서 빠지고 싶다고 말한다면, 난 시트리를 응원할 생각이다.

사람에게는 자신만의 길이 있다. 나한테 그걸 막을 권리는 없고.

언젠가《비탄의 망령》멤버들도 각자 다른 길을 걸어가는 날이 오겠지.

"야, 비켜."

하지만, 저 남자는 관두는 게 좋을 것 같은데 말이야.

신참 일행들이 바로, 다른 헌터에게 시비를 걸었다.

한 테이블에 다가가서는 술에 취해 있는 헌터의 머리를 사정없이 테이블에 처박아버렸다.

그릇 깨지는 소리. 분위기가 순식간에 싸늘해지고, 소란스럽던 가게 안이 바로 조용해졌다. 처박은 자는 긴 머리카락을 하나로 묶은, 덩치 큰 남자의 일행 중에 하나다. 위압감 있게 웃으면서, 당돌한 습격 때문에 얼떨떨한 상태인 다른 멤버들을 내려다봤다.

"……아앙? 뭐야, 네놈들? 딴 데 자리 있잖아――?!"

두말하지 않고, 신참 일행이 자리에 앉아 있던 다른 멤버들을 두드려서 쫓아냈다.

숫자에서 차이가 났다. 술에 취하기까지 했다. 그리고 무엇보다 신참 일행은 그런 행위에 익숙했다. 자리에 앉아 있던 쪽도 옆에 무기를 놓아두고 있었지만 그걸 집을 틈도 없이 걷어차여서 바닥에 떨어지고, 둘러싸여서 뭇매를 맞았다. 어째서 아직도 붙잡히지 않았는지, 신기할 지경이다. 이거 완전히 범죄잖아.

하지만 신기하게도, 헌터들은 이 정도 일로는 범죄자가 되지 않는다. 상대도 헌터라는 전제조건이 필요하기는 한데, 아무래도 거친 일을 하는 직업이다 보니 체면 문제도 있고 해서, 피해자도 어지간해서는 고소를 하지 않는다. 게다가 이 정도 수준에서 잡혀가게 된다면 리즈나 루크도 상당히 위험하게 되니까, 뭐라고 할 말이 없다. 정말 말세다.

리즈는 어째선지 눈을 반짝이고 있지만, 기껏 즐거웠던 기분을 완전히 망쳤다. 차로 목을 축이면서 구경하고 있는데, 신참 일행 중에 한 사람이 큰 소리로 자기소개했다. 그 눈이, 주점 안에 있는 사람들을 빙 둘러봤다.

"들어라! 우리는——《안개의 뇌룡(폴링 미스트)》. 안개 나라, 네블라누베스에서 왔다. 그리고, 기억해둬라! 이분이 『네블라누베스』에서 최강을 자랑한 헌터——『드래곤 슬레이어』, 《호뢰파섬》 아놀드 헤일, 이시다!"

똘마니 A가 소개했지만 아놀드로 추정되는 남자는 말이 없었다. 팔짱을 끼고, 거만한 자세로 의자에 앉아 있을 뿐이다.

귀찮은 일의 조짐에 점원이 가게 안쪽으로 들어가 버렸다.

아놀드, 네블라누베스의 아놀드, 말이지. 왠지 최근에 어디선가 들어본 것 같은데…… 어디였더라? 인상을 쓰고 고개를 갸웃거렸지만, 술 냄새만 맡고 취했는지 생각이 나지 않았다.

시트리가 황홀하다는 표정을 지은 채로 바보 같은 시위 행위를 하고 있는 남자를 보고 있다.

나는 기억해내는 걸 포기하고, 콧김을 거칠게 내쉬면서 의자 위에서 자세를 바로잡았다.

정말이지, 나 혼자 있었다면 바로 계산하고 후딱 밖으로 나가 버렸을 텐데.

남자가 힘을 모으고, 엄숙한 말투로 믿을 수 없는 말을 했다.

"잘 들어라, 제도의 얼간이 헌터 놈들아. 아놀드 님의 레벨은―― 7이다."

?! 레벨 7……이라고?

저 아무리 봐도 삼류처럼 보이는 놈을 데리고 온 남자가 아크랑 같은 레벨이라는 건가. 진짜로 말세다.

사실 탐색자 협회의 레벨 인정 기준이 일률적인 건 아니다. 전투능력만 보는 지부도 있고 성격을 중시하는 지부도 있다. 하지만 아무리 그래도 다른 헌터를 무작정 때려눕히는 남자가 레벨 7이라니, 헌터의 품위 저하가 너무 심하다. 다음에 거크 씨를 놀리는 데 써먹어야지.

그 말을 들은 리즈의 눈이 약간 크게 떠졌고, 고개를 갸웃거렸다.

"헤에…… 안개 나라, 란 말이지…… 가본 적이 없네, 크라이. 거기라면 크라이도 레벨 10이 되지 않을까?"

"그건 아니지…… 레벨 9와 10은 각지 지부 사람들이 모여서 심사를 한다는 것 같으니까……."

무엇보다, 난 레벨을 더 올리고 싶지도 않거든.

"아…… 저거 박살 내면 나도 레벨 7로 올라가지 않을까?"

"레벨 7 베이스 키르키르 군…… 친하게 지내고 싶네요. 저기, 크라이 씨, 잠깐 갔다 와도 될까요? 제도에 막 왔으면 아는 사람도 없을 테니까, 어쩌면 이건―― 기회가 아닐까요?"

리즈가 깊고 깊은 한숨을 쉬었고, 시트리는 들떠 있었다.

얻어맞은 헌터를 걱정하는 사람은 아무도 없다. 어쩔 수 없으니까 내가 걱정해주자.

레벨 7. 작은 나라의 평가라고 해도 그 정도 인정 레벨이라면 충분히 주저하게 만들 수준이다.

상대는 여덟 명.《호뢰파섬》이 레벨에 상응하는 힘을 지니지 않았다고 해도, 상대는 완전무장한 상태.

술에 취한 상태에서는 불리하다고 생각할 수밖에 없다.

반항하는 사람이 없다는 걸 확인하고, 아놀드가 무시하는 것처럼 콧방귀를 뀌었다.

"흥. 겁쟁이들뿐인가…… 제도도 별 볼 일 없군. 이봐, 술과 여자다."

"예이."

똘마니 A가 가게 안을 둘러봤다. 아쉽게도 헌터 전용 주점 중에 예쁜 점원이 있는 가게는 거의 없다.

그 가늘게 뜬 눈이 주위를 확인하고, 가게 안쪽에서 여자 셋을 독점하고 있던 날 발견했다. 입술이 일그러지고, 미소를 지었다. 뭐야, 설마 다른 파티 여자 헌터를 건드리겠다는 거야.

안개 나라에서는 그런 것도 허락되나? 수라의 나라인가?

얕보면 곤란하다. 아무리 나라도 저항할 거야. 저항 정도는 하거든? 티노도 저항할 테고, 리즈도 훨씬 더 저항하겠지? 시트리는…… 어떻게 될지 잘 모르겠지만.

티노가 불쾌하다는 표정을 지었다. 똘마니 A가 실실 웃으면서

다가온다.

그리고, 우리한테 말을 걸려고 한 순간, 옆자리에 있던 리즈가 자리에서 일어났다.

예상 밖의 전개에 눈이 휘둥그레진 똘마니 A를 보면서, 볼을 발그레하게 붉히고, 활짝 웃으면서 말했다.

"뭐야아? 술이라도 따라 달라고? 어쩔 수 없네엥."

"어, 언니?! 제가 대신——."

"됐으니까, 넌 가만히 앉아 있어. 내가 시범을 보, 여, 줄, 게."

당황한 티노에게, 리즈가 입술에 요염하게 손가락을 얹으면서 눈을 찡긋해 보였다. 장난칠 때의 표정이다.

리즈는 노출이 많다. 몸에 굴곡은 거의 없지만 자세히 보면 가슴도 조금은 있고, 햇볕에 잘 탄 피부는 건강한 매력을 보여주고 있었다. 얼굴도 예쁘니까, 본성을 모르면 아주 매력적으로 보이겠지.

"아, 언니, 치사해!"

"먼저 하는 사람이 임자야~!"

똘마니 A가 겁쟁이라도 보는 것 같은 눈으로 날 쳐다보고 있지만, 나한테 대체 뭘 어쩌라고.

리즈가 통에 있는 적동 에일을 잔에 따랐다. 똘마니 A의 코가 잠깐 움직였고, 이상하다는 표정을 지었다. 냄새를 통해서 그 내용물이 엄청난 도수의 술이라는 걸 이해했기 때문이겠지.

하지만 뭐라고 말을 하기도 전에, 리즈가 한 손에 잔을 들고 그쪽으로 걸어갔다.

리즈는 잔을 높이 들어 올리고, 계속 웃으면서, 아놀드네 탁자로 다가갔다.

똘마니들의 시선이 리즈의 피부를 훑어봤다. 배를, 허벅지를, 가슴팍을 확인하고, 마지막으로 다리 절반을 덮고 있는 유난히 투박하게 생긴 『하이스트 루트』를 확인하고는 눈살을 찌푸렸다.

하지만 그 얼굴은 거의 징그럽게 실실대는 표정이었다. 리즈를 아는 사람인지, 주위에 있는 헌터 중에 일부가 긴장한 것처럼 몸을 움츠리고 있지만, 그걸 알아차리지도 못했다.

유일하게 아놀드 혼자만 불만이라는 표정을 짓고 있었다. 어쩌면………… 큰 가슴을 좋아하는 건가.

아놀드가 뚱한 표정으로 말했다.

"……앉아라. 이름은?"

"술 마시고 싶은 거잖아? 지금 내가 기분이 좋으니까, 특별히 사줄게. 리즈는 참 착하단 말이야~."

그리고 리즈는 남자의 질문에 대답하지 않고—— 손에 들고 있던 잔을 아놀드의 머리 위에서, 뒤집어버렸다.

"뭐——!"

"이 술도 내가 사는 거야. 대단해~! 소독까지 되네! 일석이조? 대발명?"

소리를 지를 틈도 없이, 리즈가 술잔으로, 알코올에 흠뻑 젖어 있는 아놀드의 머리를 후려쳤다. 너무나 기뻐하는 얼굴에, 너무나 주저하지 않는 그 동작에, 아놀드의 동료들은 대응하지도 못했다.

아…… 사고 쳤다. 아놀드 일행이 싸움을 많이 해본 것 같기는 하지만, 리즈한테 사람을 때리는 건 일상의 일부다. 리즈의 사전에 경고라는 말은 존재하지 않는다.

그림자조차 남지 않을 만큼 신속하게 사람을 때리는, 그것이 《절영》이라는 여자아이다.

안 좋은 곳에 맞았는지, 아놀드가 머리에 손을 대고서 비틀거렸다. 하지만, 리즈는 전혀 봐주지 않았다.

웃는 얼굴 그대로 다리를 높이 들어 올리고, 돌려차기라도 하는 요령으로, 아직도 상황을 파악하지 못한 똘마니 BCDE를 걸어차서 날려버렸다. 경쾌한 동작이었는데, 여전히 무시무시한 위력이다.

처음에 리즈를 부르러 왔던 남자가 정신을 차리고 싸울 태세를 취했지만, 이미 늦었다. 엄청난 속도로 날아간 발차기를 맞고, 요리와 술과 범벅이 되어 성대하게 날아갔다. 반사적으로 팔을 들어서 방어 행동을 한 것 같기는 하지만, 보구 신발을 장비한 리즈의 발차기는 대포 같은 위력을 지녔다. 어지간한 헌터가 견뎌낼 수 있는 것이 아니다.

주위에 있는 헌터들이 입이 떡 벌어졌다. 폭력사태를 벌인 놈들이 갑자기 또 다른 폭력에 노출당했으니, 그 표정도 납득할 수 있다. 나도 똑같은 표정을 지었을 것이다. 이걸 보는 게 처음이라면, 말이지만.

한바탕 정리한 리즈는 즐겁다는 듯이 손잡이만 남은 술잔을 던져버렸고, 아직 의식이 남아 있는 아놀드의 머리카락을 움켜

쥐었다.

그대로, 머리를 몇 번이나, 몇 번이나 테이블에 찍어버렸다. 완전히 끝장을 볼 기세다.

뭐, 먼저 싸움을 걸어온 건 저쪽이니까, 어떤 의미에서는 자업자득 같기도 하지만…….

시트리가 일어나서 비명 같은 소리를 지르더니, 쓰러지는 것처럼 나한테 뛰어들었다.

"어, 언니, 너무해요! 제가 갖고 싶다고 했는데. 항상, 제가 갖고 싶어 하는 걸 전부 뺏어가고…… 크라이 씨, 언니한테 한마디 해주세요."

"무리겠지."

비명과 고함이 울린다. 내 목에 팔을 감고서 안겨 있는 불쌍한 시트리의 머리를 쓰다듬어줬다.

티노가 악마라도 보는 것 같은 눈으로 시트리를 봤다.

주점 안을 둘러봤다. 반쯤 무너진 상태까지는 아니지만, 끔찍한 상황이다. 상황을 이해한 주위에 있던 헌터들이, 폭풍처럼 날뛰는 리즈를 부추겼다. 이젠 수습할 수 없다. 이거, 나중에 내가 혼나려나?

나는 조용히 일어났다. ……빨리 계산이나 할까.

제2장　　　도전자와 초월자

그것은 마치 마법과도 같은 『검기(劍技)』였다.

상대는 아직 소년이라고 할 수 있는 연령의 남자다. 클로에보다는 조금 연상이지만, 그래도 숙련된 헌터라고 하기에는 너무나 젊다. 그 체구는, 덩치가 큰 사람이 많은 헌터치고는 상당히 작은 편이고, 어쩌면 나중에 클로에가 더 커질지도 모를 정도였다. 실내인데도 후드가 달린 칠흑의 외투를 걸쳤고, 깊게 눌러쓴 후드 안쪽에는 칼처럼 날카롭고 조용한 눈동자가 엿보인다.

하지만 그 실력은, 이미 어른에게도 뒤지지 않는 검술 실력을 자랑하던 클로에조차도 이상하게 느껴질 정도였다.

손도 발도 쓸 수가 없었다. 상대가 가지고 있는 무기는 아이들이 연습에 사용하는 목검인데, 무게도 없고 날도 세우지 않았다. 클로에가 쥐고 있는 검은 두말할 필요 없는 진검인 데다 훌륭한 물건이고, 원래는 목검 따위는 처음 일 합에 베어버리는 게 당연할 정도로 날카로운 성능을 자랑한다.

이것은 시험이다. 상대는 제1선에서 활약하는 그《비탄의 망령(스트레인지 그리프)》의 일원이고, 클로에도 이길 거라는 생각은 하지도 않았다. 하지만, 그 압도적인 강함은 클로에의 사소한 자부심을 일격에 산산이 부숴버렸다.

지금까지 본 적이 없는 유파였다. 아니, 정확히 말하자면 중간

중간 보이는 움직임── 중심을 잡는 방법, 발놀림, 검을 쥐는 방법, 자세에서 기시감이 느껴지기는 했다. 그것은 클로에가 지금까지 봐왔던 온갖 검술 유파를 답습하고 있었다. 그중에는 클로에가 배운 것도 있었고.

그리고 몇 합을 더 주고받으면서, 클로에는 눈치를 챘다. 그것은── 검술의 키메라다.

원래 서로 어우러질 수 없는 너무나 다양한 검술의 이치를 뒤섞은 결과, 원래의 유파를 알아볼 수 없을 만큼 복잡해졌다.

말도 안 된다. 비효율적이다. 그런 상식을 비웃기라도 하는 것처럼, 남자는 목검을 정안 자세로 들고, 외쳤다.

"너는 하나의 검술밖에 배우지 않았다. 하나의 검을 익힌 너와 이미 스물세 가지의 검을 익힌 데다 그보다 더 많은 것을 바라는 내가 상대하면, 내가 더 강한 건 당연한 도리. 최강의 검사(소드맨)란 동서고금의 온갖 검술을 알고, 그것을 융합한 자를 말하는 것…… 그렇지, 크라이?!"

"……응, 그래, 그렇지."

바보 같은 이론이다. 검의 유파는 오랜 세월을 들여서 키워온 것. 그 일거수일투족에 의미가 있고, 여러 유파의 기술을 섞는다고 무조건 좋은 것은 아니다. 만약 그것을 시도하려는 자가 있다면, 상당한 바보일 것이다.

하지만 실제로 클로에의 검은 목검과 부딪치고, 그러면서도 그것을 베어버리기는커녕 되레 밀리고 있다.

클로에에게 주어진 과제는 자신의 힘을 보여주는 것. 하지만,

검을 주고받을 때마다 자신감이 사라져갔다.

무섭다. 패배는 각오했다. 하지만, 지금까지의 노력이 부정당할 것만 같은 공포는 처음이었다.

청년은 떨리는 칼끝을 보면서도, 웃지 않았다.

"검사의 힘은 그 검에서 나오는 것이 아니다. 진정으로 뛰어난 검사는 무기를 가리지 않는다. 언제 어느 상황에서도 패배가 뜻하는 것은 수련 부족. 따라서, 그런 검에 의존하는 너보다, 계속 목검을 쓰면서 수련을 거듭해온 내가 강한 것이—— 도리다. 그렇지, 크라이?!"

"어…… 아, 응, 그래, 그렇지."

그런 바보 같은 소리가 어디 있느냐고, 모든 이가 말했다. 하지만, 그 남자는 너무나 진지했다.

너무나 진지하게 자신의 방식을 고집해서, 어느새 제도에서도 손꼽히는 검사라고 불리게 됐다.

클로에는 생각했다. 너무나도 다르다. 눈앞에 있는 남자는 여러 의미에서 탁월하다. 언젠가 제도에서 손꼽을 정도가 아니라, 최강이라고 불리게 될 것이다.

별명도 생길 것이다. 그렇게 되면, 어떤 별명이 될 것인가.

"그리고, 강함이란 축적이다. 어쩌면 너는 자신이 온갖 측면에서 나한테 미치지 못한다고 생각할지도 모른다. 하지만, 절대로 그렇지 않아! 오늘 너와 검을 주고받은 것에 감사한다. 나는 오늘, 네 검에서 배우고, 어제의 나보다 강해진다! 감사하는 마음이 사람을 강하게 만든다. 그렇지, 크라이?!"

"뭐, 좋은 말이지…… 그런데 말이야, 루크. 너, 이게 그냥 시험이라는 걸 잊은 건 아니겠지?"

충격을 받았다. 다음으로 클로에가 느낀 것은 압도적인 패배감이었다. 눈앞에 있는 남자는 실력에서 압도적으로 뒤떨어지는 클로에를 단번에 쓰러트리는 게 아니라, 거기서 또 뭔가를 배우려 하고 있다.

이해했다. 이것을 단순히 클로에 자신의 과제라고 생각했었는데, 상대에게는 진지한 시합이라는, 그 사실을.

질린 듯이 말하는 클랜 마스터의 말에 신경도 쓰지 않고, 루크 사이콜은 그 순간 클로에만을 보며 소리쳤다. 칼날 같은 눈빛에는 불꽃과도 같은 신념이 깃들어 있었다.

"안심해라, 너는 강하다. 하지만, 내가 더 강했다. 단지 그것뿐. 기억해둬라, 내 이름은── 루크. 사람들은 나를……《절대신검 (테스타먼트 블레이드)》루크 사이콜이라고 부른다!!"

그것이 클로에와《비탄의 망령》의 첫 만남.

그리고 클로에는 무엇보다 재능을 본다는 소문이 돌고 있는《시작의 발자국(퍼스트 스텝)》의 입단 시험에서 불합격했고, 그 뒤에 한참을 고민하고 또 고민한 끝에 헌터가 되는 길을 포기했다. 그리고는 협회의 접수원으로서《비탄의 망령》의 활동을 지켜보기로 했다.

관심이 생겼다. 이상한 검술을 쓰는 검사만이 아니라, 그 검사가 신뢰하고, 일일이 조언을 구하며, 그리고 모든 이가 재능이 있다고 말했던 클로에 벨터를 불합격시킨《천변만화》에게.

그 뒤에 루크의 별명이 정해졌을 때, 본인이 희망했던《절대신

검》(참고로 본인 말고 이 별명으로 부르는 사람은 아무도 없었다)
이 아니라 《천검(千劍)》을 별명 후보로 올린 것은, 사소한 앙갚음
이었다.

　지옥 같은 잔치에서 하루가 지나, 나는 클랜 마스터 방에서 에
바의 보고를 듣고 있었다.
　일반적으로 트레저 헌터들이 만드는 클랜은 상당히 적당한 조
직이다. 그 시작은 헌터들이 서로 돕기 위해 만든 조직이라고 하
는데, 결성하는 데 필요한 절차도 조건도 그다지 많지 않다 보니,
명목상으로는 클랜이지만 특별한 기능은 없는 곳도 존재한다.
　그리고 거기에 의미가 없는 건 아니다. 거친 일을 하는 헌터에
게는 조직에 소속돼 있다는 사실 자체에 의미가 있다. 애당초 자
아가 강한 헌터들이 모여서 제대로 된 조직을 만들 수 있을 리가
없다.
　하지만 《시작의 발자국》은 다르다.
　나는 클랜을 결성할 때 에바를 비롯한 각 분야의 프로페셔널 사
무직 직원들을 고용했고, 그 사람들에게 일을 다 떠넘겨버렸다.
　지금의 나도 은퇴하고 싶은 생각이 굴뚝같지만, 그 시절의 나
는 자포자기에 가까울 정도로 헌터를 그만두고 싶었다. 공략하는
보물전의 레벨이 5를 넘어가고, 내가 짐짝 같다는 생각을 도저히
견딜 수 없게 돼버렸을 때의 일이다.

솔직히 이렇게 커다란 클랜이 될 거라고는 생각도 못 했다. 뭐가 좋아졌느냐고 묻는다면, 사실은 지금도 잘 모르겠다. 어쩌면 무능했던 내가 일하지 않게 된 것이 좋아진 일인지도 모른다.

내가 적당히 고개나 끄덕이는 사이에 유능한 사무직 직원 제군들의 힘에 의해서 《시작의 발자국》은 (규모는 둘째 치고)제도에서 톱클래스로 잘 정비된 클랜이 되어 있었다. 청결하고 눈에 띄는 클랜 하우스, 라운지에서 음식 제공을 비롯한 각종 복지. 아이템 보충이나 보구 매각도 대행하고, 전용 훈련장도 있다.

그중 하나로── 신뢰도가 높은 정보망이 있다.

지시한 기억이 없고 자세한 시스템도 모르지만, 지금 《발자국》에는 정확도가 높은 정보들이 모여들고 있다.

"진짜인 것 같군요…… 레벨 7 아놀드 헤일. 뇌룡을 토벌한 공으로 승격한 헌터라는 것 같습니다. 레벨을 인정한 곳은 안개 나라──『네블라누베스』의 탐색자 협회입니다. 지부 중에서는 약소라서, 어느 정도 봐줬다고 볼 수도 있겠습니다만…….'

역시 훌륭한 부관은 꼭 있어야 한다. 이젠 누가 제일 높은 사람인지도 모를 지경이 됐지만, 난 에바가 제일 높은 사람이 된다고 해도 전혀 신경 쓰지 않는다. 회비로 사리사욕을 채워도 좋으니까, 내가 은퇴할 때까지는 그만두지 말아주세요.

"진짜, 인가………… 큰일 났네."

에바의 말을 듣고, 나는 깊은 한숨을 쉬었다.

높은 레벨을 사칭했을 가능성도 있다고 생각했었는데, 아무래도 생긴 것만 멀쩡한 사람은 아닌 것 같다.

솔직히 말해서, 냉정하게 생각해보니까 아놀드라면 거크 씨가 충고해줬던 그 녀석 아니던가?

그걸 알았다면 좀 더 생각하고 행동했을 텐데…… 내 기억력이 너무 나쁘다.

"아~ 거크 씨가 충고해줬었는데, 깜박했어."

"충고, 말입니까……."

"왜, 내가 말이야…… 관심 없는 일에는 거의 신경을 안 쓰니까……."

"……레벨 7, 인데요?"

에바가 눈이 휘둥그레져서 한마디 하려고 했지만, 레벨 7이건 8이건 관심이 없는 건 없는 거니깐.

그나저나 그렇게 되면, 일이 생각보다 훨씬 귀찮아질지도 모른다.

리즈가 바로 손을 대고 말았다. 누가 잘못했는지를 따지는 건 쓸데없는 의논이니까 일단 미뤄두자.

문제는 그게 완전한 기습 공격이었다는 점이다. 레벨 7씩이나 된 헌터가 그냥 조용히 넘어갈 리가 없다. 지금쯤 아놀드는 속이 부글부글 끓고 있겠지.

정면으로 싸워서 졌다면 납득할 수도 있겠지만, 그래서는 원한이 더 깊어질 뿐이다.

조금 걱정이 된다. 리즈가 분명히 강하기는 하지만, 도적(시프)이다 보니 방어력은 낮다. 항상 전장에 있다는 생각으로 지내고 있기는 하지만, 빈틈이 아예 없는 건 아니겠지. 허를 찔리면 질 가능성도 충분히 있다.

거기까지 생각했을 때, 나는 크게 하품을 하고 눈을 비볐다. 걱정이 되는 건 사실이지만, 리즈는 나보다 수만 배는 강한 데다 솔직히 외부에서 온 강자한테 싸움을 걸었던 것도 처음이 아니다 보니, 긴장감이 오래 가지를 않는다.

"뇌룡이면 엄청 강할 텐데 말이야…… 그걸 쓰러트리고 별명을 얻었다면, 약하지는 않겠지."

용은 마물 중에서도 최강의 대명사다. 비룡이나 육룡(陸龍), 해룡에 화룡(火龍), 다양한 종류가 있는데, 하나같이 강적이다. 게다가 그중에서도 벼락을 두르고 자유자재로 부리는 뇌룡은 특별히 귀찮은 존재로 알려져 있다.

사실 기본적으로 벼락이라는 건 어느 분야에서나 엄청나게 세다. 그 속도 때문에 회피하기도 상당히 힘들고, 소리와 충격은 강화된 육체를 가진 헌터의 의식을 간단히 날려버린다. 전도하는 성질도 있어서 금속 갑옷으로 막는 건 거의 불가능하고, 마도사(마기)도 벼락을 다루는 방법을 익힌 사람은 상당히 상위의 마도사들뿐이다.

벼락을 다룰 수 있으면 토끼라도 강적이다. 용이라면 그야말로 무시무시하다는 뜻이고. 나 같으면 그냥 죽는다.

팔짱을 끼고 인상을 쓴 나한테, 에바가 은근히 걱정된다는 것처럼 물었다.

"싸워본 적이 있으신가요?"

나는 에바의 말에 심각하게 고개를 끄덕였고, 진지하게 옛날 기억을 더듬었다.

"내가 말할 수 있는 건── 그래. 매콤달콤한 소스를 발라서 구워 먹으면 정말 맛있다는 정도려나."

"그, 그런가요……."

"갑자기 배가 고프네……."

조우한 적은 있었지만, 싸운 건 리즈랑 다른 친구들뿐이고 나는 으슥한 데 숨어 있는 역할이었다. 나랑 비교하면 강한 건 틀림없지만, 다른 친구들 생각은 모른다. 중상을 입은 사람은 없었던 것 같은데 말이야.

쓰러트린 뒤에 시트리가 조리해줬던 고기가 육즙이 풍부하고 엄청나게 맛있었다는 것 하나는 확실하게 기억하고 있는데, 그것도 시트리가 직접 만든 특제 소스 때문인지도 모른다. 시트리는 뭐든지 잘하는 애니까.

"오랜만에 한 번 더 먹어보고 싶네……."

"…………아, 아무리 그래도 뇌룡 고기를 파는 가게는, 이 제도를 다 뒤져도 없습니다. 애당초 용은 온몸이 희소하고 비싼 소재라서, 식용으로 쓴다는 얘기는 들어본 적이──."

"나도 알아. 음……."

이걸 어떻게 할까……. 일단 거크 씨한테 쫓아가서 따질 건 확실한데, 헌터들 간의 싸움은 어지간한 이유가 없는 한은 묵인된다. 경고했잖아, 같은 소리나 듣고 끝나겠지.

엎드려 비는 걸로 끝낼 수 있다면 얼마든지 하겠지만, 상대가 납득하지 않겠지.

한참 동안 생각했지만, 배가 고픈 탓인지 생각이 정리되지 않는다.

몇 분 동안 묵고한 뒤에, 나는 다 포기하기로 했다. 기습 공격을 당하더라도 리즈라면 틀림없이 괜찮겠지. 익숙하기도 하고, 원한 때문에 누가 노리는 일에 대한 경험도 풍부하니까.

거크 씨한테 연락해서 경계하라고 한마디…… 내가 할 수 있는 일은 그 정도려나.

문득, 에바가 조용히 내 말을 기다리고 있다는 걸 알았다.

영리한 연보라색 눈동자가 날 똑바로 바라보고 있다. 에바는 나와 달라서 아주 꼼꼼한 사람이다. 무능한 나를 몸이 부서져라 보좌해주는 건 정말 고맙지만, 조금 더 편하게 일해도 될 것 같은데 말이야.

"하아………… 에바가 뇌룡 소스 구이 얘기를 했더니, 배가 고파서 생각이 정리가 안 되잖아."

"?! 그런 얘기 안 했는데요?!"

그냥 농담이야. 그렇게 큰 소리 내지 말라고…….

"평화로운 게 제일이라고 생각하는데 말이야…… 뭐, 이 건은 일단 거크 씨한테 얘기해두면 어떻게든 되겠지. 좋았어, 고기라도 먹으러 갈까."

"제가 연락해두겠습니다. …………고기라면── 뇌룡 고기 말인가요?"

조심조심 묻는 에바를 보고, 나는 슬쩍 웃고 말았다.

"뭐, 그건 다음 기회에 하고. 뇌룡도 맛있지만, 닭고기도 나쁘지 않으니까."

아까 자기 입으로 뇌룡 고기 파는 가게는 없다고 했으면서. 능력 있는 사람은 농담 센스도 일류라니까.

나도 배우고 싶다.

이렇게까지 뼈아프게 당한 건 오랜만이다.

거점으로 삼고 있던 『안개 나라』── 네블라누베스에서는 자신에게 거스르는 자가 사라진 지 오래였다.

네블라누베스는 트레저 헌터의 숫자가 적은 나라였다. 특히 높은 레벨의 헌터는 손꼽아 셀 수 있을 정도밖에 없었고, 그중에서도 나라를 덮친 재앙── 뇌룡과 맞서 싸우고, 사투 끝에 토벌한 아놀드 헤일과 그 일행, 《안개의 뇌룡(폴링 미스트)》은 가장 힘 있는 파티로 알려져 있었다.

명실상부한 최강이었던 아놀드의 파티는 안개 나라의 높은 사람들도 인정하는 존재였다.

아놀드 일행이 그런 편한 나라를 떠나기로 한 것은, 보다 높은 경지를 목표로 삼기 위해서였다.

안개 나라에는 주위에 보물전이 다섯 곳밖에 없어서, 헌터로서 대성하기에는 한계가 있었다.

높은 레벨의 보물전을 공략하려면 서서히 공략하는 보물전의 레벨을 올리고, 마나 머티리얼을 흡수해서 강해져야 하는데, 네블라누베스에서는 전장이 압도적으로 부족했다.

자신이 있었다. 작은 나라에서 레벨 7로 인정받는 헌터는 극소수다. 그중에서도 아놀드는 전투 능력에 특화된 헌터였고, 다른 멤버들도 실력에 자신 있는 자들이 모여 있다. 게다가 일반적인 파티보다 많은 인원으로 구성돼 있으니, 헌터들 간의 싸움에서도 지는 일이 없었다.

제블디아가 네블라누베스 따위는 비교도 안 되는 헌터들의 대국이라는 사실은 알고 있었다.

하지만, 결코 질 생각은 없었다.

"빌어먹을, 그 망할 계집…… 방심하게 만들고 기습이라니…… 절대로 용서 못 해."

비축해뒀던 비싼 포션까지 써서 간신히 움직일 수 있을 정도까지 상처를 치유한 아놀드의 오른팔이자 파티의 서브 리더인 에이랠리어가, 콧김을 거칠게 내뿜으면서 으르렁거렸다. 그의 장비는 갑옷에서 천 옷으로 바뀌어 있었다. 주점에서 난투를 벌이다가 파손됐기 때문이다. 다른 동료들도 분노 절반, 두려움 절반의 심정으로 그 말에 동의했다.

울분을 어떻게 풀어야 할지 모를 정도로 화를 내고 있는 에이와 다르게, 아놀드의 심경은 지극히 차분했다.

기습. 그렇다. 그것은 완전한 기습이었다. 하지만 아무리 기습이라고 해도 간단히 당해버리는 수준이면, 레벨 7이 될 수 없다. 전장에 비겁하다는 말은 존재하지 않으니까.

그리고 아놀드에 대한 공격은 기습이었지만, 에이가 진 것은 거의 대등에 가까운 상황에서였다. 그 여자 헌터가 탁월한 기술을—— 그것도 조금만 더 하면 레벨 6 인정 시험을 받을 수 있는 에이를 간단히 타도할 만큼의 전투 능력을 지녔다는 것은 틀림없다.

같은 사실을 이해하고 있기 때문이겠지. 에이가 아놀드처럼 화를 참지 않고 대놓고 터트리는 것은, 다른 멤버들에게 보여주기 위해서 하는 행동이다. 리더가 정면에서 당했다고 하면 파티 전체의 전의에 영향을 미친다. 리더이자 상징인 아놀드 대신 파티를 관리하는 것이 서브 리더의 역할이다.

술은 마시기 전이었다. 아무런 망설임도 없는 무거운 일격은 아놀드의 뇌를, 아무리 헌터라고 해도 단련하기 힘든 뇌를 정확히 흔들었고, 정신이 몽롱해진 사이에 모든 것이 끝나 있었다.

굴욕이다. 하지만, 그 이상으로 전의가 불타올랐다. 헌터에게 강자란 존경해야 할 대상이다.

그리고, 아놀드 일행은 그 강자를 타도해서 자신이 최강이라는 것을 보여주기 위해 이 제도에 왔다.

주점의 난투에서 하룻밤이 지나고, 《안개의 뇌룡》은 분노와 전의를 억누른 채, 다시 탐색자 협회를 찾아왔다.

갑자기 공격한 그 여자의 겉과 속이 똑같아 보이는 웃는 얼굴이 머릿속에 새겨져 있다.

실력에 자신이 있기 때문에, 상대가 보통 사람이 아니라는 것을 이해할 수 있었다.

팬텀이나 마물과 싸우는 것과 같은 인간들끼리의 싸움은 다르다. 하지만, 그 여자는 사람을 때리는 데 익숙해 보였다.

망설임 없는 완벽한 기습 공격. 머리에 술을 부어서 얼이 빠진 짧은 순간에 날린 무거운 일격. 아무리 제도의 헌터 층이 두껍다고 해도, 마나 머티리얼로 강화한 아놀드를 간단히 기절시킬 수 있는 헌터가 흔하지는 않을 것이다. 아마 이 제도에서도 유명한 헌터겠지.

이대로 끝낼 수는 없다. 주점에서의 일은 많은 헌터들이 보고 말았다.

기습을 당해서 일반적으로 얻어맞고 그냥 물러나면, 《안개의 뇌룡》의 이름에 흠집이 간다. 앞으로 아놀드는 이 헌터들의 성지에서 이름을 떨칠 생각이다. 얕보일 수는 없다.

"일대일로…… 정면으로 싸우면, 아놀드 씨가 질 리가 없어!"

파티 멤버 중에 한 사람, 멤버 중에서도 제일 젊은 재스터가 얼굴이 시뻘게져서 힘차게 말했다.

하지만 그 목소리에 약간의 공포가 담겨 있는 게 느껴진다. 아놀드를 쓰러트린 헌터는 아놀드가 정신을 잃은 뒤에도 공격을 멈추지 않았고, 큰 소리로 웃으면서 계속 때렸다는 것 같다.

재스터가 파티에 들어온 것은, 아놀드 일행이 네블라누베스에서 모르는 사람이 없는 파티가 된 뒤였다. 계속 제일 높은 곳에 있는 파티의 일원이었던 이 젊은 헌터에게, 자신의 파티가 겨우 헌터 한 명한테 압도당했다는 사실은 지금까지의 자신감을 완전히 부숴버리기에 충분한 경험이었겠지.

지금까지 아놀드는 그 실력 때문에 존경을 받아왔다. 겨우 한 번 졌다고 멤버들의 신뢰가 사라지지는 않겠지만, 그래도 이번에 생긴 작은 균열이 언젠가 치명적인 사태를 불러올 가능성도 있다.

천적을 만들어서는 안 된다. 손쓸 도리도 없이 패배자가 될 수도 없고.

"누구인지는 모르겠지만, 대가는 치르게 만들겠다."

아놀드가 선언하자, 멤버들이 침을 꿀꺽 삼켰다.

등에 멘 금색 대검의 무게가 선명하게 느껴졌다. 안개 나라를 덮친 뇌룡의 소재를 사용해서 만들어낸, 벼락의 힘이 깃든 검이다. 아놀드의 별명――《호뢰파섬》이라는 별명이 붙게 된 이유이기도 했다.

입술을 핥았다. 포션을 써서 완전히 회복됐을 머리의 상처가 욱신욱신, 묵직하게 아팠다.

아픔은 그냥 착각이다. 아놀드는 알고 있다. 환통이 바라는 것은 단 하나. 상처를 만든 그 헌터와 다시 싸우는 것이다. 그리고 승리를 얻은 그 순간에―― 이 아픔은 사라질 것이다.

"이건 기회다. 그 여자―― 아마토 이 제도에서 유명한 헌터겠지. 정면에서 쓰러트리면 내 평가가 올라간다. 둔해진 감을 되찾기에 딱 좋은 상대다."

"……그렇군요. 그렇게 생각하면, 어떤 의미에서는 잘됐다고 할 수도 있겠습니다."

지금까지 화를 어떻게 풀어야 좋을지 모르겠다는 얼굴이던 에이가 부르르 몸을 떨고, 깊은 미소를 지어 보였다.

아놀드가 바라는 것은 단순한 인정 레벨 상승이 아니다. 표면상의 영광도 아니다.

강함이다. 그리고, 그것을 얻으려면 강적이 필요하다. 주점에서의 일은 예상치 못한 것이었지만, 최악이었지만, 제도에 소문대로 강자가 있다는 것은 알았다. 그렇다면, 남은 건 그자들을 전부 제압하고, 뛰어넘는 것뿐이다.

아놀드 일행이 위압감을 내뿜자, 카운터 앞에 모여 있던 다른 헌터들이 서둘러 자리를 비켰다. 예전에 아놀드 일행을 대응했던 접수 아가씨── 클로에 앞이 비었고, 아놀드는 말없이 그 앞으로 걸어갔다.

전에는 머리를 내리고 있었는데, 오늘은 어째선지 트윈테일이다. 클로에는 묵직하고 답답한 분위기가 감도는 아놀드를 보더니, 주눅도 들지 않고 활짝 핀 꽃처럼 웃어 보였다.

"아, 기다리고 있었습니다. 큰일을 겪으셨네요, 아놀드 씨."

"뭐라고……?"

"주점에서 연락이 왔습니다. 상처는…… 심각하지 않은 것 같네요."

자기도 모르게 눈이 휘둥그레졌다. 어제 주점에서 있었던 일이 벌써 알려져 있다니, 정보 전달 속도가 무서울 정도로 빠르다.

그리고, 더 예상 밖인 일은 클로에가 두 손을 맞잡고서 미안하다는 것처럼 말한 내용이다.

"상황은 저희 쪽에서도 파악하고 있습니다. 항의 민원은 이 창구에서 접수해드리겠습니다. 아무래도, 그 사람은 난폭해서──."

"?! 무슨 소리냐…… 항의 민원이라고?!"

"그러니까…… 그렇습니다. 맞아서 기절한 것 때문에 항의 민원을 제기하러 오신 게 아닌가요?"

큰 소리로 말하는 아놀드에게, 클로에는 아무렇지도 않게, 이상하다는 표정을 지어 보였다.

맞았다고 항의 민원. 생각지도 못했던 이야기다. 싸우다 졌다고 협회로 달려오다니, 체면을 중시하는 헌터가 할 짓이 아니다.

게다가 아놀드는 레벨 7로 인정받고 별명까지 지녔다.

얕보고 있다. 자신의 얼굴이 일그러지는 게 느껴진다.

탐협과 싸우는 것은 바보 같은 행위다. 하지만, 이렇게까지 바보 취급을 당하고서도 가만히 있어야 할까?

그런데, 화가 한계에 도달하기 직전에 에이가 재빨리 끼어들었다.

"아가씨. 사람 무시하는 것도 적당히 해두지그래. 아놀드 씨가 관대하기는 하지만, 그래도 한도라는 게 있어. 아가씨도 그럭저럭 실력이 있어 보이기는 하지만, 그래도 레벨 7한테 이길 리는 없잖아."

협박하는 것 같은 낮은 목소리에 클로에의 눈꼬리가 살짝 처졌고, 사죄하는 것처럼 말했다.

"무슨 말씀을…… 저는 평범한 직원일 뿐이에요. 그리고, 무시하는 게 아닙니다. 그렇게 느끼셨다면 죄송해요. 그런데, 사실 아놀드 씨 일행과 충돌한 사람은, 이 제도에서도 잘 알려진 헌터인데…… 그런 민원이 자주 들어오는 사람이거든요."

"…………이름을, 들으러 왔다."

항의 민원이 자주 들어오는 사람. 너무나 익숙한 기습과 뇌를 흔들어버리는 일격을 생각하면 이상할 것도 없는 일이다.

분명히 강했다. 하지만, 아놀드는 겨우 한 번 싸워서 패자라는 낙인이 찍히는 것을 참을 수가 없었다.

클로에의 얼굴에 곤혹스러운 표정이 드리웠다. 말해도 되는 건지 고민하고 있겠지.

그때, 뒤쪽에서 톤이 낮고 맑은 목소리가 들려왔다.

"그림자도 남기지 않을 정도로 신속. 《절영》, 리즈 스마트다."

"삼초── 지부장님!!"

고개를 돌렸다. 뒤쪽에서 말한 사람은 아놀드한테도 뒤지지 않을 수준의 거한이었다.

에이의 눈이 휘둥그레졌고, 재스터는 압도당한 것처럼 한 걸음 물러났다.

협회 제복을 입어도 확실하게 눈에 들어오는 비대한 근육과 팔다리에 그어진 수많은 깊은 상처자국. 얼굴에는 커다란 문신을 새겼고, 날카로운 눈이 아놀드와 동료들을 내려다보고 있다. 나이는 아놀드보다 한참 많아 보이지만, 서 있는 모습을 보면 몸 안에 엄청난 에너지를 지니고 있다는 것을 확실하게 느낄 수 있었다.

"그게, 그 말괄량이 이름이다. 네가 네블라누베스에서 왔다는 레벨 7, 《호뢰파섬》인가."

제도 지부장은 원래 초일류헌터였다고 들었다. 소문을 듣기는 했지만, 이렇게 보니 상상 이상의 걸물인 것 같다.

자기도 모르게, 웃음이 흘러나왔다. 안개 나라의 탐색자 협회 지부장은 피둥피둥 살이 찐 돼지 같은 사내였다. 지부장으로서는 유능했지만 전사로서는 가치가 없었다.

아놀드와 만날 때마다 그 눈에 약간의 두려움이 엿보였었는데, 눈앞의 남자는 과연 어떨까.

지부장이 내민 손을 맞잡았다. 시험 삼아 손에 힘을 줘봤는데, 그 이상의 힘이 돌아왔다.

강하다. 전선에서 떠났을 텐데—— 이 힘은!

"그렇군. 당신이 지부장, 인가. 레벨 7, 아놀드 헤일, 이다. 당분간, 신세 지겠다."

"먼 데서 여기까지 잘 왔다. 뇌룡을 토벌했다고? 레벨이 높은 헌터는 언제나 환영한다."

거크의 말에 멤버들의 긴장이 풀어졌다. 그때, 거크가 갑자기 생각났다는 것처럼 이렇게 말했다.

"사실—— 큰 문제를 일으키지 않는 녀석들로, 한정되지만."

의미심장한 말이다. 에이가 눈살을 찌푸렸고, 지부장은 두툼한 입술을 일그러트려서 흉악한 미소를 지으며 계속해서 말했다.

"아, 오해하지는 말고. 네 얘기는 아니니까. 제도에는 귀찮은 놈들이 많아서 말이야."

"귀찮은 놈들?"

트레저 헌터한테 다툼은 일상다반사다. 범죄를 저지르는 자들도 흔하게 찾아볼 수 있고.

그걸 알고 있는 지부장이 굳이 『귀찮은 놈들』이라고 말할 정도면, 대체 어느 정도의 인물일까.

거크는 뺨을 슬쩍 긁고는 크게 혀를 찼다.

"그래, 귀찮은 놈들. 주의하라고 했는데도 주점에서 너희를 때려눕힌 그놈들 말이다."

"?!"

"미안하다, 많이 놀랐지? 리즈는—— 레벨 6인데 말이야, 지부장인 나한테도 덤벼드는 정신 나간 녀석이거든—— 피해자도 엄청나게 많아."

눈이 휘둥그레진 아놀드 앞에서, 거크가 씁쓸하게 웃으면서 어깨를 으쓱거렸다.

말로는 미안하다고 했는데, 그 표정에서는 사과하는 기색이 보이지 않았다. 아니, 그 정도가 아니라—— 왠지, 아놀드를 얕보는 것처럼 느껴지기도 했다.

주점에서 난리를 벌인 데다, 자기보다 레벨이 낮은 여자한테 일방적으로 얻어맞은 촌놈.

소국(小國)에 있는 지부에서 체면을 살리려고 레벨을 올려준 건 아닐까. 정말로 제도에서도 통하는 실력을 가지고 있는 걸까.

탐협 직원인 이상 공평하게 대하려고 했겠지만, 그 눈은 상당히 엄격했다.

클로에의 반응도 그렇고, 자신의 힘을 의심했다는 사실이 엄청난 굴욕으로 여겨졌다.

어금니를 소리가 날 정도로 악물고서 노려보는 아놀드 일행 앞에서, 거크는 크게 신경 쓰지도 않는다는 투로 계속 말했다.

"정말 미안하다. 사실은 그 녀석 주인한테, 《호뢰파섬》이 새로

왔다는 얘기를 해뒀는데…… 아무래도, 그러니까, 뭐라고 할까—— 잊어버렸다는 것 같더라고."

"?! 뭐……라고?!"

"그게, 그러니까…… 뭐라고 할까? 원래 좀 얼빠진 녀석이기도 한데, 아무래도 관심이 없는 일은 기억도 못 하는 거 같더군. 그러니까, 뭐냐. 일방적으로 당했다는 것 같지만, 너희도 좀 문제를 일으켰다는 것 같으니까, 이번에는 쌍방 폭행으로 넘어가자고."

이야기가 머릿속에 들어오지 않았다. 일단 그 야수 같은 여자한테 주인이 있다는 것도 충격이었지만, 그것보다—— 레벨 7 헌터한테, 관심이 없다고?!

화가 나기보다 기가 막혔다. 적이 될 수도 있는 강자의 정보에 관심이 없다니, 너무나 어리석다.

대체 무슨 생각인 걸까. 미지의 사고방식 때문에 혼란에 빠진 아놀드한테, 거크가 말했다.

"아, 그렇지. 마침 그 주인한테서 사과한다는 연락이 들어와 있다. 들을 거지? 『레벨 7이라는 말을 듣고 조금 흥분했다. 다시는 손대지 못하게 할 테니까 용서해줘』라더라고. 뭐, 믿어도 되겠지. 『약한 사람 괴롭히는 짓』은 용서하지 않는 녀석이니까. 얌전히 지내면 다시는 건들지 않을 거야."

마치 위로하는 것 같은 목소리였다. 이해하는 데 시간이 걸렸고, 이해했더니 바로 확, 머리로 피가 몰렸다.

당장이라도 육체를 뚫고 분출될 것만 같은 분노를, 아놀드는 이를 악물고서 참았다.

너무 세게 쥔 주먹에서 핏방울이 떨어졌다. 손톱이 피부를 뚫고 들어간 것이다.

하지만, 그 둔한 아픔도 아놀드의 화를 진정시켜주지는 못했다.

목소리가 나오지 않는다. 나온다면, 욕이 튀어나오겠지. 화는 함부로 발산시켜서는 안 된다.

에이가 말없이 거크를 보고 있다. 하지만 그 눈동자는, 아놀드와 마찬가지로 이글이글 타오르고 있었다.

레벨 6이라고 했는데, 여자는 강자였다. 주저하지 않고 자신보다 높은 레벨의 헌터에게 공격을 날리는 엄청난 근성, 그리고 그것을 뒷받침하는 강한 실력.

도저히, 누구 밑에 있을 인간이 아닌 것 같았다. 그런 짐승을 따르게 하려면 뭐가 필요한 걸까.

헌터가 따르는 이유라면, 답은 단 하나──『강함』이다.

그것도, 지부장에게 반항할 정도로 앞뒤 가리지 않는 짐승을 복종시킬 정도로 압도적인.

미지의 사고 정체. 거크 지부장이 전해준 말에서 느껴진 그것은──『오만』이었다.

자신의 강함에 대한 압도적인 자부심. 신이 인간을 내려다보는 것 같은 오만함.

분노를 터트릴 대상은 《절영》이 아니다. 그 『주인』이다. 네블라누베스의 전사를 얕본 대가를 치르게 할 것이다. 그자가 제아무리 압도적인 강자라고 해도, 반드시 도전해야만 한다.

그런 생각을 아는지 모르는지, 거크가 큰 동작으로 손뼉을 쳤다.

"아, 그렇지. 그 주인——《천변만화》가 너희한테 부탁할 일이 있다는 것 같다. 그 녀석은 제도에서도 다섯 손가락 안에 들어가는 헌터니까—— 뭔가 관계를 만들어둬서 나쁠 건 없겠지."

"부탁……이라고?"

《천변만화》. 그 이름을 머릿속에 깊이 새겨둔 아놀드에게, 거크가 웃으면서 말했다.

"뇌룡을 잡아다 줬으면 싶다는 것 같다. 너희가 뇌룡을 쓰러트렸다는 이야기를 들었더니 오랜만에 먹고 싶어졌다는 것 같다나. 뭐, 딱히 기간이 정해진 건 아니니까, 기억 속 한쪽 구석에 대충 넣어두라고. 건투를 빈다, 드래곤 슬레이어 제군."

아놀드 일행이 화가 나서 어깨를 들썩거리며 협회를 떠났다.

그 모습이 완전히 사라질 때까지 기다렸다가, 클로에는 뒤쪽에서 떡 버티고 서 있는 삼촌에게 물었다.

"저…… 지부장님, 그런 말을 해도 괜찮은 건가요?"

"응? 무슨 얘기냐? 난 에바가 말한 얘기를 그냥 전해주었을 뿐인데……."

거크가 팔짱을 끼고, 입가에는 미소를 지었다. 아놀드가 소리 내서 말하지는 않았지만, 가슴속에 어떤 감정을 품고 있는지는 분명했다. 그리고 그에게서는 높은 레벨 헌터다운 위압감도 느껴졌었고.

제아무리《천변만화》라고 해도, 전투에 특화된 높은 레벨 헌터로 상대하는 건 힘들 것 같다.

"뭐, 걱정할 것 없어. 시비를 걸 생각이었다면, 긍지가 강한 높은 레벨 헌터를 상대로, 싸우다가 이겨서 미안하다고 사과할 리가 없잖아."

"그건…… 그러네요."

원래 반격할 생각이었던 헌터한테 사과하는 건, 불에 기름을 퍼붓는 것 같은 짓이다. 뛰어난 선견지명으로 수많은 사건을 해결해온 그 청년이, 겨우 상대의 성격 따위를 파악하지 못할 리가 없다.

사실《천변만화》가 외부에서 온 헌터한테 싸움을 걸거나, 상대가 시비를 걸어온 일이 처음은 아니다.

"혈기 넘치는 헌터 놈들을 얌전하게 만들 수 있는 건 같은 헌터밖에 없거든. 대놓고 칭찬할 짓은 아니지만, 고마운 일인 것도 사실이야. 크라이도 자기가 좋아서 하는 짓 같으니까, 좀 도와줘라."

"예."

거크가 손을 살랑살랑 흔들면서 가버렸다. 그 모습을 지켜보고, 클로에는 다시 한번 검은 눈동자로《안개의 뇌룡》이 사라진 방향을 바라봤다.

트레저 헌터는…… 정말 복잡하다.

《시작의 발자국》 클랜 하우스 3층. 그 한쪽에 『연금술사(알케미스트)』용 연구실이 있다.

3층의 70퍼센트를 차지하는 광대한 연구실이다. 여러 방과 연결돼 있고, 최신예 설비와 희소한 소재들이 갖춰진, 아마도 클랜 하우스 안에서 가장 많은 돈이 들어간 방이다.

원래 《발자국》에 연금술사는 시트리 한 사람밖에 없었다. 지금은 한 명이 더 들어오기는 했지만, 그래도 헌터 중에서는 보기 힘든 연금술사를 위해서 한 층을 거의 다 사용한 것은, 건물을 지을 때 시트리가 자기 사비를 잔뜩 들였기 때문이다. 상인 출신이라서 돈에 깐깐한 에바의 입을 다물게 할 정도의 금액이었다. 에바의 깜짝 놀란 얼굴은, 지금도 내 기억 속에 깊이 새겨져 있다.

『연금술사』라고 하면 왠지 수상한 사람이라는 이미지가 있지만, 시트리의 연구실은 본인의 꼼꼼한 성격을 보여주는 것처럼 청결한 곳이다. 하얀 벽지와 반짝반짝할 정도로 닦아놓은 바닥. 복잡하고 기괴한 기구들이 진열된 유리 선반과 무슨 말인지도 모를 언어로 적힌 책들이 꽂혀 있는 책장 같은 연금술사다운 아이템들이 갖춰져 있는데, 그 모든 것들이 잘 정돈돼 있어서 수상한 느낌이 들지 않는다.

문이 열리는 소리에, 중앙에 배치된 테이블 앞에 서 있는 두 사람 중에 하나── 수수한 회색 로브를 입은 시트리가 이쪽을 봤다. 내 얼굴을 보더니 두 손을 맞잡고서 활짝 웃어 보였다.

"어서 오세요, 크라이 씨."

"많이 바빠?"

"아뇨. 매각용 포션을 만드는 중이었는데…… 준비는 다 끝났으니까 괜찮아요."

테이블 위에는 모래시계처럼 생긴 커다랗고 기묘한 장치가 놓여 있었다. 모래시계와 다른 점은 위쪽에 들어있는 것이 모래가 아니라 페이스트 상태의 무언가라는 점과 아래쪽에 무슨 액체가 고여 있다는 점이다.

아마도 성분 추출용 장치가 아닌가 싶은데, 뭐가 뭔지 하나도 모르겠다. 시트리는 《비탄의 망령》이 쓰러트린 마물의 소재를 시세보다 비싸게 사들이고, 그걸로 비싸게 팔리는 포션 등을 만들어서는 각 상회에 팔아서 엄청난 돈을 벌었다. 기본적으로 모험의 성과는 똑같이 나누고 있는데도 시트리가 가장 돈이 많은 것은 그런 이유 때문이다. 거래 일부를 도왔던 에바가 말하기를, 그 금액은 개인이 벌 수 있는 금액치고는 정말 보기 드문 수준이라고 했다.

"탈리아, 미안해요. 나머지 포션, 병에 담아서 나무 상자에 넣어주세요."

"예."

거대한 유리 용기에 들어 있는 연녹색 가루 같은 것을 따르고 있던 또 한 사람의 《발자국》소속 연금술사── 탈리아가 이마에 흐른 땀을 닦으면서 대답했다. 웬일로 많이 바빠 보인다. 포션 작성은 시트리의 부업 중에서도 가장 큰일이다. 너무 많이 만들면 가격이 떨어진다고 했었던 것 같은데, 다른 사람의 도움까지 받으면서 만드는 건 처음 본다.

탈리아가 기구 아래쪽에 있는 유리 용기를 꺼내서는 다른 방으로 가지고 갔다.

내 얼굴을 보고 내가 무슨 생각을 하고 있는지 눈치를 챘는지, 시트리가 설명해줬다.

"지난번에, 크라이 씨의 마력을 충전해주신 분들이 그러셨거든요—— 시간이 있을 때 시련을 받고 싶으니까, 포션을 준비해줬으면 한다고."

말도 안 돼…… 그런 건 훈련도 뭣도 아닌데 말이야. 입에 거품을 물고 완전히 정신을 잃었으면서, 트라우마가 되기는커녕 그걸 또 마시겠다니, 무슨 매저키스트인가?

"물론 재료비 정도는 받겠지만…… 정말 훌륭해요. 크라이 씨의 열의가 전해진 덕분이겠죠. 저도 일부러 고무했던 보람이 있어요."

"……응, 그래, 그렇구나."

고무라기보다는 도발 같았지만, 눈이 반짝반짝 빛나고 있는 시트리한테 그런 지적을 할 수는 없었다.

대충 고개를 끄덕이는 나한테, 시트리가 더욱 뜨거운 목소리로 말했다.

"그래서, 조금만 포션을 개량해볼까, 해서요. 마나 머티리얼을 대량으로 흡수한 헌터들이 스스로 피험자가 돼준다고 하는 건 흔치 않은 기회니까요. 지금까지 인체실험은 퇴폐지구의 고아들이 메인이었는데. 뒤탈이 없는 건 좋지만, 건강 상태가 영 좋지 않아서——."

"응, 그래, 그랬구나?"

"협력해주시는 여러분의 경과를 관찰해서, 마력(마나)의 급성장 수단을 확립하게 된다면, 그건 정말 획기적인 일이에요. 루시아는 정신이 너무 강해서, 도저히 참고할 수가 없거든요. 그다지 재능이 없는 마도사로 실증할 수 있다면, 마도사들의 수행 형태가 달라질 거예요. 큰 빚을 지게 할 수 있는 거죠! 지금, 아주 싼 가격에 포션을 제공해도 나중에 이익이 남을 정도로 메리트가 될 거예요! 크라이 씨는 어떻게 생각하세요?"

"적당히 해."

진짜로 적당히 하자?

"지금 루시아한테 쓰고 있는 포션을 그대로 주는 방법도 생각해봤지만, 그게 힘들어서…… 비용이 너무 많이 들고, 정신 상태에 대한 영향이──."

"나, 돈 갚으러 왔는데 말이야."

"예?"

시트리가 깜짝 놀란 표정을 지었다. 즐거워하는 시트리를 보는 것도 나쁘지는 않지만, 나한테 설명하는 것보다 같은 연금술사인 탈리아한테 설명하는 쪽이 더 건설적이겠지.

지금 갚는 건 주점에서 시트리가 대신 내줬던 돈이다. 뒤풀이 비용은 항상 내가 내기로 하고 있으니까.

일도 안 하는 주제에 내 몫이라고 나눠주는 걸 받고 있으니까, 그 정도는 해야지.

"아뇨, 괜찮아요. 이제 와서 굳이. 그냥 달아놓을게요."

"너무 많이 빌려서 대체 얼마나 빌렸는지도 모를 지경인데 말이야……."

일단 빌릴 때마다 메모는 해두고 있지만, 계산해본 적이 없어서 합계 금액을 모른다. 너무 많이 빌렸기 때문이다. 보구는 엄청나게 비싸고, 나는 클랜 운영 말고는 하는 일이 없다 보니 다른 수입이 없다.

시트리는 파악하고 있겠지만, 재촉한 적은 한 번도 없다.

주점에서 열 자리라고 했던 것 같은데, 정말이려나……. 10억 길이라는 얘기지?

시트리가 뺨에 손을 대고, 쑥스럽다는 것처럼 웃었다.

"저도 빚이 많은데…… 그냥 나중에 갚으시면 돼요."

"조금씩 갚지 않으면 도저히 갚을 수가 없거든."

"백만이나 이백만 정도 갚아봤자 티도 안 나거든요. 정 안 되면 몸으로 갚으시면 돼요."

"나한테 너무 잘해주는 거 아냐."

원래는 파티에서 쫓겨나도 이상하지 않을 일인데, 이런 대우라니. 나는 정말로 창피했다.

"얼마든지 잘해드릴게요. 그 대신, 때가 되면 저한테도 잘해주셔야 해요?"

응? 기둥서방이라도 되라는 건가? 혹시 은퇴한 뒤에도 먹고사는 데는 지장이 없나?

내가 못난 인간이라는 건 자각하고 있지만, 그래도 상식 정도는 가지고 싶다.

"갚을 테니까."

"……어떻게요?"

"…………루시아한테 빌려서?"

"그거, 결국 또 빚이 생기는 건데요…….."

"사실 은퇴하면 디저트 가게라도 해볼까 하는데 말이야."

"대단해. 장사 정말 잘되겠네요! 그런데 열 자리 후반을 갚는데 몇 년이나 걸릴까요?"

시트리가 생글생글 웃으면서 말했다. 빈정대는 말은 아닐 텐데, 왠지 그렇게 들린다. 그나저나, 후반이었나…… 혼날 각오를하고, 나중에 에바한테 물어봐야겠다.

참고로 지금까지 모은 보구들을 팔 생각은 없다. 보구와의 만남은 평생에 한 번뿐인 인연이다. 몇 년 동안 모은 보구 중에는쉽게 구할 수 없는 것도 있다. 은퇴할 때는 전부 파티의 공유재산으로 기부할 생각이고. 무책임하게 파티에서 탈퇴하는 데 대한,최소한의 속죄라고나 할까.

아무튼 시트리한테 지난번 회식 때 내준 돈을 갚았다. 시트리는 얌전히 그 돈을 받고는 세보지도 않고서 헐렁한 로브의 주머니에 집어넣고는, 문득 생각이 났다는 것처럼 말했다.

"맞다. 만약에, 도저히 못 갚을 것 같다면…… 딱 세 가지, 빚을청산할 방법이 있어요."

"……참고삼아 들어볼까. 꼼수로 털어버릴 생각은 없지만."

이래 봬도 금전 관계에는 꽤 신경을 쓰고 있다. 시트리는 볼이발그레해져서 말했다.

"하나는…… 절 색시로 삼아주시는 거예요. 배우자가 되면 자산이 일원화되니까 빚도 없어지게 되죠. 단것도 좋아할 수 있도록 노력할게요. 언니는 어떻게든 조용히 하게 할게요. 손가락 하나 까딱하지 못하게."

재미있는 농담이다. 아니, 딱히 죽어도 싫다는 건 아니지만, 채무 변제 수단으로서는 많이 아니다.

"……두 번째 방법은?"

"두 번째는…… 크라이 씨가, 제 서방님이 돼주시는 거예요. 빚까지 전부 제가 받아드릴게요. 저는 크라이 씨에 대해 잘 알고 있어요. 요리도 빨래도, 집안일은 전부 잘하시니까, 디저트 가게는 도락으로서 허락해드릴게요. 언니는 제가 열심히 해서 가만히 있게 만들면 되고요."

……시트리의 조크 센스도 에바랑 비슷한 수준인 것 같다.

나는 좀 판단하기 힘든데, 첫 번째랑 대체 뭐가 다른 거지?

나는 약간 황당해하면서도 얼굴에는 드러내지 않고, 그럴듯하게 고개를 끄덕이면서 물었다.

"그건…… 정말 매력적인 제안이네. 세 번째는?"

시트리가 바로 대답했다.

"밀고해서, 저를 감옥에 처넣는 거예요. 하지만 그때는, 저 혼자 들어가면 외로우니까 언니랑 세트로 처넣어주시면 정말 고맙겠어요."

활짝 웃는 얼굴로 말하지 말라고. 그냥 더 이상 빚을 지지 않게 조심해야겠다.

무엇보다 감옥에 처넣는다니, 무슨 나쁜 짓을 한 것도 아닌데
말이야.

나는 한숨을 한 번 쉬고, 대충 넘겨버리기로 했다.

"……그러고 보니까, 예전에 만들어줬던 뇌룡 테리야키 소스
구이, 정말 맛있었는데."

"아…… 그건, 조미료가 특제였으니까…… 아마도, 닭으로 만
드는 쪽이 크라이 씨 입맛에 맞을 거예요. 아무래도 용은 식육용
으로 키운 가축보다는 맛이 떨어지니까요. 레시피는 기억하고 있
으니까, 당장 오늘 밤에라도 해드릴까요?"

노골적인 화제 전환에, 시트리가 따라와 줬다.

자, 어떻게 돈을 마련해야 할까…… 그러고 보니, 경매도 얼마
안 남았지…….

작년에는 시트리의 호의를 받아들여서 보구를 잔뜩 사들인 기
억이 난다. 이제 개최까지 얼마 남지도 않았다.

나는 한숨을 한 번 크게 쉬고, 곤란한 상황이니까 에바 씨한테
상담하러 가야겠다고 생각했다.

제도 중심부. 트레저 헌터를 대상으로 하는 고급 여관의 한 방.

아놀드는 파티 멤버들을 빙 둘러보며 낮은, 어딘가 위협하는
것 같은 목소리로 확인했다.

"소문은 수집해 왔겠지?"

"예이. 아무래도 이 동네에서는 꽤 유명한 헌터인지—— 처음에 받았던 목록에도 실려 있습니다."

에이가 파티 멤버들의 얼굴을 둘러보면서 설명하기 시작했다.

《천변만화》. 거크 지부장이 말했던 《절영》을 기르는 주인이고, 농담인지 진담인지 아놀드 일행에게 『먹고 싶으니까』라는 황당한 이유로 뇌룡 토벌을 의뢰한 헌터의 별명이다.

자신들을 완전히 무시하고 있다. 원래는 아놀드를 일방적으로 때린 여자가 소속된 파티의 리더라는 이유만으로도 적대해야 하지만, 정보가 없이 상대하기에는 너무나 위험부담이 큰 상대였다.

뇌룡 토벌은 아놀드와 파티의 수많은 실적 중에서도 가장 큰 것이다.

안개 나라에서 맹위를 떨쳤던 그 용은, 분명히 나라 하나를 망하게 할 정도의 힘을 가지고 있었다.

아놀드 일행이 도전하기 전에 높은 레벨의 헌터들을 몇 팀이나 격퇴한, 진정한 절대 강자.

아놀드가 레벨 7로 인정되고 별명을 얻은 것도, 그것의 토벌이 큰 위업이었기 때문이다.

뇌룡. 거대한 체구와 단단한 비늘. 하늘을 종횡무진 누비고, 회피하기 힘든 벼락 브레스와 어지간한 칼을 능가할 정도로 날카로운, 긴 칼날 같은 꼬리를 무기로 사용하는 용종 중에서도 상위에 해당하는 존재.

직접 상대한 것은 아놀드를 비롯한 《안개의 뇌룡》이지만, 그 토벌에는 수많은 헌터들이 협력해줬다.

자리를 잘 고르고, 기회를 엿보고, 만전의 장비와 대책을 갖춘 상태에서 함정에 빠트렸다.

나라의 존망이 걸린, 질 수 없는 싸움이었다. 만전을 기한 상태에서도, 사투는 몇 시간 동안이나 이어졌다. 탐색자 협회가 설정한 토벌 추천 레벨은 7이었는데, 직접 상대한 아놀드가 보기에는 그 설정 레벨도 너무 낮았다.

운 좋게 토벌에 성공하기는 했지만, 조금만 잘못했어도 아놀드 일행은 죽었을 것이다. 그 소재로 만든 강력한 무기를 들고, 그 뒤로도 몇 번이나 사선을 넘나든 지금이라도, 다시 싸워서 무사히 이길 수 있다고 장담할 수가 없다.

보물전에서 아무리 힘든 일을 겪어도, 그 뇌룡보다는 낫다고 생각하면 힘을 낼 수 있었다.

시체는 해체되어, 안개 나라의 경제가 윤택해졌다. 협력해준 헌터 전원에게 그에 상응하는 금액을 지불할 수 있었다. 용종은 온몸이 보물이다. 뼈와 비늘, 몸 안에 있는 보옥은 물론이고, 그 피와 살도 포션의 소재로서 수요가 있다.

목숨을 걸고 손에 넣은 그 소재 일부를 식용으로 삼다니, 그야말로 미친 자의 발상이다. 만약 어떤 헌터가 그런 소리를 하는 걸 들었다고 해도, 그냥 웃어넘겨야 할 내용이다.

하지만, 그 말을 한 상대가 높은 레벨의 헌터라면 이야기가 달라진다.

"제블디아의 헌터 중에서는 로단만 유명했는데—— 젠장, 레벨 8, 이라니……"

레벨 8. 드래곤 슬레이어인 아놀드를 뛰어넘은, 네블라누베스에서는 존재하지도 않았던 엄청나게 높은 레벨의 헌터.

그야말로, 미지의 상대다. 마나 머티리얼에 의해서 능력이 향상되는 트레저 헌터는, 역량 차이가 상당히 크다. 평균적인 헌터와 아놀드 사이에는 그야말로 하늘과 땅만큼의 차이가 있는데, 더 상위 레벨인 헌터와 아놀드 사이에도 그만큼의 차이가 있다고 할 수 있다.

네블라누베스에는 보물전이 다섯 곳밖에 없었다. 그래도 주변의 다른 나라와 비교하면 혜택받은 편이었지만, 다양한 레벨의 보물전들이 갖춰져 있는 이 제도와 비교하면 하늘과 땅 같은 차이다. 이 땅에는 네블라누베스에서 한계까지 성장한 아놀드와 동료들을 더욱 높은 경지로 키워줄 높은 레벨의 보물전들이 여러 군데 존재한다.

아놀드는 자신이 최강이라고 확신하고 있다. 문제는 파티 안에 감도는 불안이다.

《호뢰파섬》도 이 제도에서는 안 통하는 게 아닐까. 파티의 힘은 결속력이다. 동료들이 따르는 것은 강한 리더다. 아놀드는 리더로서 힘과 긍지를 증명해야만 한다.

거크가 보여줬던 야유하는 것 같은 눈빛이 머릿속에 달라붙어서 떨어지지 않는다.

그 눈은——《천변만화》가 《호뢰파섬》을 능가한다고 확신하는 눈이었다.

원래 예정대로라면 제도의 헌터들에게 존재감을 보이고, 네블라누베스에서 손에 넣은 아이템을 비싸게 팔아치운 뒤에, 이 제도에 자리를 잡고서 이 땅의 보물전들을 하나씩 해치울 생각이었다.

하지만, 이대로 가면 자리를 잡을 수도 없다.

에이와 동료들이 조사해온 《천변만화》의 정보는 쉽사리 믿을 수 없는 내용들만 있었다.

정보에 의하면, 미래를 내다보는 눈을 가졌다고 한다.

정보에 의하면, 단 한 번의 실수도 없이 레벨 8까지 도달한 남자라고 한다.

정보에 의하면, 별명을 지닌 헌터들로만 구성된 파티의 리더이며, 그 로단을 이긴 자라고 한다.

모든 이가 그 이름을 알지만, 그 실력은 어둠 속에 감춰져 있다. 비밀이 많은 트레저 헌터. 같은 클랜 멤버 중에는「마스터어는 신」이라고 말했던 자도 있다고 한다.

탐문을 조금 했을 뿐인데도 이 정도 평판이다. 그렇게 오만한 것도 이해가 된다.

하지만, 정보를 듣는 사이에 험악했던 아놀드의 표정이 의아해하는 것으로 바뀌었다.

탐문에서 얻은 정보에 딱 한 가지 위화감이 있었기 때문이다.

"…………전투에 관한 의문은, 하나도 없나……."

"예. 기합만 가지고 거대한 골렘을 날려버렸다는 소문이 있기는 합니다만……."

"……시시한 헛소리군."

헌터에게는 제각기 특기 분야가 있는데, 가장 중시되는 능력은 『전투능력』이다.

아무리 전투에 맞지 않는 직업을 가진 자라고 해도, 일반인보다는 잘 싸울 수 있다. 그것이 헌터라는 존재다. 레벨 8씩이나 되는 자라면, 그 힘은 인간의 영역을 벗어났을 텐데. 이렇게까지 정보가 없는 건 너무나 이상하다.

원래는 정보가 부족한 건 아닌지 의심할 일이다. 평판을 알면 알수록, 그 작은 위화감을 놓치기 쉬울 것이다.

하지만 아놀드는 달랐다. 정보를 수집한 덕분에 정확하게 판단할 수가 있다. 《호뢰파섬》은 힘만 가지고 레벨 7이 된 것이 아니다. 아놀드의 헌터로서의 감이 말해주고 있다.

눈살을 찌푸리고, 머릿속에서 정보를 조합했다. 그리고, 결론에 도달하고는 빙긋, 일그러진 미소를 지었다.

틀림없다, 《천변만화》는── 약하다. 아니, 정확히 말하자면, 약한 건 아니지만 레벨에 상응하는 전투 능력을 지닌 건 아니라고 해야겠지. 직업으로 따지자면 비전투 직업── 도적이나, 치유술사(라이터)려나.

어느 쪽이건, 전투에 특화된 아놀드의 상대는 아니다.

전투능력에 관한 정보가 전혀 없는 건, 아마도 《천변만화》가 은폐하고 있기 때문이겠지.

"미래를 내다보는 눈, 인가. 재미있군──."

미래가 보인다느니 같은 소리를 하는 것은 사기꾼이나 전설로 일컬어지는 영웅 중에 하나다.

뇌룡 납품 의뢰 같은 웃기지도 않는 의뢰를 한 것은, 아놀드를 망설이게 만들려는 것이었을까. 생각하면 생각할수록 그 얄팍한 수법의 정체가 보이는 것 같다. 탐협 지부장이나 접수 아가씨가 했던 말도 전부 허풍이었을까.

한심하군. 책사가 제 꾀에 넘어간다고 하더니. 제도의 헌터들은 속일 수 있어도 이《호뢰파섬》은 속일 수 없다.

"소문에 의하면,《절영》이 소꿉친구라고 합니다."

남아 있던 사소한 의문을, 에이의 말이 해소해줬다.

보통 그 정도 전사가 약자한테 따르는 건 말이 안 된다. 하지만, 오래전부터 알던 사이라면 또 달라지겠지.

어쩌면, 그것 또한 은폐 공작 중 하나인지도 모른다.

아놀드의 눈이 이글이글 타올랐다. 절대 약하지는 않을 것이다. 하지만―― 이길 수 있다.

아놀드는 아직 이 제도에서는 무명이고, 이름이 널리 알려진《천변만화》와 다르다.

지명도에는 메리트와 디메리트가 존재한다. 이 제도에서, 지금 아놀드는 도전자라는 입장이다.

처음 한 걸음이 좌절됐지만,《천변만화》에게 한 방을 먹이면 아주 큰 이력이 생긴다.

물론 상대도 필사적으로 대항하겠지. 그《절영》도 가로막을 것이다.

하지만, 그런 상대를 쓰러트려야―― 최강.

흥분 때문에 어깨가 부르르 떨린다. 아놀드는 짙은 미소를 짓고, 결단을 내렸다.

"도전자 입장이 되는 건, 오랜만이다. 선배님들께, 이 제도의 레벨이 어떤 것인지 가르침을 청하도록 하자."

별명을 지닌 헌터들로만 구성된 파티라면 틀림없이 강력할 것이다. 하지만, 개개인의 실력을 따져보면 반드시 강자라고 할 수는 없다. 아놀드는 정정당당한 싸움을 중시하는 기사가 아니다. 헌터다. 약점이 있다면 그것을 노린다.

멤버 중에 한 사람이 그 목소리에 담긴 격렬한 감정 때문에 몸을 움찔하고 떨었다.

"저…… 뇌룡 납품 의뢰는 어떻게 하죠."

"그냥 무시해. 정식으로 의뢰를 받은 것도 아니니까. 날 얕본 걸 후회하게 해주마."

뇌룡 이후로 가장 큰 사냥감을 생각하며, 금색 눈동자가 어둡게 빛났다. 넓은 방 안에는 열기가 소용돌이치고 있었다.

"……대체, 어쩌다가 일이 이렇게 된 거죠……?"

내 채무 메모를 팔락팔락 넘기며 확인한 에바가, 평소에 냉정하고 침착하던 사람답지 않게 떨리는 목소리로 말했다.

그렇게 나오면 나도 평소처럼 거만하게 앉아 있을 수는 없으니, 팔짱을 끼고서 생각하는 척했다.

《비탄의 망령》은 수입을 똑같이 나누지만 보구나 마물의 소재

같은, 입수한 아이템 중에서 파티 멤버 중에 누군가가 갖고 싶어 하는 것이 있을 때는, 적정 가격보다 조금 싼 가격으로 구입하게 해주는 규칙이 있다.

뭐, 우리는 서로를 잘 알고 있는 사이인 데다가 하나같이 물욕이 그다지 없는 성격이기 때문에, 그런 부분은 그럭저럭 잘 굴러가고 있었다. 하지만 그런데도 빚이 늘어나 버린 건, 대부분의 보구를 내가 사들였기 때문이다.

나한테 돈 같은 건 없기 때문에 사들일 때마다 그 금액을 다른 동료한테 빚진 걸로 해뒀는데, 엘리자가 새로운 멤버로 들어온 때쯤부터 돈에 여유가 있는 시트리가 내 대신 내주게 됐다.

완전히 시트리한테 얹혀사는 것 같은 상태다. 지금까지는 모르는 척했었지만, 이건 상당히 큰일……인지도 모른다.

"그게…… 갖고 싶은 보구가 너무 많아서——."

"…………초일류 헌터도 쉽게 벌 수 없는 금액이거든요? 새로운 보구를 계속 사 오는 게, 이상하다 싶기는 했어요……."

"응, 그래, 그랬구나…… 파티가 공략하는 보물전의 레벨이 올라갈수록 가지고 오는 보구 가격도 점점 비싸졌으니까, 빚도 계속 늘어나더라고……."

지금까지 아무도 지적하지 않았던 게 이상할 지경이다.

너무나 방대한 금액이라도 도저히 실감이 가질 않는다. 진짜 놀랐다니까.

에바가 앞머리를 쓸어 올리고, 이마에 손을 짚었다. 장본인인 나보다 훨씬 심각한 표정이다.

"……가끔씩, 클랜 운영비를 빼서 보구를 산다는 건 알고 있었지만…… 금세 다시 채워놨던 탓에, 완전히 방심했어요."

응, 맞아…… 시트리가 메워줬었지. 그냥 결혼하는 방법밖에 없으려나?

뭐, 시트리를 좋아하기는 하지만, 그런 이유로 결혼하는 건 싫으니까.

"이, 일단 물어보겠는데…… 외부에서도 빌린 건 아니겠죠?"

"시트리한테만 빌렸는데."

솔직히 다른 사람한테 빌린 것도 있기는 했지만, 전부 시트리가 대신 갚아줬다.

보구는 내 생명줄이다. 그래서 절대로 타협하지 않았……지만, 좀 더 생각하고 행동하는 쪽이 좋았는지도 모르겠다. 그냥 결혼하는 방법밖에 없으려나?

에바가 생각에 잠긴 표정을 지은 건 아주 잠깐이었다. 바로 크게 한숨을 쉬고는.

"……하아. 뭐, 《비탄의 망령》이라면 1, 2년 안에 어떻게든 될 것 같은데 말이죠…… 이자만 없으면."

지금도 당장이라도 때려치우고 싶은데, 과연 내가 앞으로 1, 2년이나 더 헌터 일을 할 수 있을까.

"……디저트 가게로 어떻게 안 될까?"

"무슨 말인지 도무지 이해할 수가 없는데요."

"좋았어, 정했다! 빚을 갚을 때까지…… 보구 구입은 자제하자."

결의를 담은 말이었지만, 에바의 눈빛은 어딘가 회의적이다.

지금까지 계속 새로운 보구를 샀고, 그때마다 자랑했었다. 믿지 않는 것도 당연하겠지. 행동으로 보여주는 수밖에 없다.

하는 김에 내 의욕도 보여줄까.

"그러니까 말이야, 나도 부업…… 아니, 그렇게까지 할 건 없고…… 그래, 아르바이트라도 할까."

"하지 마세요."

"그래…… 점쟁이 같은 건 어떨까. 어림짐작으로 어떻게든 될 것 같지 않아?"

"하…… 하지 말라고요!"

반쯤 농담이었는데, 에바의 목소리는 필사적이다. 얼굴이 채무 금액을 알았을 때보다 더 새파랗게 질려 있다.

뭐, 자기 클랜 마스터가 엉터리 점쟁이 노릇을 한다고 하면 필사적으로 말릴 만도 하겠지. 사실 제도에는 높은 적중률을 자랑하는 진짜 점쟁이도 있으니까, 금세 정체가 들통나고 끝장이 나버리겠지.

"……어디 가게의 점원 일이라도 할까."

"하지 마세요."

"청소 같은 건 어떨까. 시궁창 청소라든지, 일손이 부족해서 탐협에 의뢰하는 그런 거, 있잖아?"

보수도 적고 헌터가 아니라도 할 수 있는 일이라서, 그 일을 받는 사람은 거의 없다는 것 같다.

"……하지 마세요. 제발, 부탁이니까요…… 크라이 씨, 본인의 입장은 알고 계시는가요?"

"헌터는 자유로운 몸이잖아. 일에 귀천은 없어. 레벨 8이 시궁창 청소를 해도 된다는 얘기지. 그렇게 생각하지 않아?"

"그렇게 생각 안 합니다. 리즈 씨 같은 사람이 난리를 칠 테니까 제발 하지 마세요."

하긴, 그럴 수도 있겠네. 그나저나 큰일이네…… 그렇게 되면, 난 대체 뭘 해야 좋지?

특수 기능이 없고, 보통 사람 수준의 능력밖에 없는데 레벨만 쓸데없이 높다. 굽든 삶든 먹을 수도 없고. 그렇게 따지면 그냥 무능한 것보다 훨씬 질이 나쁜 게 아닐까. 토할 것 같다.

나는 리즈나 시트리나 티노나 루크네를 도와줄 수도 없는 걸까. 완전히 쓰레기려나?

"부업이라면…… 솔로로 보물전에 들어가면 되잖아요? 헌터니까."

에바도 나한테 죽으라고 말하는 것 같다.

힘을 빼고 한심한 미소를 짓는 나를 보며, 에바가 영혼이 빠져나가는 것 같은 긴 한숨을 쉬었다.

"자, 그렇게 한심한 얼굴 하지 마세요! …………다행히 밑천은 있으니까, 시간을 들이면 어느 정도 자금을 늘릴 수도 있을 겁니다. 크라이 씨는 아무것도 하지 마세요! 알겠죠? 이 이상 빚을 늘리는 것도 안 됩니다. 파티가 붕괴하는 원인 중에, 금전 문제가 가장 많으니까요."

한마디로, 난 아무것도 하지 말라는 소리지?

……난 에바가 돈을 벌어다 주기를 기다리는 수밖에 없는 건

가. 시트리한테 돈을 빌리는 거랑 뭐가 다른 거지?

고맙기는 하지만, 에바도 자기 일이 있는데 말이야. 거기다가 내 채무 해결까지 맡기는 건 너무 미안하다. 완전히 글러 먹은 인간이다.

참고로 파티가 붕괴하는 원인 중에 가장 많은 것은 금전 문제인데, 두 번째는 이성 관계.

"크라이 씨는 자신만만하게 있으면 됩니다. 당신이 그렇게 있어주셔야 저도 여러모로 일하기가 편해지니까요."

"……에바가 생각하는 자신만만은 상당히 기준이 낮은 것 같네. 그냥 가만히 앉아만 있으라는 얘기지?"

"…………."

에바가 딴 데로 시선을 돌렸다. 일단은 클랜 마스터인데, 과연 그래도 되는 걸까.

클랜 마스터의 하루는 일찍 시작된다. 태양이 하늘 꼭대기에 도달하기 조금 전. 클랜 하우스에 있는 개인 방에서 눈을 뜨면, 먼저 방에 딸려 있는 욕실에서 가볍게 샤워를 하면서 잠기운을 씻어낸다.

그리고 옷을 입는다. 같은 옷을 여러 벌 가지고 있어서 항상 같은 차림새지만, 장비하는 보구의 종류와 숫자가 다르다. 보구는 거의 그날의 기분에 따라서 장비한다. 『세이프 링(결계지)』은 매일 장착하고, 그 밖에 제일 많이 장비하는 건 액세서리 종류. 반지나 목걸이 같은 건 크게 거슬리지도 않고 효과도 다양해서 상당히 편리하다.

헌터들 사이에서도 액세서리 보구는 전력에 직결되는 무구형 보구 다음으로 인기가 좋다.

내 콜렉션에도 무구형 보구가 다수 존재하지만, 나한테 그것들을 다룰 만큼의 전투 기술이 없어서, 특별한 이유가 없는 한은 가지고 돌아다니지 않는다. 그 대신 가지고 다니는 것이 사슬형 보구. 상대의 발을 멈추게 하는 데도 유용하고 크게 거슬리지 않는데다 나도 다룰 수 있다. 무기가 아니라서 상대를 방심하게 할 수도 있다 보니, 벌써 여러 번 도움을 받았다.

슬쩍 방 안을 둘러보니 보구 몇 가지가 안 보이는 것 같은데, 시트리가 마력 회복약을 개발하는 데 쓸 수도 있다고 말했으니까 크게 신경 쓰지 않았다. 이런 대형 클랜의 본거지까지 도둑질하러 들어오는 사람은 없겠지.

장비를 다 갖추고, 클랜 라운지로 가서 아침을 먹는다.

라운지는 24시간 개방돼 있는데, 낮에는 다들 바쁘다 보니 사람이 별로 없다. 샌드위치와 커피로 가벼운 아침 식사를 마치고, 의기양양하게 계단을 올라가서 클랜 마스터 방으로 돌아간다.

그리고 평소에 하던 대로 나한테 안 어울릴 정도로 훌륭한 클랜 마스터 의자에 몸을 묻고서, 한숨을 쉬었다.

——할 일이…… 없다.

광활한 업무 책상은 반짝반짝하게 닦여 있고, 그리고 그 위에는 아무것도 없다.

원래 내가 클랜 마스터로서 하는 일 자체가 거의 없다. 《발자국》운영도 거의 모든 권한을 에바에게 줬다. 나한테까지 오는 일은 정말로 극히 일부다.

에바가 나한테 그냥 가만히 앉아 있으라고 한 건, 농담 같은 얘기가 아니다.

할 일이 없으니까, 부드러운 천을 꺼내서는 평소에 하던 대로 보구를 하나하나 꼼꼼히 닦기 시작했는데, 원래 보구 닦기는 내 일과 같은 것이다 보니 더 이상 닦을 것도 없어서 금세 끝나고 말았다.

하는 수 없이, 책상 옆에서 어슬렁거리고 책장에 있는 낡은 보구 도감을 넘겨보고, 그 자리에서 체조까지 했다. 채무 금액이 확실하게 드러난 탓인지 묘하게 초조한 기분이 들었다.

이런저런 짓을 하면서 나름대로 빚 갚을 방법을 생각해봤는데, 아무것도 생각나지 않는다. 일단 장점이 너무 없다. 지식이 없는 데다 싸움도 못하는, 왜 지금까지 헌터 일을 하고 있는지 이해할 수가 없는 인간이다.

생각하면 할수록 더 우울해질 것 같아서, 그냥 생각하는 걸 그만뒀다.

어차피 애매하게 실력이 있다고 해봤자, 열 자리 후반의 금액을 변제할 방법은 없으니까.

기분전환 삼아, 자리 뒤쪽에 있는 창문을 활짝 열었다. 날씨가 아주 화창했다. 햇살과 함께 부드러운 바람이 들어오자 나도 모르게 웃음이 나왔다. 클랜 하우스 바로 앞은 큰길이다. 아래쪽을 보면 오늘도 많은 사람이 바쁘게 오가고 있다. 거기에는 눈부시게 빛나는, 사람들의 삶이 있었다.

이 드넓은 세상과 비교하면 열 자리 후반의 빚 따위는 사소한 일이라는, 그런 기분이 들었다.

완전히 글러 먹은 인간이다. 이대로 공기 속에 녹아버리고 싶다.

한바탕 현실도피를 한 뒤에, 창문을 닫고서 의자에 앉았다. 깊은 한숨을 쉬었을 때, 갑자기 문을 세게 두드리는 소리가 울렸다. 그러고는 내가 대답도 하기 전에 문이 열렸다.

"마스터어! 저한테 무슨 볼일이시죠?!"

들어온 사람은 내 예상과 달리, 에바도 시트리도 아닌, 티노였다.

평소처럼 검은색 바탕의 옷을 입었고, 그 아래로 훤히 드러난 하얀 다리가 눈부시게 보인다. 뛰어온 건지 볼이 약간 달아올라 있다. 출입 금지 구역인 클랜 마스터 방에, 부르지도 않았는데 티노가 들어오는 건 정말 드문 일이다.

……잠깐만, 부른 기억이 없기는 한데, 혹시 내가 불렀던 걸까?

기억력 결여가 너무 심각한 것 같다. 나는 애매하게 웃으며, 필사적으로 기억을 뒤지면서 대충 얼버무렸다.

"으, 응, 그래, 그러네——."

"역시! 마스터어가, 그러니까, 웬일로 청문 너머로 저를 보고 웃어주셔서, 뭔가 볼일이 있을 것 같았거든요!"

"응? …………으, 응, 그러게."

티노가 고개를 살짝 숙이고 손가락을 꼬물거리면서 말했다. 얼굴은 완전히 부끄러워하는 표정이다.

아무래도 아래에 있는 도로에서 클랜 마스터 방에 있는 나를 봤던 것 같다. 난 전혀 몰랐는데……

웃었던 건 그냥 혼자서 별생각 없이 그랬던 것뿐이고, 시선을 마주쳤던 것도 아닌데, 충성심이 너무 높은 게 아닐까. 의욕이 없다는 걸 숨기려고 하지도 않고 턱을 괸 채로 가만히 있는 나를 보면서도, 티노의 얼굴은 너무나 밝았다.

"시트리 언니가, 먹거리 밥을 부탁해서 가지고 왔는데—— 마침 잘됐네요."

"?? 먹거리라니, 그게 뭔데? 밥이랑 다른 거야?"

"예……? 시트리 언니가, 마스터어가 거둬주셨다고 좋아했었는데요……."

"아……."

그 키메라 얘기구나. 이름이 먹거리라니, 너무하잖아…… 안 좋은 기억이 자꾸 생각나고 말이야. 그리고 리즈는 물론이고 시트리까지 똘마—— 가 아니라, 심부름을 시키다니. 티노는 나 같은 것보다 훨씬 바쁘게 사는구나.

후배한테 빚 이야기를 하는 건 한심한 일이지만, 어쩌면 뭔가 좋은 아이디어가 있을지도 모른다.

"뭐 대단한 볼일은 아니고. 티노한테 상담할 게 있어서 말이야. 사실은 내가, 엄청난 빚이 있거든……."

나는 왠지 들떠 있는 것 같은 티노한테, 정말로 웃어 보이면서 말을 했다.

"또 속았어…… 마스터어는 저를, 대체 뭐라고 생각하시는 건가요?"

"속인 거 아냐, 아니라고."

이야기를 나누면서 클랜 하우스 계단을 내려갔다.

티노는 노골적으로 삐친 목소리였다.

"띄워줬다 떨어트리고. 솔직히 말해서, 저는 마스터어가 초콜
릿이라도 주는 건 아닌가 하고 기대했었어요."

"떨어트린 거 아냐, 띄워준 적도 없고."

티노가 눈앞에서 간식을 빼앗긴 강아지 같은 눈빛을 하고 있
다. 왠지 며칠 전에도 똑같은 일이 있었던 것 같은데, 티노야말로
날 대체 뭐라고 생각하는 걸까.

혹시, 먹을 걸로 꼬드기는 게 너무 심했나?

"티노는 그렇게 험한 꼴을 많이 당하면서도 정말 변함이 없네."

"그, 그건………… 왜냐하면, 전, 알고 있어요. 전부 마스터어
가 저를 생각해서 행동하신 결과잖아요?"

"응, 그래, 그렇지."

순간적으로 충격을 받고, 애원하는 것처럼 묻는 티노의 말에,
나는 아무 생각도 없이 고개를 끄덕였다.

내가 티노를 생각해주고 있는 건 사실이다. 언젠가 행복해졌으
면 좋겠다고, 진심으로 생각한다.

단지, 그게 결과로 이어지지 않을 뿐이고――.

…………리즈나 시트리가 폐를 끼치고 있으니까, 더 잘 대해
주자.

"오늘은 리즈가 안 보이네."

"……………언니는………… 지난번에는 골렘의 장갑을 부수지 못해서 다음에는 반드시 부수겠다고, 시트리 언니를 데리고서 특훈하러 갔어요. 지금쯤 사범님 계신 곳에 있을 거예요."

그렇구나…… 어쩐지 시트리도 리즈도 안 보인다 싶더니. 그래서 티노는 이렇게 혼자란 말이지.

주점에서 있었던 일도 그렇고, 리즈가 티노를 너무 막 대하는 것 같은 기분이 든다. 주의를 시키는 게 좋으려나?

"내가 리즈네한테 한마디 해줄까? 좀 더 잘 대해주라고."

"예……?"

생각지도 못한 말이었는지, 티노의 눈이 휘둥그레졌다. 평소에, 시달리는 데 너무 익숙해져 있었다.

리즈가 티노를 싫어하는 건 아니지만, 성격이 성격이다 보니 아무래도 막 대하게 된다. 내 말을 들은 티노는 주위를 이리저리 둘러봤고, 볼이 아주 조금 발그레해지더니, 우물쭈물하면서 말했다.

"아뇨…… 말씀은 고맙습니다, 마스터어. 하지만, 괜찮습니다. 이렇게 언니가 없을 때 마스터어의 힘이 돼드리는 것도 언니의 명령이니까요."

대단한 충성심, 인가. 리즈가 티노한테 대체 무슨 지시를 내린 걸까.

본인이 싫어하는 건 아닌 것 같으니까, 뭐 티노가 괜찮다면 그걸로 된 거겠지.

"그, 그리고, 저 개인적으로도, 마스터어와 같이 있는 게 정말 좋――."

"아, 고마워. 그래서 말이야, 아까 하던 빚 얘긴데."

"?!"

반대로 사실은 싫다고 말한다면 사람을 못 믿게 될 거야. 충격을 받고 눈물을 글썽이는 티노의 머리를 쓰다듬어줬다. 어엿한 헌터한테 해줄 행위는 아니지만, 나한테 티노는 또 한 사람의 여동생 같은 존재니까.

티노는 자신을 진정시키려는 것처럼 크게 심호흡을 하더니, 작은 목소리로 말했다.

"마스터어, 저도, 물자 보충이나 장비 정비에 돈이 필요해요. 안 그래도 언니한테 착취당하고 있고, 보구는 마스터어한테 바치고 있어요. 더 이상 쥐어짜면…… 바짝 말라죽을 거예요."

"응, 그래, 그렇겠지."

원래 티노한테 빌릴 생각은 하지도 않았다.

"아으…… 부, 분명히, 제가, 마스터어의 힘이 돼드리겠다고 말하기는 했지만, 그래도, 한계가── 어, 얼마나, 필요하신가요?"

"빌릴 생각은 없다니까. 대충, 열 자리니까, 티노한테는 무리야."

"열…… 자리……?"

멍한 표정으로, 티노가 손을 꼽아가며, 자릿수를 셌다. 그 표정은 채무 금액을 들었을 때 에바가 지었던 표정과 비슷해 보였다.

알고는 있었지만 돈을 허투루 쓰는 편인 헌터한테도, 열 자리나 되는 채무는 보통 금액이 아닌 것 같다.

티노가 메마른 표정으로 웃으면서, 떨리는 목소리로 말했다.

"…………여, 역시나 마스터어. 그렇게 많은, 돈을 빌릴 곳이 있다니, 대단해요. 역시, 모든 이가 두려워하는, 레벨팔이에여."

빚을 졌다고 칭찬받은 건 처음이다. 칭찬하는 건가? 아니면 놀리는 건가?

……그래, 놀리는 거겠지. 이젠 변명할 여지도 없다.

돈이라는 건 말이야, 갚을 수 있는 만큼만 빌려야 하는 거니까.

"하하하, 괜찮아, 괜찮다고, 빌려준 사람은 시트리니까, 정 안 되겠다 싶을 때는 결혼해주면 탕감해주겠다고 했거든."

"…………예?"

티노가 아까 빚이 열 자리라는 이야기를 들었을 때보다 더 얼 빠진 소리를 냈다. 농담이야, 그냥 농담이라고.

라운지에서는 시트리한테 빚이 있는 것 같은 헌터들이 죽을 것 같은 표정을 하면서도, 먹거리한테 먹이를 주고 있었다. 그 사람들과 눈이 마주쳤지만, 못 본 걸로 하고 문을 닫고서 계단을 내려 갔다.

먹거리가 나한테는 잘 따르고 있지만(사실, 나도 죽을 뻔했지만), 다른 헌터들한테는 꽤나 사납게 구는 것 같다. 여러 사람이 몸을 붙잡고서 먹이를 주는 모습은, 식사라기보다는 조교하는 것처럼 보였다. 역시, 그 고지식한 유물 조사원이 간단히 넘겨준 데는 다 이유가 있다니까.

"저기…… 마스터어, 저거, 괜찮은 건가요?"

"괜찮아. 사망자는 없잖아?"

내가 먹이를 주면 사망자가 발생할지도 모른다. 굳이 말할 필요도 없지만, 그 사망자는 나고.

충전을 하기는 했지만, 세이프 링도 무한은 아니다. 먹이를 주는 담당을 맡은 헌터 제군에게는 정말 미안하지만, 시트리랑 교섭한 결과니까 참아주는 수밖에 없다.

티노를 데리고, 도망치듯 클랜 하우스에서 나왔다.

딱히 외출한 예정은 없었지만, 아마도 돌아오면 먹이를 주라고 하겠지. 그건 싫으니까.

다행히 지금 나한테는 티노라는 일행이 있다. 호위로서도 든든하고, 무엇보다 나와 티노한테는 단 음식을 좋아한다는 공통점이 있다. 오랜만에 데이트라도 즐겨보자.

아직도 클랜 하우스 쪽을 신경 쓰고 있는 티노한테 제안했다.

"기껏 밖에 나왔으니까, 오랜만에 단 음식이라도 먹으러 갈까? 내가 살게."

티노는 지금까지 이런 제안을 거절한 적이 없다. 그래서 이번에도 활짝 핀 꽃처럼 웃어줄 거라고 생각했는데, 티노한테서 돌아온 것은 예상치 못한 말이었다.

"그, 그건── 정말, 정말 기쁜데…… 그런데, 마스터어…… 빚이 있다면서요?"

……지극히 맞는 말이다 보니 찍소리도 못 하겠다.

티노의 얼굴이 걱정 때문에 어두워져 있다. 당사자인 나보다 더 심각해 보이는 표정이다.

"저기…… 이런 말씀을 드리는 건, 저도 정말 가슴이 아프지만…… 조금 절약하시는 쪽이…… 그러니까, 당연히, 저도 전면적으로 협력할게요. 하지만, 금액이 금액이다 보니——."

"괘, 괜찮아…… 그러니까, 빚을 진 사람이 시트리니까……."

아마도 내가 돈을 빌린 상대가 일반적인 고리대금업자였다면, 이렇게 맨정신으로 있지도 못했겠지.

내 애매한 말에, 티노가 웬일로 똑 부러지게 말했다.

"안 돼요, 마스터어! 시트리 언니와 결혼이라니—— 채무 변제 수단으로서, 최악이에요."

찍소리도 못 하겠다.

입을 다문 나를 보고, 갑자기 티노의 목소리 톤이 달라졌다. 그 커다란 눈에 눈물을 머금고서 말했다.

"그, 그리고, 만약에 시트리 언니가, 마스터어와 결혼한다 면………… 틀림없이, 다시는 이렇게 같이 돌아다니지도 못하게 될 거예요."

"……그런 일은 없을 것 같은데."

"있어요! 언니라면, 마스터어를 아주 잠깐 빌려줄 수도 있겠지 만, 시트리 언니라면 절대로 마스터어를 독점하려고 할 거예요."

필사적인 목소리였다. 티노의 눈에는 대체 뭐가 보이는 걸까. 그리고 내 어디에 독점할 가치가 있다는 걸까.

하지만, 솔직히 나도 채무 변제 목적으로 결혼할 생각은 없다. 티노가 경멸하기 전에, 루시아가 절대로 용서하지 않을 테니까. 내 여동생은 오빠를 제대로 된 사람으로 만드는 게 목표인 것 같 거든.

티노가 유난히 진지한 표정으로 뭔가 중얼거리고 있다. 나보다 훨씬 의욕이 넘쳐 보인다.

"가재도구도 최소한의 것들만 남기고 처분할게요. 은행에 저금한 돈도 다 찾고. 언니랑 협력하면 틀림없이 열 자리라도…………아! 호, 혹시— 그렇게 해서, 돈을 다 갚으면, 마스터어의 절반은, 제, 제 것……?"

"……티노?"

불온한 말이 들린 것 같지만, 아쉽게도 나는 우리 식구한테 돈을 빌려도 아무렇지도 않은 인간이거든.

봐, 지금도 열 자리나 되는 빚이 있는데도 이렇게 밝은 햇살 아래에서 대놓고 돌아다니고 있잖아?

티노가 번뇌를 떨쳐내려는 것처럼 고개를 열심히 저었다.

"아, 아뇨, 그렇지 않아요. 무엇보다, 제 것은 마스터어 것이고, 저는 마스터어의——."

마스터어의 뭔데. 앞으로 이상한 세뇌 교육을 하지 말라고, 리즈한테 한마디 해줘야겠다.

"티노 물건을 팔 필요는 없어. 더 좋은 방법이 있을 거야……."

생각은 안 나지만 있을 거야. 뭐, 최악의 경우에는 에바가 어떻게든 해줄 테고…….

아냐, 아냐, 아냐, 아냐, 좋지 않아. 자꾸 다른 사람한테 의지하려고 드는 건, 내 나쁜 버릇이다.

그때, 티노가 갑자기 딱, 하고 손가락을 튕겼다.

"그, 그래요! 마스터어, 저희는 헌터예요. 보물전에 가서 보구를 찾아오는 건 어떨까요? 마침 옥션도 시작되니까, 틀림없이 비싸게 팔릴 거예요!"

정공법 중 정공법으로 나왔네…… 역시 티노는 나랑 달라. 하지만 그런 건 처음에 생각했다가 각하한 일이다. 오히려 티노가 처음부터 그 얘기를 꺼내지 않았던 게 이상할 지경이고.

티노가 반짝반짝 빛나는 눈동자로 날 쳐다봤다.

"조금 반칙하는 것 같아서 다른 헌터들한테는 미안하지만, 마스터의 선견지명이라면, 비싼 보구가 출현해 있는 보물전도 알 수 있지 않을까요?"

그게 대체 무슨 초인이야? 보물전에서 보구가 출현할 확률은 랜덤이다. 통계학적 관점에서 예측하려고 하는 클랜도 존재하지만, 그렇게 해서 생각대로 잘됐다는 이야기를 들어본 적이 없다.

당연히 나한테도 무리인데, 티노는 어째선지 내가 그렇게 할 수 있다고 확신하고 있는 것 같았다.

"으~ 아쉽게도 난 바빠서, 보구를 찾으러 갈 여유가 없거든……."

그리고, 분명히 옥션이 일확천금을 노릴 수 있는 이벤트이기는 하지만, 그래도 열 자리 후반은 힘들다.

빙 돌려서 싫다고 말했지만 티노는 물러나지 않았다. 이렇게 계속 밀어붙이는 모습에서, 왠지 스승의 모습이 보이는 것 같다.

"아…… 그, 그럼, 마스터! 이건 어떠신가요, 마스터어가 지시를 내려주시면, 제가 찾으러 갈게요. 그러니까…… 그다지 위험하지 않은 곳이라면, 말이지만……."

티노가 너무 착해서 마음이 아프다. 게다가 리즈처럼 예리한

구석이 없다는 점이 내 양심을 더 괴롭게 하고.

괜찮아. 이제 알았어. 티노가 착한 아이라는 건 알았으니까 날 그냥 내버려 둬. 지옥에는 나 혼자서 가게 해줘, 그게 내가 할 수 있는 유일한 선행이니까.

"……알았어, 그렇게까지 말한다면…… 나중에 골라 볼게."

"예! 잘 부탁드리겠습니다!"

"하지만, 아무리 나라도…… 그래, 보구 예측 적중률은 50퍼센 트라고 해야 하나……."

"50퍼센트나 맞는 건가요?! 여, 역시 마스터어──."

미안해요, 안 맞아요. 내가 하고 싶은 말은, 맞을 수도 있고 안 맞을 수도 있다는 얘기야.

그리고 이번만큼은 맞출 생각따윈 없다. 적당히 낮은 레벨의 보물전에 보내서, 보구가 나오지 않는다는 것을 알면 티노도 이 해하겠지. 적어도 갔다 왔다는 것에 만족할 거다.

역시 내 채무 변제에 이 후배를 이용하는 건 없었던 일로 해야 겠다. 이제 와서 하는 말이지만, 카르마가 너무 많이 쌓일 것 같 으니까.

나는 살짝 한숨을 쉬고, 티노한테 다시 제안했다.

"뭐, 미리 축하하는 셈 치고 단 거나 먹으러 갈까. 보구 적중률 은 50퍼센트지만, 이쪽은 완벽하니까."

먼저 알아차린 것은 상대 쪽이었다. 장소는 큰길에서 벗어난, 최근에 마음에 든 찻집으로 가는 지름길. 마차가 다닐 수 없는 좁은 길이다 보니, 지나가는 사람도 아주 적다.

어디서 본 적이 있는 마른 데다 장발인 남자── 똘마니 A가 나를 보고서 깜짝 놀랐다.

"?! 넌──."

"이런. 아…… 완전히 깜박하고 있었네."

그 사람은, 지금 내가 절대로 만나고 싶지 않았던 남자였다.

안개 나라, 네블라누베스에서 온 침략자. 아놀드 헤일과 그 파티 멤버 여러분.

아까까지 만나고 싶지 않으니까 밖에 나가지 말아야겠다고 생각하고 있었는데, 완전히 깜박해버렸다.

그리고 최악의 사태는, 나는 기억도 못 했는데 상대방은 내 얼굴까지 알고 있는 것 같다는 점이다.

아마도, 리즈 쪽의 정보를 통해 더듬어 올라왔겠지. 혹시 몰라 에바에게 거크 씨한테 한마디 해달라고 부탁했었는데, 그것도 소용이 없었던 것 같고. 왜 이렇게, 모든 일이 내 마음대로 굴러가지 않는 걸까.

기껏 지금부터 티노랑 즐거운 티타임을 즐길 예정이었는데…….

"깜박, 했다고?!"

"젠장, 우릴 얕보다니── 겨우 레벨이 하나 더 높은 게 전부인 주제에──."

아니, 그런 얘기가 아닌데…… 그냥, 내 머리가 텅 비어서 그런 거야.

아놀드의 똘마니가 시끄럽게 소리를 질러대고, 중심에 있던 아놀드가 한 걸음 앞으로 나섰다.

아무리 봐도 우호적인 분위기가 아니다. 거크 씨랑 비교해도 만만찮을 정도로 발달된 육체에 등에 짊어진 거대한 검. 그 금색 눈동자는 날카롭게 번쩍번쩍 빛나고 있는 게, 왠지 사람이 아닌 것 같은 느낌까지 든다. 같은 파티의 다른 멤버들과 비교해봐도 엄청난 위압감이다. 이런 데 익숙하지 않은 헌터라면 벌써 꼼짝도 못 하게 돼버렸겠지.

내가 아직 멀쩡하게 움직일 수 있는 건, 내가 위압만큼은 강하기 때문이다. 지금까지 실컷, 사람이고 마물이고 가리지 않고 위협을 받아온 데다 동료들까지 괴물들이고, 치사성 공격을 받아도 『세이프 링』이 튕겨내줄 거라는 걸 본능적으로 알고 있다.

아놀드가 위협하는 것 같은 낮은 목소리로 말했다.

"《천변만화》…… 그쪽에서 알아서 올 줄이야, 배짱도 좋군."

아무래도 최악의 예상이 맞았는지, 저쪽은 내가 목적인 것 같다.

목적은 말할 필요도 없이 보복이겠지. 예상은 하고 있었다. 그래서 나는 에바를 통해서, 거크 씨한테 한마디 해달라고 부탁한 것이다. 리즈가 아니라 나한테 온 건, 내 평소 행실 때문이 아닐까.

흉포한 헌터가 위압감을 내뿜자, 안 그래도 지나가는 사람이 적던 길에서 사람들이 완전히 사라져버렸다.

역시 제도 사람들답게 위기관리 하나는 잘한다니까. 하지만, 큰일이다. 이대로 가면 무난하게 큰일이다.

아무리 티노라고 해도 레벨 7을 상대하는 건 무리다. 지금도 상대의 전력을 분석하고 굳은 표정을 짓고 있을 정도니까.

"설마, 이런 데서 해보자고……?"

"무기를 뽑아라, 《천변만화》. 아니—— 그 정도로, 우리 힘을 파악했다고 생각하면 곤란하지."

교섭이나 용건은 싹 뛰어넘고 바로 싸우자고 하는 아놀드. 혈기가 너무 넘치잖아. 난 무기 같은 건 없다고.

이 좁은 길까지 경비병이 오려면 시간이 걸린다. 솔직히 경비병이 와줄지 아닐지도 모르는 일이고.

"다 들었다 《천변만화》. 네놈, 기합으로 골렘을 날려버렸다는 것 같더군. 큭큭큭, 사실이라면 한번 보여주실까."

혹시 아카샤 골렘 얘기인가. 그것도 주위 사람들한테 실컷 설명한 일인데.

"오해야! 골렘은 내가 날려버린 게 아니라고. 그냥 제멋대로 날아가 버렸어!"

"뭐……?! 바보 같은 소리, 하지 말라고! 세상천지 어디에 멋대로 날아가 버리는 골렘이 있다는 거야!"

똘마니의 얼굴이 벌게지더니 큰 소리를 질렀다. 보통 그렇게 생각하겠지? 그런데 말이야, 정말로 있었다고.

상대도 레벨 7이다. 말로 하면 알아들을 거야. 설득은 잘 못하지만, 하는 수밖에 없다.

크게 심호흡을 했더니, 아놀드 일행이 입을 다물었다. 나는 최대한 상대를 자극하지 않도록 부드러운 목소리로 말했다.

"자, 진정하고. 화가 난 건 이해해. 나도 다 이해한다고. 갑자기 사람들 앞에서 그렇게 언어맞았으니 화가 날 만도 하지. 이렇게 나한테 복수하겠다고 몰려온 것도, 이해할 수 있어. 아무리 처음에 그쪽이 잘못했다고 해도, 분명히 리즈가 너무 심하기는 했으니까. 응, 나도 그렇게 생각해. 그래도 말이야, 가능한 살살 때리라고 하기는 했었는데——."

"…………."

"그런데 말이야, 이렇게 좁은 길에서 뭇매를 때리려고 하는 건, 그다지 스마트한 방법이 아닌 것 같거든. 내가 사과하는 걸로 끝내면 안 될까? 고개를 숙여도 되고, 원한다면 엎드려 빌기도 할 테니까. 어때?"

"…………."

열심히 양보했지만, 아놀드의 표정은 달라지지 않았다. 레벨 8이 엎드려 비는 꼴을 못 봤으니까 그런 표정을 지을 수 있는 거야. 내가 엎드려 비는 모습은 사람 마음을 도려낼 지경이거든.

나는 필사적으로, 아놀드 일행의 마음을 향해 호소했다.

"봐, 보면 알잖아? 난 지금부터—— 티노랑 데이트할 거란 말이야. 응? 남자라면 알잖아? 정말 기대하고 있거든."

"세상에…… 마스터어. 저 같은 것 때문에 고개를 숙이지 마세요. 이런 놈들, 마스터어가 마음만 먹으면 한 방 감이잖아요!"

티노가 떨리는 목소리로, 험악한 눈빛으로 아놀드를 노려봤다. 그 마음을 어떻게 먹으면 되는 건지, 저한테도 좀 가르쳐주세요.

"봐, 아, 그렇지. 오늘은 아쉽게도 무기도 안 가지고 왔으니까, 다음에 하면 안 될까? 아놀드 씨도 제대로 하지도 않는 나한테 싸워서 이겨봤자 의미가 없잖아?"

"마스터어는 신. 마스터어는, 너희가 제대로 싸우지도 않는 마스터어한테 실컷 얻어맞고 자신감을 잃는 사태를 우려하고 계신 거야. 솔직히, 신이라고 가르쳐줬는데도 주제를 모르고 이렇게 찾아오다니, 어리석기는. 그래서는 마스터어는 고사하고, 그 사이비 미남 자식도 못 이겨."

"뭐……라고?!"

난 어떻게든 조용히 끝내려고 하는데, 왜 자꾸 티노가 불에 기름을 퍼붓는 걸까. 그리고 내가 불을 끄는 속도보다 티노가 뿌린 기름 때문에 불이 번지는 속도가 더 빠른 것 같다.

나는 앞에 서 있는 티노의 날씬한 몸쪽으로 팔을 뻗었고, 끌어안는 모양으로 구속하고는 손으로 입을 막았다. 얼굴이 새빨개지고 몸이 경직된 티노의 귓가에 대고, 작은 소리로 설득했다.

"진정해, 티노. 난 조용히 끝내고 싶단 말이야. 뭐, 분명히 그 사이비 미남 자식보다는 약할지도 모르지만, 그런 건 상관없어. 그렇게 한가하지 않으니까."

솔직히, 그 사이비 미남 자식인 아크 로단은 제도에서도 손꼽히는 헌터다. 이길 수 있는 헌터의 이름을 대보라고 하면 바로 말하기 힘들 정도로 강하다. 그리고, 사이비가 아니라 진짜로 잘생겼고.

나는 티노가 고개를 끄덕일 때까지 기다렸다가 풀어줬다. 아놀드 쪽도 확인했다.

아놀드 일행의 얼굴은 완전히 일그러져 있었다. 화가 전혀 가시지 않은 분위기다. 나는 티노가 평소에 하는 것처럼, 고개를 살짝 숙이고서 쭈뼛쭈뼛 확인했다.

"뭐, 뭐‥‥‥‥‥ 그런 얘기니까, 이해해주겠지‥‥‥?"

"우, 웃, 기지──."

틀렸다. 이거 완전히 글렀다. 이렇게까지 돼버리면 막을 방법이 없다.

역시 교섭은 힘들다니까. 나는 아놀드가 화를 터트리기 전에 큰 소리로 말했다.

"그래, 알았어, 알았다고! 하지만, 여기는 너무 좁아. 하려면 큰 길로 나가서 하자!"

빌어먹을, 대체 무슨 생각이지, 이 자식은?

아놀드는 부글부글 끓어오르는 화를 꾹 참고, 무방비하게 걸어가는 청년의 등을 바라보며 생각했다.

해후는 돌발적이었다. 정보에 의하면 《천변만화》는 거의 클랜하우스에서 나오지 않는다고 했고, 그래서 뭔가 작전이 필요할 것 같다고 생각했었다. 오늘은 일단 구경만 할 생각이었는데, 설마 이렇게 만나게 될 줄이야.

물론 일단 만난 것 자체는 문제가 아니다. 아놀드는 헌터고, 헌터는 항상 무장을 한다. 그런데, 오히려, 수상한 것은 《천변만화》 쪽이다. 《천변만화》의 복장은 아무리 봐도 싸울 때 사용하는 것이 아닌 편한 차림새고, 무기조차 휴대하지 않은 것 같다 물론 무기를 숨길 수단은 얼마든지 있으니까 방심할 수는 없지만, 일거수일투족에 빈틈이 너무나 많았다.

이 자식…… 카운터라도 노리는 건가? 일부러 빈틈을 만들어서? 하지만, 이렇게 노골적인 건──.

무엇보다, 이 해후도 우연이 아닐 것이다. 큰길이라면 또 모를까 지나다니는 사람이 거의 없는 샛길에서 만난 걸 보면, 소문에 듣던 《천변만화》의 선견지명이라고 생각하는 쪽이 자연스럽다.

답을 찾을 수 없다. 경장으로 밖에 나온 데다 보란 듯이 도발을 하고, 그러면서도 싸우기 싫다는 소리를 했다. 그걸 일축하려고 했더니 이번에는 될 대로 되라는 것처럼 큰길로 장소를 옮기자고 했다.

무슨 생각을 하는 건지, 놀라울 정도로 이해할 수가 없다. 그야말로 《천변만화》다.

수적인 우위는 이쪽에 있다. 《천변만화》가 데리고 있는 소녀도 그럭저럭하는 것 같지만(솔직히, 아무리 봐도 《천변만화》 본인보다 강해 보인다), 아놀드나 에이와 비교하면 격이 한참 떨어진다.

큰길로 나가면 숫자가 많은 아놀드 쪽이 유리해진다. 핸디캡이라도 주겠다는 건가? 아니, 하지만──.

이미 아놀드는 거의 승리를 의심하지 않았다. 《천변만화》는 아무리 봐도 약자고, 에이가 사전에 얼굴을 파악해두지 않았다면 바로 옆을 지나가도 알아차리지 못했을 것이다. 몸놀림도 완전히 풋내기 움직임이다.

레벨 8이니까 겉모습이 곧 힘이라고 생각해서는 안 되겠지만,

아무리 생각해도 자신이 질 이유가 떠오르지 않았다.

이런 일은—— 처음이다. 끝을 모를 역량이라면 납득할 수도 있겠지만, 역량이 너무나 낮아 보인다.

"아놀드 씨, 방심하지 마세요. 저놈은 탐협 지부장이 신뢰하는 상대입니다."

"그래, 나도 안다."

이를 악물고 전의를 담아서 상대의 뒤통수를 노려봤지만, 《천변만화》의 움직임에는 아무런 변화도 없다.

이것도 이상한 일이다. 아놀드가 보기에 《천변만화》는 지나가는 사람을 아무나 붙잡아도 저 녀석보다는 강할 정도의 역량밖에 없는데, 그러면서도 자신의 위압을 아무렇지 않게 받아넘기고 있다.

너무나—— 엉망진창이다. 싸우면…… 그 진수를 알 수 있을까.

《천변만화》의 움직임은 당당해서, 도망치려는 것처럼 보이지 않았다.

본인이 말한 대로, 《천변만화》는 지나가는 사람들이 많은 큰길 한복판에서 멈춰 섰다.

좌우에 노점들이 줄지어 있고, 안개 나라에서는 도저히 볼 수 없을 정도로 많은 사람이 오가고 있다.

제정신이 아니다. 이런 데서 큰 난리를 치면 경비병들도 가만히 있지 않을 테고, 이렇게 많은 증인이 있는 곳에서 패배하기라도 하면 《천변만화》의 이름에도 크게 흠집이 난다.

크라이 안드리히가 천천히 뒤를 돌았다. 그 일거수일투족에 의욕이라고는 전혀 보이지 않았지만, 그러면서도 그 눈은 마치 아놀드에게 『무서우면 그만두든지』라고 묻는 것만 같았다.

"흥…… 웃기는군."

굳이 물을 필요도 없다. 아놀드가 겁을 먹은 적은, 헌터가 된 뒤로 지금까지 단 한 번도 없었다.

등에 짊어진 대검── 자신이 사냥한 뇌룡의 소재로 만든 유일무이한 무기를 뽑아 들었다. 다른 멤버들도 아놀드를 따라서 익숙한 동작으로 무기를 들었다. 에이가 슬금슬금 거리를 좁히면서 도발했다.

"아놀드 씨와 네놈, 누가 더 강한지도 보고 싶지만…… 이번엔 우리도 쓴맛을 봤으니까 말이야. 레벨 8이라면 동시에 상대해주겠지?"

"어…… 싫은데. 이거 큰일이네……."

여기까지 와서도, 크라이의 태도는 달라질 기미가 없다.

난처하다는 것처럼 주위를 이리저리 둘러보는 모습에 점점 짜증이 난다.

눈앞에 있는 남자는 레벨 8이다. 일단은, 드래곤 슬레이어인 아놀드를 뛰어넘는 레벨을 지닌 헌터라는 뜻이다.

거기에 상응하는 위광을 보여주지 않으면 헌터의, 나아가서는 아놀드의 격이 떨어지게 된다.

"흥…… 행운과 동료의 힘으로 출세한 멍청이, 인가. 《비탄의 망령》의 수준을 알 만하군."

상대는 완전히 방심하고 있다. 얕보고 있다. 이래서는 심심풀이 놀이도 안 되겠지.

아놀드의 말에, 크라이는 화를 내기는커녕 의외라는 것처럼 눈이 휘둥그레졌다.

아놀드가 앞으로 나선 그때, 옆에 있던 소녀가 아놀드 앞을 가로막았다.

"무슨 짓이냐? 비켜라."

소녀는 도적이었다. 편하게 움직이는 쪽을 중시한 검은 옷에, 주먹을 수호하는 갈색 장갑. 찌릿찌릿한 느낌이 들 정도로 긴장된 분위기가 감돌고, 그 예리하게 빛나는 검고 투명한 눈동자 속에는 투지의 불꽃이 불타고 있었다.

일반적으로 도적은 순수 전투 직업이 아니라서, 아놀드 같은 중량급 검사와 일대일로 싸우기에는 상성이 나쁘다. 실력 차이가 크게 나지 않는 한 상대도 안 될 것이다. 그 소녀는 나이에 비해서는 상당한 역량을 지녔지만, 지금의 아놀드 일행을 상대할 수준은 아니다. 고작해야 레벨 4에서 5 정도려나.

하지만 아놀드의 위압을 받고도, 《천변만화》가 티노라고 불렀던 소녀는 전혀 흔들리지 않았다.

"마스터에 대한, 모욕, 듣고, 가만히 있을 만큼, 난, 어른이 아니야."

호흡 때문에 흥부가 천천히 오르내리고 있다. 그 눈은 차가운 분노로 불타고 있지만, 그렇다고 격분한 건 아니다. 자세를 잡고 있는 팔다리가 긴장 때문에 굳어지지도 않은, 전투를 하기에는 아주 이상적인 컨디션이다.

격의 차이를 모르는 건가……? 아니—— 그건 아니다. 알면서도, 덤비려는 것이다.

눈앞에 있는 소녀는 아직 젊지만, 언젠가는 틀림없이 일류가 될 수 있는 인재다.

실력 차이는 엄연하다. 하지만 이런 헌터는 강하다. 아놀드한테 이기지는 못할 것이다. 하지만 아주 조금이기는 해도, 지금 상태라면 에이와 다른 멤버들 정도는 쓰러트릴 가능성이 있다.

하지만 그것은 일대일로 싸웠을 때의 이야기다. 에이가 눈을 가늘게 뜨고 노려보며 경고했다.

"헹. 아가씨, 승산도 없잖아. 마음은 훌륭하지만, 저리 비켜 있어. 우리 목적은 저 사내뿐이니까."

소녀가 모욕했다면 또 모를까, 젊은 싹을 짓밟아버리는 취미는 없다.

티노는 그 말에는 대답하지도 않고, 뒤에 있는 남자에게 말했다.

"마스터어, 제가 싸우게 해주세요! 반드시 마스터어를 모욕한 걸, 후회하게 만들어주겠어요!"

싸움이 벌어진 걸 눈치챘는지, 주위에 있던 사람들이 멀찍이 떨어졌다.

소녀의 말은 레벨 7을 앞에 뒀으면서도 너무나 용맹하고 과감했고, 동시에 너무나 큰 만용이었다. 직업의 상성을 생각해보면, 설령 아놀드가 무기를 가지고 있지 않다고 해도 상대가 안 된다. 일방적인 싸움이 될 뿐이다.

당연히 《천변만화》가 그걸 모를 리가 없다.

허가하지 않겠지. 무모한 젊은이를 말리는 것은 높은 레벨 헌터가 할 일이다.

그렇게 생각하는 아놀드 일행 앞에서, 크라이 안드리히는 눈을 크게 뜨고 웃는 얼굴로 말했다.

"아~ 그래. 조심하고."

"?!"

"뭐?"

에이도, 다른 멤버들도, 아놀드 본인도 깜짝 놀랐다.

눈앞에 있는 티노도 그 대답이 예상 밖이었는지, 두 눈에 약간이나마 당혹한 기색이 보였다.

말도 안 돼. 이럴 수가…… 대체 무슨 생각이지? 아놀드가 모욕한 것은 티노가 아니라 크라이다. 그리고, 티노가 아놀드 앞을 가로막은 것은 크라이에 대한 충성심 때문이다.

충성심은 진짜다. 하지만, 티노한테는 그것을 성취할 만한 실력이 없다.

말린다. 생각할 필요도 없이 말린다. 아놀드라면 말린다. 말리고, 그 태도는 마음에 든다고 말하면서 자신이 앞으로 나선다. 그것이 영웅이라는 것이다. 하지만, 눈앞에 있는 이 남자는?

《천변만화》는 재빨리 뒤로 빠지더니, 팔짱까지 끼고서 구경하는 자세가 되었다.

……말도 안 돼. 동료들의 얼굴을 보니, 그 행동을 보고서 하나같이 얼빠진 표정을 짓고 있다.

티노가 조금 전까지 내뿜던 분노를 반쯤 날려버리고, 쭈뼛쭈뼛

물었다.

"저기…… 마스터어?"

"그렇지. 【흰 늑대 둥지】에서는 제대로 못 봤으니까, 여기서 훈련의 성과를 봐야겠어."

"…………예, 알겠습니다. 제 용감한 모습, 잘 봐주세요."

티노는 동요를 완전히 감추지 못한 목소리로 대답하더니, 고개를 들고서 아놀드를 매섭게 노려봤다.

눈동자가 살짝 젖어 있다. 화가 나서 그런 건 아니겠지.

"우, 우리 마스터어를, 무시하지마아아아아아아아아아!"

티노는 될 대로 되라는 것처럼 포효하더니, 주먹을 꽉 쥐고서 아놀드를 향해 거리를 좁혔다.

잘은 모르겠지만 위험한 상황일지도 모른다.

나는 티노와 아놀드 일파의 싸움을 구경하면서, 흘끗흘끗 주위로 시선을 날려서 동료들을 찾고 있다.

《시작의 발자국》이라는 클랜에는 우수한 젊은이가 많다든지, 미인 부 클랜 마스터가 클랜을 이끌고 있다는 몇 가지 특징이 있는데, 그런 특징 중에 규모가 크다는 점도 있다.

간단히 말하자면, 우리 클랜에 소속된 헌터들의 숫자는 다른 클랜보다 상당히 많다.

굳이 아놀드 일행을 지나다니는 사람들이 많은 큰길까지 끌고 온 것은, 그런 동료들을 찾기 위해서였다.

여덟 명이나 되는 인원이 많은 파티라고 해도, 《발자국》에 소속된 멤버들은 백 명이 넘는다. 질도 결코 낮은 건 아니니까, 그 절반만 데리고 오면 아무리 상대가 레벨 7이라고 해도 당해낼 수 없다.

우리 클랜 안에서, 한심하게 아군의 도움을 찾는 스킬에 있어서는 나를 따라올 사람이 없다. 그리고 우리 클랜 멤버들은 하나같이 날 도와주는 데 익숙하고.

"?! 야, 《천변만화》! 똑바로 이쪽을 보란 말이야! 이 아가씨는 널 위해서 싸우고 있잖아?!"

이리저리 둘러보고 있는데, 어째선지 적 쪽에서 그런 야유가 날아왔다. 아놀드 옆에 있던 똘마니 A다.

"아, 이런. 미안, 미안해, A. 왜, 나도 많이 바쁘다 보니까……."

당황해서 싸우는 쪽으로 시선을 돌렸다. 하지만, 솔직히 말해서 뭐라고 할까, 너무 대단해서 뭐가 뭔지 하나도 모르겠다.

티노와 아놀드의 싸움은 대등한 것처럼 보였다.

티노가 맨손이라서, 아놀드도 검을 버리고 맨손으로 싸우고 있다. 완전히 그냥 주먹 싸움이다. 뒤쪽에 아놀드네 동료들이 있기 때문에 압도적으로 열세라는 데는 변함이 없지만, 그래도 싸움에 가세할 생각은 없는 것 같다.

똘마니 A가 갑자기 눈이 휘둥그레지더니, 뒤로 몇 걸음 물러났다.

"뭐…… 이 자식, 어떻게 내 이름을——?!"

"응……? 어? …………아, 너 혹시 정말로 이름이 A야? 깜짝 놀랐네."

이름을 지어준 부모님 얼굴을 한번 보고 싶다. 솔직한 심정을 말했을 뿐인데, A의 얼굴이 점점 빨개졌다.

"마스터어?! 마스터어! 제대로 봐주세요!!"

티노가 소리쳤다. 티노와 아놀드는 체격은 물론이고 키도 한참 차이가 난다. 덩치가 큰 아놀드한테 과감하게 맞서는 티노는 자기 스승인 리즈를 방불케 했다.

한편으로 아놀드는 귀신같은 얼굴을 하고 있었다. 티노의 예리한 발차기를 살짝 후퇴해서 회피하고, 바람을 가르는 날카로운 소리와 함께 날아온 변칙적인 동작의 지르기를 손바닥으로 막아냈다.

나는 격투 기술에 대해서 잘 모르기 때문에 뭐가 뭔지 모르겠지만, 대단하다~.

티노가 어느샌가 레벨이 7이나 되는 남자랑 맞서 싸울 만큼 강해졌구나.

그런데 그때, 멀리 떨어진 곳에 잘 아는 남자가 보였다. 스벤이다.

드래곤 슬레이어 칭호를 가진, 진정한 맹자다. 잘됐다. 나도 모르게 스벤한테 웃어 보이면서 손을 흔들었다.

"뭐, 하는 거냐, 네놈?!"

"아, 미안해, 아는 사람이 있어서——."

아놀드가 눈을 부릅떴지만, 네 목숨, 앞으로 몇 분이야. 아놀드는 티노를 상대하기도 버거운 것 같으니까, 스벤까지 끼어들면 이쪽이 질 리가 없다. 자, 해치워버리세요, 스벤 군.

스벤 군이 사수(아처) 특유의 시력으로 날 발견했다. 옆에 있던 동료들과 얼굴을 마주 보고, 다시 한번 손을 흔드는 날 보더니 알 겠다는 것처럼 고개를 끄덕였고, 엄지손가락을 세워 보였다.

그대로 필사적으로 점프하면서 어필하는 날 버려두고, 어딘가 로 가버렸다. 뭐야 이거.

"헉, 헉, 마스, 터어, 진지하게, 해, 주세요!"

티노가 몸을 계속 움직이면서, 숨을 헐떡여가며 말했다. 나는 아주 진지했다. 무지무지 진지하게 내가 할 수 있는 일을 하려고 했는데…… 스벤 저 자식. 역시 믿을 건 사이비 미남 자식뿐인가.

……또 귀족한테 불려가서 아직 돌아오지 않았지만.

나는 갑자기 피곤해져서, 근처에 있던 나무 상자 위에 걸터앉 았다. 왠지 대등하게 싸우는 것 같기도 하고, 어쩌면 도와줄 필요 가 없을지도 모른다. 여기라면 경비병들이 와줄 가능성도 있고.

티노의 공격은 빨랐다. 발차기에 지르기, 물 흐르는 것 같은 연 속 공격은 분명히 그 리즈가 재능이 있다고 해줄 만했다. 리즈 정 도는 아니지만, 마치 바람 같다. 지금을 열심히 응원이나 하자.

"힘내~ 티노! 예이, 최고다! 역시 티노야!"

"마스터어! 이상한 응원, 하지──."

"이길 수 있어! 아놀드 씨, 조금만 더 하면 이길 수 있다고! 자, 힘내라, 힘!"

"뭐?!"

그 순간, 아놀드의 움직임이 멈췄다. 그러면서 빈틈이 생긴 몸통에, 티노의 발차기가 꽂혔다.

아무래도 내 응원 때문에 정신이 흐트러진 것 같고, 급소에 제대로 맞았다.

하지만 아놀드는 쓰러지지 않았다. 몸이 조금 흔들렸을 뿐이고, 아픈 기색도 없이 눈을 부릅뜨고 노려봤다.

그 눈이 노려본 것은 눈앞에 있는 티노가 아니라—— 나다.

"조금만 더 하면, 이길 수…… 있, 다고……?!"

?! 어라? 혹시…… 봐주고 있었나?

뭔가를 꾹 참는 것 같은 목소리와 동시에, 그 굵은 오른팔로 지르기를 날렸다.

엄청나다고밖에 형용할 방법이 없는 일격이었다. 티노의 일격을 유(柔)라고 한다면, 그것은 강(剛)의 일격이다. 머리 위에서 날아온 그 주먹을, 티노가 급하게 뒤로 물러나서 피했다. 하지만, 회피가 늦었다.

재빨리 손을 겹쳐서 막아내려고 했지만 아놀드의 주먹은 그것을 간단히 튕겨냈고, 티노의 자세가 크게 무너졌다. 그 빈틈을, 아놀드가 놓칠 리가 없다.

"마스터——."

금색 눈동자가 빛나고 있다. 아놀드의 손이 티노의 멱살을 움켜쥐고, 몸 전체를 크게 들어 올렸다.

티노는 발버둥 치면서 벗어나려고 했지만, 노력한 보람도 없이 휘둘리다가 그대로 땅바닥에 처박혔다.

굉음. 등부터 떨어진 티노가 작은 고통의 숨소리를 흘렸다.

하지만, 아놀드의 손은 아직도 티노의 목을 붙잡고 있었다.

강하다. 너무 강하다. 순식간에, 간단히 형세가 역전되고 말았다.

아무래도 대등하다고 생각했던 건 나 하나뿐이었던 것 같다.

"이, 몸을, 얕보는 것도, 적당히 해둬라!《천변만화》!"

티노를 땅바닥에 짓누른 채, 아놀드가 포효했다.

천둥소리 같은 고함에, 나도 모르게 눈살을 찌푸렸다.

"멀찌감치 떨어져서, 왕 행세라도 하는 거냐?!"

위험한 전개다. 아놀드 일행은 거의 멀쩡한 여덟 명, 이쪽은 티노가 당하면 나 혼자뿐이다. 스벤이 끼어들었으면 어떻게든 됐을 텐데, 이 전개, 상당히 바람직하지 않은데.

세이프 링이 있기는 하지만, 과연 이걸로 아놀드의 맹공을 버텨낼 수 있을까. 왕 행세를 하는 건 아니지만, 얼굴에 핏대를 세운 아놀드는 아무리 좋게 표현해도 제정신이 아닌 것 같다.

심장이 벌렁벌렁 뛰고 있지만, 아무렇지도 않은 척하면서 앉아 있던 자리에서 일어났다.

각오를 다졌다. 아무리 내 엎드려 비는 기술이 훌륭하다고 해도, 이제 와서 용서해줄 리는 없겠지.

……가능한 안 쓰고 싶었지만, 어쩔 수 없네.

"왕 행세 같은 건 아니지만…… 어쩔 수 없네."

"큭……."

내 행동을 읽을 수 없기 때문인지, 아놀드 일행은 덤벼들려고 하지 않았다.

나는 이 제도의 헌터 중에서 제일 약한 남자지만, 쥐도 궁지에 몰리면 고양이를 문다는 말이 있다.

내가 수집한 보구들은 대부분 전투에서는 도움이 안 되지만, 그중에서도 도움이 되는 비장의 카드가 남아 있었다.

목에 걸고, 옷 속으로 숨겨두었던 펜던트 모양의 보구를 꺼냈다. 금으로 짠 오망성과, 거기에 박아놓은 모양으로 달린 수정. 투명한 수정 속에는 마치 밤하늘 같은 칠흑이 소용돌이치고 있다.

『리얼라이즈 아우터(타향에 대한 동경)』.

【흰 늑대 둥지】에서 위험에 처했을 때도 안 썼던, 세이프 링만큼이나 중요한 내 생명줄이다.

그것은 예전에 마술에 깊은 동경을 품고 있던 기술자가 만든 도구가 기원이라고 전해지는 보구다.

그것은 원래 그 행사에 필요한 마력의 거의 백배에 달하는 방대한 마력을 대가로 딱 한 번만 사용할 수 있는 마술을 저장할 수 있고, 임의로 해방할 수 있는 크게 대단하지 않은 힘을 지녔다.

내 힘은 전부 《비탄의 망령》이 모아온 부에 의한 것이다. 그리고 이것은 그중에서도 가장 강하다고 할 수 있고.

그 안에 담겨 있는 것은 벼락 마법과 쌍벽을 이루는 난이도라고 전해지는, 중력 마법(그래비티)의 일종.

담아준 사람은 항상 투덜대면서도 보구에 마력을 충전해주는, 《비탄의 망령》에서도 최강의 공격력을 자랑하는 대마도사, 루시아.

온갖 사상을 부리는 마도의 천재.

《만상자재(萬象自在)》루시아 로제. 내—— 여동생이다.

마술을 저장하는 특성 때문인지 자연적인 마력 소모 속도가 상당히 느린 그 보구는, 루시아가 어떤 이유로 오랫동안 나한테서 떨어지게 될 때를 위한 비장의 카드였다.

정말로 목숨이 위험할 때에만 사용하라고 했다. 지금이 그때인지는 잘 모르겠지만.

하지만, 티노가 위험한 지금 사용하지 않으면, 언제 쓰겠어. 티노는 날 위해서 싸웠다. 거기에 조금이라도 대답하지 않으면, 설령 지금 이 순간을 어떻게 넘긴다고 해도—— 나 자신을 용서할 수 없다.

내 태도 변화에 뭔가 이상한 걸 느꼈는지, 똘마니들이 산개해서 슬금슬금 나를 둘러쌌다.

하지만, 불안하지는 않았다.

아놀드가 티노를 땅바닥에 고정한 채, 어느샌가 한 손에 대검을 쥐고 있었다.

"안심해. 죽이지는 않으니까."

아놀드의 똘마니들이 무기를 겨눴다. 아놀드가 티노를 버리고, 힘차게 달려든다.

그리고 나는, 조용히 보구에 봉인된 마술을 해방했다.

『뭐어? 리더, 대체 무슨 생각이죠?』

『비살상으로? 높은 레벨 헌터를 제압할 수 있고? 범위가 넓고? 주위에 피해가 가지 않는 마법을 담아달라고? 조건이 너무 많잖아요.』

『리더도 알다시피, 중력 마법은 안 그래도 고등 마법이고, 게다가 마이너한 마법이거든요? 범위에 비례해서 마력 소비도 심해지고, 위력을 키우는 건 물론이고 조건까지 추가하려면 그야말로 섬세한 술식 구축과 막대한 마력—— 솔직히, 그딴 마법—— 못 하냐고요? 아니, 일단 알아보기는——.』

『미안한데요, 시트한테 마력 회복약 좀 받아다 주세요. 있는 대로 다.』

『그거 가지고 썩 나가세요, 주문한 물건이니까요. ……예? 있을 리가 없잖아요, 그런 편리한 마법이! 만들었어요! 온갖 중력 마법을 다 조사하고, 구조를 해체해서…… 그냥 죽여버리면 간단한데, 죽여도 안 된다고 하니까—— 영창 시간만 30분이라니, 완전히 말도 안 되는 마법이라고요. 마력도 한참 모자라서—— 한동안은 꼴도 보기 싫으니까요. 자, 빨리 나가요! 밤 샜단 말이에요! …………예? 다른 보구도 충전해달라고요?!』

(루시아의)노력의 결정이 해방됐다. 싸움은 조용히, 그리고 순식간에 끝났다.

조금 전까지 날 둘러싸고 있는 똘마니들이, 저항할 틈도 없이 땅바닥에 엎어져버렸다. 갑옷과 땅바닥이 부딪치는 소리가 울리고, 손에 쥐고 있던 무기들이 떨어진다.

"뭐, 뭐, 야…… 마법?! 이, 마법, 은——."

아놀드는 간신히 대검을 지팡이처럼 짚고, 한쪽 무릎을 땅에 짚고서 버티고 있다. 하지만 그 몸은 떨리고, 머리는 휘청휘청 흔들리고 있다. 있는 힘껏 버티고 있는 탓인지, 피부가 새빨갛게 물들어 있다.

잠깐 섬뜩했지만, 공격 행동을 취할 만큼의 여유는 없는 것 같다.

나는 다시 나무 상자 위에 앉아서 다리를 꼬았다. 내포된 마술을 방출해서 빛을 잃은 보구를 집어넣으면서 말했다.

"『타이런트 오더(폭군의 권능)』. 오리지널 스펠이야. 위력을 너무 낮춘 것 같기도 한데, 그래도 대단하지?"

내 동생이, 루시아가 밤까지 새면서 개발했으니까, 대단하지 않을 리가 없잖아.

아놀드의 눈이 자기 동료들 쪽을 봤고, 이어서 하나도 무너지지 않은 가옥이나 멀리서 이상하다는 표정을 짓고 있는 시민들을 확인하고는 떨리는 목소리로 말했다.

"뭐냐, 말도 안…… 이, 이건—— 중력 마법? 아니—— 하지만——."

"획기적인 술식이지. 가옥이나 사람은 전혀 다치게 하지 않아. 내 입으로 말하는 건 좀 그렇지만, 꽤 쓸 만하지?"

내 동생이, 루시아가 시행착오까지 겪으면서 만들었으니까, 쓸 만하지 않을 리가 없잖아.

길바닥에는 금도 하나 생기지 않았다. 이 마법의 훌륭한 점은,

높은 위력과 치밀한 조건 지정이다.

『타이런트 오더』는 대상 이외의 사람이나 기물에 피해를 주지 않는다. 그러면서도 레벨 7 헌터를 완전히 짓눌러버릴 정도의 힘을 자랑한다. 완전무결한 비살상 마법이다!

물론 내가 쓸 수 있는 마법은 아니니까, 자랑할 수는 없지만⋯⋯.

"네, 네놈── 마도사, 냐── 젠장!"

아놀드가 소리쳤지만, 한쪽 무릎을 꿇고서 소리를 질러봤자 하나도 안 무섭다.

의기양양한 표정을 짓고 있는 내 귀에, 갑자기 비통한 목소리가 들려왔다.

"마스, 터어, 도와, 주──."

옆을 봤다. 티노가 땅바닥에 달라붙어 있다. 상당히 강한 중력이 걸리고 있는지 목소리도 제대로 못 냈고, 땅바닥에 달라붙은 팔다리가 경련을 일으키고 있다. 완전히 예상 밖의 일이다.

중력에 지배당한 똘마니 A가 갈라진 목소리로 나한테 따졌다.

"자기 편, 까지⋯⋯?! ──이, 사람, 같지도, 않은 ──큭⋯⋯."

"자, 잠깐만! 미안, 미안해."

쓰러져서 눈물을 흘리고 있는 티노를 황급히 건드렸다.

사실 『타이런트 오더』의 공격 판정은 흡수한 마나 머티리얼의 정도에 따라 결정된다. 사용자인 나와 나한테 닿은 사람은 판정을 피하게 되지만, 그 밖에 어느 정도 실력이 있는 헌터들은 무차별적으로 그 대상이 된다.

범위도 넓으니까, 지금 내 눈에 보이는 범위 안에는 없는 것 같지만, 근처 어딘가에서 중력에 짓눌린 헌터들이 여러 명 있겠지. 미안해, 그래도 죽지는 않으니까 용서해줘.

중력에서 해방된 티노가 비틀거리면서 일어났다. 나는 최소한의 속죄라는 마음으로 내 어깨에 기대게 해줬다.

티노는 너덜너덜했고, 초췌해지기는 했지만 눈에 띄는 상처는 없었다. 크게 기침을 하고 있는 건 아놀드한테 입은 대미지 때문이겠지. 이젠 만회할 수 없겠지만, 나중에 단 거라도 사주자.

마지막으로, 아직도 간신히 무릎을 꿇은 채로 버티고 있는 아놀드 쪽을 봤다.

날 쏘아죽일 것만 같은 시선을 받으면서, 웃어 보였다.

"자, 아놀드 씨. 이제 진정이 됐으려나?"

"제, 젠장, 이런…… 말도 안 되는── 어째서, 이 정도 마도사가──."

"난 마도사가 아닌데…… 뭐, 그건 됐고."

"?!"

자, 지금부터가 문제다. 내가 아놀드가 움직이지 못하게 묶어놓기는 했지만, 그게 전부다. 루시아가 담아준 중력 마법은 위력과 정밀도, 범위는 정말 훌륭하지만, 아쉽게도 유효 시간은 그다지 길지 않다.

그 짧은 시간 동안에, 나는 아놀드한테서 전의를 빼앗아야만 하는, 데──.

아놀드도, 그리고 에이 일행도, 바닥에 엎어져 있으면서도 전의는 하나도 사라지지 않았다. 이놈이고 저놈이고 마치 야수처럼 번쩍번쩍 빛나는 눈으로 날 보고 있다.

"아직도 포기하지 않은 것 같네."

"포기할 줄 모르는 놈들이에요. 콜록콜록, 실력 차이도, 못 알아보다니…… 마스터어…… 저, 부축해주셔서 고맙습니다. 이제, 괜찮아요."

"아냐, 열심히 했으니까, 잠깐 그대로 기대 있어."

나한테서 떨어지면 중력이 걸리거든. 내가 할 수 있는 건 보구를 사용해서 술식을 그대로 해방하는 것뿐이다. 루시아라면 그 자리에서 손을 써서 개별적으로 대상에서 해제할 수도 있겠지만, 나한테는 무리다.

고맙게 받아들이기도 한 건지, 작은 소리로 미안하다는 말을 한 티노가 나한테 몸을 기댔다.

가느다란 몸은 아놀드를 상대로 활약했다는 게 믿어지지 않을 정도로 가벼웠다. 이제 와서 기분이 안 좋아졌다. 이런 여자애를 땅바닥에 처박다니, 그게 레벨 7이 할 짓이냐고.

한숨을 쉬고, 진심으로 넌더리 내면서 아놀드를 내려다봤다. 이젠 '씨'라고 부르지도 않을 거야.

"미안하지만 말이야, 아놀드. 내가 옥션 준비도 해야 해서, 매우 바쁘거든. 솔직히 말해서 너희들이랑 놀아줄 시간이 없어. 미안해. 이해하지?"

"……큭……."

귀신같은 얼굴을 한 아놀드가 신음을 냈다. 입 안이 터지기라도 했는지 피가 한 방울, 턱을 타고서 흘러내리고 있다.

상대할 시간도 없고, 솔직히 더 상대해줄 『타이런트 오더』도 없다. 마력을 담아줄 루시아도 없고. 젠장, 스벤이나 아크가 있었다면——.

그때, 나는 아주 좋은 아이디어를 떠올렸다.

티노한테 이것저것 떠넘겨버렸지만, 나도 아직 완전히 썩은 건 아닌 것 같다.

"그래, 그렇지…… 이런 꼴을 당하고도 나랑 싸우고 싶다면—— 조건이 있어."

"조, 건……이라고?!"

아놀드가 내 말을 따라 했다. 조건 같은 걸 붙일 입장은 아니지만, 어떻게든 될 것 같다.

아는 아주 진지한 표정을 짓고, 땅바닥에 엎드려 있는《안개의 뇌룡》멤버들을 둘러보며, 당당하게 말했다.

"나는《시작의 발자국》의 마스터다. 갑자기 마스터랑 싸우는 건 도리에 맞지 않아. 나와 싸우고 싶다면 단계라는 걸 거쳐야 한다. 알았어? 나하고 싸우고 싶다면 우리 클랜을 구성하는 주요 파티——《흑금 십자가》랑《별의 성뢰(스타 라이트)》,《성령의 자제(아크 브레이브)》,《등화 기사단(토치 나이츠)》을 격파하고 와라! 그때는, 그래, 나도 정정당당하게 싸우는 걸 생각해보도록 하지."

아직도 땅바닥에 엎어져 있는 아놀드와 동료들이 부활하기 전에, 티노의 손을 잡고서 그 자리를 떠났다.

나는 약하다. 약하지만 레벨 8이고, 5년이나 헌터 노릇을 하고 있다. 덕분에 건달들의 성격도 거의 이해하고 있다. 그들은 강하고 용맹한 데다 주위에 폐를 끼치는 걸 아무렇지도 않게 여기고, 게다가—— 고난에 대한 도전을 아주 좋아한다.

오던 길을 돌아가고, 아놀드 일행이 안 보이게 됐을 때, 티노가 조심조심 물었다.

"저, 저기, 마스터어…… 그래도 되는 건가요?! 그 얘기……."

"그래도 돼. 그보다, 아놀드한테 맞은 건 괜찮아?"

"아, 예, 괜찮아요, 마스터어. 그, 그런데, 죄송해요…… 기대에 응하지 못했어요."

"아, 그건 신경 쓰지 말고. 내가 잘못 판단해서 그런 거니까——."

뭐랄까, 어느 정도 강해지면, 잘 모르겠다니까…… 리즈랑 티노의 차이는 알겠지만, 이번 상대는 직업이 다르니까 더 모르겠다. 그렇게 생긴 주제에 봐주면서 지는 척하다니, 진짜 교활한 놈이네!

티노가 잠깐 숨을 멈추고, 눈물을 참으려는 것처럼 입을 꾹 다물었다. 얼빠진 마스터 때문에 슬퍼진 걸까.

그나저나 아놀드가 만악의 근원이기는 하지만, 동료를 버린 스벤한테는 정말 실망했다. 뭐, 굳이 도와줄 의무가 있는 건 아니지만…… 우리 티노를 괴롭히지 말아줬으면 좋겠다.

"괜찮아, 스벤은 기꺼이 싸워줄 거야……."

아무래도 클랜 마스터인 나를 버리고 가버렸으니까, 그 정도는 납득해줄 거야, 아마도.

우리 파티들은 아주 우수하니까. 아무리 레벨 7인 아놀드라고 해도 나한테까지 도달하는 건 불가능할 거야.

"《성령의 자제》도 《별의 성뢰》도 하나같이 강한 데다 전투를 아주 좋아하니까, 오히려 힘을 시험해볼 좋은 기회라고 기뻐할 거야. 아마도."

생각에도 없는 말을 하는 나한테, 티노가 눈을 깜박이고 어딘가 힘없는 표정을 지으면서 말했다.

"그런데, 마스터…… 마지막에 《등화 기사단》은 장기 원정 중이라서, 제도에 없는데요……."

"아~ 그랬던가? 완전히 잊고 있었네!"

"마스터어……."

억양 없이 말하는 나를, 티노가 질렸다는 눈으로 쳐다봤다.

원정? 그런 거 몰라. 나랑 싸우고 싶으면 열심히 찾아보라고!

《등화 기사단》은 헌터 중에서도 특히 이질적인 파티다. 규율을 중시하는 그들의 형태는 헌터라기보다는 군대에 가깝고, 용병처럼 의뢰를 받으면서 세계 각국을 돌아다니고 있다. 일 년 중에 제도에 돌아오는 날은 손에 꼽을 정도다.

하지만 그런 건 내가 알 바가 아니야. 무엇보다, 만약에 그 파티들을 전부 쓰러트린다고 해도 난 정정당당하게 싸우는 걸 생각해본다고 했을 뿐이니까! 생각한다고만 했지 싸운다는 말은 안 했거든!

솔직히, 그 네 파티를 다 쓰러트리면 그냥 네가 최강 해도 되니까.

이제 많이 떨어졌으니까, 잡고 있던 손을 놨다.

거창한 손짓 발짓까지 해가면서 말했다.

"그나저나, 바쁘거든, 상대할 틈 없어. 옥션도 시작하니까!"

"아, 예…… 마스터어, 말씀이 맞아요. 옥션에 뭔가가 있는 거죠?"

"그러니까, 중간에 훼방이 들어오기는 했지만, 단것 먹으러 갈까."

"?! 마스터어……."

티노도 무사한 것 같으니까, 이렇게 귀찮은 일에 말려든 때일수록 단것을 먹어야 한다.

나는 진심으로 말했는데, 티노는 잠깐 눈을 감고 말이 없더니 큰 결심을 한 것처럼 날 쳐다보며 말했다.

"마스터어, 저는, 이런 못난 꼴을 보이고서── 같이 단것을 먹으러 갈 수는 없어요!!"

티노의 표정은 비통하게 일그러져 있다. 그 노출된 어깨도, 가느다란 팔다리도 떨리고 있다.

나는 박복한 미소녀의 느낌이 물씬 풍기는 티노를 보고서 깜짝 놀랐다. 그렇게까지 자아비판을 하면, 후배를 레벨 7 헌터랑 싸우게 해놓고서 크게 죄책감도 없는 나는 정말 면목이 없다.

"그, 그렇게 신경 쓸 건──."

"안 돼요, 마스터어! 저는, 저는…… 마스터어의 후의를 받아들이기만 하다가는, 완전히 망가지게 돼버릴 거예요!"

모두의 후의를 열심히 받아들인 끝에 현재 진행형으로 타락해버린 『마스터어』가 여기 있는데 말입니다.

"마스터어, 부탁이에요! 제게, 제게 명예를 만회할 기회를 주세요!"

이미 큰길에서는 벗어났지만, 지나가는 사람은 어느 정도 있다. 티노의 큰 목소리에 사람들의 시선이 집중됐다.

"자, 잠깐만, 소리 좀 작게……."

"마스터어가 바라시는 보물전을 가르쳐주세요! 제가 무슨 일이 있어도 보구를 가지고 와서, 그리고 마스터어의 빚을 갚아 보이겠어요!"

티노가 눈꼬리에 눈물까지 고여 가면서 소리쳤다. 흥분해서 얼굴이 빨갛게 달아올랐다. 아무리 봐도 냉정한 상태가 아니다.

내 눈앞에서 아놀드한테 진 게 그렇게 분했던 건가.

"그래, 알았어. 알았으니까 진정하고!"

그렇게 소리를 질러대면 나한테 엄청난 빚이라도 있는 것처럼 보이잖아…… 뭐, 사실이지만.

내가 그렇게 말했더니 티노의 기세가 약간이나마 수그러들었다.

티노는 한 걸음 거리를 좁히더니 내 손을 꼭 잡고, 얼굴이 새빨개져서 살짝 주저하는 것처럼 말했다.

"그리고, 마스터어…… 만약, 만약에 제가, 마스터어가 기대한 대로, 보구를 가지고 오면…… 그러니까…… 제게, 사, 상을, 주시겠어요?"

상…… 뭔가 갖고 싶은 거라도 있는 걸까.

긴장한 탓인지 티노의 얼굴은 귀까지 새빨개져 있다. 내 손을 꼭 잡고 있는 손에서는 맥박이 전해져오고.

생각해보니까 지금까지 날 도와준 적은 많았는데, 티노가 상을 달라고 한 건 이번이 처음이다.

지금까지의 공적을 생각해보면 아무것도 안 하더라도 상 한두 개 정도는 줄 수 있는데, 그러면 티노가 납득하지 못하겠지. 나는 잠시 티노의 얼굴을 보면서 생각에 잠기고는, 살며시 고개를 끄덕였다.

몸속이 타오르고 있다. 엄청난 열기가 심장을 출발해서 온몸을 누비며 팔다리에 폭발적인 힘을 전해준다.

《절영》이란 먼 옛날에, 한 도적이 만들어낸 전투 기술의 이름이다. 너무 약해서 팬텀을 상대할 때는 보조(서포트) 역할이나 간신히 하는 수준의 공격력밖에 없었던 도적이 손에 넣은 고육지책이다.

극심한 육체 단련. 정신 통일과 특수한 호흡법을 복합해서, 그것을 익힌 도적에게 마치 생명을 불사르는 것 같은 『속도』를 부여한다. 속도란 힘이다, 그 본질은 회피 능력 향상에 그치지 않는다. 소리조차 앞질러버리는 가속과 뛰어난 균형 감각에서 나오는 주먹은 팬텀이나 마물을 간단히 부숴버린다.

그 모습은 검은 폭풍 같았다. 넓은 클랜 하우스의 지하 훈련장 공간 안에, 날씬한 팔다리가 공기를 때리는 묵직한 소리와 딱딱한 것이 금속을 때리는 소리만 끝도 없이 울려 퍼지고 있다.

한 사람은 《절영》이다. 몸의 움직임을 방해하지 않는 의상에 다리 절반을 덮은 투박한 백은색 신발.

상대는 관절 부분만 움직이게 만든, 검은색 금속 인형 한 대였다.

불타는 것 같은 열기를 몸에 두르고, 리즈가 말없이 연속 공격을 날린다. 다리를 후려서 넘어트리고, 짓밟는다. 손바닥으로 몸을 띄워버리고, 땅바닥에 처박는다. 마찰 때문에 바닥에서 연기가 피어올랐지만, 그 움직임은 멈추지 않는다.

숨도 못 쉴 것만 같은 연속 공격은, 상대가 생물이었다면 이미 오래전에 숨통을 끊어버렸을 것이다.

금속 인형은 말 그대로 평범한 인형이었다. 골렘처럼 조작하거나 스스로 생각하는 힘을 가진 것도 아닌, 그냥 금속 덩어리다. 겉만 번지르르 한 게 아니라 안쪽까지 금속을 꽉 채웠고, 표면에 특수한 합금으로 코팅을 했기 때문에 상당히 무겁고 튼튼했다.

코팅 덕분에 마법에도 물리 공격에도 상당히 높은 내성을 지닌 그것은, 예전에 『아카샤』라고 불렀던 골렘을 모방한 것이었다. 아카샤처럼 움직이기 위한 장치들은 없지만, 최소한 내구성 면에서는 아카샤와 동등한 수준이다.

한 방 한 방에 살기가 담겨 있었다. 인형이 그 주먹을, 발차기를 맞고서 몇 번이나 바닥에, 벽에 처박혔다.

전장에서 조금 떨어진 곳에서, 시트리가 한 손에 공책을 들고서 언니의 미친 짓을 관찰하고 있었다.

"언니, 무리라니까! 그만 포기하자? 그거 내구성은 언니 공격에 견딜 수 있게 조정해놨단 말이야."

"시끄러워, 시트! 훈련 중, 이니까, 닥치고 있어! 다음 준비나 해!"

"정말이지! 나도 바쁘단 말이야!"

볼이 퉁퉁 부어서 말했지만, 리즈는 시트리 쪽을 쳐다보지도 않았다.

『아카샤』의 설계 사상은 단순했다. 《비탄의 망령》을 뛰어넘는다. 단지 그것뿐.

방대한 데이터를 바탕으로 마술 결사 『아카샤의 탑』이 가진 기술력과 자금력, 연줄을 최대한 활용해서 오랜 연구를 거친 끝에 만들어낸 그 거대한 골렘은, 더 이상 골렘이라고 할 수 없는 영역의 존재였다.

처음에는 단순한 호기심이었다. 그러다가 어느샌가, 시트리는 그 연구에 푹 빠져 있었다.

한 가지에 극단적으로 특화된 멤버들이 모여 있는 《비탄의 망령》에 필적하는 것은 쉬운 일이 아니다.

훌륭한 나날이었다. 시행착오를 하면서 연구를 진행하던 시절을 생각하면, 시트리는 지금도 그 시절에 느꼈던 가슴 두근거리는 기분을 떠올릴 수 있었다.

지름길은 없었다. 아카샤를 구성하는 것은 계속 거듭된 검증과 개선의 결과다. 망집이라고 불러야 할 집념의 결과물로서 완성된 『아카샤』는, 최첨단 골렘 기술을 크게 웃돌고 있었다.

그 목적 덕분에 『아카샤』는 《비탄의 망령》에 필적하는 성능을 지녔다.

루크의 참격을 막아낼 수 있는 방패, 엄청난 힘과 체력을 지닌 안셈에 필적하는 전투 지속 능력과 사람이 조작하는 것을 통해서 실현한 고도의 정보 판단 능력. 원거리 공격과 특별히 제작한 검.

그중에서도 특히 힘을 쏟은 것은 몸통의 개발이었다. 아카샤를 《비탄의 망령》의 『적』으로 만들기 위해서는, 회피가 거의 불가능한 공격 범위를 자랑하는 루시아의 마법과 속도 때문에 방패를 가져다 대기도 곤란한 리즈의 일격을 견딜 수 있는 금속이 필수였다.

시트리는 거기에 제일 많은 비용을 들였다. 스승과 그리고 그 위쪽에서 안 좋은 말이 내려오기도 했지만 타협하지 않았다.

언니인 리즈의 재능은 진짜다. 습득하는 데 몇 년이나 걸린다는 설명을 들었던 기술을 사용하게 됐고, 지금은 그 이름을 사용하는 것마저 허락받았다.

그 일격은 주저나 공포와는 전혀 인연이 없는 것이고, 그렇기에 그 육체 성능 이상의 위력을 발휘하고 있다.

하지만, 아무리 그대로 리즈는 인간이다. 그 주먹은 금속 덩어리를 때릴 수 있는 데 적합하지 않았다.

훈련하는 사이에, 꽉 쥐고 있는 두 주먹이 피로 물들었다. 아마 뼈도 몇 개쯤 부러졌겠지.

하지만 바람이 휘몰아칠 때마다 피가 뚝뚝 떨어져도, 그 기세나 파고드는 힘은 전혀 약해지지 않았다. 분명히 아플 텐데, 그 이글이글 타오르는 눈에서는 약해졌다는 분위기가 전혀 느껴지지 않았다.

전사로서, 헌터로서, 언니가 일류인 건 틀림없다. 나이를 생각해보면 전성기도 아직 한참 남았다. 사실 리즈의 운동 능력은 몸통의 금속을 개발했던 당시와 비교해서 크게 향상됐다. 하지만── 겨우 그 정도 이유로, 연 단위의 시간을 들여서 개발한 아카샤의 몸통을 돌파할 수는 없다.

당연한 일이지만 성장도 고려했다. 시트리는 당분간 이 언니에게 우위를 양보할 생각이 없었다.

"딱딱해! 성질도 못됐어! 젠장! 이 장갑, 뚫어버리겠어! 비전의 필살기도, 없었으니까!"

"……『도적』한테, 그렇게 강력한 기술이 있을 리가 없잖아."

애당초 이 골렘을 상대로 달랑 혼자서, 맨손으로 싸워서 이기려고 하는 것 자체가 잘못된 일이다.

곤란하다는 것처럼 양쪽 눈썹을 축 늘어트리며, 시트리는 슥슥 메모를 적어 나갔다.

연금술사의 강점은 개선이다. 리즈의 특훈은 시트리에게도 중요한 데이터를 얻을 기회가 된다.

《비탄의 망령》은 서로가 절차탁마하며 성장해왔다. 아카샤의 장갑이 깨졌을 때를 대비하여 다음 안도 생각해내야 하니까, 시트리도 언제까지나 여유를 부릴 수는 없다.

그때, 약해질 기미가 전혀 없던 리즈의 움직임이 갑자기 멈췄다.

농락당하던 인형이, 갑자기 툭하고 바닥에 쓰러졌다.

거칠게 숨을 쉬면서, 리즈가 시트리를 봤다.

눈에는 핏발이 서고, 얼굴 전체가 불이라도 난 것처럼 시뻘겋고, 땀도 엄청나게 흘리고 있지만, 리즈의 다리는 아직도 힘차게 버티고 있었다.

"시트, 망가졌다. 다음 거!"

"…………."

깊은 한숨을 쉬고, 쓰러진 인형 쪽으로 갔다.

인형에 눈에 띄는 상처는 없었다. 자랑스러운 합금 외장이 리즈의 피로 더러워져 있었지만, 흠집은 거의 없다. 하지만 자세히 관찰해보니까 오른팔 관절 부분―― 팔꿈치 부분에 균열이 발생한 게 보였다. 관절 부분은 가동해야 하는 탓에 아무래도 주위보다 약해질 수밖에 없다. 진짜 아카샤에서는 가동에 방해되지 않는 수준에서 보호 장갑을 여러 겹 둘러서 대처했었지만, 아무래도 이런 장난감한테까지 그렇게 해줄 수는 없었으니까.

"좀 더 어떻게 안 돼?"

"투덜대지 좀 마! 같은 금속을 준비하는 것만 해도 엄청나게 힘들었으니까."

아카샤의 탑의 골렘 연구는 이미 완료된 지 오래다. 재료도 거의 남아 있지 않고. 솔직히 골렘 하나에 그만큼 공을 들일 수 있었던 것은 아카샤의 탑이 보유한 자원이 있었기 때문이다.

가방에서 금속 수복용 포션을 꺼내서 금이 간 곳에 꼼꼼하게 흘려 넣었다. 연기가 살짝 나고, 조금 전까지 있었던 금이, 약간 일그러지기는 했지만 어쨌거나 사라졌다. 강도는 조금 떨어지겠지만 어쩔 수 없다.

게다가 관절이 나가도 어차피 인형이라서 훈련에 문제가 없을 텐데……?

그런 시트리의 속을 아는지 모르는지, 리즈가 소리쳤다.

"이래서는 훈련이 안 된단 말이야. 저기, 그 짜증나는 커다란 놈 가지고 와! 지금 당장!"

"그건 어쩔 수 없단 말이야…… 유물 조사원 사람들은 하나같이 고지식해서——."

시트리로서도 상당히 아쉬웠다. 최고 걸작이었는데. 다 함께 절차탁마한 증거. 성능이 좋은 데다 추억까지 있다. 사실 『아카샤의 탑』에서 조용히 빠져나오게 되더라도 가지고 나올 예정이었다. 하지만 결과가 이렇게 돼버린 이상, 쓸 수 있는 방법은 한정돼 있다. 실력도 없는 연금술사가 그 걸작을 건드린다고 생각하면 도저히 참을 수가 없지만, 국가 소속 조직에 영향을 미치기에는 《최저 최악(딥 블랙)》이라는 이름이 큰 걸림돌이었다.

"크라이 씨도 손을 쓰지 못했으니까, 어쩔 수 없다고."

시트리가 한숨을 쉬면서 말하자, 리즈의 화도 딱 멈췄다.

"……뭐, 잡소리는 그만하고, 하나 더 만들려면 얼마나 필요해? 어느 정도라면 내가 내줄 수도 있는데?"

감정 기복이 심한 건 이 언니의 특징이다. 제멋대로에다 화를 잘 내지만, 그렇다고 리즈가 바보인 건 아니다.

땀에 젖은 앞머리를 귀찮은 듯이 쓸어 올리고 뜨거운 한숨을 쉬었다.

"이대로 있으면, 크라이가 내가 상대하기 힘들어하는 놈이 생겼다고 생각할 거 아냐? 무슨 말인지 알겠어? 이건, 자존심, 문제라고! 그냥 넘어갈 수 없는 문제야!"

"……설계도는 머릿속에 들어 있지만, 지금 좀 현금이 없어서—— 다른 일 때문에 포션을 원가로 제공하고 있어서, 시간이 좀 걸릴지도 몰라……."

시트리는 상인이 아니다. 총자산 대부분을 귀중한 기재나 자재로 보유하고 있다. 포션 재고도 있지만, 한 번에 잔뜩 팔아버릴 수 있는 물건이 아니다. 처분하려면 시간이 걸리겠지.

시트리도 아카샤를 재현하고 싶었다. 노토와 제자들이 없는 이상, 시트리가 연구를 다시 시작하지 않으면 그 골렘은 더 이상 발전하지 못하게 돼버린다. 그것을 만들어낸 사람으로서도 상당히 아쉬운 일이다.

하지만 동시에, 시트리는 한계도 느끼고 있었다. 스승에게는 보안을 위해서라고 주장했지만, 아카샤를 만든 이유는《비탄의 망령》의 훈련을 위해서였다. 그리고, 그것은 결국 달성하지 못했다.

아카샤는 현대 골렘 기술의 산물치고는 상당히 훌륭한 것이지만, 지금 파티의 실력과 비교하면 그냥 장난감에 불과했다. 공격력이 낮은 언니 정도라면 한참 버틸 수는 있겠지만, 그래도 결국 언니를 완전히 쓰러트리지 못했고, 공격 담당(어태커) 루크나 루시아라면 어느 정도 성장을 고려해서 만든 장갑을 관통해버릴 가능성이 있다.

아카샤에게는 치명적인 약점이 있다. 생물이 아닌 탓에 인간이나 마물처럼 마나 머티리얼을 흡수해서 성장할 수가 없다. 그것은 뛰어난 지식과 기술을 집결하고 계속 개선해야만 최강이 될 수 있다.

개인으로는 한계가 있다. 시트리의 본업은 연구자가 아니라 트레저 헌터다.

역시 생체 소재로 만들어야겠지. 키르키르 군은 최고 걸작이지만, 지금의 시트리라면 보다 강력한 마법 생물을 만들어낼 수 있을 것이다. 파죽지세인 《비탄의 망령》을 연금술사가 따라가려면 항상 높은 경지를 목표로 삼아야만 한다. 자신으로 인해 파티에 피해를 주는 건 정말 싫으니까.

그 생각은 저절로 외국에서 온 괜찮아 보였던 소재 쪽으로 흘러갔고, 거기서 시트리는 아까 《발자국》의 헌터들이 했던 이야기를 떠올렸다.

"그러고 보니까, 아놀드 씨가 크라이 씨를 습격했다는 것 같아. 티가 앞을 가로막고 상대했다던데."

"뭐…… 그게 무슨 소리야? 크라이 너무 한다~ 티 실력으로는 아직 못 이길 텐데?"

리즈가 눈이 휘둥그레져서, 그러면서도 약간 신이 난 것 같은 목소리로 말했다.

그 남자는 헌터로서 상당한 기본 실력을 지니고 있다. 헌터라면 누구나 한눈에 간파하겠지만, 평범한 촌놈은 아니다. 하지만 그것과 별개로, 리즈가 기뻐한 것은 자기가 단련시킨 티노가 자신이 의도한 대로 그 강적과 맞섰다는 이야기를 들었기 때문이다.

《비탄의 망령》은 항상 강적들을 상대해왔다. 귀여운 동생에게서 자신들과 같아질 수도 있다는 기미가 보인 건 기쁜 일이다.

설령 결과가 패배였다고 해도──패배는 좋다. 절망은 사람을 성장시켜주니까.

"그래서, 어떻게 됐어?"

"결국 실컷 얻어맞았고── 크라이 씨가 중력 마법으로 결판을 냈다나."

"아~ 루시아가 투덜댔던 그『타이런트 오더』인가. 그거 쓸데없는 것들이 너무 많이 들어가기는 했지만, 쓸데없이 대단하니까."

바로 의도를 눈치챈 리즈가 감탄했다는 것처럼 말했다.

루시아 로제는 노력파다. 보구 충전을 떠맡는 건 물론이고,『리얼라이즈 아우터』가 손에 들어온 뒤로는, 크라이의 말도 안 되는 요구에 번번이 응하기 위해서 온갖 마술들을 익혀왔다. 잘 알려진 마법부터 거의 도움이 안 돼서 사라져버린 술식까지, 망라한 술법의 숫자는 전문 연구가를 능가한다.

하다 하다 오리지널 스펠까지 가면, 상대는 자기가 무슨 마법을 맞았는지 알아차리지도 못할 것이다.『리얼라이즈 아우터』를 이용한 술식 해방은 영창도 필요 없으니까 더더욱 그럴 테고.

더 이상 훈련을 계속할 분위기가 아니었다.

옆에 서 있던 키르키르 군에게 지시를 내려 골렘 인형을 치우게 하면서 말했다.

"어쩔 거야, 언니? 아놀드 씨 일행, 뭉개버리는 게 좋을까?"

《호뢰파섬》의 실력은 진짜배기다. 파티 멤버가 전부 모이면 상대도 안 되겠지만, 지금 단계에서는, 아주 낮지만 불확정요소가 될 수도 있다. 시트리 스마트는 신중한 성격이다.

하지만 동생의 말에, 언니 쪽은 길게 생각하지도 않고 대답했다.

"음~ 굳이 그럴 필요 있겠어? 크라이가 시키면 당장 가서 박살을 내겠지만, 티가 진 상대잖아? 보복하기도 전에 죽여버리면 티한테 도움이 안 되거든."

"뭐야, 언니. 티가 좀 잘했다고, 스승 행세하는 거야?"

티노가 싸우지 않고 물러났다면, 언니는 바로 아놀드를 죽여버리고 티노를 호되게 꾸짖었을 것이다.

질렸다는 것 같은 시트리의 목소리에, 리즈가 씩 웃었다.

"점수 획득! 다음에 칭찬받아야지."

"……열심히 한 건 티잖아! 반대로, 티를 칭찬해줘야지……."

"티 공적은 내 공적이니까! 불만이 있으면 티를 내 제자로 맡긴 크라이한테 하든지?"

야유하는 것 같은 느낌이 담긴 언니의 말에, 시트리가 발끈해서 응전했다.

크라이의 『타이런트 오더』는 딱 한 번만 쓸 수 있는 비장의 카드다. 다음 습격 때는 쓸 수 없다.

그건 알고 있지만, 시트리는 딱히 걱정하지 않았다. 리즈도 걱정하는 것 같지 않았다.

원한다면 힘을 빌려준다. 몸도 마음도 바친다. 고민이 있다면 들어주고, 돈이 필요하다면 얼마든지 준비한다. 하지만, 필요로 하지 않는데도 나서는 건—— 이기적인 짓이다.

이건 『신뢰』다. 분명히 아놀드는 강하고, 크라이는 그렇게 능력치가 높지 않다.

하지만 그런 것과 상관없이, 크라이 안드리히는 패배하지 않는다.

소꿉친구인 시트리는 그 사실을 잘 알고 있다.

이곳은 제도 제블디아. 크라이 안드리히의 앞마당이다.

《호뢰파섬》은 앞으로, 《천변만화》의 진수를 뼈저리게 느낄 것
이다.

제3장　　　결속과 마경

대체 어쩌다가 일이 이렇게 된 걸까.

나는 눈을 반짝거리면서 웃고 있는 사복을 입은 거크 씨의 조카에게 애매하게 웃어 보이면서, 생각했다.

클랜 하우스에서 가까운 곳에 있는 찻집은, 평일 낮인데도 불구하고 사람들이 그럭저럭 있었다.

평소에는 남의 주목을 받는 일이 거의 없었는데, 오늘따라 유난히 시선이 느껴진다. 클로에 때문이다.

조카 양은 탐협의 명물이 될 만큼 밝은 성격의 미인이다. 내 주위에 미남미녀들이 많은데, 그 안에 끼어도 위화감이 없을 정도다. 그런 사람이 나 같은 남자랑 같이 있으면 주목을 받을 만도 하겠지.

하지만 클로에는 그런 시선은 전혀 신경 쓰지 않는 것 같았다. 긴장한 건지 얼굴이 약간 상기돼 있지만, 그렇다고 질려버렸다는 분위기는 아닌 것 같다.

"바쁘실 텐데, 갑자기 죄송해요."

클로에 벨터가 클랜 하우스로 찾아온 건, 마침 내가 열심히 보구에 광을 내고 있던 때였다. 아무래도 예전에 인사말로 했던 이야기를 진지하게 받아들이고서 비번인 날에 놀러 온 것 같다.

내 자랑은 아니지만, 엄청나게 잘 휩쓸리는 인간이다. 한눈에 봐도 알 수 있는 귀찮은 일은 피하지만, 다른 일들은 은근히 간단하게 받아들인다. 게다가 거크 씨 조카가 관련된 일이라면, 나중 일을 생각해서라도 받아들이는 수밖에 없다. 거크 씨 본인이었다면 거절했겠지만.

약간 경계했지만, 클로에는 정말로 이야기만 하러 온 것 같았다.

아무래도 클로에는 생긴 것과 다르게 우리 《비탄의 망령(스트레인지 그리프)》의 팬인 것 같다. 헌터 중에는 아이돌 같은 위치에 있는 파티들도 많지만, 걸핏하면 귀찮은 일을 벌이는 우리 파티의 팬은 보기 힘들다.

개인의 팬(나한테는 없지만)이라면 또 모를까, 파티의 팬이라는 사람을 만난 건 또 처음이다.

"예? 어디가 좋냐고요? 그야 물론………… 정말 강하다는 점, 이죠."

"아, 응. 그렇구나, 고마워."

역시 거크 씨 조카야, 뇌가 근육으로 돼 있구나. 이상한 부분에서 감탄하면서 맞장구를 쳤다.

클로에는 붙임성이 좋은 사람이었다. 주위를 밝게 만들어주는 것 같은 분위기도 지닌 게, 인기가 많은 이유를 쉽게 알 수 있다. 내가 그다지 말을 잘하는 편은 아닌데, 자꾸만 쓸데없는 소리가 튀어나올 것 같다. 꼭 탐협을 나와서 우리 클랜 접수 카운터로 와줬으면 하지만, 거크 씨가 알면 날 가만두지 않겠지.

평온한 기분으로 이야기를 나누는 사이에, 아놀드 이야기로 흘러갔다.

"그러고 보니까, 그 《호뢰파섬》을 무사히 격퇴하셨다면서요."

"아~ 그거 말이지."

지금 내가 안고 있는 것 중에서 제일 귀찮은 일이다. 나는 깊은 한숨을 쉬었다.

"그게~ 정말 곤란하다니까. 그쪽한테 말할 일은 아니겠지만, 아놀드 건은 거크 씨한테도 한마디 해달라고 부탁했었잖아? 그랬는데 말이야, 어째선지 엄청나게 화가 나 있어서 깜짝 놀랐다니까."

"……예? 당연히, 화가 날 것 같은, 데요…… 깜박했다느니, 뇌룡 고기를 납품해달라느니, 그런 소리를 하는 건…… 도발이잖아요?"

클로에가 눈이 휘둥그레져서, 손바닥을 입에 댔다.

처음 듣는 얘기인데. 뇌룡 고기를 납품하라니…… 에바가 날 신경 써서 의뢰한 걸까. 뇌룡을 죽여서 드래곤 슬레이어 칭호를 받은 헌터한테 뇌룡 고기 납품 의뢰라니, 너무하잖아.

하지만, 아무리 그래도 한마디 해달라고 부탁한 의미가 없어도 너무 없다. 거크 씨도 말이야, 나랑 몇 년을 알고 지낸 사이인데 그거 하나 똑바로 못 하고.

"죄송해요, 거크 삼촌, 크라이 씨가 마음에 들어서, 자꾸만 그쪽으로 정신이 팔리는 것 같아요."

새디스트려나? 새디스트 맞겠지. 역시 뇌까지 근육인 사람이야, 무슨 생각인지 하나도 모르겠다니까.

대체 어느 세상에 마음에 든 사람한테 그런 괴수 같은 남자랑 싸우게 만들려는 사람이 있냐고.

　나는 조금 더 투덜대고 싶었지만, 그러다가 클로에한테 미움을 사고 싶지는 않으니까 자제하기로 했다. 오히려 여기서 클로에를 만난 건 행운이다. 직접 내 뜻을 전할 수 있으니까. 그래서 진지한 얼굴로 말했다.

　"아무튼 지금 좀 바쁘니까, 조용히 끝내고 싶거든."

　"조용히…… 말인가요?"

　"일단, 잊어버렸다는 말은 취소. 취소할 수 없겠지만, 이젠 기억했으니까. 한동안은 잊어버리지 않을 것 같아…… 아마도."

　"그렇군요…… 한동안은 잊어버리지 않을 것 같다……."

　내가 기억력이, 안 좋으니까.

　자신 없는 내 말에, 비번인 클로에가 주머니에서 메모장을 꺼내서는 꼼꼼하게 메모까지 했다.

　"그리고, 뇌룡 토벌 의뢰 말인데, 그것도 취소해도 돼."

　"예? 취소, 인가요? 위약금이 드는데."

　"아, 상관없어, 상관없다고. 먹어봤더니, 닭고기가 더 맛있더라고."

　"아, 예. 닭고기가 더 맛있으니까 취소, 라…… 저기…… 이거, 도발하는 건가요?"

　"뭐? 왜 그렇게 되는데?"

　전혀 아닌데. 원인을 하나씩 없애고 있는 거잖아.

　"아, 그리고, 미안하다는 말도 전해줘. 뇌룡을 쓰러트린 걸 비하할 생각은 아니었어. 정말로 대단해."

"예, 알겠습니다."

"몇 번이나 말하지만, 우리는 적대할 생각 없어. 바쁘거든."

"바쁘니까 적대할 생각이 없다, 라………… 도발하는 거죠?"

"아니라니까 그러네! 그리고, 중력 걸어서 미안했어, 죽지 않게 힘 조절을 하기는 했지만, 혹시나 다치기라도 했으면 치료비는 우리가 대주겠다고, 그렇게 전해주겠어?"

내 지극히 진지한 말에 클로에는 잠시 엄청나게 난처한 표정을 지었고, 그러고는 딱 잘라서 말했다.

"크라이 씨, 이건 도발이에요."

곤란하네…… 잘 생각해보니까, 그 근육 뇌 아놀드와 나약한 내 감성이 똑같을 리가 없다.

"무엇보다, 일단 불이 붙은 헌터가 그렇게 쉽게 멈출 것 같지도 않거든요…… 크라이 씨가 보기에, 아놀드 씨는 어땠나요……?"

어땠냐니—— 클로에의 질문을 듣고서 지금까지 아놀드와 만났던 때 있었던 일을 떠올렸고, 진지하게 생각해봤다.

난폭하고 화를 잘 낸다? 헌터라면 흔히 있는 일이다. 다른 사람한테 민폐 끼치는 건 생각하지도 않고 강자를 노린다? 그건 루크도 자주 하는, 헌터들의 공통된 특징 같은 거라고 봐야겠지. 나는 팔짱을 끼고 눈을 감고서 주점에서 처음 만났을 때, 리즈를 봤을 때 아놀드가 보였던 반응을 떠올리고, 이런 소리를 했다.

"큰 가슴을 좋아하는 건가."

"……예?"

"아, 아냐, 아무것도…….."

아무리 그래도, 아놀드 씨는 어떠냐고 물어봤을 때 큰 가슴을 좋아할려나, 라는 대답은 좀 아니다. 이상한 소리를 해버렸다. 그냥 작은 가슴을 싫어할 수도 있고, 가슴보다 엉덩이를 좋아할 가능성도 있다.

다행히도 클로에는 그냥 멍하니 있었다. 내 말을 못 들었나 보네.

그나저나, 왠지 일이 귀찮아졌네. 나도 모르게 잠기운이 몰려와서 크게 하품을 했다.

왜 내가 이렇게까지 열심히 아놀드에 대해서 생각해야 하는 거냐고. 이미 끝난 일이다.

문득, 내 얼빠진 얼굴을 빤히 보고 있던 클로에가 갑자기 웃기 시작했다.

"풉…… 쿡쿡…….."

"아, 미안해. 갑자기 졸려서."

"아, 아뇨, 죄송해요. 거크 삼촌 말이 맞았구나 싶어서……."

정말이지, 거크 씨는 클로에한테 대체 무슨 소리를 한 걸까…… 물어보고 싶기도 하고 아닌 것 같기도 한 미묘한 기분이지만, 나에 대한 반응을 생각해보면 나쁜 일은 아니겠지.

애매한 웃음으로 대충 넘겼더니, 클로에의 표정이 확 달라졌다.

잠시 주저하는 것처럼 눈앞에 있는 찻잔 내용물을 보고 있더니, 마음을 정한 것처럼 날 쳐다봤다.

까만 눈동자가 마치 내 본질을 꿰뚫어 보려는 것처럼 날 똑바로 바라본다.

"저기…… 그러고 보니까, 제가, 계속 물어보고 싶었던 게, 하나 있는데요…….”

“응…… 뭔데? 그렇게 정색을 다 하고.”

“……크라이 씨는, 제가 《시작의 발자국(퍼스트 스텝)》에 들어가기 위해서 시험을 봤던 걸 기억하고 계신가요?”

나도 모르게 눈이 휘둥그레져서, 클로에를 쳐다봤다.

기억하고 있냐고 묻는다면, 기억 못 한다. 아니, 일부러 안 한 게 아니라 정말로 모른다.

하지만 《시작의 발자국》에 입단 시험이 있었던 건 아주 짧은 기간—— 설립 당초뿐이었다.

유망한 파티를 받아들여서 설립한 《시작의 발자국》은 큰 화제가 됐고, 옥석이 뒤섞인 다양한 파티들이 입단을 희망했었다. 당시의 나는 조금 진지했기 때문에, 제대로 시험을 봐야겠다고 생각했었다.

아무래도 입단 희망자가 그럭저럭 많았기 때문에 하나하나 세세한 건 생각이 안 나지만, 지금 클로에의 나이를 생각해보면 당시에는 아직 미성년자였겠지. 그렇다면…… 기억이 난다. 입단 희망자 중에 그렇게 젊은 여자애는 거의 없었으니까, 기억 한구석에서 딱 박혀 있었다. 나는 묵직하게 고개를 끄덕였다.

“아, 응, 물론이지. 루크가 시험을 봤었지?”

“!! 마, 맞아요. 그랬어요!”

역시나. 작은 여자애가 입단 시험을 본다고 왔을 때는 놀랐지만, 루크의 어른스럽지 못한 시험에는 더 놀랐었다. 미성년자 여자애를 그렇게 호되게 괴롭히다니 말이야.

그렇구나. 정말 그립다.

눈을 게슴츠레하게 뜨고, 지금까지 완전히 잊고 있었다는 사실은 미뤄둔 채로 향수에 잠겨 있는 나에게, 클로에가 물고 늘어지는 것처럼 말했다.

"그, 그래서 말인데요, 계속 궁금했어요! 가르쳐주세요. 그때의 저는—— 확실히, 루크 씨한테 손도 써보지 못하고 졌어요."

아니…… 루크의 그 시험에서 이긴 사람은 한 사람도 없었거든.

루크는 바보(라기보다는 단순하다고 해야 할까)지만 우직한데, 그러다 보니 엄청나게 강하다. 내가 생각한 적당한 전투 이론을 진지하게 받아들이고 몸에 익힐 정도로 바보다.

감사하는 마음이 사람을 강하게 만드는 거야~.

"그, 그래서, 루크 씨가 말했어요! 너한테는 재능이 있다고!"

클로에의 어딘가 뜨거운 열기가 담긴 목소리에, 가게에 있던 다른 손님들이 무슨 일인가 하고 이쪽을 슬쩍 쳐다봤다.

아, 말했었지. 분명히 말했어. 루크가 바보이기는 하지만, 그 점만 빼면 완벽하다(어쩌면 단순하다는 것도 장점일지도 모른다). 그 말은 의심할 필요가 없고, 나도 얼굴에 드러내지는 않고 깜짝 놀랐었다.

"하지만, 그런데, 크라이 씨는—— 저를, 아슬아슬하게 불합격이라고 판단하셨어요!"

"불합격이라고 판단한 게 불만이라는 건 아니에요. 저는 그것 때문에 헌터를 포기하고, 직원이 됐어요. 탐협 직원으로서 매일매일, 정말 충실하고, 즐거워요. 하지만—— 알고 싶어요!"

"가르쳐주세요! 그 시절부터, 보기 드문 선견지명을 지녔다고 알려져 있던 크라이 씨는…… 제가 뭐가 부족하다고 판단하셨던 건가요?"

쏘아붙이는 것처럼 줄줄 늘어놓는 클로에의 말에는 강한 감정이 담겨 있었다.

부족했던 것? 그런 걸 기억할 리가 있나…… 라고 말하고 싶지만, 기억하고 있다. 지금의 나는 거의 대충대충 살지만, 그나마 그 시절에는 아주 조금 제대로 살았거든.

하지만…… 그래도 나는 어디까지나 나다. 눈을 가늘게 뜨고, 등에는 식은땀을 줄줄 흘리면서 말했다.

"…………클로에…… 지금의 너는, 내가 대답할 필요도 없이, 알고 있을 텐데."

"…………예……?"

클로에가 촉촉한 두 눈을 크게 뜨고, 입술을 부들부들 떨었다.

나는 그 자리에서 일어났고, 계산서를 집어 들고서 웃어 보였다.

"적어도, 지금의 클로에가 입단 시험을 보러 온다면, 난 생각할 필요도 없이 합격시킬 거야."

"?! 그, 말은…………."

"뭐, 하지만, 나도 알아. 이젠 올 리가 없겠지. 지금 생활에서 충실한 기분을 맛보고 있잖아? 지금의 생활을 소중하게 여기는 게 좋아. 너와 만나는 걸 기대하는 헌터들도 잔뜩 있으니까."

"…………예."

클로에는 작은 목소리로 대답하며 고개를 끄덕였다. 아무래도 거크 씨와 적대하지 않고 넘어갈 수 있을 것 같다.

잘됐네, 잘됐어.

"그럼, 난 그만 가볼게. 클로에도 열심히 하고."

"예…… 정말 고맙습니다."

"아놀드 씨랑 관련된 일도, 잘 부탁해. 클로에만 믿으니까."

대답은 없었다. 그래도, 고개를 끄덕인 것 같은 기척은 있었다.

뒤도 돌아보지 않고, 계산을 마치고 가게에서 나왔다. 심장이 무지무지 빠르게 뛰고 있다.

현재 입단 희망자 면담은 내가 맡고 있다 보니, 불합격 이유를 둘러대는 데는 나름대로 익숙했다.

이번에도 어떻게든 넘어갔는데, 클로에가 사실을 알게 되면 뭐라고 생각할까.

클로에가 불합격한 이유는 굳이 말할 필요도 없다.

──당시의 클로에는 아슬아슬하게 성인…… 만 15세가 안 됐기 때문이다.

별로 대단한 이유는 아니고, 딱히 성인만 헌터가 될 수 있다는 조건이 있는 것도 아니지만, 나는 아무리 유망하다고 해도 자기 책임이라는 말을 적용할 수 없는 미성년 솔로를 우리 클랜에 받아들이고 싶지 않았다.

설마, 그런 일 때문에 헌터를 포기하다니──.

미안, 정말 미안해 클로에. 하지만 지금이 행복해 보이니까, 용서해줘.

나는 마음속으로 계속 사과하면서, 클랜 하우스 계단을 뛰어올라 갔다.

클로에는 크라이가 가버린 뒤에도 한참 동안 그 자리에서 그 말의 의미에 대해 생각했다.

계속 궁금했다. 탐협 직원으로서 충실한 나날을 보내면서도 언젠가는 확인하고 싶다고 생각했었다.

하지만——어쩌면, 크라이 안드리히가 남긴 말대로, 클로에는 계속 답을 알고 있었던 건지도 모른다. 말로 명확하게 표현할 수는 없어도, 느낀 것이 있었는지도 모른다.

탐색자 협회 직원으로서 일하는 나날은, 분명히 클로에를 달라지게 했다.

지금의 클로에는 당시보다 아주 조금, 트레저 헌터에 대해 잘 알고 있다.

그 일이 얼마나 위험한지도, 그 일을 하는 사람들의 질려버릴 정도의 용맹함도, 근면함도, 그리고 그 존재가 이 나라에 얼마나 도움이 되는지도. 그 모든 것들을, 클로에는 2년 동안 아주 가까운 곳에서 지켜봤다.

자신에게 재능이 없어서 좌절하고 헌터를 포기한 사람이 있었다. 반대로 재능 때문에 거만하게 굴다가 파티에서 쫓겨난 사람도 있었다. 항상 클로에 앞에 줄을 섰던 헌터가 어느 날 갑자기 안 보이게 되는 일도 있었고, 죽었다고 생각했던 헌터가 불쑥 나타난 적도 있었다.

돌이켜보면 그 당시의 자신은 어설펐다. 사람들이 칭찬해준다고 조금 거만해져 있었다. 현실을 몰랐다.

하지만, 동시에 약간의 의문도 느껴졌다. 그때 클로에는 신참이었다. 신참은 아무것도 모르는 게 당연한 일이다. 과연 겨우 그정도 이유로 그《천변만화》라고 불리는 청년이 불합격 판정을 내렸을까, 라고.

한참 동안 가만히 생각했지만, 답은 나오지 않았다.

크라이 안드리히는 답을 남기지 않았다.

어쩌면, 이것도 그 유명한——『천 개의 시련』일지도 모른다.

자기 힘으로 찾을 수 없는 답에, 남이 가르쳐준 답은 의미가 없다. 정말이지, 그 청년이 할 법한 소리다.

클로에는 심호흡한 뒤에 자리에서 일어났다. 일단, 한 가지 알아낸 게 있다.

용기를 내서 물어보기를 잘했다.

명확한 답은 얻지 못했다. 하지만, 왠지 후련한 기분이다.

달라졌다고, 크라이 안드리히가 말했다. 자신의 성장을 인정해줬다. 진짜 답에 대해서는 앞으로도 계속 생각하면 된다. 언젠가 그것을 진정으로 알게 될 날이 오겠지.

지금의 클로에에게는 해야 할 일이, 탐색자 협회 접수 직원으로서의 책무가 있다. 클랜의 일원으로서 같이 헌팅을 할 수는 없었지만, 다른 방향에서 그들에게 힘이 되어줄 수는 있다.

"감사하는 마음이 사람을 강하게 만든다, 고 했지……."

예전에 루크가 했던 말을 되새겼다.

그 말이 사실이라면, 오늘의 자신은 어제보다 아주 조금 강해졌다는 뜻이겠지.

클로에 벨터는 살짝 기분이 좋아져서, 지금 있어야 할 장소로 돌아갔다.

──그런데 크라이 씨, 그 말은 역시── 도발이에요.

"뭐, 라고……?"

크라이의 말을 전해 들은 아놀드의 변화는 현저했다. 안 그래도 심기가 불편해 보였던 표정이 일그러지고, 이마에는 수많은 혈관이 경련하고 있다. 그 위압감에, 지금까지 온갖 흉악한 얼굴의 헌터들을 처리해온 클로에도 아주 조금이나마 몸이 움츠러들었다. 폭력의 기척에, 떠들썩했던 실내가 조용해졌다.

아놀드는 그 자리에서 날뛰거나 클로에한테 소리를 지르지는 않았다.

하지만, 레벨 7에 상응하는 헌터가 조용히 화를 억누르는 모습은 그저 무서울 뿐이다.

뒤쪽에서 약간 일그러진 표정을 지은 파티의 서브 리더가, 작은 소리로 진언했다.

"아놀드 씨, 생각해보세요, 그 사내는── 보통 놈이 아닙니다."

"그래…… 알고 있다. 날 화나게 하려는 거겠지. 젠장, 웃기지도 않는 도발을──."

단전 깊은 곳에 힘을 주고, 아놀드가 호흡을 했다. 경련하던 혈관이 가라앉았고, 온몸에서 흘러나오던 폭력적인 기운이 가라앉았다. 클로에는 자기도 모르게 눈이 휘둥그레졌다.

　강하다. 힘만 강한 게 아니라, 정신도. 마음속으로는 화가 부글부글 끓으면서도 아무렇지도 않은 척 꾸밀 수 있는 헌터는 많지 않다. 그것은 그야말로, 영웅의 풍격이다. 크라이와는 비교도 안 되는, 그런 압도적인 위용.

　"이봐, 《천변만화》에게 전해줘. 얕보지 마라. 모가지 깨끗이 씻고 기다려라, 라고."

　"예? 뭐라고요? 잠깐만――."

　아놀드 일행은 씩씩대면서 밖으로 나갔다.

　그 말을 그대로 전하면 틀림없이 이렇게 될 거라고 생각했다. 하지만, 크라이 안드리히는 《천변만화》다. 미래를 읽을 수 있다는 말을 들을 정도로 보기 드문 선견지명을 지닌 사람이다. 그 말에 뭔가 의도가 있다고 생각하니, 마음대로 바꿔서 전할 수도 없었다. 뭐가 잘못된 걸까. 어쩌면 도발하는 말이 아니라고 했으면서도, 상대를 화나게 하는 게 목적이었을까. 멀어져가는 뒷모습을 보면서 뭐가 잘못됐는지 생각했다.

　그리고, 한 가지 전하지 않은 말이 있다는 게 생각이 났고, 클로에는 자기도 모르게 자리에서 일어났다.

　"잠깐 기다려주세요 아놀드 씨, 한 가지 깜박하고 안 전한 게 있었어요!"

　"큭…… 뭐지?"

아놀드가 뒤를 돌아봤다. 위압감은 억누르고 있지만, 화를 간신히 참고 있다는 게 얼핏얼핏 보였다.

그리고 크라이의 말을 머릿속에서 되새긴 뒤, 실수를 깨달았다.

어떻게 해야 좋을까, 머릿속이 새하얘졌다. 잘 생각해보면 이 말은 전하라고 하지 않았는데.

"저기…… 그러니까…… 그게, 이 말은 전하라고 했다기보다는…… 크라이 씨가 말했던, 그냥 아놀드 씨의 인상인데——."

불러 세우지 말아야 했다. 깜박했던 말은, 생각할 필요도 없이 불에 기름을 퍼붓는 말이다.

지금에 와서 다시 생각해봐도, 자기가 잘못 들었다는 생각만 들 뿐이다.

"죄, 죄송해요. 아무것도 아니에요."

사과했지만, 이미 아놀드의 관심을 끌어버리고 말았다.

클로에를 쏘아 죽이려는 것 같은 눈이 쳐다보고 있다. 포식자가 눈앞에 있는 것 같은, 본능적인 두려움에 몸이 떨린다.

"《천변만화》의, 나에 대한 인상, 이라고? 말해."

"…………."

"말하라고, 하시잖아."

"조금, 그러니까—— 뭐라고 할까, 저기, 역전의 헌터를 표현하는 데 적절하지 않은 말이라서——."

"이렇게까지, 바보 취급해놓고, 이제 와서 무슨 소리냐!"

일말의 희망을 걸고서 열심히 말을 골랐지만, 아놀드는 자기 뜻을 전혀 굽히지 않았다.

방법이 없다. 거짓말을 할 수도 없다. 클로에는 각오하고, 천천히 말했다.

"크…… 큰 가슴을 좋아한다, 고."

순간, 아놀드의 얼굴에서 분노가 사라지고, 이상하다는 표정이 되었다.

"……? 내가 잘못 들었나? 다시 한번, 말해라."

왜 내가 이런 꼴이——.

클로에는 수치심 때문에 얼굴이 새빨개져서, 감정이 이끄는 대로 카운터를 두드리면서 큰 소리로 말했다.

"큰 가슴을 좋아할 거 같다고, 했다고요!"

너무 심한 굴욕 때문에 뇌혈관이 터져버릴 것 같았다. 헌터가 된 뒤로, 이렇게까지 바보 취급당한 건 처음이다.

간신히 추태를 부리지 않고 숙소 방으로 돌아와서, 의자에 몸을 기댔다.

너무 화가 나서 토할 것 같은 기분까지 드는 아놀드에게, 에이가 냉정한 목소리로 말했다.

"진정하세요, 진정하시라고요 아놀드 씨. 전부 그놈의 책략입니다!"

"……그래, 나도 안다."

때때로 분노는 실력 이상의 힘을 발휘하게 해주지만, 지금 이 자리에서 거기에 몸을 맡기는 것은 너무나 어리석은 짓이다.

한번의 해후로, 아놀드는 크라이 안드리히가 얼마나 이상한 존재인지 이해했다.

겉보기는 평범한 일반 시민이다. 하지만 그 외모로 펼치는 그 『공격』은 그저 이상하다고 표현하는 수밖에 없다.

레벨 7인 아놀드를, 쓰러트리는 게 아니라 구속하는 마술 따위는 이 세상에 거의 존재하지 않을 텐데. 무엇보다 이상했던 것은, 《천변만화》한테서 『마력』이 거의 느껴지지 않았다는 점이다.

며칠 동안 찬찬히 생각해봤지만, 공격의 원리를 모르겠다. 무엇보다 그 정도 클래스의 대마법을 영창도 없이 사용하는 자체가, 원래는 있을 수 없는 일이다.

《천변만화》는 공격하는 순간, 품 안에서 펜던트를 꺼냈다. 가장 현실적인 것은 그 펜던트가 보구고, 그 보구가 마술 행사를 보조했을 가능성인데, 그렇게까지 생각하면 끝이 없다.

직접 교전해본 지금이라면, 기합으로 골렘을 날려버렸다는 소문이 난 이유도 대충 알 것 같다.

너무나 이상하고, 너무나 압도적이다. 레벨 8로 인정받은 것도 납득할 수 있다.

정면으로 싸우기에는 너무나 위험한 상대다. 그때, 《천변만화》는 위력을 너무 억눌렀다고 말했다.

만약에 원래 효과를 발휘했다면, 파티가 순식간에 괴멸됐을 수도 있다. 파티가 괴멸될 수도 있는 선택지를, 일단은 파티 리더인 아놀드로서는 선택할 수 없다.

이성으로 분노를 가라앉혔다. 있는 힘껏 울분을 억눌렀다. 명확한 도발에 넘어가는 건, 자신이 바보라고 자랑하는 꼴이다. 하지만, 그런 사실을 알고 있어도, 아놀드는 자신의 분노를 억누를 수가 없었다.

처음에 전해준 도발하는 말은 그렇다 치고, 드래곤 슬레이어의 인상이라고 한 말이 큰 가슴을 좋아할 거 같다는 게 대체 무슨 말인가.

"정보를, 모아라. 뭐든지 좋다. 공격의 원리를 파헤친다."

"하지만, 주변 평판은 이미 확인했습니다. 남은 건, 《발자국》 멤버한테 직접 듣는 것밖에——."

《천변만화》의 어딘가 달관한 것 같은 표정이 머릿속에 떠오른다.

그 넓은 길에서 손쓸 도리도 없이 압도당했다. 아놀드 일행이 패배했다는 사실은 이미 널리 알려졌겠지.

그리고, 물론 《천변만화》가 했던 말도 알려졌을 것이다.

"도전하고 싶으면 네 개의 파티를 쓰러트리란, 말이지……."

벌레라도 씹은 표정으로, 아놀드가 말했다. 한 번 졌으니까, 그리고 적잖은 사람들이 그 말을 들은 이상, 그 말을 무시할 수는 없다. 게다가 그대로 곧장 《천변만화》에게 도전해서 만에 하나, 또다시 패배하면 분수도 모르는 놈들이라는 비난을 받을 것이다.

헌터는 체면이 중요하다. 도리에 어긋나는 짓을 하면 앞으로 제도에서 활동하는 데도 영향을 미치겠지.

게다가 제시한 파티들은, 하나같이 처음에 강자들을 조사할 때 이름이 나왔던 파티들이다.

"아놀드 씨, 한번 잘 생각해보세요. 이건…… 기회입니다. 아마도, 그 남자가 도발한 의미는 아놀드 씨를 화나게 하고, 냉정한 생각을 못 하게 하려는 겁니다. 조건은 귀찮지만, 반대로 생각해보면 조건만 달성하면 저희가 유리해집니다."

"…………"

"쟁쟁한 파티들을 쓰러트리면 아놀드 씨의 이름이 널리 알려지게 됩니다. 게다가 《천변만화》의 수법에 대한 정보를 얻게 될지도 모르고요."

에이의 말이 맞다. 사실, 이미 아놀드 일행에게 남아 있는 선택지는 거의 없다.

직접 공격하면 도리에 어긋난다. 물러나면, 이번에는 겁쟁이라는 비난을 면치 못한다.

그 말을 듣고 약간 냉정해졌다. 에이가 내민 물을 단숨에 들이켜고, 잔으로 탁자를 두드렸다.

그때, 아놀드는 거의 평소 상태로 돌아와 있었다.

"……하지만, 목적을, 모르겠다. 놈의 목적은 뭐지?"

"…………"

에이가 눈을 가늘게 뜨고서 생각에 잠겼다. 다른 멤버들도 의견을 말할 기미가 없고.

냉정하게 생각해보면 《천변만화》의 행동은 이해할 수가 없다. 아놀드를 화나게 해서 놈이 얻게 될 이득이 전혀 없는데.

도전을 받아들인 거라면, 철저하게 때려눕혀서 힘 차이를 깨달게 만들면 그만이다. 그때《천변만화》는 아놀드 일행의 움직임을 완전히 제압했었는데. 만약 거기서 그치지 않고 압도적인 힘으로 아놀드 일행을 완전히 전투 불능으로 만들었다면, 아놀드도 바로 다시 도전할 생각은 하지도 못했을 것이다.

하지만, 크라이는 그러지 않았다. 아놀드 일행은 괴롭히면서 새로운 조건을 내걸었다. 거기서 끝나지 않고, 탐색자 협회 접수 아가씨를 통해서 아놀드를 화나게 하는 말을 전하라고 했다.

설마 도발하는 자체가 목적은 아니겠지. 상대는 귀신같은 계산 능력을 지녔다고 널리 알려진 헌터다.

기분이 나쁘다. 아놀드는 전투에 특화된 헌터다. 심리전을 못 하는 건 아니지만 잘하는 것도 아니다.

파티의 브레인 격인 에이가 한참 동안 생각했지만, 역시 아놀드와 마찬가지로 그 의도를 알아차리지는 못했는지, 날카로운 눈빛으로 쳐다보며 아놀드에게 진언했다.

"잠시, 놈에게 손대지 말고, 상황을 지켜보는 게 좋을지도 모르겠군요."

"……어쨌건, 정보 수집은 필요하니까."

뭔가 의도가 있는 건 틀림없다. 하지만, 이대로 가만히 시간이 흘러가기만 기다리는 것도 아놀드의 방식이 아니다. 눈을 감고, 잠시 신음소리를 낸 뒤에, 아놀드는 결단을 내렸다.

"……그놈 손바닥 위에서 놀아나는 건 너무나 화가 나지만──먼저, 《흑금 십자가》부터 가도록 하지."

"그게 타당하겠죠."

뛰어난 안정성으로 널리 알려진 파티의 이름이다. 압도적인 공격력을 자랑하는《안개의 뇌룡(폴링 미스트)》에게는 유리한 상대다.

파티 멤버들이 불안을 삼켜버리는 것처럼 꿀꺽 소리를 냈다. 기분 나쁜 책모 속으로 뛰어드는 건 위험부담이 너무 크지만, 아마도 그 파티를 쓰러트렸을 때 아놀드 일행에게 새로운 길이 열릴 것이다.

《흑금 십자가》는 주점에 있었다.

레벨 6으로 인정받은 파티인《흑금 십자가》는《천변만화》와 달리 영웅의 풍격을 지니고 있었다.

특히 별명을 지닌 리더, 레벨 6의《남격》스벤 앵거는, 잘 단련된 체구와 마나 머티리얼을 지니고 있는 것이, 레벨 7인 아놀드조차도 방심해선 안 될 상대로 보였다.

그런데 아놀드의 말을 듣고, 스벤이 지었던 표정은 전의가 아니라 곤혹이었다.

"……뭐? 크라이가 그랬다고? 그런데 왜 우리가 그 말을 들어야 하는 건데."

"……뭐라고? 네놈들의 클랜 마스터인데?"

"그래, 분명히 클랜 마스터지. 그래서, 그게 어쨌다는 건데! 상대가 팬텀이나 마물이라면 모를까, 사람이랑 싸울 생각은 없어."

스벤은 아주 딱 잘라서 거절했다. 그 파티 멤버들은 어째선지 불쌍한 사람이라도 보는 눈으로 아놀드 일행을 보고 있다.

예상 밖이다. 아놀드는 크라이의 말투를 통해서, 《흑금 십자가》가 하부 조직 같은 위치에 있다고 생각했었다. 하지만 현실은, 상대는 생각하는 척도 하지 않았다.

분명히 클랜이란 상호 보조적인 조직이다. 마스터의 말에 따를 의무가 없다는 것도 납득할 수 있지만, 클랜 마스터와 말이라는 이야기를 듣고서도 전혀 신경도 안 쓰는 모습에서는, 마스터에 대한 경의라는 것을 조금도 찾아볼 수가 없었다.

곤혹스러워하는 아놀드를 보고, 스벤이 상황을 알아차렸는지 깊은 한숨을 쉬었다.

"아~ 그렇게 된 거군. 당신, 크라이한테 속았어. 그 남자는 항상 그런 식이야, 우리도 얼마 전에 아주 험한 꼴을 당했지…… 보라고, 이 마리에타의 안색을……."

"……마력이 늘어난 건, 분명하니까. 하지만, 그 포션은 정말 죽도록 맛이 없었어. 효과는 확실하지만, 전장에서 마셨다간 틀림없이 빈틈이 생길 거야. 루시아는 잘도 투덜대는 걸로 끝낸다니까."

스벤의 말에, 옆에 앉아 있던 여자 마도사(마기)가 깊은 한숨을 쉬었다.

영리해 보이는 미인인데, 그 얼굴에는 짙은 피로가 배어 있었다.

"아무튼, 그런 목적의 싸움에는 관심 없어. 《호뢰파섬》이라는 이름은 알고 있지만, 그쪽도 빨리 크라이한테서 손을 떼는 게 좋을 거야. 제대로 상대하면 할수록 험한 꼴을 당하게 되니까."

"…………."

"아, 그렇지. 기껏 이렇게 우릴 찾으러 왔잖아. 우리 클랜 마스터가 폐를 많이 끼쳤으니까, 내가 잔뜩 살게. 그걸로 좀 봐달라고."

아놀드가 대답하기도 전에, 스벤이 주문을 했다.

에이가 곤혹스러운 것 같은, 일그러진 것 같은, 뭐가 표현할 수 없는 표정을 하고 있다. 아놀드 일행은 《흑금 십자가》한테는 아무런 원망도 없다. 상대가 도전을 받아들였다면 모를까, 거절했으면 어쩔 도리가 없다.

게다가 술까지 산다고 하니, 정말로 할 수 있는 일이 없다.

"…………아놀드 씨, 일단 이야기만 듣고 끝내도록 하죠."

"……그래, 그렇게 하자."

아놀드는 뚱한 얼굴로, 등에 메고 있던 무기를 내려놨다.

"뭐어어어어어어어어어? 어째서, 우리가 약한 인간을 위해서 싸워야 하는 거냐, 입니다!"

"…………."

"어떤 이유로, 긍지 높은 『정령인(노블)』인 우리가 그런 요구를 받아들일 거라고 생각했는지, 흥미가 있다, 입니다! 뭐라고 말 좀 해봐라, 입니다, 이 근육 고릴라!"

대체 어떻게 된 거지?

오싹할 정도의 미모를 지닌 정령인 소녀는, 긴 지팡이로 테이블을 쾅쾅 두드리며, 얼굴까지 새빨개져서 아놀드한테 험한 말을 던져댔다. 그 어딘가 어린애 같은 행동에, 에이와 다른 멤버들도 곤혹스러워했다.

욕을 먹고 있는 아놀드 본인도, 화를 낼 수가 없었다. 단 한 가지 알 수 있는 사실은, 《별의 성뢰(스타 라이트)》도 아놀드의 도전을 받아들일 생각이 없다는 점이다.

《별의 성뢰》파티 리더, 금발의 정령인── 라피스 플루골은 그런 동료의 모습을 보면서 질렸다는 것처럼 이마에 손을 얹었고, 한숨을 쉬었다.

"그렇게 됐다, 《호뢰파섬》. 묘한 오해가 있었던 것 같지만, 우리가 크라이 안드리히의 클랜에 있는 것은 이유가 있어서 그런 것일 뿐, 결코 얌전히 따르는 것은 아니다. 그 사내가 무슨 소리를 했는지는 모르겠지만, 발판 같은 취급을 받을 생각은 없다."

"…………."

지당한 말이다. 원래 인간을 얕보는 『정령인』이 아놀드의 말을 듣고서 얌전히 고개를 끄덕일 리가 없다. 일말의 희망을 가지고 있었지만, 아무래도 상대의 인식은 《흑금 십자가》와 똑같은 것 같다.

크류스는 눈앞에 어질러진 보구를 손에 들고, 있는 힘껏 꽉 쥐면서 소리를 질렀다.

"솔직히, 이 몸은 지금 약한 인간의 도전을 받고, 보구를 충전하느라 바쁘다, 입니다! 긍지를 건, 질 수 없는 싸움이다, 입니다! 라피스!"

"그래, 맞다 크류스. 일단 받아들인 이상, 정령인의 긍지가 있으니 절대로 물러나서는 안 된다."

그렇군…… 이용당하고 있는 건가.

에이 쪽을 봤더니 눈살을 찌푸리고 천천히 고개를 저었다. 싸움을 강요할 수는 없다.

아놀드는 자기 안에서 타오르던 분노의 불길이 조금씩 진화되고 있는 것을 느꼈다.

《시작의 발자국》의 클랜 하우스는 거대한 건물이다. 각오하고, 그 입구 앞에 섰다.

《흑금 십자가》도, 《별의 성뢰》도 글렀고, 나머지 두 파티는 하필이면 제도에 있지도 않았다. 솔직히 이젠 진절머리가 나려고 하지만, 이렇게 된 이상 본거지에 쳐들어가서 《천변만화》한테 직접 이야기를 듣는 수밖에 없다.

동료들의 얼굴에서도 긴장이 약간 사라졌다. 몇 번이나 허탕을 친 탓이다.

"지금까지 경험을 보면, 없을지도 모르겠군요."

"……그래, 그럴지도."

두 파티와 접촉하면서 느낀 크라이의 인물상은, 아놀드가 생각했던 것과 달랐다.

엄청난 카리스마의 소유주인 줄 알았더니 아니었고, 그에 대한 투정까지 들었다.

이것이 아놀드 일행의 의욕을 깎아내기 위한 작전이라면, 정말 멋지게 걸려들었다고 해야겠지.

하지만, 이 정도로 물러날 수는 없다. 다시 기합을 넣고, 주위에 있는 동료들을 봤다.

"기합을 넣어라. 지금부터가 진짜다."

"……예!"

리더의 한마디에, 동료들의 눈에 약간 힘이 돌아왔다.

이번에는 싸울 생각은 없지만, 일단은 적진에 쳐들어가는 것이다. 전의가 없으면 아무것도 할 수 없다.

동료들의 상태를 확인하고, 아놀드는 선두에 서서 클랜 하우스 입구로 들어갔다.

——그 클랜 하우스 로비에는 아비규환의 지옥이 펼쳐져 있었다.

"으아아아아아아아아아아아! 누구 좀! 먹거리가 날뛰고 있어, 시트리 좀 데리고 와!"

"똥이야? 배고프대? 산책?"

"성장이 너무 빨라! 이런 얘기 못 들었다고! 이젠 감당할 수가 없어! 우리는 어떻게 됐어! 목줄은?!"

"젠장, 사슬이 끊어졌다! 빌어먹을, 크라이 자식, 대체 무슨 생각으로 이런 걸 떠맡은 거야!"

"우릴, 끌어들이지 말라고오오오오오오오오!"

넓은 로비 홀 중심에서 날뛰고 있는 것은, 2미터 정도 되는 크기의 이상한 생물이었다.

사자의 머리에 용의 날개, 온몸은 돌이라도 되는 것처럼 회색인 키메라다. 세 개의 꼬리는 칼처럼 예리해서, 벽과 바닥에 종횡무진 흠집을 내고 있다. 으르렁대는 키메라를 헌터 여러 명이 둘러싸고 있지만, 키메라 쪽은 경계하는 기색도 없다.

아놀드는 못 본 걸로 하고, 자연스러운 동작으로 문을 닫았다.

두꺼운 문 너머에서는 아직도 드문드문 비명이 들려왔다.

"…………."

"……아놀드 씨, 저쪽이 바쁜 것 같으니까, 오늘은 일단 《천변만화》에 대한 건 잊어버리고 정보 수집과 태세 정비에 주력하는 게 어떻겠습니까? 큰 경매가 있다는 것 같던데, 돈을 벌 기회이기도 하고, 장비를 버전업 하는 데 딱 좋지 않겠습니까. 여기라면 그 물건도 처분할 수 있을지도 모릅니다."

아무래도, 지금 막 본 광경 때문에 완전히 기세가 죽어버린 것 같다. 에이의 말에 다른 동료들도 찬성했다.

하긴, 지금의 아놀드 일행은 아직 제도에 온 지 얼마 안 됐다. 태세를 완전히 정비했다고 할 수도 없다.

평소 같으면 절대로 방치하지 않겠지만, 기다리는 사이에 다른 두 파티가 돌아올 가능성도 있다.

"…………젠장. 어쩔 수 없지. 지금뿐이다! 지금은, 지금만은, 그냥 놔둬 주마."

한심한 소리만 들은 탓에 의욕이 사라져버렸다. 정신 상태는 전투 능력으로 직결된다.

아놀드는 혀를 한 번 차고, 대체 무슨 짓을 하고 있는 건지 아직도 비명이 계속 들려오고 있는 클랜 하우스에 등을 돌리고는, 파티 멤버들과 함께 숙소로 돌아갔다.

창문에서는 부드러운 햇살이 들어오고 있었다. 하품하면서 잡지 페이지를 넘겼다.

잡지는 근처에서 나눠주던 아르바이트 정보지다. 나는 오랜만에 빚을 갚기 위해서 의욕을 발휘하고 있다. 티노를 보물전에 보내놓고 나만 게으름을 피우는 건, 아무래도 언어도단이다.

내가 할 수 있을 것 같은 일을 찾으면서, 페이지를 한 장 한 장 넘겼다. 나는 마법도 못 쓰고 신체능력도 낮다. 그렇다면 아무나 할 수 있는 일을 찾는 수밖에 없다. 적혀 있는 시급을 보면서, 열 자리 후반의 빚을 갚으려면 몇 시간이나 일해야 하는지 생각하고 있는데, 갑자기 뒤쪽에서 드르륵, 창문을 여는 소리가 들렸다.

바람이 불었고, 고개를 돌릴 틈도 없이 등 뒤에서 뻗어온 팔이 나를 안더니, 귓가에서 힘찬 목소리가 들려왔다.

"안녕 크라이, 좋은 아침이야~! 뭐 보고 있어?"

"좋은 아침~ 벌써 점심때지만. 아르바이트라도 할까 싶어서 말이야."

목소리의 주인은 리즈였다. 솔직히, 귀찮다고 창문으로 들어오는 친구가 또 있으면 곤란하겠지.

잡지를 덮고 대응하려고 했는데, 리즈가 팔에 힘을 주는 바람에 볼과 볼이 맞닿았다.

내 살갗과 접촉한 뜨거운 피부에서 햇살 냄새 같은 좋은 향기가 난다. 나는 리즈가 건드린 아놀드 때문에 그 고생을 했는데, 리즈는 오늘도 힘이 넘치는 것 같다. 다행이네.

"저기, 크라이. 나한테 뭐 할 말 있지 않아?"

"어…… 같이 아르바이트 할까?"

"뭐? 할래, 할래! 하지만 그건 아냐~! 왜, 그거 있잖아? 내 제자 얘기라든지……."

아, 그거 말이지. 아무래도 티노한테 아놀드를 상대하라고 한 건 잘못한 일인 것 같다.

무엇보다 리즈한테도 티노를 훈련시킬 계획이 있었을 텐데, 미안한 짓을 했네.

사과하려고 했는데, 그 전에 리즈가 몸을 떼더니 내 앞쪽으로 이동했다.

마치 커다란 꽃이 활짝 핀 것처럼 웃으면서, 주저하지도 않고 내 무릎 위에 올라탔다.

오늘 리즈는 아주 기분이 좋은 것 같다. ……제자 문제로 불만을 제기하러 온 것 같지는 않네.

그대로 몸을 쭉쭉 들이대면서, 응석 부리는 것 같은 목소리로 말했다.

"어때? 제대로, 크라이 방패가 돼줬지? 응? 내 훈련의 성과지?"

아, 이거…… 칭찬받으러 온 거다. 나는 말없이 리즈의 등으로 손을 뻗어서 꼭 안아줬고, 그 뒷머리 아래로 손가락을 집어넣어서 머리카락을 쓸어주며 칭찬해줬다.

리즈가 볼이 발그레해지고, 정말 기분 좋다는 것처럼 몸을 떨었다. 그런 반응을 보이면 나까지 조금 두근두근해진다니까. 스킨십은 익숙하지만, 나도 남자니까. 하지만 평소에 리즈와 다른 동료들을 위해서 아무것도 해주는 게 없으니까, 해달라고 하면 안아주는 정도는 해주고 싶다. 참 어려운 일이라니까.

"으음…… 최고야! 저기, 크라이. 티는 잘했어?"

"응, 응, 아주 훌륭한 전의였어. 역시 리즈 제자라니까. 백 점 줄게."

"어…… 기쁜데 말이야아, 결국 졌잖아?"

"……패배가 사람을 강하게 만드는 법이야."

그렇게 다른 사람한테 떠넘기기만 해서 지지도 않는 나는 계속 약하다.

내 말을 솔직하게 받아들인 건지, 리즈가 정말 행복하다는 표정을 지었는데,

"그러고 보니까, 티 못 봤어? 칭찬해줄까 했는데……."

"아, 미안해. 보물전에 보구를 찾으러 갔거든……【아레인 원기둥 유적군】에."

"?【아레인 원기둥 유적군】? 레벨 1 보물전이잖아? 그런 데 보구가 있어?"

【아레인 원기둥 유적군】은 제도의 탐색자 협회가 매년 발행하

는 보물전 랭킹에서 항상 밑바닥을 차지하는 레벨 1 보물전이다. 난이도도 낮고 보구도 거의 안 나오기 때문에, 제도 근처에 있으면서도 헌터들이 가는 일이 거의 없다. 생김새도 평원 한복판에 돌로 된 굵은 원기둥이 몇 개 서 있을 뿐이라서, 신인 헌터도 어지간해서는 안 가는, 어떤 의미에서는 이상한 곳이다.

하지만 안전하기도 하고 몇 시간이면 갔다 올 수도 있다. 티노를 납득시키기에 알맞은 곳이었다.

"찾을 확률은 반반이려나. 못 찾는다고 해도, 티노한테 뭐라고 하지 말고."

"흐응…… 알았어~! ……그런데 크라이, 내가 해줄 수 있는 건 없어?"

없어…… 더 이상 주위에 폐를 끼치지 않게, 그냥 가만히 있어 주세요.

아무 말도 하지 않고 리즈를 안은 팔에 힘을 줬더니, 리즈가 요염한 목소리를 내면서 내 목에 얼굴을 묻었다.

예전에, 힘든 수행 때문에 의기소침해 있는 리즈를 안아서 힘을 내게 해주던 일이 생각났다. 거친 일을 되풀이하면서 몸도 마음도 마모되기 쉬운 헌터에게는, 이런 스킨십을 통한 케어가 유효하다고 한다.

조금 빨라졌던 심장 고동이 진정되고, 잠이 오려고 한다. 체온이 높은 리즈는 안고 있으면 잠이 잘 온다.

리즈의 무게를 느끼면서 꾸벅꾸벅 졸고 있는데, 갑자기 문이 벌컥 열렸다.

"마스터어! 마스터어! 지금 돌아왔습니…………다?"

"음…… 아, 다녀왔구나, 티~!"

들어온 티노는, 나와 내 무릎 위에 있는 리즈를 보고, 얼어붙었다.

오른손에 쥐고 있던 까만색 팔찌가 가벼운 소리를 내면서 바닥에 떨어졌다.

리즈가 고개만 돌려서, 제자에게 활짝 웃어 보였다.

"왜…… 제가 열심히 했는데, 언니가……."

"아앙? 네가 열심히 할 수 있었던 건, 내가 열심히 했기 때문이 잖아?! 티, 너 혼자서 강해졌다고 생각하는 거냐?!"

"자, 자, 티노한테는 내가 좀 생각해볼 테니까……."

기분이 팍 죽어버린 티노와 반대로 완전히 흥분해버린 리즈를 데리고 큰길을 걸어갔다.

목적지는 단골 보구 전문점이다. 요즘 시기에는 경매 관련 때문에 바쁘겠지만, 나와 점주 마티스 아저씨는 친구라고 해도 과언이 아닌 관계다. 티노도 있으니까, 틀림없이 환영해주겠지.

"그나저나, 설마 진짜로 보구를 발견할 줄이야……."

걸어가면서 티노가 가지고 온 까만 팔찌를 들어서 햇빛에 비춰 봤다.

티노가 가지고 온 보구는 내가 지금까지 본 적이 없는 물건이었다. 재질은 금속. 무게도 크기도 보통이고, 색은 검정 단색. 원을 따라서 문양이 새겨져 있지만 보석 같은 건 없다. 장식품으로서도 밋밋한 모양인 데다 신비한 느낌을 찾아볼 수도 없는, 모양만 보면 싸구려 팔찌처럼 보인다.

"?! 마스터어, 그러려고 절 파견한 게 아니었나요?"

"찾을지 못 찾을지 반반이라고 했었잖아?"

"?! 그런 말 안 했는데요?!"

"농담이야, 농담. 원래 오늘, 옥션까지 얼마 안 남기도 했으니까 마티스 씨한테 갈 예정이었거든."

마티스 씨는 오래된 보구 전문점 주인인 동시에, 50년 외길을 걸어온 보구 감정의 프로다. 고지식하고 장인 기질이 있지만, 그 실력은 이 제도에서도 세 손가락 안에 들어가겠지. 나도 보구 마니아지만, 마티스 아저씨는 나 같은 것과 격이 다르다.

옥션이 얼마 안 남은 이 시기가 되면, 마티스 씨는 출품되는 보구를 감정하느라 엄청나게 바빠진다. 다양한 보구들이 들어오기 때문에, 매년 그 시기를 노려서 보구 감정 상황을 감상하는 게 관례였다. 그런 의미에서 보면, 이번에 티노가 보구를 가지고 온 건 타이밍이 좋았다.

아쉽게도 이번에는 좋은 보구가 있어도 손을 댈 수 없다. 에바가 하지 말라고 했고, 아무리 나라도 지금 상황에서 빚을 더 늘릴 정도로 정신 나간 짓은 하지 않으니까. 하지만, 난 보기만 해도 만족할 수 있다.

리즈가 호위 역할을 맡아준 덕분에 오늘은 약간 마음이 편했다. 이번에는 꼭 아놀드를 만나지 않도록, 신중하게 시내를 걸어갔다. 골목길을 몇 번이나 구불구불 돌아서 평소보다 빙 돌아가며, 무사히 아무 일도 없이 가게에 도착했다.

제도의 큰길에서 몇 블록 벗어난 곳에 조용히 자리 잡고 있는, 아는 사람은 아는 가게.

실질 강건을 한 몸으로 보여주는 수수한 외관과 이것 또한 자세히 보지 않으면 알아볼 수 없는 작은 간판.

보구 전문점『마기즈 테일』.

내가 거크 씨나 아크, 에바 다음으로 신세를 지고 있는 영감님이 하는 가게다.

보물전에서 발견되는 보구 중에 대다수는 미지의 아이템이다. 바탕이 되는 것이 과거 문명의 물건이다 보니 형태만 보고 예측할 수 있는 경우도 있지만, 설명서가 있는 것도 아니다 보니 성능을 확인하려면 지식과 경험이 필요하다.

트레저 헌터가 발견한 보구를 감정하는 것은 감정사가 하는 일이다.

『마기즈 테일』은 우리가 제도에 와서 처음으로 발견한 보구의 감정을 부탁했던 보구 전문점이다.

제도에 있는 보구 전문점 중에서는 가장 오래된 곳이다. 하지만 그 역사에 비해, 가게 근처에 다른 헌터들은 보이지 않았다. 『마기즈 테일』은 아는 사람은 아는 가게지만, 사람들이 그다지 많이 오지 않는 가게이기도 했다.

낡은 문을 열고 안으로 들어갔더니, 무섭게 생긴 경비원이 우리를 맞이했다.

마치 팬텀과 조우한 헌터처럼 날카로운 눈이 우리를 빤히 노려보았다.

온몸에 걸치고 있는 것이 전부 보구다. 부츠부터 몸통을 지키는 가슴 가리개, 팔 보호대에 허리에 찬 롱소드까지, 전부 보구특유의 빛을 내뿜고 있다. 아마도 이 사람은, 이 제도에서 나 다음으로 많은 보구를 가지고 무장한 사람이다. 벌써 5년 가까이 알고 지내는 사이인데, 그 눈빛은 풀어질 기미가 없다.

처음 왔을 때 그 시선에 완전히 위축됐던 일을 떠올리면서, 그 사람 앞을 지나갔다.

그 간소한 외관과 달리, 가게 안은 일반 가게답게 수많은 보구들이 잘 정돈돼서 진열돼 있다. 통일감을 찾아볼 수 없는 건 보구점 특유의 현상이겠지. 유리 진열장 안에는 장신구 형태의 보구들이 진열돼 있고, 벽에는 무기형 보구들이 무기 장르별로 걸려있다.

보구는 등급이 낮은 물건이라도 가격이 꽤 비싸다. 상품의 총금액은 보석상점과 비교해도 손색이 없겠지.

우리 말고 다른 손님은 없다. 좀 더 큰길과 가까운 곳에 가게를 세우면 돈을 많이 벌 것도 같은데, 이런 변두리에 가게가 있는 건 주인의 기질 때문이겠지.

"여전히 구질구질한 가게네."

"어, 언니……."

보구에 아무런 관심도 없는 리즈가 말하자, 티노가 황급히 달랬다.

보구 수집이 취미인 나한테 이 가게는 박물관인 동시에 장난감

가게 같은 곳이다. 갓 헌터가 됐을 때는, 시간만 나면 상품 앞에 달라붙어서 이름과 기능을 암기했었다.

카운터에는 아무도 없다. 경비원이 있기는 해도, 여전히 조심성이 없는 가게라니까.

리즈가 카운터를 요란하게 쾅쾅 두드렸다. 아마 빨리 끝내고 놀고 싶은 마음 때문이겠지.

"마티스, 있어~? 크라이, 없는 것 같은데, 그만 갈까? 저기, 빨리 가서 하던 거 계속하자?"

"?! 언니! 하얀 까마귀예요, 하얀 까마귀!"

뭔가 전에도 똑같은 말을 했던 것 같은데, 하얀 까마귀란 대체 뭘까…… 까마귀는 까만 건데.

그때, 카운터 안쪽의 문이 드르륵 열렸고, 티노가 재빨리 움직여서 내 뒤로 숨었다.

나타난 사람은 『마기즈 테일』의 주인, 마티스 씨였다. 완전히 새하얗게 물들어버린 머리카락과 주름이 새겨진 얼굴, 그러면서도 날카로운 눈빛과 곧게 선 허리, 정정한 움직임 때문인지 나이를 알아볼 수가 없다.

하지만 그 엄격해 보이는 표정에서 느껴지는 것처럼, 마티스 씨는 삐뚤어진 사람이다.

마티스 씨는 리즈를 보자마자 인상을 썼고, 보란 듯이 혀를 찼다.

"쳇…… 뭐야, 오늘은 아가씨랑 같이 안 왔냐."

"마티스, 오랜만이야!"

"어른한테 그게 무슨 말버릇이냐! 이 멍청한 놈!"

여전히, 리즈한테는 엄격하게 대하는 것 같다. 예전에 이 가게에서 난리를 쳤던 것 때문이겠지.

……참고로, 시트리한테도 비슷하게 대한다.

"흥…… 무슨 일이냐. …………오늘은 바쁘고, 너한테 팔 보구는 안 들어왔어."

짜증 난다는 것처럼 콧방귀를 뀌고, 마티스 씨가 날 노려봤다. 이건 마티스 씨가 날 싫어해서 그러는 게 아니라, 누구에게나 이런 태도다. 이러니까 다들 큰길가에 있는 젊은 여자가 일하는 보구상점으로 가는 거라고. 하지만 그 덕분에 이 가게는 항상 비어 있다.

"영감님, 그러니까 손님이 없는 거라고요."

"…………쓸데없는 소리. 나는 충분히, 잘해나가고 있어. 눈알이 튀어나올 정도로 비싼 보구를 자주 쓸어가는 꼬맹이도 있고 말이야."

그거 내 얘기는 아니겠지? 손님을 꼬맹이라고 부르다니, 여전히 말도 안 되는 사람이라니까.

하지만 실력 하나는 확실하다. 나쁜 사람도 아니고. 단골이라고 잘 챙겨주는 건 없지만 성실하다. 어디서 들여오는지는 모르겠지만, 귀한 보구가 들어오는 일도 많다. 즉, 나로서는 기피할 이유가 없다.

게다가 외상도 된다. 나는 리즈나 다른 친구들과 다르게 제도에 온 뒤로 누구에게 뭔가를 배운 적이 없는데, 어떤 의미에서 보면 이 마티스 아저씨가 스승님이라고 할 수 있을지도 모른다.

"마티스, 오늘은 말이야, 티가 보구를 발견했거든. 마하로 감정해줄 거지? 나, 바쁘거든."

"하겠냐! 순서 기다려, 이쪽은 큰일이 들어와 있다고."

"【아레인 원기둥 유적군】에서 티가 발견했어. 빨리해줄 거지?"

"아레인…… 레벨 1 보물전, 인가. 이, 이런, 아가씨도 있었구나."

마티스 씨의 눈이 내 뒤에 숨어 있던 티노를 발견했고, 눈빛이 살짝 부드러워졌다.

나와 리즈한테는 막 대하는 마티스 씨한테도 약점이 있다. 티노다.

아무래도 손녀분과 나이도 비슷하고 생김새도 닮았다는 것 같은데, 이 완고한 영감님도 역시 사람이라는 뜻이겠지. 항상 성실하고 평등한 영감님도 티노 앞에서는 꼼짝을 못 한다. 그래서 나는 그 사실을 알게 된 뒤로 이 가게에 올 때는 가능한 한 티노를 데리고 온다. 고고한 감정사의 약점은 나이 어린 소녀였다.

"……쳇, 이런…… 어쩔 수 없지. 간단하게만 봐준다?"

이번에도 무사히 티노의 시선에 넘어가서 투덜대면서도 손에 검은 장갑을 꼈고, 신중하게 보구를 집어 들더니 돋보기를 꺼내서 전체에 새겨진 세밀한 문양을 관찰하기 시작했다. 보구 감정에 필요한 것은 경험과 지식이다. 50년 동안, 이 제도에서 보구를 감정해온 그의 지식은 최근 몇 년 사이에 보구 수집가가 된 나보다도 훨씬 많다. 팔찌를 빙글 뒤집어가며 전체적으로 확인하더니, 마티스 씨가 복잡한 표정을 지으며 말했다.

"……【아레인 원기둥 유적군】은 레벨 1 보물전이다. 애당초 보구가 거의 나오지도 않는 곳인데…… 이건 아마도, 『외부 보구』
겠지."

보구는 랜덤하게 출현하는데, 출현 원리가 같은 마나 머티리얼
의 축적인 이상, 보물전의 종류에 따라서 나타나기 쉬운 보구라
는 것이 있다. 고도 물리 문명의 건물을 모방한 보물전이라면 고
도 물리 문명의 보구가 잘 나오고, 마도 무기 문명의 보구를 입수
하려면 마도 무기 문명의 광경을 모방한 보물전을 탐색하는 게
상식이다. 이런 것도 보물전의 인기와 연관된 요소다.

『외부 보구』라는 것은, 보물전과 나타나는 보구 사이에 적합성
이 없는 것을 의미한다. 거의 없는 일은 아니지만, 인기 없는 보
물전의 보구에서 그런 판정을 받으니까 조금 기쁘다. 신기한 보
구일 가능성이 크기 때문이다. 조금 두근두근하는 나한테, 마티
스 씨가 웬일로 뜨거운 열기가 담긴 말투로 얘기했다.

"그 보물전은 나타나는 팬텀의 경향 때문에, 혼 없는 자들이
온 세상에 만연하던 시대의 것이라고 여겨진다. 보구도 자연 생
성되는 마법생물의 조작과 관련된 것들이 많은데, 이건 디자인
만 봐도 달라. 아마도 『고도 마도구 문명』의 물건 같은데── 아
무래도 그 시대는 엄청나게 길었으니까 말이야. 보구 숫자도 방
대하지."

고도 마도구 문명은 수천 년에 걸쳐서 번영했다고 하는, 여러
문명 중에서도 특별히 길게 이어졌던 문명이다.

그 시대는 마력을 에너지로 삼아 마법을 발현하는 『마도구』라
고 불리는 도구가 많이 발전했고, 생활 속 온갖 상황에서 그것들

을 이용했다. 현대 문명에도 마도구는 존재하지만, 그 시대의 마도구는 현대 기술과는 비교도 안 될 수준이었다고 한다. 그리고 그 시대에서 온 보구는 아무튼 종류가 많다.

그나저나 마티스 아저씨도 본 적이 없다고 하면, 상당히 신기한 보구다. 어쩌면 비싸게 팔릴지도 모른다. 만약에 비싸게 팔릴 것 같다고 해도, 그렇게 신기한 보구면 팔지도 않겠지만.

리즈가 따분해 죽겠다는 표정을 숨기지도 않고, 물었다.

"그래서, 잡소리는 그만하고, 효과는?"

"⋯⋯⋯⋯모른다."

모르는 겁니까.

"⋯⋯실력 떨어졌어?"

"이 멍청한 놈! 기동도 해보지 않고 효과를 알면 감정사가 왜 필요하냐!"

한숨을 쉬는 나에게, 마티스 씨가 얼굴을 찌푸리고 소리를 질렀다.

지당하신 말씀이네. 마티스 씨도 처음 본다고 할 정도면, 지금까지 나타난 적이 없는 보구일 가능성도 있으니까.

⋯⋯티노한테는 다음에 아이스크림을 사줘야겠다.

마티스 씨가 상자를 꺼내더니 조심해서 팔찌를 넣어뒀다.

"감정하려면 시간이 걸린다. 다른 일들도 밀려 있으니까. 감정비도 내라. 외상은 안 돼."

"당연하지. 돈은 있으니까, 최대한 서둘러 줘요."

내 돈은 아니지만.

"좋았어, 끝! 크라이, 갈 거지? 가서! 계속!!"

이야기가 끝났다고 판단한 건지, 리즈가 큰 소리로 손뼉을 쳤다.

스킨십이 부족한 건가…… 하지만, 아직은 안 된다. 진짜는 지금부터니까.

나는 난리 치는 리즈를 달래고, 아직도 뒤에 숨어 있는 티노의 어깨를 잡아서 앞으로 내밀었다.

그러고는 정리를 시작하던 마티스 씨한테 단도직입적으로 말했다.

"마티스 아저씨, 그건 그렇고── 옥션에 출품할 보구 감정 의뢰, 들어왔죠? 안에 가서 구경 좀 할게요."

마티스 씨의 얼굴이 얼어붙었고, 리즈의 얼굴이 짜증 난다는 것처럼 일그러졌다.

입장권 데리고 왔으니까 들여보내 달라고요, 예?

옥션은 헌터들에게 아주 큰 기회다.

제도는 원래 트레저 헌터들의 성지다. 유통되는 보구도 많고 그것을 원하는 헌터들의 숫자도 많은데, 옥션 기간에는 국내외에 많은 헌터와 상인들까지 흘러들어 온다.

그 기간에 움직이는 돈은 그야말로 막대한 금액이다. 축제 특유의 분위기 때문인지, 출품된 보구가 원래 가치보다 비싼 가격에 팔리는 일도 흔하다. 헌터들에게 옥션은 한몫 잡을 때이기도 하다.

하지만, 아무리 옥션이라고 해도 어떤 능력이 있는지도 모르는 보구를 사는 사람은 없다.

이 시기에, 제도에 있는 보구 감정사들은 어디나 할 것 없이 모두 손님이 가지고 온 보구를 감정하느라 정신없이 바쁘다.

감정 결과는 감정사가 이름을 걸고 보장하지만, 원래 보구라는 것은 감정이 잘못되는 경우도 상당히 많다. 감정사의 이름도 낙찰하는 이유 중 하나가 되는데, 그런 이유로 무뚝뚝하지만 실력은 있는 영감님한테 감정 의뢰가 잔뜩 몰려오는 것이다.

카운터 안쪽에 있는 문. 그 문을 지나면 마티스 씨가 일하는 방이 있다. 잔뜩 쌓여 있는 나무 상자와 커다란 금속 작업대. 벽에는 감정에 사용하는 기괴한 기구들이 걸려 있는데, 가게 쪽과 비교하면 상당히 정신없다는 느낌이다.

침침한 등불이 비춰주는 좁은 공간에서 뭔가 정취 같은 게 느껴져서 나도 모르게 한숨을 쉬었다. 여기 들어와 보는 게 처음인 것도 아니지만, 소심한 나는 이런 좁고 답답한 공간을 아주 좋아한다.

티노가 쭈뼛쭈뼛 나를 따라서 들어왔고, 리즈가 크게 하품을 하면서 방 안을 둘러봤다.

처음 들어왔을 때는 발 디딜 곳도 없을 정도로 어질러져 있었지만, 언제부터인가 넘어지지 않고 지나갈 수 있을 정도로는 정리가 되어 있었다. 아마도 내가 아니라 티노를 위해서 치웠겠지.

졸졸졸 뒤따라온 내 쪽을 돌아보며, 마티스 아저씨가 콧방귀를 뀌었다.

"티노 데리고 왔잖아요. 티노가 어떻게 되건 상관없다는 거예요?"

"이, 이 망할 놈이, 대체 얼마나 있을 셈이냐!"

감정을 한 것과 안 한 것, 아무튼 다양한 보구들이 굴러다니는 마티스 씨네 공방은 상당히 흥미로운 곳이다.

사실 보물전에서 발견되는 보구 중에 대부분은 실제로 사용하기 힘든 것들이다.

『나이트 하이커(밤하늘의 어둠 날개)』처럼 결함이 있는 정도라면 그나마 다행이다. 장비하면 미각이 마비되는 팔찌라든지, 소리를 구별할 수 없게 돼버리는 귀걸이라든지, 계속 깡충깡충 뛰면서 걸어야 하는 부츠 같은, 영문을 모를 도구들이 엄청나게 많다. 우리 트레저 헌터들은 그런 보구들에게 경의를 담아서 『쓰레기 보구』라고 불러드리고 있다. 그리고 당연히, 그런 보구들은 가게에서 팔리는 일이 거의 없다.

이번에는 목적이 다르지만, 산더미처럼 쌓여 있는 웃기지도 않는 물건들 속에서 아주 조금이나마 쓸모가 있는 보구를 찾는 것도 아주 좋은 심심풀이가 된다(참고로, 굳이 말할 필요도 없지만 쓸 만한 물건이 나오는 일은 거의 없다).

"자, 이게 나한테 들어온 의뢰 목록이다. 후딱 보고 꺼져."

마티스 씨는 티노한테 의자를 권하더니, 나한테는 클립으로 묶어놓은 파일을 대충 내밀었다. 나랑 티노를 대하는 태도가 너무 심하게 차이가 난다. 이 가게는 손님한테 차도 한 잔 안 주는 건가.

하지만 투덜대봤자 소용없는 일이니까, 나는 선 채로 목록을 확인하기 시작했다.

이 제도에는 마티스 씨 말고도 여러 명의 감정사가 있다. 나중에 그쪽도 가봐야겠지.

리즈가 기다리라는 말을 들은 강아지처럼 가만히 서서 날 기다리고 있다. 빨리 보는 게 좋으려나.

"음…… 돈이 없으니까 말이야……."

목록에는 보구의 임시 명칭과 특징들이 적혀 있다. 감정 의뢰자의 이름이 없는 건 개인정보 보호 때문일까. 경매에 나가는 보구는 시세보다 비싸게 팔리는 경우가 많다. 유용한 보구는 돈을 아무리 들여도 구할 수 없는 경우가 많다. 그걸 고려하더라도 경매는 정말 큰 기회인데, 아무래도 이번에는 무리겠지.

목록을 봤더니 두근거리는 마음이 점점 더 커져만 간다. ……엎드려 빌면 용서해주지 않을까?

"아가씨, 잘 지냈어? 헌터 일은 잘돼가고?"

"아, 예. 잘하고 있습니다."

"그거 다행이군. 트레저 헌터는 위험한 일이니까. 오랫동안 헌터들을 상대로 장사를 하다 보면 싫어도 뼈저리게 느끼게 되지. 다른 건 몰라도 자기 몸은 잘 챙기는 게 좋아."

"감정이 하나도 안 끝났잖아요. 아저씨, 실물 없어요?"

특징과 임시 명칭만 가지고는 아무것도 할 수 없다. 개중에는 정체를 예상할 수 있는 물건도 있지만, 내 마음을 자극하는 물건은 없다. 하다못해 실물 사진 정도는 첨부해두라고.

"시끄러워! 거기 상자에 들어 있잖아, 알아서 보든지 해! 알고 있겠지만, 더럽히지 마라!"

스트레스가 많이 쌓이기라도 한 걸까.

나는 마음이 넓으니까 신경 쓰지 않고, 영감님이 가리킨 상자를 열어서 내용물을 확인했다.

아직 마력(마나)은 충전하지 않은 것 같은데. 제대로 된 상태의 보구를 볼 수 없는 게 아쉬울 따름이다. 바닥에 앉아서는 목록과 대조하면서 하나하나, 아직 감정하지 않은 보구들을 꺼내봤다. 가슴이 두근거리는 시간이다.

가장 많은 것은 대중적인 액세서리 타입인데, 그중에는 가방 형태 등의 기대되는 물건이나 장갑 등의 쉽게 볼 수 없는 형태의 보구도 있다. 돈이 없기는 하지만, 올해 경매도 기대해도 될 것 같다.

"저기, 크라이. 언제 끝나? 몇 개나 있어?"

"리즈도 괜찮아 보이는 게 있나 찾아봐."

리즈가 입술을 삐죽 내밀고, 별 관심도 없다는 태도로 상자 안을 들여다보기 시작했다.

"《절영》 녀석이 괴롭히지는 않고? 크라이가 되지도 않는 일을 시킨다든지? 요즘 어린 것들 파티는, 적당히 봐준다는 걸 모른다니까."

"괘, 괜찮습니다. 잘 대해주고 계세요."

"무슨 일이 있으면 동료들한테 얘기하고. 성격이 파탄 난 놈들도 있지만, 《발자국》은 크니까. 도와줄 상대도 얼마든지 있을 거야. ⋯⋯⋯⋯크라이 저놈도, 뭐, 경우에 따라서는 도움이 되겠지. 어쩌네저쩌네 해도 최근 몇 년 사이에 레벨이 가장 많이 올라간 헌터잖아.”

“아, 예.”

걱정하는 목소리로 티노와 이야기하는 마티스 아저씨.

웬일로. 어지간해서는 외부 사람들한테 냉담하게 대하는 티노가 쩔쩔매고 있다. 그리고 경우에 따라서라는 말이 무슨 뜻일까. 내가 도움이 되는 때라고는, 티노네 언니가 티노를 괴롭힐 때밖에 없는데.

“알고 있어요. 마스터는 훌륭한 분이에요. 빚이 많기는 하지만, 그래도 훌륭한 분이에요. 마스터와 비교하면 저 같은 건…… 먼지만도——.”

“?! 야, 크라이?! 이놈아, 너 아가씨한테 뭘 가르치고 있는 거야!”

바닥에 앉아서 묵묵히 상자를 뒤지고 있던 내 어깨에, 마티스 영감님이 손을 얹었다. 내 힘으로는 어떻게 할 수 없는 피해가 벌어지기 직전, 갑자기 리즈가 집어 든 보구가 눈에 들어왔다.

생김새는 특이한 질감의 가면이다. 밋밋한 표면에, 눈과 입 위치에만 구멍이 뚫려 있는.

“으아. 기분 나빠…… 뭐야 이거. 저기, 크라이. 이거 예전에 크라이가 가지고 있던——.”

“줘봐!”

리즈가 들고 있던 가면을 빼앗았다.

질감은 꼭 생살 같다. 손끝으로 건드려보면 부드럽고 축축하고, 손으로 들어보면 기분 나쁜 무게가 느껴진다. 온도는 차갑지만 마력을 충전하고 기동시키면 인체에 가까운 열기를 지니게 되겠지.

살로 된 가면. 나는 이것과 많이 비슷한 보구를 알고 있다.

들고 있는 손이 떨린다. 생김새는 조금 다르지만, 이런 기분 나쁜 보구가 여러 개 있을 리는 없겠지.

『리버스 페이스(전환하는 인면)』. 정말 편리했지만 동료들의 평판이 엄청나게 나빴고, 결국에는 리즈가 부숴버렸던 보구가 거기에 있었다.

"?? 야, 크라이. 무슨 일이냐?"

마티스 씨가 내가 들고 있는 물건을 보고, 얼굴을 찌푸렸다.

──갖고 싶다. 무지무지 갖고 싶다.

『리버스 페이스』는 사람 얼굴을 자유자재로 바꿀 수 있는, 크기가 마음대로 변하는 살로 된 가면이다. 눈, 코, 입은 물론이고 머리카락까지, 그리고 익숙해지면 체격까지도 자유자재로 바꿀 수 있다. 이것만 있으면, 나도 높은 레벨 헌터를 사냥해서 이름을 떨치려고 하는 헌터나 범죄자들한테서 해방돼서 당당하게 밖을 돌아다닐 수 있다.

지난번에 이 보구와 만났던 건 우연이었다. 망가졌을 때는 두 번 다시 구하지 못할 거라고 생각했다. 만약에 보물전에서 발견하더라도, 이렇게 기분 나쁜 보구를 가지고 오는 사람은 거의 없을 거라고 생각했기 때문에.

"……외국에서 들어온 보구다. 아직 감정은 안 했지만, 제대로 된 물건은 아니야."

마티스 씨가 굳은 표정으로 말했다. 티노가 가면을 보고서 눈이 휘둥그레졌다.

　——갖고 싶다. 무지무지 갖고 싶다. 분명히 제대로 된 물건은 아니다. 얼굴은 물론이고 신체와 지문까지 바꿀 수 있는 보구는, 잘만 다루면 범죄를 저지르는 데도 도움이 된다. 제블디아 법에서도 사용이 금지된 물건이지만, 소지하는 것 자체는 위법이 아니다. 어디까지나 사용하는 현장을 들키지만 않으면 되는 거니까.

　얼마지? 얼마나 필요하지? 지난번에 손에 넣었던 건 《비탄의 망령》이 커다란 도적단을 뭉개버렸을 때 손에 넣은 전리품 속에 섞여 있었다. 구입한 물건이 아니다 보니 가격이 얼마나 할지 예상도 할 수가 없지만, 희소성이나 성능을 생각해보면…… 천만 길은 우습게 넘어가겠지.

　——갖고 싶다. 무지무지 갖고 싶다. 지금 손에 넣지 않으면 평생 구할 수 없다.

　필사적으로 머리를 굴렸다. 얼마지? 얼마나 모으면 되지? 에바한테 엎드려 빌고, 시트리한테도 빌고. 하는 김에 리즈와 티노한테도 엎드려 빌고.

　각오는 돼 있어? 난 돼 있어. 그러니까 결혼해주세요.

　이젠 티노가 발견한 보구의 감정 따위는 머릿속에서 완전히 날아가 버렸다. 내 수집품 중에서 아끼는 보구와 바꿔도 좋다. 이 『리버스 페이스』에는 그만한 가치가 있다.

　고개를 들어서 마티스 씨를 봤다. 평소처럼 엄격한 태도를 유지하고 있는 마티스 씨가 비지땀을 흘리면서 한 걸음 뒤로 물러났다.

그렇다면 지금 해야 할 일은—— 경매에 나가기 전에 교섭하는 것이다.

　"왜, 크라이? 혹시 그거 갖고 싶어?"

　경매에 나가버리면 수많은 헌터 및 귀족들과 가격 경쟁을 해야 한다. 그렇게 돼버리면 손에 넣을지 아닐지가 운에 의해서 판단되는 사태가 벌어지고, 비용도 훨씬 많이 들게 될 가능성이 높다.

　출품되기 전에 교섭해서 팔아달라고 하자. 그다지 좋은 소리를 들을 일은 아니지만, 경매에서는 흔히 있는 일이다.

　나한테는 지위가 있다. 내 힘으로 얻은 건 아니지만 신뢰도 있다. 수단을 가리고 있을 때가 아니다.

　반드시 손에 넣어야 한다. 천천히 심호흡하며 심장 고동을 진정시키고, 마티스 아저씨한테 물었다.

　"이 보구가 꼭 갖고 싶거든요. 감정을 의뢰한 사람과 교섭하고 싶은데, 연락해줄래요?"

　"?! 네, 네 녀석, 제정신이냐? 아직 감정도 안 했는데?!"

　제정신이다. 분명히 생긴 건 기분 나쁜 보구다. 발동하는 순간에도 불쾌한 보구다. 마치 얼굴에 달라붙은 생살이 온몸을 갉아먹는 것 같은 감촉은 직접 겪어본 사람만이 알 수 있겠지.

　하지만 갖고 싶다. 싸면 쌀수록 좋다. 이게 있으면 나도 호위 없이 혼자서 디저트 가게를 돌아다닐 수 있다!

　"⋯⋯⋯⋯쳇, 진심인 것 같군⋯⋯. 이 보구 마니아 놈 같으니. 장사 다 했네. ⋯⋯그래, 알았다, 손님한테 얘기해두마. 아가씨, 아가씨는 절대로 이런 사람이 되면 안 돼."

마티스 아저씨가 심기가 불편하다는 표정으로 혀를 찼다. 여전히 입은 험하지만 사람은 좋은 영감님이다.

보구 가게를 나와서 빠른 걸음으로 클랜 하우스로 걸어가는 나에게, 티노가 조심스러운 목소리로 물었다.

"마스터어…… 저기…… 돈 없다고 하지 않으셨던가요?"

"겨우 만났어…… 그 보구는 절대로 놓치면 안 돼."

분명히, 나는 빚을 잔뜩 졌다. 하지만 이 기회를 놓치면 그 보구는 두 번 다시 내 눈앞에 나타나지 않을 것이다. 범죄를 저지르는 데 아주 적합한 『리버스 페이스』의 소지가 위법이 아닌 것은, 보구의 소지 자체를 위법으로 지정해버리면 헌터가 보물전에서 보구를 가지고 오는 데 지장이 생기기 때문이다.

제블디아는 트레저 헌터들의 힘으로 발전한 나라다. 보물전에서 발견되는 보구는 감정사가 아니라면 능력을 판단하기 힘들다. 목숨을 걸고 구해 온 보구가 위법성이 있어서 체포당하게 되면, 제도에 보구를 가지고 오는 헌터들이 사라져버릴 것이다.

제도는 『전환하는 인면』만이 아니라, 온갖 보구의 소지를 법률로 인정하고 있다. 하지만 반대로 생각해보면 그것은── 소지 자체가 죄가 아닐 뿐이지, 위법성이 큰 보구를 가게에서 파는 것은 NO다.

제정신 박힌 사람이라면, 사용하는 자체가 죄가 되는 보구를 팔려고 들지 않는다. 가게에서 팔지 않는 보구를 손에 넣을 수 있는 수단은 한정된다. 게다가 내가 살아 있는 동안에는 다시 나타나지 않을 가능성도 있는 물건이고.

　이건 천재일우의 기회다. 부모님을 인질로 잡혀서라도 손에 넣어야만 한다.

　"……저기 티노…… 혹시…… 말이야, 저금해둔 돈, 얼마나 있어?"

　"?!"

　"아니, 그냥 참고삼아서. 어디까지나 참고만 하려는 거야. 돈은 시트리한테 빌릴 거니까 괜찮아. 응, 괜찮다고."

　하지만 바로 얼마 전에 빚 얘기를 했었는데. 타이밍이 너무 안 좋아서 속이 욱신욱신 쑤신다.

　"마스터어…… 그, 그렇게까지──."

　티노가 몸을 뒤로 빼고, 깜짝 놀란 표정으로 "그 보구가, 마스터어가 그렇게까지 말할 정도로 대단한 물건인가요? 전에, 가지고 계셨던 기분 나쁜 가면과 조금 비슷한 것 같은데……" 같은 소리를 중얼거리고 있다. 사실은 혼자서 디저트 가게에 가기 위해서 필요하다는 진실을 얘기하면, 티노는 대체 어떤 표정을 지을까.

　괜찮아. 시트리한테 빌리면 되니까. 아무리 편리한 위법 보구라고 해도, 그렇게까지 비싸지는 않을 거야. 시트리는 연금술사(알케미스트)다. 이름 그대로, 금을 만들 수 있거든! 뭘 해서 돈을 벌고 있는지는 모르겠지만, 억 단위의 돈도 간단히 내놓을 수 있는 사람이니까 괜찮아!

　언젠가 크라이 스마트가 될 것 같다는 생각이 들어서, 무지무지 무섭지만.

그때, 옆에서 걷고 있던 리즈가 눈살을 찌푸렸다.

"음~ 시트 말인데, 이번에는 이런저런 일 때문에 돈이 없다고 했으니까, 힘들지도…… 얼마나 필요한데?"

"……정말로?"

시트리의 지갑이 가벼워지는 일도 있는 건가…… 돈이 화수분처럼 솟아나는 줄 알았는데.

하지만 아직 포기할 수는 없다. 그 기분 나쁜 가면에 비싼 가격이 붙을 가능성은 낮으니까.

그런 생각하면서 클랜 하우스로 돌아왔더니, 클랜 하우스 앞에 대형 마차가 서 있었다.

한눈에 봐도 돈이 많이 들어간 것 같은, 검은색으로 광까지 낸 마차다. 마차를 끄는 것은 까만색에 체격도 좋은 말이 두 마리. 마치 위협이라도 하는 것처럼 주위를 둘러보고 있다.

차체에는 세 자루의 검이 교차하는 문장이 새겨져 있는데, 그 문장을 본 티노가 의아하다는 표정을 지었다.

"그라디스 가문……? 그 가문은 헌터를 싫어할 텐데요……."

그라디스 백작. 세상 물정을 모르는 나조차도 알고 있는, 제블디아의 유력한 귀족 중 한 사람이다.

제블디아의 『검』이라고도 불리며, 오랜 세월 동안 제국을 지켜온 가문이다. 소유한 영지는 그다지 넓지 않지만 영지 안에 많은 보물전이 있고, 휘하 기사단을 정기적으로 그곳에 보내서 헌터들에게도 뒤지지 않을 정도로 강력한 병사들을 잔뜩 거느리고 있다

고 한다. 보물전이 많은 제블디아에서 기사단원들은 하나같이 많
건 적건 마나 머티리얼을 흡수한다던데, 그라디스의 기사들은 그
중에서도 격이 다르다는 것 같다.

우리 《비탄의 망령》은 가능한 한 귀족들과 엮이지 않으려고 하
다 보니 자세히는 모르지만, 티노가 말한 대로 헌터를 싫어하는
귀족의 대명사라고도 할 수 있는 가문이다.

예전에 어디선가 열렸던 파티에서 당주를 만난 적이 있는데,
잡아먹으려는 것 같은 눈빛으로 날 노려본 기억이 있다.

또 무슨 귀찮은 일이려나? 괴롭히려고 온 건 아니겠지만, 뭔가
의뢰를 하려면 먼저 탐협을 통하는 것이 순서다. 지금 바쁜 때인
데, 귀찮게 말이야. 엎드려 빌면 돌아가 주려나.

그런 불경한 생각을 하고 있는데, 클랜 하우스의 정문이 열렸다.

"배웅해주셔서 감사합니다, 에크렐 님. 그라디스 경께 잘 전해
주십시오."

"음, 신경 쓸 것 없다. 헌터는 그다지 좋아하지 않지만, 그대는
별개다. 아크, 또 그대의 검을 보게 될 날을 기대하고 있겠다."

"아──."

나타난 사람은 아크와 하얀 드레스를 입은 금발의 여자아이였다.

애타게 기다리던 사람의 모습을 보고 나도 모르게 이름을 부르
려고 했지만, 입을 다물었다. 같이 나타난 여자아이가 한눈에 봐
도 귀족계급이었기 때문이다.

나는 소꿉친구들과 달라서 귀족한테 대들 정도로 걸핏하면 싸
움을 거는 성격은 아니지만, 배운 게 부족하고 성장 환경도 그다

지 좋지 않아서, 귀족들이 있는 자리에서는 가능한 한 입을 다물고 있다. 트러블을 피하려면 그저 얌전히 있는 게 제일이다.

소녀가, 갑자기 소리를 내려다 만 나를 빤히 쳐다봤다. 얼룩 한 점 없는 하얀 피부와 투명해 보이는 파란 눈동자가 장래에 아름답게 자랄 거라고 말해주고 있지만, 그 눈빛은 너무나 오만불손했다.

나이는 열 살이나 됐을까. 우리는 그 나이 때에 헌터가 되겠다는 생각에 푹 빠져 있었는데, 이 나이에 이렇게까지 날카로운 눈빛을 보여주다니, 귀족들의 교육은 정말 엄한 것 같다.

순백색 드레스를 평상복이라도 되는 것처럼 자연스럽게 소화하고 있는 모습에는, 분명히 다른 사람들 위에 서는 자 특유의 위용이 있었다.

장식이 거의 없는 드레스와 허리에 차고 있는 장식이 과도한 짧은 검이 그 소녀의 유래를 보여주고 있다.

톤이 높은 목소리로, 소녀가 명령했다.

"뭐냐, 네놈은? 방해된다, 저리 비켜라."

"마, 마스터어한테 무슨 소── 우읍!"

반사적으로 앞으로 나서서 한마디 하려는 티노를 뒤에서 끌어안고, 오른손으로 입을 막았다.

딱 봐도 귀찮은 일에 뛰어들려고 하다니, 무슨 리즈도 아니고 말이야.

……아니, 리즈면 차라리 괜찮다. 귀족한테만은 대들지 말라고 잘 가르쳐놨으니까.

리즈는 눈살을 찌푸리고 험악한 표정으로 소녀를 보고 있었다. 짜증을 감추지는 않았지만, 입은 다물고서.

끝까지 참으면 나중에 잔뜩 칭찬해줘야지…….

온화한 표정으로 길을 비키려고 하는 나에게, 아크가 상쾌하게 웃으면서 쓸데없는 소리를 했다.

"아, 크라이. 지금 돌아왔어. 그라디스 경의 후의로 마차까지 타고 왔지…… 이쪽은 경의 따님이신 에크렐 님이다."

또 새로운 하렘 멤버인가? 아무리 그래도 이렇게 어린애는 아닌 것 같은데. 설마 아크한테 로리콘 기질이 있는 줄은 몰랐네. 같은 소리가 튀어나오려고 했지만 죽어라 참았다. 안 돼, 아직은 말하면 안 된다고. 당사자께서 앞에 계신데 그런 소리를 했다간 내 목이 날아갈 거야.

나와 아크는 의외로 사이가 좋아서 서로 농담도 주고받는 관계지만, 당사자 되시는 분과는 지금 처음 만난 사이니까 말이야.

그나저나 아크를 부른 건 산드라인 후작—— 헌터한테도 온건파인 사람일 텐데. 왜 하필 그라디스 가문의 따님을 데리고 온 걸까? ……그나마 당주보다는 낫지만.

아크의 말을 들은 에크렐 님의 눈이 휘둥그레졌다. 나를 머리부터 발끝까지 노려보더니,

"…………네놈이, 그《천변만화》인가. 아버님으로부터 이야기는 많이 들었다."

말투와 태도는 거만하지만, 목소리는 어린아이 특유의 새된 목소리다.

아무리 나라고 해도 어린애가 하는 말에 겁을 먹지는 않는다. 그저 옆에 있는 리즈가 신경 쓰일 뿐이지.

에크렐 님이 시원시원한 말투로 계속해서 말했다. 주위를 지키고 있던 기사들의 표정이 굳어져 있다.

"아버님께서 말씀하신 대로, 의외로 약해 보이는 사내군. 네놈이 이 아크 로단을 뛰어넘은 헌터라니, 도저히 믿을 수가 없다."

"…………."

"탐색자 협회도 별 볼 일 없구나. 돈으로 지위를 샀나? 더러운 헌터 같으니, 부끄러운 줄을 알아라."

"…………."

"…………이런 소리를 듣고도, 어째서 아무 말이 없나? 네놈에게는 자존심도 없는 것이냐?"

아가씨가 어째선지 한 걸음 뒤로 물러나더니 기분 나쁜 것이라도 보는 것 같은 표정을 하고서 그렇게 물었다.

나는 멈추고 있던 숨을 다시 쉬고, 최대한 불경하게 들리지 않도록 부드러운 목소리로 말했다.

품 안에 있는 티노가 버둥거렸지만 그건 무시하고.

"제가 배운 게 없고 예의도 모르다 보니, 가능한 말을 조심하려 하고 있습니다."

"! 음………… 그………… 어흠! 으, 음. 조, 좋은 마음가짐이다."

에크렐 님이 한 방 먹었다는 것처럼 좌우를 둘러보고, 살짝 헛기침하고서 그렇게 말했다.

귀족님 심기를 불편하게 해서 좋을 일은 하나도 없다. 나는 권위를 방패로 이익을 탐할 입장도 아니고, 이 소녀가 말한 것처럼 자존심도 없기에 엎드려 비는 걸로 해결할 수 있으면 그렇게 할 뿐이다.

…………엎드려 빌면 돈을 빌려주려나.

"아가씨, 시간이 됐습니다."

클랜 하우스 입구에서 대기하고 있던 품위 있는 초로의 남자가 작은 목소리로 말했다.

위아래 모두 검은색 집사복을 입은 사람이다. 아마도, 아가씨를 감시하는 역할이겠지.

"그, 그래!"

그 말 덕분에 살았다는 듯이, 에크렐 님이 기세 좋게 아크를 쳐다봤다.

"그럼, 아크. 다음에 또 보자. 그라디스령에 찾아올 때는 우리 가문에 연락하도록 해라. 또 검을 가르쳐다오!"

귀족 아가씨께 검을 가르치다니, 아크도 고생이 많구나.

에크렐 아가씨는 마지막으로 날 한 번 매섭게 노려보고는, 수행원들과 함께 마차를 타고 가버렸다. 폭풍 같은 아가씨다. 어른이 되려면 리즈처럼 되려나…… 그건 아니겠지.

겨우 다시 숨을 쉴 수 있게 됐다. 무슨 일인가, 하고 우리를 지켜보고 있던 구경꾼들도 흩어졌다.

아크가 나한테 다가오더니 점잖게 사과했다.

"연락도 없이, 갑자기 마차를 타고 와서 미안해. 자꾸만 타고 가라고 권해서, 도저히 거절할 수가 없었거든."

아크다. 아크다. 카드로 따지면 조커다. 이제 귀찮은 일이 일어나도 전부 해결할 수 있다. 가능하다면 계속 클랜 하우스에 붙어 있었으면 좋겠다.

"마침 잘됐다. 저기 말이야 아크, 돈 좀 빌려줄래?"

"뭐?"

《시작의 발자국》 최강을 자랑하는 사이비 미남 자식이, 얼빠진 얼굴로 날 쳐다봤다.

같이 클랜 하우스로 들어가면서 교섭했다. 아크는 동요한 기색을 전혀 보이지 않고, 활짝 웃으면서 말했다.

"사정은 모르겠지만, 내가 빌려줄 리가 없잖아."

헌터들의 파티에서, 금전 문제는 싸움이 벌어지는 원인 중에서도 가장 큰 것이다. 같은 파티 멤버 사이에서 금전 문제가 발생한 탓에 파티가 해산돼버렸다는 이야기는, 일일이 헤아릴 수도 없을 지경이다. 헌터는 돈을 잘 벌지만, 그만큼 많이 쓴다.

아크도 《비탄의 망령》 정도는 아니지만, 돈은 꽤 벌고 있을 것이다. 집안도 명문 가문이니까, 우리 클랜에서도 톱클래스의 재력을 지녔을지도 몰라. 어떻게 설득해야 좋을까…… 빨리 돈을 모아서 교섭에 들어가지 않으면 다른 헌터한테 빼앗길지도 모른다. 나중에 꼭 갚을 테니까!

아크가 어깨를 으쓱거렸다. 나랑 똑같은 동작이지만 잘생긴 남자가 하니까 정말 멋지게 보인다.

"보나 마나 새로운 보구를 사려는 거지? 그러고 보니까, 슬슬 경매가 시작될 시기구나."

다 들켰다. 참고로 아크가 돈에 관심 없다는 태도를 보인 건 이번이 처음은 아니다.

내가 아크랑 사이가 나쁜 건 아니지만, 아크는 그런 부분에 있어서는 확실한 성격이다.

"아잉? 뭐야, 크라이가 말하는데——."

조금 전까지 품었던 울분을 터트리려는 것처럼 앞으로 나서는 리즈를 말렸다. 입 다물고 계세요.

"리즈, 가만히 있어. ……그러니까, 이번 건 좀 달라. 엄청난 보구거든. 꼭 손에 넣고 싶어."

"다르긴 뭐가 달라. ……일단 물어보는 건데, 얼마나 필요해?"

그건 교섭에 달린 일이다. 보구는 시세를 파악하기가 힘들다 보니 얼마가 필요할지도 모르는 일이다. 그래서 나는 진지한 표정으로 대답했다.

"있는 대로."

"……그 보구라는 걸 필요로 하는 이유와 효과는?"

얼굴을 바꿔서 자유를 손에 넣을 수 있다. 혼자서도 디저트 가게에 갈 수 있다. 나는 성의를 담아서, 힘차게 말했다.

"그건 말할 수 없어!"

당연히 위법이니까, 말 못 하지. ……막다른 골목인가?

"하아…… 비밀주의라는 건 잘 알겠지만, 그래서는 말이 안 되잖아."

지극히 당연한 대답이다. 나는 아크를 포기하고, 벽 쪽에 있던 아크네 파티 멤버들 쪽을 봤다.

아크의 파티 《성령의 자제(아크 브레이브)》는, 탐색자 협회에서 레벨 7로 인정한 파티다.

소속 멤버들의 평균 레벨은 6. 직업 밸런스도 좋고 하나같이 우수한 데다 파티로서의 연계도 훌륭하다고 하지만, 그래도 다른 파티들과 가장 다른 점은 아크네 파티 멤버가 전부 여성이라는 점이겠지. 게다가 하나같이 미인들이고. 아크의 파티가 우수하다고 알려진 것과 동시에 하렘 파티라는 야유를 듣는 건 그런 이유 때문이다.

제일 안쪽에 서 있던 사람, 신관(세인트) 유우가 몸을 움츠리고 겁먹은 동작을 하면서 말했다.

"아…… 안 빌려드려요."

다른 멤버, 마도사(마기) 이자벨라와 검사(소드맨) 아르멜도 험악한 눈으로 날 노려봤다.

"당신도 레벨이 8이나 되는 헌터라면, 아크 씨한테 의존하지 말고 돈 문제 정도는 스스로 알아서 하세요!"

"정말이지…… 라이벌한테 돈을 뜯으려고 하다니, 여전히 연약한 남자군. 너 같은 남자가 어떻게 그 파티를 지휘하는 건지, 이해할 수가 없다."

직업도 다르고 성격도 소심, 퉁명, 정중까지 아주 다양하다. 참 다양해요~.

나는 아크네 파티한테 라이벌 의식이라고는 하나도 없지만, 이 세 사람은 우리 《비탄의 망령》에 라이벌 의식이 있는지, 쌀쌀맞게 대하는 경우가 많다. 리즈가 당장이라도 덤벼들 것만 같은 표정을 짓고 있는데, 아무래도 나중에 턱 밑을 쓰다듬어줘야 할 것 같다.

역시 아크에게는 하렘을 인솔하는 재능이 있어서 쉽게 모여드는 게 아닐까.

제일 말을 잘하는 이자벨라가 가까이 다가왔다. 아크처럼 예쁜 외모를 지닌 사람이다. 연보라색 머리카락과 눈동자, 눈처럼 하얀 피부는 북방 출신이라는 증거인데, 날 위협하려는 것처럼 노려보고 있으니 그 예쁜 미모가 다 소용없다.

루시아한테도 자주 덤벼들지만 정작 루시아는 상대도 안 해주는 불쌍한 사람이기도 했다.

"그, 그리고, 아무리 어리다고 해도, 그 에크렐 님한테 그렇게까지 강렬하게 빈정대다니── 그라디스 가문한테 찍히기라도 하면 어쩌려고 그래?!"

"뭐…… 빈정……? 난 그냥 사실을 말했을 뿐인데……."

무슨 소린지 하나도 모르겠다. 왜 내가 예의작법을 모른다는 얘기가 빈정댄다는 얘기로 이어지는 거지.

"다……당신들은 항상 그러니까 괜찮을지도 모르지만, 지금은 우리도 같은 클랜이잖아?! 로단의 이름에 흠집이라도 나면 어떻게 책임질 거야?!"

여전히 기가 센 사람이다. 나이는 나보다 어릴 텐데, 리즈네하고는 또 다른 방향으로 귀찮은 사람이다.

하지만 아쉽게도, 아무리 그런 소리를 해도 나는 전혀 대미지를 입지 않았다. 왜냐하면 내가 무능하다는 사실은 이 세상 그 누구보다 내가 제일 잘 알고 있으니까. 욕을 먹는 것도 익숙하고. 그리고, 어떻게 책임질 거냐고 해도 곤란하다. 곤란하니까 아무것도 안 한다. 그리고 로단의 이름에 그렇게 간단히 흠집이 날 것 같지도 않고 말이야……

"이 무례한! 마스터께 무슨 생트지── 읍! 으~! 으읍~!"

재빨리 나와 이자벨라 사이에 끼어들어서 덤벼들려고 하는 티노의 입을 막았다.

"그래, 알았어, 미안해. 미안하지만 다른 사람한테 돈 빌리러 가야 하는데, 그만 가도 될까?"

엎드려 빌기. 흘려넘기기. 입막음에는 일가견이 있거든. 내가 적한테는 엄청나게 약하지만 아군한테는 강하거든. 이런 걸 방구석 호랑이라고 하지 아마. 아크네 파티 멤버들도 개성이 강하지만, 우리 파티만큼 무차별적인 건 아니다.

내가 갑자기 입을 막아버린 걸 보고, 이자벨라가 완전히 질려 버렸다.

티노가 눈물까지 글썽이면서 읍~ 읍~ 하고 나한테 항의했다. 응, 그래, 그렇구나.

"그럼 아크. 나중에 봐!"

시간이 없다. 짧은 인사를 하자, 아크가 평소처럼 무슨 생각을 하고 있는지 전혀 알 수 없는 웃는 얼굴로 손을 흔들었다.

일단 라운지에 있는 멤버들한테 돈을 빌려줄 수 있는지 물어 볼까.

그《천변만화》가 앞뒤 가리지 않고 돈을 구하러 뛰어다니고 있다. 그 정보는 순식간에 온 제도의 곳곳에 퍼져나갔다.

　이야기가 오간 것은 클랜 하우스 로비였다. 클랜 멤버들도 잔뜩 있지만 외부 사람들도 있다. 명실상부한 클랜의 투 톱들 간의 대화가 눈에 띄지 않을 리가 없다.

　《천변만화》가 다수의 보구를 수집하고 있다는 건 공공연한 비밀이다. 원래 헌터들은 자기 수법을 숨기는 법인데,《천변만화》의 보구 수집은 비밀로 취급할 영역을 넘었기 때문이다.

　콜렉션을 실제로 본 적이 있는 사람은 거의 없지만 그 콜렉션 중에 희귀한 것, 비싼 것, 개중에는 어지간한 헌터가 취급하기에는 너무나 위험한 저주받은 아이템도 존재한다고 한다.《비탄의 망령》멤버들이 가지고 있는 보구는 그 콜렉션 중에서 나눠준, 수준이 떨어지는 물건이라는 소문까지 있다.

　헌터에게 빚이란 기피해야 할 일이다. 게다가 다른 파티한테 빌리게 되면, 헌터에게 가장 중요한 『신뢰』를 잃을 가능성도 있다.

　보구 콜렉터인 레벨 8 헌터가, 그런 빚을 지면서까지 손에 넣으려는 보구.

　과연 어떤 힘이 있는 걸까. 효과는 모르겠지만── 엄청난 보구라는 것 같다.

　거의 나타나지 않는 희귀한 보구라는 점은 틀림없겠지. 어쩌면 레벨 8 헌터의 『비장의 카드』가 될 수 있는 물건일 가능성도 있다.

소문은 꼬리를 이었다. 원래 곧 개최될 예정인 제블디아 옥션과 관련된 소문은, 제도에 있는 많은 상인과 헌터, 그리고 귀족들이 주목하고 있었다.

강력한 보구는 누구든 갖고 싶어 하는 물건이다. 트레저 헌터는 자신의 헌팅을 위해서, 귀족은 권위를 위해서, 그리고 상인은 사업에 있어 비장의 카드로 삼기 위해서.

대체 어떤 힘을 가진 보구일까.

재력이 없는 사람은 그 힘을 몽상하고, 재력이 있는 자는 무슨 수를 써서라도 그 보구를 손에 넣기 위해서 작전을 짰다.

상인은 생각했다. 상대가 레벨 8이기는 하지만 그래봐야 헌터, 모을 수 있는 자금에는 한계가 있을 것이다.

헌터는 생각했다. 어쩌면, 그 보구만 있으면 레벨 8에 필적하는 힘을 얻을 수 있지 않을까.

귀족은 생각했다. 그 보구만 있으면 자신의 격이 크게 올라가지 않을까.

어차피 소문이다. 하지만, 그것은 그냥 소문이라고 치부하기에는 조금 매력적인 소문이었다.

"아놀드 씨, 경매에 엄청난 보구가 나온다는 것 같습니다."

주점 한쪽. 흥분한 것처럼, 에이가 아놀드에게 말했다.

술기운과 열기가 넘쳐나는 주점에는 헌터들이 잔뜩 있었다. 외부에서 온 《안개의 뇌룡(폴링 미스트)》도 이제는 그 안에 완전히 녹

아든 것처럼 보였다.

《천변만화》에 대해서는 일단 보류하기로 한 지 며칠. 활동은 순조로웠다.

시험 삼아 보물전을 탐색해서 자신들의 힘이 제도에서도 충분히 통한다는 걸 확인했고, 제블디아를 돌아다니면서 시내의 분위기도 확인했다. 제도의 헌터들에 대해서도 보다 자세히 조사했고, 장비도 새로 마련했다. 유일하게 남아 있는 문제는 《천변만화》에 관한 일뿐이다.

빈 술잔으로 테이블을 두드리면서, 아놀드가 물었다.

"호오……? 어떤 물건이지?"

"그게 자세한 건…… 하지만, 레벨 8 헌터가 미친 듯이 돈을 구하러 다닐 정도의 보구라더군요."

"레벨 8……이…….."

얼굴을 찌푸린 아놀드를 보는 에이의 표정에도 그늘이 드리워 있었다.

지금 아놀드의 목표는 《천변만화》다. 이미 리즈한테서 입은 상처 따위는 신경도 안 쓴다. 육체는 회복했다. 하지만, 그 영혼에 받은 굴욕은 잊지 못했다.

문제는 아직도 그 《천변만화》의 전술을 전혀 알아내지 못했다는 점이다.

상당한 비밀주의인지, 아니면 추측하기도 힘들 정도로 상식을 벗어난 능력인지는 모르겠지만, 같은 클랜의 멤버인 《흑금 십자가》도 《별의 성뢰》도 그 힘에 대해서는 알지 못했다.

이 제도에 레벨 8이 세 명 존재한다는 건 알고 있다. 아마도 하나같이 그자에게 필적하는 실력자들이겠지. 그런 헌터가 애타게 원하는 보구── 관심이 없다고 하면 거짓말이겠지만, 아쉽게도 제도에 오기 위한 긴 여행을 마친 지 얼마 안 되는《안개의 뇌룡》은 자금에 여유가 없다.

최근 며칠 동안 장비를 새로 조달하느라 돈을 많이 썼고, 높은 레벨의 헌터가 빚을 지면서까지 손에 넣으려고 하는 보구 정도면, 아마도 꿈도 못 꿀 금액이겠지. 뭐, 설령 돈이 있다고 해도 그런 높은 레벨의 헌터가 원한다는 이유로 영문도 모를 보구에 엄청난 자금을 쏟아붓는 것도 말도 안 되는 일이지만.

파티의 자금 운용을 담당하는 에이도 같은 생각일 것이다.

"쳇. 팔자도 좋은 소리군. ……그러고 보니까, 에이. 감정하러 보낸 그 물건은 어떻게 됐지?"

"예. 아무래도 경매에 나갈 물건들이 밀려 있어서 조금 더 걸린다는 것 같습니다."

"……그렇군."

네블라누베스 근처의 보물전에서 발견했던 기분 나쁜 보구를 떠올리며, 아놀드는 눈살을 찌푸렸다.

마치 생살을 반죽해서 만든 것 같은 기분 나쁜 가면이다. 생김새는 물론이고 만졌을 때 느껴지는 감촉도 살아 있는 생물의 살 그 자체, 헌터라서 피와 내장의 감촉에 익숙한 아놀드 일행조차도 오싹한 기분이 들었다. 시내로 돌아온 뒤에 대체 왜 가지고 왔는지 후회했을 정도로 끔찍한 보구다.

네블라누베스에 있는 감정사는 감정을 거부했을 정도였던, 그런 사연이 있는 물건이다.

보나 마나 큰 가치도 없겠지. 생긴 꼴을 보면 사용자에게 디메리트를 주는 보구일 가능성도 있다. 일단은 감정을 하고, 만약에 가치가 없으면 처분해달라고 부탁할 예정이었다.

"하다못해 술값이라도 나오면 좋겠는데 말이죠. 여기까지 가지고 오느라 품도 들고 돈도 들었으니까."

절절한 기분이 담긴 에이의 말에, 아놀드는 동의하는 말 대신에 신음을 냈다.

제4장　　경매와 보구

"정말 미안해, 시트리. 빌린 돈을 갚겠다는 소리를 한 지 얼마 되지도 않았는데 말이야."

"아니에요…… 신경 쓰지 마세요. 우리 사이에 왜 그러세요."

너무나 미안해하는 친구의 얼굴을 보며, 시트리는 미소를 지었다.

분명히, 지금 시트리는 현금이 조금 부족하다. 보구 충전 때문에 포션을 대량으로 만들었고, 헐값에 방출했고, 언니가 훈련하는 데 쓸 금속 인형을 만드는 데도 적잖은 돈이 들었다. 원래 시트리는 언제든지 도망칠 수 있도록 자산을 분산해서 관리하고 있다. 갑자기 큰돈을 요구하면 곤란하다.

하지만 시트리는 크라이가 돈을 빌려달라고 하면 가능한 한 들어주려 하고 있다.

물론 시트리가 크라이를 좋아해서 그런 것도 있지만, 헌터로서 상당한 돈을 벌고 있는 그 『친구』가 사치나 하려고 돈을 빌릴 것 같지는 않았기 때문이다.

에바한테 더 이상 돈을 빌리지 말라고 충고했다는 이야기와 변제에 관한 이야기도 했지만, 시트리는 돈을 빌려준 것에 대해서는 크게 신경 쓰지 않았다. 빌려주기는 했지만 이자도 없고 상환 기간을 정한 것도 아니다. 안 갚아도 상관없다고 생각할 정도였다. 결혼에 대한 것도…… 뭐, 생각할 필요는 없다.

원래 시트리가 돈을 모으기 시작한 것은 할 수 있는 일을 늘리기 위해── 선택지를 늘리기 위해서였다. 보구를 사들이는 취미에 대해서도, 그 보구가 때때로 《비탄의 망령(스트레인지 그리프)》의 보물전 탐색에 도움이 된다는 걸 생각하면 굳이 말리고 싶지는 않았다. 하지만, 만약에 그 취미가 보구 수집이 아니라 사치였다고 해도 말리지는 않았을 것이다.

시트리는 철두철미하게 크라이 편이다. 옛날도, 그리고 지금도, 계속 시트리 편을 들어주는 크라이처럼, 무슨 수를 써서라도 친구를 위해 몸이 부서져라 노력할 각오가 되어 있다.

사랑은 맹목적이기에.

마티스 아저씨한테서 『리버스 페이스(전환하는 인면)』의 주인과 연락이 됐다는 정보를 듣고, 교섭하러 갔다.

호위로 데려간 사람은 돈을 갚겠다는 말하고 얼마 지나지도 않아서 또 돈을 빌려달라고 했는데도 인상 한 번 안 쓴 시트리다. 시트리는 내 팔에 슬그머니 자기 팔을 감고, 생글생글 웃으면서 설명해줬다.

"괜찮아요. 연구가 조금 늦어지기는 하겠지만, 예비 자재나 포션 재고를 현금으로 바꾸면 어느 정도는 충당할 수 있어요."

"정말 미안해?"

"크라이 씨는 아무것도 걱정하지 마세요. 가능하다면 피하고 싶지만, 정 안 되면 은행에서 돈을 빌릴게요. 연금술사(알케미스트)는 대출받을 때도 상당히 유리하거든요……."

"……."

"언니도 도와줄 테니까…… 꼭 필요한 보구죠? 무슨 수를 써서라도 구해볼게요."

"…………응, 그래, 그러게."

"저희 일은…… 뒤로 미뤄도 돼요. 사실은 싫지만, 그래도 미뤄도 돼요."

시트리가 비장한 느낌마저 드는 각오를 말하면서 주먹을 꽉 쥐었다. 나는 죽도록 미안한 기분이 들었다.

리즈는 힘들지도 모른다고 했지만, 아무래도 시트리의 지갑 사정은 내가 상상했던 것보다 훨씬 좋지 않을 것 같다. 아무래도 나 때문에 시트리가 하고 싶은 일을 참으라고 할 수는 없다. 돈 빌려 달라는 말을 취소하려고 했지만, 때는 이미 늦었다. 꼭 오늘만 그런 게 아니라, 시트리는 지금까지도 자기 일보다 내 일을 우선한 적이 많았다. 그리고 리즈가 돈을 빌리려고 한다는 나를 굳이 말리지 않은 것도 그런 이유 때문이겠지.

어쨌거나 문제는, 클랜 멤버들한테 돈을 빌려달라고 했다가 모조리 거절당한 내 카리스마다.

"하지만, 먼저 필요한 금액을 확정해야겠죠…… 만약의 경우에는 주인이라는 헌터를 어떻게든 하도록 하죠. 교섭은 자신 있어요."

기분 좋게 생글생글 웃으면서 시트리가 말했다. 그 웃는 얼굴이 너무나 무서웠다. 그 안에 숨어 있는 감정이 어떤 것일까. 오늘만큼 보는 눈이 없는 내가 원망스러웠던 적도 없다.

그런데, 그 '어떻게든'이라는 게 대체 어떤 걸까⋯⋯ 가능하다면 조용히 넘어갔으면 싶은데 말이야.

리즈는 내 돈을 구하려고 보물전에 가고 말았다. 아무래도 보물전 몇 곳을 연속으로 돌고 오려는 것 같다. 보물전을 연속으로 돈다는 얘기는 들어본 적이 없는데, 말릴 틈도 없이 가버렸다.

큰 빚을 지고 말았다. 난 기둥서방 같은 인간인 걸까? 그런 걸까?

하지만, 아직 희망은 남아 있다. 교섭 여하에 따라서는 시트리가 무리하지 않고 넘어갈 수도 있다.

직접 교섭은 양날의 칼이다. 원하는 보구를 먼저 손에 넣을 수 있다는 메리트도 있지만, 상대에게 내 약점을 보일 가능성도 발생한다. 반대로 교섭에서 높은 금액을 불러서 결렬됐지만, 실제 경매에서는 경쟁자가 없어서 결국 교섭 때 제시한 금액보다 훨씬 싼 가격에 낙찰되는 일도 종종 발생한다.

이번에 목표로 삼은 물건은 생김새가 흉측하다. 보통 헌터라면 가지고 오지도 않을 수준이니까—— 상대도 빨리 처분하고 싶겠지. 잘만 하면 상당히 싼 가격에 손에 넣을 수도 있을 것이다.

아는 사람이라면 조금 더 편해지겠지만 이번 보구는 멀리서 왔다고 했고, 가지고 온 사람도 다른 나라 출신의 헌터라는 것 같으니까 그럴 가망은 거의 없겠지.

"주인 쪽이 조용하게 나온다면, 거친 일이 일어나지 않고서 넘어갈 수 있을 텐데……."

시트리의 발언 하나하나가 너무 살벌하다. 시트리는 육탄전에
는 약한 연금술사다. 아마 그 발언도 농담이겠지만, 시트리의 농
담에는 그냥 농담이 아닌 것 같은 기분이 들게 만드는 서슬이 깃
들어 있었다.

하늘에 구름 한 점 없이 맑은 날씨지만, 내 마음속에는 불안 때
문에 먹구름이 잔뜩 껴 있었다.

교섭 장소로 지정한 곳은 탐색자 협회 제도 지부 옆에 있는 주
점——『도전자의 배움터』였다.

항상 보물전에서 돌아온 헌터들로 붐비는, 제도에서 가장 유명
한 주점이다. 질은 둘째 치더라도 술과 음식의 가격이 싸서, 돈이
별로 없는 신참 헌터부터 고참 헌터들까지 많은 사람이 모이는
그 가게는, 제도의 신선한 정보를 알기 위해서도 아주 좋은 곳이
다. 나도 막 헌터가 됐을 때는 뻔질나게 드나들었지.

리즈와 루크가 출입금지 당한 뒤로 안 왔으니까, 여기 오는 것
도 정말 오랜만이다.

대낮부터 술에 절어 있는 헌터들을 헤치고 상대와 만나기로 한
테이블로 갔다.

멀리서 자리를 확인했다. 테이블에 앉아 있는 헌터들을 보고,
나도 모르게 발을 멈췄다.

시트리도 깜짝 놀랐는지 입술에 손을 대고 있다.

"아…… 이거, 이거……."

이거 큰일이네……. 일말의 희망을 품고서 주의를 둘러봤지만 약속장소는 그 테이블이었고, 그 자리에 앉아 있는 사람들은 최근에 나와 많은 불화가 있었던 아놀드와 동료들이었다.

이 시기가 되면 외부에서 들어오는 헌터들이 엄청나게 많은데, 나는 대체 왜 이렇게 운이 없는 걸까……. 이쪽의 전력은 시트리뿐이다. 상대가 레벨 7의 전위 담당이라면, 싸움이라도 벌어지게 되면 어떻게 할 수도 없겠지.

그냥 돌아갈까. 잠깐 그런 생각도 했지만, 이번 교섭에는 마티스 아저씨도 관여했다. 바쁜 중에 일부러 수고를 들여가면서 이 자리를 마련해줬는데, 아무리 티노만 보면 헬렐레하는 로리콘 의혹이 있는 영감님이라고 해도 체면을 망칠 수는 없다.

일단 문제는 한 번 얼굴을 보고서 해결(?)했고, 클로에를 통해서 사과의 뜻도 전했으니까, 얼굴을 보자마자 공격할 가능성은 없……다고 생각한다.

가만히 서서 어떻게든 힘을 내보려고 하는데, 시트리가 생글생글 웃으면서 테이블로 다가갔다. 바로 며칠 전에 주점에서 문제를 일으켰던 상대인데, 엄청난 배짱이다.

아직 제대로 각오는 못 했지만 그래도 시트리를 혼자 보낼 수는 없어서, 급하게 그 작은 등을 따라갔다.

다가오는 그림자를 보고, 아놀드가 고개를 들었다. 여전히 심기가 불편해 보이는 눈빛이다.

제발, 잊어버려줬으면. 그런 결사적인 바람도 소용없이, 아놀드의 얼굴이 엄청나게 일그러졌다. 당연히 그렇겠지.

옆에 앉아 있는 A가 나와 시트리를 보고서 눈이 휘둥그레졌고, 전율하는 것 같은 목소리로 소리를 질렀다.

"?! 네, 네놈들은——."

"이렇게 교섭에 응해주셔서, 정말 고맙습니다. 아놀드 씨!"

주눅도 들지 않고, 시트리가 먼저 밝은 목소리로 말을 걸었다. 그 두 눈은 연기가 아니라 정말로 반짝반짝 빛나고 있었다. 그러고 보니 시트리는, 아놀드 같은 남자가 취향이었, 지…….

그 눈부시게 빛나는 웃는 얼굴을 보고서 A가 입을 다물었다. 아놀드는 혀를 한 번 차더니 턱짓으로 맞은편 자리를 가리켰다.

나는 너무 긴장해서 위가 따끔거리는 걸 느끼며 자리에 앉았다. 그리고, 교섭이 시작됐다.

이 사내…… 대체 무슨 생각이지?

아놀드는 생각도 못 했던 교섭 상대를 보고, 어떻게 해야 좋을지 결정하지 못했다.

화는 난다. 하지만, 강한 위화감이 그 감정을 막았다. 이 흐름은 아무리 봐도 자연스럽지 못하다.

지금까지 헌터 노릇을 하면서 쌓아온 경험이 말해주고 있다. 지금은 냉정해져야 한다고. 리더가 조용히 있으니까, 뭔가 말을 하려던 다른 멤버들도 입을 다물었다. 아마도 마음속으로는 아놀드와 같은 심정일 것이다.

눈앞에 있는 사내는── 도무지 영문을 알 수가 없다. 아놀드를 앞에 두고도 태연한, 나쁘게 말하자면 힘없는 표정. 육체는 헌터치고는 너무 말랐고, 근육도 거의 없는 것이 도무지 강해 보이지 않는다. 무기도 없다. 그것은 싸울 생각이 없다는 의사 표시일까, 아니면 지난번에 보여줬던 것처럼 무기 따위는 필요도 없다는 뜻일까. 어쨌거나, 그렇게 도발한 뒤에 태연하게 나타난 담력 하나는 보통이 아니다.

반대로, 같이 온 여자는 조용한 에너지로 가득 차 있었다. 머리카락 색과 눈동자 색, 그리고 얼굴은 지난번에 아놀드 일행을 때려눕혔던 《절영》과 닮았지만, 그쪽이 『동(動)』이라면 이쪽은 『정(靜)』이다.

용모는 단정하고, 햇볕에 타지 않은 하얀 피부에는 흠집 하나 없다. 그 일거수일투족은 조용하지만, 동시에 빈틈을 찾아볼 수가 없었다. 잘 숨기고는 있지만, 자세히 보면 그 몸에 숨겨둔 에너지가 《절영》과 크게 다르지 않다는 걸 알 수 있다. 체격을 통해서 후위 담당이라는 걸 알 수 있지만, 그래도 방심할 수는 없다.

아놀드가 이 여자의 숨겨진 에너지를 간파할 수 있었던 것은, 이 여자의 숨기는 능력이 《천변만화》보다 한 수 아래라서 그렇겠지.

《비탄의 망령》 멤버. 틀림없이 강자 중 한 명이다.

입술을 핥았다. 하지만, 지금은 아놀드 쪽이 위에 있는 입장이다.

감정하려고 맡긴 보구를, 교섭을 통해서 사고 싶다는 사람이 있다는 연락을 받았을 때는 별 이상한 인간도 다 있다고 생각했는데, 설마 그 《천변만화》일 거라고는 상상도 못 했다.

그렇다면 얼마 전에 소문이 돌던 보구를 사려고 한다는 레벨 8
이 이 사내일까.

기묘한 인연을 느꼈다. 원래는 술값이나 나오면 좋겠다고 생각
했던 물건이다. 하지만 그것을 원하는 사람이 있다면 이야기가
달라진다. 보구란 비싼 물건이다. 억이 넘는 가격으로 거래되는
것도 있다.

자기소개를 마치고, 시트리라고 말한 여자가 지금까지의 일은
신경도 쓰지도 않는다는 것 같은 웃는 얼굴로 말했다.

"크라이 씨는 특이한 보구를 수집하는 취미가 있습니다. 그래
서, 그 보구도 눈에 들어와서──."

"네블라누베스에서 굳이 여기까지 들고 온 신기한 물건이다.
수고도 많이 들었지. 싸게 넘길 생각은 없다. 헌터가 아니라 호사
가한테도 팔릴 물건이야. 그렇죠, 아놀드 씨."

완전히 거래 모드로 들어간 에이가 시트리의 말에 그렇게 대답
했고, 짙은 미소를 지으며 아놀드의 표정을 살폈다.

그 말은 허풍이다. 적어도, 네블라누베스에서는 그 가면을 사
겠다는 사람이 없었다.

신기한 물건을 좋아하는 귀족이라고 해도 뭐든지 다 사는 건 아
니다. 아무리 봐도 저주받은 물건 같은 살덩어리 가면 따위를 사
고 싶어 하는 자가 있을 리가 없다. 에이의 말을 들은 시트리는
자기 입에 손을 대고, 곤란하다는 표정을 지었다.

"그렇군요…… 사정은 알겠습니다. 하지만, 아쉽지만── 이

제도에서도 그 기분 나쁜 가면을 원하는 사람은 없겠죠. 크라이
씨도, 그렇게까지 갖고 싶어 하는 건 아닙니다."

교섭은 아직 탐색전 단계다. 그 말을 들은 《천변만화》의 눈썹
이 움찔, 하고 움직였다. 순간적으로 표정도 일그러졌다.

그것은 너무나도 알기 쉬운 표정 변화였다. 포커페이스를 따지
기 이전의 문제다. 이렇게까지 노골적으로 나오면 정말로 동요한
건지, 아니면 일부러 그러는 건지 판단할 수가 없다.

에이가 겉으로 드러내지 않고 곤혹스러워하고 있다는 걸, 오랫
동안 알고 지낸 아놀드는 알 수 있었다.

아니, 솔직히 이게 정말로── 우연일까?

최근에 안 좋은 일들이 있었던 데다 자신들을 실컷 도발했던
《천변만화》가, 아놀드가 가지고 온 보구를 원한다며 교섭을 제
안했다. 그저 우연으로 이런 일이 일어날 수 있는 걸까? 게다가
그 물건이 저명한 보구라면 또 이해가 되지만, 고향에서도 팔리
지 않았던 살로 된 가면인데.

원래는 전쟁 상태에 들어가 있어야 할 사이다. 교섭 따위가 성
립될 리가 없다.

하지만, 그렇게 단정하기에는 너무나 부자연스러운 상황이다.
리더로서 신중하게 판단해야만 한다.

"우리도 팔기 싫다는 건 아니다."

"아마도, 경매보다 저희에게 파는 쪽이 더 좋은 가격을 받을 수
있을 겁니다. 그 물건을 두고 경쟁할 상대가 있을 리가 없으니까
요. 거기에 대해서는, 높은 레벨로 인정받은 아놀드 씨도 같은 생

각이 아닐까요?"

정곡을 찔렀다. 아놀드 일행이 감정을 의뢰했을 때도 그런 이야기를 들었다.

헌터도 귀족도 보구를 구입할 때는 신중해진다. 보구 중에는 주인에게 위험을 주는 물건도 존재하기 때문이다. 그리고 그런 보구들은 전체적으로『그렇게』생겼다. 그…… 가면처럼.

"공평치 못하군."

거기서 아놀드는 팔짱을 끼고 몸을 뒤로 젖혔다.

시트리가 아니라《천변만화》를 노려보며, 힘을 줘서 말했다.

"그건 우리가 고생해서 발견한 물건이지만, 우리는 아직 그 효과를 모른다. 강력한 보구를 헐값에 넘길 수는 없다. 그러느니 차라리 버리는 게 낫지."

그 가면은 감정이 안 될 가능성도 있다고 했었다. 보구의 감정 방법은 크게 구분해서 두 가지가 있다. 축적된 정보를 바탕으로 하는『문헌 정보』와, 시험 삼아 기동해보는『시험 사용』이다.

전자로 판단할 수 없을 경우에는 후자를 시도하는데, 감정사도 사람이다. 아무리 봐도 위험한 보구는 감정이 불가능하다고 퇴짜를 놓는 경우가 있다. 실제로 그 가면은 이미 네블라누베스에서 퇴짜를 맞은 적이 있다.

아놀드 일행이 감정을 맡겼던 감정사는 경력 수십 년, 이 제도에서도 실력이 좋기로 유명한 사람이다. 그 남자가 퇴짜를 놓을 물건이라면, 이 제도에 있는 어떤 감정사도 감정할 수가 없겠지.

그렇게 되면, 그 가면은 결국 수집품으로 파는 수밖에 없다.

"그쪽은 효과를 상상하고 있는 것 같은데. 이대로는 가격을 정할 수도 없다. 어떤 힘을 가지고 있는지, 가르쳐주겠나?"

그것은 단순한 떠보기였다. 정보는 돈을 불러온다. 가르쳐달라고 해서 솔직하게 가르쳐줄 놈이 있을 리가 없다.

시트리가 질렸다는 것처럼 눈살을 찌푸렸다. 그리고 옆에 앉아 있던《천변만화》가 진지한 얼굴로 입을 열었다.

"그건…… 말할 수 없어."

"흐음…….."

예상했던 대답이다. 아놀드가 거친 목소리로 트집을 잡으려고 한 그때,《천변만화》가 난처하다는 것처럼 웃으면서 생각지도 못한 말을 했다.

"하지만 한 가지 말할 수 있는 게 있다면── 내 예상이 맞는다면, 그건, 좀 위험해. 이 나라 법에서도 사용이 제한된 물건이지. 빨리 처분하는 게 좋을 거야."

아놀드는 헌터 경력이 길다. 헌터란 결코 힘만 가지고 할 수 있는 일이 아니다.

헌터로서 크게 성공하려면 보물전에서 얻은 보구와 마물의 소재를 적절히 매매하는 교섭력, 유력자와의 연줄 등, 높은 커뮤니케이션 능력이 있어야 한다.《안개의 뇌룡(폴링 미스트)》에서는 서브 리더인 에이가 주로 그런 일을 담당하고 있는데, 지금까지의 경험을 통해서, 아놀드도 그런 것들을 어느 정도 알고 있다.

그런 경험에서 나온 감이 말해주고 있다. 눈앞에서 아무렇지도 않은 척하고 있는 이 남자──《천변만화》가 거짓말을 하고 있다고.

"조금, 위험하다고?"

아놀드가 눈살을 찌푸리고 노려보면서 말하자, 《천변만화》가 몸을 약간 뒤로 뺐다.

표정. 움직임. 말. 지금 상황을 통해서 정보를 정리했다. 상상력을 동원한다.

법으로 사용이 제한되었다. 조금 위험하다. 그런 건, 교섭할 때 사용할 말이 아니다. 그렇다면 너는 어째서 그걸 원하는가, 라고 물어보리라는 것은 쉽게 상상할 수 있고, 그렇게 물어보면 되레 경계하게 되겠지.

《천변만화》는 뛰어난 전술가── 모든 것을 꿰뚫어 보는 눈을 가졌다는 것 같다.

그런 《천변만화》가, 어째서 이런 허술한 교섭을 하려고 드는 걸까.

입을 다문 아놀드를, 눈앞에 있는 사내가 마치 그 역량을 재보려는 것 같은 눈으로 쳐다봤다.

"……《천변만화》. 너, 지금 거짓말을 했지?"

"?!"

"조금 위험하고, 빨리 처분하는 게 좋다, 란 말이지. 나름대로 머리를 굴린 것 같기는 한데 말이야. 나를── 속일 셈인가?"

그렇게 떠봤더니 《천변만화》의 이마에서 식은땀이 흘러내렸다. 정말 훌륭하다고밖에 할 말이 없다. 아놀드의 눈으로 봐도, 정말 당황한 것처럼 보인다.

그렇다. 말에 현혹되지 마라. 그 속에 담긴 진짜 뜻을 읽어라.

위험하다. 처분하는 게 좋다. 그렇다, 《천변만화》의 이 말은 마치—— 아놀드가 보구를 계속 가지고 있기를 바라는 것 같지 않은가.

그때, 아놀드의 머릿속에 하늘의 계시가 내려왔다. 모든 퍼즐 조각이 전부 딱 들어맞은 기분이다.

설마, 레벨 7인 자신을 바보라고 여기는 건가?

《천변만화》 옆에 있는 시트리는 그저 웃고 있을 뿐이지만, 그 눈에는 마치 벌레라도 보는 것 같은 차가운 빛이 깃들어 있었다. 겉으로 드러낸 표정은 어떻게 속일 수 있어도, 그 눈에 깃들어 있는 빛은 속일 수 없다.

"아놀드 씨?"

옆에 있는 에이가 곁눈질로 아놀드를 봤다. 그리고 아놀드는 결단을 내렸다.

"⋯⋯⋯⋯⋯⋯좋다, 팔아주지. 그렇군⋯⋯ 800만 길—— 아니, 천만 길이다. 단 한 푼도 깎아줄 수 없다."

그 기분 나쁜 가면치고는 비싼 가격이지만, 높은 레벨의 헌터라면 간단히 지불할 수 있는, 그런 가격이다. 《천변만화》의 눈이 휘둥그레졌다. 시트리가 마치 진심이냐는 것 같은 눈으로 아놀드를 쳐다봤고.

아놀드의 반응이 예상 밖이었는지 동료들이 술렁대고 있다. 하지만, 《안개의 뇌룡》의 모든 결정권은 아놀드에게 있다. 살 가면을 천만 길에 팔 수만 있다면 불만은 없겠지.

옆에 있는 에이가 진심이냐고 묻는 것 같은 눈으로 아놀드를 봤다.

"아놀드 씨, 그러면 되겠습니까?"

"그래. 『조금 위험』한 보구, 라는 것 같으니까……."

입술을 일그러트리고 위압하는 것 같은 미소를 짓는 아놀드를 보며, 《천변만화》가 어깨를 부르르 떨었다.

"설마, 도발에 넘어가서 안 팔 거라고 생각했나? ……흥. 분명히 너와는 좀 문제가 있기는 하지만—— 그것과 이건 별개다. 일단, 없었던 일로 해주지."

"……? 아, 그건 뭐…… 정말 미안하네."

곤혹스럽다는 것처럼, 《천변만화》가 볼을 긁었다.

애당초 조금 위험한 보구를 손에 넣기 위해서, 레벨 8의 헌터가 직접 교섭에 나선 것 자체가 너무나 자연스럽지 못한 일이다. 만약에 정말로 손에 넣고 싶다면 직접 나서지 않았겠지.

《천변만화》의 『너무나 자연』스럽게 보이기 때문에 되레 부자연스러운 표정 변화. 일부러 말해준 것 같은 정보 제공.

거짓이 섞인 말. 피아의 관계를 생각했다. 감정사한테 맡긴 끔찍할 정도로 생리적 혐오감을 불러오는 징그러운 살 가면을 떠올리고, 아놀드는 오랜만에 등골이 서늘해지는 기분을 맛봤다.

천천히 호흡하고, 곤란하다는 표정을 지은 크라이 안드리히의 『눈』을 봤다.

눈은 입만큼이나 많은 것을 말해준다고 하는데, 어둠을 연상케 하는 까만색 홍채에서 느껴지는 것은 곤혹뿐이고, 그 속에 숨겨져 있는 진짜 감정은 읽을 수가 없다. 하지만—— 어째서 놈은 이렇게 노골적으로 부자연스러운 교섭에 나선 걸까. 상황은 조금 복잡했지만, 상대의 입장이 돼서 순서대로 생각해보면 그 의도는 명백했다.

아마도 그 살 가면은——『조금』정도가 아니라, 레벨 8 헌터가 서둘러 회수하려고 들 정도로 위험한 물건이겠지. 그리고《천변만화》는 무슨 꿍꿍이인지 그 보구를 아놀드 일행에게『떠넘길』생각이다. 아니, 아마도『중간에』그런 전략으로 바꿨겠지.

위법의 소지가 있는 보구라는 말은 거짓이 아닌 것 같았다.

그리고 지금까지 모은 정보를 통해서 추측할 수 있는《천변만화》의 성격. 거기서 도출되는 결론은 하나뿐이다.

《천변만화》는 지극히 위험한 보구가 이 제도에 들어왔다는 것을 알고 손을 쓰기로 했다.

목적은 아마도—— 그 보구가 제도의 귀족이나 상인, 헌터의 손에 넘어가지 않도록.

에이가 조사한 바에 의하면,《천변만화》는 지금까지도 이 제도에서 일어난 사건을 여러 번 해결했다. 우습게 보일 수도 있는 일이지만, 자신에게 이익이 없어도 움직이는 사내는 어디에나 있는 법이다. 특히, 높은 레벨 중에 그런 자들이 많다.

돌이켜보면 처음 만났을 때, 적당히 선택한 주점에 이 제도에도 몇 명 없는 레벨 8 헌터가 있었다는 자체가 자연스럽지 못한 일이다. 아놀드 일행이 찾아갔던 곳은 싸구려 주점이다. 그들의 레벨을 생각해보면 조금 더 질이 좋은 가게를 선택했을 텐데. 아마도, 《천변만화》는 그때부터 이미 아놀드 일행을 관찰하고 있었다.

하지만, 거기서 문제가 생겼다. 아놀드 일행과 자신의 파티 사이에 불화가 생겨난 것이다.

아마도, 그《절영》의 행동은《천변만화》조차도 예상치 못했던 일이 틀림없겠지.

트레저 헌터에게 체면이 깎이는 것은 치명적인 일이다. 다른 헌터들이 얕보게 되고, 그러면서 향후 활동에도 영향을 미친다. 실제로 아놀드도 그때 일을 떠올리면 속이 부글부글 끓을 지경이다.

교섭이 잘 풀릴 가능성이 거의 사라졌다고 깨달은《천변만화》는 곧바로 방침을 바꿨다.

교섭을 통한 회유를 포기하고, 도발을 거듭하고 이상한 태도와 말을 전하면서, 아놀드 일행을 화나게 해서 출품 자체를 취하하도록 만들겠다는 방침으로.

《천변만화》의 목적은 그 보구의 사용을 미연에 방지하는 것──만에 하나라도, 호사가 귀족이나 대상인, 제도의 헌터들의 손에 넘어가서 사용되는 것을 저지하려는 것이겠지. 즉, 자신이 사들여서 보관하는 것이 제일이지만, 아놀드 일행이 출품을 취소하게 만들면 일단 목적은 달성하게 된다.

위험한 보구. 처분하는 게 좋다. 그런 말을 들으면 누가 뭐라고 해도 처분하기 싫어지는 것이 인간의 도리. 상대가 숙적이라면 더더욱 그럴 테고. 하지만── 아놀드는 속지 않는다.

"이 몸을―― 얕보고 있는 건가? 그런 아무리 봐도 이상해 보이는 보구를 죽어도 버리지 않을 거라고 생각하고 있나……? 네 목적은―― 그 보구가 다른 사람의 손에 넘어가지 않도록 하는 것, 이겠지?"

"뭐……?"

뻔히 보이는 허풍이다. 분명히, 아놀드가 레벨이 낮은 헌터인데다 자신의 감정도 제어하지 못하는 미숙한 인간이었다면, 아마도 그대로 고집을 부리고 출품을 취소했을지도 모른다.

레벨 8이 거짓말을 해가면서까지 손에 넣으려 하는 보구라고 생각해버렸을지도 모른다.

하지만 냉정하게 생각해보면, 출품을 취소해서 아놀드 일행에게 무슨 이익이 있을까?

그 보구는 한눈에 봐도 끔찍한 물건이다. 아주 조금이라도 신중한 헌터라면 쓰려고 하지도 않을 것이다.

아놀드는 그 가면을 쓸 생각도 안 할 테고, 동료들이 쓰겠다고 하면 죽어라 말릴 것이다. 위험한 보구라는 말을 들었으니 엄중히 보관할 수밖에 없을 테고, 한마디로 의미도 없는 부담을 지게 된다.

어쩌면 일단 출품을 취소하게 해서 시간을 벌려는 작전일까? 위험한 물건을 가지고 있다고 고발해서 아놀드 일행을 궁지에 처하게 만들려는 작전일 가능성도 있다. 사실은 그것을 노리는 다른 범죄조직 같은 것들이 있고, 자객을 보내서 습격할 가능성도 없다고 할 수는 없다. 최악의 경우에는 열심히 도발해서 아놀드가 가면을 쓰게 만들고, 그러고는 가면과 함께 아놀드까지 처치해버릴 가능성도 있겠지?

사전 정보에 의하면 《천변만화》가 나쁜 인간은 아니라는 것 같지만, 그렇게 어설픈 인간은 레벨 8이 될 수 없다. 아놀드 일행은 외부에서 온 헌터다. 무슨 수단을 써도 이상할 게 없다.

다양한 가능성들이, 순식간에 아놀드의 머릿속을 스치고 지나갔다. 아놀드는 가면의 힘을 모른다. 그래서 모든 예측이 가능성의 영역을 벗어나지 못하는 수준이지만, 그중에 어느 가능성을 선택하건 좋은 쪽으로 굴러가지 않는다는 것만은 분명하다.

그렇게 생각하면, 지금 눈앞에 있는 어딘가 나사가 몇 개쯤 빠진 것처럼 보이는 저 얼굴이, 장절한 각오를 품은 무시무시한 인물처럼 느껴졌다.

아까부터 침묵을 지키고 있는 《천변만화》를 노려봤다. 아마도, 시험하고 있다. 아놀드가 표면적인 연기와 노골적인 거짓말에 속지 않고 진정한 의도를 알아차릴 만큼 우수한지, 아닌지. 만약에 자신이 《천변만화》의 의도도 읽지 못할 정도로 얼간이거나 화가 나서 제대로 된 판단도 못 하게 된다면 무슨 일이 벌어질까——.

그리고, 아놀드의 예상이 맞았다고 해도, 자신을 조작하려고 하는 이 남자한테, 어떻게 해야 제대로 한 방 먹어서 원통해하는 얼굴을 볼 수 있을까? 어떻게 해야 아놀드 일행에게 가장 큰 이익이 돌아올까?

차라리 《천변만화》의 의도에 완전히 반항해서, 어떤 귀족이나 상인한테 팔아버릴까? 이 제도에 연줄도 없는데? 무엇보다, 위

험하다는 걸 알고 있는 보구를 유력자에게 파는 것은 아무 생각
도 없는 바보들이나 하는 짓이다. 이 제도에서 많은 공적을 남긴
《천변만화》와, 이곳에 온 지 얼마 되지도 않은 아놀드가 하는 말.
사람들이 누구의 말을 믿을지는 쉽게 생각할 수 있다. 결국 위험
이 너무나 크다.

　직접 사용? 감정사도 감정하기를 주저하는 노골적으로 위험
한 보구를? 아놀드가 용맹하기는 하지만 자살하고 싶어 안달이
난 인간은 아니다. 교섭을 거절하고 이대로 경매에 걸까? 그래
도 되지만, 그 보구가 비싸게 팔릴 가능성은 낮겠지. 그리고 아
마도 그 경우에 보구를 낙찰받는 자는 눈앞에 있는 《천변만화》
가 될 테고.

　파티에서 엄중하게 보관할까? 그거야말로 그 누구에게도 이익
이 되지 않는, 《천변만화》의 손바닥 위에서 놀아나는 꼴이다.

　수많은 사고 속에서 도달한 답은 심플했다.

　교섭에 응해서, 팔아버리자. 단—— 그 책략을 반대로 이용해
서, 거절하지는 않을 만큼의 한도 안에서 최대한 비싼 금액으로.

　아놀드 쪽에는 위험이 없고, 메리트도 가장 큰 방법이다. 《천변
만화》 쪽에도 큰 불이익은 없다.

　결론으로서는—— 가장 적합하다.

　"자, 어떻게 하겠나?"

　너무 깊이 생각했나? 물론 그럴 가능성도 있다. 위험한 보구라
는 것이 착각일 가능성도 있고, 어쩌면—— 한없이 낮은 가능성
이지만, 생긴 건 그래도 그 살 가면이 유용한 보구일 가능성도 제

로는 아니다.

하지만 만약에 유용한 보구였다면, 그때는 교섭에서 거짓말을 했다는 이유로 항의하면 되고, 무엇보다 진위가 어떻게 되건 간에 그 보구는 《안개의 뇌룡》에는 필요 없는 물건이다. 설령 유용하다고 해도 그 보구를 쓰는 건 싫다. 여기서 처분하는 게 제일이겠지.

판단을 잘못해서는 안 된다. 주먹으로 당한 굴욕은 주먹으로 갚는다. 그것이 아놀드의 방식이다.

그럭저럭 비싼 가격을 부른 것은 자신을 시험하려고 한 《천변만화》에 대한 최소한의 보복이다.

천만 길. 감정도 하지 않은, 아무리 봐도 위험해 보이는 살 가면 따위에 붙일 금액이 아니다. 입꼬리를 치켜올리며 웃었더니, 제도에 세 명밖에 없는 레벨 8이 왠지 한심한 표정을 지었다.

아마도 아놀드가 자신의 의도를 전부 간파했다는 사실을 이해했기 때문이겠지.

《천변만화》도 함정에 빠트리려고 했던 상대가 이렇게까지 냉정하게 대처하리라고는 예상치 못했을 것이다.

그리고, 그 말을 받아들이지 않을 수도 없는 상황이다.

이 승부── 우리가 이겼다.

옆에 있는 시트리가 《천변만화》 쪽을 슬쩍 확인하고, 아놀드가 예상한 대로, 마음을 정했다는 것처럼 고개를 끄덕였다.

"……알겠습니다. 천만 길에 인수──."

"잠깐마아아아아아안!!"

말하는 중에, 갑자기 옆 테이블에 있던 남자 헌터가 끼어들었다.

어디선가 본 적이 있는 장년 남자다. 노려봤더니 남자는 거창하게 두 팔을 벌리고 씁쓸하게 웃더니, 이렇게 말했다.

"딱히 싸움을 걸려는 건 아닌데 말이야, 그 보구라는 거── 내가 그 두 배 가격에 사지."

"…………? 너, 지금, 뭐라고 했지?"

말도 안 되는 난입자를 향해, 에이가 무슨 소리냐는 시선을 보냈다. 《천변만화》도 얼빠진 표정을 지었다.

그 살 가면을 2천만 길에 사겠다는 헌터가 나타난 것도 예상 밖이고, 옆 테이블에 있던 아무 상관도 없는 남자가 갑자기 소리를 지른 것도 예상 밖의 일이다.

아놀드로서는 누가 사도 상관없다. 이 제도에도 《천변만화》에게도 지켜야 할 의리 따위는 없으니, 비싸게 팔리기만 한다면 그게 제일이지만…… 이게, 대체 무슨 일이지?

이 녀석은 지금, 《천변만화》가 위험한 보구라고 했던 말을 들었을 텐데.

시트리가 씁쓸한 표정을 짓고 있다.

그 남자가 끼어든 것을 시작으로, 주점 곳곳에 있던 헌터들이 자리에서 일어나 큰 소리를 지르기 시작했다.

"잠깐, 나는 2,500만이다!"

"잠깐만, 내가 계속 눈독 들이고 있었단 말이야! 3,000만 낼게!"

"그 《천변만화》가 수단방법을 가리지 않고 입수하려는 보구다. 난 4,000만!"

"넌 되파는 게 목적이잖아! 저리 빠져!"

"이, 익 대체 무슨 일이지? 이 자식들, 대체 뭐 하자는 거야?!"

에이가 자리에 일어나서는 황급히 주점 안을 둘러봤다. 어느샌가 주점 안에서 고함이 오가고 있다. 살기까지 느껴지는 눈빛. 드잡이질을 시작한 자들도 있다. 그자들이 전부, 큰 소리로 가격을 불러댔다.

주정뱅이가 얼빠진 표정으로, 갑자기 발생한 경매를 구경하고 있다.

"4,200만!"

"4,300만이다!"

"젠장, 4,500만 내겠어!"

"당신, 돈도 없잖아! 빚도 있는 주제에 무슨 소리야!"

"시끄러워! 장비를 팔아서라도 살 거야!"

뭐냐? 무슨 농담이지? 이 녀석들, 그 살 가면이 그렇게 갖고 싶은 건가?

……혹시 내가 모르는 정보라도 있는 건가? 이해할 수 없는 광경을 보고, 아놀드는 신음을 냈다.

이렇게 되면, 조금 전까지 생각했던 《천변만화》의 책략에 대한 예상이 잘못된 게 아닌가 싶어진다.

어째서 이 녀석들은 그렇게 끔찍한 보구를 원하는 거지? 제정신인가?

시트리가 주위를 확인하고서 살짝 한숨을 쉬었다.

"하아…… 크라이 씨가, 이리저리 돈을 빌리러 다녀서 그래요…… 처음부터 저한테 얘기했으면 됐는데."

"어……."

힘이 빠지는 한숨을 쉬거나 말거나, 살 가면의 가격은 계속 올라간다. 주정뱅이 한 사람이 비틀거리면서 일어나더니, 흥을 돋우는 것 같은 목소리로 즉석 경매를 이끌어가기 시작했다.

더 이상 수습할 수 없을 지경이 됐다. 주위에서 소리를 질러대는 눈들은, 하나같이, 진심이다.

"1억."

그리고 그때, 폭풍처럼 오가는 고함 속에서, 이 분위기에 어울리지 않는 가련한 목소리가 울렸다.

지금까지 조금씩 가격을 올리던 헌터들이, 일제히 목소리가 들려온 쪽을 봤다.

술병들이 굴러다니는 테이블 위에서, 고급으로 보이는 하얀 드레스가 펄럭였다. 그 허리에는 어린 몸에 어울리지 않게 칼이 채워져 있었다.

"그 최강의 보구인가 하는 것…… 1억에, 이 에크렐 그라디스가 사도록 하겠다! 알겠나?!"

"아아, 이래서 귀족과 상인은 싫어요…… 크라이 씨, 그만, 손을 떼는 게 어떨까요?"

시트리가 힘없이 한숨을 쉬고, 크라이의 소매를 잡아당겼다.

에크렐이라는 소녀는 자신만만하게 웃으며, 《천변만화》를 내려다봤다.

"이게 대체…… 뭐가 어떻게 된 거야? 내가 무슨 나쁜 짓이라도 했나?"

헌터들과 관련된 가십이 실린 잡지를 움켜쥐고, 나는 도저히 어떻게 할 수 없는 상황 때문에, 정말 오랜만에 혀를 찼다.

펼쳐진 페이지에는 어떤 클랜을 이끄는 높은 레벨의 헌터가, 다음 제블디아 옥션에 출품될 예정인 보구를 입수하기 위해서 열심히 뛰어다니고 있다는 기사가 실려 있었다.

이름은 안 나왔지만, 보구 마니아에 헌터에 클랜 마스터라는 조건을 갖춘 사람은 한정돼 있으니, 알 만한 사람이라면 바로 나라고 생각할 것이다. 중간까지는 잘되는 것 같던 교섭이 갑자기 옆에서 끼어든 사람 때문에 혼란에 빠졌고, 그라디스 경의 딸이 난입하면서 완전히 파탄이 나버렸다. 천만 길로 간신히 구입할 수 있을 것 같았던 『리버스 페이스』는, 결국 아놀드가 경매에 내보내기로 결정했다.

갑자기 벌어진 일 때문에 아놀드도 당황한 것 같지만, 그 자리에 있던 사람 중에서 가장 당황한 사람은 바로 나다.

그 얼핏 봐도 기분 나쁘게 생긴 가면을 갖고 싶어 하는 사람들이 그렇게 잔뜩 튀어 나온 것도 예상치 못한 일이고, 백작 가문 아가씨가 최강의 보구라고 말한 것도 영문을 모르겠다. 일단 에크렐 아가씨한테 그건 최강의 보구 같은 게 아니라 위험한 보구라고 말을 했지만, 듣는 척도 안 했다.

　실제로『리버스 페이스』는 최강도 뭣도 아니다. 그저 모습을 바꿔주는 보구일 뿐이고, 전투 능력을 향상시키는 효과 같은 건 없다. 근육이 잔뜩 붙은 몸처럼 보이게 해주기는 하지만 그렇다고 실제로 힘이 세지는 것도 아니고, 살로 자기 몸을 감싸서 체형을 바꿔주는 방식이기 때문에 움직이기 힘들어진다는 단점도 있다.

　뭐, 위법이기는 해도 위험한 물건은 아니니까 내가 거짓말을 한 건 아니지만 아무리 그렇다고 해도, 내가 갖고 싶어 하기 때문에? 겨우 그런 이유로 빼앗으려고 들다니, 너무하는 거 아니냐고.

　한마디로 그건, 규칙을 어긴 건 아니지만 예의에는 어긋나는 짓이다.

　그 사람들한테는 윤리라는 게 없는 걸까? 귀족이나 헌터한테 윤리를 추구하지 말라는 거야? 흥.

　그나저나, 역시 귀족은 돈이 많구나.

　에바가 평소보다 몇십 퍼센트 정도 차가운 시선으로 날 보면서, 물었다.

　"그래서, 이제 어쩌실 건가요?"

　관계도 없는 사람한테 채무 변제에 대해 얘기해놓고는 입술이 마르기도 전에 또 다른 보구를 구입하려고 들었다. 냉정하게 생각하건 그냥 생각하건, 완전무결하게 글러 먹은 인간이다. 게다가 사후보고. 누가 날 좀 어떻게 해줘.

　하지만 굳이 변명하자면,『리버스 페이스』는 이번 경매에서 못

구하면 다시는 못 구할 물건이라고! 내 평생을 좌우한다고 해도 과언이 아니다.

어차피 빚이 열 자리 금액이면, 이제 와서 여덟 자리 정도 늘어난다고 해봤자 겨우 1퍼센트가 늘어날 뿐이잖아. 안 그래?

"…………대답해주세요, 크라이 씨?"

아, 예…… 아니군요……. 그냥 포기해야 하나…….

천만 길이라는 가격은 보통 사람들은 일 년이 걸려도 벌 수 없을 만큼 큰돈이지만, 《비탄의 망령》이라면 탐색 한 번이면 여유 있게 벌 수 있는 금액이다. 하지만 그게 1억이 되면 얘기가 좀 달라진다.

단순하게 열 배. 《비탄의 망령》은 엘리자까지 해서 일곱 명으로 구성된 파티니까, 한 사 당 1억을 벌려면 단순히 계산해도 7억 어치 이상의 보구나 희소 소재를 가지고 돌아와야 한다.

보구 중에서도 비싸게 풀리는 것은 극소수다. 평가액이 1억을 넘는 보구는 『억짜』라고 불리며, 헌터들에게는 일종의 꿈같은 존재다.

파티에서 공동으로 관리하는 준비금 같은 것도 있으니까, 아무리 우리 파티라고 해도 한 번에 7억을 버는 건 힘들다.

뭐, 어디까지나 힘들다는 얘기지 결코 불가능하다는 건 아니지만, 빚이 있는 상태에서 1억을 턱 내놓는 건 아무리 나라고 해도 큰 용기가 필요한 일이다. 보구를 구하러 다니고 있는 리즈도 그렇게 큰 성과를 내지는 못할 테고…….

그리고 무엇보다 큰 문제는, 아무래도 1억으로 끝날 것 같지 않다는 점이다.

"그라디스 백작 영애가 보구를 손에 넣기 위해서 몸이 달아 있다는 정보가 나돌고 있습니다."

"……."

"몇 군데, 큰 상회도 입수하려고 움직이고 있다는 것 같고요. 가격도 그만큼 뛰어오르겠죠."

"…………아~ 그렇구나."

"아~ 그렇구나, 라뇨! 지금 할 소리인가요!"

귀족들이 혈안이 돼서 구입하려고 하는 물건. 일개 헌터가 손에 넣으려고 한다는 이유와는 비교도 안 되는 구입 이유다. 그라디스 백작 가문은 대대로 제국을 지탱해온 명문 귀족이다. 귀족에게 연줄이 없는 상회에게는 무슨 수를 써서라도 가까이 지내고 싶은 존재겠지.

보구는 자연의 산물이고 희소성도 상당히 높다. 동서고금을 막론하고, 강력한 보구는 공물로 사용돼왔으니까.

그 살덩어리가 과연 그만한 가치가 있는 물건인지는 둘째 치더라도, 에크렐 아가씨의 구입 표명은 경매를 앞두고 예민해져 있던 상회들의 귀에도 들어갔겠지.

헌터가 고소득자이기는 하지만, 이 나라에서 가장 많은 돈을 가지고 있는 것은 상인과 귀족이다. 상대도 전 재산을 들여서까지 손에 넣을 생각은 아니겠지만, 이미 채무가 있는 나한테는 너무나 강대한 상대였다.

상회는 그렇다 치고, 에크렐 아가씨는 그런 위법 보구를 손에 넣어서 대체 뭘 할 생각인 걸까……

최강의 보구를 손에 넣어서 헌터로 전향이라도 하려는 건가? 무리라니까. 아무리 강한 보구가 있어도 베이스가 시시하면 무슨 수를 써도 안 된다는 건 누구보다 내가 잘 알고 있으니까.

"그래서, 어떻게 하실 건가요?"

"…………."

"정말로 필요한 보구인지, 잘 생각해보세요. 크라이 씨, 보구라면 지금도 산더미처럼 가지고 있잖아요?"

타이르는 듯한, 에바의 상냥한 말.

하지만, 갖고 싶다. 정말 갖고 싶다. 가능하다면 갖고 싶다. …………역시 필요 없으려나.

머리를 벅벅 긁었다. 1억을 그러모으는 건 어떻게든 된다 치더라도, 돈으로 귀족이나 상회와 싸우는 건 무리다. 게다가 옥션은 이제 코앞까지 다가와 있다. 나는 타고난 소비자다. 이미 막다른 골목이다.

"…………하아. 그런 얼굴을 할 거라면, 어째서 굳이 주위에 돈을 빌려달라는 소리를 하고 다니면서 정보를 뿌린 건가요."

"그런 짓을 한 기억은 없는데………… 음~. 루시아가 계좌에 얼마나 넣어뒀더라── 아, 아냐, 농담이야. 농담이라고!"

항상 한심한 나를 지탱해주던 에바가, 쓰레기라도 보는 것 같은 눈으로 날 보고 있었다.

하지만, 굳이 변명하자면── 루시아가, 정말로 꼭 돈이 필요할 때는 알아서 꺼내 쓰라고 했었다.

다른 사람한테 빌리느니 차라리 나한테 빌리라니, 정말 착실한 동생이다.

하지만…… 음………… 어쩔 수 없지. 하는 데까지 해보고 안 되면 포기하자.

내 예산으로는 귀족이나 상회와 싸우는 건 무리다. 시트리도 그런 상황이고 말이지. 타이밍이 너무 안 좋다. 정말 미안하지만, 당분간 단것을 먹으러 갈 때는 티노라도 같이 데리고 가야겠다.

결론을 내리려던 그 순간, 시트리가 살짝 숨을 헐떡이면서 뛰어 들어왔다.

"이래서………… 상인이나 귀족은, 싫어요. 매번, 매번, 돈이나 권력의 폭력으로, 비열한 방법으로 크라이 씨가, 노리는, 보물을, 가로채려고――."

평소에 메고 다니는 가방 대신에, 양손에 사람이 하나 들어갈 정도로 커다란 트렁크 케이스를 들고 있었다.

얼굴은 온화한 표정이지만, 그 눈에는 강한 빛이 깃들어 있었다.

갑자기 하는 얘기지만, 시트리는 지는 걸 싫어한다. 단아해 보이지만 그 굳은 마음은 리즈한테도 지지 않는다.

나는 이미 마음이 반쯤 꺾여 있었지만, 시트리는 더 싸워볼 생각인 것 같다.

"크라이 씨, 돈은………… 있어요. 아직, 싸울 수 있어요. 그렇게, 비밀 포션을 납품하라고 난리를 치더니 전과가 생기자마자 갑자기 손바닥을 뒤집어버렸던 귀족 놈들이랑, 제가 납품한 포션을 비싸게 팔아서 살이 뒤룩뒤룩 찐 상인들한테 한 방 먹여줘요.

일석이조잖아요."

왠지 나보다 더 진심인 것 같은데…… 그거, 동기가 좀 이상하지 않아? 시트리가 트렁크 케이스를 내 앞에 내려놓고, 잠금장치를 풀었다. 안에서 나타난 것은 일상생활을 하면서는 절대로 볼일이 없는, 백은색으로 빛나는 동전이었다. 금화의 열 배나 되는 가치를 지닌 제국 백화, 10만 길 동전이다. 백 닢이나 이백 닢 정도가 아니다. 트렁크 한가득 들어 있는 백화가 넘쳐나서 내 발쪽으로 굴러왔다. 에바의 얼굴이 일그러져 있었다.

보통 트렁크 가득 들어갈 정도의 백화를 쓸 정도로 큰 거래에서는 현찰 대신 수표를 쓴다.

"……이거, 어떻게 된 거야?"

돈, 없다고 하지 않았던가? 눈앞에 있는 백화의 양은—— 대충 봐도 1억은 넘는다.

하얀 피부가 살짝 발그레하게 달아오른 시트리가 말했다.

"언니 몰래 모으고 있던—— 결혼자금이에요. 대충 8억 정도는 돼요."

"?!"

"결혼, 자금?!"

그렇구나, 결혼자금이구나……. 생각지도 못한 말에 에바의 눈이 휘둥그레졌다.

결혼자금치고는 너무 많은 것 같, 다는 얘기는 그렇다 치고, 언제부터 모은 거야? 라든지, 정말 착실하네, 라든지, 사람은 있어? 라든지, 물어보고 싶은 얘기는 산더미 같지만, 무엇보다, 그렇게 중요한 돈은 받을 수 없다.

부담돼. 너무 부담된다고, 시트리. 비상금을 빼왔다든지 그런 수준이 아니잖아.

"아냐, 그렇게 중요한 돈은 못 받아……."

"원래, 크라이 씨를 위해서 쓸 생각이었으니까, 그냥 조금 일찍 써도 괜찮겠다, 싶어서……."

시트리가 귀까지 새빨개져서, 이해할 수 없는 말을 했다.

"뭐……? 결혼자금이라는 게, 설마 내 결혼자금이었어?"

아무리 오랜 친구라고 해도, 혈연관계도 아닌 날 위해서 돈을 모아뒀다고? 설마.

"? 아뇨, 제 결혼자금인데요……? 약혼 사례금 같은 거라고 생각하시면……."

"약혼 사례금은 남자가 내는 건데."

그리고 결혼할 상대에게 주는 돈이다. 시트리가 깜짝 놀란 얼굴이 되더니 탁, 하고 손뼉을 쳤다.

"그랬군요…… 그래도, 왜요. 역시 결혼하려면, 서로 도와야 하잖아요. 저는 남편한테 뭐든지 다 해주는 타입이니까…… 큭큭……."

"아, 응, 그렇구나. 아하하하하……."

시트리도 의외로 엉뚱한 구석이 있네. 담소를 나누고 있는 내 어깨를, 지금까지 잠자코 있던 에바가 흔들어댔다.

"뭘, 웃고 난리인가요 크라이 씨! 이대로 가다간 결혼당하게 생겼거든요?!"

"어…… 무슨 소리야, 그럴 리가 있겠어."

에바의 표정은 진지했다. 대체 에바는 시트리를 어떻게 생각하고 있는 걸까.

그냥 시트리가 항상 하는 결혼 조크인데 말이야. 아무래도 시트리는 정말로 결혼이 하고 싶은 것 같다.

나는…… 결혼……? 생각해본 적도 없네. 평생에 한 번 있는 일이니까, 헌터에서 은퇴하고 고정 수입이 있는 직업을 가진 다음에 천천히 생각해야겠지.

"경매에서 보구를 손에 넣으면, 그걸 크라이 씨의 결혼반지 대신으로 삼죠."

어…… 싫은데. 아무리 그래도 살 가면은 반지가 아니잖아.

너무 황당한 제안에 되레 냉정해진 나한테, 시트리가 뜨거운 목소리로 말했다.

"저한테는, 괜찮으시다면, 말인데요…… 크라이 씨의 콜렉션 반지 중에서 하나만 주시면──."

그거라면 문제없다. 콜렉션이 중요하기는 해도 시트리와 동료들은 그것보다 소중하니까. 반지형 보구를 하나 주는 정도는 아무것도 아니다. 하지만, 그렇게 되면 너무 나한테만 유리해지는데 말이야.

8억의 가치가 있는 반지는 세이프 링(결계지) 중에서도 쉽게 찾아볼 수 없다. 팔짱까지 끼고서 과연 어떻게 해야 보답할 수 있을지 열심히 생각하고 있는데 에바가 앞으로 나서서 책상을 세게 두드렸다, 그러고는 생글생글 웃고 있는 시트리를 보면서 말했다.

"시트리 양…… 크라이 씨의 빚은, 전부, 갚겠다고 했었죠?"

"예……? 아뇨, 괜찮아요……. 저희들의 인연은 겨우 빚 때문에 무너질 정도로, 어설픈 인연이 아니니까요."

"헌터 파티가 와해하는 이유 중에 금전 문제가 제일 큰 이유라는 건 아시나요?! 솔직히 당신이 그렇게 나오니까, 크라이 씨가 이렇게 돈 문제에 칠칠 맞은——."

"예……? 괜찮아요, 칠칠 맞게 돼버린 크라이 씨는 제가 거둘 테니깐, 신경 쓰지 마시고——."

"지금 그런 얘기가, 아니잖아요!"

에바는 높은 레벨 헌터를 앞에 두고도 의연한 태도를 보였다. 일단 리즈랑 동료들한테 클랜 직원들은 절대로 건드리지 말라고 말해두긴 했는데, 아무리 그렇다고 해도 말에 진심이 너무 많이 담겨 있는 것 같다.

"저희! 클랜 마스터한테! 이상한 약속을! 시키는 건! 제발! 그만두세요! 이상한 소문이라도! 나면! 어쩔 건가요! 헉, 헉…… 빚은, 제가, 반드시, 갚겠어요. 이번, 시트리 양의, 결혼자금도, 전부 갚을 테고요. 아시겠죠?"

"하아……. 이래서, 상인은, 싫다니까요."

시트리가 포기했다는 것처럼 어깨를 으쓱거려 보였다. 에바는 얼굴이 일그러져 있다.

정말 면목이 없네. 난 완전히 도망치고 싶은 기분이었다. 됐어. 『리버스 페이스』보다 시트리 결혼이 더 중요하니까. 그럭저럭 싸게 구할 수 있다면 갖고 싶다고 생각했을 뿐이야.

금전 감각이 없어서 정말 죄송합니다…… 토할 것 같다.

"두고 보세요, 크라이 씨. 제가 꼭 손에 넣겠어요."

"그냥 관둬도 될 것 같아…… 틀림없이 가격이 엄청나게 뛸 테니까. 8억 가지고는 모자랄 가능성도——."

그만둘 이유를 늘어놨지만, 아무리 그래도 8억 가지고도 모자랄 일은 없겠지…… 보구의 능력에 걸맞지 않으니까.

내 말을 듣고도, 시트리는 주먹을 꽉 쥐고서 몸을 앞으로 내밀었다.

"아니에요…… 사양하지 마세요. 더 모을 수 있어요. 무슨 수를 써서라도 손에 넣을게요. 일단 보구의 악평을 퍼트리도록 하죠, 돈을 모으는 것보다 가격을 낮추는 쪽이 더 간단해요!"

"아, 응………… 아냐, 잠깐만…… 저, 적당히 할 거지?"

나는, 그 빛나는 눈을 보고, 무슨 일이 있어도 그 폭주를 막아야겠다고 결심했다.

제블디아 옥션 개최가 얼마 남지 않은 탓인지, 탐색자 협회는 평소보다 혼잡했다.

평소에 제도를 거점으로 보구를 수습하고 있는 헌터들에게, 옥션은 큰돈을 손에 넣을 기회이자 강력한 무기를 낙찰받아서 전력을 향상할 좋은 기회이기도 하다.

의뢰표 앞에는 평소의 두 배 이상이나 되는 사람들이 몰려 있었다. 다가올 그 날을 위해, 보구를 모으기 위해서 보물전 정보를 알아보고 있는 헌터와 자금을 조금이라도 더 늘리기 위해서 당장 할 수 있는 외부 의뢰를 받으러 온 사람.

티노도 키가 큰 헌터들 사이에 섞여서, 뒤꿈치를 들고서 벽에 붙어 있는 의뢰표를 잡아먹을 기세로 보고 있었다.

이미 옥션 날짜가 거의 다 돼서 그런지, 괜찮은 의뢰는 거의 남아 있지 않았다. 근처 마물 토벌 의뢰도 거의 다 나갔고, 남아 있는 것들은 옥션 날짜까지 끝낼 수 없는 의뢰들뿐이었다.

모여 있는 헌터들도 하나같이 살기를 풍기면서, 탐협 직원이 새로운 의뢰를 붙이러 오지 않는지, 핏발 선 눈으로 주위를 관찰하고 있다.

티노는 여기 있는 헌터들을 삼류라고 생각했다. 경매 날짜는 사전에 정해져 있다. 일류 헌터들은 보구를 모으는 것도 자금을 조달하는 것도 이미 오래전에 끝냈는데, 이제 와서 법석을 피우는 헌터들을 보면 그저 웃음만 나온다.

티노는 경매에 관심이 없다. 물욕도 없고 낭비를 하지도 않는다.

그런데 왜, 내가 이런 준비도 부족한 헌터들 사이에 껴서 똑같은 꼴을 하고 있어야 하는 걸까.

자꾸만 기운이 빠져나가는 티노에게, 갑자기 뒤쪽에서 누군가가 말을 걸었다.

"저기, 티노. 이거, 괜찮은 거야?"

"…………."

뒤를 돌아봤다. 말을 걸어온 사람은 전에 【흰 늑대 둥지】에서 파티를 맺었던 도적(시프)── 루다 룬벡이었다. 여전히 찰랑찰랑한

갈색 머리카락에 자기주장이 강해 보이는 커다란 가슴. 최근에 레벨 4로 랭크업 했다는 것 같은 루다하고는, 지난번에 파티를 맺었던 이후로 마주치면 이야기를 나누는 정도의 사이가 됐다.

같은 도적이기도 해서 서로 말이 통한다. 스승님과의 훈련에 데려간 적도 있었다. 티노는 탐협에 오는 일이 거의 없어서 얼굴을 마주칠 기회는 별로 없지만, 일단은 친구라 불러도 되는 사이일 거다.

말없이 가만히 보고 있는 티노를 보고, 루나가 씁쓸하게 웃었다.

"여전히, 힘이 없네…… 수행은 이제 안 해?"

"……언니는, 보물전을 돌고 온다고…… 난 둔하다니깐, 떼놓고 갔어."

"……여, 여전하구나…….."

루다가 내민 잡지는 트레저 헌터와 관련된 가십을 다루는 잡지였다.

펼쳐진 페이지에는 경매에 나온다는 이야기가 있는 보구에 대한 내용이 있었다.

잡지를 받아 들고, 조용히 내용을 훑어봤다. 어떤 고명한 헌터가 경매에 출품되는 최강의 보구를 손에 넣기 위해서 수단 방법가리지 않고 돈을 그러모으고 있다. 다른 헌터들은 물론이고 귀족까지 같은 보구를 노리고 혈안이 되어 있다. 그 보구는 다른 나라에서 온 레벨 7 헌터가 간신히 목숨을 부지하며 입수해서 가지고 돌아온 비장의 보구라는 것으로 추정된다. 귀족은 그 아크 로단과도 좋은 관계인 것으로 보인다. 몇몇 상회도 그것을 입수하기 위해 움직이기 시작했다. 아는 사람은 아는, 이번 경매의 주목 상품이 될 것이다.

"이거, 크라이 얘기지?"

어디까지가 진짜고 어디까지가 거짓말일까. 보구의 힘에 대한 추측이나 낙찰 예상 가격까지 나와 있다. 헌터가 그것을 손에 넣을 수만 있다면 레벨 상승은 확실하다는 얘기까지 적혀 있다.

원래 신빙성이 낮은 가십 잡지이기는 한데, 그 너무나 말도 안 되는 수준 때문에 티노는 눈살을 찌푸렸다.

"⋯⋯⋯⋯아니야⋯⋯."

"⋯⋯⋯⋯뭐?"

"무엇보다, 마스터는⋯⋯ 돈, 못 빌렸으니까⋯⋯."

"?!"

티노는 중간까지밖에 못 봤지만, 타노가 알고 있는 한 마스터 어는 돈을 빌려달라는 제안을 전부 거절당했다. 그 멋질 정도로 훌륭한 자폭에, 티노는 아무 말도 못 했다.

잡지에는 크라이가 억 단위의 돈을 모으고 있다고 나와 있었지만, 이 숫자는 대체 어디서 나온 걸까? 고개를 갸웃거리는 티노를 보며, 루다가 눈을 반짝거렸다.

"어? 이거, 혹시 크라이 얘기 아닌 거야⋯⋯?"

"⋯⋯⋯⋯."

그건 틀림없다. 이 제도에서, 클랜 마스터를 맡고 있는 높은 레벨 헌터에 보구 콜렉터라면 크라이밖에 없다. 그냥 제도를 거점으로 삼고 있을 뿐인데, 이런저런 화제의 중심이 되는 인물이기도 하고.

티노는 잡지 내용을 대충 확인하고는, 크게 한숨을 쉬고서 잡지를 루다에게 돌려줬다.

잡지에는 그 어떤 높은 레벨 헌터를 조롱하는 것 같은 내용이 적혀 있었다.

잡지 내용에 의하면, 돈 따위는 무시하고 보구를 손에 넣으려고 하는 헌터의 귀감이다. 클랜 마스터로서의 권력을 충분히 발휘하고 있다. 같은 파티 여자에게 돈을 벌어오게 하고 있다 등등, 빙 돌려서 야유하는 것 같은 이 내용은, 정말로 목숨이 아깝지 않은 것 같다는 생각만 들 뿐이다. 엄청난 헛소리들이다. 사람들이 몰려 있는 의뢰표를 포기하고, 미팅 공간에 설치된 테이블 중 하나에 가서 앉았다. 루다도 티노를 따라서 자연스러운 동작으로 맞은편에 앉았다.

뭐라고 설명해야 좋을까…… 루다는 크라이가 티노를 위해서 데려온 인재다. 한때나마 관계자였고, 게다가, 마스터가 걱정돼서 말을 해준 사람한테 함부로 대할 수도 없다.

이런 헛소리에 놀아나는 게 너무나 불쌍하다는 이유도 있고. 티노는 정이 많은 성격이니까.

티노는 몇 초 동안 망설이고는 또렷한 말투로, 단적으로 말했다.

"……마스터어는 이미 보구를 입수할 방법을 마련하셨어. 빚도…… 괜찮으니까, 걱정할 필요 없어."

"…………어? 그런…… 거야?"

루다의 눈이 휘둥그레졌다. 마스터어의 보구 콜렉션에 대한 열정은, 티노가 알고 있는 한에서 이 제도에서 제일이다. 실제로 티노는 스승을 따라서, 다수의 보구가 장식돼 있는 마스터어의 개인실에 들어가 본 적이 있었다.

그 숫자는, 수백 점. 비교적 흔히 볼 수 있는 것부터 소문조차 들어본 적이 없는 것까지, 아마도 종류만 따지면 제도의 보구 전문점조차 웃도는 콜렉션이다. 보구의 가격은 수요와 공급에 따라서 크게 달라지는데, 만약 돈으로 환산한다면 수백억은 될 것이다. 트레저 헌터란 보물을 추구하는 자라는 뜻이다. 티노의 마스터는 누구보다 그 이름에 어울리는 남자다. 빚도…… 틀림없이 문제없다.

티노는 시트리 언니를 떠올리고는 몸을 부르르 떨었다.

시트리 언니가 마스터를 흠모하는 것은, 어쩌면 언니 이상이다. 역시나 자매라고 해야 할까, 빚지는 걸 허용하는 정도를 넘어 기꺼이 빌려주는 건, 시트리 언니와 최대한 관여하지 않으려고 하는 티노가 보기에도 명백했다. 돈이 없어도, 온갖 수단을 다 동원해서 마련하겠지.

티노가 마스터어에게 다가갈 때마다 보여주는 그 눈빛이 머릿속에 떠올라 머리를 흔들면서 떨쳐냈다.

"마스터어는 노린 보구는 확실하게 손에 넣으셔. 그러니까, 이런 하찮은 정보가 퍼진 것도—— 전부 마스터어가 의도한 일."

"뭐? …………정말로?"

"…………그럴, 거야."

그렇지 않으면, 그렇게 사람들이 보는 곳에서 아크 로단에게 돈을 빌려달라고 부탁하거나, 라운지에서 함부로 돈 얘기를 할리가 없다. 티노는 마스터어의 귀신같은 지혜를 털끝만큼도 예상할 수 없지만, 얼마나 대단한지는 알고 있다. 아무튼 대단하다. 잘은 모르겠지만, 대단하다.

루다는 티노를 보면서 의아하다는 표정을 지었지만, 마음을 다잡은 것처럼 몸을 내밀었다.

주위를 신경 쓰는 것처럼 둘러보고, 소리 죽여 물었다.

"그래서, 티노. 이 크라이가 노린다는 보구라는 게── 대체 뭐야?"

"…………이상한 가면. 예전에 마스터어가 가지고 있던 보구와 비슷한데…… 아마도 다른 것 같아. 무슨 힘이 있는지는, 몰라."

"뭐야~ 궁금했는데 말이야."

『리버스 페이스』는 바로 얼마 전까지만 해도 마스터어가 좋아하는 보구였다. 하지만, 이번 보구는 틀림없이 다른 것이겠지. 그 보구는 평판이 너무 나빠서, 언니가 부숴버렸다고 들었다. 티노 자신도 그다지 좋아하지 않았고, 쓸데없이 얼굴을 바꿔대면서 '이게 진짜 《천변만화》 아니겠어'라고 말하는 마스터를 보며, 주위 사람들도 그다지 좋은 표정을 짓지 않았다. 시트리 언니조차도 웃는 얼굴에 구름이 낀 것 같았던 걸 보면 상당히 싫어했겠지.

당연한 일이라고 생각한다. 아무리 사람 자체가 달라진 건 아니라고 해도── 그 누가 좋아하는 상대의 얼굴이 《천변만화》가 되는 걸 좋아할까. 마스터어는 대단하지만, 너무 대단해서 티노한테는 이해하기 힘든 구석도 있다.

"뭐, 문제없다면 괜찮은데…… 왜, 다들 수군거리잖아? 나도, 괜찮다고 생각은 하는데──."

귀족이나 상회가 나섰다는 얘기도 사실이겠지. 다른 헌터들도 수군거리고 있다.

아마도, 보구의 가격은 틀림없이 올라간다. 경매에서는 과거에도 비슷한 사례가 여러 번 있었다.

시작되는 것은 천상의 싸움. 상회와 귀족에 맞설 수 있는 것은 초일류 헌터뿐이다.

그나저나, 어째서 이렇게, 다들 마스터어를 걱정하는 걸까. 조금 못 미덥게 보이기는 하지만 그건 전부 위장일 뿐이고, 8이라는 인정 레벨이 그 실력을 보장해주고 있는데.

미천한 티노는 도저히 이해할 수가 없다.

"그러고 보니까, 티노는 뭐 하고 있었어? 의뢰표를 열심히 보는 것 같던데……."

"…………수, 수행도 못 하니까, 조금이나마 돈을 만들어서, 마스터어를 도울까 하고……."

티노는 고개를 숙이고, 기어들어 가는 목소리로 대답했다.

클랜 마스터의 방에서는 시트리와 에바 사이에 기탄없는 논쟁이 오가고 있었다.

장본인인 나는 완전히 밖으로 밀려났다. 왠지 단 음식이라도 먹으러 가고 싶은 기분이다.

"그러니까, 제가 포션 판매를 그만두고 《발자국》이 소재 처분을 중지한다고 하면, 어지간한 상회는 협력적으로 나올 거예요."

"포션은 그렇다 치더라도, 상회에 싸움을 걸 생각인가요?! 거래를 할 수 없게 되면 이쪽도 곤란해지잖아요?!"

"그걸 어떻게든 하는 게 에바 씨의 일이니까…… 뭐, 저는 크라이 씨를 위해서라면 다른 나라로 거점을 옮겨도 되니까, 이 나라 상회와의 관계가 어떻게 되건 알 바 아니에요. 다들 같은 생각이겠죠."

참 과격하네. 의연한 태도로 임하는 에바를, 시트리는 일관되게 웃으면서 상대하고 있다.

"솔직히 말해서, 일이 너무 커진 것 같다는 생각이에요. 크라이 씨는 클랜 마스터이기 이전에 저희 리더인데——."

이렇게까지 커진 클랜에 대해, 시트리는 아무런 미련도 없는 것 같다. 애당초 클랜 설립은 내가 제안한 일이고 멤버들의 평가는 좋지도 나쁘지도 않았었으니까, 어쩔 수 없는 일이려나.

최근에는 내가 보물전 탐색에서 완전히 빠져버린 것 때문에 조금 불만도 있는 것 같다. 너무 심한 말 때문에 평소에 열심히 일하고 있는 에바의 어깨가 부들부들 떨리고 있다. 날 노려보기 전에 어떻게든 도와줘야겠다.

"그러면 안 되지, 시트리. 상회에 압력을 가하는 건 안 돼. 교섭에 그런 측면도 있다는 건 알고 있지만, 지금까지 신세 진 분들한테 그렇게 대하는 건 도리에 어긋나는 일이야."

에바가 없어지면 이 클랜은 어떻게 하냐고. 대외관계까지 포함해서 전부 맡기고 있는데.

"…………알겠습니다. 하지만, 소문을 유포하는 것도 상회를 설득하는 것도 안 된다면——."

"……일단 말해두겠습니다만, 전부 제국법에 저촉됩니다."

맞아. 범죄라고. 이제 됐어, 내가 잘못했으니까. 그런 가면 필요 없어.

시트리가 활짝 핀 꽃처럼 웃으면서 날 쳐다봤다.

"그럼 다시 한번 출품자분과 교섭해볼까요. 수단을 가리지 않는다면 아주 싼 가격에 손에 넣을 수 있어요. 상황이 너무 커진 탓에 꽁지를 말고 제도에서 도망쳤다고 하면, 없어져도 이상하지 않겠죠."

"??? 그건 안 되겠지. 아무도 납득하지 않을 거야. 쓸데없는 짓이라고."

잘은 모르겠지만, 이제 와서 돈을 조금 더 얹어준다고 해도 아놀드가 받아들일 리가 없을 테고.

시트리가 뭔가를 생각하는 표정으로 말했다.

"음…… 일이 조금 커지기는 하지만, 그 에크렐 아가씨가 없어지면 간단해질 것 같은데…… 어떻게 생각하세요?"

"뭐……? 없어지는 일은 없겠지. 왠지, 날 적대시하는 것 같고."

이유는 모르겠지만, 그 아가씨는 아크가 마음에 든 것 같던데, 혹시 그것 때문이려나. 나랑 아크는 사이가 나쁘지 않은데, 제블디아에서는 최강의 젊은 헌터를 따질 때 나를 지지하는 사람들과 아크를 지지하는 사람들로 양분된다는 것 같다.

참고로 나는 아크를 지지하는 쪽이다. 생각할 필요도 없잖아.

"하지만…… 헌터 중에는 못된 자들도 있고, 그 사람이 돈을 가지고 있다는 건 명백하니까요. 게다가 상대는 헌터를 싫어하는 걸로 유명―― 납치당할 가능성도 있다고 봐요. 돈을 위해서라면 무슨 짓이든 하는 헌터도 있고…… 어떻게 생각하세요?"

"응……? 호위도 있으니까, 그런 일은 없겠지?"

아무리 그래도 귀족 영애잖아. 헌터들이 가장 번성한 제블디아에서는, 귀족들의 호위는 헌터에 대항할 수 있는 수준으로 유지하고 있다. 시트리가 팔짱을 끼고서 으으음, 하는 소리를 냈다.

"하지만, 아무리 그래도 제 오리지널에는 내성이 없을 것 같아요. 거기에 내성을 키우려면 마나 머티리얼의 힘을 빌려서 그쪽 방향으로 지향성을 두고 성장할 필요가 있으니까요."

시트리는 한때 팬텀이나 마물한테도 먹히는 오리지널 포이즌 포션 개발에 힘을 쏟은 적이 있었다. 분명히, 독에 내성을 지닌 팬텀이나 마물한테도 먹히는 그거라면 인간 호위한테도 효과가 있을지는 모르지만, 만들 수 있는 건 시트리뿐이라는 것 같으니까 그게 외부에 돌아다닐 가능성은 없다고 봐도 된다.

"아, 응, 그러게. 하지만 시트리만 만들 수 있는 포션이 밖으로 유출되는 일은 있을 수 없잖아."

시트리가 좋은 생각이 났다는 것처럼 손뼉을 치면서 말했다.

"괜찮아요, 이런 일도 있을까 싶어서, 탈리아한테도 만드는 방법을 가르쳐줬거든요."

응? ……뭐가 괜찮다는 거지? 탈리아가 시트리를 배신하는 건 말도 안 되잖아.

"…………아냐, 탈리아가 알고 있다고 해도, 거기서 유출되는 것도 있을 수 없는 일이잖아."

"…………그렇군요. 생각해보니, 그렇네요."

시트리가 생각에 잠겼다. 거기서, 지금까지 눈이 휘둥그레져서 우리의 대화를 듣고 있던 에바가 끼어들었다.

"자, 잠깐만 기다려 주세요. 진심은…… 아니겠죠?"

"응? …………뭐가?"

내가 뭐라고 했나? 흥분해서 이상한 소리라도 한 건가?

에바가 바라보는 곳에는 복잡한 표정으로 고개를 갸웃거리고 있는 시트리가 있었다.

"뭐기는요…… 그러니까………… 아니, 뭐, 크라이 씨가 그런 사람이 아니라는 건 알고 있어요. 저는, 믿고 있어요."

"의뢰인도 경합도 안 된다면, 남은 건…… 보구 자체를 사전에―― 하는 수밖에―― 위험 부담이――."

시트리가 혼자서 중얼거리고 있다. 진지한 표정에서, 무슨 수를 써서라도 날 위해서 보구를 손에 넣으려는 마음이 전해져 온다. 하지만 나는 위법적인 방법을 써가면서까지 보구를 손에 넣을 생각은 없다.

정정당당, 경매에 도전했다가 무리라면 그걸로 끝이다. 솔직히 말해서, 여기까지 왔으면 그냥 포기하는 쪽이 좋을지도 모른다. 결혼자금은 시트리 본인을 위해서 사용하세요.

"마음은 고맙지만, 쓸데없는 일은 안 해도 돼. 정정당당하게 경매에 임하고, 안 되면 그때 가서 생각하자고. 뭐………… 죽어도 갖고 싶은 정도는 아니니까."

"…………크라이 씨가, 그렇게 말씀하신다면. 그럼, 자금 조달만은 최대한, 열심히 해볼게요."

……조달도 안 해도 되는데. 8억이나 있으면 충분할 테니까.

이렇게 옥션이 빨리 끝났으면 좋겠다고 생각하는 건, 제도에 온 뒤로 처음이다. 나는 의욕을 불사르고 있는 시트리와 얼굴을 찌푸리고 있는 에바를 보면서, 그저 경매가 무사히 끝나기만을 빌었다.

제5장 귀신같은 지모와 조용한 싸움

『마기즈 테일』 앞은 마치 전쟁터 같았다. 길에는 큰 균열이 생겼고, 가게를 둘러싸고 있던 금속 울타리가 완전히 날아가 버렸다. 간판은 땅바닥에 떨어졌고, 맞은편 집 담장에는 수많은 착탄 흔적이 생겼고, 여기저기 핏자국이 남아 있고, 제도의 치안 유지를 담당하는 제3 기사단이 출동해서 구경하러 모인 사람들을 통제하고 있다.

『마기즈 테일』에 강도가 들었다는 것 같다.

그 정보가 들어온 것은, 마침 시트리와 앞으로의 대해서 이야기하던 때였다.

시간은 어젯밤. 범인은 의뢰를 받고 특정한 물건을 훔치는 범죄자 파티 《섀도우 링크스》. 헌터 출신 도적단이다. 헌터 중에는 보물전 공략을 그만두고 마나 머티리얼을 흡수해서 키운 힘을 사용해서 범죄 행위를 저지르는 자들이 있다. 팬텀이나 마물과 싸우는 것보다 사람을 덮치는 쪽이 효율이 좋다고 판단한 자들이다. 그런, 위법행위가 발각된 위험한 『전직』 헌터 파티를 탐색자 협회에서는 레드라고 부르고, 그들에게 현상금을 걸었다. 페널티로 레벨을 마이너스까지 떨어진 시트리와 다른 점은, 시트리가 일단은 선량한 헌터로 인식된 것과 달리 그들은 완전히 범죄자라는 점이다.

"언젠가는 그럴 거라고 생각했는데…… 바로 바보가 걸린 것 같네요."

시트리가 질렸다는 것처럼 말했는데, 나는 그런 걸 생각할 정신이 아니었다.

아마도 거울을 보면 새파랗게 질린 내 얼굴을 볼 수 있겠지. 내가 했던 일이라고는, 그냥 조금 갖고 싶은 보구를 발견해서 그걸 경매가 시작되기 전에 소유하고 싶어서 헌터 동료들에게 돈을 빌려줄 수 있는지 물어본 것뿐이다.

그런데 날이 갈수록 일이 커졌고, 결국 오랫동안 신세를 졌던 보구점에 피해를 입히는 일까지 벌어지고 말았다. 맹세하는데, 난 절대로 이런 상황을 예상하지 못했다. 솔직히 내가 경솔했던 구석도 있을지 모르지만, 아무리 레벨 8이라고 해도 나는 그냥 평범한 헌터다.

물건도 뭔가 사연이 있거나 역사가 있는 보구도 아니다. 어떻게 이런 상황을 상상할 수 있겠냐고.

따끔따끔 쑤셔대는 위를 붙잡고 있는 나와 다르게, 시트리는 아주 태연했다.

"설마, 아무리 야간이라고 해도, 보구점에 침입하려고 드는 세력이 아직까지 이 제도에서 살아남아 있었다니…… 경솔했어요. 제대로 조사해뒀다면, 다른 길을 보여줬을 수도 있는데……."

불행 중 다행인 건, 미수로 끝난 점이려나.

현장은 기사들이 접수해서 일반인들은 다가오지 못하게 막고 있지만, 높은 레벨 헌터의 권한을 써서 통과시켜달라고 해야겠다.

낡아서 정취가 있던 문은 두 쪽으로 부서졌고, 주위에는 탄내가 잔뜩 고여 있었다.

문이 없어진 가게 안쪽에서 고함소리가 들려왔다.

"난 일을 해야 한다고! 강도 한두 놈을 상대하다가는 경매 때까지 일을 못 끝낸단 말이야! 빌어먹을, 이놈이고 저놈이고 그 꼬맹이 놈의 말에 놀아나고 말이야—— 호위? 필요 없어! 우리도 경비원 정도는 있다고! 우수한 경비원이 말이야! 호위보다 가게 정리를 도와줄 사람이 더 필요한 상황이야!"

완전히 심기가 불편하신 목소리다. 사과하면 용서해주려나.

하다못해 티노를 데리고 왔어야 했다. 들어가고 싶지는 않지만 안 들어갈 수도 없겠지.

나는 주위를 이리저리 둘러보고 크게 심호흡을 한 뒤에, 반파 상태인 가게 안으로 들어갔다.

"! 오, 꼬마야! 잘 왔다!"

"뭐랄까…… 죄송해요……."

날 보자마자 귀신같은 얼굴로 소리를 질러대는 마티스 씨 앞에서, 나도 모르게 몸이 위축되고 말았다.

가게 안쪽도 바깥과 다를 바 없이 끔찍한 상황이었다. 선반은 무너지고 카운터는 두 쪽으로 잘렸다. 그래도 보구가 들어 있는 유리 케이스에는 갈라진 곳 하나 없는 건 역시 대단하다고 해야 할까.

아무래도 설비 쪽 피해는 둘째 치고, 사람은 다치지 않은 것 같다. 가게 안에는 평소대로 온몸을 보구로 무장한 경비원 남자가 서 있다. 항상 무뚝뚝한 사람인데, 오늘은 왠지 기분이 좋아 보인다.

비싼 상품을 다루는 보구점은 일반적인 상점보다 경비의 질이 좋다. 특히 기사단도 거의 오지 않을 정도로 외진 곳에 있는 『마기즈 테일』의 경비는, 생긴 것과 다르게 철벽을 자랑한다.

이 제도에 가게를 연 지 수십 년, 『마기즈 테일』은 아직까지 단한 번도 강도한테 털린 적이 없다는 것 같다.

"정말이지, 강도질을 하려면 낮에 오란 말이야! 낮에! 덕분에 잠도 제대로 못 잤다고!"

마티스 아저씨가 짜증을 내면서 말했다. 눈 밑에 커다란 다크서클까지 생긴 게 보인다. 경매 직전에 이 소동, 아무래도 평소에는 나보다 오래 살 것처럼 보일 정도로 힘이 넘치는 마티스 아저씨도 많이 힘든 것 같다.

어쨌거나 무사해서 다행이다. 만에 하나 마티스 아저씨가 강도의 칼에 맞아서 쓰러지기라도 했으면 꿈자리가 사나웠을 거야.

마음속으로 안도하는 나를 무시하고, 마티스 아저씨가 주위를 이리저리 확인했다.

"야, 크라이! 아가씨는 없냐?! 괜찮은지 보러 오려면 아가씨를 데리고 왔어야지! 솔직히 넌 필요도 없단 말이야! 일하는 데 방해만 되니까!"

…………왠지, 굳이 이렇게 와볼 필요도 없었던 것 같다.

기사분이 질렸다는 얼굴로 가게 안의 흔적들을 확인하고 있다. 작은 목소리로 "범인은 잡았으니까, 이만하면 됐겠지" 같은 소리를 하는 걸 보면, 이 영감님 때문에 상당히 고생을 한 것 같다.

나는 같이 따라온 시트리의 어깨를 움켜쥐고, 앞으로 내밀어서 진상했다.

"대신에 시트리를 데리고 왔어요. 이걸로 봐주시면……."

"웃기지 마, 대신은 필요 없어! 뭐라고? 시트리, 간밤에 그놈들, 네가 보낸 건 아니겠지?!"

"세상에……?! 크라이 씨가 말리기도 했고, 만에 하나, 억에 하나, 보냈다고 해도…… 좀 더 제대로 된 사람들을 보냈을 거예요."

"그럼 됐어! 할 일 없으면 가게 정리나 도와라, 오늘 장사 다 했다! 우리 종업원들은 저렇게 서 있는 재주밖에 없다고."

이 영감님, 힘이 넘치시네. 나보다 훨씬 헌터 체질인 것 같다.

목소리가 충분히 들리는 범위 안에 서 있는 경비원은, 마티스 씨가 폭언을 늘어놔도 표정 하나 변하지 않았다.

똑바로 서서, 허공만 빤히 쳐다보고 있다. 혹시 허수아비인가?

시트리가 싫은 표정 한 번 짓지 않고 정리를 시작했다. 나는 카운터에 앉아서 다시 한번 가게 안을 확인했다.

"웬일로 잔뜩 당한 것 같네요. 다친 덴 없고요?"

"다친 덴 없다! 상대는 헌터 출신 『도적』이 셋이었거든. 가게를 부순 건 우리 경비원이다! 오랜만에 보구를 썼더니 힘 조절이 안 됐다는 소리나 하고! 빌어먹을! 가게 부숴먹으라고 보구를 빌려준 게 아니란 말이다!"

……강도들이 한 짓이 아니었구나.

지적받은 당사자는 눈썹 하나 까딱하지 않았다. 이상한 사람 주위에는 이상한 사람들이 모인다는 건가. 그리고 보구를 썼다고 해도 절도단을 괴멸시켰다니, 대체 얼마나 실력이 좋은 걸까. 나보다 훨씬 강한 것 같네.

　한바탕 소리를 질러대고 만족했는지, 마티스 아저씨는 물을 한 모금 마시더니 깊은 한숨을 쉬었다.

　"그래서, 무슨 일이냐? 배상 따위는 필요 없다, 레드 놈들 현상금 덕분에 흑자니까. 손주도 날 보러 와줬고 말이야."

　"아니, 그래도——."

　"그 소문에 대해서도 사과할 필요 없다. 남들 말에 놀아나기나 하고 말이야—— 최강의 보구 같은 게 있을 리가 없잖아! 그런 게 있으면 나야말로 보고 싶다!"

　마티스 아저씨는 쌀쌀맞게 자기 하고 싶은 말을 쏟아놓고는, 주먹으로 카운터를 두드렸다.

　가장 흉악한 보구는 있어도 최강의 보구 따위는 존재하지 않는다는 건, 수십 년 동안 이 길을 걸어온 마티스 아저씨의 입버릇이다.

　아무래도 소문을 전혀 믿지 않는 것 같다. 날 믿어주는 건지 아니면 안 믿어서 그러는 건지, 어쨌거나 이 완고한 말을 듣고서 내 기분도 조금이나마 편해졌다.

　나는 웃어 보이고, 멋지게 이야기를 끝내기로 했다.

　"가장 흉악한 보구—— 가장 무서운 것은, 어쩌면 보구가 아니라 사람의 마음인지도 모르겠네요."

"닥쳐! 무서운 건 그냥 보구를 사려고 했을 뿐인데도 주목의 대상이 되는 꼬맹이, 바로 네놈이야!"

얼굴을 찌푸리고, 마티스 아저씨가 소리를 질러댔다. 지당하신 말씀입니다.

"그래요, 인간의 어리석음은 끝이 없죠."

"닥쳐! 마음에도 없는 말은 하지도 말라고!"

거기에 비하면 열 자리 빚 정도는 시시한 일이겠지.

시트리는 바지런하게 가게를 정리하고 있다. 어떻게 설득한 건지, 현장을 검증하러 와 있던 기사단 사람들까지 끌어들여가지고 지시를 내리면서. 일단 파편 정리 정도는 금세 끝나겠네.

"……그러고 보니까, 그 물건은 감정했어요?"

경위가 어떻게 됐건, 지금 이 제도에서 그 물건은 완전히 주목받는 대상이다. 에크렐 아가씨가 왜 그것을 최강의 보구라고 착각했는지는 모르겠지만, 능력이 확정되면 이 난리도 어느 정도 정리가 되겠지.

변신계 보구는, 여기 제도에서는 사용이 제한된 물건이다. 귀족한테도 체면이라는 게 있고.

일말의 희망을 걸고 물어봤지만, 마티스 아저씨는 고개를 크게 저었다.

"음…… 아, 그렇지. 자료를 뒤져서 몇 가지를 확인해봤는데— 능력 감정은 불가하다고 하기로 했다."

예상했던 대답에 내 어깨가 살짝 처졌다. 마티스 아저씨는 자기 일에 긍지를 가지고 있는 사람인데, 그렇기 때문에 위험을 감추려고 하지도 않고 감정에 목숨을 걸지도 않는다.

"사용했을 때의 위험 예상은 S급이다. 가면 계열은 귀찮은 것들이 많으니까. 표정이란 사람의 본질을 보여주는 건데, 그걸 덮어서 가리는 가면 계열 보구는 정신, 육체에 변혁을 불러오는 것들이 많아. 골렘을 써서 기동해봤지만 아무 일도 없었다. 가면의 생김새를 보면 아마도 생물이 써야만 발동하겠지."

"…………그렇군요."

"십중팔구 제대로 된 물건이 아니야. 그걸 알고서도 낙찰받으려고 한다면, 그건 자기 책임이지."

과연. 안 그래도 어려운 보구의 기동을 골렘한테 맡기는 건, 이 제도에서도 마티스 아저씨만이 할 수 있는 일이겠지.

예전에 도적단이 가지고 있던 『리버스 페이스』를 손에 넣었을 때는 도적 일당의 증언이 있어서 바로 효과를 알 수 있었지만, 마티스 아저씨가 그렇게까지 했는데도 감정이 불가능하다면, 사람한테 직접 써보지 않는 이상은 효과를 알아내기 힘들다는 뜻이다.

보구 경매는 어떤 능력을 감정했는지에 대한 각 항목을 표시하고, 감정자의 소견까지 공표한 상태에서 행해진다. 지금 마티스 아저씨가 말한 대로 적는다면, 그 물건을 필사적으로 사들이려고 하던 헌터들도 대부분 정신을 차릴 것이다.

하지만 그렇게 되면, 역시 마지막으로 남는 관문은 그 에크렐 아가씨다. 이유는 모르겠지만, 아가씨는 최강의 보구라는 환영에 씌어 있다. 세상 물정 모르는 아가씨는 마티스 아저씨가 말을 해도 안 듣겠지.

"크라이네 파티 심볼도 꽤나 묘하게 생겼지만, 그 살 가면은 생긴 게 전부가 아니야. 왜들 그딴 것 때문에 그렇게 필사적인지, 난 도무지 모르겠어."

"제가 제일 곤란하다니까요, 왠지 전부 제 탓인 것처럼 돼버렸잖아요. 솔직히 빨리 경매가 끝났으면 싶어요. 솔직히 아무리 강한 보구를 가지고 있어도, 본체가 약하면 의미가 없잖아요?"

"⋯⋯그러게 말이다. 다들, 보구에 너무 많은 걸 바라고 있어."

내 말을 들은 마티스 아저씨가, 맞는 말이라는 것처럼 고개를 끄덕였다. 보구가 있건 없건 강한 놈은 강하고, 약한 놈은 약하다. 그래서── 헌터는 훈련을 계속해야 한다.

상황을 정리해서 최악과 최선을 상정했다. 최선은 아가씨와 상회, 다른 헌터들이 보구 입수를 포기하고, 내가 아주 싼값으로 손에 넣는 것. 그리고 최악은── 아가씨나 상회가 보구를 손에 넣고서는 위험을 두려워하지도 않고 사용해서 효과가 판명되고, 기대에 어긋난 효과 때문에 나한테 쳐들어오는 일이다.

너무나 부조리한 얘기지만, 상대는 무슨 짓을 저지를지 모를 귀족 가문 아가씨다. 권력이라는 측면에서 내가 압도적으로 불리한 이상, 무슨 꼴을 당하게 될지 모른다.

난 이제 그 보구는 필요 없다. 준다면 받겠지만, 친구 결혼자금을 써가면서까지 손에 넣고 싶지는 않으니까. 하지만 애당초 나 때문에 이 소동이 시작된 이상, 예방책은 마련해둬야겠지. 기분상으로는 너무나 귀찮고 하기 싫지만, 이런 귀찮은 일을 방치하면 나중에 더 귀찮은 일이 되는 법이다.

가게를 정리하고 있는 시트리에게 물었다.

"마티스 아저씨 얘기까지 더해서, 한번 에크렐 아가씨랑 얘기해볼까 하는데…… 같이 가줄래?"

"물론이죠, 크라이 씨. 그 아크 씨를 좋아한다는 아가씨한테 저희에 대해 잘 알려주도록 하죠."

시트리는 정리하던 손을 멈추더니, 뺨에 손을 대고서 황홀한 미소를 지었다.

에크렐 그라디스가 그 최강의 헌터와 만난 것은 1년 전의 일이다.

그라디스 백작 가문은 오랫동안 제도를 지켜온 무관 가문이다.

거느리고 있는 기사단은 정강하기로 유명하고, 오랫동안 제블디아 제국을 섬기면서 다른 나라들과 마물, 팬텀으로부터 지켜왔다.

제국은 트레저 헌터를 다수 받아들이면서 열강 중 하나가 됐다. 하지만, 그럴수록 만약의 경우에 대한 대비를 게을리해서는 안 된다. 그것이 그라디스 백작 가문의 가훈이었다.

제국에서 최강의 전력은 기사가 아니라 헌터다. 마나 머티리얼의 흡수는 인간의 기초 능력을 그 무엇보다 강화한다. 아무리 가혹한 훈련을 하고 기술을 연마해도, 영지를 지켜야만 기사단과 항상 보물전에 도전하는 헌터 사이에는 어쩔 수 없이 능력 차이가 나타나게 된다.

제국의 검이라 자부하는 그라디스에게, 기사단을 동원해서도 제압할 수 없다고 여겨지는 높은 레벨의 헌터는 내부의 적── 경계 대상이었다. 헌터를 싫어한다는 평판도, 그라디스가 헌터들을 다른 귀족들보다 험하게 대하는 데서 유래한 것이다. 제국 귀족 중에는 헌터들을 도굴꾼이라고 부르면서 멸시하는 이도 적지 않은데, 그라디스의 태도는 그것보다 조금 더 험하다.

에크렐 자신도 철이 들었을 무렵부터 칼을 쥐고, 헌터에게 지지 않기 위해서 이름 있는 검호들에게 지도를 받아왔다. 호위가 있다고는 해도 정기적으로 보물전에 들어가는 에크렐의 능력은, 아직 어린데도 상당히 강하다.

그런 그라디스 가문이 헌터들 중에서 유일하게 인정하는 존재가 바로── 로단 가문이었다.

로단 가문 이야기는 몇 번이고, 몇 번이고 들었다. 오래전에 제블디아에서 큰 공적을 쌓았고, 용사라는 이름의 사용을 허락받은 헌터 일족. 제도가 완성된 지도 수백 년, 제블디아가 헌터들의 성지라 불리게 된 지금에도, 그 수많은 헌터들의 정상에 있는 제국의 영웅.

헌터면서도 그라디스와 마찬가지로 오래전부터 제블디아를 지키면서 발전을 위해 공헌했고, 한때는 작위까지 받았었다. 결국 로단은 그것을 고사했지만, 그가 동포라는 점에는 변함이 없다.

그라디스에서는 헌터 이야기가 나올 때면 반드시 그 이름이 나왔다.

로단은 대대로 우수했지만, 다음 당주 후보는 특히 우수하다고 들었다. 아직 젊은데도 벌써 별명을 가졌고, 높은 레벨의 보물전을 차례로 제패하고 있다. 언젠가는 그 이름이 영웅으로서 역사에 남게 되겠지.

에크렐은 그 이야기를 들을 때마다 대체 어떤 인물인지 기대가 되면서 가슴이 뛰었다.

실제로 만나본 아크 로단은 에크렐의 기대를 한참 뛰어넘는 존재였다.

거친 이미지의 헌터와는 정반대로 어딘가 기품이 있는 언동. 육체는 날씬하면서도 잘 단련됐고, 잔잔한 호수를 연상시키는 파란색 눈동자는 너무나 깊고 초연한 빛을 지니고 있었다.

그리고 무엇보다── 그 강함.

열심히 졸라서 행한 실전 시합에서, 아크 혼자서 고명한 그라디스 기사단을 제압했다.

검술 지도도 받았다. 파티를 따라가는 형태로 보물전을 탐색했다. 같이 행동할 때마다 에크렐의 마음속에 있는 동경은 점점 커져만 갔다.

《은성만뢰》. 본디 양립할 수 없는 검과 마법이라는 두 분야의 극치를 융합한, 영웅이라는 이름에 어울리는 헌터.

언젠가는 그 옆에 서고 싶다. 강한 도취감에 몸을 부들부들 떨면서, 헤어진 뒤에도 그의 모험담에 열중하던 에크렐의 귀에 들어온 것은, 그런 영웅의 라이벌이라 불리는 헌터의 정보였다.

제도에 있는 그라디스 백작 가문의 거점은 제도 중심부—— 귀족들의 저택이 늘어서 있는 구역에 있다.

　떠들썩한 큰길가와 또 다른, 세련된 구역이다. 완전히 정비된 돌판 바닥 길에는 장식이 과다할 정도로 호화로운 마차가 여러 대나 지나다니고, 반짝거릴 정도로 닦은 갑옷을 장비한 치안유지 기사들이 일정 간격으로 서 있다.

　일반인도 헌터도 거의 보이지 않는다. 바닥에 굴러다니는 쓰레기도 하나 없고, 공기 냄새조차 우리가 평소에 생활하는 구역과 전혀 다른 것 같다.

　그라디스 백작. 백작이면 그렇게까지 대단한 건 아니라고 생각할 수도 있지만, 이 제블디아 제국에서는 귀족들의 권한이 상당히 강하다. 레벨 8이라고 해봤자 헌터는 어디까지나 일반인이다. 제국에서 헌터를 우대하기는 하지만, 그래도 조심하지 않으면 쉽게 뭉개질 것이다.

　지금 만나러 가는 대상은 헌터를 싫어하기로 유명한 귀족이다. 게다가 유명한 무관 가문이고.

　얼굴을 보자마자 칼을 휘둘러도 이상하지 않을 지경이다. 이제 와서 위가 뜨끔뜨끔 아파져 왔다. 일단 나는 아크가 소속된 클랜의 마스터인데, 그 사실이 그 아가씨한테 얼마나 먹힐까…….

　"젠장. 서민은 항상 귀족한테 시달리기만 하는 운명인가…….”

길을 걸어가니 경비 기사들이 계속 쳐다본다. 이런 곳이다 보니 도보로 이동하는 우리가 되레 주목을 받는다.

시트리가 내 손을 꼭 잡았다. 내 손가락에 깍지를 끼고 있는 손가락이 아주 조금 차갑다.

"괜찮아요. 그냥, 얘기만 좀 하는 거니까…… 걱정할 것 없어요."

"응, 그래, 그렇지."

저항하지 않는 사람을 해치면 아무리 제국 귀족이라고 해도 범죄가 되지만, 문제는 그 사실조차 묻어버릴 수 있다는 점이다. 시트리는 생글생글 웃고 있다. 난 토할 것 같은 기분인데, 어째선지 이 소꿉친구는 기분이 좋다.

"정 안 되면 괴롭혀주면 돼요. 마침, 고귀한 피에 역사 이외의 가치가 존재하는지 확인해보고 싶었는데. 이건, 아카샤의 탑에 진언해도 들어주지 않았던 실험이거든요?"

"……응, 그래, 그렇구나."

무슨 말인지는 잘 모르겠지만, 무적이려나? 시트리한테는 무서운 게 없는 걸까?

그라디스 백작 가문의 저택은 담장이 빙 둘러싸고 있는 커다란 저택이었다.

커다랗게 걸려 있는 그라디스 백작 가문의 문장과 문 앞에 서 있는 십여 명의 기사들. 아마도 그라디스 가문의 사병인 것 같은 그 기사들은, 날 보더니 눈살을 찌푸리고 혀를 찼다. 당장 칼을 뽑아도 이상하지 않을 분위기다. 사전에 에바를 통해서 이야기해 두지 않았다면 바로 포박당했겠지.

나는 그라디스와 관여해본 적이 거의 없지만, 헌터를 싫어한다는 애기는 사실인 것 같다.

리더로 보이는 검게 그을린 피부에 무섭게 생긴 남자가 날 보면서 인상을 썼다.

"무기는 맡아두겠다. 내놔라."

"……아………… 없는데…….."

"………….."

보면 알잖아, 그런 건.

리더는 얼굴을 찌푸린 채로 내 몸을 검사했고, 정말로 없다는 걸 확인하더니 마지막으로 내 손목에 팔찌를 채웠다. 마력(마나) 조작을 흐트러트려서 마술 발동을 제한하는 마술 봉인 팔찌다. 물론 나는 마법 같은 건 쓰지도 못하니까 상관없다.

태연하게 있는 나를 보며, 리더가 콧김을 거칠게 내뿜으면서 신음을 냈다. 자세히 보니 눈꺼풀이 경련을 일으키고 있다.

"이 상태에서 그렇게 여유라니── 얕보지 마라. 헌터 나부랭이가, 이상한 짓을 하면 바로 베어버리겠다."

……무슨 산적인가? 그냥 선의에서 나온 이야기를 좀 하려는 것뿐인데…….

조금 질리는 기분이 든다. 협박당하는 건 익숙하지만, 그렇다고 아무 때나 협박당하는 걸 좋아하는 건 아니다.

나는 한숨을 쉬고, 옆에서 온화한 미소를 짓는 시트리를 가리키면서 말했다.

"아, 시트리는 여자니까, 신체검사도 여성분이 해줬으면 좋겠는데."

마치 범죄자 같은 취급을 받으면서 저택 안으로 연행당했다. 귀족 저택이다 보니 가구나 장식품도 하나같이 일급품이다. 번쩍거리는 샹들리에와 진홍색 융단. 무관 가문이라고 들었는데, 생각보다 돈이 많은 것 같다.

살벌한 기사들한테 둘러싸여서 연행되는 나와 시트리를 보고, 집안일을 하던 메이드가 황급히 길을 비켰다.

안내받은 곳은 넓은 방이었다. 비싸 보이는 소파와 중후한 테이블. 벽에는 초상화와 은제 갑옷이 장식돼 있다. 소파에 앉아 있던 아가씨는 연행돼서 들어온 우리를 보더니, 다리를 꼬면서 웃어 보였다.

"정정당당하게 이 집으로 찾아오다니, 대단한 근성이구나.《천변만화》."

아니, 딱히 적대시하는 것도 아닌데. 귀족을 적으로 삼고 싶지도 않고.

태도는 거만하지만 몸은 자기 나이에 맞게 작다 보니, 아무리 나라도 안 무섭다. 하지만, 아가씨는 안 무섭지만 그 뒤에 줄지어서 있는 호위 기사들은 무섭다. 우리 뒤에 있는 기사들도 무섭고.

어쩔 수 없이, 나는 시트리 흉내를 내서 미소를 지었다. 그랬더니 에크렐 아가씨의 표정이 딱 굳어버렸다.

"큭…… 포위당했으면서도, 여유 있는 표정이라니…… 그렇군, 배짱 하나는 아크한테 필적하는 것 같구나."

으응? 뭔지는 잘 모르겠지만, 이건 혹시…… 칭찬한 건가?

용건은 사전에 전달해뒀다. 할 얘기만 하고 빨리 돌아가고 싶은데, 귀족들의 사고방식은 정말 모르겠다.

"아뇨 뭘요, 제가 아크한테 이기는 건, 레벨밖에 없는데요."

"?!"

아크 로단은 인기가 많다. 남녀노소를 불문하고 좋아하는데, 특히 제블디아 귀족들한테는 절대적인 인기를 자랑한다. 힘과 인품을 겸비하고 얼굴도 잘생긴 데다, 옛날부터 제블디아에 공헌해온 유서 깊은 가문 출신이니까 인기가 좋은 것도 당연한 일이겠지.

가끔씩 레벨만 높은 내가 아크의 라이벌이라는 이야기도 나오는데, 말도 안 되는 소리다.

어쩌면 에크렐 아가씨도 그런 밑도 끝도 없는 소문을 믿어버린 사람이려나? 그래서 난생처음 보는 나한테 그렇게 막 대하고? 말도 안 돼, 완전히 마른하늘에 날벼락이잖아.

에크렐 아가씨가 험악한 눈빛으로 날 노려보고 있다. 일단 확실하게 말해둬야겠지.

"혹시, 에크렐 님은 제가 아크의 라이벌이라는 말도 안 되는 이야기를 들으셨나요?"

"……호오?"

"그건, 틀렸습니다. 저와 아크는 모든 것이, 격이 너무나 다릅니다. 밑도 끝도 없는 소문입니다. 최소한 저는 아크를 라이벌이라고 생각하지 않습니다. 아크는 그냥 친구입니다, 친구."

"큭…… 뭐……라고……?"

에크렐 아가씨의 주먹이 떨리고 있다. 입술까지 떨리고 볼도 달아오르는 게, 마치 화를 참는 것처럼 보인다.

내가 무슨 이상한 소리라도 했나? 이 나라에는 오래전부터 활동하는 실력이 엄청나게 좋은 헌터들이 여러 명 있는데, 아크는 그중에서도 틀림없는 최강 수준이고, 언젠가는 진정한 최강이라고 불리겠지.

"아크는…… 네놈의, 라이벌이, 아니라고?"

그렇다니까. 라이벌이 아니라고. 제발 안심하라고. 원수 취급당할 이유가 어디에 있냐고.

왜 눈빛이 점점 사나워지는 건지, 나는 도무지 알 수가 없었다. 뒤쪽에 있는 호위들도 이를 악물고서 날 보고 있다. 거짓말이라고 생각하는 건가?

아…… 그렇구나. 나는 손뼉을 치면서 말했다.

"아~ 정확히 말하자면 제 라이벌은 아니지만, 저희 파티 멤버의 라이벌입니다. 자화자찬처럼 들리겠지만, 상당히 우수하니까—— 그 정도라면 아크도 납득할 겁니다. 그렇지, 시트리?"

"예. 아크 씨는 라이벌입니다. 지금, 종합적으로 생각하면 저희가 우세하지만, 아크 씨의 성장 속도에는 항상 놀라고 있습니다. 언젠가는 저희를 앞지를지도 모릅니다."

내가 묻자, 시트리가 쑥스럽다는 미소를 지으며 말했다. 뭐야, 도발하는 것 같은 소리 하지 말라고.

시트리의 거만한 발언(게다가 말투에는 빈정대는 느낌이 하나도 없다)을 듣고, 아가씨는 귀까지 새빨개졌다. 나는 당황해서 수

습하려고 했다.

"아냐~ 나는 아크가 한 수 위라고 생각하는데. 그야 뭐, 공략한 보물전 숫자는 우리가 더 많지만——."

"뭐예요…… 크라이 씨는, 아크 씨랑 저 중에 누구 편인 거죠?!"

"아니 뭐, 그야 시트리 편이기는 한데…… 때와 장소를 좀 생각해달라고."

항상 냉정하고 침착한 데다 분위기 파악도 잘하는 게 특징인 시트리답지 않은 발언이다.

상사와 부하 사이에 낀 중간관리직이라도 된 것 같은 기분이다. 솔직히 헌터들의 격을 따지는 건 어려운 일인데 말이야. 아크는 최강이다. 그의 힘은 젊은 헌터들 중에서도 특히 눈에 띄고, 지금 단계에서도 일대일로 싸워서 이길 수 있는 사람은 없겠지.

하지만 《성령의 자제》와 《비탄의 망령》이 파티 단위로 싸운다면, 틀림없이 우리가 이긴다. 그건 아크가 아니라 파티 멤버들 때문이다. 《비탄의 망령》은 리더만 빼고 엄청나게 강하지만, 《성령의 자제》는 리더가 최강이고 나머지 멤버들은 그냥저냥 하니까.

그렇다고 약하다는 건 아니라 일단은 일류의 실력을 지니고 있기는 하지만, 단적으로 말해서 뭔가 임팩트가 없다.

리더에 대한 열등감 때문에, 우수한 멤버를 받아들여도 오래 버티지를 못한다. 특히 남자들은 금방 나가버리고. 정말 웃을 수도 없는 이야기다. 너무 심각한 얘기라서 말하기도 좀 그렇긴 하지만…….

아가씨한테 이 얘기를 해주면 웃길 수 있으려나? 아냐, 안 되겠지…….

그런 생각을 하면서 싱글싱글 웃고 있는데, 갑자기 아가씨가 칼을 뽑아서 테이블을 후려쳤다. 칼날 절반가량이 테이블에 박혔고, 나무 조각이 날아올랐다가 후두둑 떨어진다. 갑작스러운 행동에 나도 모르게 경직되고 말았다.

에크렐 아가씨는 버릇없게도 오른발을 테이블 위에 올려놓고, 떨리는 목소리로 말했다.

얼굴이 새빨갛다. 그 예쁜 두 눈에는 눈물이 고여 있었다.

"네, 네놈들이, 무슨 말을 하려는 것인지 알았다! 아크와 우리 가문을, 무시하고 있다는 것도!"

"예? 무시한 적 없──."

"내게, 그럴 권한이 있었다면, 네놈들의, 목을 쳤을 것이다!"

목을 친다고?! 얘가 지금 목을 친다고 한 거야? 이봐요, 내가 뭘 어쨌다고 그래요.

에크렐 아가씨의 호위들이, 허리에 차고 있는 칼에 손을 얹었다. 명령만 내리면 당장이라도 덤벼들겠지. 설마 좋은 뜻으로 이야기를 하러 왔다가 죽는 꼴을 당할 줄이야.

얼굴이 굳어진 나와 다르게, 시트리는 여전히 입가에 미소를 짓고 있다. 항상 그렇게 편안해 보이는 건 좋은 일이지만, 아무래도 그 얼굴은 지금 이 상황에 안 어울리는 것 같은데 말이야.

아, 그렇구나…… 보물전하고 비교하면 이 정도는 일도 아니겠지.

아가씨가 집게손가락으로 날 가리켰다. 그건 그렇고, 다리를 들고 있으니까 팬티가 보이려고 하는데.

"허나, 네놈의, 오만도 여기까지다. 이 그라디스를 무시한 것을 후회하게 만들어주마! 최강의 보구는, 반드시반드시반드시반드시. 내가 손에 넣겠다!"

"……아뇨, 그건 위험한 보구거든요. 감정사도 그렇게 판단했어요. 건드리지 않는 게 좋다고요."

혼란스러워하면서도 처음에 예정했던 대로 설득했다. 솔직히, 이미 권력도 돈도 다 가지고 있으니까, 굳이 쓸데없는 짓까지 할 필요는 없잖아. 만약에 내가 백작 영애였다면 아무것도 안 하고 데굴거리면서 살 텐데.

"내가 조사한 바에 의하면, 네놈은 보구들을 쓸어 모으고 있는 것 같더구나! 보나 마나 그것들을 써서 레벨 8까지 올라갔겠지! 네놈의 힘 따위는, 도구에 의한 거짓된 것이다!"

"응? 뭐요……? …………아, 응, 그렇겠죠?"

맞는 말이지만 동시에 틀렸다. 분명히 내 힘은 100퍼센트 보구에서 나오고 있지만, 수백 개의 보구를 다 쓴다고 해도 내 실력은 절대로 레벨 8의 수준에 미치지 못한다. 영문을 모르겠다. 왜 이 아가씨는 이렇게 뜨겁게 달아올라 있는 걸까.

그리고 에크렐 아가씨가, 화를 버럭 내는 것처럼 소리쳤다.

"최강의 보구는, 아크에게 주겠다! 그걸로 끝이다! 네놈의 천하는, 여기까지다!"

그건…… 받아도 곤란할 것 같은데. 아크는 이미 로단 가문의 후계자로서 강력한 보구를 가지고 있고, 선택지를 늘린다고 무조건 강해지는 것도 아니다.

아크는 강하다. 보구 따위가 없어도 강하다. 루크가 적수공권으로도 여유 있게 날 죽일 수 있는 것처럼, 강한 사람은 보구 따위가 없어도 강하다. 그리고 나는 무슨 수를 써도 약하고. 이것이 진리다.

"무의미한데요. 보구가 없어도 강한 사람은 강하고, 보구가 있어도 약한 사람은 약하니까요."

"뭣이?!"

"이건 진리라고요. 그 보구를 손에 넣어봤자 절대로 아크가 강해지는 건 아니에요. 솔직히 친구니까 하는 말인데, 그런 이상한 물건의 힘으로 강해져봤자 아크는 좋아하지 않을 거라고요."

그러니까 그 보구는 그냥 포기하고 저한테 주세요.

아크한테는 필요 없잖아요. 원래 잘생겼으니까 얼굴을 바꿀 필요도 없고.

습격당해도 격퇴할 실력이 있으니까 모습을 감추고 다닐 필요도 없고.

에크렐 아가씨가 얼빠진 표정을 지었고, 안색이 달라졌다. 그 몸이 부들부들 떨리고, 눈물을 뚝뚝 흘리면서 소리쳤다.

"크윽…… 시, 시끄러, 시끄럽다! 바보, 이 바보야! 절대로, 절대로, 너 같은 놈한테는 못 준다!! 가버려! 그만 꺼져라!"

"뭐가—— 아, 아가씨, 진정하세요!"

밖에 있던 집사가 방 안으로 뛰어 들어왔다. 진정시키려고 했지만 에크렐 님은 고개를 세차게 저으면서 엉엉 울었다.

어라? 이거 꼭 내가 울린 것 같잖아? 큰일인가? 모욕죄라든지, 괜찮은 걸까?

그때, 지금까지 상황을 지켜보던 시트리가 일어났다.

"에크렐 님, 오늘 저희가 온 것은, 당신이 그 보구를 포기하라는 말을 하기 위해서입니다."

"훌쩍………… 뭐……라고?!"

에크렐 님이 눈가를 문지르고, 시트리 쪽을 보면서 말했다.

아니, 분명히 그렇긴 한데, 그걸 굳이 지금 말할 필요가 있나? 솔직히, 나도 아까 똑같은 말 했었지?

"그 보구는 에크렐 님도, 아크 님도, 감당할 수 없는 물건입니다. 포기하는 쪽이 현명합니다."

다시 흥분하는 바람에 에크렐 아가씨의 얼굴이 붉어졌다. 심하게 깨물었는지 입술에서 피가 배어 나왔다.

그리고 사람들의 시선 속에서, 시트리가 뺨에 손을 대고, 웃는 얼굴로 딱 잘라서 말했다.

"에크렐 님이 전에 주점에서 1억이라고 하셨는데, 저희는── 2억 길을 준비했습니다."

"2……억……?"

에크렐 아가씨가 중얼거렸다. 시트리는 크게 고개를 끄덕이고, 선언했다.

"저희로서는 이게 거의 한계입니다. 아무리 그라디스 경의 자제분이시라고 해도 운용할 수 있는 금액에는 한계가 있을 테니── 그건 에크렐 님께 아무런 의미도 없는 보구입니다. 그래도, 정말로 그 보구를 원하신다면── 2억 길 이상을, 준비하세요! 만약, 에크렐 님이 그렇게까지 하신다면── 정말 괴롭지만, 저희도 졌다고 인정하겠습니다."

시트리…….

일단 붙어버린 불길은 그렇게 쉽게 꺼지지 않는다. 경매 당일까지 어떻게든 소문이 가라앉기를 빌었지만, 결국 『리버스 페이스』를 둘러싼 소동은 가라앉지 않았다.

시트리의 말이 아가씨의 마음에 불을 질러버린 탓이겠지. 소문에 듣기로는 아버지께 꽤나 억지를 써서 자금을 조달했다는 것 같다. 나이에 비해서는 어른처럼 보이기도 했지만, 결국은 어린애였다는 걸까.

예년 같으면 경매 전에 몇 가지 주목 상품에 대한 소문이 돌았을 텐데, 올해는 『리버스 페이스』 이야기 말고는 들리지도 않는다. 그렇게까지 화제가 되면 자기도 끼고 싶은 헌터들도 있는 것 같아서, 사태는 내 상상과 전혀 다른 방향으로, 혼란의 극치를 향해 달려갔다. 라운지에 가도 전부 그 얘기만 하고 있었다.

진절머리가 난 건 장본인인 나와 에바뿐인 것 같다. 클랜 마스터 방에서 데굴거리고 있는데, 시트리가 전의가 넘치는 기세로 지난번에 보여줬던 것보다 더 큰 트렁크를 내 눈앞에 내려놨다.

연분홍색 눈동자가 조용히 불타고 있다. 리즈와 또 다른, 밖으로 빛을 흘리지 않는 조용한 전의다.

"결혼자금까지 합해서 약 9억하고 1천만 길을 모았어요. 확실하게 해치울 수 있어요. 티노랑 언니도 아주 조금 기부해줬어요."

가짜 상한을 가르쳐줘서 견제까지 했으면서, 너무나 어른답지 못한 행동에 이상한 웃음이 나왔다.

바닥이 없는 늪에 빠져버린 것 같은 기분이었다. 여기까지 왔으면, 내가 『리버스 페이스』를 갖고 싶어 했던 이유는 죽을 때까지 비밀로 간직하는 수밖에 없다.

한동안 몸이 부서져라 상황을 진정시키려고 노력했던 에바가, 일그러진 얼굴로 말했다.

"크라이 씨, 거의 열한 자리가 됩니다."

"…………나도 알아."

이번에 혼자 재미를 보는 건 보구를 가지고 온 아놀드뿐이겠지. 경매 수수료는 판매 금액에 비례해서 커지지만, 누가 낙찰을 받아도 막대한 금액이 주머니에 들어올 것이다.

주사위는 던져졌다. 더 이상 나한테 물러날 길은 존재하지 않고, 물러난다고 해도 불길은 가라앉지 않는다.

어떻게 끝내야 좋을지, 도무지 모르겠다. 이건…… 어느 쪽으로 굴러가도 나한테는 도움이 안 되는 게 아닐까.

"……어떻게 생각해?"

"솔직히, 여기까지 오면 불리하죠. 그라디스 가문 정도 되면, 돈을 빌려줄 상회는 얼마든지 있을 테니까. 그라디스 백작이 에크렐 아가씨의 『부탁』을 어디까지 들어줄지에 달려 있기는 하지만, 백작도 꽤나 과격한 구석이 있으니…….”

경매 관련 소동이 시작한 뒤로 에바의 표정이 풀어지지 않는다.

권력, 자산, 그리고 무력. 그 세 가지를 다 가진 진정한 귀족의 진심 앞에, 우리 같은 서민이 정면으로 싸워서 이기는 건 힘든 일이다. 알고 있었던 일이다. 그렇기 때문에, 설득하러 갔었다. 허무하게 실패했지만.

총명한 시트리도 같은 의견이겠지. 고개를 살짝 끄덕이고, 날 보면서 말했다.

“그렇군요. 만전을 기하겠다면 저도 상회와 교섭해서 돈을 빌릴까 하는데…….”

“필요 없는데.”

“그래도──.”

“필요 없어.”

훈련을 게을리하지 않는 우수한 연금술사인 시트리가 만드는 포션은 엄청난 부(富)를 가져다준다.

돈을 빌려줄 상회를 찾으려고 마음만 먹으면 얼마든지 찾을 수 있을 것이다. 하지만 이 타이밍에서 돈을 빌려달라는 것이 어떤 의미인지 정도는, 상인들도 이해하고 있을 것이다.

예비 기재나 비축해둔 포션까지 처분하게 해놓고서 할 말은 아니지만, 지금 빚을 만들게 되면 앞으로 시트리가 활동하는 데 안 좋은 영향을 끼칠지도 모른다. 그건 피하고 싶다.

시트리는 볼을 부풀리고서 불만을 드러냈지만, 웃어줬더니 포기한 것처럼 미소를 지었다.

"알겠습니다. 크라이 씨가 그렇게 말한다면, 필요 없겠죠. 의도는 모르겠지만……."

결과가 어느 쪽으로 굴러가건, 이번에는 많은 사람한테 폐를 끼쳤다. 시트리랑 리즈, 에바랑 티노── 마티스 아저씨한테도. 그리고 불편한 기분을 느낀 클랜 멤버들도 있겠지.

이 경매는 전쟁이 아니다. 축제다. 훨씬 더 즐거워야 했다.

끔찍한 꼴을 당했다. 이제 다시는 보구 때문에 돈을 빌려달라는 소리는 안 하기로 했다.

미간을 주물러서 표정을 풀었다. 그래, 경매를 즐기자. 이건 전쟁이 아니야. 그 보구가 없다고 내가 죽는 것도 아니고, 그걸 손에 넣은 아가씨가 실망하거나 말거나 내가 알 바도 아니니까.

"여기까지 왔으면 뒷일은 하늘에 맡기는 수밖에 없어. 경매가 끝나면 축하 파티라도 하자."

"좋네요. 그때는 에크렐 아가씨도 불러요."

시트리가 활짝 웃으면서 말했다. 아무래도 시트리는 이길 생각인 것 같다. 그렇게 해서 상대의 마음을 꺾어버리려는 것도 같고.

잘 생각해보니까, 이 모든 일의 원흉은 그 아가씨를 데리고 온 아크가 아닐까?

좋았어, 축하 파티 때는 아크한테 돈 내라고 하자. 나는 표정에 드러내지 않고, 마음속으로 그렇게 다짐했다.

경매 개시까지 앞으로 하루── 드디어, 싸움이 시작됐다.

긍지 높은 제블디아 귀족에게는 절대로 물러나서는 안 될 때가
있다.

그라디스 가문은 가난한 가문이 아니다. 영지가 다른 가문보다
넓은 건 아니지만, 헌터조차도 능가한다는 평판을 받는 기사단이
치안을 유지하고, 영내에 있는 보물전을 탐험하러 온 헌터들 덕
분에 재정은 윤택했다.

하지만 충분한 권위를 지닌 귀족 가문이라고 해도, 2억 길이라
는 금액은 결코 적은 것이 아니다. 최소한 현 당주도 아무것도 아
닌 에크렐이 멋대로 다룰 수 있는 수준은 넘었다. 회합 내용 보고
와 2억 길이 필요하다는 이야기를 전한 에크렐에게, 아버지——
그라디스 백작이 말했다.

진한 빨간색 코트를 입고 허리에는 칼을 찼다. 잘 다듬은 진갈
색 머리카락과 귀족이라고 보기에는 너무나 날카로운 눈빛과 단
련된 육체. 에크렐의 아버지—— 반 그라디스는 귀족인 동시에
무인이다. 게다가 때로는 스스로 진두에 서서 기사단을 지휘하기
도 하는 인물이다.

자식을 보는 것치고는 너무나 날카로운 시선에, 에크렐의 분노
가 순식간에 가라앉았다.

"……좋다. 이겨라, 에크렐. 어리석은 짓이다. 전시도 아니고,
쓰지도 못할 보구를 위해서 그《발자국》과 싸우는 것은 피하고 싶
지만—— 직접 상대하고, 여기서 물러난다면 그것은—— 그라디
스의 수치다. 어리다고는 해도, 헌터에게 기가 죽었다는 소문이

나면 그것이야말로 조상님을 뵐 낯이 없는 짓이다."

조용한 말투였지만, 에크렐은 그 목소리에서 엄청난 중압감을 받았다. 냉정한 생각이 다시 돌아왔다.

애당초, 이 일의 발단은 에크렐 자신이다.

아크의 라이벌이라 불리는 사내와 그 사내가 앞뒤 가리지 않고 원한다는 보구. 정신을 차려 보니 그 정보를 모으고, 주점에 쳐들어가 있었다. 아무것도 생각하지 않는 충동적인 행동은, 이 아버지가 가장 싫어하는 일이다.

감사하다는 말을 하려는 에크렐에게, 아버지가 눈살을 찌푸리고서 확실하게 말했다.

"착각하지 마라. 우리 집안에 낭비할 돈은 없다. 에크렐, 빌려주는 것뿐이다. 언젠가, 갚아라. 어리다고는 해도 너는 이 그라디스의 피를 이은 자── 행동에는 책임이 따른다. 첫 딸이라는 이유로 너무 분방하게 키웠나. 하지만, 이것도 좋은 기회겠지."

"이것은, 그라디스 가문 당주로서의 명령이다. 무슨 일이 있어도 이겨라, 에크렐. 그라디스 가문에 약자는 필요 없다. 그리고 자신의 행동이 초래한 결과를 똑똑히 보도록 해라. 몽트뢰에게 전면적으로 협력하라고 하겠다. 그 녀석은 사려 깊은 사내다, 잘 부려보도록 하거라."

그 말은 명확하게, 에크렐에게 책임을 묻는 말이었다.

이겨야만 한다. 싸움을 건 이상, 에크렐은 제국 귀족으로서 이겨야 하는 의무가 있다.

"아가씨. 벨즈 상회에 연락해서, 만약의 경우에는 자금을 빌려주겠다는 약속을 받았습니다."

제도 저택의 개인 방. 무표정한 얼굴로 앉아 있는 에크렐에게, 노령의 사내가 다가와서 보고했다.

심기가 불편해 보이는 에크렐에게도 주눅이 들지 않는 이지적인 눈과 온화한 목소리.

몽트뢰. 반 그라디스의 한쪽 팔. 무력이 아닌 다른 측면에서 오랫동안 백작 가문에 공헌해온 사내다.

"……얼마나 쓸 수 있지?"

"지금 가문에 비축한 자금 중, 현재 아가씨께서 사용해도 문제가 없는 금액이 대략── 5억 길. 그리고 벨즈 상회에서 융자할 수 있는 금액이── 5억. 그 이상의 금액을 조달하는 것도 불가능한 일은 아니지만, 변제하려면 상당히 고생해야 할 겁니다."

"……추가로…… 5……억…………?"

어린 시절부터 잘 알고 있는 몽트뢰의 말에, 에크렐의 눈이 휘둥그레졌다.

그 짜증 나는 여자가 말했던 금액은── 2억이다. 2.5배나 준비할 수 있다면 문제없이 이길 수 있을 거라 여겨진다. 그런데 몽트뢰의 말을 들어보면 상회와 교섭해서 그만한 돈을 더 빌릴 약속까지 한 모양이다.

에크렐의 표정을 보고, 몽트뢰가 온화해 보이는 얼굴을 일그러뜨렸다.

"아가씨. 경쟁 상대에게 정직하게 상한을 말하는 자는 이 세상에 없습니다. 게다가 상대는 그《천변만화》, 지모가 뛰어난 사내입니다. 무엇보다, 제가 조사한 바에 의하면 《천변만화》와 함께 왔던 여성…… 시트리 스마트는 뛰어난 연금술사입니다. 준비할 수 있는 금액이, 2억 길 정도는 우습게 넘을 겁니다."

"뭣이……?!"

믿을 수 없는 정보에 에크렐의 머릿속이 새하애졌다. 상대는 그렇게나 당당하게 선전포고를 했었다. 2억 이상을 준비하면 패배를 인정하겠다고까지 말했다.

《천변만화》옆에 있던 여자의 온화한 용모가 머릿속에 떠올랐다.

이 세상에 감히 귀족을 속이려 드는 자가 있을까? 도저히 믿을 수가 없다. 아니, 믿고 싶지 않다.

"이런…… 바보 같은…… 사, 상대는, 2억 길 이상이면―― 패배를 인정하겠다고 말했다. 2억을 준비하면, 항복할…… 터인데……."

"나리께서는 아가씨가 확실하게 승리하시길 바라십니다. 대책은 준비해두는 것이 좋겠지요. 전장에서도 기습은 기본. 무엇보다 경매는 사전 정보전 쪽이 진짜 싸움이라고 해도 과언이 아닙니다."

의기소침해진 에크렐에게, 몽트뢰가 담담하게 말했다.

확실한 승리. 대비. 몽트뢰의 말은 지극히 당연한 거다. 필요한 것은 아버지의 기대에 응하는 것이고.

에크렐은 한참 동안 어깨를 늘어트리고 힘없이 떨다가, 쥐어짜는 것 같은 소리로 말했다.

"…………그래, 고맙다. 그렇겠지, 대비는…… 해둬야 한다."

이것은 단순한 대비다. 2억 길로 이긴다면 그걸로 그만이다. 만약에, 만에 하나 그걸로 이기지 못한다면, 그때는 있는 힘껏 짓밟아버리면 그만이다. 이제 경매까지 얼마 남지 않았으니── 진상은 곧 판명된다.

주먹을 쥐고 필사적으로 자기 자신을 달래는 에크렐을, 몽트뢰가 부드러운 눈으로 바라봤다.

제6장　　　진정한 승리

"믿을 수가 없네. 여섯 군데나 돌았는데, 하나도 안 나왔다니까! 말이 돼?"

"응, 그래. 이 시기에는 사람들이 많으니까."

"원정을 하러 가거나 현상범을 찾을까 고민할 정도였다니까. 하지만, 현상범은 찾는 것도 돈으로 바꾸는 데도 시간이 걸리고, 원정도 이동하는 사이에 경매가 시작돼버릴지도 모르잖아? 경매 때까지 시간을 못 맞추느니, 쓰러트린 팬텀이나 마물의 드롭 아이템을 매각해서 조금이라도 자금을 늘리는 게 좋겠다~고 생각했단 말이야!"

"응, 그래, 그렇구나."

웃는 얼굴의 리즈와 시트리를 데리고 떠들썩한 제도를 걸어간다.

옥션 기간이 시작되자 제도는 사람들이 넘쳐나고 있다. 한참 동안, 제도는 축제 분위기가 될 것이다.

주요 도로에는 노점들이 줄지어 있고, 주요 경매에 편승해서 소규모 경매들도 곳곳에서 열리고 있다. 탐색자 협회에는 의뢰가 넘쳐나는, 상인도 헌터도 한몫 잡는 시기다.

한동안 『리버스 페이스(전환하는 인면)』에 정신이 팔렸는데, 냉정하게 생각해보니까 경매에는 다른 유용한 보구도 출품될 것이다. 지금 경제 상황에서 그쪽에 손을 댈 수는 없지만, 기껏 시작된 축제에 나만 참가하지 못하는 것 같아서 조금 쓸쓸한 기분이다.

생글생글 웃고 있던 리즈에게, 시트리가 긴 한숨을 쉬면서 말했다.

"언니는, 도움이 안 돼. 언니가 비싼 보구를 가지고 왔으면 안심했을 텐데…….."

"……뭐라고? 일이 이렇게 된 건 다 너 때문이잖아! 왜 크라이가 노리는 보구가 있다는 얘기를 퍼트린 거야!"

미안, 그건 제 잘못입니다…….

투덕거리는 자매를 보고 있었더니 죄악감이 샘솟아서, 나는 조용히 눈을 돌렸다.

"음~ 결국 저축한 돈까지 그러모아도 10억을 못 만들었네."

"【성】공략에 온 힘을 다 쏟았었고, 거기서 얻은 전과는 루크네가 가지고 있으니까…….."

우리 파티에선, 사정이 있어 중간에 파티에서 빠질 경우, 특별한 이유가 없는 한은 전과를 가지고 돌아가지 못한다는 규칙이 있다. 만약에 리즈나 시트리가 조금이나마 가지고 돌아왔다면 이번 경매의 결과도 크게 달라졌을지도 모른다. 입술을 삐죽 내밀고 있는 리즈를 보며, 시트리도 살짝 한숨을 쉬었다.

"그러게요…… 타이밍이 안 좋았어요. 평소 같았으면 조금 더 유리하게 끌고 갈 수 있었을 텐데."

그렇게 온갖 수단을 다 썼는데, 아직도 부족한 건가……. 시트리가 고개를 살짝 숙인 채로 말했다.

"지금 단계에서 승률을 따지자면 아마도, 70퍼센트 정도라고 해야겠죠. 크라이 씨가 NO라고 말하지만 않았다면 좀 더 손을 쓸 방법도 있었는데…….”

“NO. 이제 충분해, 시트리는 정말 잘해줬어. 고마워.”

“뭘요…….”

내 말을 들은 시트리가 푸근한 미소를 지었다. 시트리는 리즈보다 총명하지만, 매사에 너무 깊이 파고드는 경향이 있다. 아마도 우수한 인간의 숙명이겠지.

“맞다! 크라이, 만약에 그 보구, 손에 넣지 못하면 말이야…….”

내 오른팔을 꼭 끌어안고 밀착하면서, 리즈가 자신만만하게 웃었다.

“내가 그 망할 꼬맹이한테서, 훔쳐낼게.”

“…………상대는 귀족이거든?”

아니, 귀족이 아니라도 도둑질은 하면 안 되는데.

『도적(시프)』은 그런 역할이 아니니까. 남의 물건을 훔치는 건 범죄고.

“뭐? 그게 어쨌다는 건데? 괜찮아, 평화에 찌든 기사단 따위는 아무리 숫자가 많아도 내 상대가 아니니까!”

“언니, 그랬다간 크라이 씨가 의심받잖아! 기왕에 하려면…… 강도로 위장한다든지.”

“하지 마.”

하지 말라고. 너희는 브레이크라는 게 없는 거야? 농담이겠지만, 그래도 해도 되는 농담이 있고 아닌 농담이 있다고.

제블디아 옥션이 열리는 곳은 제도 중심부에 있는 하얀색 외벽의 극장이다. 평소에는 콘서트나 연극 등에 사용하는 곳인데, 세련된 대리석 건물에 남녀노소 많은 사람이 줄을 서 있다.

이 중에 몇 명이 경매 물품을 낙찰받을 목적으로 왔을까. 과연 몇 명이 우리와 경합하게 될까. 여기까지 왔으면, 그저 즐겁게 경매가 끝나기만 바랄 뿐이다.

입구는 귀족, 헌터, 기타로 나뉘어 있다. 귀족은 굳이 말할 필요도 없고, 헌터 입구가 따로 있는 건, 헌터와 일반인을 똑같이 취급하면 백 퍼센트 문제가 벌어지기 때문이다.

경매 입장료는 10만 길이다. 가장 인기가 많고 이채로운 것은 헌터 입구다. 먼저 모인 사람들의 차림새부터가 다르다. 어째서 경매장에 전신 갑옷을 입고 오는 걸까. 얼굴 표정도 다르고, 대체 무슨 착각을 했는지 무기를 들고 온 사람도 있다.

그중에서, 내가 아는 집단을 발견했다. 하늘을 찌를 것만 같은, 불타는 것처럼 빨간 머리카락의 소년. 짙은 갈색 머리카락의 무섭게 생긴 장년 남성. 갈색 머리카락의 여자 도적에, 내 오른팔에 매달려 있는 여자애의 제자.

예전에 【흰 늑대 둥지】에 던져 넣었던 멤버들이 오랜만에 모여 있다.

주위에는 몇 명인가 모르는 사람들이 있지만, 아무리 나라도 티노의 얼굴을 잘못 볼 리는 없다. 길베르트 소년에게 말을 걸까 그레그 님한테 걸까, 아니면 루다로 할까 망설이다가, 결국 티노한테 말을 걸었다.

"티노잖아. 너희도 뭐 사러 왔어?"

"! 마스터어! 안녕하세요."

파티 멤버들이 나를 보고, 조금 불편하다는 것처럼 얼굴을 일그러뜨렸다.

같이 파티를 맺었던 걸 계기로 같이 행동하게 된 걸까?

어쨌거나 티노한테도 친구가 생긴 것 같아서 다행이네.

"마스터어의 멋진 모습을 보러 왔어요! 이쪽은 마침 경매장에 간다고 해서, 가는 김에 같이 왔고요."

"티노 너, 《천변만화》랑 있으면 캐릭터가 완전히 달라진다."

작은 소리로 중얼거린 길베르트 소년에게, 티노가 경멸하는 시선을 보냈다.

의도해서 그런 건 아니지만, 이번 경매에서 나는 완전히 주목받는 대상이다. 길베르트 소년 옆에 있던 남자가 흥미롭다는 눈을 날 보고 있다. 수군거리는 소리도 들려온다. 상당히 불편하다.

"멋진 모습을 볼 수 있는지는 둘째 치고, 기왕에 오려면 같이 왔으면 좋았을 텐데……."

"…………그게…… 같이 가자는 말씀을 안 하셔서……."

……미안. 정말 미안해. 돈까지 빌려줬다고 하던데 정말 미안해. 정말 생각도 못 했네. 하지만, 굳이 변명하자면…… 그래! 아마 나랑 같이 가는 것보다 루다네랑 가는 쪽이 주목도 안 받고 좋을 테니까. 나랑 입장을 바꿔줬으면 싶을 정도다.

루다가 나무라는 것 같은 눈으로 날 보고 있다. 내가 티노한테 돈을 빌렸다는 걸 알고 있는지도 모른다.

"아…… 음…… 그러니까……."

티노가 날 빤히 쳐다보고 있다. 뭐라고 말을 걸어야 좋을까. 지금이라도 같이 가자고 해도 되지만 선약도 있고, 리즈네랑 가까이에 있으면 마음이 편하지도 않겠지. 그때, 좋은 생각이 났다.

"…………티노 네가 말이야, 괜찮다면—— 내 대리로 경매에 참가해볼래?"

"…………예? 대리……?"

제블디아 옥션에는 대리인이라는 제도가 있다. 말 그대로 누군가가 자신의 대리인을 내세워서 경매에 참가하는 제도다. 우리도 경매장에 들어가기는 하지만 직접 경매에 참가하지는 않고, 독자적인 사인으로 티노한테 신호를 보내서 대신 경매에 참가하도록 하는 것이다.

주로 신원 정보를 숨기고 싶은 낙찰자가 사용하는 경우가 많은데, 이번 경우에는 내가 『리버스 페이스』를 노리고 있다는 것이 이미 다 알려진 사실이라서 그다지 의미는 없지만, 옥션을 즐기는 데 어느 정도 도움이 되겠지.

그 제안에 티노의 눈이 휘둥그레졌다. 시트리가 눈을 가늘게 뜨고, 작은 소리로 속삭였다.

"……그렇군요…… 나쁘지 않아요. 그 아가씨가 어떻게 판단할지는 불명이지만, 혼란스럽게 만들 수는 있으니…… 가벼운 마음의 위안 정도는 될 수 있겠네요. 그런데, 괜찮겠어요? 직접 낙찰받고 싶어 했잖아요?"

분명히, 나는 경매를 아주 좋아한다. 뜨겁게 달아오른 경매에 참가해서 노리던 물건을 낙찰받았을 때의 카타르시스는 정말 훌룡하지만, 이 정도는 양보해야겠지.

"난 이미 작년이랑 재작년에 몇 번이나 참가했으니까. 이번에는 이래저래 복잡한 일도 많았고…… 자, 리즈. 하고 싶다는 얼굴 하지 말고."

대리를 하고 싶은 건지 좀이 쑤신다는 얼굴의 리즈를 달랬다. 아무리 그래도 너무 어른스럽지 못하잖아.

리즈는 늘어지는 목소리로 대답을 하고는 티노를 노려봤다.

"…………아라써어. 쳇. 티, 꼭 이겨라."

"아, 예! 맡겨만 주세요, 마스터어. 언니! 제가 반드시, 그 물건을 낙찰받겠어요!"

티노가 힘차게, 주먹을 꽉 쥐었다. 뭐, 꼭 이기라고 말하기는 했지만, 자금에도 한계가 있으니까 진다고 해도 그건 티노 책임이 아니다.

귀족용 입구 쪽으로 마차가 다가왔다. 낯익은 그라디스 가문의 문장이 그려진 마차에서 순백색 드레스를 입은 아가씨가 내렸다. 에크렐 아가씨는 주위를 이리저리 둘러보다가 나를 발견하더니, 한참 어린 나이라는 걸 믿을 수 없을 만큼 사나운 눈빛으로 날 노려봤다. 그 얼굴에서는 교섭하러 갔을 때, 마지막에 보여줬던 멍한 표정은 털끝만큼도 찾아볼 수가 없었다. 아무래도 2억 이상은 준비한 것 같다.

시트리가 표정에 드러내지 않고, 내 손을 꼭 잡았다. 옆에서 보면 여전히 웃는 표정이다.

하지만, 나는 그 표정 속 깊은 곳에 숨어 있는 불안을 알 수 있었다.

이건…… 졌다고 봐야 하나?

경매장은 열기에 휩싸여 있었다.

중앙에 있는 커다란 무대를 둘러싸는 모양으로 만들어진 자리는 세 구역으로 나뉘어 있다.

주로 상회 사람들이나 자산가 등, 일반 시민들이 앉는 일반석. 트레저 헌터들을 안내해서 격리하는 헌터들 자리. 그리고 귀족을 비롯한 특별히 초대받은 자들이 앉는 귀빈석.

제일 시끄러운 곳은 헌터석이다. 제블디아 옥션은 입장료만 내면 누구든 참가할 수 있는데, 일반 시민에게 10만 길이라는 입장료는 목적도 없이 구경하기 위해서 지불하기에는 망설여질 정도로 큰 금액이다. 그러다 보니 참가자도 기품이 감도는 차분한 분위기의 상류계급 사람들이 많은데, 트레저 헌터는 그런 사람들과 다르다.

헌터한테 10만 길이라는 입장료는 그렇게까지 주저할 만큼 큰 금액은 아니다. 원래 순간을 위해 살아가는 사람들이다. 헌터들 자리는 다른 자리와 분위기가 달랐다. 아무래도 음식물 반입까지는 허가되지 않지만, 품위 없는 웃음소리나 고함이 곳곳에서 터져 나오고 있다.

무대가 잘 보이도록, 자리는 계단 모양으로 설치되었다. 우리가 안내받은 곳은 헌터들 자리 중에서도 높은 위치였기 때문에, 헌터석 전체를 내려다볼 수 있다.

"아양?! 이 자식이, 너 지금 이 리즈 님을 쳐다봤지?! 어디 놈이야? 5초 준다. 불어."

"뭐…… 무슨――."

"…………저거, 말려달라고 부탁해도 될까?"

리즈가 바로 옆자리에 있는 헌터를 협박했다. 자기보다 키가 머리 하나 정도는 더 큰 덩치 큰 남자 헌터의 팔을 움켜쥐고 날카로운 눈빛으로 노려보고 있다. 체격이 작은 리즈와 비교하면 상대의 몸집이 엄청나게 커 보이지만, 얼굴이 새파랗게 질린 건 남자 쪽이다. 리즈가 쥐고 있는 팔에서 뿌득뿌득 소리가 나고 있다. 리즈의 힘은 생긴 것과 어울리지 않게 강하다. 팔 한두 개 정도는 아무렇지도 않게 부러트리고, 주저하지도 않는다. 남자는 고통 때문에 한 걸음 후퇴하려고 몸을 비틀었지만, 힘이 차이가 났는지 한 걸음도 움직이지 못했다. 내가 쿡쿡 찔렀더니, 옆에서 자기는 모르는 일이라는 것처럼 시치미를 딱 떼고 앉아 있던 얌전한 쪽 스마트 양이 일어나더니, 트러블 메이커 스마트 양한테 말을 걸었다.

"언니, 크라이 씨가 그냥 놔두래!"

"뭐~ 또오? 재미없게."

"어차피 지금 막 들어온 사람이 뭘 알겠어! 자, 빨리 자리에 앉아."

"……쳇. 꺼져. 잘 들어라? 다음에 또 그 더러운 낯짝을 들이밀면, 그때는 진짜로 죽여버린다."

리즈가 손을 놓아주자, 남자 헌터는 입에 거품을 물고서 도망쳤다. ……약육강식도 정도가 있지.

그 소동 때문에 잠깐 주변이 조용해졌었지만, 바로 다시 떠들썩해졌다. 이 정도는 일상다반사니까. 그냥 헌터 따위 그만둬버리고 싶다. 어디 멀리 가서 디저트 가게라도 하면서 조용히 여생을 보내고 싶어.

"죄송해요, 크라이 씨. 언니가, 사소한 일에 예민해서……."

시트리가 속삭이는 것 같은 목소리로 사과했다. 그 소리를 듣고, 이번에는 리즈가 자기 동생한테 따지고 들었다.

"시트, 날 핑계로 크라이한테 아양 떨지 마라! 네가 사전에 제대로 손을 써놓질 않으니까 저런 버러지 같은 것들이 기어 오는 게 아니냐고! 그리고 말이야, 뭔데? 내가 언제 옆에 앉아도 된다고 허락했지? 건드리지 말고! 크라이를 중심으로 반경 1미터 안에 들어가지도 말라고!"

"언니가 느린 게 잘못이잖아! 앞길을 치우는 자기 역할이나 똑바로 하란 말이야! 그리고, 내가 돈 냈잖아…… 그죠, 크라이 씨."

"뭐라고?! 그딴 건 상관없잖아. 안 그래, 크라이?"

"응, 그래, 그렇지. ……아, 그거 말고 다른 보구들도 많이 출품됐네. 오……『사자 사슬』이라…… 음…… 대형 사슬은 부피는 엄청나게 크면서, 그렇게 강하지는 않은데 말이야."

다리를 꼬고, 들어올 때 받은 카탈로그를 봤다.

보구의 이름과 특징, 효과, 출품자와 감정사의 이름. 위험도. 발견 장소. 경매에 출품되는 물건들을 각각 전속 감정사가 감정을 끝낸 물건이지만, 출품되는 물건들이 전부 진품이라고 보장할수는 없다. 그렇게 흔한 일은 아니지만, 운이 없으면 큰돈을 내고서 가품을 받게 되는 경우도 있다.

옥션은 눈썰미를 발휘하는 곳이기도 하고, 연줄을 만들기 위한 곳이기도 하다.

희귀한 책이나 무구, 예술품과 보석 장식품 등도 출품되지만, 내가 관심을 가지는 건 보구뿐이다.

아무래도 1년에 딱 한 번뿐인 경매답게, 대충 보기만 했는데도 관심이 가는 보구들이 여러 개 있었다.

내년에는 꼭 돈을 모아서 참가하자. 이번에는 계획성이 너무 없었다.

저 멀리 아래쪽에서, 티노가 긴장한 것처럼 그레그 님 일행과 이야기하는 모습이 보인다. 멀리, 천장 가까이에 있는 귀빈석에서는 에크렐 아가씨가 긴장한 것 같은 표정으로 앉아 있는 게 보였다.

그만큼 화제가 돼서 그런지, 그 보구는 완전히 오늘의 최고 주목 상품 취급을 받았고, 결국 후반에나 나오게 된다는 것 같다.

결판이 났는지 내 왼쪽에 시트리가, 오른쪽에 리즈가 앉았다. 이제야 좀 조용해졌다.

그리고 최근에 계속 내 머릿속을 어지럽게 만들었던 제블디아 옥션이, 드디어 막을 열었다.

제블디아 옥션의 제도는 간단하다. 출품된 물건에는 각각 최저 금액이 설정돼 있고, 그것을 시작 가격으로 삼아서 입찰 희망자가 구입 가격을 제시해 나간다. 가격을 올리는 최소 단위는 물건에 따라서 다른데, 10만 길, 100만 길, 1,000만 길 단위로 올라가는 경우가 많다. 마지막 가격을 부른 뒤로 120초 동안 더 이상의 금액을 부르는 사람이 없으면, 최고 금액을 제시한 사람이 물건을 낙찰받게 된다.

일단 입찰하면 취소는 불가능. 만약 부득이한 이유로 자신이 제시한 금액으로 물건을 구입하지 않은 경우에는 입찰자에게 죄를 묻고, 무거운 벌칙을 받게 된다.

입찰 방법은 다양하다. 가격을 적은 팻말을 들어도 되고, 소리를 질러도 된다. 정해진 수신호를 사용하는 것도 가능하다.

"──자. 그럼, 『거울 방패』는 413번 손님께 1,500만 길에 낙찰됐습니다!"

우레와도 같은 박수가 경매장 안에 울려 퍼졌다. 그 이름 그대로 거울처럼 보이는 신기한 방패를 무대 밖으로 가지고 나갔다.

경매가 진행되면서, 연기가 피어오르는 불씨 같던 분위기가, 조금씩 활활 타오르는 불길로 변해 있었다.

"자, 다음은── 참가번호 15번. 그 고도 마도구 문명, 여러분도 잘 아시는 사슬 일족이 사용했다고 전해지는 보구 중에서도 최강을 자랑하는 사슬형(체인 타입) 공격 보구──."

나도 모르게 몸을 앞으로 내밀었다. 몸이 뜨겁다. 내 목적은 단 하나뿐이다. 그래서 그 전에 나오는 보구들은 하나같이 분위기를 띄우는 물건이라고 생각해야 하는데, 주위의 뜨거운 열기가 옮기라도 한 것처럼 심장이 거세게 뛰고 있었다.

어째서, 왜, 『리버스 페이스』가 후반에나 나오는 건데!

만약에 전반에 나왔다면, 남은 돈으로 다른 보구 경매에 참가

할 수도 있는데!

"크라이 씨, 얼굴이 빨간데요?"

"……기분 탓이야."

"괜찮아, 틀림없이, 모든 수단을 다 써서, 제 이름을 걸고, 그건 제가 손에 넣어 보이겠어요. 안심하고 계세요. 만약 지금 자금으로 못 산다면…… 집을 팔아도 돼요."

내 속도 모르고, 시트리가 주먹을 꽉 쥐었다. 도저히 돈을 조금 떼어내서 다른 보구 경매에 참가해도 되냐고 부탁할 분위기가 아니다.

격렬한 후회가 날 덮쳐왔다. 젠장, 돈을 조금만이라도 저금해뒀다면── 아니, 루크네가 후딱 돌아왔다면── 아냐, 잠깐, 그거다. 나한테는 루시아가 저금해둔 돈이 있다. 루시아가 저금해둔 돈이 있다고.

……저기요, 여동생이 저금해둔 돈을 멋대로 쓰는 오빠가 이 세상에 있나요?

안절부절못하며 다리를 달달 떨고 있는 내 앞에서, 경매 물품들이 하나하나 낙찰돼서 밖으로 나간다.

타이밍이 좋은 건지 나쁜 건지, 나오는 것들은 전부 보구들이다.

신기한 힘을 지닌 사슬에 반지, 수중 호흡이 가능해지는 망토와 딱 1센티미터만 공중에 뜨게 해주는 부츠. 70퍼센트 확률로 날씨를 맞추는 수정구에 30센티미터에서 3미터까지 날 길이를 마음대로 바꿀 수 있는 검.

갖고 싶다. 정말 갖고 싶다. 평소에는 거의 겉으로 드러나지 않는 물욕이 분출된다.

나는 보구술사가 아니다. 나는, 수집가다. 강하지 않아도 갖고
싶다. 희소한 보구가 하나하나 헐값에 낙찰된다. 주목 상품이 나
중에 나와서 그렇지, 돈이 있다면 주저하지 않고 손을 댔을 금액
이다.

젠장,『리버스 페이스』를 싸게 샀다면 저것들도 다 손에 넣었을
텐데.

너희들, 투자하려고 사는 건 아니겠지? 정말로 쓰려는 거지?

난 쓴다. 꼭, 소중하게 쓸 테니까 저한테 주세요.

그냥 관둘까.『리버스 페이스』따위, 관둬버릴까? 질보다 숫자
로 갈까?

내 눈앞에서 누군지도 모르는 상인과 헌터들의 손에 넘어가는
보구들을 보는 건, 좋아하는 여자애를 도둑맞는 모습을 가만히
보고만 있는 것 같은 고통이었다. 아니, 하지만, 여기까지 와서,
여기서 손을 써서『리버스 페이스』입찰에서 패배하기라도 하면,
나는 이 일 때문에 열심히 도와준 사람들을 볼 낯이 없다.

손이 하얗게 질려버릴 정도로 힘을 꽉 줘서 주먹을 쥐었다. 참
자. 조금만 마음을 놓으면 소리를 질러버릴 것 같은 기분이다.

왜 나는 부자가 아닌 걸까. 젠장, 여기가 내 한계인가?

티노가 슬쩍슬쩍 내가 있는 쪽을 쳐다보고 있다. 마치 내가 언
제 사인을 보내는지 기다리는 것처럼.

목적이 어떤 물건인지는 말해줬지만, 매번 성실하게 확인하는
건 역시 티노답다고 해야겠지. 하지만, 지금은 티노의 그런 장점

이 역효과를 보이고 있다.

재촉받고 있다. 티노가 날 재촉한다. 마스터어, 정말로 저거, 필요 없나요? 여기서 손에 넣지 않으면 평생 못 구할 텐데요? 라는 티노의 목소리가, 나한테는 분명히 들리고 있다.

이건 환청일까? 아니면 사실일까?【흰 늑대 둥지】에서 울프 나이트한테 포위당했을 때도, 시트리 슬라임을 분실했다는 걸 알아차렸을 때도 이렇게까지 동요하지는 않았다.

손에 땀이 밴다, 는 말을 한참 뛰어넘었다. 두 손이 떨리고 손끝이 저려 오는 게 느껴진다. 가슴에 손을 얹었더니 마치 전력질주라도 한 것처럼 심장이 격렬하게 뛰고 있다.

목이 바짝 마른다. 물을 마시고 싶다. 물이 끝도 없이 샘솟는 물통 보구가 갖고 싶다! 장비하면 목이 마르지 않는 반지가 갖고 싶다! 누가 날 말려줘! 제기랄!

티노가── 티노가 나한테 보구를 사라고 말하고 있다. 이 정도 보구도 손에 넣지 못하다니, 마스터어를 잘못 봤어요, 라고 말하고 있다. 보구 콜렉터 실격이에요, 라고 말하고 있다.

정말 괜찮은 걸까?

저 『리버스 페이스』는 후배의 기대를 배신하면서까지 손에 넣어야만 하는 물건인가?

땀에 젖은 머리카락을 쓸어 올리고, 스테이지를 빤히 쳐다본다. 선택의 때가 왔다.

『리버스 페이스』 차례는 아직 한참 남았다. 이건 경매지만, 가장 큰 적은 틀림없이 나 자신이다.

자랑은 아니지만 나는 신체능력은 물론이고 정신도 상당히 약하다.

꼭 참는다. 숨까지 참으면서 버틴다.

눈을 감고 귀를 막고 싶은 기분이지만, 그랬다간 패배를 인정하는 꼴이 된다.

"왜 그래? 괜찮아?"

"……응. 괜찮아."

리즈가 걱정하는 눈으로 날 보고 있다. 눈을 감고, 스스로에게 대답한다.

아아, 나는 전투에서도 도움이 안 되는 주제에, 이런 데서도 답이 없는 인간인 걸까?

아니. 분명히 난 피라미다. 피라미지만, 그렇기에, 그런데도 기대해주는 사람들의 기대를 배신할 수는 없다. 예를 들어서, 지금 여기서 유혹을 이기지 못하고 보구 경매에 참가해버리면, 폐를 끼쳤던 마티스 아저씨나 에바는 뭐라고 생각할까? 돈을 빌리러 뛰어다니던 날 보고 있던 클랜 멤버들은 뭐라고 생각할까? 틀림없이, 날 자제도 못 하는 글러 먹은 인간이라고 생각하겠지. 아니 뭐, 자제도 못 하는 글러 먹은 인간이 맞기는 한데…….

무엇보다, 시트리와 리즈가 어떻게 생각할까? 기껏 구해온 돈을 다른 보구를 사는 데 써버리면, 두 사람은 대체 뭐라고 할까?

한참 동안 생각하고, 눈을 뜬 뒤에 고개를 끄덕였다.

……………………그래, 그렇구나. 아마 아무 말도 안 하고 용서해 줄 거야.

뭐, 아가씨가 말했던 2억을 훨씬 넘는 금액을 모았으니까, 조금 쓰더라도 어떻게든 되려나. 참는 쪽이 더 스트레스가 쌓이니까.

어느 샌가 떨리던 몸이 진정돼 있었다. 크게 심호흡을 하고, 각오를 다지고 고개를 들었다.

흔들리는 결의를, 소리를 내서 확실하게 다잡았다. 목구멍 깊은 곳에서 싸낸 목소리는, 심하게 갈라져 있었다.

"때가…… 왔나."

좋다, 너희들의 폭거도 여기까지다. 내 진정한 두려움을 보여 주지.

소꿉친구한테 돈을 빌려서 보구를 사들이는 이 《천변만화》의 모습을, 눈에 똑똑히 새겨둬라.

마침 무대 위로 올라온 것은 거대한 검은색 갑옷이었다.

마치 사람이 들어가 있는 것처럼 우뚝 서 있는 갑옷의 위용에 경매장이 조용해졌다. 전장은, 약 4미터. 그 크기에 어울리는 거대한 방패와 검까지 세트로 배치돼 있는데, 한눈에 봐도 인간이 사용하는 물건이 아니다.

아니, 어쩌면 안셈은 장비할 수 있지 않을까?

사람들이 숨죽이고 지켜보는 속에서, 사회자가 설명을 읽기 시작했다.

"다음은 참가번호 44. 제국이 자랑하는 유물 조사원에서 출품했습니다. 어떤 마술조직이 만든 금속 골렘입니다!"

그렇구나…… 무기가 아니라 골렘이었나…… 어, 저거?
옆을 봤다. 시트리가 눈이 휘둥그레져서, 깜짝 놀라고 있다.
"???? 어……? 아카……샤……?"
엄청나게 어디서 많이 들어본 말이었다. 다시 한번 무대 위로
올라온 거대한 사람 모양 물건을 확인했다.

유물 조사원. 어떤 마술결사. 금속 골렘. 틀림없다. 바로 얼마
전에, 전리품 분배 때 이야기가 나왔던 그 금속 골렘이다. 대체
왜 경매에 나온 거지? 분명히 국영기관이 경매에 물건을 출품하
는 경우가 종종 있기는 한데, 대체 어떤 경위를 거치면 저런 게
경매에 나오는지 도무지 모르겠다.

저런 걸 좋아하는 사람이 있는 걸까, 연구 재료로 쓰려는 걸까,
3천만 길이라는 가격으로 시작된 경매는, 오늘 경매 중에서도 제
일가는 기세로 가격이 뛰어올랐다. 나는 그 가치를 전혀 모르겠다.
겨우 골렘을 그렇게 큰돈을 주고 사들이느니, 보구를 사고 싶다.
"시트, 저거……."
"……으, 응."
──하지만, 그건 나 혼자만의 생각이다. 옆에서, 시트리가 눈
을 크게 뜨고, 어깨를 부들부들 떨고 있다.

항상 냉정한 시트리한테 어울리지 않는 표정으로, 까만 골렘을
보고 있다. 무릎 위에 얹어 놓은 손을 꼬옥, 쥐고 있다.

경매는 뜨겁게 달아올랐다. 저걸 꼭 갖고 싶은 사람이 있는 건

지, 두 사람이 엄청나게 가격을 끌어 올렸다. 결국 1억이라는 선을 넘어버리자, 사회자의 목소리도 어딘가 뜨거워졌다. 나는 시트리의 어깨를 쿡쿡 찔렀다.

"저거, 시트리가 갖고 싶어 하던 물건 아냐?"

"⋯⋯⋯⋯아, 아뇨."

시트리는 잠깐 침묵했다가, 천천히 고개를 저었다. 하지만 그 두 눈은 젖어 있었다.

내성적인 시트리는 너무나 자기 의견을 말하지 않는다. 특히 나와 얘기할 때는 더더욱 그러는 경향이 있고.

내가 의혹을 품고 있다는 걸 알아차렸는지, 시트리가 변명하는 것처럼 작은 목소리로 말했다. 하지만, 그 말에는 강한 감정이 담겨 있었다.

"하, 하지만⋯⋯ 저건⋯⋯⋯⋯ 그러니까⋯⋯ 몇 년이나 들여서, 시행착오를 하면서 만들어서⋯⋯ 들인 비용도 막대하지만── 하지만⋯⋯ 중요한 건 그게 다가 아니고⋯⋯."

웬일로 목소리를 떨면서, 시트리가 필사적으로 설명했다. 나는 잘 모르겠지만, 뭔가 엄청난 물건인 것 같다.

시트리 말고도 그 가치를 알고 있는 건지, 금액은 멈출 줄은 모른다. 사회자분도 설마 3천만 길에서 시작된 경매가 2억 길을 돌파할 줄은 몰랐겠지. 그리고 가격은 계속 올라가고 있다. 경쟁하는 사람이 하나 더 늘어서 세 명. 상당한 부자인가 보네.

"⋯⋯그러니까⋯⋯ 다른 사람들은 어떻게 생각하는지, 모르겠지만, 말하자면 동료의 유품 같은⋯⋯."

"······추억이 있는 물건?"

확인해봤더니, 그런 말도 안 되는 소리가. 아카샤의 탑에서 징수한 골렘에 추억이 담겨 있을 리가 없잖아.

시트리는 몸을 살짝 움츠리고, 표정을 감추려는 것처럼 고개를 숙였다.

"······아뇨············ 그런 건 아니············ 에요. 크라이 씨는······ 걱정하지, 마세요······."

나는 살짝 한숨을 쉬었다. 손을 뻗어서, 무릎 위에 얹어 놓은 손을 꼭 쥐어줬다.

"시트리는 거짓말쟁이네."

내 눈이 썩은 동태 눈알이기는 하지만, 아쉽게도 소꿉친구에 대해서는 아주 잘 알고 있다. 아니, 어쩌면 소꿉친구가 아니라도, 지금 당장이라도 울음을 터트릴 것 같은 표정으로 하는 말을 있는 그대로 믿지는 않는다.

가격은 하늘 높은 줄 모르고 올라가서, 이미 3억을 넘었다. 한 사람이 탈락하고, 남은 건 두 사람.

그중에 한 사람은── 나다.

원래 시트리 돈이다. 소꿉친구가 눈물을 흘릴 정도로 갖고 싶어 하는 물건을 무시하면서까지 손에 넣고 싶은 보구 따위는 존재하지 않는다. 무엇보다 분배 회의 때 입수하지 못한 건 내 잘못이고. 입술을 핥고, 스스로를 고무시키기 위해서 거짓말을 했다.

"돈이란, 이런 때 쓰는 거야."

동료의 유품. 있는 그대로의 의미는 아니겠지. 시트리의 동료가 위험한 마술결사 동료일 가능성은 한없이 적다.

하지만, 시트리의 표정이 너무나 심각해 보였다. 시트리는 어지간한 일들은 다 참는 아이다.

아마도—— 그래. 동료의 유품이라는 건 저 골렘에 시트리의 연금술사 동료가 만들어낸 『기술』이 사용됐다는, 그런 뜻이 아닐까. 아카샤는 위법 마술 결사다. 기술을 훔치는 짓 정도는 아무렇지도 않게 저지르겠지. 어쩌면 그 동료가, 기술을 도둑맞을 때 죽었을 가능성도 있다. 마술결사라는 것들은 항상 그런 짓들을 하니까.

그렇기에 시트리는 그 전과 분배 때 골렘을 요구했다. 그래서 지금, 나에 대한 의리와 골렘 사이에서 크게 동요하고 있는 거고. 그냥 내 망상일 뿐이지만, 이만하면 거의 맞는 얘기가 아닐까?

오늘의 나는—— 똑똑한가?

솔직히, 난 시트리의 기분을 모른다. 아마 말로 설명해줘도 이해하지 못하겠지.

하지만, 그래도 잘못 행동하지는 않는다. 나는 《천변만화》이기 이전에 《비탄의 망령》의 리더, 그리고 시트리의 친구니까.

티가 수상한 사람처럼 '어? 정말 괜찮겠어요? 저런 이상한 인형인데요? 보구가 아니라도 괜찮은가요?'라는 표정을 지으며 날 보고 있는데…… 응, 괜찮아. 이것만은 괜찮아.

원래 시트리 돈이니까…….

"……………어?"

시트리의 눈이 휘둥그레졌다. 설마 내가 시트리의 눈물보다 내 물욕을 우선할 거라고 생각했던 건가. 날 너무 모른다. 시트리는 좀 더 자신의 욕망을 밖으로 드러내는 게 좋을 거야.

항상 욕망을 밖으로 드러내고, 스트레스라고는 찾아볼 수도 없을 것 같은 인생을 살고 있는 리즈도 눈이 휘둥그레졌다.

"어? 혹시………… 크라이, 뭘 좀 아는데."

"…………그나저나, 마술결사들은 항상 이상한 짓을 한다니까."

시트리의 떨리는 손가락에 힘이 들어간다. 잡아먹을 것처럼, 진지하게 무대를 보고 있다.

그 모습은 예전에, 아직 그 어떤 것에도 자신이 없었던 시트리를 떠올리게 했다.

리즈가 다리를 바꿔 꼬고, 날 슬쩍 보면서 물었다.

"그런데 말이야 크라이, 가면은 괜찮은 거야? 난 참을 수 있는데?"

"…………그래, 괜찮아. 그딴 건. 저거랑 비교하면 아무 가치도 없어."

"킥킥………… 혹시, 너무 참는 거 아냐?"

이래서 소꿉친구는…… 내가 시트리를 잘 알고 있는 것과 마찬가지로, 리즈도 나를 너무 잘 알고 있다. 간질이는 것 같은 웃음소리를 내면서 어깨를 쿡쿡 찔러대는 리즈 때문에, 나는 인상을 썼다.

"……그런 거 아니야. 분명히 그 보구가 갖고 싶기는 했지만,

이쪽이 훨씬 소중하니까."

"⋯⋯⋯⋯저, 정말, 고맙습니다. 정말, 예상도 못 했는데——
크라이 씨. ⋯⋯⋯⋯이 대가는, 꼭."

대가고 자시고, 내 돈이 아니잖아⋯⋯.

"신경 쓸 것 없어. 그리고 아직 낙찰받은 것도 아니니까, 고맙
다고 하기는 일러."

"⋯⋯⋯⋯⋯⋯예."

너무나 감격한 시트리의 목소리. 흥분했는지, 평소에는 하얀색
이던 피부가 귀밑까지 새빨개져 있다.

내가 가면을 낙찰받아도 이렇게까지 감동하지는 않겠지.

솔직히, 난 아직 가면을 완전히 포기한 건 아니다. 내가 티노한
테 보낸 신호는 단위 하나씩 가격을 올려라, 라는 뜻이다. 시트리
가 준비한 금액은 대략 9억 5천만 길. 시트리의 책략이 성립돼서
가면을 2억 길하고 조금 더 들여서 낙찰받는다고 가정하면, 이쪽
은 7억 5천만 길까지 쓸 수 있다는 뜻이 된다.

연금술에 대해서는 잘 모르지만, 아무리 최신식이라고 해도 골
렘 하나에 7억 5천만은 안 하겠지.

의자에 몸을 깊이 묻고서 여유 있는 표정을 짓고 있는 내 앞에
서, 골렘의 가격은 조금씩 올라갔다.

2억에서 3억. 3억에서—— 4억. 4억?!

자, 잠깐만, 누구야! 4억. 4억만 있으면 1억짜리 보구를 네 개
나 살 수 있잖아.

경매장은 예상 밖의 가격 상승 때문에 완전히 조용해져 있었다.

처음에는 3천만. 처음에는 3천만이었다. 7억 5천만까지 낼 수 있다고 했지만, 솔직히 3억 정도에 손에 넣을 수 있을 거라고 예상했었다.

시트리가 두 손을 맞잡고, 조마조마한 표정으로 경매 상황을 지켜보고 있다.

하는 수 없이, 나도 여유 있는 태도를 유지한 채로 팔짱을 꼈다.

갖고 싶은 거야? 시트리, 저게 정말로 갖고 싶어?

아냐, 미안해. 괜찮아. 시트리 돈이니까. 괜찮은데 말이야……

조용히, 가격은 계속 올라갔다. 상대는 한 사람…… 한 사람뿐이다.

아무도 주목하지 않았던 인형의 가격이 이렇게까지 뛰어 올라가다니. 가면이 모든 주목을 받았던 경매에서 그 누가 상상이나 했을까.

"이건── 그 누가 상상이나 했을까요! 5억 길! 마침내, 5억 길을 돌파했습니다! 지금부터는, 2천만씩 올리도록 하겠습니다! 5억 2천만! 5억 2천만 나왔습니다!"

5억 2천만…… 대체 얼마나 부자일까? 뭐, 그래도 내 빚보다는 한참 모자라지만.

이것도 경매의 폐해일까. 경쟁 상대도 설마 인형 하나에 5억 이상을 부르는 사람이 나올 거라고는 생각도 못 했겠지. 슬금슬금, 최소 단위 가격으로 가격이 올라간다. 짜릿한 긴장감과 기묘한 고양감이 경매의 진수이기는 하지만, 이번만은 상대가 빨리 포기하기를 바랄 뿐이다.

가격이 6억 6천만을 넘었을 때, 시트리가 울먹이는 표정으로 말했다.

"……크라이 씨…… 이제 됐어요. 이대로 가면, 크라이 씨 쪽이…… ."

이 가격은 예상치 못했다. 가면을 사기 위해서 만전의 준비를 해두지 않았다면 손도 못 썼겠지.

하지만, 분명히 말해두는데── 돈, 전부 네 거잖아. 시트리와 리즈와 티노도 조금씩 내기는 했지만, 나는 돈이 없어서 단돈 1길도 못 냈다. 미안해.

시트리가 신경 쓰지 않도록 말했다.

"아무 걱정 안 해도 돼. ……그래. 사실은 원래 저 골렘을 사려고 돈을 모았던 거야."

"?! 전혀…… 몰랐는데………… 또…… 크라이 씨, 버릇이, 나온 줄 알고…… ."

버릇?! 나는 대답하지 않고 무대 쪽으로 시선을 옮겼다.

그만 포기해라 인마, 이쪽은 7억 5천만이 있다고. 이쯤에서 물러나란 말이야.

제발 부탁이니까 물러나 주세요. 절하면 되나? 엎드려 절하면서 빌면 물러나 줄까? 그럴 거야.

내 기도도 소용없이, 사회자가 흥분한 목소리로 외쳤다.

"1억, 1억 올렸습니다! 7억 6천만── 25번, 7억 6천만입니다!"

누구야 25번!!

내 예산과 어느 정도의 사정을 알고 있는 티노의 눈이 휘둥그레졌고, 날 쳐다보고 있다. 나는 말없이 계속하라고 엄지손가락을 세워 보였다. 위가 뜨끔뜨끔 쑤신다. 이걸로 아가씨가 포기하지 않는 한, 내가 가면을 손에 넣는 미래는 사라져버렸다.

하지만, 그렇다면 나는—— 반드시 이 골렘을 손에 넣겠다. 죽음 속에서 삶을 찾는 것이다.

어쩌면 상대의 예산이 우리보다 훨씬 많아서, 무슨 수를 써도 손에 넣지 못할 가능성도 있지만, 최선을 다했는데도 이기지 못한다면 시트리도 포기해주겠지.

틀림없이 상대도 괴로울 것이다. 이 물건의 최초 가격은 3천만 길이었다. 이길 가능성은…… 없지는 않을 거라고 본다. 1억을 더 올리면 상대도—— 한계겠지. 한계가 아니더라도 한계에 가까울 것이다.

나는 크게 심호흡을 하고, 쭈뼛거리고 있는 티노한테 새로운 신호를 보냈다.

이걸로—— 끝장이다.

"?! 1억을 또 추가! 8억 6천만 길이 나왔습니다! 66번, 8억 6천만 길입니다!"

토할 것 같다. 아이템 하나에 이렇게까지 큰돈을 쓰는 건 오랜만이다.

위가 욱신거린다. 내 빚이 열 자리라고 해도 그건 쌓이고 쌓여서 그렇게 커졌을 뿐이고, 근본적으로 가난뱅이인 나한테 이 감각은 거의 스트레스에 가깝다.

오싹오싹하는 전율. 역시나 1억을 올리는 건 예상 밖이었는지,

금액을 더 올릴 기미는 없다.

칼을 주고받는 건 아니지만, 이건 틀림없이 싸움이다.

"또 없으십니까? 8억 6천만 길. 8억 6천만 길입니다. 앞으로 30초면 66번이 낙찰하게 됩니다!"

죽어. 콱 죽으라고. 포기해!

크게 심호흡을 한다. 그저, 평소에는 믿지도 않는 신에게 기도를 바친다.

시트리는 마치 폭풍이 지나가기를 기다리는 것처럼 몸을 움츠리고서 가만히 있다.

한계가 코앞까지 와 있다.

8억 6천만 길이라면 평생 놀고먹을 수 있는 금액이잖아. 결혼 자금이라고 했는데, 시트리는 그 많은 돈을 어떻게 쓰려는 걸까. 별로 중요하지도 않은 생각들이 머릿속을 맴돌고 있다. 현실도피라고도 하지.

아직 30초가 안 지났나? 1초가 1분처럼, 10분처럼 느껴진다.

시간이 한없이 길게 늘어진다. 검은 골렘이 샹들리에 불빛을 받아서 묵직하게 빛나고 있다.

그리고, 사회자의 눈이 또 휘둥그레졌다.

"9…… 9억 6천만 길."

"?!"

"9억 6천만 길! 나왔습니다! 25번, 9억 6천만 길입니다!"

이번에야말로, 피가 얼어붙는 것 같은 기분을 맛봤다. 대체 뭐야? 상회냐, 귀족인가? 말도 안 돼. 왜 저런 골렘에 큰돈을 쓰려는 건데.

시트리가 당황한 것처럼 눈을 크게 떴다. 그 커다란 눈동자에서 눈물 한 줄기가 볼을 타고 흘러내린다.

리즈가 깊은 한숨을 쉬었다.

"아~ 운이 없었네…… 크라이가 지다니 별일이야. 무기든 뭐든 사둘 걸 그랬어. ……뭐, 어쩔 수 없는 일인가."

나한테 보구 콜렉션이 있지만, 경매에서 낙찰한 물건은 현물 지급을 인정하지 않는다. 수표나 현금, 둘 중 하나만 인정된다.

시트리가 고개를 숙였다. 티노가 망연자실한 눈으로 날 보고 있다.

내 볼이 일그러지는 게 느껴진다. 살짝 고개를 끄덕였다.

그리고, 술렁거리는 속에서 사회자의 목소리가 울려 퍼졌다.

"10억?! 66번── 10억 6천만 길입니다!"

"뭐……?"

시트리가 눈물을 흘리면서, 혼란에 빠진 얼굴로 나를 봤다.

시트리가 모은 예산은 9억 5천만 길. 고가로 낙찰해서 지불하지 못한 경우에 무거운 죄가 된다는 걸 생각해보면, 그 이상은 금기다.

편안한 기분이었다. 조금 전까지 마음속에 있었던 파란은 이미

한 조각도 남아 있지 않았다.

명경지수. 나는 드디어 경지에 도달했다. 평온한 미소를 지으며, 시트리의 손을 잡았다.

"내가 뭐랬어, 걱정하지 말라고⋯⋯ 아니, 조금은 해줬으면 싶었지만."

구체적으로 말하자면── 그래. 같이 루시아한테 무릎 꿇고 빌어주세요.

큰일 났다. 루시아가 저금한 돈에서 반 이상을 멋대로 쓰게 됐다. 하지만 후회는 하지 않는다. 후회는 안 한다고, 나는. ⋯⋯으아아아아아아아아아아아아아!

"시간이 다 됐습니다. 격전에서 이긴 분은── 66번── 트레저 헌터, 그레그 잔기프 님! 금속 거대 골렘, 10억 6천만 길에 낙찰입니다! 용맹 과감하게 싸워서 이긴 헌터 여러분, 아낌없는 박수를 부탁드립니다!"

우레와도 같은 갈채 속에서, 티노 옆에 앉아 있던 그레그 님이 새파랗게 질린 얼굴로 날 쳐다보고 있었다.

예상외로 뜨겁게 달아오른 경매 때문에, 경매장에는 아직까지도 열기가 고여 있었다.

휴식시간이 됐는데도 밖에 나가는 사람이 거의 없을 정도로.

그런 사람들을 흘끗 보면서 건물 밖으로 나온 우리를 향해, 티노와 다른 사람들이 종종걸음으로 다가왔다.

우리(나, 리즈, 시트리) 앞까지 다가오더니, 두 손을 모으고서 고개를 깊이 숙였다.

"죄송해요, 마스터어. 설마 일이 그렇게 될 줄은……."

"응……? 아냐, 뭐, 괜찮은데……."

난 원래 티노한테 대리를 부탁했다. 그레그 님이 낙찰한 걸로 된 데는 분명히 놀랐지만, 그렇게 화를 낼 일은 아니다.

뒤에 있는 그레그 님의 표정은, 골렘 경매가 끝나고 한참이 지났는데도 귀신처럼 창백했다. 식은땀을 엄청나게 흘리고 있다. 수상한 사람처럼 주위를 이리저리 둘러보고 있는데, 그 큰 인물과는 거리가 먼 모습이 왠지 남의 일 같지가 않았다.

전반 최고 금액의 물건을 낙찰받은 영웅이다. 경매 중에 달고 있었던 번호표는 이미 떼어냈고 얼굴도 그다지 알려지지 않아서 아직 사람들한테 둘러싸이지 않았지만, 아마도 그 이름은 금세 널리 퍼지겠지.

제블디아 옥션에서는 공평성을 확보하기 위해서, 낙찰자의 이름을 간단히 조사할 수 있다. 그래서 대리인 제도가 있는 건데, 중견 헌터인 그레그 님한테는 너무 부담되는 일이었는지도 모르겠다.

티노가 불안한 표정으로 리즈를 보면서 변명을 했다. 리즈는 그저 말없이 웃고 있을 뿐.

"저기………… 정말로, 제가 담당하려고 했어요. 그런데…… 준비를 못 해서…… 마스터어의 신호를 확인한 순간에 알았어요. 경매에 참가하기 위한, 수신호를 모른다는 걸."

티노도 꽤 맹하구나…….

하지만 분명히 수신호는 여러 종류가 있으니까, 처음 경매에 참가했으면 모르는 것도 무리가 아닐 수도 있겠지. 모르면 모르는 대로 금액을 소리 질러서 부르거나 팻말에 가격을 적어서 들어 올리는 방법으로 참가하는 방법도 있지만, 경매에 참가하는 사람들은 대부분 수신호를 사용한다.

"그래서…… 그레그 님이 알고 계시다고 해서, 부탁했어요. 마스터어의 신호를 보는 역할과 경매에 참가하는 역할을 분담해서…… 설마, 일이 이렇게 될 줄은 몰랐어요. 처음에는 그레그한테 맡기고, 방법을 배워서, 정말 중요한 보구 때는 제가 담당하려고 했어요!"

"응, 그래, 그랬구나……."

그런데 보구가 나오기도 전에 골렘에다 자금을 다 써버렸거든.

하지만 나도 이 상황을 상상하지 못했으니까, 그건 어쩔 수 없는 일이겠지.

리즈가 내 어깨를 두드리고, 엄지손가락으로 목을 그어 보이고는 고개를 갸웃거렸다. 그런 건 안 해…….

"그렇게 겁먹지 않아도 돼. 잘했어, 정말 잘했다고. 응, 내가 생각했던 대로야."

"크라이. 그…… 예산을 넘어버렸는데…… 괜찮은 건가?"

그레그 님의 얼굴이 새파랗게 질린 건 그것 때문인가.

이번 낙찰 금액은 내가 사전에 말했던 한계 금액을 크게 뛰어넘었다. 만약에 지불하지 못하면 그레그 님한테 죄를 물을 가능성이 있으니까, 저런 얼굴이 되는 것도 어쩔 수 없겠지. 원래 대리인은 오로지 신뢰관계에 의해서 성립되는 것이다. 물론 그레그 님한테 폐를 끼칠 생각은 없다.

"아, 그것도 걱정 안 해도 돼요. 돈은 있으니까."

내 돈은 아니지만.

나는 마음속에서 루시아한테 엎드려 빌며 그 자리에서 바로 수표에 1억 1천만을 적어서, 시트리에게 넘겼다.

참고로 돈이 나가는 건 루시아의 은행 계좌지만, 이미 다 처리해뒀기 때문에 내 서명으로 수표를 발행해도 문제없다.

시트리는 받아 든 수표를 정중하게 가방 안에 넣었다. 이걸로 현금까지 합치면 10억 6천만 길이다.

티가 고개를 살짝 숙인 채로 물었다.

"마스터어, 그래서…… 그…… 보구 쪽은……."

"아, 그건 이제 됐어. 목적은 달성했고, 좀 피곤하니까 난 먼저 돌아갈게."

"……예?!"

옥션은 이제 막 시작됐다. 경매장 근처에는 사람들이 엄청나게 몰려 있고.

앞으로도 신기한 보구들이 계속 나오겠지. 관심은 있지만, 돈도 없으면서 그런 것들을 보는 건 정말 괴롭다. 괴롭기만 하면 다행이지, 루시아의 돈을 다 써버릴 가능성도 있다고 생각해보면, 차라리 여기에 없는 편이 낫다.

무엇보다, 그 가면은 더 이상 손에 넣을 수 없다. 내 경매는 끝나버렸다.

지금쯤 아가씨는 전의를 불사르고 있겠지만, 거기에 어울려줄 수는 없다.

그냥 그쪽이 이겼어. 그래, 그쪽이 이겼다고. ……가서 잠이나 자야지.

"그럼, 크라이 씨. 저는 바로 그레그 씨와 같이 낙찰한 물건을 가지러 갔다 올게요!"

시트리가 활짝 웃으면서 백금화가 가득 든 트렁크 케이스를 들었다.

이 웃는 얼굴을 지켜줄 수 있었으니까 다행이라고 생각하자.

"언니는 출품자하고 우리랑 경합했던 25번의 정보를 알아봐 줄래? 이미 가버렸을 수도 있지만, 경매인한테는 자료가 있을 테니까."

"이, 이봐, 경쟁 상대의 정보를 조사하는 건 규칙 위반── 아, 아냐, 아무것도."

뭐, 규칙 위반이기는 하지만 마음만 먹으면 간단히 알아낼 수 있으니까. 그렇게까지 물고 늘어졌으니까, 신경이 쓰이는 것도 당연한 일이겠지. 자료는 안 보여주겠지만 말이야, 규칙 위반이 니까.

"예, 고맙습니다 크라이 씨. 이따가 갈게요!"

에바, 화내려나. 화내겠지……. 하지만 어쩔 수 없는 일이다.

나는 하품을 한 번 크게 하고, 뭔가 큰일을 했다는 기분으로 경매장을 뒤로했다.

"시간이 됐습니다. 정체불명의『살 가면』. 그 고명한 그라디스 백작 영애, 에크렐 그라디스 님이 2억 길에 낙찰하셨습니다!"

아래쪽 자리에서 터져 나온 우레와도 같은 박수 소리가 귀빈석까지 들려온다. 귀빈석의 한 자리에 앉아 있던 에크렐은 크게 한숨을 쉬었다. 그 눈동자는 젖어 있고, 항상 치켜 올라가 있던 눈썹도 지금만은 축 처져 있다.

거기에 있는 것은 싸움에서 이겼다는 데 대한 고양도 환희도 아닌, 깊은 안도였다.

싸움은 에크렐이 생각했던 것보다 훨씬 간단히 끝나버렸다. 몽트뢰가 사전에 제안했던 것도 전부 기우였을 것이다. 에크렐이 준비한 2억 길에서 단 한 푼도 더 쓰지 않고, 무사히 낙찰받는 데 성공했다.

사전 평판과 달리, 싸움은 일방적이었다.

아마도 그라디스의 진심이 알려진 덕분이겠지. 이 제국에서 귀족의 권력은 상당히 강하다. 상회 중에서도 헌터 중에서도, 대놓고 적대하려는 자는 없다. 있을 리가 없다.

다시 한번 그 사실을 확신하고, 옆에 있는 아버지── 반 그라디스를 자랑스러운 얼굴로 바라봤다.

아버지는 주위에 있는 귀족들의 칭찬에도 한두 마디 대답할 뿐, 가만히 무대만 바라보고 있었다.

그 얼굴에 드리운 표정이 보여주는 것은 딸의 승리에 대한 기쁨이 아니라, 수상한 것이라도 발견한 것 같은 의아하다는 표정이었다. 에크렐의 시선을 알아차리고, 반 그라디스가 눈살을 찌푸렸다. 그 입에서 나온 말은, 에크렐이 생각도 못 한 것이었다.

"승리를 양보했는가."

"……예?!"

뒤에 서 있던 몽트뢰가, 작은 목소리로 그 의견에 찬성했다.

"그런 것 같습니다. 《천변만화》는 이미 경매장에서 나갔습니다. 가면의 경매에 참가한 자 중에, 그자와 관련된 이는 없었습니다."

"흥…… 레벨 8 헌터…… 다른 헌터들과 마찬가지로 예의를 모르는 사내인 줄 알았는데, 책모를 부릴 줄 아는 자라는 소문도 거짓은 아닌 것 같군. 손에 넣고자 했던 보구에 간섭이 들어오자 이렇게 간단히 물러나다니—— 체면을 중시하는 헌터에게서는 찾아보기 힘든 냉정하고 침착한 대응. 아크가 말한 대로 재미있는 사내다."

"그, 그게 무슨 말씀이십니까?! 아버님! 저는, 이렇게, 이겼습니다!"

이러저런 일이 있었지만, 결과적으로는 무사히 자금을 모아서 원하는 것을 쟁취했다.

무관인 그라디스 가문에게 있어 성과란 이겨서 차지하는 것. 그 가훈에 따라, 이렇게 고명한 레벨 8 헌터를, 그라디스 가문을 무시한 사내를 격퇴했다.

큰 소리를 지른 에크렐에게, 반이 날카로운 눈빛으로 바라보며 말했다.

"에크렐, 분명히 너는 보구를 차지했다. 하지만, 이 승리는 가치 있는 승리가 아니다. 이기든 지든 좋은 경험이 되리라고 조용히 지켜봤지만—— 같은 전장에 서지도 못했다. 너무 우습게 봤나. 그리고, 그 사실조차도 알아차리지 못할 줄이야——."

"?!"

"아가씨. 《천변만화》는 틀림없이 2억 길을 훨씬 넘는 금액을 마련했습니다. 시트리가 기재나 포션을 처분했다는 정보도 들어와 있습니다. 감시하기 위해서 가까이에 배치했던 자들은 쫓겨났지만, 그는 그 보구의 경매가 시작되기도 전에 경매장에서 나갔습니다."

충격 때문에 꼼짝도 못 하는 에크렐에게, 몽트뢰가 냉정한 목소리로 설명했다.

"어, 어째서?! 어째서 싸움에 참가하지도 않은 것이냐?"

이해할 수 없었다. 먼저 그 보구를 원했던 것은 《천변만화》다. 에크렐은 반쯤 시비를 거는 기분으로 끼어든 것에 불과하고.

"승리를…… 양보한 것입니다, 아가씨. 아가씨께서 2억 길을 준비하지 못했다면 참가했을지도 모릅니다만…… 이번 싸움은 이미 에크렐 아가씨 개인과의 싸움에서 그라디스 백작 가문과의 싸움으로 변했습니다. 도저히 싸움이 되지 않고, 만약 에크렐 아가씨를 이겼다고 해도—— 그건 그것대로, 뒤탈이 있겠지요."

몽트뢰의 말을, 에크렐은 그저 멍한 기분으로 듣고 있었다. 머릿속에서는 온갖 감정들이 소용돌이치고 있었다.

혼란. 안도. 곤혹. 분노. 쥐어짜는 것 같은 목소리로 반론했다.

"정정당당한 승부라고…… 했을 텐데."

"경쟁하게 될 상회와는 사전에 교섭했습니다. 아가씨, 그라디스로 태어난 이상, 당신에게는 승리해야 할 의무가 있습니다. 헌터와 귀족은 조금 닮은 구석이 있습니다. 적어도, 여기서 무릎을 꿇게 된다면, 앞으로 이 일을 빌미로 얕보이는 일도 있겠지요. 그리고 오늘, 아가씨는 레벨 8 헌터에게 승리했습니다."

"조금이나마 눈썰미가 있는 자라면 승리를 양보했다는 것이 훤히 보일 것이다. 정말이지, 이해할 수가 없군. 2억을 들여서 판명된 것이 《천변만화》의 도량뿐이라니."

심기가 불편하다는 것처럼 얼굴을 찌푸리는 아버지를 보고, 에크렐이 떨리는 목소리로 중얼거렸다.

"나를…… 이 나를, 봐줬다는, 건가. 얕본 것인가."

"얕보지 않았기 때문이겠죠. 그것을 승리라고 부를지 아닐지는, 아가씨의 마음에 달려 있습니다만——."

아니다. 이딴 것은—— 승리가 아니다.

부전승? 아니다. 그런 말로 에크렐의 감정을 납득시킬 수 있을 리가 없다.

정면으로 싸워서 지는 편이 차라리 납득할 수 있다. 뿌득뿌득 소리가 날 정도로 이를 갈았다.

졌다. 시합에서는 이기고 승부에서는 졌다. 이래서는 존경하는 아크에게 가슴을 펴고 보구를 전해줄 수도 없다.

"빚을 진 건가."

"……약속대로 가문에 상담해서까지 2억 길을 준비한 아가씨를 적잖게 인정했다고, 할 수 있습니다. 그 악명 높은《비탄의 망령》의 리더가, 고명한 귀족이라는 이유만으로 물러나지는 않았을 겁니다."

"……어느 쪽이건, 빚이다. 주위에서 어떻게 생각하건, 제블디아 귀족으로서 빚을 졌으면 갚아야만 한다. …………만약, 이것이, 그 사내가 영문 모를 보구를 원했던 진정한 목적은 아니겠지?"

그라디스 백작의 굳은 표정을 보고, 어지간해서는 표정이 달라지지 않는 몽트뢰의 얼굴이 어두워졌다.

"……확산된 정보에, 개인의 의지는 개입되지 않은 것으로 보였습니다. 아가씨께서 아크 공을 따라 클랜 하우스를 찾아갔던 것도 아가씨의 의지였지요. 아무래도── 우연인 것 같습니다."

자신의 오른팔이 하는 말을 듣고도, 그라디스 백작의 얼굴은 풀어지지 않았다.

아직도 얼어붙은 것처럼 굳어져 있는 에크렐에게 명령했다.

"에크렐, 낙찰한 보구는 네가 알아서 해라. 하지만, 더 이상 그 사내에게 개입하는 것은 금한다. 네가 감당할 수 있는 상대가 아니다."

"…………."

분하다. 승부를 벌였다고 생각했는데, 손바닥 위에서 놀아났을 뿐이었다. 너무나 비참하다.

하지만, 그렇다면, 어떻게 해야 좋을까? 나는, 어떻게 해야 했는가?

항상 귀족에 걸맞은 의연한 태도를 명심하고 있었다. 하지만, 지금 에크렐의 마음속에 존재하는 것은 어쩔 도리가 없는 불안뿐이었다.

"알았나? 대답하거라!"

"큭…… 예…… 아버님."

아버지의 질책을 받고, 에크렐은 입술을 깨물고 오열을 참으면서 대답했다.

나는 타고난 글러 먹은 인간이다. 항상 중요한 때에 제대로 안 풀린다.

예를 들자면 파티를 만들었을 때. 내가 지은 이름 때문에《비탄의 망령》은 범죄자 파티로 오인당했고, 온 제도의 범죄조직이나 같은 헌터들로부터 끊임없이 공격받았다.

예를 들자면 클랜을 만들어서 다 같이 꽃구경을 가려고 했을 때. 어째선지 지각 변동이 일어나서 높은 레벨의 보물전이 나타났다. 가까운 일을 따지자면 티노를【흰 늑대 둥지】에 보냈던 때도 예상치 못한 일이 일어났었고. 내가 결정해서 일이 잘됐던 적이 거의 없다.

원래 그다지 운이 좋은 편은 아니었는데, 특히 헌터가 된 뒤로 내 운은 계속 하강하고 있다. 그리고 나는 그 모든 일을 허세와 주위의 도움과 엎드려 빌기로 헤쳐 나왔다. 하지만, 그렇다고 해서 무슨 안 좋은 일을 당해도 괜찮다는 건 아니고, 익숙해진 것도 아니었다.

끔찍했던 경매에서 며칠이 지나, 아직도 활력을 되찾지 못한 나는 클랜 마스터 방의 응접용 소파에 누워서 자고 있었다. 원래 활력이 넘치는 편은 아니지만, 이번에는 그 고생이 전부 물거품이 된 탓에 반동이 컸다.

에바한테서 『리버스 페이스』가 에크렐 아가씨한테 낙찰됐다는 정보를 들었을 때는 아무렇지도 않은 척했지만, 시간이 지나면 지날수록 미련이 커졌다.

그렇다고 시트리가 갖고 싶어 하는 물건을 낙찰받은 걸 후회하는 건 아니다. 원래 대부분 시트리 돈이었고, 시트리를 울릴 바에는 보구 따위 필요 없다고 생각한 것도 사실이다.

하지만, 그것과 이건 다른 얘기라서—— 마음을 정리하려면 시간이 필요했다.

내가 그 가면을 노렸다는 건 다들 알고 있다. 당연히 경매에 참가하지 않고 싸움에 진 개처럼 도망쳤다는 것도 알고 있겠지. 틀림없이 지금쯤, 호기심이 가득 찬 눈앞에 노출되면, 나는 일류 클랜의 마스터에게 걸맞지 않은 태도를 보이게 될 것이다. 그것만은 피해야 한다. 클랜 하우스 4층 이상을 헌터 출입 금지 구역으로 설정한 것은, 정기적으로 기력이 쪽 빠져버리는 내 모습을 헌터들에게 보이지 않으려는 의도 때문이다.

몸을 비틀면서 소파 위에서 몸을 뒤집다가, 실수해서 그대로 바닥에 떨어져버렸다.

충격 때문에 살짝 숨을 내쉬었다. 이 무슨 비참한, 싸움에 진 개한테 어울리는 상태인가. 그런 생각이 머릿속을 스쳐 지나갔더니, 되레 웃음이 나왔다. 지금쯤 에크렐 아가씨는 싸우지도 않고 도망친 나를 한심한 놈이라고 비웃고 있겠지. 어쩌면 그라디스 경의 헌터 차별을 더 촉진하게 됐을지도 모른다.

. 그리고 내가 엄청나게 갖고 싶어 했던 가면은 그것을 필요로 하지도 않을 아크의 손에 넘어갈 것이다.

——아아, 인생이 정말 마음대로 안 되네.

나한테 수치라는 개념은 존재하지 않는다. 그대로, 본능이 이끄는 대로, 클랜 마스터 방바닥에서 데굴데굴 뒹굴었다. 클랜 마스터 방에는 에바가 신경을 써서 고급 카펫을 깔아줬기 때문에 마구 굴러다녀도 아프지는 않았다.

그냥 영원히 애벌레처럼 땅바닥을 기어 다니면서 살고 싶다. 구멍이 있으면 기어들어 가고 싶은 기분이다. 딱히 창피하다든지 그런 이유 때문이 아니라, 땅속이 더 편안할 것 같다는 의미다.

상당히 의미가 없는 행위를 열심히 하고 있는데, 갑자기 문 두드리는 소리가 들려왔다. 팔다리를 쫙 펼쳐서 접지 면적을 최대한 확장하는 행위를 통해 중력에 의한 부담을 경감하면서, 고개만 문 쪽으로 돌려서 대답했다.

"예이~."

"실례하겠습니다. 크라이 씨—— 이이이?! 뭐, 뭐 하는 거죠?"

에바가 방바닥에 시체처럼 누워 있는 나를 보고서 깜짝 놀란 표정을 지었다.

에바는 내가 얼마나 나약한지 잘 알고 있으니까 보여줘도 아무 문제없다. 최근 며칠 동안, 클랜 마스터 방이나 내 개인실에 틀어박혀 있던 나한테 밥을 가져다준 사람도 에바였으니까 말이야.

"……보면 모르겠어?"

"?! …………전혀, 모르겠는데요."

"…………보면 알잖아? 소파에서 데굴거리다가 바닥에 떨어진 거야."

"아, 정말이지! 자, 그런 데서 데굴거리면 옷이 더러워져요! 당신, 레벨 8이잖아요?!"

에바가 내 팔을 붙잡고, 어깨로 부축해서 일으켜줬다.

그리고 완전히 힘이 빠져 있는 나를 소파 위에 세로 방향으로 설치해줬다. 나랑 달라서, 에바는 오늘도 복장이 전혀 흐트러지지 않은 게, 내 수십 배나 되는 일을 처리하고 있는 사람이라는 걸 믿을 수가 없었다. ……아니, 0은 몇 배로 곱해도 0인가. 아아, 나랑 비교하다니, 에바한테 정말 실례되는 짓을 해버렸네.

"무슨 일 있으세요? 요 며칠 동안 완전히 축 늘어져 있고!"

"평소랑 똑같은데."

"?! 그, 그건…… 뭐…….."

에바가 난처하다는 표정을 지었다. 내 믿음직한 부 마스터는, 내가 10억을 썼다는 이야기를 듣고도, 예상보다 큰돈을 썼음에도 불구하고 가면을 낙찰받지 못했다는 사실에 한숨만 한 번 쉬고 끝났다.

　도량이 너무 커서, 되레 어디까지 허락해줄지 시험해보고 싶어질 정도다.

　"…………저라도 좋다면, 고민을 들어드리겠습니다만?"

　고민이 너무 많아서, 고민 한 개당 1길씩 주면 내 빚이 없어질 거야.

　"슬슬 적당한 시기야. 그릇이 아니라고. 내 인생은 항상 내 예상대로 굴러간 적이 없어. 은퇴하고 싶어."

　"?!"

　항상 하는 투덜대는 소리에, 에바가 눈이 휘둥그레져서 뒤로 한 걸음 물러났다.

　마침내 나는 우수한 부 마스터조차도 완전히 질리게 만들어버리는 수준의 글러 먹은 인간이 돼버린 것 같다.

　그래, 글러 먹은 인간이다. 이젠 틀렸어. 조개처럼 바다 밑바닥에서 조용히 살고 싶어. 그러다가 틀림없이, 문어 같은 것들한테 손도 써보지 못하고 잡아먹힐 거야.

　"…………그, 그렇게까지 했는데도, 제대로 안 됐다는 얘긴가요?"

　"백점 만점으로 따지자면, 잘 쳐줘야 15점 정도려나. 가면도 손에 넣지 못했고."

　"15점?!"

　혼이 빠져나간 것 같은 적당한 대답에, 에바가 깜짝 놀랐다. 항상 폐를 끼쳐서 정말 미안할 뿐이다.

　언젠가는 제대로 보답하고 싶은데, 그것도 자꾸만 마음대로 안 된다.

"보구를 손에 넣지 못한 건…… 예상하셨던 일이라고, 들었습니다만……?"

누구한테 들었을까. 에바의 표정은 진지하다.

완전히 허세로 했던 말인데 말이야. 그 자리에서 내 말을 믿었던 사람은 한 사람도 없었을 텐데.

예상했던 일이라니…… 그렇게 갖고 싶던 가면을 놓친 게 예상했던 일이라고? 그럴 리가.

아카샤 골렘의 출품도 그렇고, 하나부터 열까지 전부 예상 밖의 일이다. 나는 처음부터 끝까지 바다 밑바닥에 자라난 다시마처럼 쓸려갔을 뿐이다.

나는 눈을 돌리고 깊은 한숨을 쉬었다. 조개가 되면 잡아먹히니까, 그냥 돌멩이라도 돼버리고 싶다.

"뭐, 그건 그렇긴 한데…… 좀 더 잘할 수 있었을 텐데 말이야. 인생은 정말 마음대로 안 되네."

"…………차라도 끓여 올까요? 정신적 피로에 잘 듣는 허브티가 있습니다만."

"………….."

내가 대답하기도 전에, 에바가 차를 끓일 준비를 했다.

그런 점이, 내가 죽고 싶어지는 원인이다. 내 주위에는 제대로 된 사람들이 너무 많다.

나는 아주 조금 살아갈 기력을 되찾고, 팔다리를 움직여서는 소파 위에서 내 무릎을 끌어안았다.

"뭐…… 걱정할 건 없어. 그냥 진정되길 기다리는 것뿐이니까."

"……예."

"슬슬 다시 일어날 수 있을 것 같아."

나약한 나는 자꾸만 그렇게 주위 사람들한테 기대게 된다. 내 주위에 있는 사람들은 모두 자립했다. 시트리나 안셈은 물론이고, 리즈와 티노도 훌륭하게 살고 있고, 아무 생각도 없는 루크도 인간으로서의 강함은 차원이 달라서 존경해 마땅하다. 혼자서 방생되면 그냥 죽어버릴 것 같은 존재는 나 하나뿐이고.

지금 돌이켜보면 《비탄의 망령》이 파티로서 보기 드문 힘을 얻은 것은, 매사에 방해만 되는 나라는 존재가 있었기 때문인지도 모른다. 내가 다른 사람들을 두드러지게 만들어주고 있는 것이다.

그 증거로, 리더가 너무 강한 《성령의 자제》는 아크 말고는 시원찮은 느낌이다.

눈앞에 멋진 찻잔이 놓였다. 옅은 라임 색 차. 희미하게 달콤한 향기가 난다.

"그래도, 조금이나마 밖에 나가셔야…… 다들 걱정하고 있습니다. 건강에도 좋지 않을 테고…… 무슨 생각이신지는 모르겠습니다만…….

무슨 생각이신지 모르겠다뇨, 그냥 아무 생각도 없는데요.

괜찮아, 난 상처도 잘 입고 상황에 휩쓸리기도 쉽지만, 너무 깊이 고민하지도 않으니까.

걱정을 끼친 것 때문에 마음이 아프지만, 슬슬 다시 일어날 수 있다는 건 거짓말이 아니다.

내 일은 내가 제일 잘 알고 있다. 찻잔을 들어서 천천히 입으로 가져갔다. 어렴풋한 신맛과 달콤한 향기가, 에바가 말한 대로 정신적 피로에 효과가 있는 것 같다. 정신적인 피로 같은 건 없지만.

약간 진정이 되자, 오히려 지금까지 몇 번이나 자문자답했던 내용이 머릿속에 떠올랐다.

아아, 난 왜 저금을 안 했던 걸까. 2억. 2억 이상만 저금해 놨었다면 시트리가 갖고 싶어 했던 골렘을 손에 넣고, 동시에 가면도 손에 넣었을 텐데.

아마 『리버스 페이스』는 두 번 다시 내 손에 들어오는 일이 없겠지.

교섭을 하려고 해도 에크렐 아가씨는 날 싫어하고 있다. 싸움에서 져버린 개인 데다 충격받고 방구석에 틀어박히기나 하는 내가 엎드려 빈다고 해서 팔아줄 리가 없고, 무엇보다 에크렐 아가씨는 그걸 아크한테 준다고──.

그때, 하늘의 계시가 내려왔다. 벼락이라도 맞은 것 같은 충격에 눈이 번쩍 떠졌고, 자세를 바로잡고서 에바를 봤다. 아아, 나는 왜 지금까지 이렇게 간단한 걸 생각하지 못했을까. 나는 멋있는 척하면서 손가락을 튕겼다.

"왜, 왜 그러세요?! 갑자기."

"……아크 말인데, 지금 어디 있지?"

그래. 그거야. 아가씨한테 사들이는 게 안 된다면, 아크랑 교섭하면 되는 거야.

아크 로단은 강력한 마법 검사(캐스트 세이버)다. 아크는 이미 『성검』을 가지고 있어서, 전에 내가 아가씨와 교섭할 때 말했던 것처럼 반쯤 위법인 가면 따위는 필요도 없다.

즉―― 사들일 수 있다. 세상에서는 나랑 아크를 라이벌이라고 하는 사람도 있지만, 실제로 나와 아크는 라이벌 같은 관계가 아니다. 그냥 같은 클랜의 동료일 뿐이다. 좋은 관계를 유지하고 있다고 생각한다. 진지하게 교섭하면 그 잘생긴 남자는 싫다고 하지 않을 거야. 정 안 되면 내 콜렉션이랑 교환해줄 수도 있고.

후후후. 에크렐 아가씨, 이건 몰랐겠지.

아무리 피라미라고 해도 나는 클랜 마스터. 아가씨는 나한테 진 게 아냐, 내 인맥에 졌을 뿐이지.

클랜 마스터가 되길 잘했다.

갑작스러운 질문에, 에바가 당황하면서 대답했다.

"예? 그러니까―― 로단 가문의 일 때문에, 최근 며칠 동안 제도 안에서 이리저리 돌아다니고 있을 텐데요."

".............아크도 바쁘구나."

돌아온 지 얼마 되지도 않았는데, 정말 열심히 일하는 모습에 저절로 고개가 숙여진다.

절절한 진심에서 나온 말에, 에바가 눈살을 찌푸리고서 나를 빤히 쳐다봤다.

".............참, 고, 로. 크라이 씨도 대규모 클랜의 마스터로서, 여러 곳에서 이야기가 들어오고 있어요. 전부…… 제가 대신 처리하고 있을 뿐이지."

"…………그, 그렇구나."

"그리고 크라이 씨가 오지 않는 일에 대해서는 다들 익숙하지만 그래도 한 번쯤, 얼굴만 보여주면 되니까 같이 가주셨으면 고맙겠어요. 아시겠죠?"

"……항상 여러모로 도와줘서 고마워, 부 클랜 마스터. 에바한테는 언젠가 클랜 마스터 자리를 준비해줄게."

"됐습니다."

나는 시선을 돌렸다. 헌터가 아니라도, 귀족이나 상회의 높으신 분 중에는 위압감이 엄청난 사람들이 많다.

지모가 뛰어난 사람도 적지 않을 테니까, 내가 따라가 봤자 그 사람들한테 놀아나기만 할 뿐이다.

하지만 며칠 동안 이리저리 돌아다녔다는 얘기는, 아가씨도 기껏 낙찰받은 보구를 아직 아크한테 건네주지 못했겠지. 이런 일은 기세가 중요하다. 『리버스 페이스』가 생긴 건 기괴하지만, 오랫동안 보고 있으면 애착이 생길지도 모른다. 내가 그랬으니까.

에크렐 아가씨의 마음이 변하기 전에 『리버스 페이스』의 소유권을 아크한테 넘겨야겠다.

"아크, 부를 수 있어?"

"…………불가능하지는 않겠지만, 로단도 상당히 까다로운 가문이라서……."

웬일로 에바가 난색을 보였다. 로단 가문도 상당히 이상한 사람들이니까…….

하지만 여기서 물러날 수는 없다. 이게 처음이자 마지막 기회일지도 모르니까.

나는 안고 있던 무릎을 내려놓고, 진지한 표정으로 에바한테
말했다.

"서둘러. 《천변만화》의 이름을 써도 좋아. 무슨 수를 써서라도,
지금 당장 아크를 불러줬으면 싶어."

지금이 중요한 때다.

"기분 정말 최고예요, 크라이 씨. 골렘 상태도 별다른 문제는
없었어요."

"헤에~ 그거 잘됐네."

며칠 만에 클랜 마스터 방으로 찾아온 시트리가, 보기 드물게
기분이 좋아 보였다.

신체 라인을 가리려는 것 같은 넉넉한 카키색 로브는 평소와 똑
같지만, 표정이 다르다.

"경매장에서 바로 퇴장한 덕분에 무사히 회수할 수 있었어요.
알고 계시겠지만, 경매용 창고에 침입한 흔적이 있었다는 것 같
아요. 크게 알리진 않았지만……."

"침입……? ……리즈가 그런 건 아니겠지?"

제블디아 옥션은 국가가 주도하는 이벤트다. 경비도 거기에 상
응하는 수준일 테고, 제국의 위신까지 걸려 있다. 거기에 침입하
다니, 정신이 어떻게 된 녀석이라는 생각만 든다.

내 반은 농담, 반은 진심인 질문에 시트리가 눈을 반짝거리면
서 말했다.

"언니가 아니에요. 크라이 씨, 노토 커클레어는 잡혔지만, 그는 일개 연구 부분의 수장일 뿐이에요. 즉, 이 나라에는 아직 그들의 뿌리가 남아 있다는 얘기죠. 아카샤의 탑이라는 조직은 각 연구 부분을 독립시키는 형태라서, 하나가 무너진다고 해도 다른 곳에는 영향을 미치지 않아요. 저도 다른 연구실에 대해서는 소문밖에 못 들었어요. 하지만, 노토 커클레어는 우수한 도사였어요. 노토가 체포된 탓에, 그가 남긴 유산들을 둘러싸고서 움직이고 있는 거예요! 이 틈에 다른 연구실에 대한 정보를 취득할 수 있을지도 몰라요! 골렘이 경매에 나온 것도 그런 압력 때문이겠죠!"

왠지 흥분한 것 같은데, 솔직히 난 관심 없는데. 아무려면 어때.

흥분한 것처럼 말하는 시트리한테 적당히 맞장구를 쳐주면서, 약속 장소인 라운지로 향했다.

에바는 내 부탁대로 아크한테 이야기를 전해줬다. 지금부터는 내 수완에 달린 일이다.

시트리가 내 옆에서 걸어가다가 한 바퀴 빙글 돌더니, 내 오른팔을 끌어안고서 요염한 목소리로 말했다.

왠지 너무 신이 난 거 아냐? 지금부터 교섭해야 하는데, 정신 사납거든?

"전부 크라이 씨 덕분이에요! 연구실의 돈 먹는 벌레였던 아카샤 골렘이 겨우 10억에 손에 들어온 건 물론이고, 새로운 사용 방법까지 만들어주시다니── 아아, 다시 한번 잠입을 시도할까 때려눕히고 성과를 빼앗아야 할까── 하지만 상대는 거대 조직, 다음에는 크라이 씨를 경계할 테고, 제국도 눈을 번쩍거리고 있어요. 제 본업도 있고 해서, 정말 고민되네요."

아무래도 시트리는 지명수배까지 된 비밀 결사를 상대로 싸울 의욕이 넘치는 것 같다. 원래 시트리는 아카샤의 탑을 쫓고 있었던 것 같은데 말이야. 헌터라는 사람들은 전부 이런 걸까.

걷기 힘들다는 걸 알아차렸는지, 시트리가 나한테서 떨어졌다.

내 개인적인 의견으로는…… 시트리가 너무 위험한 일은 안 했으면 좋겠다.

"뭐, 진정하라고 시트리. 원하는 걸 손에 넣었으니까, 일단은 시간을 두고 지켜보는 게 좋을 거야."

상대는 비밀결사고, 이쪽은 대형 클랜이다. 함부로 손을 대지는 않겠지.

그리고 가능하다면, 아카샤에 대한 건 그냥 잊어주세요…….

"그렇군요…… 일부러 아무것도 안 해서 상대를 초조하게 만드는 건가요. 단숨에 공격하면 무너트릴 수도 있겠지만, 동시에 공격할 때는 이쪽의 수비도 약해질 수 있으니까. 너무 신중한 것 같다는 생각도 들지만…… 크라이 씨도 계시니까."

살짝 고개를 숙이고 날 쳐다보는 시트리. 뭔가 내가 하고 싶은 말이 반도 전해지지 않은 것 같은 기분이 들지만, 나는 그럴듯한 태도로 고개를 끄덕였다.

"헌터라면 너무 신중한 게 좋다고 생각하거든. 그보다, 날 좀 도와줬으면 싶은데. 뭐, 솔직히 말해서, 돈 문제 말고는 부탁할 일도 없지만."

아가씨가 아크한테 가면을 줬다고 해도, 아크도 그걸 공짜로 나한테 줄 리는 없겠지.

헌터의 기본은 등가교환이다. 만약 공짜로 준다면 그건—— 상당한 빚을 지는 꼴이 된다. 이미 여러 방면에 빚을 져놓은 입장에서 할 말은 아니지만, 그건 피하고 싶다.

시트리는 의욕이라고는 하나도 없는 내 목소리를 듣고, 싫은 기색도 하나 없이 말했다.

"예. 기꺼이 들어드릴게요. 돈에 대해서는, 크라이 씨가 말하지 않아도 움직일 생각이었어요."

그렇겠지…… 결혼자금까지 썼으니까. ……언젠가 꼭 갚을 테니까 용서해주세요.

시트리가 팔을 슥 내밀어서 내 손을 잡았다. 마치 예술품이라도 만지는 것 같은 조심스러운 손놀림으로.

뜨거운 숨결을 흘리고, 볼이 발그레해져서 날 쳐다봤다.

"그래서…… 크라이 씨. 이번 일 답례 말인데요—— 제가 조금 생각해봤는데, 저희 집에 와서 자고 가실래요? 저도 시간이 있으니까, 대접하게, 해주세요."

"음…… 그건, 다음에."

"…………아쉽네요."

시트리가 정말로 아쉽다는 것처럼 고개를 숙였다. 녹아버릴 것 같은 미소와 함께 말해준 그 제안을 거절하는 건 정말 마음이 괴로운 일이었지만, 시트리의 제안을 받아들이면 글러 먹은 인간이 돼버리니까 어쩔 수 없다.

지금까지 몇 번인가 초대에 응한 적이 있는데, 시트리의『대접』

은 완벽한 글러 먹은 인간 제조기였다. 거기서 나는 아무것도 할 필요가 없다. 온갖 책임과 의무에서 해방되고, 내 시중은 시트리가 전부 다 들어준다. 등도 씻겨주고 마사지까지 해주면서. 온갖 욕구가 하나도 빠짐없이 채워지고 시간 감각은 완전히 마비되고, 나는 뭔가를 생각하거나 참을 필요도 없다.

처음 그 대접을 받았을 때, 만약 중간에 이변을 눈치챈 리즈가 날 끌고 나오지 않았다면, 난 지금도 그 지옥 같은 천국에서 행복하게 살고 있었겠지. 바닥없는 늪 같은, 그런 것이다.

응. 이렇게 말하면 시트리가 나쁜 사람처럼 들리겠지만, 완전히 내가 나쁜 거야. 시트리한테는 나쁜 생각이 하나도 없으니까. 지금은 그런 시트리의 대접을 일종의 정신 단련처럼 인식하고 있다. 안 그래도 최근 며칠 동안 데굴거리기만 했었는데, 그곳에 간다면 이번엔 정말로 폐인이 돼버릴 거야.

라운지에는 이미 아크와 동료들이 와서 기다리고 있었다.

고상하면서도 마음속에 굳은 심지가 있는 신관(세인트), 레벨5 유우 시이라기.

나한테 조금 험하게 대하는 북방에서 온 마도사(마기), 레벨6 이자벨라 멜네스.

검사(소드맨), 레벨 6 아르멜 헬스트렘, 그리고 항상 리즈가 시비를 걸어대서 이쪽도 거북하게 생각하는 레벨 6의 도적(시프) 베네타 레임.

그리고 이 화려한 파티 멤버 속의 청일점── 제도 최강 중에 한 사람. 《성령의 자제》의 리더인 레벨 7, 《은성만뢰》 아크 로단.

단정한 용모에 밝은 성격. 그리고 힘. 모든 것을 가지고 태어 난, 용사가 될 수밖에 없는 남자.

아크는 평소에 입는 모험자 스타일도 《발자국》의 제복도 아닌 사복 차림이었다. 하지만 그 모습에서는 빈틈을 찾아볼 수가 없 었다. 밝게 웃고 있는 표정이지만, 뭐라 말로 표현할 수 없는 위 엄이 느껴진다.

그리고 맞은편에는 부른 기억도 없는 리즈가 거만한 자세로 앉 아 있다.

날 보고서는 자리에서 일어나더니, 활짝 웃으면서 손을 크게 흔들었다.

"크라이~ 여기야 여기. 이렇게 재밌어 보이는 일에 날 안 부르 다니, 너무한 거 아냐?"

아크는 그렇다 치고, 그 동료들의 눈빛은 그다지 호의적인 것 이 아니다. 다른 예정도 있을 텐데 갑자기 불러낸 데다, 커뮤니케 이션에 문제가 있는 리즈까지 대면하게 됐으니까 어쩔 수 없는 일이겠지.

"이거…… 분위기가 험해지겠는데. 딱히 재미있는 일 같은 것 도 없고 말이야."

"저한테, 맡겨주세요."

"교섭 정도는 혼자서 할 수 있어. 상대는 아크니까, 어떻게든 될 거야."

기다리게 하지 않으려고 일찍 왔는데, 아크의 부지런한 성격 때문에 일이 이렇게 돼버렸다.

우리 파티라면 시간이 됐을 때 멤버 중에 절반만 와 있어도 다행인데, 《성령의 자제》는 그렇지 않거든.

나는 일단 웃어 보이면서 손을 들었다. 아크도 평소처럼 밝게 웃어줬다.

"갑자기 불러내서 미안해, 아크. 용서해줘, 긴급 사태거든. 아크한테도 나쁜 이야기는 아닐 거야."

재미있는 남자. 아크 로단에게 《천변만화》를 한마디로 표현하라고 한다면 그렇게밖에 표현할 방법이 없다.

트레저 헌터의 성지인 제도 제블디아에는 매년 외부에서 수많은 헌터 지망자들이 찾아온다. 그리고 그 사람 중에 대부분은 크게 성공하기 전에 은퇴한다. 보물전 탐색에 실패해서 사망하는 자도 있고, 헌터 활동에 지장이 있을 정도로 크게 다치거나, 정신적인 상처 때문에 두 번 다시 제도 밖으로 나가지 못하게 되는 사람도 적지 않다. 그리고 운 좋게 그런 일들을 면한 사람이라도, 그중에 대부분이 실력 부족으로 제도에서는 헌터 일을 할 수 없게 돼서 다른 도시로 거점을 옮긴다.

크라이 안드리히도 아주 흔한 시골 사람 중에 하나였다. 게다가 제도에 오기 전부터 헌터 일을 했던 경험자가 아니라, 그냥 헌터 지망생이었고.

제도에 있는 헌터들은 질이 상당히 높다. 이 제도에서 헌터로서 크게 성공하는 사람은 재능이 있는 극히 일부의 사람들뿐이다. 너무 많은 게 아닌가 싶을 정도로 존재하는 보물전. 그리고 그런 보물전에서 시달리면서 단련된 수많은 라이벌들, 그리고 마음이 꺾인 헌터들을 잡아먹으려고 호시탐탐 노리고 있는 무뢰배들. 물자도 사람도 많다 보니, 그것을 노리는 악당도 늘어난다. 제도가 살기 좋다는 이야기는, 어느 정도의 실력이 있어서 외적을 격퇴할 수 있는 헌터들에게만 한정된 이야기다.

그런 일들은, 달콤한 환상에 이끌려서 제도로 올라온 헌터들에 대한 세례 의식이라고 할 수 있다.

하지만 《비탄의 망령》은 그 모든 것들을 물리쳤다. 보물전을, 재능 있는 젊은이를 원수처럼 취급하는 어른답지 못한 선배 헌터들을, 신참들을 골라서 노리는 레드를 타파하면서, 엄청난 속도로 명성을 쌓아갔다.

그 모습이 아크의 눈에 들어온 건 당연한 일이었다.

《비탄의 망령》은 항상 피로 물들어 있었다. 강한 빛은 보다 짙은 그림자를 만든다. 《비탄의 망령》 멤버들은 하나같이 눈부시게 빛나는 재능으로 가득 차 있다. 그래서 주위의 질투를 샀다. 수많은 방해가 있었다. 목숨을 노리기도 했고, 이상한 소문도 잔뜩 퍼졌다. 하지만 아마도, 그런 것들이 괴물을 만든 게 아닐까.

어느샌가 잡아먹히는 쪽에서 잡아먹는 쪽이 돼 있었다. 분수에 맞지 않는 꿈을 품은 촌놈에서 무시무시할 정도의 재능을 지녔고 그 어떤 적도 용서하지 않는, 두려워해야 할 파티로 변해 있었다.

아크 로단도 제도에서 헌터가 된 사내이지만, 기반이 달랐다.

로단 가문에는 노하우가 있었다. 명성이 있었다. 예전부터 헌터가 되기 위해서 힘든 단련을 해왔고, 헌터가 되기 전부터 여러 보물전을 공략했었다. 귀족들의 협력도 있었고, 동료를 모으는 것도 간단했다.

그야말로, 정반대. 적어도 아크는 《비탄의 망령》과 《성령의 자제》를 정반대라고 생각한다. 그리고—— 리더의 질도.

맞은편 자리에 앉은 검은색 머리카락의 남자는, 몇 년 전에 처음 만났던 때와 하나도 달라진 게 없는 『최약(最弱)』이다.

귀신같은 지모를 지녔다고 불리는 건 알고 있다. 그리고 그의 말이 미래를 내다본다는 말을 들을 정도의 적중률과 적중 범위를 지녔다는 것도.

하지만, 그런 요소들을 고려해도—— 모든 것이 **너무나 없다**. 아크는 자신보다 높은 레벨의 헌터를 몇 명 알고 있다. 그중에는 《천변만화》처럼 전투능력만 따지면 아크보다 떨어지는 사람도 있다.

하지만 다르다. 높은 레벨 헌터에게는 한눈에 봐도 납득할 수 있는 힘이, 강함이 있었다. 그렇지만 눈앞에 있는, 분명히 자신보다 레벨이 높은 이 남자에게는, 실적을 남긴 남자에게는, 그런 것이 없다.

재미있는 남자다. 너무나 강한 파티의 리더를 맡고 있는, 너무나 약한 남자.

호기심을 강하게 자극했다. 오래된 곳이나 강호 클랜에서 여러 번 스카우트 제의가 있었던 아크의 파티가 《시작의 발자국(퍼스트 스텝》에 참가하기로 한 것도, 그런 이유 때문이다.

그리고 몇 년이 지났지만, 아직도 그 본질을 간파하지 못했다.

종종 아크를 《천변만화》와 비교하는 사람들이 있는데, 애당초 비교하는 자체가 잘못된 일이다.

수치로 비교하는 것은 의미가 없다. 《은성만뢰》와 《천변만화》는 단순하게 비교할 수 있는 존재가 아니다.

예를 들어서 힘을 더하거나 뺀다고 그 두 사람이 같은 수치가 되는 일은 절대로 일어나지 않는다.

아마도 『격』이 아니라 걸어온 길── 방향이, 차원이 다르다.

주위 사람들은 그 존재를 질투하고 있다. 동경하는 사람도 있고, 적대시하는 사람도 있다.

아크 로단은 이기기 위해서 태어났다. 혼자서 걸어가기 위해 태어났다. 그래서 질투해본 적이 없다. 그에게 존재하는 것은 초대 로단으로부터 핏줄을 타고 전해 내려온 끝없는 탐구심뿐이다.

그래서 아크 로단과 크라이 안드리히의 관계를 말로 표현한다면──『라이벌』도 『강적』도 아닌, 『친구』라고 해야겠지.

로단 가문의 일 때문에 뛰어다니던 아크를 갑자기 불러낸 남자는, 미안하다는 기색도 하나 없이 거만하게 팔짱을 끼고 있다. 이자벨라가 날리는 혐오하는 시선에도 전혀 신경 쓰지 않고.

"단도직입적으로 말할게. 지금 당장 에크렐 아가씨한테 가줬으면 해. 가보면 전부 알게 될 거야. 나랑 에크렐 아가씨가 보구 낙찰 때문에 경합했고, 에크렐 아가씨가 이겼다는 건 알고 있지?"

"그래. 요 며칠 동안 바쁘기는 했지만 이야기는 들었어. 일단

오해하지 않도록 말해두겠는데, 그건 나하고 아무 관계도 없는
일이야. 아가씨도 근본적으로는 나쁜 사람이 아니지만, 종종 폭
주하는 구석이 있거든."

아크는 한가한 몸이 아니다. 로단 가문의 일원으로서, 헌팅에
나가지 않을 때도 해야 할 일들이 산더미처럼 많다.

제도가 경매 때문에 들끓는 동안에도, 거기에 신경 쓸 틈도 없
이 계속 이리저리 불려 다녔다.

《천변만화》가 원한다는 이유로 보구의 가격이 엄청나게 올라
갔다는 이야기를 들었을 때는 자기도 모르게 웃음이 나왔고, 어
째선지 에크렐 아가씨가 그 경쟁에 끼어들었다는 이야기를 들었
을 때도 놀라기는 했지만, 그게 전부였다.

크라이 옆에서 허리를 곧게 펴고 다리를 꼬고 앉아 있던 리즈
가, 날카로운 목소리로 항의했다.

"뭐라고?! 내가 가려고 했는데, 아크한테 가라는 거야?"

"뭐어?! 또 아크 씨한테 심부름이나 시키려는 거야?! 안 그래
도 바쁜데, 직접 가란 말이야!"

바로 물고 늘어지는 파티 멤버 이자벨라를 보며, 아크가 깊은
한숨을 쉬었다.

이자벨라는 우수한 마도사지만, 아크한테 함부로 대하면 절대
로 참지 못하는 점이 옥의 티였다.

"아앙?! 이 자식이, 아크 똘마니 주제에, 크라이한테 말 함부로
하지 마라. 콱 죽여버린다! 니들한테 허락된 말은 『YES』뿐이야!"

"똘마니?! 큭…… 그래 좋다……."

"자, 자, 언니도 이자벨라 씨도 진정하세요. 아크 씨랑 크라이 씨가 곤란하잖아요?"

"……쳇."

자리에서 일어나려던 두 사람에게, 시트리가 생글생글 웃고 손뼉을 치면서 말했다.

《비탄의 망령》과 《성령의 자제》. 그 멤버 일부가 견원지간인 것도 항상 있는 일이다.

크라이의 표정은 평소와 다르게 아주 진지했다. 그 표정을 보고 아크도 진지한 표정을 지었다.

"내가 말했었는데, 안 들어줬어. 아크, 그 보구는── 어떤 의미에서는 너무 위험해. 너라면 어떻게 할 수 있을 거야. 아마도. 지금 당장 가면 늦지 않을 거라고 봐."

여전히 구체적이지 않은 말이다. 하지만, 크라이의 말이 항상 정곡을 찌른다는 건 알고 있다.

이런 이야기를 한 것도 이번이 처음은 아니다. 온갖 의문을 일단 치워두고, 물었다.

"……무기는 필요할까?"

"뭐……? 아, 필요 없어. 오히려 안 가지고 가는 게 좋을 거야."

무기가 필요 없다고……? 별일이군. 전투가 아닌 건가?

하지만, 분명히 위험하다고 했는데. 위험한데…… 무기가 필요 없다고?

"……이미 늦었다면?"

눈살을 찌푸리고 묻는 아크에게, 크라이는 고개를 갸웃거리고는 곤란하다는 표정으로 말했다.

"내가 슬퍼져."

싫다는 표정을 짓거나 날 노려보는 동료들을 아크가 달래면서, 아크네 파티가 빠른 걸음으로 라운지에서 나갔다.

내가 기대한 대로, 아크는 부탁을 들어줬다. 내용이 내용인 만큼 구체적인 얘기는 하나도 못 했지만, 내 말이나 현재 상황을 통해서 내가 무슨 말이 하려는 건지 눈치챘겠지.

역시 아크 로단이라니까. 제도 최강의 헌터는 마음 씀씀이도 최강이야.

나는 그런 만능 인간 아크가 좋아요. 아크는 회복마법도 쓴다는 거 알아? 믿을 수 있겠어?

아무것도 못 하는 나와는 그야말로 정반대다.

높은 레벨의 헌터는 그 파티 멤버도 강력한 경우가 많은데, 그것보다 더 높은 곳까지 가버리면 갑자기 솔로 헌터가 많아지게 된다. 예를 들자면 우리 《비탄의 망령》이 헌터가 되기로 결심한 계기가 됐던, 겨우 세 명밖에 존재하지 않는 레벨 10 헌터 중에 하나, 엑시드 지퀸스도 솔로였다.

돌출된 헌터들은 보통 주위 사람들이 따라오지 못하는 법이다.

아크는 공략하는 보물전의 레벨을 파티 멤버들에게 맞춰주고 있다. 아마도 솔로로 활동하거나 더 강력한 파티에 참가한다면 더 빨리 레벨을 올릴 수도 있었겠지. 아크가 하렘 파티라고 불리기는 하지만, 아직까지 파티를 맺고 있다는 건 초일류 헌터치고는 보기 드문 일인지도 모른다.

바라건대 그 상냥함을 계속 가지고 있어줬으면 좋겠다. 앞으로도 계속 신세를 지겠습니다.

내 교섭 수완에 만족하고 있는데, 리즈가 입술을 빼죽 내밀고는 내 어깨를 흔들어댔다.

"치~사~해~. 크라이, 아크한테만 너무 의지하잖아~! 나한테도 좀 의지하면 안 돼? 응! 저기? 루크도 없고, 시트랑 모의전을 할 수도 없고, 티는 피라미고, 실력이 녹슨단 말이야. 응? 뭐든지 할 테니까!"

리즈가 아양을 떠는 것처럼 몸을 부비부비 문질러댄다. 무슨 애완동물인가?

지금 뭐든지 한다고 했지? ……얌전히 있어주세요.

실력 면에서는 리즈한테 불만이 없지만, 아무래도 성질이 너무 급하다. 나는 깊은 한숨을 쉬었다.

"리즈 너 말이야, 내가 뭘 부탁했는지는 알아?"

"당연히 알지. 그 망할 꼬맹이네 집에 찾아가서 보구를 훔쳐 오면 되는 거잖아? 나한테 맡기라고!"

리즈가 어딘가 자랑스러워 보이는 미소를 지었다. 윤리관이 너무 희박하다.

"보물전이랑 비교하면 일도 아니라니까. 어차피 경비를 서는 기사도 어설픈 것들이고, 나 혼자 가면 결계 같은 게 조금 귀찮기는 하겠지만, 들키기 전에 훔쳐서 나오면 되는 거잖아? 아, 맞다! 티를 데리고 가볼까!"

제발 그만두도록 하세요. 예전엔 이런 애가 아니었는데, 거친 일에 너무 익숙해져 버렸다니까.

가면은 이제 괜찮아, 아크가 가지고 올 테니까. 우리 파티의 양심인 시트리가 한심하다는 듯이 언니한테 한마디 했다.

"언니! 크라이 씨가 곤란해하잖아! 가면 일은 아크 씨가 적절하다고 판단한 이유가 있을 테고, 우리는 할 일이 있으니까."

"할 일?"

"돈."

바로 대답한 시트리의 말을 듣고 리즈의 눈이 휘둥그레졌지만, 바로 꼬고 있던 다리를 풀었다.

그러고는 대체 뭘 납득한 건지, 고개를 살짝 끄덕이고는 나를 봤다.

"…………아, 그런 얘기구나. 그럼 어쩔 수 없네. 이런 걸 아크한테 부탁할 수는 없을 테니까."

"루시아가 돌아오기 전에 저금을 채워놔야 하니까…… 마침 잘 됐잖아?"

뭐가 마침 잘된 걸까? 하나도 모르는 나를 무시하고, 이야기는 계속 진행됐다.

역시 자매다 보니 남들은 이해할 수 없는 공감이나 교감 같은 게 있는지도 모른다.

리즈가 일어났고, 조금 전하고 전혀 다르게 기분 좋게 웃는 얼굴로 말했다.

"……그렇구나…… 여전히, 크라이가 세운 계획은 완벽, 할지
도. 응, 알았어~. 빨리하는 게 좋겠지? 오랜만에, 일하는 맛이 있
으려나? 시트, 준비 잘해놔."

"알았다니까……."

"그럼, 먼저 가볍게 몸 좀 풀어둘게. 크라이도 나중에 봐. 좋은
보고를 할 수 있게 열심히 할 테니까 기다려줘!"

살랑살랑 손을 흔들고, 리즈가 경쾌한 걸음걸이로 라운지를 떠
났다. 저 분위기를 보면 아크를 쫓아가지는 않겠지. 뭘 열심히 하
겠다는 건지는 모르겠지만, 시트리가 괜찮다고 했으니까. 큰 문
제는 없겠지.

"그럼 크라이 씨, 저도 다녀오겠습니다. 언니를 제어하는 건 맡
겨두세요."

"응, 그래, 그렇게 해. 살살해줘."

나도 힘이 되고 싶지만, 가봤자 방해만 되겠지.

내용이 없는 격려에, 시트리가 주먹을 살짝 쥐고서 미소를 지
었다.

거점으로 돌아온 아크는 재빨리 장비를 챙겼다.

어쨌거나 아크는 헌터다. 보물전을 탐색할 예정이 없어도, 최
소한의 준비는 해두고 있다. 파우치 모양의 『시공 가방』은 보기와

는 다르게 막대한 용량을 자랑하는 데다 그 안에 넣어둔 물건의 부패를 막는 특수 효과도 지닌, 로단 가문에 대대로 전해져 내려온 초(超)고급품이다. 각종 포션은 물론이고 식량부터 야영에 필요한 아이템까지 다 들어가 있어서, 온갖 상황에 대처할 수 있다.

"정말로…… 갈 건가요?"

"불안해?"

걱정하는 얼굴로 바라보는 신관 동료── 유우의 회색 홍채에 비친 아크가 살며시 미소를 지어 보였다.

다른 사람들도 일단 리더인 아크 앞에서 대놓고 불만을 말하지는 못하고 있지만, 어딘가 불만인 표정으로 준비를 진행하고 있다. 그 준비하는 솜씨는 그야말로 일류 헌터라고 할 수준인데, 무엇보다 멤버들의 표정에는 마치 지금부터 고난이도 보물전에 가려는 사람들처럼 힘이 들어가 있었다.

《시작의 발자국》의 특징을 하나만 말해보라고 한다면, 대부분의 멤버들은 잘 정비된 복리후생도 소속된 멤버들의 전투력도 아닌, 클랜 마스터가 가끔씩 던져주는 『천 개의 시련』을 꼽을 것이다.

그것은 모든 이에게 균등하게 찾아오는 것이며, 당연한 얘기지만 아크의 파티도 예외는 아니다.

아니, 아크의 파티는 클랜의 넘버 2다. 굳이 따지자면 일반 멤버들보다 뭔가를 부탁할 기회가 많은 편이다. 아무리 힘든 보물전 공략도, 준비할 틈도 없이 갑자기 찾아오는 시련보다는 낫다는 것이, 아크를 제외한 멤버들의 생각이었다.

유 시이라기가 그 단정한 얼굴을 불안으로 일그러뜨리며 말했다.

"예. 크라이 씨는…… 그러니까, 아크 씨를, 자꾸 말려들게 만드니까요."

"레벨 8이니까, 자기가 하면 되는데. 아크 씨도, 너무 사람이 좋아서 문제예요."

보물전을 탐색할 때와 똑같은 순백색 로브를 입은 이자벨라가 깊은 한숨을 쉬었다.

분명히, 아크는 크라이의 의뢰는 거의 거절하지 않는다. 돌발사고를 걱정하는 사람은 헌터 노릇을 할 수도 없고, 부탁받은 의뢰는 분명히 누군가가 움직이지 않으면 크나큰 피해가 발생할 수 있는 일들이었다.

"리즈나 시트리가 있으니까, 직접 해야 하는 게 아니겠어?"

동의를 요구하는 목소리에, 아크가 애매한 미소를 지으며 말했다.

"이자벨라는, 그 두 사람을 에크렐 아가씨 곁으로 보내자는 거야? 나 같으면 그런 무서운 짓은 못 하겠는데."

"……그건…… 하긴, 리즈는, 상대가 열 살이라도 진심으로 싸울 것 같으니까. 상대의 지위 같은 건 생각도 안 할 테고."

"……무서운 얘기지만, 그럴 수도 있겠지."

이자벨라의 말을 듣고, 검사 아르멜이 굳은 표정으로 동의했다.

《비탄의 망령》은 강한 것과 동시에 방약무인한 것으로도 널리 알려져 있다. 같은 클랜 멤버이기도 하고 오랫동안 알고 지낸 아크 일행은, 일반적으로 알려져 있는 평판이 실제보다 아주 조금이나마 점잖은 이야기라는 것을 알고 있다.

그들은 조금 혈기가 왕성한 마피아 같은 존재들이다.

"루시아랑 안셈이 있다면 또 모르겠지만, 아직 안 돌아왔으니까—— 아, 아냐, 그래도, 그렇다면 자기가 직접 가면 되는 거잖아! 상대가 귀족이라도, 크라이라면 간단히 구워삶을 수 있을 텐데 말이야?"

고개를 도리도리 저으면서 항의했지만, 그런 이자벨라의 목소리에도 아까만큼의 힘은 없었다.

이성으로는 그 판단이 타당하다고 이해하고 있지만, 감정적으로는 납득하기 힘들겠지.

에크렐은 아직 어린애지만, 귀족이다. 자존심이 높다. 게다가 그녀는 크라이한테 모질게 대했었다. 그래도 그 남자라면 어떻게든 하겠지만, 크라이와 원래 알고 지내던 아크 중에 누가 더 잘 처리할 수 있을지는 안 봐도 뻔한 일이다.

"인정해, 이자벨라. 우리는 원래 그라디스 가문과 인연이 있어. 오히려 귀찮은 일이 벌어진다면 우리가 나서는 게 당연한 일이 아닐까…… 크라이한테 뭐라고 할 일은 아닌 것 같아."

나름대로 알고 지낸 아크조차도 크라이의 생각은 완전히 읽을 수 없다. 하지만, 아크를 제외한 다른 멤버들이라면 모를까, 아크한테는 지금까지 있었던 『시련』이 그렇게 화를 낼 정도의 일은 아니었다.

구할 수 있는 힘이 있고 동기가 있다. 준비를 마치고, 마지막으로 칼을 한 자루 꺼냈다. 하얀 칼집에 희미한 금색 손잡이. 장식은 거의 없지만, 그래도 칼집에 들어간 상태에서도 보는 이를 매료시키는 장엄한 분위기가 감돌았다.

그것은 초대 로단이 사용했다고 하는 직검 타입 보구다.

로단과 함께 역사를 개척하고 재앙을 물리쳐온 성검——『히스토리아(역사를 새기는 것)』.

수많은 검 모양 보구 중에서도 최강이라고 널리 알려진 그 칼은, 지금까지 베지 못한 것이 없는 무쌍의 칼이다.

원래 귀족의 저택에는 무기를 가지고 들어갈 수 없지만, 아크만큼은 허락된다.

왜냐하면 겨우 칼 한두 자루를 빼앗아봤자 아크 로단의 전투능력은 호위하는 기사들을 훨씬 뛰어넘고, 그라디스 경도 그것을 이해하고 있다. 크라이는 칼을 가지고 가지 않는 쪽이 좋을 것 같다고 했지만, 성검은 항상 몸에서 떼놓지 않는 무기다. 뽑지만 않으면 문제없겠지.

아크는 크라이를 믿고 있지만, 동시에 이상한 정보를 숨긴 채로 시련을 내리는 버릇이 있다는 걸 알고 있다.

준비는 만전. 이제 에크렐의 상태를 학인하기만 하면 된다.

그때, 마찬가지로 준비를 마친 이자벨라가 예쁜 눈썹을 찌푸리면서 말했다.

"그런데, 아크 씨. 늦어버리면 내가 슬퍼진다니, 아무리 그래도 너무 웃기지 않아요?"

"…………이자벨라는 참 성실하네. 자, 지금이라면 에크렐 아가씨는 저택에 있을 거야. 서두를까."

"?! 어? 뭐야? 지금 그거, 내가 잘못한 거야?!"

허둥대는 이자벨라와 그런 이자벨라를 백안시하는 동료들을 데리고, 아크는 무슨 일이 일어나는 듯한 저택을 향해 걸음을 옮겼다.

2억 길이라는 큰돈을 써서 낙찰받은 가면은 놀라울 정도로 기분 나쁜 물건이었다.

사전에 이야기를 듣기는 했지만, 실물을 봤다면 경매에 참가하지 않았을지도 모른다.

효과를 모르는 저주받은 보구. 숙련된 감정사도 위험하다고 판정한, 살 가면.

생살을 반죽해서 만든 것 같은 가면은 마치 살아 있는 것처럼 맥박이 뛰고 있어서, 에크렐 대신 물건을 받은 그라디스 가문의 집사장이 눈살을 찌푸릴 정도였다. 에크렐이 경매에서 낙찰받았다는 이야기를 들었을 때 메이드와 집사들이 에크렐을 칭찬했지만, 실물을 본 순간에 모든 이의 표정이 변했다.

제도에 있는 저택. 경매가 끝난 그날부터, 에크렐은 계속 침실에 틀어박혀 있었다.

커튼을 치고 불도 끈 새카만 침실에는 에크렐 혼자뿐이다.

첫날은 너무나 큰 치욕과 분노 때문에 소리죽여 울었다. 이튿날째에는 발작을 일으켜서 물건을 집어 던졌고, 지금 남은 것은, 깊은 후회였다. 일하는 자들이 몇 번이나 부르러 왔지만 소리를 질러서 쫓아냈다. 지금 이런 모습을 보여주는 것은, 자존심 강한 그라디스 가문의 딸에게는 견디기 힘든 일이었다.

자신을 봐줬다. 그것만으로도 견디기 힘든데, 기껏 손에 넣은 보구는 눈 뜨고 보기도 힘든, 출품자가 제정신인지 의심하게 만드는 물건이었다. 정면으로 싸워서 이기고 명예와 함께 손에 넣었다고 해도, 이것은 존경하는 아크에게 주기에는 너무나 끔찍하다. 사람 얼굴에서 피부를 벗겨내고 표면을 깎으면 이 가면처럼 되겠지. 살 가면이라니, 정말 잘 어울리는 표현이다. 며칠 전까지만 해도 무슨 수를 써서든 손에 넣으려고 했던 보구가, 지금은 침대 옆에 있는 탁자 위에 내던져져 있다.

에크렐에게는 더 이상 남은 것이 없다. 머릿속이 욱신욱신 쑤신다. 식사는 방문 앞에 놓고 갔지만, 거의 손을 대지 않았다. 며칠이 지나고 많이 진정되기는 했지만, 침대에 누워 있는 몸에는 힘이 들어가지 않고 뭔가를 하고 싶은 의욕도 나지가 않는다.

정신은 소모되고, 그렇게까지 컸던 《천변만화》에 대한 분노조차 남아 있지 않았다.

나는―― 앞으로 어떻게 해야 좋을까? 몽롱한 의식 속에서 생각했다.

감정이 이끄는 대로 행동해서 2억이나 되는 빚을 지고 말았다. 가문의 돈이지만, 갚기로 약속한 돈이다.

앞으로…… 어떻게 하지?

경매에 이겨서 손에 넣은 살 가면을 팔까? 아니, 어느 상회도 받아주지 않을 것이다. 저것에 그만한 가격이 붙은 것은 에크렐 자신이 원인이다. 사들인 금액 이상의 가격에 팔릴 이유가 없다.

예정대로 아크에게 선물할까? 말도 안 된다. 이겨서 따낸 것도 아닌, 효과도 모르는 보구를 아크에게 선물해봤자 곤란하게 만들 뿐이다.

버릴까? 그렇게 고생해서 손에 넣었는데?

《천변만화》에게 팔까? 그거야말로 광대 짓이다. 갑자기 끼어들고, 양보까지 받은 주제에, 대체 무슨 낯으로 사라는 말을 하겠는가. 상상만 해도 죽고 싶은 기분이 들어서, 에크렐은 살짝 구역질이 났다.

답이 없는 문답이 머릿속에서 맴돌았다.

침대 속에서 자세를 바꿔서, 책상 위에 방치한 살 가면을 봤다.

더러운 것에 대한 내성이 거의 없는 에크렐에게 있어서 그것은 보기만 해도 토할 것 같은 기분이 들게 만드는 물건이었다.

처음에 감정이 불가능하다는 말을 들었을 때는 감정사가 못났다고 비웃었지만, 막상 실물을 봤더니 그렇게 판단한 이유를 잘 알 수 있었다. 건드리기도 싫었다. 얼굴에 쓰는 건, 제정신 박힌 인간이라면 도저히 못 하겠지.

거기까지 생각했을 때, 에크렐의 머릿속에 의문이 떠올랐다.

어째서 《천변만화》는 이 가면을 손에 넣으려고 했던 걸까.

처음에 이것을 갖고 싶어 했던 건 《천변만화》다. 사전에 출품자와 교섭을 해가면서까지 손에 넣으려 했고, 그것을 알게 된 다른 헌터들과 상회, 에크렐이 끼어들었다.

최강의 보구라는 소문을 듣기는 했는데, 실물을 보고 나니 도저히 믿을 수가 없었다.

──힘을, 원하는가?

"…………뭐?"

어둠 속에서. 갑자기 머릿속에 울린 목소리를 듣고, 에크렐은 벌떡 일어났다.

어디선가 차가운 공기가 흘러왔다. 재빨리 손을 뻗어서 베갯머리에 놓아뒀던 칼을 집었다.

평소에는 가볍게 휘둘렀던 칼이 무겁다. 가까이 끌어당겼을 뿐인데 몸 전체의 힘이 빠져나갈 것만 같다.

──지켜봤다. 계속 지켜봤다. 그 탄식, 슬픔, 분노, 그리고…… 절망. 보기 드문 재능으로 빛나는 영혼. 육체는 나약하지만…… 참도록 하겠다. 내 힘을 뿌리내리기에 적합하다.

그리고, 에크렐은 목소리의 정체를 이해했다.

"……가, 가면이…… 말하는 건가?"

말도 안 된다. 저것은 생김새는 끔찍하지만, 평범한 보구다. 보구가 말을 할 리가 없다. 필사적으로 자신을 달래면서도, 시선은 책상 위에 있는 살 가면에 못 박히기라도 한 것처럼 움직일 수가 없었다.

황급히 칼을 뽑고, 들어 올렸다. 왼손을 이용하고, 엉덩이를 움직여서 후퇴한다. 마물이나 팬텀과는 몇 번인가 싸워본 적이 있다. 하지만 영문 모를 공포로, 그 칼끝이 부들부들 떨리고 있다.

"말만 하는 것이 아니다. 약한 자여. 이 몸은 인류를 앞으로 나

아가게 하는 자. 나약한 몸에 희망을 주는 자. 혼자 있다니, 잘됐
군──『발생』한 본분을 다하도록 하겠다. 『주인』이여."

"?!"

그리고, 암흑 속에서, 갑자기 가면이 허공으로 떠올랐다.

아니, 정확히 말하자면 떠 있는 게 아니다. 좌우에서 뻗어 나온
수많은 촉수가 팔다리처럼 본체를 들어 올린 것이다.

말도 안 된다. 누가 사용한 것도 아닌데, 보구가 멋대로 움직이
다니, 말도 안 된다!

──그건 위험한 보구야.

갑자기, 보구 경매가 시작되기 직전에 교섭하러 왔던 청년의
피곤해 보이는 표정과 목소리가 머릿속에 떠올랐다.

그리고 살 가면이 크게 웃으며 에크렐 쪽으로 날아왔다.

안내받아 들어간 그라디스 가문의 저택 응접실. 당주이자 에크
렐의 부친인 반 그라디스로부터 지금까지 있었던 일을 듣고, 아
크는 이제 와서 자신의 말이 부족했다는 것에 후회했다. 클랜 하
우스에서 에크렐 아씨와 크라이가 마주쳤을 때, 크라이에 대해
올바른 인식을 심어줬어야 했다고.

에크렐 아가씨가 나이에 비해서는 성숙한 편이지만, 아직 어린
애다. 지금 생각해보면, 여태껏 이야기하는 중간중간에 에크렐은
아크가 클랜 마스터가 아니라 No.2(정확히 따져보면 No.2가 아

니지만, 주위에서는 그렇게 보고 있다)에 머물러 있다는 게 불만스럽다고 생각하는 구석이 있었다.

옆에 앉아 있는 이자벨라가 눈살을 찌푸리고, 작은 목소리로 중얼거렸다.

"빈정대는 소리를 했을 때도 생각했지만, 정말 어른스럽지 못하네……."

"시련이라고 생각하는 것 같아……."

유우가 가슴 아프다는 표정으로 중얼거렸다. 듣고 보니 《천변만화》의 책략은 너무나 교묘해서, 아무리 봐도 이제 막 열 살이 된 여자애를 상대로 세운 책략이 아니었다. 에크렐이 그것 때문에 힘이 펄펄 났다면 웃어넘길 수도 있겠지만, 그 뒤로 며칠 동안 누워 있다면 너무 심했다고 생각할 수밖에 없다.

하지만 아크의 입장에서는 어떻게 행동해야 좋을지, 너무나 어렵다.

에크렐이 보구 경매에 뛰어든 이유는 자신 때문인 것 같다.

No.2인 아크를 No.1으로 올려주기 위해서 최강의 보구를 손에 넣으려고 한 것이다. 물론 아크는 그런 일을 부탁한 기억이 없지만, 그렇게 딱 잘라서 말하는 것도 크라이만큼이나 어른스럽지 못한 짓이다.

"에크렐 님께서 그렇게까지 생각해주시는 건 영광입니다. 하지만──."

"불장난이 과했지. 상대가 좋지 않았어. 하다못해 이것이 에크렐에게 좋은 경험이 됐으면 좋겠는데……."

반 그라디스가 얼굴을 찌푸리고서 말했다. 하지만, 그 목소리에는 평소보다 힘이 없었다.

평소에는 엄격한 사내지만, 그래도 아버지다. 방에 틀어박힌 딸을 걱정하는 마음이 크겠지.

승리를 양보하여 에크렐의 자존심에 큰 상처를 남기게 된 건 사실이다.

하지만, 문제는── 애당초, 에크렐의 행동에 아무런 의미도 없었다는 점이다.

예를 들자면 에크렐이 기분 좋게 《천변만화》를 이기고 보구를 손에 넣었다고 치자. 그 보구를 아크가 기꺼이 받아들였고, 게다가 그 보구가 지극히 강력한 위력을 발휘했다고 했을 때.

그래도, 아크가 크라이를 이겼다고 할 수는 없다. 애당초 전투 능력에서 봤을 때, 아크는 결코 크라이한테 뒤지지 않았다. 두 사람 사이에 있는 것은 순수한 힘 차이가 아니라 다른 방면에서의 차이라서, 어느 정도 강력한 보구를 받아도 아무런 의미도 없다.

안 그래도 의기소침해져 있는 작은 검사가 그 사실을 알게 되면 어떻게 생각할까.

말로 위로해서 해결할 수 있다면 얼마든지 위로하겠지만, 그녀는 그 정도로 넘어갈 만큼 단순하지 않다.

이런 복잡한 상황에 던져 넣은 《천변만화》한테, 마음속으로 투덜댔다. 상대는 어린애다. 헌터들이 체면을 중시하기는 하지만, 조용히 해결하려고 마음만 먹으면 얼마든지 그렇게 할 수 있을 텐데. 인간관계와 성격을 읽고서 펼친 교묘한 책략은, 평소의 크라이를 알고 있는 입장에서는 도저히 믿을 수 없을 만큼 철저했다.

게다가 무서운 것은, 여기까지 왔는데도 그 목적이 보이지 않는다는 점이다. 크라이가 귀족의 입장을 헤아릴 인간도 아니고, 둘도 없는 보구 수집가인 그가 보구 경매에서 이유도 없이 손을 뗐을 리가 없다고 본다.

진지한 표정으로 생각에 잠긴 아크에게, 그라디스 백작이 웬일로 미안하다는 표정을 지었다.

"아무튼, 패배의 충격으로 방에 틀어박힌 에크렐도, 자네가 왔다고 하면 방에서 나오겠지. 에크렐은 자네가 마음에 들었다네. 미안하지만 얘기를 좀 해주게나, 아크. 아무 이유도 없이 에크렐을 나오라고 부르기도 좀 그렇다고 생각하던 참이었는데—— 이렇게 자네가 와준 건, 행운이라고 해야겠지."

"················기꺼이."

크라이가 시켜서 왔다는 말은 도저히 할 수가 없었다. 이자벨라와 다른 동료들도 미묘한 표정이다.

크라이는 무슨 이유로 자신을 파견했을까?

에크렐을 위로하기 위해서? 너무 심했다고 반성이라도 한 걸까?

라운지에서 봤던 크라이의 모습을 떠올려봤지만, 그 표정에서는 속내를 전혀 알아볼 수가 없었다. 역시나 귀신같은 지모를 지녔다고 불리는 사내, 포커페이스는 정말 일급이다. 그 힘을 조금 다른 방면에서 보여주면 더 좋을 텐데.

분야가 너무 달라서, 아크한테는 조금 힘든 상황이다.

"그나저나, 자식을 키우는 건 정말 어려운 일이군…… 설마 단한 번의 패배로 방에 틀어박힐 줄이야."

"……아가씨는 강한 분입니다. 반드시 다시 일어날 것입니다."

몸을 앞으로 기울이고 한숨을 쉬는 백작에게, 뒤에 서 있던 몽
트뢰가 힘줘서 말했다.

뭐라고 말해줘야 좋을까…… 그 보구를 준다면 어떻게 거절해
야 좋을까. 아니면 직접 위로하지는 않고, 검술이라도 가르쳐주
는 쪽이 나을 수도 있다.

그때 머릿속에서 시뮬레이션하고 있는 아크의 귀에, 문득 작은
비명이 들려왔다.

몽트뢰의 표정이 변하고, 날카로운 목소리로 물었다.

"무슨 일인가?!"

"아크 씨, 나가서 왼쪽이에요!"

제일 감각이 뛰어난 도적 베네타가 일어나더니 입구 쪽을 가리
켰다.

귀족의 저택이다. 경비는 만전을 기했다. 그라디스 경이 고용
한 경비는 헌터에게도 뒤지지 않는 강자들투성이다.

비명을 지른 사람은 남자였다. 하지만, 그 목소리는 어지간한
돌발 사고로 나온 것이 아니었다.

"먼저 가겠습니다!"

몽트뢰가 경비에게 지시를 내리기도 전에, 아크가 뛰쳐나갔다.
문을 힘차게 열고, 동료들과 함께 카펫이 깔린 넓은 복도를 달려갔
다. 저택 복도는 평소에 탐색하는 보물전보다 훨씬 달리기 쉽다.

이쪽도 비명을 들었는지, 그 자리에 못박힌 하우스 메이드들

옆을 지나쳐 달려갔다.

비명은 한 번으로 끝나지 않았다. 두 번, 세 번── 이어서 유리 깨지는 소리도 들린다.

"어째서, 그라디스 경의 저택에서 비명 소리가 나는 거야?!"

"리즈 씨가 강도질하러 쳐들어왔을지도."

"리즈가! 왔다면! 비명 따위는! 나지도! 않아요!"

나란히 뛰어가는 이자벨라와 동료들이 비명 같은 소리로 투덜대고 있다.

역시 풀 죽어 있는 에크렐을 달래준다든지, 그런 일이 아니었나!

백작은 응접실에 있다. 무슨 일이 일어났는지는 모르겠지만, 에크렐의 안전을 우선해야 한다.

아무 일도 일어나지 않았기 때문에, 늦지 않았다고 방심했었다.

아니── 지금부터다. 무기는 있다. 마력(마나)도 남아 있고, 포션도 있다.

준비는 만전이다. 설령 용이 쳐들어왔다고 해도 문제없이 격퇴할 수 있다.

갑자기 선두에서 달려가던 베네타가 멈춰 섰다. 진행방향의 복도 모퉁이에서, 그라디스 가문의 문장이 들어간 갑옷을 장비한 경비병이 엄청난 기세로 날아와 벽에 격돌했다.

쓰러진 경비병에게 달려갔다. 급소를 막아주는 갑옷이 찌그러졌고, 넘어진 채로 움직이지 않았다.

아크는 찰나의 순간에 상대의 공격 수법을 예측했다.

의식은 완전히 잃었지만 눈에 띄는 상처는 없다. 힘으로 날려버린 걸까.

경비병은 갑옷을 입은 덩치 큰 사내지만, 아크가 아니라도 숙달된 헌터라면 얼마든지 이런 일을 할 수 있을 것이다. 하지만, 보통 그런 현상은 일어나지 않는다. 효율이 너무 나쁘기 때문이다.

설령 상대가 둔기만 들고 있다고 해도, 옆으로 후려치는 것보다는 위에서 내리치는 쪽이 효율적으로 죽일 수 있다. 게다가, 베인 상처가 없다는 건──.

"괜찮아요, 아직…… 살아 있어요."

"…………그래."

저택의 넓이를 생각해봐도 대상의 크기에는 한계가 있다. 주위에 커다란 기척은 없다.

반란일까, 암살일까, 아니면 도적이 에크렐이 낙찰받은 물건을 훔치러 온 걸까. 여러 가능성이 머릿속을 스쳤지만, 백작 저택에서 일어나기에는 너무나 부자연스러운 일들이다.

이자벨라가 짧은 지팡이를 뽑아 들고, 아르멜이 칼을 들었다. 무슨 일이 일어날지 모르는 보물전을 헤쳐 나온 《성령의 자제》에게 빈틈은 없다. 이곳은 귀족의 저택이다. 시간이 지나면 지날수록 병사들이 모여 들겠지.

하지만, 적의 목적이 에크렐 아가씨라면 시간이 없다.

주문을 외우고, 왼손에 벼락을 깃들게 했다. 전격이 빠직빠직 터지는 소리. 작은 빛이지만, 덩치 큰 남자도 기절시키는 위력을 지닌 아크 로단의 주특기다.

모퉁이 너머에서 작은 그림자가 나타났다. 그 모습을 보고, 임전태세를 취하고 있던 이자벨라의 표정이 얼어붙었다.

"으, 으…… 나, 나를, 얕보지 마라. 그런, 눈으로, 보지 마라. 두려워 마라, 부러워 마라, 약한 주제에. 나보다, 약, 한, 주제 에── 으아아!!"

너덜너덜해진 순백색 드레스와 허리에 대충 차고 있는 아버지가 생일 선물로 사주셨다는 작은 검. 잘 정돈돼 있던 금색 머리카락은 마구 헝클어졌고 발은 맨발인데, 그 발이 휘청거리고 있다.

이자벨라가 창백한 얼굴로 한 걸음 물러났다. 유우가 손으로 입을 가리고, 베네타가 얼굴을 일그러트리면서 전투 자세를 취했다.

그것은, 아크가 만나러 온 소녀였다.

하지만 지금 그 모습은 아크의 기억 속에 있는 것에서 크게 달라져 있었다.

얼굴 전체를 핑크색 살이 뒤덮고 있다. 벌어진 눈구멍에서는 핏발 선 파란 눈동자가 보이고, 한껏 벌어진 동공이 아크를 보고 있다. 얼굴에 달라붙은 살이 꿈틀거리고 있는 게, 가만히 보고 있으면 영문 모를 위화감이 느껴진다. 괴물이라고 하기에는 에크렐의 모습이 너무나 많이 남아 있고, 그렇기 때문에 더더욱 끔찍해 보였다.

그 작은 몸에서 엄청나게 일그러진 힘을 느꼈다. 잘 알고 있는 에크렐의 것과 다른, 일그러지고 커다란 기척.

그 모습을 보고, 아크는 화를 내는 것도 에크렐을 부르는 것도 아닌 목소리로, 내뱉었다.

"그, 그렇군…… 가면을 썼나. 칼은 필요 없다── 그런 얘기

군…… 이건…… 예상치 못했어."

"으으으으……. 아아아아…… 아………… 아크……?"

에크렐이 마치 악몽이라도 꾸는 것 같은 목소리로 아크의 이름
을 불렀다.

——크라이는, 대체 뭘 회수하려는 거지?!

지금까지 수많은 기괴한 마물에 팬텀과 싸워왔다. 제 발로 움
직이면서 사람을 잡아먹는 식물과 신장이 10미터가 넘는 거대한
거미. 수백 마리가 무리를 지어 하늘에서 덮쳐오는 작은 용에, 내
용물이 없는데도 숙달된 움직임을 보이며 싸우는 전신 갑옷. 하
지만, 그렇게 경험이 풍부한 아크도, 사람 몸을 차지하는 가면과
싸워본 적은 없다.

에크렐의 외형은 그대로 남아 있다. 실루엣만 따지면 예전과
거의 다르지 않다고 해야겠지. 하지만, 그렇기 때문에, 그 단정했
던 얼굴을 덮고 있는 살 가면이 너무나 끔찍해 보였다.

"으으…… 머리…… 머릿속이——."

에크렐이 크게 비틀거리고, 작은 손으로 벽을 짚었다.

삐걱거리는 소리와 함께, 손으로 짚은 벽에 작은 균열이 생겼
다. 인간의 영역을 벗어난 힘이었다.

아크도 똑같이 할 수 있지만, 눈앞에 있는 소녀는 헌터조차도
아니다. 분명히 에크렐이 넘쳐나는 재능을 가지고 있기는 하지만
그것은 어디까지나 그 나이에 비해서 대단하다는 수준일 뿐이고,
이 저택에 고용된 정규 경비병을 쓰러트리기에는 체격도 기술도
마나 머티리얼도 전부 부족하다. 부족, 했다.

하지만 바닥에 쓰러져 있는 경비병의 찌그러진 갑옷. 만약 주먹이나 발차기로 그렇게 만들었다면, 지금의 에크렐은 아무리 못해도 중견 헌터 정도의 힘이 있다는 뜻이다. 보구 중에는 사용자의 능력을 상승시키는 물건도 있는데, 평범한 여자아이를 이 정도로 폭발적으로 강화시켜준다는 보구는 들어본 적이 없다.

에크렐의 팔다리나 몸에 눈에 띄는 상처는 보이지 않았다. 달라진 것은 얼굴뿐이고, 살 가면이 신체를 침식한 것 같은 분위기도 아니다. 왼손에 깃들어 있는 벼락을, 손을 꽉 쥐어서 날려버렸다. 힘 조절을 못 하는 건 아니지만, 아무리 그래도 에크렐한테 마물이나 팬텀을 완전히 제압할 수도 있는 벼락을 날릴 수 없다.

평소의 보물전 탐색 때 하는 것처럼 만뢰(萬雷)로 태워버리는 것은, 도저히 할 수가 없었다.

"이름을 불렀어…… 의식이…… 있나?"

거칠게 대하는 건 최대한 피하고 싶다. 지금까지 관찰한 범위 안에서 보면, 의식을 완전히 빼앗긴 건 아닌 것 같다.

신중하게 상황을 판단할 필요가 있다. 가면을 벗길 수 있을까? 가능하다면 그 수단은?

에크렐은 허리에 칼을 차고 있지만, 그것을 뽑지는 않았다. 그래서 경비병이 살아 있는 것이다.

아직 돌이킬 수 없는 사태는 벌어지지 않았다.

"아크………… 아아, 잘, 왔다………… 나는——."

"에크렐 님…… 들리십니까?"

공허한 목소리가 아크의 이름을 불렀다. 그 작은 몸이 비틀거리면서도 아크 쪽으로 몇 걸음 다가온다.

동료들은 자연스러운 동작으로 산개해 있었다.

자극하지 않도록 숨을 죽이고, 이상한 가면에 의식을 빼앗긴 소녀를 계속 관찰했다.

"아크."

"나도 알아."

베네타의 목소리에 아크가 고개를 살짝 끄덕였다.

지금 가장 피해야 할 일은 저 가면이—— 숙주를 바꾸는 거다. 저 가면이 미숙한 에크렐을 중견 헌터 급으로 강화했다면, 저것이 아크나 그 동료에게 기생했을 때는 대체 얼마나 더 강해지게 될까. 가면이 이자벨라나 베네타 같은 아크의 동료에게 달라붙는다면 차라리 다행이지만, 아크 자신에게 달라붙으면 말 그대로 끝장이다. 막을 수 있는 사람은, 이 제도를 다 뒤져도 몇 명밖에 없겠지.

보구가 스스로 사람한테 달라붙는 것은 상식을 벗어난 일이지만, 이미 지금 이 상황 자체가 상식을 벗어난 일이다.

에크렐은 아크의 말에 대답하지 않고, 그저 잠꼬대처럼 중얼거리기만 했다.

"나는…… 강하다…… 강해. 졌다. 지지 않는다, 누구에게도. 헌터가 됐건, 기사가 됐건, 아버님도—— 이제, 다시는——."

그 말에서는 망집과도 같은 어두운 정념이 느껴졌다.

사실 에크렐이 원래 향상심이 강하기는 했지만, 그렇게까지 강한 힘을 바라는 것 같지는 않았다. 적어도, 가면을 써가면서까지

강해지려고 하지는 않았다. 좋건 나쁘건, 에크렐은 올곧은 사람
이었다.

"아가씨――?! 그, 그―― 모습은――."

모퉁이 저편에서, 시끄러운 소리를 들은 경비병이 달려왔고,
에크렐의 모습을 보고는 깜짝 놀랐다.

"시끄, 럽다―― 시끄럽다시끄럽다시끄럽다! 그런, 눈으로――
나를, 보지 마라!"

그것은 분노와 슬픔이 뒤섞인 어두운 포효였다.

에크렐의 자세가 크게 기울고 몸을 반전, 한 걸음에 그 몸이 가
속했다.

힘. 속도. 순발력, 감각. 그 모든 것들이 바로 얼마 전에 확인한
에크렐의 힘을 크게 뛰어넘었다. 몸을 극단적으로 앞으로 기울이
고서 품 안으로 파고드는 그 동작은 공격을 중시하는 검사의 특
기 동작이지만, 그 손에는 칼을 쥐고 있지 않았다. 지켜야 할 아
가씨의 예상치 못한 모습에 경직하는 경비병. 순식간에 품 안으
로 파고들더니, 작은 주먹이 명치에 꽂혔다.

통렬한 일격. 금속이 찌그러지는 소리와 함께, 경비병이 몸을
앞으로 숙인 상태로 날아가 버렸다.

에크렐이 가지고 있는 칼은, 귀족들의 장식이 아닌 실용적인
물건이다. 호신용이라는 의미도 있기에, 날도 세워 놨다.

주먹으로 갑옷을 일그러트릴 정도의 힘. 칼을 뽑아서 휘둘렀다
면 틀림없이 갑옷째로 두 쪽을 내버렸을 것이다.

"『히프노스 케이지(잠의 우리)』."

등을 보인 에크렐에게, 곧바로 폭이 넓은 파란빛이 비쳤다.

이자벨라의 마법. 인간의 정신에 작용해서 대상을 강제로 잠재워버리는 마법이다. 너무 강력한 마물이나 팬텀에게는 소용이 없지만, 최소한 마나 머티리얼도 제대로 흡수하지 않은 일반인은 견뎌낼 수 없는 마법이다.

의식의 범위 밖에서 날아온 빛을 무방비하게 맞고, 에크렐의 몸이 휘청거렸다.

하지만, 바로 발에 힘을 주고서 바닥을 굳게 디디며 버텼다.

──견뎌냈다.

마법이 성공할 거라고 확신하던 이자벨라의 눈이 휘둥그레졌다. 에크렐은 아무렇지도 않게, 뒤를 돌아봤다.

"큭…… 분명히…… 허를 찔렀는데?!"

정신 작용계 마법은 의식의 사각을 노리면 성공률이 크게 상승한다. 내성이 없다고 알고 있던 에크렐이 그것을 견뎌냈다는 것은, 저 가면이 정신에 강하게 작용해서 항체 역할을 한다는 증거였다.

계속해서 에크렐의 뒤쪽에서, 그리고 아크 일행 쪽에서 경비병들이 모여들었다.

수많은 시선에 노출된 에크렐이 바닥을 세게 박찼고, 소리쳤다. 살 가면 때문에 표정은 판단할 수 없지만, 목소리에 담긴 감정이 에크렐의 정신 상태를 보여주고 있었다.

"싫어…… 왜, 어째서…… 보지 마── ……으…… 죽인다…… 죽여버리겠다── 전부, 죽여버리겠다!"

날카로운, 하지만 평소의 에크렐답지 않은 말에, 포위하고 있는 경비병들이 술렁거렸다.

저택 경비를 맡고 있는 자들은 그라디스가 고용하고 육성한 숙련된 병사들이다. 전투능력도 높지만, 무엇보다 에크렐을 아주 잘 알고 있다. 그중에는 평소에 같이 훈련하던 자도 있다.

병사들은 아직 미숙하면서도 매일같이 열심히 단련하고, 자신들을 무시하지 않는 에크렐을 경애하고 있었다.

"나를, 바보 취급한 자, 모욕한 자——."

에크렐이 살 가면에 뒤덮인 머리를 격렬하게 긁어댔다. 하지만 맥박치는 가면에서는 피 한 방울 나지 않았고, 가면이 벗겨질 것 같지도 않았다.

안 좋은 경향이다. 아까하고 비교했을 때, 에크렐은 분명히 흥분해 있다. 그리고 달려온 경비병들도 얼굴 전체에 살 가면이 뒤덮인 괴물 같은 소녀를 보며 주춤거리고 있다.

혼란과 공포는 간단히 전파된다. 아크가 한 걸음 앞으로 나섰다.

"전원, 물러서! 내가 교섭하겠다."

"…………알았어. 들었지? 전원 물러서!"

옆에서 언제든 뛰쳐나갈 수 있게 대기하고 있던 아르멜이 소리를 질렀다.

몇 번이나 저택을 찾아온 보람이 있었다. 에크렐을 포위하고 있던 경비병들이 안심한 표정으로 거리를 벌렸다. 가면을 긁어대고 있던 작은 손이 멈췄다. 그것을 확인하고, 아크가 천천히 거리를 좁혔다.

보구의 자세한 효과는 모르겠지만 십중팔구 정신 작용계다. 하지만 에크렐의 의식이 완전히 없어진 건 아니다. 지금까지의 움직임── 상황 변화에 대해서 보여준 반응을 통해서 추측해보면, 보구는 힘의 향상을 대가로 특정한 감정을 증폭시키는 것 같다. 정신이 상당히 불안정해진 것 같지만, 이성이 남아 있다면 교섭도 가능할 것이다. 흥분만 가라앉으면 새로운 길을 모색할 수도 있다.

이대로 힘이 강해진 에크렐이 경비병들과 부딪치면 사망자가 나올 수도 있다. 그것만은 피해야만 한다.

두 팔을 크게 벌려서 해칠 생각이 없다는 걸 보여주며, 아크가 에크렐에게 말을 걸었다.

"에크렐 님, 부디 진정하시고……."

"후우, 후우…… 아크──."

크게 심호흡을 하고, 안심시키려는 것처럼 미소를 지어 보였다.

에크렐이 한 걸음, 또 한 걸음 아크를 향해 걸어오기 시작했다. 그 움직임에서 해치겠다는 의지는 보이지 않겠다.

아크한테는 그 발걸음이 마치 길 잃은 아이가 정처 없이 헤매는 것처럼 보였다.

"손에 넣었다, 나는, 손에 넣었다."

"그러시군요."

"이걸로, 이것만 있으면…… 아크는, 최강이 될 수 있다. 그걸 위해서다. 나는, 그것을 위해── 싸웠다, 그런데── 어째서──."

"……고맙습니다, 에크렐 님."

에크렐은 아크의 이름을 부르면서 말하고 있지만, 그 말은 마치 자기 자신에게 하는 것 같은 느낌이었다.

어딘가 후회하는 것 같은 비애가 담긴 말에 신중하게 맞장구를 쳤다.

에크렐은 선택을 잘못했다. 힘이란, 승리란 타인이 주는 것이 아니라, 스스로 뛰어넘는 것이다. 아마도 그라디스 경도 같은 의견일 테고, 에크렐 자신도 평소였다면 그것을 이해하고 있었을 것이다.

평판에 휘둘리고, 감정이 이끄는 대로 행동해버렸다. 하지만 에크렐의 목소리는 분명히 그것을 후회하고 있다. 에크렐은 가면의 힘을 원하지 않는다. 칼을 차고 있으면서도 경비병을 격퇴할 때는 뽑지 않은 것도, 아마도 이 소녀가 무의식적으로 그것을 기피하고 있기 때문이겠지.

그렇다면, 가면을 벗길 방법도 있을 것이다.

에크렐의 얼굴을 덮고 있는 것은 어디까지나 보구다. 마력을 원동력으로 삼을 것이다. 억지로 벗겨내지 못하더라도, 시간이 지나면 가면을 해제될 가능성도 있다.

어쩌면, 아크를 여기로 보낸 《천변만화》에게 확인하는 쪽이 가장 확실할지도 모른다.

혼을 내려고 했다기에는, 아무래도 도가 지나쳤다. 귀족 영애에게 할 짓이 아니다. 만약 아크의 손으로 해제하지 못할 경우에는, 억지로라도 물어봐야겠지.

아크는 들고 있던 오른손을 천천히 내리고, 키가 작은 에크렐 쪽으로 내밀었다.

"…………주시겠습니까?"

"………………………."

긴 침묵이었다. 살 가면에 뚫려 있는 안와 너머에서, 에크렐의 눈동자가 아크를 빤히 쳐다봤다.

그런 아크와 비교해서 한참 작은 손이 떨리고, 천천히 올라왔다.

"아…… 아…….."

멀리서 동료들이 숨죽이고 관찰하고 있다. 그 손이 뺨으로 다가간다. 얼핏 보면 가면과 하나가 된 것처럼 보이지만, 지근거리에서 확인해보니 가면과 에크렐의 얼굴 사이에는 확실하게 경계가 존재하고 있다.

어쩌면, 시간이 지나면—— 너무 늦어버리면, 가면과 얼굴이 완전히 하나가 돼버리는 걸까?

상식적으로 생각해보면 말도 안 되는 일이지만, 클랜 하우스에서 들었던 말을 생각해보면 전율을 금할 수가 없다. 아니, 애당초—— 만약에, 그 말을 믿지 않고, 아크가 이곳에 오지 않았다면 여러 명이 죽었을 것이다. 무인인 그라디스 백작이라면 딸을 죽이겠다고 판단했을 가능성도 있다. 그 사내는 과연 어디까지 예상했던 걸까?

아크가 알고 있는 한 크라이는 나쁜 사람이 아니지만, 지금 상황을 생각해보면 인식이 약간 어설폈는지도 모른다.

그런데, 에크렐의 손이 가면에 닿기 직전에 딱 멈췄다.

"……왜 그러십니까, 에크렐 님?"

"…………."

순식간에, 긴장된 분위기로 바뀌었다. 에크렐의 눈은 아크의 얼굴이 아니라 다른 곳을 보고 있었다.

한계까지 열린 동공이 향한 곳은── 아크의 허리춤이다.

에크렐의 시선이 향한 곳에 있는 곳은, 하얀 칼집에 들어 있는 칼이었다.

로단을 상징하는 검── 파사의 성검, 히스토리아. 에크렐이 아크를 만날 때마다 보여달라고 졸랐던 최강의 검. 한 번 휘두르면 산을 잘라버리고 바다를 갈라버리는, 검 형태의 보구 중에서도 특히 강력한 위력을 자랑하는 보구다.

에크렐을 상대로 뽑을 생각은 없어서, 지금까지 허리에 차고 있다는 것조차 잊고 있었던 칼이다.

에크렐의 눈빛이 달라졌다. 갑자기 아크의 머릿속에 《천변만화》가 했던 말이 떠올랐다.

──뭐……? 아, 필요 없어. 오히려 안 가지고 가는 게 좋을 거야.

"으…… 아…… 아아…… 아…… 아아, 어째서……."

에크렐이 절망한 것처럼 외쳤고, 칼날이 번쩍였다.

순식간에 펼쳐진 날카로운 참격을, 한 걸음 후퇴해서 간신히 피했다. 에크렐이 빠른 동작으로 한 걸음 뒤로 물러났다. 그 손에는, 경비병을 상대할 때는 뽑지 않았던 칼을 쥐고 있었다. 살 가면의 안와에서 피눈물이 흘러 떨어졌고, 주위에서 비명이 터져 나왔다.

"어째서냐아아!! 아크! 어째서, 내게, 검을——!"

"………………."

임전태세인 에크렐 앞에서, 웃고 있던 아크의 얼굴이 무뚝뚝한 표정으로 바뀌었다.

"우와, 설마 그 위험해 보이는 쓰레기가 억 단위로 팔리다니, 놀랐네."

"제블디아 놈들은 정말 씀씀이가 좋네요."

에이의 말에, 파티 멤버의 검사 사내가 큰 소리로 웃으면서 맞장구를 쳤다. 제도의 고급 여관. 그곳에 병설된 주점에서, 아놀드 일행은 2억 길이 들어 있는 가죽 주머니를 앞에 두고서 뒤풀이를 하고 있었다.

2억 길은 레벨 7인 아놀드가 보기에도 무시할 수 없는 엄청난 금액이다. 보물전 탐색을 해서 벌려면 높은 레벨의 보물전을 탐색하거나, 돈이 되는 마물을 집중적으로 사냥해야만 하겠지. 그리고 거기에도 경비가 든다. 순이익으로 2억을 버는 건 꽤나 힘든 일이다.

2억 길이나 있으면 좋은 무기와 방어구를 살 수 있다. 궁지를 벗어나는 데 도움이 되는 유용한 보구도 살 수 있고. 맛있는 술과 호화로운 식사는 활력으로 이어지고, 거점으로 쓸 집을 사도 된다. 마침 긴 여행을 마친 직후라서 돈이 약간 부족했던 《안개의 뇌룡(폴링 미스트)》에게, 살 가면이 비싸게 팔린 것은 청천벽력 같은 일이었다.

"《천변만화》가 왔을 때는 깜짝 놀랐지만, 완전히 행운의 사자였다니까."

"역시, 아놀드 씨한테는…… 운이 따르고 있어."

"……너무 풀어지지 마라. 우리는 아직 이 제도에 대해서 잘 모르니까."

칭찬하는 부하를 살짝 꾸중했다. 하지만, 그렇게 신이 나는 것도 어쩔 수 없는 일이다.

네블라누베스에서는 사겠다는 사람도 없었던 가면을 경매에 올린 건 그냥 재미삼아 했던 일이다. 그런데, 그 뒤로 일이 이상하게 잘 풀려버렸다. 《천변만화》가 사고 싶다고 제안했을 때도 놀랐지만, 그 뒤에 있었던 일들은 그야말로 꿈이라도 꾸는 것만 같았다.

어째서, 헐값에 팔아버리려고 했던 보구가 2억에 팔린 걸까.

"그나저나, 그렇게까지 소문이 났으니까, 좀 더 비싸게 팔리지 않을까 싶었는데 말이죠…… 귀족이 손을 댄 게 안 좋았나 봅니다."

"돈을 써서라도 치워버리고 싶었던 보구였으니까, 2억이나 벌었으면 충분해."

"뭐, 그렇긴 한데요……."

확실히, 가격이 2억에서 멈춰버렸을 때는 한 방 먹은 기분이었지만 너무 욕심을 내서는 안 된다.

아놀드가 씩 웃고, 농담하는 투로 말했다.

"크큭큭…… 돈을 너무 많이 벌면, 《천변만화》한테 한잔 사주고 싶어지지 않겠어?"

"하하하, 그러게 말입니다!"

아놀드는 오랜만에 기분이 좋았다. 《천변만화》도 의도와 다른 결과 때문에 이를 갈고 있겠지. 그렇게 생각하니 속이 후련해지는 기분이다. 아직 복수를 한 건 아니지만, 뒤로 미뤄도 되겠지.

신나게 먹고 마셔도 오늘 받아온 백화는 거의 줄어들지 않았다. 한동안은 놀고먹으면서 지내도 되겠지. 하지만, 아놀드는 그러기 위해서 제도에 온 게 아니었다.

"자, 이 2억은 좋은 조짐이다. 이제 다음 보물전 공략 준비를 하자."

"예에?! 정말로요?!"

리더의 말에 동료들이 투덜댔다.

2억 길은 큰돈이지만, 헌터가 장비를 마련하려고 마음먹으면 금세 사라지는 금액이다.

목숨이 아까우니까 장비를 마련하는 건 꼭 필요한 일인데, 어쨌거나 트레저 헌터에게 큰돈이란 너무나 허무한 존재다.

아놀드는 동료들의 비난하는 얼굴을 보며, 볼을 일그러트리면서 웃어 보였다.

"물론, 당분간 힘을 보충한 뒤에 말이지."

동료들이 폭발하는 것처럼 환호성을 질렀다. 의욕을 재충전해주지 않으면 탐색도 제대로 할 수 없다.

앞으로 제도에서 어떻게 활동할지, 자신들의 앞날을 생각하며,

아놀드는 만족스레 고개를 끄덕였다.

밤이 깊어서, 완전히 취해버린 동료들을 데리고, 줄줄이 기분
좋게 방문 앞까지 왔다.

"정말이지, 너무 마셨잖아."

"답이 없는 놈들입니다. 하지만, 최근에는 운이 없었으니까
요……."

분명히, 먹고 마셔서 힘을 보충하는 것은 중요한 일이다. 하지
만 제대로 걷지도 못할 만큼 취하는 건 보기 드문 일이다.

한심하다고 생각하면서 자물쇠를 풀고 문을 열었을 때, 문득,
방 안에서 뭔가 커다란 물건이 날아왔다.

"?!"

반사적으로 손을 들고, 주먹을 쥐어서 그것을 쳐냈다. 딱딱한
감촉. 주먹으로 쳐낸 도기 항아리가 벽에 부딪쳐서 깨졌다.

술에 취해 있던 다른 멤버들이 얼빠진 표정을 짓고 있다. 아놀
드는 순식간에 전투태세에 들어가서, 등에 메고 있던 무기를 뽑
아 들고는 선두에 서서 방 안으로 들어갔다.

큰돈이 들어왔으니까 경계는 했다. 아놀드가 가면을 출품했다
는 건 조금만 조사하면 알 수 있는 일이다.

하지만, 기우라고 생각했었다. 레벨 7 헌터를 털어보려고 드는
바보 같은 강도는 없을 거라고 생각했기 때문이다.

방에는 불이 켜져 있었다. 현관과 거실. 회의 공간. 벽에 걸린
그림과 화분.

그리고 탐색하러 가기 전에 회의하는 데 사용하는 테이블에, 그것이 있었다. 항상 아놀드가 앉아 있는 의자에 기대앉아서, 건방지게 다리를 꼬고 있다. 날아온 항아리는 거실에 있던 장식품이다. 전에 본 적이 있는 핑크 블론드 색의 포니테일. 표정을 완전히 감추는 기묘한 해골 가면이 아놀드 일행 쪽을 봤다.

예상지도 못 했던 모습을 보고 사고가 멈춰버렸다. 침입자는, 자기 몸을 감추려고 하지도 않고서 오만불손한 목소리로 말했다.

"왜 이렇게 늦었어, 이 쓰레기 자식들아! 니들, 대체 언제부터 이 리즈 님을 기다리게 할 정도로 출세한 거야? 아앙? 리즈 님은 말이야, 니들이랑 달라서 한가한 몸이 아니라고! 콱 죽여버린다?!"

"큭…… 무슨…… 속셈이냐?!"

그 목소리를 들으니 끔찍한 기억이 떠올랐다. 화를 참으면서, 재빨리 대검을 겨눴다.

상황을 이해한 다른 멤버들도 비틀거리면서 각자 무기를 뽑아 들었다.

분명히 자물쇠는 잠가뒀었다. 그런데도 방에 침입했으니, 죽어도 할 말은 없겠지.

아놀드 일행을 보고, 리즈 옆에서 두 손을 모으고 앉아 있던 해골 가면이 타이르는 것처럼 말했다.

"진정하세요, 아놀드 씨. 해칠 생각은 없습니다. 오해하지 마세요, 저희는── 정당한 『저희 몫』에 대해 얘기하러 왔습니다."

언제든 달려들 수 있게 자세를 잡고, 기분 나쁜 가면을 쓰고 있는 두 사람을 관찰했다.

모티프는 해골이려나. 검은색 바탕의 가면은 착용자의 표정을 완전히 가렸고, 하다못해 눈조차도 드러나지 않았다. 아무리 봐도 제대로 된 인간이 쓰는 가면이 아니다. 일부 마술 결사나 사신을 숭배하는 교단의 멤버라면 쓰려나. 아니면, 신원을 감추려는 의미라도 있는 걸까?

의자에 앉아 있는 두 사람에게 두려워하는 기색은 보이지 않았다. 《절영》은 마치 여기가 자기 방이라도 되는 양 두 발을 탁자 위에 올려놨고, 시트리는 행동 자체는 예의 바르지만 긴장한 기색이 전혀 보이지 않았다.

지금 이곳은 저 두 사람에게 적지라고 할 수 있는 곳인데, 적반하장이라고 해야 하려나.

에이가 갈라진 목소리로 소리를 질렀다.

"이, 이 자식들, 레드 파티였냐?!"

"……몫이라니, 무슨 얘기지?"

《비탄의 망령》이 레드라는 정보는 없었다. 하지만, 지금 이 두 사람은 이런 짓이 상당히 익숙해 보였다.

아무리 봐도 처음이 아닌 것 같다. 목격자를 전부 없애버린 걸까, 아니면 《비탄의 망령》은 이 제도에서 다소의 횡포를 저질러도 용납되는 지위에 있는 걸까. 어느 쪽이건, 몹쓸 짓이다.

평범한 날건달이라면 간단히 처치할 수 있지만, 상대는 자신들과 마찬가지로 마나 머티리얼을 흡수해서 강화된 헌터다. 아놀드 일행은 술도 잔뜩 마셨다. 못 싸울 정도는 아니지만, 평소 실력을 발휘할 수는 없겠지. 아놀드의 생각을 읽었는지 시트리가 천천히, 달래는 것처럼 말했다.

"경계하지 마세요, 아놀드 씨. 저희 리더는 조용히 해결하기를 바라고 있습니다. 그리고 이건,《안개의 뇌룡》쪽에도 나쁜 얘기가 아닙니다."

"시트, 너무 어설퍼. 이 자식들이 늦은 것 때문에 우리한테 민폐를 끼쳤으니까, 제대로 해야지——."

테이블 위에 얹어 놓은 발을 한 번 세게 구르고, 가면이 아놀드를 빤히 쳐다봤다.

팬텀을 상대할 때와 비교해도 손색이 없을 정도로 찌릿찌릿한 살기는, 지금까지 아놀드가 퇴치했던 그 어떤 레드보다도 강했다. 아마도, 이 전투 능력은 인정 레벨 7인 아놀드와 같은 수준이다. 대검이라는, 재빠른 움직임보다 파괴력을 중시한 장비를 사용하는 아놀드한테는 상대하기 힘든 적이다.

그 티노도 재능의 편린이 보이기는 했는데, 눈앞에 있는 여자는 그 완성형이라고 할 수 있다.

일촉즉발의 분위기 속에서, 시트리가 곤란하다는 것처럼 리즈의 어깨를 찔러댔다. 리즈는 살짝 혀를 차고는 테이블에 올려놨던 발을 내렸다. 아무래도 싸우자고 온 건 아닌 것 같다.

계속 서 있는 아놀드 일행에게, 시트리가 어깨를 살짝 으쓱거리고는 이야기를 시작했다.

"저희 몫이란, 경매에 관한 이야기입니다. 아놀드 씨, 당신이 출품한 보구의 가격은 크라이 씨의 책략 덕분에 크게 올라갔습니다. 그래서 이쪽에도 그 일부를 받을 권리가 있습니다."

"……말도 안 된다. 분명히 생각도 못 한 가격으로 낙찰되기는 했지만, 그건 댁들 공적이 아니야. 보구를 가지고 온 건 우리다. 그저, 그쪽 리더의 잔머리가 불러온 결과겠지."

"크라이 씨는 그 가면의 경매에는 참가하지도 않았습니다. 조사해보면 금세 알 수 있는 일이죠."

"…………뭐라고?"

에이의 눈이 휘둥그레졌다. 가면을 쓰고 있어서 표정은 알 수 없다. 하지만, 시트리의 목소리에는 웃음기가 담겨 있었다.

"상인도 귀족도 헌터도, 모두, 크라이 씨가 흘린 소문에 놀아났습니다. 몰랐었죠?"

전혀 몰랐다. 정말로 몰랐다. 교섭하러 왔던 크라이한테서 거짓말하는 기색은 보이지 않았었다. 표정과 목소리, 사소한 움직임에도, 귀족이 큰 소리를 질렀을 때 보여줬던 경악한 표정에는 진실함이 담겨 있는 것 같았다.

믿을 수 없다고 생각하며, 눈앞에 있는 가면을 봤다. 그 흐름이 전부 허풍이었다면, 《천변만화》는 아놀드가 생각했던 것 이상으로 만만찮은 자라는 뜻이 된다.

"…………말도 안 돼. 대체, 뭘 위해서──."

"그건 비밀입니다. 하지만, 아놀드 씨 쪽에서도 생각했을 텐데요── 설마, 이렇게 살 사람도 없어 보이는 보구가 억 단위 금액으로 거래되다니 꿈만 같다, 고."

방금 주점에서 했던 이야기를 떠올렸다. 분명히, 그렇게 생각했다. 감정이 불가능하고, 아무리 봐도 끔찍한 저 살 가면이 2억에 거래되다니, 아놀드가 가지고 있던 상식 속에서는 말도 안 되는 일이다.

모든 일이 누군가가 조작한 결과라고 한다면, 일단 설명은 된다.

"당신들 덕분에 저희도 목적을 달성했습니다. 고맙습니다."

시트리가 살짝 고개를 숙였다. 그러고는 하지만── 이라고 운을 띄웠다.

"아무리 몰랐다고 해도, 아놀드 씨 쪽은 원래 얻을 수 있는 것 이상의 이익을 얻었습니다. 저희도 헌터니까, 이대로 당신들한테 졌다고 생각하고 넘어갈 수는 없죠. 몫이라는 건 한마디로── 그런 얘기입니다."

그 목소리는 부드러웠지만, 엄청난 박력이 담겨 있었다. 납득하기 힘든 이야기다. 설령, 그《천변만화》의 책모가 진실이라고 해도, 아놀드 일행이 그쪽 몫을 나눠줄 필요는 없다. 하지만 이대로 교섭을 거부하는 것도 위험부담이 크다. 찰나의 순간, 메리트와 디메리트를 생각했다. 이번 경매에서 손해를 본 것은 귀족이다. 서로 짜고서 금액을 끌어 올렸다는 게 들통이 나면 귀찮은 일이 벌어지겠지.

아놀드 일행이 몰랐다고 주장해도, 귀족한테 찍히면 앞으로의 활동에 영향이 생길 수밖에 없다.

분명히 합법적인 수단은 아니지만, 겨우 며칠 만에 쓰레기를 억짜로 바꿀 만큼 정보 조작 능력이 뛰어난 헌터를 상대하는 건 부담되는 일이다. 안개 나라에서라면 모를까, 이 제도에는 아놀드 편이 거의 없으니까.

"…………뜯어내겠다는 건가."

"정당한 몫이라고 했잖아. 솔직히, 제도는 이 리즈 님네 구역이라고. 아앙? 리즈 님한테 술을 따라달라고 하고, 리즈 님을 이렇게 기다리게 해놓고, 겨우 2억으로 넘어갈 수 있잖아? 운 좋은 줄 알아, 콱 죽여버린다."

2억? 지금, 2억이라고 했나? 몫 정도가 아니라, 경매로 번 돈 전부다. 아니…… 경매를 운영하는 쪽에 낙찰 금액에 따른 수수료를 지불해야 하기 때문에, 아놀드 쪽 입장에서는 적자가 된다.

아무리 그래도, 허용 범위를 넘었다. 상상했던 것 이상의 금액 때문에, 얼굴이 새파랗게 질려 있던 동료들의 표정이 험악해졌다.

받아들일 수 없다. 애당초, 레벨 7이 지휘하는 파티 멤버 여덟 명이 앞에 있는데, 너무 얕보고 있다.

여기서 가만히 돈을 주면 그거야말로 헌터 인생이 끝장나는 짓이다. 파티도 와해되겠지.

교섭은 결렬이다. 남은 건 무력 충돌뿐.

자신들을 얕본 걸 후회하게 해주마. 《호뢰파섬》의 힘을 뼈저리게 느끼게 해주겠다.

아놀드가 팔에 힘을 주려고 했을 때, 시트리가 질렸다는 목소리로 말했다.

"언니, 조용히 있어! 전부 줄 리가 없잖아! 어디까지나 몫이니까. 무엇보다 수수료 때문에 아놀드 씨 쪽이 마이너스가 된다고── 일은 똑바로 해야지!"

"뭐어? 전멸시키고 빼앗아버리면 되는 거잖아~. 상대가 헌터라면, 규칙을 어기는 것도 아니잖아?"

임전태세인 헌터 여덟 명을 앞에 두고, 말다툼이 시작됐다.

아무리 봐도 제정신이 아니다. 어쩌면, 그렇게까지 실력에 자신이 있는 걸까?

시트리는 리즈를 나무라고는, 작은 병을 하나 꺼내서 테이블 위에 올려놨다.

안에 들어 있는 투명한 느낌의 황금색 액체가 살짝 흔들렸다.

"1억 1천만 길. 그게 저희가 요구하는 저희 몫이고, 저희 리더가 요구하는 금액입니다."

경매에서 번 돈은 2억 길이다. 그렇게 되면 아놀드 쪽에 남는 건 9천만 길이 된다.

여전히 큰돈이지만 아까보다는 훨씬 괜찮은 금액을 듣고, 동료들이 서로 얼굴을 마주 봤다.

"아놀드 씨 쪽도 그게 억을 넘었다는 걸 믿을 수 없다고 생각하셨죠? 맞습니다. 그래서 그쪽이 9천만 길이고, 저희가 1억 1천만 길. 저희 체면도 서고 아놀드 씨도 원래 벌 수 있었던 것 이상의 금액을 가질 수 있죠. 이걸로 전부── 끝내도록 하죠."

그것은 절묘한 절충안이었다. 9천만 길. 2억과 비교하면 반도 안 되는 돈이지만, 아놀드가 그 보구를 경매에 내놨을 때 예상했던 가격과 비교하면 훨씬 많은 금액이다. 무엇보다, 1억 1천만 길이 분명히 큰돈이기는 하지만, 《안개의 뇌룡》이 죽어라 고집할 금액도 아니다. 레벨 8 인정 파티와의 싸움을 피할 수 있다면 싸다고 할 수도 있고. 이유도 뭐, 납득하지 못할 이야기는 아니다.

받아들여도 좋다. 하지만── 저 여유 있는 태도가 마음에 안 든다. 아놀드는 레벨 7 헌터다. 너무나 얕보고 있다. 동료들은 겁먹은 것 같지만, 이럴 때일수록 리더가 강한 모습을 보여줘야 한다.

무엇보다, 시트리의 논조에는 딱 한 가지 문제가 있다. 콧방귀를 뀌고, 시트리를 보며 말했다.

"돈이 우리한테서 다른 곳으로 이동하면, 그거야말로 부정이라고 의심할 텐데? 어떻게 할 생각이지?"

《비탄의 망령》이 이 제도에서 얼마나 큰 세력을 자랑하고 있는지는 모르겠지만, 제블디아를 지배하는 건 아닐 것이다. 소문을 유포한 것이 드러나면 《천변만화》도 곤란해진다. 그리고 아놀드 일행은 정 안 되면 제도를 탈출해버리면 되는 입장이지만, 《비탄의 망령》은 이 제도를 홈 타운으로 삼고 있다.

그 질문에 시트리는 액체가 들어 있는 병을 들어서 보란 듯이 흔들어 보이고는, 피식 웃었다.

"그러니까, 이 포션을 1억 1천만 길에 팔겠습니다. 『해독약』입니다. 강력하니까, 이거 한 병이면 그쪽 전원에게 효과가 있겠죠. 저는 오래 기다려도 괜찮습니다. 오히려, 대량으로 섭취하는 쪽이 저한테는 더 좋으니까요. 술맛, 좋으셨나요? 모자란 지식이기는 하지만, 연금술사인 제가 보기에, 아놀드 씨 일행에게 부족한 것은── 『내성』입니다. 만약에 아놀드 씨는 괜찮다고 해도…… 말이죠?"

설마 이놈들── 술에 독을 탔나?

핏기가 가시는 소리가, 아놀드의 귀에 들렸다. 항상 냉정했던 에이도 새파랗게 질려 있다. 일단 지금 당장은 몸이 아프거나 하지는 않지만, 저 말을 듣고 보니 오늘따라 유난히 빨리 취했었다.

이곳은 고급 여관이다. 주점 점원을 매수했을 가능성은 낮지만, 어쨌거나 방문 자물쇠는 부서져 있었다.

지금까지 상식적인 사람이라고 생각했던 시트리가, 갑자기 리즈보다 끔찍한 존재로 보였다.

그리고 시트리가 결단을 재촉하는 것처럼 웃었다.

"자…… 동료와 돈, 어느 쪽이 중요한가요?"

책상 위에 널려 있는 수많은 하얀 파편을 보면서 고개를 갸웃거렸다.

시곗바늘은 작업을 시작한 지 한참 지났다는 사실을 알려주고 있다. 피곤해서 눈이 침침해졌다. 눈두덩을 주물러서 풀어주고, 팔을 돌려서 딱딱하게 뭉친 어깨를 풀었다. 문 두드리는 소리가 나고, 에바가 들어왔다.

평소에는 아무것도 없었던 책상 위에 벌어진 참상을 보고, 눈이 휘둥그레졌다.

"……뭐 하시는 건가요?"

"직소 퍼즐이야. 하얀색."

사놓고 방치했던 게 생각났다.

일반적인 퍼즐과 달리 전부 하얀색인 데다 1000피스나 돼서 정말 맞추기 힘들다.

내 취미는 직소 퍼즐이 아니지만, 이건 내가 너무너무 할 일이 없는 한가한 인간이기 때문에 하고 있는 짓이다.

일단 바깥쪽 부분은 어떻게 맞췄지만, 그다음이 전혀 진전되지 않는다. 머리가 어떻게 돼버릴 것 같다.

에바가 질렸다는 얼굴로 책상 위를 보면서 말했다.

"…………왜 또 갑자기."

심심해서. 하지만, 당연한 얘기지만 솔직하게 말할 생각은 없다.

냉소적으로 웃으며, 퍼즐 조각을 집어 들었다.

"내가 할 수 있는 일은 다 했으니까."

하드보일드하지? ……할 수 있는 일이 너무 적다는 뜻도 되지만.

"…………정말요?"

"……그렇지! 아크가 돌아왔을 때를 위해서, 차랑 과자 같은 걸 준비하고 싶은데 말이야."

아양을 떨어야지. 빚은 최대한 적은 게 좋으니까.

가면이. 리버스 페이스(전환하는 인면)가 이제 곧 내 손에 들어온다. 자리에서 일어나려는 나를 에바가 바로 제지했다.

"클랜 마스터가 할 일이 아닙니다. 제가 준비할 테니까, 아무것도 하지 말고 앉아 계세요."

"제일 좋은 걸로 부탁해. 그래………… 괜찮을 것 같기는 하지만, 차는 정신적 피로 같은 데 효과가 있는 게 좋겠어. 아마 아가씨를 상대하느라 많이 피곤할 테니까."

"예, 알았어요."

이 세상의 대부분은 내 힘으로 어떻게 할 수 없는 요소들로 구성되어 있다. 레벨 8이 될 때까지 어떻게든 헌터로서 버텨올 수 있었던 것은, 오로지 동료들의 협력 덕분이다. 나는 이미 내 능력과 지위가 전혀 맞지 않는 상태에 놓여 있다. 바라는 대로 응해주는 것도 힘들다. 그러니까 앞으로도 리즈나 시트리, 또는 아크 같은 동료들한테 의지해야겠지. 내가 할 수 있는 일은, 그런 전장에서 돌아온 동료들의 치하해주는 것뿐이다.

허브티와 초콜릿을 준비했다. 유명한 제과점에서 케이크도 사왔고, 하는 김에 케이크에 꽂을 초도 준비했다. 어디서 받아 왔다는 것 같은 좋은 샴페인도 시원하게 식혀뒀고.

신이 나서 클랜 마스터 방에 장식까지 걸기 시작한 나를, 에바가 질렸다는 얼굴로 보고 있다.

"어서 와, 아크라고 적은 현수막을 걸어놓는 건 어떨까?"

"……놀리는 것 같으니까 그만두는 쪽이…… 아무리 아크 씨라고 해도, 인내심이 무한은 아니거든요?"

"아냐, 무한이야."

그리고 놀리는 거 아니거든. 그저 성의를 전하고 싶을 뿐이야. 가면에 대한 내 정열을 전하고 싶을 뿐이라고.

그리고 가능하다면 최대한 싸게 팔아줬으면 좋겠다. 백만 길 정도로 팔아주면 정말 기쁘겠는데. 그 정도라면 클랜 운영비에서 빌려도 문제없겠지. 있으려나?

"그렇지, 차 말고 정신 피로에 효과가 있는 포션을 준비하면——."

"……그렇게 힘든 일을 부탁하셨나요?"

한참이 지나도 아크가 돌아오지 않았다. 에크렐 아가씨는 아크를 좋아한다. 그렇게까지 부담되는 부탁은 아닐 텐데, 어쩌면 그라디스 가문에서 환대를 받느라 오래 걸리는지도 모른다.

오늘 안 오면 다 망치는데. 샴페인이랑 초콜릿은 그렇다 치더라도, 케이크는 금방 상하니까. 양초까지 준비했는데, 완전히 뒷일을 생각하지 않은 행동이었다.

"많이 늦네요…… 아크 씨라면 어지간한 일은 어떻게든 해결할 텐데."

"뭐, 그런 일도 있는 거지."

에바의 표정이 조금씩 흐려졌다. 바쁜 와중에 시시한 부탁을 했으니까 당연하지.

항상 귀찮게 해서 정말 죄송합니다.

장식도 끝내고, 할 일이 없어서 다시 퍼즐을 맞추기 시작했다. 왜 새하얀 퍼즐을 샀던 걸까…… 그것도 생각 없는 행동이었다. 하드보일드한가?

하나하나 전부 맞춰가면서 확인해야 하다 보니 짜증이 난다. 이거, 정말 퍼즐 조각이 다 들어 있기는 한 건가?

"……저기…… 도와드릴까요?"

"아냐, 괜찮아."

아무리 그래도 퍼즐 정도는 나 혼자서 할 수 있다. 바쁜 에바한테 부탁할 정도로 의미 있는 행동도 아니고.

현실에서 도피하는 기분으로 퍼즐을 맞추고 있는데, 돈을 마련하러 갔던 리즈네가 돌아왔다. 규칙을 완전히 무시하고 문을 열어젖히더니, 평소와 전혀 다른 클랜 마스터 방을 보고서 눈을 반짝거렸다.

"다녀왔어 크라이! 어? 뭐야? 파티?"

"일찍 왔네. 아크를 기다리고 있어."

"다녀왔습니다, 크라이 씨. 아…… 항상 하던 그건가요."

항상 하던 게 뭔데…….

시트리가 등에 메고 있던 커다란 자루를 바닥에 내려놨다. 금속이 부딪치면서 짤랑거리는 소리가 난다. 돈을 마련하러 간다고 해서 보물전에라도 간 줄 알았는데, 그게 아니었나 보다.

"1억 1천만 길, 벌어왔어요! 이걸로 루시아 계좌에 돈을 채워놓을 수 있어요!"

"어?! …………어떻게?"

금전감각이 마비되려고 하는데, 1억 1천만 길은 큰돈이다. 산책하는 감각으로 구할 수 있는 게 아니다.

내 질문에, 시트리와 리즈가 서로 공을 경쟁하려는 것처럼 빠르게 대답했다.

"괜찮아요. 규칙은 지키면서 잘 처리했으니까요. 아무도 불행해지지 않는 선에서."

"우리한테 시비 걸었던 촌놈들한테 대가를 치르게 했어! 생각보다 시간이 걸리기는 했지만, 확실하게! 정말이지, 이 제도에 왔으면 크라이한테 인사하러 와야 하는 게 아니냐고!"

"응, 그래, 그렇구나."

화려하네. 혼자라면 또 모를까, 둘이 같이 있으면 나 혼자서는 상대하기 힘든 기분이 든다.

두 사람이 진정될 때까지 기다려서 물었다.

"단적으로 말하자면?"

"술 취하는 포션의 대비책으로 만들어뒀던 술 깨는 약이 1억 1천만 길에 팔렸어요! 레벨 7씩이나 되면서 내성 강화는 부족했던 것 같더라고요."

"아무리 레벨이 높아봤자, 결국은 촌놈이더라고. 나도 레벨 7
이 되고 싶지만, 시골에서 레벨 7이 돼봤자 말이야. 저기저기 크
라이, 뭐 없어?"

술 깨는 약이 1억 1천만 길…… 그거, 제대로 된 장사라고 할 수
있나?

나는 잘 모르겠지만, 효과가 좋은 포션이 비싼 건 맞는 말이니
까 뭐라고 할 수는 없다.

나도 연금술사가 돼서 술 깨는 약이나 팔까…….

"그리고, 하는 김에, 뇌룡 의뢰도 취소했어요. 그쪽도 받을 생
각이 없었던 것 같지만…… 아무래도 뇌룡은 비싸니까, 문제없
겠죠?"

"아, 그런 얘기도 있었지. 뭐, 닭고기가 더 맛있으니까 괜찮아."

클로에를 통해서 취소하라고 했었는데, 전해지지 않았나 보네.
에바가 의뢰했던 것도 예상치 못한 일이었고, 시트리가 말한 대
로 닭고기가 더 맛있으니까 아무 문제 없다.

추억 보정은 참 무섭구나. 아마도 보물전에서 먹었기 때문에
맛있다고 생각했겠지.

시트리가 의기양양하게 두 손을 맞잡았다.

"그렇게 말씀하실 것 같아서, 대신에 거대 닭 사냥 의뢰를 하고
왔어요. 납품받으면, 또 요리해드릴게요!"

"그딴 겁쟁이 놈들은 닭이나 사냥하는 게 어울리니까!"

거대 닭이라면, 그냥 정육점에서 파는 건데…….

나는 여러모로 복잡한 심정이었지만, 귀찮아서 말하는 걸 그만

두고 그저 미소만 지었다.

리즈가 호전적이라는 점은 이제 와서 굳이 지적할 필요도 없다.

"아~ 정말 재미있었다. 안개 나라 레벨 7이 얼마나 센지 확인하지 못한 건 아쉽지만, 가끔은 이런 것도 좋네. 때리는 건 언제든지 할 수 있으니까."

리즈가 만족스럽다는 듯이 기지개를 켰다. 그러면서 훤히 드러난 살갗이 쭉 늘어났는데, 그 동작이 왠지 고양이처럼 보였다. 상황을 완전히 파악하지는 못했지만, 나는 칭찬해서 키우는 주의니까 일단 칭찬해주자.

"안 때렸구나…… 그래, 잘했어."

"시트가 쓸데없는 짓만 안 했어도 때려줬는데……."

"그랬구나…… 시트리, 잘했어."

적당히 칭찬했더니 시트리가 기쁘다는 것처럼 웃었다. 리즈 혼자 보내면 걱정이 되지만 시트리가 같이 가면 안심이 된다.

하지만, 아무것도 안 했는데 루시아한테 빌린 돈이라는 걱정거리가 사라지다니…… 상황이 너무 좋은 쪽으로 굴러가는 것 같은데 말이야. 신이 돌보는 건가?

"왠지 그런 기분이니까, 오늘은 크라이 방에서 잘까."

"크라이 씨가 불편하잖아. 자, 집에 가자, 언니! 우리 집에서 재워줄게!"

상당히 기분이 좋은지 요염한 표정으로 웃는 리즈를, 시트리가 잡아끄는 모양으로 데리고 갔다.

사이가 좋아서 다행이네. 혹시 요령 같은 게 있다면 꼭 좀 배우고 싶다.

기다리던 아크가 돌아온 건 늦은 밤이었다.

오늘 일을 마친 에바랑 같이 퍼즐을 맞추고 있는데, 아래쪽에서 시끄러운 발소리가 들려왔다.

고개를 든 나와 에바 앞에서 문이 활짝 열렸다. 그 문으로 들어온 사람을 보고, 나도 모르게 눈이 휘둥그레졌다.

아크는 엉망진창이었다. 항상 단정했던 머리카락은 흐트러지고, 옷은 전장에서 돌아온 사람처럼 여기저기가 찢어진 데다 피까지 묻어 있다. 표정에도 여유가 없다. 날카로운 눈빛으로 방 안을 둘러보더니, 장식해놓은 클랜 마스터 방을 보고는 잠깐 눈이 휘둥그레졌다.

정신을 차리고, 나는 재빠른 동작으로 준비해뒀던 폭죽을 터트렸다.

에바도 황급히 날 따라 했다. 아크가 어안이 벙벙한 표정을 지었다. 아크를 따라서 들어온, 아크와 만만치 않게 엉망진창인 꼴의 파티 멤버들도 얼빠진 표정을 지었다.

무슨 일이 있었는지는 모르겠지만, 아무래도 상상했던 것 이상의 무언가가 발생했던 것 같다. 현실은 소설보다 기구하다는 말이 있다. 나는 뇌가 고물인 데다 아무래도 운이 나쁘기 때문에, 이런 돌발적인 사고에는 익숙했다.

아크가 엉망진창이 되는 수준은 처음이지만, 대처 방법도 알고 있다.

나는 자리에서 일어났고, 눈이 휘둥그레져 있는 아크 앞에서 내 몇 안 되는 필살기—— 슬라이딩 큰절을 피로했다. 카펫 바닥이라 잘 미끄러지지 않아서, 한 바퀴 회전한 뒤에 큰절 자세를 잡았다. 점수를 준다면 100점 만점에 120점 정도는 되지 않을까.

"정말 죄송합니다아아아아아아아아!"

"크라이 씨?!"

큰절 자세의 완성도에 만족하면서 꾸벅꾸벅 고개를 숙였다. 발생한 사고에 대해서 내 과실이 있는지 아닌지는 잘 모르겠지만, 이럴 때는 일단 고개를 숙이고 보는 게 제일이다. 여기라면 에바 말고 다른 사람도 없고.

아크는 아무 말도 하지 않았다. 머리 위쪽에서 날아오는 시선을 느끼면서, 뇌를 최대한 굴렸다.

이 제도에서 가장 강하기로 유명한 아크가 이렇게 엉망이 되다니, 대체 무슨 일이 일어났던 걸까.

아크의 전투 능력은 헌터 중에서도 차원이 다르다. 얼마나 강한지 말하자면, 재능이 넘쳐나는 내 소꿉친구도 일대일로 싸우면 이길 수 있다고 확실하게 말하지 못할 정도로 강하다. 최강이라더니 겨우 그 정도냐고 할 수도 있지만, 애당초 공략하는 보물전의 레벨은 우리 파티 쪽이 더 높고, 흡수한 마나 머티리얼에도 차이가 있을 텐데 그렇게나 강하다니, 보통 재능이 아니다.

그런 아크가 엉망진창이 됐다. 아크가 온 힘을 다해서 싸우고 엉망진창이 될 정도의 괴물이 제도에 나타났다면 커다란 사건이 됐을 테니까, 그건 아니겠지.

그렇다면 생각할 수 있는 가능성은, 아크가 온 힘을 다 해서 싸울 수 없는 괴물이 나타났다는 쪽이겠지.

그렇게 되면 결론은 하나다. 항상 밝은 모습만 보여주던 아크의 입에서 나왔다는 걸 믿을 수 없을 정도로 심기가 불편한 느낌이 담겨 있는 목소리가 날아왔다.

"……………왜, 갑자기, 고개를 숙이는 건데?"

"아가씨가 발작을 일으켰잖아?"

"…………바, 발작, 이라고?"

빙고. 틀림없이 거만하게 가면을 선물하려고 하는 아가씨한테, 천하의 아크도 어른스럽게 대응하지 못했겠지. 필요 없다든지 크라이한테 주면 좋아할 거라든지, 그런 소리를 했을 게 분명하다.

그리고 그 말을 듣고 심기가 불편해진 아가씨가 발작을 일으켰고. 아크가 엉망진창이 된 건 날뛰는 아가씨를 제압하느라 고생한 탓이겠지. 아무리 아크라고 해도 작은 괴물을 상대하느라 상당히 고생했던 것 같다.

나는 고개를 들고, 온몸을 부들부들 떨고 있는 아크한테 일방적으로 떠들어댔다.

"오해하지 말아줬으면 좋겠어, 아크. 난 아크라면 조용히 끝낼 수 있을 거라고 생각했단 말이야! 설마, 그렇게까지 고생할 줄은 몰랐어. 내 설명이 부족했었나 봐."

아가씨가 진노하리라는 걸 예상하지 못한 내 잘못이다. 일단 주의는 줘야 했는데.

하지만 냉정하게 생각해보니까, 평소의 아크라면 문제없이 대처할 수 있는 일이라는 생각도 든다.

　내가 부탁한 일 때문에 벌어진 결과라는 시점에서 나한테 잘못이 있는 건 확실한데, 그렇다고 아크한테 아무 잘못도 없다는 얘기는 아니다.

　"그런데 말이야 아크. 아가씨가 화나지 않게 하라는 얘기는, 굳이 할 필요가 없잖아?"

　"그건――."

　"솔직히 말이야, 너희 파티에는 우수한 마도사(마기)가 있잖아. 아가씨가 날뛴다면『히프노스 케이지(잠의 우리)』든 뭐든 쓰면 되잖아. 나 같으면 루시아한테 그렇게 지시할 텐데."

　우리 파티처럼, 아크네 파티에서도 광범위하게 술법을 익힌 우수한 마도사가 있다.

　북방 특유의 연보라색 머리카락을 지닌 이자벨라 멜네스가, 내 말을 듣고서 눈꼬리를 치켜들었다.

　"뭐야? 내 술법이 루시아만도 못하다는 소리야?! 썼어! 썼는데, 효과가 없었다고!"

　"어…… 아, 그랬구나………… 왠지 미안하네."

　"사과하지 마!"

　"아니…… 왜, 괜찮아. 누구나 적성에 안 맞는 분야가 있는 거니까. 나도 맞는 걸 찾는 쪽이 더 빠를 지경이고. 하지만 상태이상계 마법은 중요한 때에 도움이 되니까 익혀두는 쪽이―― 원한다면, 루시아한테 얘기해둘게."

　"위, 위로하지 마!"

이자벨라가 얼굴이 빨갛게 달아올라서 발을 동동 굴렀다. 설마 헌터도 뭣도 아닌 일반인 아가씨 한 사람도 재워버리지 못했을 줄이야…… 우수한 마도사라고 생각했었는데, 그렇지도 않은가?

나는 깊은 한숨을 쉬고, 손을 뻗어서 열심히 꾸며놓은 클랜 마스터 방을 가리켰다.

"아무튼, 슬슬 올 때가 된 것 같다 싶어서 기다리고 있었거든. 케이크도 있고 샴페인도 준비했어."

천장에 달아놓은 반짝이는 장식을 보고, 신관(세인트) 유우가 질렸다는 것처럼 말했다.

"자, 장식이 엄청나네……."

"내가 직접 했어. 중간에 재미가 붙어서 말이야…… 양초도 준비했고."

"…………."

"미안해. 정말로…… 아크라면 좀 더 깔끔하게 처리할 거라고 생각했거든."

아크를 높게 평가했던 건 아니다. 아크는 그만큼 평판이 좋고, 그리고 나와 달라서 평판 그대로의 실력을 자랑하고 있다. 어떻게 아가씨 한 사람 때문에 고전할 거라는 생각을 하겠냐고.

아크는 무표정한 얼굴로 잠시 아무 말이 없었는데, 마침내 깊은 한숨을 쉬고서 말했다.

"……크라이, 너는── 설명이 너무 부족해. 나라고 뭐든지 다 알고 있는 게 아니란 말이야."

"미안해."

"에크렐 님이 너한테 실례되는 일을 하셨다는 건 들었어. 위험한 보구라고 경고했다는 얘기도. 하지만, 그래도—— 크라이 너라면 좀 더 깔끔하게 처리할 수 있었을 텐데."

"미안해."

"날 끌어들이는 것까지는 괜찮은데, 아무런 상관도 없는 일반인들을 끌어들이는 건 좋지 않아. 일반인한테 폐를 끼치면 안 된다는 규칙을 정한 건 클랜 마스터인 크라이, 너잖아."

말이 부족했다. 깔끔하게 처리할 수 있었다. 지당하신 말씀이다. 나한테는 나쁜 뜻이 하나도 없었지만, 그렇다고 해서 아무 잘못도 없다는 얘기다. 나는 하늘보다 높고 바다보다 깊이 반성했다.

"설마, 일이 그렇게까지 커질 줄은 몰랐어. 아크 말이 맞아, 다음부터는 가능하면 아크만 끌어들이는 쪽으로 할게."

"당신, 하나도 반성 안 했지."

이자벨라가 볼을 일그러트리면서 날 노려봤다. 반성했다는 건 사실이다.

하지만, 그 이상으로 나는 아크가 클랜에서 탈퇴한다는 말을 안 했다는 것에 안도하고 있었다.

아크는 내 소꿉친구들의 몇 안 되는 싸움 친구다. 그렇다고 그냥 싸움만 한다는 얘기는 아니고, 싸움에 견딜 수 있는 친구라는 뜻이다. 폭력적인 충동을 정기적으로 발산시켜주지 않으면 결국 폭발하는데, 아크는 그걸 발산시키기에 딱 좋은 상대거든.

"그래서…… 뭐냐…… 결국, 그 물건은 손에 넣었어?"

이런 타이밍에서 물어보는 것도 좀 그렇지만, 그래도 확인은 해야 하니까.

내가 묻자, 아크가 뚱한 얼굴로 들고 있던 가죽 주머니를 던졌다. 황급히 잡아챘다.

"고생했어. 정말 고생했어. 칼을 쥐고 엄청나게 날뛰는 에크렐님을 붙잡느라 엄청나게 고생했어. 일격의 속도가 차원이 다르게 빨라졌고, 육체 한계 이상의 힘을 아무렇지도 않게 발휘했어. 어떻게 떼어내기는 했는데, 그거 대체 뭐야? 듣자하니, 사람이 쓴 게 아니라 가면 쪽에서 날아왔다는 것 같은데——."

나는 중간부터 아크의 말을 하나도 안 듣고 있었다. 마치 생일 선물이라도 받은 기분이다. 정신없이 주머니 끈을 풀고, 손을 쑤셔 넣었다. 아크 일행이 깜짝 놀란 것처럼 눈이 휘둥그레졌다.

그리운, 축축한 살에 손을 집어넣은 것 같은 기분 나쁜 감촉.

"크라이, 그건 위험해—— 경솔한 행동은——."

살 가면을 꺼내서 들어 올렸다. 잃어버린 지 얼마 되지도 않았는데, 너무나 오랜만인 것 같다.

분홍색 살과 바깥 면에 드러나 있는 혈관. 아아, 진짜 기분 나쁘다! 훌륭해! 엑설런트해!

그때 감동해서 굳어져 있는 내 앞에서, 건드리지도 않았는데, 가면의 벌어진 입이 움직이기 시작했다.

"이 무슨, 힘인가. 좋은 인재를 얻었다고 생각했는데, 설마 진화한 자를 이리도 간단히 진압하는 전사가 있었을 줄이야. 혹시, 이 시대의 인간은 내 기억 속에 있는 것 이상으로 강인한 것인가. 기준을 바꿀 필요가 있다."

?! 말했어?!

나는 손이 떨리는 걸 느꼈다. 바로 얼마 전까지 가지고 있던 『리버스 페이스』는 평범한 가면이라서, 제멋대로 말하는 일은 없었다. 내가 가진 보구 중에도 혼자서 말하거나 움직이는 보구는 존재하지 않는다.

"처, 《천변만화》── 그러니까…… 내가, 잘못했다. 아크를 파견해준 것에 대해, 감사한다."

문밖에서, 낯익은 사람이 슬며시 나타났다.

하지만 그때, 나는 살 가면을 내 얼굴에 들이대고 있었다.

"?!"

아크 일행이 깜짝 놀랐다. 뒤통수에 기분 나쁜 감촉이 꿈틀거린다. 아무래도, 가면이 떨어지지 않게 고정해주는 편리한 기능이 있는 것 같다. 말을 하는 데다 그런 기능까지…… 대단해! 최신형이다!

"으아아아아아아아아아아아아아아아아아아아."

살 가면이 소리친다. 이어서, 머릿속에 목소리가 울린다.

『이, 이건── 근력 E−, 민첩 E−, 체력 E−, 마력 E−, 성장성 E−, 의욕 0, 종합 평가, 3점. 『오버 그리드(진화하는 귀면)』, 발동 기준에 도달하지 못했습니다. 강제로 해제합니다.』

가면이, 마치 나한테서 떨어지려는 것처럼 움직였다. 벌어져 있던 눈구멍이 추욱, 한심한 모양으로 처지고 뒤통수 쪽에서 고정하고 있던 촉수 같은 끈도 축 늘어졌다.

"…………"

내 의욕도 뚝 떨어졌다. 깊은 한숨을 쉬고서 손을 뗐더니 가면이 저절로 벗겨졌다.

……이거, 엄청나게 닮았지만『리버스 페이스』가 아니잖아!

사기다! 젠장, 설마 이렇게 기분 나쁜 가면이 여러 종류가 있을 줄이야, 생각도 못 했다.

보구의 바탕이 되는 물건을 만들었던 개발자를 고소하고 싶은 기분이다. 무리지만.

……뭐, 신기한 보구를 손에 넣었다는 선에서 만족해야겠지.

"쳇, 열화판이잖아. 이건 생각 못 했네. 에바, 유리 케이스를 준비…… 어라, 왜 그래?"

에바는 그렇다 치고, 평소에 어지간한 일에는 꿈쩍도 하지 않던 아크가 완전히 질린 얼굴로 날 보고 있었다. 다른 멤버들은 하나같이 아크 뒤에 숨어 있고, 유일하게 옆에 서 있던 에크렐 아가씨는 얼굴이 새파랗게 질려서 부들부들 떨고 있다. 눈에는 눈물까지 고였다.

"…………아, 아니, 아무것도 아냐……."

"아, 물어보는 걸 깜박했다. 이거, 내가 가져도 될까?"

"그, 그래. 필요 없다. 주겠다! 얼마든지 주겠다! 네가 원하던 보구에 손을 대려고 했던 내가 잘못했다! 이, 이제 다시는, 다시는 그러지 않겠다! 용서해다오!"

에크렐 아가씨가 울면서 소리를 질렀다. 뭐, 이렇게 생긴 보구

는 필요 없겠지.

그나저나 그렇게 고생했는데 결과가 이게 뭐냐고. 보구를 잘못 판단하다니, 보구 콜렉터 실격이다. 이 실수는 내 기억 속 깊은 곳에 묻어두고, 무덤까지 가지고 가도록 하자.

나는 기분을 바로잡고, 사람들을 보면서 웃었다.

"뭐, 조금 허탕 친 기분도 들지만, 기껏 케이크도 준비했으니까 다 같이 먹자. 촛불도 켤까?"

"제일 튼튼한 걸로 준비하면 되겠죠?"

"응, 맞아. 고마워."

에바가 커다란 유리 상자를 수레로 끌고 왔다. 내 개인실은 숨겨진 방이다. 헌터라면 누구나 알아볼 수 있는 단순한 장치지만, 그래도 외부 사람을 들일 수는 없으니까.

원래는 넓었던 내 개인 방은, 보구가 너무 많이 늘어난 탓에 조금 좁아졌다. 나한테 보구는 수집품인 동시에 실제로 사용하는 무기다. 당장 쓸 수 있는 곳에 놔두지 않으면 소용없잖아.

뭐, 쓴다고 해서 크게 강해지는 건 아니지만, 그대로 기분 문제가 있으니까.

배치는 루크네가 돌아온 다음에 도와달라고 하면 되니까, 일단 상자는 구석 쪽에 놔뒀다.

특수한 유리로 만든 상당히 튼튼한 케이스다. 미술관 같은 곳에서 전시할 때 사용하는, 헌터의 힘에도 어느 정도 버티는 물건이다.

무거운 뚜껑을 고생해서 열고, 의기소침한 표정을 짓고 있는 『리버스 페이스』를 그 안에 넣었다. 내가 썼을 때 변해버린 표정은 시간이 아무리 지나도 되돌아올 기미가 보이지 않았다. 이렇게 눈이 처지니까 기분 나쁜 느낌도 크게 줄어들었다.

아크한테 들은 이야기로는, 이 가면이 아가씨한테 달라붙어서 큰 난리를 쳤다는 것 같다.

아가씨의 힘을 대폭 상승시켜서 중견 헌터 이상의 힘을 발휘했다나. 그게 사실이라면, 이건 내가 오랜 세월 찾아왔던 보구다. 내 콜렉션 중에는 사용자에게 어느 정도의 신체능력이 있어야만 사용할 수 있는 보구들이 잔뜩 있다. 이 가면으로 간단하게 힘을 증폭시킬 수 있다면, 나도 이렇게 매사에 겁먹으면서 살아가지 않아도 괜찮을지 모른다.

나는 유리 상자 안에서 힘 빠진 표정을 짓고 있는 가면에게, 혹시 몰라서 확인했다.

"저기, 정말로 무리야?"

보구한테 말을 걸다니, 보통은 바보나 하는 짓이다.

하지만 가면의 입 구멍은 내 질문을 듣고, 천천히 움직이기 시작했다.

"불가능하다. 내 힘으로는 네놈의 잠재능력을 해방할 수 없다. 좀 더 상위의 가면을 찾도록 해라. 사실 나보다 더 진화하려면, 사용자가 한정된 군사용으로──."

외로웠던 걸까. 유난히 말이 많은 가면을 보면서, 나는 깊은 한숨을 쉬었다.

아무래도 이 가면, 사람의 가능성을 발휘하게 만드는 힘을 지닌 것 같다.

그렇지만 내 잠재능력이 피라미 수준도 안 되기 때문에 해방할수 없다는 모양이다.

그 얘기는, 내 잠재능력이 귀족 집안 아가씨보다도 못하다는뜻이다.

이 세상, 나한테만 너무 엄격한 거 아냐?

한숨을 쉬고, 소리 없이 나 자신을 위로했다. 성능에 실망하기는 했지만 희소가치 하나는 확실하니까. 생김새는 엄청나게 추악하지만, 이 보구도 누군가가 원해서 이 세상에 태어났겠지.

마력이 끊겨서 움직일 수 없는 걸까. 말 상대 정도로는 괜찮을거 같다. 보구에는 백본(backbone)이라는 게 있다. 보기에는 상당히추악하지만, 이 보구도 원해서 이렇게 만들어진 게 아닐 것이다.

잠재능력을 끌어낸다고 해도, 그 대가로 감정까지 강화해버린다는 것 같다. 2억 길의 가치가 있는지 아닌지는 모르겠지만, 공짜로 준다면 투덜댈 필요 없지.

『리버스 페이스』, 갖고 싶었는데.

뒤에서 나와 가면의 대화를 듣고 있던 에바가 쭈뼛쭈뼛 끼어들었다.

"저…… 크라이 씨, 그 가면 말인데……."

"응? 에바, 혹시 써보고 싶어? 관두는 게 좋을 것 같은데."

만약에 에바가 썼다가 나보다 강해지기라도 하면, 내 유리 같은 마음은 산산이 부서질 거야.

"아닙니다."

내 말을 들은 에바는 이상한 사람이라도 보는 것 같은 눈빛을 보였고, 그러고는 체념한 것처럼 말했다.

"…………그거, 혹시, 『라이브러리(지식의 창고)』인가요? ……처음, 봤습니다."

"………… ."

……뭐? 그 말을 들은 순간, 내 마음속에서 큰 충격이 울렸다. 눈살을 찌푸리고, 다시 한번 가면을 확인해봤다.

가면이 내키지 않는다는 것처럼 말하고 있다.

"이 몸의 이름은『오버 그리드』, 인간을 진화시키는 존재다. 그런 영문 모를 것과 똑같이 취급하지 마라."

나는 바보다. 누구보다 많은 보구를 모으고 있었는데, 그걸 눈치채지 못하다니.

마치 자아를 가진 것처럼 떠들어대는 가면.『라이브러리』. 기준은 충족했다.

창피한 기분이 들어서, 그럴듯하게 고개를 끄덕였다.

"……잘도 알았네."

"그야, 저도 보구에 대해서 공부했고, 그 정도까지 보면 알 수 있죠. …………천문학적인 확률로만 나타난다고 들었는데…… 설마, 이 눈으로 보게 될 줄이야――."

그렇게 말하는 에바의 표정은 어째선지 일그러져 있었다. 나도 원래는 더 감동했어야 하지만, 때를 놓쳤다. 나는 항상 중요한 때에 밑천이 드러나거든.

『라이브러리』. 그것은 보구의 이름이 아니라 어떤 특징을 지닌 보구 전체를 일컫는 말이다.

에바가 크게 심호흡을 하고서 몸을 부르르 떨었다. 웬일로 약간 흥분한 것 같다.

항상 침착했던 목소리에 약간 들뜬 기색이 감돌고 있다.

"내용에 따라 다르겠지만, 크라이 씨의 채무를 없앨 수 있을지도 모르겠습니다. 평소의 지병이 도졌나 싶었더니——."

시트리도 말했었지만, 병이라니…… 너무한 거 아냐?

자, 지금까지 세상에 나온 보구 중에서 가장 비싼 가격에 거래된 보구가 뭔지 알고 있을까?

한 번 휘두르면 산을 베어버리고 바다를 가르는 보검?

장비하면 마음대로 하늘을 날 수 있는 팔찌?

성 하나만큼의 아이템을 격납할 수 있는 『시공 가방』?

아니다. 유사 이래로 가장 비싼 가격에 낙찰됐고, 그리고 가장 유명한 보구는…… 어떤 책 모양의 보구다.

『모래의 책』. 표지 색 때문에 그런 이름이 붙은 보구는—— 고도 마도구 시대에 존재했던 보구의 종류를 정리한 『도감』이었다.

아마도, 문명이 가장 융성했던 시기에 만들어진 물건이겠지. 그 책 자체에는 특별한 능력이 하나도 없지만, 상식을 뒤바꿔버릴 정도의 정보를 담고 있었다.

보물전에서 발견되는 보구 중의 대부분은 예전에 존재했던 거대 문명 중에 하나, 다양하고 강력한 마도구에 의해서 인류가 번영했던 고도 마도구 문명의 산물이다. 그리고 그 책에 실린 지식은, 그전까지 거의 정체를 알 수 없는 아이템이라는 형태로 발견됐던 보구 중에서 약 50퍼센트 정도의 능력을 알 수 있게 해줬다.

『모래의 책』을 발견한 것이 트레저 헌터 시대의 시작을 고했다고 말하는 사람도 있다. 지금 그 책이 어디에 있는지는 모른다. 하지만 책을 발견한 사람은 그것을 처분한 돈으로 나라를 세웠다.

천 년도 넘게 지난 지금, 세계 최대의 왕국으로 알려진 밀 왕국의 기원이다.

트레저 헌터라면 누구나 알고 있는 옛날이야기다.

『라이브러리』. 그것은 주인에게 그 보구의 기원이 되는 문명의 정보를 알려주는 아이템들을 일컫는 말이다.

형태는 다양하다. 책 타입을 시작으로 포스터나 모뉴먼트 타입 등등 여러 가지가 있는데, 가면 타입은 처음이 아닐까.

이런 부류의 보구는 흔히 나타나지는 않지만, 학술적으로 봤을 때 상당히 유용해서 무시무시할 만큼 비싸게 거래된다. 지식을 얼마나 가지고 있는지는 모르지만, 어느 정도 지성을 가지고 말로 대화를 나눌 수 있다면, 대체 얼마나 비싸게 거래될지 상상도 못 할 지경이다. 완전히 생각도 못 한 일이다.

"2억은 너무 쌌나."

"10억을 불러도 쌀지도 모릅니다……."

그리고 나, 돈도 안 냈거든.

『모래의 책』에 적혀 있던 정보 중에 대부분은, 발견된 뒤로 천

년 가까운 세월이 지나면서 널리 알려졌다.

즉, 그 지식 속에 존재하지 않았던 이 가면은 높은 확률로 이미 정보가 알려진 고도 마도구 문명의 산물이 아니다. 그렇게 되면 보구 자체의 성능을 차치하더라도, 나라에 넘기면 상당한 금액을 받을 수 있다. 내 빚을 없앨 수 있다는 것도 틀린 말이 아니겠지.

명예도 얻을 수 있을 것이다. 제블디아의 황제는 실리를 중시하는 것으로 유명하다. 인정 레벨이 올라갈 수도 있고, 까딱하면 작위를 내려줄 가능성도 있다.

……하지만 이걸 낙찰받은 건 에크렐 아가씨다. 돌려주는 게 좋으려나? 이《천변만화》께서 준비한 케이크를 먹고서 그 천상의 맛에 눈이 휘둥그레졌던 소녀의 모습을 떠올리며 고개를 갸웃거렸다.

이유가 어떻게 됐거나 나한테 준다고 했으니까 군이 돌려줄 이유는 없지만, 『라이브러리』를 그냥 줘버렸다는 걸 알게 되면 그 자존심 강한 아가씨가 어떻게 생각할지…….

에바가 진지한 표정으로 말했다.

"신중하게 교섭하도록 하죠. 상대를 상회로 할지 귀족으로 할지, 어쩌면 다른 나라와 연락하는 게 좋을지도 모르겠군요. 밀 왕국은 오랫동안 『라이브러리』 수집에 힘을 쏟고 있는 것 같으니까."

"……아니, 안 팔 건데?"

"…………예?! ……팔기 위해서, 책략을 구사해서까지 손에 넣은 게……?"

"……내가 지금까지, 비싸게 팔려고 보구를 손에 넣은 적이,

있어?"

전매상한테서 비싸게 사들인 적은 있지만, 판 적은 한 번도 없다. 『라이브러리』라는 걸 알아차리지도 못한 주제에 이런 소리를 하는 건 창피하지만, 나는——보구 콜렉터다.

나는 쓸 수 없다. 비싸게 팔린다. 겨우 그 정도 이유로 보구로 파는 놈은 콜렉터라고 할 수도 없다.

에바가 눈이 휘둥그레졌고, 당황한 것처럼 반론했다.

"……개인에게는 과분한 물건입니다. 분명히 귀중하기는 하지만, 지식을 알아낼 만큼 알아낸 뒤에 처분하는 쪽이 크라이 씨한테도 도움이 될 것 같습니다만……."

"그러니까, 이건 나랑 에바 둘만의 비밀이야."

"아크 씨나 그라디스 경 주위에도 알려졌을 것 같습니다만……."

하긴, 가면이 말을 하는 데다 고도의 지성을 가지고 있다는 건 에크렐 아가씨가 알고 있다. 나처럼 동태 눈알이 아니라면, 가면이 『라이브러리』라는 정도는 알아차렸을 수도 있다.

아크는 어떻게든 입을 막을 수 있겠지. 그쪽은 물욕도 명예욕도 거의 없는, 트레저 헌터의 귀감 같은 남자니까.

나는 한참 동안 생각했지만, 결국 평소처럼 운을 하늘에 맡기기로 했다. 나쁜 일을 하는 것도 아니니까, 어떻게든 되겠지.

"…………뭐, 어떻게든 될 거야, 틀림없이. 일단 기분 풀리게, 에크렐 아가씨한테 케이크라도 선물해주자고. 당근과 채찍 작전이야. 양초도 잊지 말고."

"…………알겠습니다. …………기껏 채무를 없앨 기회였는데⋯⋯."

에바가 약간 불만이라는 투로 대답했다. 폐를 끼쳐서 정말 죄
송합니다.

Interlude　　　지명 의뢰

경매도 일단락되고, 탐색자 협회 제도 지부의 로비는 한산했다.

그렇게 의뢰 게시판 앞에 몰려들었던 헌터들도, 이제는 손으로 꼽을 정도밖에 없다.

이것도 제도에서 매년 있는 일이라고 할 수 있다. 탐협 직원들 사이에도 어딘가 느긋한 분위기가 감돌고 있다.

서류 업무를 어느 정도 마치고, 헌터들이 없는 걸 확인한 뒤에, 클로에도 크게 기지개를 켰다.

"그러고 보니까 클로에, 그 얘기 들었어? 그라디스 백작님네 저택에서, 아가씨가 난리를 쳤대……."

선배 접수원도 심심한 것 같다. 그 말에 적당히 맞장구를 쳐주다가 문득 생각이 났다.

그러고 보니까 그렇게 미친 사람처럼 화를 내던 아놀드 씨네, 어떻게 됐을까. 적어도, 클로에는 그 뒤로 그들의 모습을 본 적이 없다. 《천변만화》가 졌다는 정보는 들어오지 않았지만, 결판이 났는지 아닌지는 조금 궁금하다. 나중에 정보통 같은 헌터가 오면 물어봐야 하려나.

그런 생각을 하고 있는데, 뒤쪽에서 누가 자신을 불렀다.

"지명의뢰…… 인가요?"

거크 지부장의 말을 듣고서 눈이 휘둥그레졌다. 책상 위에 있는 것은 귀족의 문장이 찍혀 있는 봉투였다.

"그래. 게다가, 하필이면 그 그라디스 가문이다. 아무래도 그 자식이 뭔가 사고를 친 것 같아."

"그라디스 백작…… 헌터를 싫어하는 그라디스인가요."

"딱히 싫어하는 건 아닌 것 같은데, 그쪽도 토지에 사정이 있으니까 말이야……."

지명 의뢰란 특정한 헌터를 지명해서 발행되는 의뢰다. 상회나 귀족 등이 신뢰하는 헌터에게 일을 부탁할 때 발행하는 것인데, 그라디스 백작이 발행하는 건 분명히 처음이다.

"그라디스는, 크라이를 시험할 생각이야. 지금 그라디스 영지에 귀찮은 일이 있다는 건 알고 있지?"

짚이는 게 있다. 지금, 귀찮은 놈들이 그라디스 영지에 눈독을 들이고 있다는 이야기.

——배럴 대도적단. 여러 나라를 어지럽히고 다니는, 세상 무서운 줄 모르는 자들이다.

그리고 최강을 자랑하던 기사단은, 자기 영지를 어지럽히고 다니는 그 도적단을 아직도 구축하지 못했다. 그라디스는 제국의 검이라고 불리는 존재다. 거기에는 위신이 걸려 있다. 그렇다고 헌터에게 도움을 청하다니. 그게 좋은 일인지 나쁜 일인지, 클로에로서는 바로 판단할 수 없었다.

"하지만, 크라이 씨라면 어떻게든 하지 않을까요? 지금까지도 그랬었고……."

"그래. 문제는, 그놈은 자기도 모르게 남을 도발하는 버릇이 있어서 조금 걱정이 돼. 게다가 이번 상대는 그 그라디스니까 말이야."

그런데, 왜 나를 부른 걸까.

이상하다는 표정을 짓고 있는 클로에에게, 거크가 씩 웃어 보이더니 생각지도 못한 말을 했다.

"클로에 너, 지금 시간 있지. 크라이를 따라가서, 직원으로서 도와줘라. 뭐, 크라이도 이런 기회가 처음은 아니니까. 너무 폼 잡지 말고, 공부한다는 생각으로 갔다 오라고."

제4부에서 계속

외전   리즈는 스킨십을 좋아해

"크~라~이~ 나 왔어어어어어어어어!"

"리즈는 항상 힘이 넘치는구나."

상반신을 내던지면서 날아오는 리즈를 평소처럼 안아줬다. 볼과 볼, 뜨겁고 부드러운 살갗이 딱 닿았고, 살짝 달콤하고 좋은 냄새가 났다. 아마도, 난 냄새만 가지고도 리즈인지 아닌지 구분할 수 있다.

리즈의 몸에는 군살이 하나도 없어서 야생동물처럼 날렵한 느낌이지만, 이렇게 심장 고동이 전해져올 정도로 밀착해 있으면 분명히 부드럽다. 손을 뻗어서 머리를 벅벅 쓰다듬어줬더니, 요염한 소리를 내면서 내 목덜미에 얼굴을 묻었다.

리즈 스마트는 스킨십을 좋아한다. 시트리도 싫어하지는 않는 것 같지만, 리즈는 기회만 있으면 이렇게 나한테 뛰어든다. 가끔은 기회가 없어도 끌어안고. 다른 멤버들은 보통 수행이 바빠서 부재중인 경우가 많다 보니, 예전부터 그걸 받아주는 건 내 역할이었다.

코끝을 문지르고, 입술로 내 목을 건드린다. 나는 그 친애의 정에 대답해주기 위해서, 팔에 힘을 줘서 꼭 안아줬다. 리즈의 스킨십은 조금씩 과격해졌는데, 처음에는 상당히 두근두근했지만 지금은 많이 익숙해진 탓에 조금 두근두근하는 정도다. 일단 흔히 있는 일은 아니지만, 알몸으로 끌어안는 것만은 하지 말라고 말해뒀다. 리즈는 조심성이 부족하다.

"다음…… 크라이, 이다음, 응? 해도 되지?"

혼자 남겨진 티노가 손으로 입가를 가리고, 얼굴이 새빨개져서 스승의 스킨십을 응시하고 있다.

"어, 언니, 그건, 너, 너무해……요……."

"으응……."

리즈는 대답 대신에 달콤하게 응석 부리는 소리를 냈다. 아무래도 제자가 하는 말도 귀에 안 들어오는 것 같다.

"요즘, 피곤한가 보구나…… 그리고 이상한 거 아니야. 이건 아주 유효한 멘탈 케어라고."

"……예?"

당연히 성적인 의미는 없다. 체온이 전해질 정도로 밀착도 하고, 다른 사람들이 보면 마치 연인처럼 보일 수도 있겠지만, 나와 리즈는 그런 관계가 아니다.

뜨끈한 숨결이 목에 닿는다. 귀까지 새빨개져서 몸을 기대고 있는 리즈의 등을 동그라미를 그리는 것처럼 문질러주면서, 눈이 휘둥그레진 티노한테 설명해줬다.

"헌터는 힘든 일이고, 계속 목숨을 걸고 있다 보면 정신이 갈려나가니까. 그래서 마음이 망가지지 않도록 이렇게 진정시켜주는 거야."

"그, 그런…… 건가요? 처음, 들었는……데요……."

"정말이야. 책에도 나와 있어…… 뭐, 연인이 생기면 그때는 그 사람이 안아주겠지. 나는 리즈한테 그런 사람이 생길 때까지 대신 해주는 거야."

"……………아, 아마도, 그런 일은 일어나지 않을 것, 같은데요……."

제자가 심한 말을 하고 있다. 분명히 리즈가 폭력적이고 금세 화를 내기는 하지만, 좋은 점도 많다.

너무 불쌍해서 머리카락을 묶고 있는 리본을 풀어서, 아름다운 핑크 블론드 머리카락에 손으로 빗질을 해줬다. 격전을 헤치고 나왔는데도 그 머리카락은 매끄러웠고, 손가락에 걸리는 곳이 하나도 없었다.

리즈는 자신의 머리카락을 빗어주는 것도 아주 좋아한다. 두피를 건드리기만 해도 몸을 부르르 떨고, 팔에 힘을 꽉 준다. 도구가 있으면 제대로 빗질을 해주겠는데, 지금은 없으니까. 어쩔 수 없다.

처음 안아줬던 건 열 살 때—— 헌터가 되겠다고 결심하고 수행을 시작했을 무렵이다.

그 시절에는 친구들도 아직 비슷한 신체 능력을 지녔고, 재능 격차도 드러나지 않았으며, 제각기 스승을 찾아서 훈련을 받고 있었다.

그중에서도 가장 힘들게 훈련을 시킨 것이 리즈의 스승이었다.

우리 고향은 작은 동네라서 가르쳐주는 사람도 대단한 수준이 아니었지만, 스승은 아직 어린애였던 리즈에게 상식을 벗어난 수준의 말도 안 되는 수행을 시켰다. 그것도 사랑의 채찍이 아니라 그냥 쓸데없이 엄하기만 한 수행을. 리즈는 도적로서의 기술은 배우지도 못하고 아침부터 밤까지 계속 뛰기만 하고, 근력 운동에 모의전을 해댔고, 하루가 끝날 무렵에는 가슴이 아플 정도로 엉망이 됐었다.

그 시절에 리즈가 했던 수행과 비교하면, 티노한테 시키는 수행에는 사랑이 담겨 있다. 나는 몇 번이나 말렸다. 아무리 생각해도 이상했으니까. 어린애한테 시킬 훈련이 아니다. 하지만, 기가 센 리즈는 그 말을 듣지 않았다.

다들 앞만을 보고 있었다. 여유가 있는 건 어디를 가도 소질이 없다고 문전박대 당해서, 무의미하게 시간이 남고 또 남았던 나 하나뿐이었다. 그래서 나는, 내가 할 수 있는 일을 찾아봤다.

그리고 그 결과로, 한 권의 책을 발견했는데 거기에는 나도 할 수 있는 사람을 달래주는 방법이 적혀 있었다.

처음으로 너덜너덜해진 리즈를 안아줬던 때를, 나는 지금도 기억하고 있다.

리즈는 울었다. 피곤해서 한 발짝도 못 움직이면서도 눈물을 흘리고, 내 포옹에 응해줬다.

그날부터 리즈는 스킨십을 좋아하게 됐다. 리즈는 지지 않았다. 그 뒤로도 계속 혹독한 수행을 견뎌왔는데, 그 이후로, 엉망이 된 리즈를 안아주는 게 내 일과가 됐다. 그냥 들볶기만 하고 기술을 가르쳐주지 않았던 글러 먹은 스승은 일 년 만에 리즈한테 추월당했고, 모의전에서 리즈한테 반죽음 당하도록 얻어맞았다. 그러고는 새로운 스승으로 바꿨다. 첫 스승이 유일하게 가르쳐준 치열함이 본인의 목을 죄게 됐으니, 얄궂은 일이라고밖에 표현할 방법이 없다.

지금은 리즈가 피곤해서 쓰러지는 일은 거의 없지만, 스킨십을 좋아하는 점만은 지금까지도 계속 남아 있다.

그리고, 하필이면 그 일 때문에 내가 재능은 없어도 뭔가를 할 수 있을지도 모른다는 오해를 받게 됐다. 루크가 나한테 리더 자리를 맡긴 뒤에 한참 동안 열심히 하려고 했던 것도, 사실 그런 이유 때문이다.

책에 적혀 있는 대로만 하는 쪽이 더 좋다니, 세상 참 힘드네……
뭐, 결과적으로 리즈한테 도움이 됐으니까 불만은 없지만.

머리카락을 만져도, 리즈는 싫은 기색을 보이지 않았다. 볼은 빨갛고, 칠칠맞지 못하게 보일 정도로 풀어져 있다.

내 기준으로는 사람의 영역을 벗어난 힘을 지닌 리즈지만, 내 목을 졸랐던 적은 없다. 너무 강한 힘을 가진 헌터가 실수로 힘 조절을 잘못해서 일반인 파트너를 다치게 했다는 이야기는 잊을 만하면 들려올 정도인데, 이 스킨십은 힘 조절 훈련도 겸하는 것이다. 책에 그렇게 적혀 있었다.

"크라이…… 계속…….''

"?! 또…… 뭐가 있는 건가요?!"

"애정을 담뿍 담아서 쓰다듬어주는 게 요령이야. 내가 없을 때는 티노가 해줘."

"무리거든요?! ……………………어? 저기이…… 마스터어?"

내 목을 안고 있는 리즈를 안아서, 소파 위에 똑바로 눕혔다. 리즈는 촉촉한 눈으로 나를 빤히 쳐다보고 있다. 앞머리를 쓸어 올려줬더니, 내 손을 잡아서 손바닥에 볼을 문질러댔다.

나는 옆에서 멍한 표정을 짓고 있는 티노한테 설명해줬다.

"긍지가 높고 자제심도 강하니까, 확실하게 칭찬해줘야 해."

"…………."

"봐, 이렇게 배를 보여주는 건 친애한다는 신호야."

훤히 드러난 부드러워 보이는 배를 가리켰다. 건강해 보일 정도로 햇볕에 잘 탄 피부가 왠지 요염하게 느껴진다.

티노가 쭈뼛쭈뼛 물었다.

"마스터어…… 저기…… 무슨 책을 보고 배운 건가요?"

"응……?『낙원의 답파자』…… 2권인데."

"마스터어…… 그, 그거………… 소설이에요. 그리고, 왜, 2권만 읽은 거죠……."

"……2권만 팔았거든. 그리고 소설에서도 배울 게 많아."

헌터가 주인공인 모험 소설이다. 평범한 픽션이지만 시련도 있고 성장도 있는 이야기였고, 나는 거기서 많은 것들을 배웠다. 정말 좋아했는데, 기회가 없어서 결국 2권밖에 못 읽었다.

내가 루크한테 가르쳐준 엉터리 전투 이론 중에 몇 개도 그 책에서 배운 것이다.

"특히 주인공과 파트너의 신뢰관계가 이상적이거든…… 다음에 빌려줄게. 2권밖에 없지만."

"…………아, 아뇨. 저도…… 가지고 있으니까요. 전부 다 읽었는데………… 파트너?"

나도 모르게 눈이 휘둥그레졌다. 벌써 10년도 넘은 책인데, 티노도 알고 있다는 건 신기하네.

훤히 드러난 리즈의 배, 조금 촉촉하고 촉감이 좋은 피부를 마구마구 쓰다듬었다.

귀여운 비명을 내면서 몸을 배배 꼬는 리즈. 하지만 싫어하는 건 아니다.

그 책에서는 파트너가 보내는 신호를 놓치지 않는 게 중요하다고 했다. 오늘 리즈는 기분이 좋다. 나는 만족하고, 고개를 크게 끄덕이고는 다음 단계로 넘어갔다.

책상 서랍에 넣어뒀던 뼈로 만든 부메랑을 꺼냈다. 그때, 티노가 쭈뼛거리면서 말했다.

"……저기이…… 마스터어. 『낙원의 답파자』에 나오는 주인공의 파트너 레안은, 제 기억이 맞는다면, 말이죠………… 늑대거든요?"

"…………뭐?"

생각도 못 한 말에, 부메랑이 툭 떨어졌다. 리즈가 뜨거운 숨결을 흘리면서도 몸을 앞으로 내밀었고, 훌륭한 순발력을 발휘해서 그것을 잡아챘다. 그러고는 부메랑을 손가락으로 빙글빙글 돌리면서 말했다.

"크라이, 의미를 모르겠어…… 이 훈련, 싫어. 옛날이라면 모를까, 지금 이 정도 순발력이면 충분하잖아? 이제는 아무 의미도 없다고 생각하는데. 그런 것 말고, 더 쓰다듬어줄래?"

여전히 리즈는 소설하고 다르게, 캐치볼은 좋아하지 않는 것 같다.

………………잠깐? 늑대? 진짜? 아냐, 그럴 리가──.

"근데…… 말도 했잖아."

"그건, 주인공이 늑대 말을 알아듣는 특수능력을 가지고 있어서……."

티노가 고개를 살짝 숙이고서 조심스레 말했다. 나는 눈을 돌려서, 촉촉하게 젖은 눈으로 날 보고 있는 리즈 쪽을 봤다.

……진짜? 분명히 소설에서는 꼬리가 달려 있다고 했었는데, 지금까지 계속 인간── 수인 여자애라고 생각했었다. 왜냐하면 2권에서는 늑대라는 얘기가 한 번도 안 나왔었고, 파트너가 주인 공보다 강하고 똑똑했거든.

"정말 똑똑하고 커다란 암컷 늑대와 늑대 말을 알아듣는 소년의 모험담, 이잖아요?"

듣고 보니 소설에서도 조금 부자연스러운 부분이 있었던 것 같기도 했다. 안아줬을 때 얼굴을 할짝할짝 핥아줬고, 위에 올라타고서 이동하는 장면도 있었다. 물놀이할 때는 몸을 씻겨줬고, 잘 때는 베개로 삼기도 했다. 분명히, 이성에 대한 스킨십치고는 조금 과격한 것 같기도 했지만, 헌터란 원래 그런 거라고 생각했었다. 혼자 그렇게 생각했었다. 주인공이 파트너를 대상으로 가슴이 두근거린 적이 없었던 것도, 달관했기 때문이라고 생각했었고.

……어? 늑대? 어? 나, 계속 늑대한테 하는 스킨십을, 리즈한 테 해줬던 건가요? 5년도 넘게? 바보 아냐?

리즈가 일어나서 몸을 기대왔다. 나는 그런 리즈를 안아주고, 머리를 쓰다듬었다.

……훌륭한 털이다!

"…………다, 당연히, 알고 있지. 티노를 시험해본 거야."

"그, 그렇죠! 깜짝 놀랐어요. 그런데, 설마 마스터어가 제가 좋아하는 책을 읽으셨다니…… 레안은 정말 착하고 예쁘잖아요! 이상적인 파트너라는 얘기도 왠지 이해가 돼요! 주인공도, 레안을 마치 사람처럼 생각했고── 늑대지만."

"응, 그래, 그랬지. 레안은 정말 귀여워. …………늑대지만."

지금까지 계속 레안보다 리즈 쪽이 훨씬 못된 애라고 생각했었는데, 난 대체 어떻게 해야 좋을까.

동요를 숨기기 위해, 소설에 나오는 것처럼 귀 뒤쪽을 긁어줬다. 리즈가 내 귓가에 대고 속삭였다.

"저기, 크라이. 다음. 목욕, 하자? 오랜만에, 등 씻겨줄 거지? 응!"

"…………이젠 혼자서도 할 수 있잖아. 슬슬 조신하게 굴어야지…… 늑대도 아니고 말이야."

작가 후기

이 졸작을 구입해주셔서 정말 감사합니다.

3권에서도 만나 뵙게 돼서 정말 기쁩니다. 작가 츠키카게입니다.

3권도 2권에 이어서 타협하지 않고 쓰고 싶은 것들을 전부 담아봤습니다. 내용이 내용이다 보니 항상 그랬던 것처럼 후기에서 얘기할 수 있는 건 거의 없지만, 2권과 3권의 두께 차이를 보면 느낌이 오지 않을까 싶습니다.

이번 권에서는 2권까지와 다르게 약간 일상 같은 느낌을 연출해봤습니다. 2권까지 등장했던 《비탄의 망령》 멤버 리즈와 시트리에 이어서, 새로운 캐릭터들이 속속 등장했습니다.

조금이나마 웃어주신다면 작자로서 정말 기쁘겠습니다. 크라이의 글러 먹은 정도도 점점 심해지고 있습니다. 신나게 썼습니다! 글러 먹은 녀석, 쓰는 거, 재미있어!

그리고, 이번 권 표지 일러스트도 정말 훌륭하네요!

본문을 먼저 읽으신 분들이라면 납득할 수 있는 표지라고, 자신 있게 말씀드립니다.

용사라는 별명에 어울리는 멋진 아크와 아무리 봐도 히로인 같은 표정의 누군지 모를 귀족 영애(본문에 이름이 나옵니다), 악역이 어울리는 시트리, 하지만 무엇보다 주목해주셨으면 싶은 부분은…… 크라이의 입가입니다!

뚱, 합니다, 뚱! 완벽합니다! 물론 삽화 일러스트도 하나같이 훌륭하니까, 후기부터 읽은 분들은 본문을 기대해주세요!

그리고 2권 후기에서 말씀드렸던 것처럼 만화판도 무사히, 일본에서 연재가 시작됐습니다.

작화 담당은 헤비노 라이 선생님, 게재하는 곳은 Comic Walker입니다.

티노는 귀엽습니다. 크라이는 멋있지만 역시 한심한 구석은 한심합니다. 만화만의 표현으로, 빠른 템포로 승화됐습니다. 원작자로서 크게 만족하는 훌륭한 완성도니까, 꼭 한 번 봐주세요! 솔~~직히 원작보다 재미있습니다.~~

그리고 또 한 가지 공지사항입니다.

공식 홈페이지(https://gcnovels.jp/nageki/)와 Twitter 등에서 이미 공지했습니다만, 2019년 7월 16일~9월 15일 사이에 응모자 전원 선물 캠페인을 실시하고 있습니다. (일본에서만 실시했고 이미 종료된 이벤트입니다)

종이책판 『비탄의 망령은 은퇴하고 싶다』 1권과 2권의 띠지를 자르고 엽서에 붙여서 응모해주신 모든 분들께, 『비탄의 망령은 은퇴하고 싶다』 여름 특별 소책자를 선물하는 호화로운 캠페인입니다. 오리지널 SS가 수록된 건 물론이고, 치코 님의 오리지널 일러스트까지 들어가니까, 관심이 있으신 분들은 상세 페이지 (http://micromagazine.net/gcn/blog/nageki_sp)를 확인해주세요(이벤트 기간이 끝났다면 죄송합니다).

마지막에는 항상 하던 대로, 감사 인사로 마무리하겠습니다.

이번에도 지난 권에 이어서 훌륭한 일러스트를 그려주신 일러스트레이터 치코 님. 정말 감사합니다. 특히 주점 장면 컬러 일러스트는 제가 생각했던 이미지 그대로였고, 너무나 마음에 듭니다. 새로운 캐릭터 에크렐 아가씨와 아놀드, 살 가면까지, 치코 님의 넓은 수비범위 앞에서 그저 고개가 절로 숙여질 뿐입니다. 앞으로도 다양한 캐릭터들이 등장할 것 같은데, 부디 잘 부탁드리겠습니다.

담당 편집자 카와구치 님. 그리고 GC 노벨즈 편집부 여러분과 관계 각사 여러분. 이번에도 신세 많이 졌습니다. 인기투표를 비롯해서 다양한 캠페인을 해주신 데다, 매주 비탄망령 통신 주제 준비까지, 많은 신세를 졌습니다. 정말 감사합니다. 앞으로도 잘 부탁드리겠습니다. 부디 몸 건강히 지내주셨으면 감사하겠습니다.

그리고 무엇보다, 인터넷 연재 당시부터 오랫동안 응원해주신 독자 여러분과 서적판을 구입해주신 독자 여러분께 깊은 감사를 드립니다.

PS. 2권에 이어서 판권의 QR 코드를 통해 앙케이트에 대답하시면 쇼트스토리를 감상하실 수있습니다. 부디 확인해주세요!(일

본한정)

2019년 7월 츠키카게

NAGEKI NO BOUREI HA INTAI SHITAI Vol.3
© 2019 by Tsukikage / Chyko
All rights reserved.
First published in Japan in 2019 by MICRO MAGAZINE, INC.
Korean translation rights reserved by Somy Media, Inc.

비탄의 망령은 은퇴하고 싶다 3

2020년 12월 15일 1판 1쇄 발행
2021년 4월 1일 1판 2쇄 발행

저   자 츠키카게
일러스트 치코
옮 긴 이 김정규
발 행 인 유재옥
본 부 장 조병권
편집부장 성명신
담당편집자 김민지
편집 1팀 이준환 정현희
편집 2팀 정영길 김민지 조찬희
편집 3팀 오준영 곽혜민 김혜주
편집 4팀 성명신
미   술 김보라 서정원
라이츠담당 김슬비 한주원
디 지 털 박상섭 이성호 최서윤
물   류 허석용
발 행 처 ㈜소미미디어
등   록 제2015-000008호
제 작 처 코리아피앤피
주   소 서울시 마포구 토정로222, 403호(신수동, 한국출판콘텐츠센터)
판   매 ㈜소미미디어
마 케 팅 한민지 이주희
전   화 편집부 (070)4164-3962, 3963 기획실 (02)567-3388
         판매 및 마케팅 (070)4165-6688, Fax (02)322-7665

ISBN 979-11-6611-249-2
     979-11-6507-865-2 (세트)